STEPHEN KING
Cementerio de animales

Stephen King es el maestro indiscutible de la narrativa de terror contemporánea, con más de treinta libros publicados. En 2003 fue galardonado con la Medalla de la National Book Foundation por su contribución a las letras estadounidenses, y en 2007 recibió el Grand Master Award, que otorga la asociación Mystery Writers of America. Entre sus títulos más célebres cabe destacar *El misterio de Salem's Lot*, *El resplandor*, *Carrie*, *La zona muerta*, *Ojos de fuego*, *It (Eso)*, *Maleficio*, *La milla verde* y las siete novelas que componen la serie *La Torre Oscura*. Vive en Maine, con su esposa Tabitha King, también novelista.

Cementerio de animales

STEPHEN KING

Traducción de Ana María de la Fuente

VINTAGE ESPAÑOL
Una división de Penguin Random House LLC
Nueva York

Para Kirby McCauley

PRIMERA EDICIÓN VINTAGE ESPAÑOL, ABRIL 2019

Copyright de la traducción © 2014 por Ana María de la Fuente

Todos los derechos reservados. Publicado en los Estados Unidos
de América por Vintage Español, una división de Penguin Random
House LLC, Nueva York, y distribuido en Canadá por Random
House of Canada, una división de Penguin Random House Limited,
Toronto. Esta edición fue publicada originalmente en España por
Penguin Random House Grupo Editorial, S.A.U., Barcelona, en 2014.
Originalmente publicado en inglés en los Estados Unidos como *Pet
Sematary* por Doubleday, una división de Penguin Random House
LLC, Nueva York, en 1983. Copyright © 1983 por Stephen King.

Información de catalogación de publicaciones disponible en la
Biblioteca del Congreso de los Estados Unidos.

**Vintage Español ISBN en tapa blanda: 978-1-9848-9876-0
eBook ISBN: 978-1-9848-9877-7**

Para venta exclusiva en EE.UU., Canadá, Puerto Rico y Filipinas.

www.vintageespanol.com

Impreso en Colombia

10 9 8 7 6 5 4

ÍNDICE

He aquí a varias personas que escribieron libros para contar las cosas que hicieron y por qué las hicieron:

John Dean, Henry Kissinger, Adolf Hitler, Caryl Chessman, Jeb Magruder, Napoleón, Talleyrand, Disraeli, Robert Zimmerman (alias Bob Dylan), Locke, Charlton Heston, Errol Flynn, el ayatolá Jomeini, Gandhi, Charles Olson, Charles Colson, un caballero victoriano, el doctor X.

La mayoría de la gente cree que también Dios escribió un Libro o Libros, para decir las cosas que hizo y –en cierta medida– por qué las hizo, y puesto que esa gente cree asimismo que los humanos fueron creados a imagen y semejanza de Dios, también Él puede ser considerado persona o, para expresarlo más correctamente, Persona.

He aquí a varias personas que no escribieron libros para contar las cosas que hicieron..., ni las que vieron:

El hombre que enterró a Hitler, el que hizo la autopsia a John Wilkes Booth, el que embalsamó a Elvis Presley, el que embalsamó –bastante mal por cierto, al decir de la mayoría de los enterradores– al papa Juan XXIII, las tres o cuatro docenas de enterradores que limpiaron Jonestown, acarreando bolsas de cadáveres y ensartando vasos de cartón con esos pinchos que usan los guardas de los parques públicos, mientras espantaban las moscas, el *hombre que incineró a William Holden, el que recubrió de oro el cuerpo de Alejandro Magno, para que no se pudriera, los que momificaron a los faraones.*

La muerte es un misterio y el entierro, un secreto.

PRIMERA PARTE

EL CEMENTERIO DE ANIMALES

Jesús dijo a sus discípulos: «Lázaro, nuestro amigo, está dormido, pero voy a despertarle.»

Los discípulos se miraban y algunos sonreían, porque no sabían que Jesús hablaba en sentido figurado. «Señor, si duerme, sanará.»

Entonces Jesús les dijo abiertamente: «Lázaro ha muerto, sí... pero vayamos a él.»

Evangelio de san Juan (paráfrasis)

1

Louis Creed, que se quedó sin padre a los tres años y no conoció a sus abuelos, no esperaba encontrar a un padre a los treinta y tanto años, pero esto fue exactamente lo que ocurrió..., aunque a aquel hombre él le llamaba amigo, como haría cualquier persona adulta que encontrara ya de mayor al hombre que hubiera debido ser su padre. Conoció al individuo la tarde en que él, su esposa y sus dos hijos se mudaban a la gran casa de piedra y madera blanca de Ludlow. Con ellos iba *Winston Churchill. Church* era el gato de su hijita Eileen.

El comité de la universidad encargado de buscar una vivienda en un radio de fácil acceso se había movido despacio, la búsqueda fue muy laboriosa y cuando ya se encontraba cerca del lugar en el que debía de estar la casa («Todos los hitos concuerdan... como los signos astrológicos la noche que precedió al asesinato de César», pensaba Louis morbosamente») los viajeros estaban cansados y con los nervios a flor de piel. Gage estaba echando los dientes y lloriqueaba casi sin parar. Por más que Rachel le cantaba, el pequeño no se dormía. La madre le dio el pecho, a pesar de que no era su

hora. Gage, que conocía el horario tan bien como ella
–o tal vez mejor–, la mordió con sus dientecitos nuevos.
Rachel, que aún no las tenía todas consigo respecto a
aquel traslado a Maine desde Chicago, de donde no se
había movido en toda su vida, se echó a llorar. Eileen,
al parecer por una especie de solidaridad femenina, la
imitó. En la trasera de la furgoneta, *Church* seguía paseando incansablemente, como hiciera durante los tres
días que habían invertido en el viaje desde Chicago. Si
mientras estuvo en la cesta sus maullidos resultaban
cargantes, no era menos molesto aquel continuo ir y
venir que mantenía el animal desde el momento en que
ellos se rindieron y lo dejaron suelto.

Hasta el propio Louis se hubiera echado a llorar de
buena gana. De pronto, se le ocurrió una idea descabellada pero tentadora: propondría retroceder hasta Bangor para comer algo mientras esperaban el camión de la
mudanza y, en cuanto se apearan los tres rehenes que le
habían tocado en suerte, él pisaría a fondo el acelerador
y desaparecería sin mirar atrás, alimentando generosa-
mente el enorme carburador de cuatro cilindros de la
furgoneta con carísima gasolina. Se dirigiría hacia el sur
y no pararía hasta llegar a Orlando, Florida, donde, bajo
nombre supuesto, conseguiría un puesto de médico en
Disney World. Pero antes de llegar a la autopista del sur
se detendría para dejar también al jodido gato.

Pero entonces doblaron el último recodo, y allí estaba la casa, que hasta aquel momento sólo él había visto. Una vez consiguió la plaza en la Universidad de
Maine, hizo un viaje en avión, para visitar cada una de
las siete viviendas seleccionadas por fotografía, y se quedó con ésta: una vieja mansión estilo colonial de Nueva Inglaterra (debidamente remozada y aislada: el coste de la calefacción era una buena carga, pero el
consumo podía considerarse razonable), con tres grandes habitaciones en la planta baja y cuatro en el piso y

un espacioso cobertizo en el que, con el tiempo, podían hacerse más habitaciones: todo ello, rodeado por un manto de césped, verde y jugoso incluso con el calor de agosto. Detrás de la casa había una gran explanada en la que podrían jugar los niños y, más allá, el bosque que parecía no acabar nunca. Según le dijo el corredor de fincas, la propiedad lindaba con tierras del Estado, en las que no se iba a edificar en mucho tiempo. Los restos de la tribu de los indios micmacs reclamaban casi tres mil doscientas cincuenta hectáreas en Ludlow y ciudades situadas al este de la región, y el complicado litigio, en el que intervenían las autoridades federales además de las del Estado, podía prolongarse hasta más allá del año 2000.

Rachel dejó de llorar bruscamente y se irguió en el asiento.

–¿Es ésta...?

–Ésta es. –Louis estaba intranquilo; mejor dicho, estaba preocupado. Bueno, en realidad se sentía francamente angustiado. Por aquella casa había hipotecado él doce años de su vida. No acabaría de pagarla hasta que Eileen tuviera diecisiete años, una edad increíble.

Louis tragó saliva.

–¿Qué te parece?

–Me parece preciosa –dijo Rachel. Y a él se le quitó un peso de encima. Ella era sincera; se le notaba por su forma de mirarla mientras daban la vuelta por el camino asfaltado, y de recorrer con los ojos las ciegas ventanas como si ya pensara en cortinas, forros de armarios y cosas así.

–¿Papá? –dijo Ellie desde el asiento trasero. También ella había dejado de llorar. Hasta Gage estaba callado. Louis saboreaba el silencio.

–¿Qué quieres, cielo?

Por el retrovisor, Louis veía los ojos castaños y el pelo rubio oscuro de su hija que contemplaba la casa, el césped, el tejado de otra casa que asomaba a lo lejos, hacia la izquierda, y el prado que llegaba hasta el bosque.

–¿Es ésta nuestra casa?

–Lo será, tesoro.

–¡Hurra! –gritó ella, y casi le dejó sordo. Y Louis, que a veces se irritaba bastante con su hija, se dijo que no le importaba en absoluto no llegar a poner los pies en Disney World, Orlando.

Detuvo el coche delante del cobertizo y quitó el contacto.

El motor crepitó suavemente. En el silencio, que parecía inmenso para quienes venían de Chicago y estaban habituados al ajetreo de State Street y del bucle, un pájaro cantaba a la luz del atardecer.

–Nuestra casa –murmuró Rachel, contemplando la escena.

–Casa –dijo Gage desde su regazo, con aire de satisfacción.

Louis y Rachel se miraron. Los ojos de Eileen, reflejados en el retrovisor, se agrandaron.

–¿Tú has...?

–¿Él...?

–¿Lo ha...?

Hablaron los tres a la vez y los tres se echaron a reír. Gage, impasible, se chupaba el pulgar. Hacía casi un mes que decía «ma, ma, ma» y un par de veces había ensayado algo que sonaba como «pa, pa, pa», aunque quizá no fueran más que las ganas que Louis tenía de oírlo.

Pero esto, ya fuera casualidad o mimetismo, era una palabra de verdad. *Casa.*

Louis tomó a Gage del regazo de su esposa y lo abrazó.

Y así fue como los Creed llegaron a Ludlow.

2

En la memoria de Louis, aquel momento conservó siempre una cualidad mágica: quizá, en parte, porque fue mágico de verdad; pero, principalmente, porque el resto de la tarde fue caótico. Durante las tres horas siguientes, ni la magia ni la paz hicieron acto de presencia.

Louis había guardado las llaves meticulosamente (él era hombre ordenado y metódico) en un sobre de papel manila en el que había escrito: «Casa de Ludlow - llaves recibidas el 29 de junio», y las puso en la guantera del coche. Estaba completamente seguro. Y ahora las llaves no aparecían.

Mientras él las buscaba, con cierta impaciencia y su poco de ansiedad, Rachel se puso al niño en la cadera y siguió a Eileen hasta el árbol que había en el prado. Louis estaba mirando debajo de los asientos por tercera vez cuando su hija dio un grito y rompió a llorar.

–¡Louis! –llamó Rachel–. ¡La niña se ha hecho daño!

Eileen se había caído de un columpio hecho con una cámara de neumático y había dado con la rodilla en una piedra. Era sólo un arañazo, pero la chiquilla chillaba como el que acaba de perder una pierna, según pensó Louis (con muy poca caridad). Miró hacia la casa del otro lado de la carretera, en cuya sala se veía luz.

–Bueno, Ellie –dijo–. Ya basta. O los vecinos van a pensar que se está asesinando a alguien.

–¡Me dueleeee!

Louis, conteniéndose en silencio, se fue al coche. Las llaves habían desaparecido, pero el botiquín seguía en la guantera. Lo sacó y volvió junto a su familia. Eileen, al ver el estuche, gritó aún con más fuerza.

–¡No! ¡La cosa que pica, no! ¡La cosa que pica, no! ¡No, papá, no...!

–Eileen, la mercromina no pica...

–A ver si te portas como una chica mayor –dijo Rachel–. No es más que...

–No-no-no-no-noo...

–Si no te callas, será el culo lo que te pique –dijo Louis.

–Está cansada, Lou –murmuró Rachel.

–Sí –dijo Louis–; sé lo que es eso. Sosténle la pierna.

Rachel dejó a Gage en el suelo y agarró la pierna de Eileen que Louis embadurnó de mercromina, a pesar de los chillidos histéricos de la pequeña.

–Alguien ha salido al porche de esa casa –dijo Rachel. Tomó en brazos a Gage, que había empezado a gatear por la hierba.

–Fantástico –murmuró Louis.

–Lou, la niña está...

–...cansada, ya lo sé. –Tapó el frasco y miró a su hija, muy serio–. Ya está. Y no ha dolido nada. Tienes que ser valiente, Ellie.

–¡Sí que duele! Dueleee...

A Louis se le iba la mano y se asió el muslo con fuerza.

–¿Tienes las llaves? –preguntó Rachel.

–No las encuentro –dijo Louis cerrando el estuche y poniéndose en pie... Ahora yo...

Gage empezó a gritar. No lloraba, sino que berreaba y se debatía en los brazos de Rachel.

–¿Qué tiene el niño? –gritó Rachel, casi echándoselo encima. Al parecer, pensaba Louis, ésta era una de las ventajas de haberse casado con un médico: cada vez que el crío se pone a morir, no tienes más que pasárselo a tu marido–. Louis, ¿qué...?

El niño se restregaba el cuello, chillando como un energúmeno. Louis lo puso boca abajo y vio que tenía un bulto blanco debajo de la oreja. Y vio algo más: en el tirante del mono había algo peludo que se agitaba ligeramente.

Eileen, que había empezado a calmarse, se puso a

gritar otra vez: «¡Una abeja! ¡UNA ABEEEEJA!» Dio un salto atrás y tropezó con la misma piedra que le había desollado la rodilla, cayó sentada y empezó a llorar, del dolor y del susto.

«Voy a volverme loco –pensó Louis con extrañeza–. ¡Auuuuuu!»

–¡Pero haz algo, Louis! ¿Es que no piensas hacer nada?

–Tiene que sacar el aguijón –dijo a su espalda una voz grave–. Es el truco. Sacar el aguijón y echarle un poco de levadura para bajar la hinchazón. –Pero la voz tenía un acento local tan cerrado que Louis, cansado y aturdido como estaba, no acertaba a traducir el dialecto: *«Sacá l'aguijong y ponel'le levaúra pabajá l'hinchazong.»*

Louis volvió la cabeza y vio a un hombre robusto de unos setenta años, bien llevados, con mono de peto y camisa de algodón por la que asomaba un cuello surcado de profundos pliegues y arrugas. Tenía la cara tostada por el sol y fumaba un cigarrillo sin filtro. Cuando Louis le miró, el hombre aplastó el cigarrillo entre el pulgar y el índice y, pulcramente, se lo echó al bolsillo. Extendió las manos y sonrió con la boca torcida... y a Louis le gustó enseguida la sonrisa, aunque él no era hombre que se encariñara con las personas a primera vista.

–No crea que trato de enseñarle su oficio, doctor –dijo. Y así conoció Louis a Judson Crandall, el hombre que debió ser su padre.

3

Les vio llegar desde el otro lado de la calle, y venía a ver si podía ayudar en algo, porque le pareció que estaban «un poco agobiados», para usar su expresión.

Mientras Louis mantenía al niño contra su hombro, Crandall se acercó, miró el bulto del cuello de Gage y extendió una mano maciza y deforme. Rachel abrió la boca para protestar –parecía una mano muy torpe y era casi tan grande como la cabeza de Gage–, pero antes de que ella pudiera articular palabra, los dedos del anciano habían hecho un movimiento certero, con tanta agilidad y precisión como los de un malabarista que hiciera pasear las cartas sobre los nudillos o escamoteara una moneda. Y ya estaba el aguijón en la palma de la mano.

–Es grande –comentó–. No diré yo de campeonato, pero muy desarrollado.

Louis se echó a reír.

Crandall le miró con su sonrisa torcida y dijo:

–Como una buena verga, ¿verdad?

–¿Qué dice, mamá? –preguntó Eileen con extrañeza, y también Rachel soltó la carcajada.

Era una falta de educación, desde luego, pero, en cierto modo, no estaba fuera de lugar.

Crandall sacó un paquete de Chesterfield Kings, se puso uno en la comisura de sus labios, surcados de arruguitas verticales, y movió la cabeza, complacido, mientras ellos se reían –hasta Gage hacía gorgoritos, a pesar de la picadura– y encendió una cerilla de madera con la uña del pulgar. «Los viejos tienen sus trucos –pensó Louis–. Son trucos pequeños, pero, algunos, muy buenos.»

Dejó de reír y extendió una mano, la que no sostenía el trasero de Gage: el húmedo trasero de Gage.

–Celebro conocerle, señor...

–Jud Crandall –dijo el otro estrechándole la mano–. Es usted el médico ¿no?

–Louis Creed. Rachel, mi esposa, mi hija, Ellie, y el del aguijón, Gage.

–Encantado de conocerles a todos.

–Perdóneme, perdónenos por habernos reído. Es que... estamos un poco cansados.

Volvió a entrarle la risa: la expresión no podía ser más floja. Él estaba reventado.

Crandall movió la cabeza.

–Es natural –dijo. Miró a Rachel–. ¿Quiere entrar un momento con los niños, señora Creed? Le pondremos al pequeño una compresa de levadura para refrescar la inflamación. Mi esposa se alegrará de poder saludarla. Casi no sale de casa. Desde hace un par de años la artritis le da muchas molestias.

Rachel miró a Louis y él asintió.

–Muy amable, Mr. Crandall.

–Oh, atiendo por Jud –dijo el hombre.

De pronto, sonó un fuerte bocinazo, un motor aminorando revoluciones y en el camino interior que conducía a la casa apareció, bamboleándose, el camión azul de las mudanzas.

–¡Santo Dios! –exclamó Louis–. Y las llaves que no aparecen.

–No se apure –dijo Crandall–. Yo tengo un juego. Me lo dieron los Cleveland, el matrimonio que vivía antes aquí. Oh, hace ya mucho tiempo, por lo menos catorce o quince años. Tuvieron la casa muchos años. Joan Cleveland era la mejor amiga de mi mujer. Murió hace dos años y Bill se mudó a un apartamento de una comunidad de ancianos de Orrington. Ahora mismo se las traigo. Al fin y al cabo, son suyas.

–Es muy amable, Mr. Crandall –dijo Rachel con sincero agradecimiento.

–No tiene importancia. Nos alegra mucho tener cerca a gente joven. Pero vigile a los niños, Mrs. Creed. Pasan muchos camiones por esa carretera.

Se oyeron chasquidos de puertas y los hombres de la mudanza que habían saltado del camión se acercaban a ellos.

Ellie se había alejado un trecho y dijo entonces:

—¿Qué es eso, papá?

Louis, que ya iba al encuentro de los hombres, volvió la cabeza. Al extremo del prado, donde empezaban los matorrales, se abría un sendero de un metro de ancho, muy bien recortado, que subía por la ladera, sorteando unos arbustos y se perdía de vista tras un bosquecillo de abedules.

—Es un camino —dijo Louis.

—Ah, sí —sonrió Crandall—. Algún día te diré adónde lleva ese camino, jovencita. ¿Ahora quieres que curemos a tu hermano?

—Sí —dijo Ellie, y añadió, ilusionada—: ¿Pica la levadura?

4

Cuando Crandall volvió con las llaves, Louis ya había encontrado las suyas. El sobre se había introducido detrás del salpicadero por una rendija que quedaba en lo alto de la guantera. Louis lo sacó y abrió la puerta a los encargados de la mudanza. Crandall le entregó el otro juego, que estaba mate y áspero al tacto. Louis le dio las gracias y se lo guardó en el bolsillo con aire distraído, mientras observaba a los hombres que entraban en la casa con las cajas, cómodas, mesitas y demás enseres acumulados en doce años de matrimonio. Allí, fuera de su lugar habitual, parecían más pequeños e insignificantes. «Un montón de trastos», pensó y de pronto se sintió triste y deprimido; seguramente, aquello era lo que la gente llamaba nostalgia del hogar.

—Arrancados y trasplantados —dijo Crandall a su lado, y Louis se sobresaltó.

–Parece conocer la sensación –dijo.

–Pues no es así. –Crandall encendió un cigarrillo. ¡Chas! hizo el fósforo, brillando vivamente a la luz del atardecer–. Esa casa de ahí enfrente la construyó mi padre. Aquí trajo a vivir a su mujer y aquí dio a luz ella. Y el niño que tuvo era yo. Fue en el mil novecientos.

–Entonces usted tiene...

–Ochenta y tres –dijo Crandall, y Louis se alegró de que no añadiera: «pero me siento como un muchacho». Le reventaba la frase.

–Parece mucho más joven.

Crandall se encogió de hombros.

–Lo cierto es que he pasado aquí toda mi vida. Me alisté cuando entramos en la Gran Guerra, pero lo más cerca que llegué de Europa fue Bayonne, en Nueva Jersey. Un lugar infecto. Ya lo era en 1917. Con que me alegré de volver. Me casé con mi Norma, estuve trabajando en el ferrocarril y aquí sigo. Pero he visto muchas cosas de Ludlow. Muchas cosas.

Los hombres de la mudanza se pararon junto a la puerta del cobertizo, con el canapé de la cama de matrimonio.

–¿Dónde va esto, Mr. Creed?

–Arriba... Un momento, yo les indicaré. –Echó a andar, se detuvo y miró a Crandall.

–Adelante –dijo Crandall sonriendo–. Yo voy a ver cómo está su familia. Luego se los envío. Ahora será mejor despejar el terreno. Pero una mudanza da sed. Yo acostumbro a sentarme en el porche, a eso de las nueve, con un par de cervezas. Me gusta ver llegar la noche en el verano. A veces, Norma se sienta conmigo. Acérquese, si le apetece.

–Puede que vaya –dijo Louis, decidido a no hacerlo. La inmediata sería una consulta de confianza sobre la artritis de Norma (y gratis) en el porche. Le gustaba Crandall, le gustaba su sonrisa torcida, su franqueza y hasta su acento y su manera de arrastrar las sílabas. Buena persona, pensó Louis; pero los médicos suelen desconfiar de la gente. Era una lata, hasta tus mejores amigos acaban pidiéndote consejo profesional. Y con los viejos es el cuento de nunca acabar–. De todos modos, no se quede esperándome. Llevamos un día muy pesado.

–Sólo quería que supiera que no necesita invitación por escrito –dijo Crandall. Y había algo en su sonrisa ladeada que hizo comprender a Louis que el viejo sabía lo que él estaba pensando.

Siguió con la mirada al hombre durante unos momentos, antes de reunirse con los de la mudanza. Crandall andaba con soltura, como si tuviera sesenta años en lugar de ochenta y tantos. Louis sintió una primera y leve oleada de afecto.

5

A las nueve, los de las mudanzas se habían marchado ya. Ellie y Gage, exhaustos, dormían en sus nuevas habitaciones; Gage, en la cuna y Ellie, en un colchón puesto en el suelo, con una montaña de cajas a los pies: sus innumerables lápices, nuevos, gastados o rotos, sus pósters de Barrio Sésamo, sus libros de cuentos, sus vestidos y sabe Dios cuántas cosas más. Y, cómo no, allí estaba también *Church*, roncando levemente. Aquel ligero gruñido era lo más parecido a un ronroneo que era capaz de emitir el gatazo.

Antes, Rachel había recorrido la casa de arriba abajo con Gage en brazos, tratando de localizar dónde Louis había mandado colocar cada cosa, y haciéndolo cambiar todo de sitio. Louis no había extraviado el cheque: seguía en el bolsillo del pecho, junto con los cinco billetes de diez dólares que había apartado para la propina. Cuando, por fin, el camión quedó vacío, él entregó el cheque y el dinero, correspondió a las gracias con un movimiento de cabeza, firmó el recibo y desde el porche los vio ir hacia el camión. Probablemente, pararían en Bangor a tomar unas cervezas para refrescarse. También a él le caerían bien un par de cervezas. Eso le hizo pensar otra vez en Jud Crandall.

Él y Rachel se sentaron a la mesa de la cocina. Ella tenía ojeras.

–Tú, a la cama –le dijo.

–¿Órdenes del médico? –preguntó Rachel, sonriendo levemente.

–Sí.

–De acuerdo –dijo ella, poniéndose en pie–. Estoy molida. Y es posible que Gage se despierte esta noche. ¿Vienes?

Él titubeó.

Todavía no. Ese viejo del otro lado de la calle...

–Carretera. En el campo se dice carretera. Aunque probablemente Judson Crandall dirá *carreteeyra*.

–Pues entonces, del otro lado de la *carreteeyra*. Me invitó a tomar una cerveza y me parece que voy a aceptar la invitación. Estoy cansado, pero me parece que la excitación no me dejaría dormir.

–Acabarás preguntando a Norma Crandall dónde le duele y cómo es el colchón de su cama –sonrió Rachel.

Louis se echó a reír, pensando que era gracioso –gracioso y alarmante– que una mujer pudiese leerte el pensamiento de ese modo, al cabo de unos cuantos años.

–Él vino cuando le necesitábamos –dijo–. Si yo puedo hacerle un favor...

–¿Hoy por ti, mañana por mí?

Él se encogió de hombros. Ni quería ni hubiera sabido explicarle por qué Crandall le había causado tan buena impresión.

23

–¿Qué tal, la mujer?

–Muy cariñosa –dijo Rachel–. Tomó en brazos a Gage y él no protestó, a pesar de que ha tenido un día muy malo y tú ya sabes que, ni aun en las mejores circunstancias, le hacen gracia las personas extrañas. Y a Eileen le dejó una muñeca para que jugara.

–¿Y cómo te ha parecido que está de la artritis?

–Muy mal.

–¿En silla de ruedas?

–No..., pero anda muy despacio y tiene los dedos así. –Rachel curvó sus finos dedos. Louis asintió–. pero no tardes, Lou. Las casas extrañas me dan escalofríos.

–Pronto dejará de ser una casa extraña –dijo Louis, dándole un beso.

6

Cuando Louis regresó, se sentía un poco avergonzado. Nadie le había pedido que examinara a Norma Crandall; cuando él cruzó la calle (la *carreteeyra*, rectificó, sonriendo), la buena señora ya se había acostado. Jud era una silueta borrosa detrás de la tela mosquitera que cubría el porche. Se oía el sosegado roce de una mecedora sobre linóleo. Louis golpeó la puerta que repicó suavemente en el marco. La brasa del cigarrillo brillaba, fosforescente, como una luciérnaga grande y apacible. A través de un aparato de radio con el volumen bajo se oía una retransmisión deportiva. Todo ello produjo a Louis la extraña sensación de que entraba en su casa.

–Hola, doctor –dijo Crandall–. Me figuré que sería usted.

–Supongo que lo de la cerveza iba en serio –dijo Louis al entrar.

–Tratándose de cerveza, yo nunca miento –dijo Crandall–. El que miente al hablar de cerveza se hace enemigos. Siéntese, doctor. Puse un par de latas más en hielo, por si acaso.

El porche era largo y estrecho y estaba amueblado con sillones y otomanas de roten. Louis se sentó en un sillón y notó con sorpresa que era muy cómodo. A mano izquierda tenía un cubo con hielo y varias latas de Black Label. Tomó una.

–Gracias –dijo al abrirla–. Los dos primeros tragos le cayeron en la garganta como una bendición.

–No hay de qué –dijo Crandall–. Deseo que sean muy felices aquí, doctor.

–Amén.

–Si quiere unas galletas o algo de comer se lo traigo. Tengo un pedazo de queso que estará en su punto.

–Gracias, pero la cerveza será suficiente.

–De acuerdo, pues, nos dedicaremos a la cerveza. –Crandall eructó, satisfecho.

–¿Su esposa se acostó ya? –preguntó Louis, sin conseguir explicarse por qué estaba dándole pie.

–Sí. Unas veces se queda y otras, no.

–¿Es muy dolorosa su artritis?

–¿Sabe de algún caso que no lo sea? –preguntó Crandall.

Louis movió negativamente la cabeza.

–Será tolerable, imagino –dijo Crandall–. Ella no se queja. Buena muchacha, mi Norma. –Había en su voz un afecto sincero y profundo. Por la carretera 15 pasó un camión-cisterna. Era tan grande y tan largo que, durante un momento, Louis no pudo ver su casa. En un rótulo pintado en el costado del camión, a la luz del crepúsculo, se leía: ORINCO.

–Vaya armatoste –comentó Louis.

–La Orinco está cerca de Orrington –dijo Crandall–. Es una fábrica de fertilizantes. Están todo el día arriba y abajo. Y luego, los de la gasolina, y los volquetes, y los que van a trabajar a Bangor o a Brewer y regresan a casa por la noche. –El viejo movió la cabeza–. Eso es lo único que no me gusta de Ludlow. Esa condenada carretera. Mucho ruido. Noche y día. A veces despiertan a Norma. Y hasta a mí, y eso que yo duermo como un leño.

Louis que, después del constante estrépito de Chicago, percibía en aquellos extraños parajes de Maine una paz casi imponente, se limitó a mover la cabeza.

–Cualquier día los árabes cerrarán la espita y entonces se podrán cultivar violetas africanas en la misma raya amarilla.

–Tal vez tenga razón. –Louis se llevó la lata a los labios y se sorprendió de encontrarla vacía.

–Ande, doctor, reengánchese –rió Crandall.

Louis vaciló y dijo:

–De acuerdo, pero sólo una. Tengo que marcharme pronto.

–Lo comprendo. ¿No es un trajín eso de la mudanza?

–Lo es –convino Louis, y los dos hombres quedaron en silencio. Era un silencio grato, como si se conocieran de mucho tiempo. Era una sensación sobre la que Louis había leído en los libros, pero nunca experimentado. Ahora se sentía avergonzado de haber pensado con tanta ligereza lo de la visita del médico gratis.

Por la carretera pasó zumbando una camioneta lanzando destellos con los faros, como una estrella a ras de tierra.

–Dichosa carretera –remachó Crandall, pensativo, casi ausente. Luego, se volvió a mirar a Louis con una peculiar sonrisa en sus labios surcados de fisuras. Insertó un Chesterfield en un ángulo de la sonrisa y encendió un fósforo con la uña del pulgar–. ¿Se acuerda del sendero que vio la niña?

De momento, Louis no supo de qué le hablaba.

Antes de quedarse dormida, Ellie había hablado de un montón de cosas. Luego, recordó. Aquella senda bien recortada que serpenteaba cuesta arriba, rodeando el bosquecillo.

–Sí; usted le prometió explicarle adónde lleva.

–Se lo prometí y se lo diré –respondió Crandall–. El camino atraviesa unos dos kilómetros y medio de bosque. Los chiquillos que viven cerca de la carretera 15 y de Middle Drive lo cuidan bien porque son ellos los que lo usan. Pero los chicos se renuevan... Ahora la gente se muda con más frecuencia que cuando yo era joven; entonces uno elegía un sitio y allí se quedaba. Aunque ellos se lo dicen unos a otros y cada primavera una pandilla corta la hierba del camino y lo mantiene limpio durante todo el verano. No todos los mayores de por aquí saben que existe, muchos sí, pero no todos, quiá. Pero los críos sí, ya lo creo.

–¿Ellos saben adónde lleva?

–Sí; al cementerio de animales.

–El cementerio de animales –repitió Louis, desconcertado.

–No es tan extraño como parece –dijo Crandall, fumando y meciéndose–. Es esa carretera, que se lleva a cantidad de animales. La mayoría, perros y gatos, pero también a otros. Un camión de la Orinco atropelló al mapache domesticado de los pequeños Ryder. Eso fue..., ¡caray!, debió de ser en el setenta y siete o tal vez antes. Desde luego, antes de que las autoridades prohibieran tener en casa a mapaches y zorrillos.

–¿Por qué lo prohibieron?

–Por la rabia –dijo Crandall–. Hay muchos casos de rabia en el Maine. Un viejo San Bernardo pilló la rabia hace un par de años en la zona sur del estado y mató a cuatro personas. Si esos estúpidos se hubieran preocupado de vacunar al perro, no habría ocurrido eso. Pero a un mapache o a un zorrillo no siempre le toma la vacuna, ni aunque se la pongas dos veces al año. El mapache de los chicos Ryder era muy cariñoso. Estaba la mar de lúcido, y se te acercaba y te lamía la cara lo mismo que un perro. El padre hasta lo llevó al veterinario para que lo capara y le quitara las zarpas. Eso debió de costarle un riñón.

»Ryder trabajaba en la IBM de Bangor. La familia se trasladó a Colorado hace cinco años... o tal vez seis. Tiene gracia pensar que esos arrapiezos pronto tendrán edad para sacar el carnet de conducir. ¿Que si les dolió lo del mapache? ¡Ya lo creo! Matty Ryder estuvo llorando tanto tiempo que su madre se asustó y pensó en llevarlo al médico. Supongo que ya se le habrá pasado el disgusto, pero esas cosas no se olvidan. Cuando un buen animal es atropellado en la carretera, eso a un chaval no se le olvida.

Louis pensó en Ellie y la recordó tal como la viera aquella noche, profundamente dormida con *Church* ronroneando al pie del colchón.

—Mi hija tiene un gato —dijo—. *Winston Churchill.* Le llamamos *Church* para abreviar.

—¿Y le cuelga algo al andar?

—¿Cómo dice? —Louis no tenía ni idea de lo que quería decir el hombre.

—Que si aún tiene las bolas o está operado.

—No —dijo Louis—. No; no está operado.

A decir verdad, en Chicago habían tenido sus más y sus menos a este respecto. Rachel quería que caparan a *Church* y hasta pidió hora al veterinario. Pero Louis la anuló. Aún no sabía por qué. No fue por algo tan simple y estúpido como equiparar su propia virilidad a la del gato de su hija, ni porque le irritara pensar que había que castrar a *Church* para evitarle a la gorda de la vecina la molestia de asegurar la tapadera del cubo de la basura a fin de que *Church* no pudiera tirarla con la pata para investigar su contenido. Ambas razones contribuyeron, sí;

pero, sobre todo, estaba la vaga pero firme aversión a privar a *Church* de algo que Louis consideraba valioso: a poner en los verdes ojos del gato la mirada del pasota. Finalmente, Louis hizo ver a Rachel que, puesto que se iban a vivir al campo, aquello ya no tenía por qué ser un inconveniente. Y ahora Judson Crandall le salía con que la vida en el campo requería tomar precauciones respecto a la carretera 15 y con que si *Church* estaba operado. Un poco de filosofía, doctor Creed, es buena para la circulación.

–Yo lo haría operar –dijo Crandall aplastando el cigarrillo entre el índice y el pulgar–. Un gato capado no sale tanto a vagabundear. Pero si anda siempre cruzando de un lado al otro, un día se le acabará la suerte y tendrá que ir a hacer compañía al mapache de los chicos Ryder, al negro cocker de Timmy Dressler y al loro de Mrs. Bradleigh. Y no es que al loro lo atropellaran, pero un día amaneció patas arriba.

–Lo pensaré –dijo Louis.

–Piénselo. –Crandall se puso en pie–. ¿Cómo va la cerveza? Me parece que será mejor que saque el queso, después de todo.

–La cerveza se acabó –dijo Louis levantándose a su vez–. Y yo me marcho. Mañana me espera un día de mucho trabajo.

–¿Empieza en la universidad?

Louis asintió.

–Los chicos no irán hasta dentro de dos semanas, pero, para entonces, ya tengo que saber en qué consiste mi trabajo, ¿no le parece?

–Sí. Puede tener problemas, si no sabe dónde están las píldoras. –Crandall le tendió la mano y Louis se la estrechó, aunque sin apretar, pensando que los huesos viejos duelen enseguida–. Venga cualquier noche –dijo–. Quiero que conozca a mi Norma. Me parece que le caerá usted bien.

–Así lo haré –dijo Louis–. Me alegro de haberle conocido, Jud.

–Lo mismo digo. Ya verá cómo se aclimatan enseguida. Y hasta puede que se queden una buena temporada.

–Eso espero.

Louis recorrió el sendero de losas desiguales y salió a la carretera. Allí tuvo que pararse porque pasaba otro camión, seguido de una pequeña caravana de cinco coches, en dirección a Bucksport. Luego, alzando la mano en señal de saludo, cruzó la calle (la *carreteeyra*, rectificó de nuevo mentalmente) y entró en su nueva casa.

Dentro reinaba la quietud del sueño. Ellie ni se había movido, y Gage seguía en su cuna, durmiendo al estilo Gage, boca arriba, con los brazos extendidos sobre la cabeza y las piernas abiertas, y el biberón al alcance de la mano. Louis se quedó mirando a su hijo y sintió que se le llenaba el corazón de un cariño tan fuerte que hasta le dio un poco de miedo. Pensó que en parte se debería a que condensaba en el pequeño el afecto que antes sintiera hacia lugares y personas de Chicago que habían desaparecido de su horizonte, borrados por los kilómetros como si nunca hubieran existido. «Ahora la gente se muda con más frecuencia... Antes uno elegía un sitio y allí se quedaba.» Tenía razón.

Se acercó al niño y, puesto que nadie le veía, ni siquiera Rachel, se besó las yemas de los dedos y, pasando la mano a través de los barrotes de la cuna, rozó ligeramente la mejilla de Gage.

El niño suspiró y se puso de lado.

–Que duermas bien, hijo –dijo Louis.

Louis se desnudó con precaución y se acostó en su mitad de la cama que, provisionalmente, no era más que un colchón en el suelo. Sintió que iba mitigándose la tensión del día. Rachel no se movió. Las cajas, aún sin vaciar, parecían fantasmas al acecho.

Antes de intentar conciliar el sueño, Louis se incorporó en la cama apoyándose en un codo y miró por la ventana. La habitación estaba en la parte de delante y desde allí podía ver la casa de los Crandall, al otro lado de la carretera. Estaba muy oscuro y no se distinguían los detalles, pero sí la brasa del cigarrillo. «Sigue levantado –pensó–. Seguramente, se acostará muy tarde. Los viejos suelen padecer insomnio. Como si montaran guardia.»

«¿Guardia contra qué?»

Pensando en esto, Louis se quedó dormido. Soñó que estaba en Disney World y conducía una reluciente furgoneta blanca con una cruz roja en el costado. A su lado iba Gage que, en el sueño, tenía ya unos diez años. *Church* le miraba con sus brillantes ojos verdes desde encima del salpicadero. Fuera, en Main Street, junto a la estación de ferrocarril fin de siglo, Mickey Mouse daba la mano a los niños que se apiñaban a su alrededor. Las manos pequeñas y confiadas de la chiquillería desaparecían dentro del enorme guante de cartón blanco.

7

Las dos semanas siguientes fueron de mucho ajetreo para la familia. Ante Louis empezaban a perfilarse las funciones de su nuevo cargo (pero cuando convergieran en el *campus* diez mil estudiantes, entre los que habría cantidad de drogadictos y alcohólicos, inadaptados, depresivos, un buen puñado de anoréxicos –la mayoría, chicas– y algunos, con nostalgia del hogar paterno del que habrían salido ahora por primera vez en su vida..., entonces su trabajo tomaría otro cariz). Y, mientras

Louis se familiarizaba con su labor de jefe de los Servicios Médicos de la Universidad, Rachel hacía lo propio con su nueva vivienda. Y, entretanto, ocurrió algo que Louis deseaba fervorosamente: ella se enamoró de la casa.

Gage andaba muy atareado sufriendo los coscorrones y batacazos que comportaba el acostumbrarse al nuevo entorno y, durante algún tiempo, su reposo nocturno sufrió un grave trastorno, pero hacia mediados de la segunda semana ya volvía a dormir toda la noche de un tirón. Únicamente Ellie, que veía acercarse el día en que tendría que empezar a ir al nuevo parvulario, parecía estar siempre sobreexcitada y en ascuas. A la menor nimiedad, le entraba la risita loca, o una depresión menopáusica, o agarraba unas rabietas impresionantes. Rachel decía que la niña superaría aquel nerviosismo tan pronto como descubriera que la escuela no era el coco que ella imaginaba, y Louis estaba de acuerdo con Rachel. Casi siempre, Ellie seguía siendo lo que siempre había sido: un encanto de criatura.

La cerveza nocturna en casa de Crandall se había convertido en un hábito para Louis. Cuando Gage empezó a dormir bien otra vez, Louis tomó la costumbre de llevar su propia caja de seis latas a casa de su vecino cada dos o tres noches. Conoció a Norma Crandall, una mujer muy agradable que sufría artritis reumática, esa pesadilla que amarga la existencia de tantos hombres y mujeres de edad avanzada que, por lo demás, están sanos; pero se mantenía animosa. No se rendía al dolor; nada de banderas blancas. A ver si podía con ella. Louis calculó que le quedaban entre cinco y siete años soportables.

Actuando contra su costumbre, Louis la examinó por propia iniciativa, repasó las recetas extendidas por el médico que la trataba y comprobó que no había nada que objetar. Se sentía un poco decepcionado por no poder proponer alguna sugerencia, pero el doctor Weybridge llevaba bien el caso, dentro de lo que cabía, salvo complicaciones, desde luego. Las cosas hay que tomarlas como vienen, o acabas encerrado en un cuartito escribiendo cartas a la familia con un lápiz.

Rachel la apreciaba, y las dos mujeres sellaron su amistad intercambiando recetas de cocina como los chicos intercambian cromos de béisbol, empezando con la tarta de manzana de Norma Crandall por el buey stroganoff de Rachel. Norma se encariñó con los dos pequeños Creed –especialmente con Ellie, quien, según ella, iba a ser toda una belleza «a la antigua». Por lo menos, no dijo que Ellie sería «una preciosidad de pimpollo», comentó Louis aquella noche. Rachel se echó a reír con tanta fuerza que soltó una ventosidad y entonces las carcajadas de los dos despertaron a Gage.

Llegó el día en que Ellie debía empezar a ir al parvulario. Louis, que ya estaba al corriente de su cometido en la enfermería y dominaba el funcionamiento de las instalaciones médicas de la universidad, se tomó un día de permiso. (Además, la enfermería estaba vacía; la última paciente, una estudiante del curso de verano que se había roto una pierna en las escaleras de la Asociación de Estudiantes, había sido dada de alta la semana anterior.) Estaba en el jardín, al lado de Rachel, con Gage en brazos, cuando el gran autobús amarillo dobló la esquina de Middle Drive y paró frente a la casa. La puerta de delante se abrió doblándose por la mitad, y una algarabía de voces infantiles salió al aire tibio de setiembre.

Ellie se volvió a mirarles como preguntando si no existiría el medio de evitar aquel paso, y quizá lo que vio en sus rostros la convenció de que ya era tarde y que, después de aquel primer día, habría comenzado un proceso irreversible, como el de la artritis de Norma Crandall. La niña subió al autobús, que cerró sus puertas con un resoplido de dragón. Cuando el vehículo arrancó, Rachel se echó a llorar.

–¡Por el amor de Dios! –exclamó Louis. Él no lloraba. Porque se aguantaba las ganas–. Sólo es medio día.

–¿Y te parece poco medio día? –preguntó Rachel con irritación, llorando con más fuerza. Louis la atrajo hacia sí y Gage los abrazó a los dos por el cuello. Normalmente, cuando Rachel lloraba, Gage la imitaba, pero esta vez no. «Nos tiene a los dos para él solo –pensó Louis–, y el muy bandido lo sabe.»

Esperaron el regreso de Ellie con cierta zozobra, mucho café y constantes cábalas sobre lo que estaría haciendo la niña. Louis se fue al cuarto de atrás, donde pondría su estudio, y estuvo revolviendo papeles sin ton ni son. Rachel empezó a preparar el almuerzo mucho más temprano de lo habitual.

Cuando, a las diez y cuarto, sonó el teléfono, Rachel se lanzó a contestar con un entrecortado: «¿Diga?», antes de que se oyera la segunda señal y Louis se asomó a la puerta de su estudio, seguro de que quien llamaba era la maestra de Ellie, para decirles que la niña no podía seguir, que el estómago de la enseñanza pública no la asimilaba y la devolvía. Pero era Norman Crandall: Jud había recogido ya todo el maíz y podían disponer de una docena de mazorcas, si querían. Louis fue a recogerlas con una cesta de la compra y regañó a Jud por no haber permitido que le ayudara a arrancarlas.

–De todos modos, la mayoría no valen una mierda –dijo Jud.

–Te agradeceré que evites esas expresiones cuando yo esté delante –dijo Norma, que sacaba al porche una vieja bandeja de Coca-Cola con unos vasos de té helado.

–Lo siento, amor mío.

–¡Qué vas a sentir! –dijo Norma haciendo una mueca de dolor al sentarse.

–Vi a Ellie subir al autobús –dijo Jud encendiendo un Chesterfield.

–Ya verás cómo le gusta la escuela –dijo Norma–. Casi siempre ocurre así.

«Casi», pensó Louis lúgubremente.

Pero a Ellie le gustó. Regresó a casa a mediodía radiante de felicidad. El viento hinchaba la falda de su vestido azul, estrenado el primer día de colegio, dejando al descubierto sus magulladas rodillas (y traía una herida nueva que habría que admirar). Traía en la mano un dibujo de dos niños, o tal vez dos perchas, un zapato desabrochado, un lazo menos en el pelo y gritaba: «¡Hemos cantado *El viejo MacDonald*! ¡Mamá! ¡Papá! ¡Hemos cantado *El viejo MacDonald*! ¡Igual que en el otro colegio!»

Rachel miró a Louis, que estaba sentado junto a la ventana, con Gage en las rodillas. El niño estaba a punto de quedarse dormido. Había en la mirada de Rachel una sombra de tristeza y, aunque ella volvió la cara casi enseguida, Louis sintió una punzada de pánico terrible. «Realmente, nos hacemos viejos –pensó–. Es verdad. No nos escapamos. Ellie va para arriba... y nosotros para abajo.»

Ellie corrió hacia él, tratando de enseñarle el dibujo y el nuevo arañazo y de contarle lo de *El viejo MacDonald* y Mrs. Berryman al mismo tiempo. *Church* se le cruzaba entre las piernas ronroneando de entusiasmo. Era casi un milagro que Ellie no tropezara con él.

–Sssh –hizo Louis al darle un beso. Gage, ajeno a la conmoción, acababa de quedarse dormido–. Déjame que acueste al niño y luego me lo cuentas.

Louis empezó a subir la escalera con el niño en brazos. Por la ventana entraban los oblicuos rayos del cálido sol de septiembre. Al llegar al rellano, se detuvo, helado, presa de un siniestro presagio de horror y tinieblas. Miró en derredor, preguntándose qué era lo que podía habérselo provocado. Oprimió al niño con más fuerza, estrujándolo casi, y Gage se debatió protestando. Louis sentía la piel de gallina en los brazos y la espalda.

«¿Qué pasa?», se preguntó, aturdido y asustado. El corazón le galopaba. Sentía el cuero cabelludo frío y encogido y percibía la descarga de adrenalina detrás de los ojos. El ojo humano se sale realmente de la órbita con el miedo; eso lo sabía él. No es que uno los abra más de lo normal, sino que se proyectan hacia afuera al aumentar la presión sanguínea y la presión hidrostática de los fluidos craneales. «¿Qué diablos pasa aquí? ¿Fantasmas? Dios, es como si algo me hubiera rozado aquí, en esta escalera, algo que casi he visto.»

Abajo, la puerta mosquitera repicó en el marco.

Louis Creed se sobresaltó y casi lanzó un grito. Luego, se rió. Aquello era, sencillamente, una de esas lagunas frías por las que a veces cruza la mente, ni más ni menos. Una fuga momentánea. Cosas que pasan, eso. ¿Qué le dijo Scrooge al fantasma de Jacob Marley? «Tal vez no seas más que una patata medio cruda. Eres más fantoche que fantasma.» Y, en esto, Charles Dickens acertaba más de lo que él mismo imaginaba. Los fantasmas no existían; por lo menos, que él supiera. En el ejercicio de su profesión, Louis había certificado la defunción de dos docenas de personas, y nunca sintió pasar un alma.

Llevó a Gage a su habitación y lo dejó en la cuna. Pero, mientras arropaba a su hijo, un escalofrío le recorrió la espalda y de pronto se acordó de la «tienda» de su tío Carl. Porque allí no se exhibían coches relucientes, ni televisores con los más modernos dispositivos, ni lavavajillas con parte delantera de cristal para que uno pudiera contemplar los mágicos aclarados. Allí todo eran cajas con la tapa levantada, iluminadas cada una por un foco bien camuflado. El hermano de su padre tenía una funeraria.

«¡Dios del cielo! ¿A qué viene esa sensación de horror? ¡Vamos, reacciona, hombre! ¡Déjate de monsergas!»

8

Aquel sábado, cuando Ellie había terminado su primera semana de colegio y estaba a punto de empezar el curso de la universidad, Jud Crandall cruzó la carretera y se acercó a la familia Creed que estaba sentada en el jardín. Ellie acababa de bajar de la bicicleta y bebía un vaso de té helado. Gage gateaba por la hierba, examinando insectos y tal vez comiéndose alguno que otro. Gage no era exigente en la selección de sus fuentes de proteínas.

–Hola, Jud –dijo Louis poniéndose en pie–. Te traeré una silla.

–No hace falta. –Jud llevaba jeans, camisa de algodón a cuadros y unas botas verdes. Mirando a Ellie, dijo–: ¿Aún quieres saber adónde lleva ese camino, Ellie?

–¡Sí! –dijo la niña, levantándose de un salto, con los ojos brillantes–. George Buck me dijo en la escuela que iba al cementerio de las mascotas y yo se lo conté a mamá, pero ella dice que será mejor que me lleves tú, porque sabes dónde es.

–Y tiene razón –dijo Jud–. Si no tenéis inconveniente, nos iremos dando un paseo. Pero debes ponerte botas. Hay bastante barro en ese camino.

Ellie corrió hacia la casa.

Jud la siguió con una mirada afectuosa y divertida.

–¿Nos acompañas, Louis?

–Encantado. –Louis miró a Rachel–. ¿Vienes tú, cariño?

–¿Y Gage? Tengo entendido que hay que andar más de dos kilómetros.

–Lo llevaré en la sillita-mochila.

–De acuerdo –rió Rachel–. Pero la espalda es suya, jefe.

Salieron diez minutos después, todos calzados con botas, excepto Gage, que iba colgado de los hombros de su padre, mirándolo todo con ojos redondos. Ellie correteaba delante, persiguiendo mariposas y recogiendo flores.

La hierba del prado estaba muy alta; les llegaba casi por la cintura, y había mucha vara de oro, ese heraldo de finales del verano que todos los años viene anunciando el otoño. Pero aquel día no se advertía en el aire ni asomo del otoño; el sol era todavía de agosto, a pesar de que, según el calendario, llevaban ya casi dos semanas de septiembre. Cuando llegaron a lo alto de la primera cuesta, andando a buen paso por el recortado sendero, Louis tenía manchas de sudor en la camisa, en la zona de las axilas.

Jud hizo un alto. Al principio, Louis pensó que el viejo se había quedado sin aliento, pero luego reparó en el panorama que se ofrecía detrás.

–No está mal la vista, ¿eh? –dijo Jud poniéndose una ramita de tomillo entre los dientes. Louis pensó que la frase era todo un compendio de la sobriedad de expresión yanqui.

–Es soberbio –susurró Rachel, y miró acusadoramente a Louis–. ¿Cómo no me habías dicho nada de esto?

–Es que no sospechaba que estuviera aquí –dijo Louis, un poco avergonzado. Se hallaban dentro de los límites de su propiedad y hasta aquel momento él no se había molestado en subir hasta la cima de la colina que estaba detrás de la casa.

Ellie se había adelantado un buen trecho. Ahora volvía sobre sus pasos, contemplando la vista con franca admiración. *Church* trotaba suavemente, casi pegado a sus talones.

La colina no era alta, ni falta que hacía. Por el este, un espeso bosque tapaba la vista; pero, hacia el oeste, el terreno descendía mansamente, pintado de los tonos dorados de los últimos días del verano. Todo estaba quieto, brumoso, apacible. Ni siquiera pasaba por la carretera un camión de la Orinco que turbara el silencio.

Lo que tenían ante sus ojos era la cuenca del río, desde luego, el Penobscot, por el que antaño los leñadores hacían descender los troncos desde el nordeste hasta Bangor y Derry. Pero ellos estaban un poco al sur de Bangor y al norte de Derry. El río bajaba anchuroso y apacible, como sumido en su propio sueño. Louis distinguió Hampden y Winterport a lo lejos y, en la margen de este lado, se adivinaba el sinuoso trazado de la carretera 15 que seguía el curso del río casi hasta Bucksport. Más allá del río, festoneado de árboles frondosos, se extendían los campos, surcados de caminos y carreteras. La esbelta torre de la iglesia baptista de North Ludlow asomaba entre un grupo de viejos olmos y, a la derecha, se veía el achaparrado edificio de ladrillo de la escuela de Ellie.

En el cielo, unas nubes blancas se movían perezosamente hacia la línea del horizonte de un azul desvaído. Y, por todas partes, la tierra, que por estas fechas de las postrimerías del verano ya había rendido sus frutos, aparecía dormida pero no muerta, y tenía un inverosímil color marrón encendido.

—Soberbio es la palabra justa —dijo Louis al fin.

—Antiguamente la llamaban la Colina del Mirador —dijo Jud. Se puso un cigarrillo en la comisura de los labios, pero no lo encendió—. Algunos de los viejos aún la llaman así, pero ahora que ha llegado tanta gente joven, el nombre está casi olvidado. No creo que haya muchos que conozcan este sitio. No parece que la vista pueda ser nada extraordinario, porque la colina no es muy alta. Pero se ve... —Extendió el brazo en un amplio ademán y quedó en silencio.

—Se ve toda la región —dijo Rachel en voz baja, intimidada. Miró a Louis—. Cariño, ¿es nuestro este sitio?

Y, antes de que Louis pudiera contestar, Jud dijo:

—Está dentro de la propiedad, desde luego.

Lo cual, según pensó Louis, no era lo mismo.

Hacía más fresco en el bosque, tal vez cinco o seis grados menos. El sendero seguía siendo ancho, estaba jalonado de tiestos y latas de café con flores —marchitas, la mayoría— y alfombrado de agujas de pino. Habían recorrido medio kilómetro, ahora cuesta abajo, cuando Jud llamó a Ellie, que había vuelto a adelantarse.

—Éste es un paseo muy bonito para una niña —le dijo cariñosamente—, pero quiero que prometas a tus padres que cuando vengas por aquí no te saldrás del camino.

—Lo prometo —dijo Ellie con rapidez—. ¿Por qué?

Jud miró a Louis, que se había parado a descansar. El acarrear a Gage, incluso a la sombra de aquellos viejos abetos, era trabajo duro.

—¿Sabes dónde estamos? —preguntó Jud.

Louis repasó mentalmente todas las respuestas posibles y fue desestimándolas una a una: Ludlow, Ludlow Norte, detrás de mi casa, entre la carretera 15 y Middle Drive. Movió la cabeza.

Jud señaló por encima de su hombro con el pulgar.

—Por ahí está todo —dijo—. La ciudad y demás. Por aquí, sólo bosques y más bosques en un radio de más de ochenta kilómetros. Lo llaman los bosques de Ludlow Norte, pero abarcan una punta de Orrington, parte del término de Rockford y llegan hasta esas tierras del gobierno que los indios reclaman. Sé que parece extraño que vuestra hermosa casita, situada al pie de la carretera principal, con su teléfono, su luz eléctrica y su televisión por cable, linde con bosques vírgenes, pero así es. –Volvió a mirar a Ellie–. Lo que quiero decir es que no debes andar vagando por ahí, Ellie. Podrías perderte y sabe Dios dónde irías a parar.

–No lo haré, Mr. Crandall. –Ellie estaba impresionada, y hasta intimidada, pero no asustada, según advirtió Louis. Rachel, sin embargo, miraba a Jud con gesto de preocupación, y el propio Louis se sentía un poco intranquilo. Lo atribuyó al instintivo temor que la gente de ciudad experimenta hacia los bosques. Hacía más de veinte años, desde su época de *boy-scout*, que Louis no tenía una brújula en la mano, y sus recuerdos de cómo orientarse por la estrella Polar o por el lado en el que crece el musgo en los troncos de los árboles eran tan vagos como los de la forma de hacer nudos de margarita o de media piña.

Jud los miraba sonriendo ligeramente.

–De todos modos, no hemos perdido a nadie en estos bosques desde 1934. Por lo menos, a nadie de por aquí. El último fue Will Jeppson, y no puede decirse que fuera una gran pérdida. Aparte Stanny Bouchard, Will era el mayor borracho de este lado de Bucksport.

–A nadie de por aquí –dijo Rachel, con una voz un poco forzada, y Louis casi podía leerle el pensamiento: «Y nosotros no somos de por aquí.» Por ahora.

Jud meditó un momento y luego asintió.

–Cada dos o tres años se pierde algún que otro forastero, porque la gente cree que, estando tan cerca de la carretera principal, nadie va a extraviarse. Pero, más tarde o más temprano, los encontramos. No hay que preocuparse.

–¿Hay alces? –preguntó Rachel con recelo. Y Louis sonrió. Si ella quería preocuparse, no le faltarían motivos.

–A veces se ve alguno –dijo Jud–. Pero no son peligrosos, Rachel. Durante la época del apareamiento andan un poco soliviantados, pero habitualmente se conforman con mirar. A los únicos a los que parecen tenérsela jurada fuera de la época del celo son a los de Massachusetts. No sé por qué, pero así es. –Louis pensó que el viejo bromeaba, pero no estaba seguro. Jud parecía hablar muy en serio–. Lo he visto una y otra vez. Tipos de Saugus, de Milton o de Weston subidos a los árboles y chillando que les perseguían manadas de alces del tamaño de un camión. Es como si los alces pudieran oler a los de Massachusetts. A lo mejor lo que huelen son las prendas de L. L. Bean. No sé. Me gustaría que universitarios de esos que estudian el comportamiento de los animales eligieran el tema para su tesis, pero no creo que a nadie se le ocurra.

–¿Qué es la época de celo? –preguntó Ellie.

–Ahora eso no importa –dijo Rachel–. No quiero que vengas por aquí si no es con una persona mayor, Ellie. –Rachel dio un paso hacia Louis.

Jud parecía contrariado.

–Yo no quería asustarte, Rachel. Ni tampoco a la niña. No hay que tenerle miedo al bosque. El camino es seguro. En primavera se llena de hierba, y en algunos puntos hay barro todo el año, menos en el cincuenta y cinco, que fue el verano más seco que yo recuerde; pero ni siquiera hay hiedra venenosa, como en los campos que están al lado del jardín de la escuela. Y procura no tocarla, Ellie, si no quieres pasarte tres semanas metida en un baño de almidón.

Ellie ahogó la risa con la mano.

–El camino es seguro –dijo Jud a Rachel, que no parecía muy convencida–. Si hasta Gage podría seguirlo... Y, como ya os dije, los chicos del pueblo vienen mucho por aquí. Ellos lo limpian. Y lo hacen sin que nadie se lo mande. No quisiera privar a Ellie de esta diversión. –Se inclinó haciendo un guiño–. Esto es como otras muchas cosas de la vida, Ellie: si te mantienes en el camino, todo va bien; pero, a la que te sales, como no tengas suerte, te pierdes. Y luego tiene que salir a buscarte un grupo de rescate.

Siguieron andando. A Louis empezaba a agarrotársele la espalda del peso de la silla. De vez en cuando, Gage le agarraba un mechón de pelo en cada mano y tiraba con entusiasmo o le daba un alborozado puntapié en los riñones. Los últimos mosquitos de la temporada le bailaban delante de la cara con su penetrante zumbido.

El camino descendía zigzagueando entre viejos abetos. Más allá, atravesaba una zona de densos matorrales. Realmente, el terreno era muy húmedo, y las botas de Louis se hundían en el barro y los charcos. En un punto, tuvieron que cruzar sobre unos leños. Pero aquél fue el paso más difícil. Después, el camino empezaba a subir otra vez entre árboles. Gage parecía haber aumentado cinco kilos por arte de magia. Y la temperatura, diez grados. A Louis le corría el sudor por la cara.

–¿Cómo vas, cariño? –preguntó Rachel–. ¿Quieres que yo lleve al niño un rato?

–No; estoy bien –dijo él. Y era verdad, a pesar de que el corazón le latía con fuerza. Porque Louis estaba más acostumbrado a recomendar ejercicio que a hacerlo.

Ellie iba al lado de Jud; su pantalón amarillo limón y su blusa roja eran dos manchas de color vivo sobre el fondo verde y marrón oscuro del umbroso bosque.

–Lou, ¿tú crees que sabe adónde nos lleva? –preguntó Rachel en voz baja y tono preocupado.

–Sin duda –dijo Louis.

–Jud les gritó alegremente por encima del hombro.

–Ya no falta mucho. ¿Resistes bien, Louis?

«¡Dios mío! –pensó Louis–. Ochenta y tantos años y ni siquiera está sudando.»

—Muy bien —respondió Louis con cierta agresividad. Probablemente, el amor propio le hubiera hecho responder lo mismo aunque hubiera notado los síntomas de una coronaria. Sonrió ampliamente, se ajustó las correas de la sillita y siguió andando.

Llegaron a la cima de la segunda colina. Desde allí, el camino descendía entre una maraña de arbustos y matorrales que les llegaba a la altura de la cabeza. Luego se estrechaba y, a poca distancia, Louis vio a Jud y Ellie pasar por debajo de un arco de viejas tablas castigadas por la intemperie. Escrito en ellas, en borrosas letras negras, apenas legibles, se descifraba la inscripción: PET SEMATARY.[1]

Él y Rachel intercambiaron una mirada risueña y cruzaron bajo el arco, asiéndose instintivamente las manos, como si hubieran ido allí para casarse.

Por segunda vez aquella mañana, Louis se quedó admirado.

Allí el suelo estaba limpio de agujas de pino. En un círculo de unos quince metros de diámetro, casi perfecto, la hierba había sido segada a ras de tierra. Rodeaba el círculo una maraña de densos matorrales, interrumpida por unos árboles derribados que formaban un montón de aspecto a la vez siniestro y amenazador. «El que tratara de pasar por ahí o de escalar ese montón de leños debería tomar la precaución de ponerse un buen blindaje», pensó Louis. El claro estaba sembrado de una especie de lápidas, fabricadas evidentemente por artesanos infantiles con los materiales más diversos que habían podido conseguir: cajas de madera, tablas y planchas metálicas. No obstante, en medio de aquel cerco de arbustos bajos y árboles desmedrados que luchaban por

1. Cementerio de animales domésticos («Sematary»: grafía convencional, presuntamente infantil, de la fonética de «cemetery», cementerio). (N. de la T.)

espacio vital y buscaban la luz del sol, el mero hecho de su tosca factura y la circunstancia de que fueran obra de manos humanas, parecían darles una cierta homogeneidad. Con el bosque como telón de fondo, el lugar tenía un aire fantasmagórico, un ambiente más pagano que cristiano.

–Es muy bonito –dijo Rachel, aunque por su tono no parecía muy convencida.

–¡Uaaau! –gritó Ellie.

Louis se desprendió de la sillita y puso al niño en el suelo, para que pudiera gatear. Louis sintió un gran alivio en la espalda.

Ellie iba de tumba en tumba, lanzado exclamaciones. Louis se fue tras ella, mientras Rachel se quedaba vigilando al niño. Jud se sentó en el suelo, con las piernas cruzadas y la espalda apoyada en una peña y se puso a fumar.

Louis observó que las tumbas estaban dispuestas en círculos más o menos concéntricos.

El GATO SMUCKY, rezaba una tabla. El trazado de las letras era ingenuo pero esmerado. FUE OVEDIENTE. Y, debajo: 1971-1974. En el círculo exterior, un poco más allá, Louis observó una losa de pizarra y, escritos con pintura roja casi borrada pero todavía legibles, unos versos decían: BIFFER, BIFFER, TENÍA BUENOS HOCICOS HASTA QUE MURIÓ NOS HIZO MÁS RICOS.

–*Biffer* era el cocker spaniel de los Dessler –dijo Jud. Había excavado un pequeño hoyo con el tacón, en el que sacudía la ceniza del cigarrillo–. Lo atropelló un volquete el año pasado. ¿No tiene gracia el epitafio?

–La tiene –convino Louis.

Algunas de las tumbas tenían flores: unas, frescas; casi todas, mustias, y no pocas completamente secas. Más de la mitad de las inscripciones estaban casi borradas o habían desaparecido, y Louis supuso que habrían sido hechas con lápiz o tiza.

45

–¡Mami! –gritó Ellie–. ¡Aquí hay un pez! ¡Ven a verlo!

–Paso –dijo Rachel, y Louis se volvió a mirarla. Su mujer se había quedado de pie, fuera del círculo exterior, y estaba más nerviosa que nunca. «Incluso aquí se siente incómoda», pensó Louis. La afectaba mucho todo lo relacionado con la muerte (más que a la mayoría de la gente), probablemente por lo de su hermana. La hermana de Rachel había muerto muy joven, y ello le había dejado una cicatriz que, según averiguó el propio Louis a poco de que se casaran, era preferible no tocar. La hermana se llamaba Zelda y había muerto de meningitis espinal. Probablemente, su enfermedad debió de ser larga y terrible, y Rachel estaba en una edad impresionable. Por lo tanto, pensaba Louis, si ella prefería olvidar, tanto mejor.

Louis le guiñó un ojo, y Rachel le sonrió con gratitud.

Louis levantó la mirada. Se encontraban en un claro del bosque. Supuso que por eso crecía bien la hierba; estaba a pleno sol. No obstante, habría que cuidarla y regarla. Eso suponía traer regaderas hasta aquí arriba, o tal vez bombas indias, que pesarían más que Gage. Y los que las acarreaban eran niños. Volvió a pensar que era muy extraña tanta constancia en unos niños. Por lo que él recordaba de su propia infancia y por lo que observaba en Ellie, las aficiones infantiles eran como humo de pajas.

Pero aquello duraba mucho, tenía razón Jud. Así pudo comprobarlo a medida que se acercaba al centro. Las tumbas de los círculos interiores eran más antiguas y las inscripciones legibles, más escasas. Allí estaba TRIXIE, ATROPEYADO EN LA CARRETERA EL 15 SET. 1968. En el mismo círculo, había una tabla de madera hincada profundamente en tierra. La lluvia y el hielo la habían mellado y ladeado, pero aún se leía: A LA MEMORIA DE MAR-

TA, NUESTRA CONEJITA MUERTA EL 1 MARZO 1965. En la otra hilera estaba el GENERAL PATTON (UN! BUEN! PERRO! Puntualizaba la inscripción), muerto en 1958, y POLYNESIA (que, si Louis recordaba correctamente la historia del «Doctor Doolittle», debió de ser un loro) que gritó por última vez «*Poly* quiere galleta» en el verano de 1953. No había ninguna inscripción legible en los dos círculos siguientes y, después, todavía muy lejos del centro, grabado toscamente en una losa de piedra caliza, leyó: HANNAH LA MEJOR PERRA DEL MUNDO 1929-1939. Si bien la piedra caliza era relativamente blanda –y, en consecuencia, las letras eran ya poco más que una sombra, Louis se quedó atónito al pensar en las horas de trabajo que habría costado a un niño grabar aquellas ocho palabras. Era realmente abrumadora la magnitud del amor y la pena que se traducía en el esfuerzo. Aquello era algo que los mayores no hacían ni por sus propios padres, ni por sus hijos si morían jóvenes.

–Chico, esto viene de antiguo –dijo a Jud que se acercaba a él.

Jud asintió.

–Ven, quiero enseñarte una cosa –dijo Jud.

Se acercaron al tercer círculo desde el centro. Su circunferencia era mucho más perfecta que la de los círculos exteriores. Jud se detuvo frente a una pequeña placa de pizarra que estaba caída. Se arrodilló con tiento y la enderezó.

–Antes había unas palabras escritas. Las grabé yo mismo, pero ya se han borrado. Aquí enterré yo a mi primer perro. *Spot*. Murió de viejo en 1914, el año en que estalló la Gran Guerra.

Louis, impresionado por la idea de que aquel cementerio fuera más antiguo que muchos de los utilizados por los humanos, se acercó al centro, examinando atentamente algunas de aquellas estelas funerarias. Ninguna tenía ya letras y algunas se estaban desintegrando.

Cuando levantó una de ellas, casi cubierta por la hierba, sonó como un crujido quejumbroso en la tierra. Varios escarabajos ciegos huyeron de la zona que acababa de dejar al descubierto. Louis se sobrecogió y pensó: «El "Boot Hill" de los animales. Me parece que esto no me gusta nada.»

–¿De cuándo data esto?

–Pues no lo sé –dijo Jud, hundiendo las manos en los bolsillos–. Ya existía cuando murió *Spot*, desde luego. Éramos una buena pandilla en aquellos tiempos. Mis amigos me ayudaron a cavar la tumba de *Spot*. No creas que es fácil cavar aquí. El suelo es muy pedregoso y difícil de remover. Y yo también les ayudaba a ellos. –Iba señalando aquí y allá con un dedo recio y calloso–. Ahí está el perro de Pete Lavasseur, si mal no recuerdo. Y ahí, tres gatos de Albion Grotley, uno al lado del otro.

»El viejo Fritchie criaba palomas de competición. Yo, Al Groatley y Karl Hannah enterramos a una que un perro mató. Está ahí. –Se quedó pensativo–. Yo soy el último de la panda. Todos han muerto. Todos.

Louis no dijo nada. Se quedó mirando las tumbas de las mascotas, con las manos en los bolsillos.

–Hay mucha piedra aquí –insistió Jud–. No se puede plantar nada. Sólo cadáveres, imagino.

Gage, que estaba en el borde del claro, empezó a lloriquear, y Rachel lo tomó en brazos y se acercó a los dos hombres, con el niño apoyado en la cadera.

–Gage tiene hambre –dijo–. Creo que deberíamos regresar, Lou. –«Por favor, ¿nos vamos ya?» Decían sus ojos.

–Sí –respondió Lou. Se colgó la sillita de los hombros y se volvió de espaldas, para que Rachel instalara al niño–. ¡Ellie! ¡Eh!, Ellie, ¿dónde estás?

–Allí –dijo Rachel señalando el montón de troncos. Ellie trepaba por los troncos como si fueran primos hermanos de las espalderas del colegio.

–¡Oh, Ellie, baja de ahí enseguida! –gritó Jud, alarmado–. Si metes el pie donde no debes y el tronco se mueve, podrías torcerte el tobillo.

Ellie saltó al suelo.

–¡Ay! –gritó, y se acercó a ellos frotándose la cadera. No tenía herida, pero una rama le había rasgado el pantalón.

–¿Lo ves? –dijo Jud alborotándole el pelo–. Esos troncos tienen malas bromas. Ni siquiera los que están acostumbrados a andar por los bosques trepan por ellos, si pueden dar un rodeo. Los árboles que quedan caídos en un montón se vuelven ruines y, si te descuidas un poco, te hacen daño.

–¿En serio? –preguntó Ellie.

–Completamente en serio. Están amontonados como paja y, si pisas donde no debes, se vienen todos abajo.

Ellie miraba a Louis.

–¿Es verdad eso, papá?

–Creo que sí, cariño.

–¡Uf! –Ellie gritó a los troncos–: ¡Me habéis roto los pantalones, árboles feos!

Los tres mayores se echaron a reír. Los troncos, no. Siguieron blanqueándose al sol, como habían hecho durante décadas. A Louis le parecían el esqueleto de un monstruo muerto hacía mucho tiempo por un caballero andante. Los huesos de un dragón gigantesco abandonados allí, en un primitivo monumento funerario.

Incluso entonces Louis pensó ya que había algo artificial y estudiado en la forma en que los troncos se alzaban entre Pet Sematary y los grandes bosques que se extendían más allá, bosques que Jud Crandall llamaba con naturalidad «los bosques indios». Su aparente desgaire parecía excesivo para ser obra de la naturaleza. Era...

En aquel momento, Gage le retorció una oreja gorgoteando de gusto, y Louis se olvidó de los troncos amontonados al fondo del cementerio de animales. Era hora de regresar a casa.

9

Al día siguiente, Ellie se acercó a Louis con semblante preocupado. Louis estaba en su pequeño estudio construyendo uno de sus modelos a escala. Éste era un Rolls Royce *Silver Ghost* 1917: 680 componentes y más de cincuenta piezas móviles. Lo tenía casi terminado, y a Louis ya le parecía estar viendo al chófer de librea, descendiente directo de los cocheros ingleses del siglo XVIII o XIX, sentado al volante con empaque majestuoso.

Louis era un apasionado de los modelos a escala desde que tenía diez años. Empezó con un Spad de la Primera Guerra Mundial que le compró su tío Carl, siguió con casi todos los aeroplanos Revell y, ya de adolescente, pasó a cosas más importantes. Tuvo su época de barcos en botellas, su época de artilugios de guerra y hasta su época de armas. Sus armas estaban tan bien imitadas que parecía imposible que no se disparasen al apretar el gatillo. Hacía Colts, Winchesters, Lugers y hasta una Buntline Special. Durante los cinco años últimos, se había dedicado a los grandes trasatlánticos. En su despacho de la universidad tenía una reproducción del *Lusitania* y otra del *Titanic*, y un modelo a escala del *Andrea Doria*, terminado poco antes de que salieran de Chicago, navegaba sobre la repisa de la chimenea de la sala de estar. Ahora había pasado a los coches clásicos y, a juzgar por el ritmo que hasta entonces llevara su afición, transcurrirían cuatro o cinco años antes de que sintiera el afán de reproducir otros ingenios. Rachel contemplaba este único hobby de su marido con condescendencia femenina no exenta, según creía él, de cierto desdén: seguramente, incluso tras diez años de matrimonio ella esperaba todavía que lo superase con la edad. Tal vez esta actitud reflejaba, en cierta medida, la convicción de su padre que seguía creyendo, ahora con la misma firmeza que cuando Rachel se casó con Louis, que le había tocado en suerte un yerno imbécil.

«Puede que ella tenga razón –pensaba Louis–. Tal vez un buen día me despierte, a mis treinta y siete años, suba todos estos cachivaches al desván y me dedique al vuelo en ala delta.»

Pero ahora Ellie traía la cara muy seria.

A lo lejos, en el aire limpio de la mañana, se oía el perfecto sonido dominical de la campana de la iglesia llamando a los fieles.

–Hola, papá.

–Hola, tesoro, ¿qué me cuentas?

–Oh, nada –dijo Ellie. Pero su cara decía otra cosa; su cara decía que había mucho que contar, y no precisamente fabuloso, qué va. Tenía el pelo recién lavado y suelto sobre los hombros. Con aquella luz parecía más rubio, y se disimulaba su tendencia a oscurecerse. Llevaba vestido, y Louis reparó en que su hija casi siempre se ponía vestido los domingos, a pesar de que ellos no iban a la iglesia–. ¿Qué construyes ahora?

Mientras pegaba cuidadosamente un guardabarros, Louis se lo dijo.

–Mira esto. –Le enseñaba un tapacubos–. ¿Ves las dos «R» entrelazadas? Bonito detalle, ¿eh? Si para el día de Acción de Gracias volvemos a Chicago y volamos en un L-1011, podrás verlas también en los motores.

–Un tapacubos. Fabuloso. –Le devolvió la pieza.

–Si eres dueña de un Rolls-Royce entonces lo llamas embellecedor. Cuando se tiene un Rolls se puede presumir. Tan pronto como gane mi segundo millón, me compraré uno. Rolls-Royce Corniche. Así, cuando Gage se maree podrá vomitar sobre piel de verdad. –«Y, a propósito, Ellie, ¿qué te preocupa?» Pero con Ellie no podían plantearse las cosas de este modo. Nada de preguntas directas. La niña era reservada, rasgo que Louis admiraba.

–¿Somos ricos, papi?

–No; pero tampoco vamos a morirnos de hambre.

–Michael Burns, un chico del cole, me dijo que todos los médicos son ricos.

–Mira, puedes decirle a Michael Burns del cole, que muchos médicos *se hacen ricos*, pero tardan veinte años..., y ésos no trabajan en la enfermería de una universidad. Te haces rico si eres especialista. Ginecólogo, traumatólogo o neurólogo. Ellos se enriquecen deprisa. Los de medicina general como yo tardan más.

–Entonces, ¿por qué no te haces especialista, papá?

Louis pensó entonces en sus modelos a escala, en cómo un día se cansó de construir aviones de combate, o decidió que no iba a perder más tiempo con los tanques Tiger ni los emplazamientos de cañones, o comprendió (casi de la noche a la mañana, según le parecía ahora) que era una tontería meter barquitos en botellas; y trató de imaginar lo que sería pasar el resto de su vida examinando pies infantiles para diagnosticar dedos martillo o poniéndose guantes de fino látex para palpar con un dedo bien entrenado el conducto vaginal de una señora, buscando bultitos u otras anomalías.

–Porque no me gustaría –dijo.

Church entró en el estudio, se detuvo, inspeccionó la situación con sus brillantes ojos verdes, saltó silenciosamente al alféizar de la ventana y pareció quedarse dormido.

Ellie le miró con el entrecejo fruncido, lo cual sorprendió a Louis. Generalmente, Ellie miraba a *Church* con una expresión que de tan cariñosa resultaba preocupante. La niña empezó a dar vueltas por la habitación, mirando los distintos modelos y, con una voz casi natural, dijo:

–Chico, ¡cuántas tumbas había en Pet Sematary!

«Ajá, con que ahí le duele», pensó Louis; pero no la miró. Después de leer atentamente las instrucciones, se dispuso a pegar los faros al Rolls.

–Muchas, sí –contestó–. Yo diría que más de cien.

–Papá, ¿por qué los animales no viven tanto como la gente?

–Bueno, los hay que sí; incluso más. Los elefantes viven muchos años, y hay tortugas marinas tan viejas que nadie sabe cuántos años tienen..., o, si alguien lo sabe, no se lo cree.

Ellie refutó la afirmación con toda facilidad.

–Yo no me refería a elefantes ni a tortugas, sino a los animales que viven con nosotros. Michel Burns dice que, para un perro, un año es como nueve para nosotros.

–Siete –rectificó Louis automáticamente–. Ya sé lo que quieres decir, cariño, y es verdad. Un perro es muy viejo a los doce años. Verás, hay algo que se llama metabolismo, y al parecer lo que hace el metabolismo es marcar el tiempo. Oh, hace otras muchas cosas: hay gente que come mucho y está delgada a causa del metabolismo, como le pasa a tu madre. Otros, como yo, por ejemplo, no podemos comer tanto sin engordar. Nuestro metabolismo es diferente, eso es todo. Pero, más que nada, el metabolismo es como una especie de reloj del cuerpo. Los perros tienen un metabolismo bastante rápido. El de las personas es mucho más lento. La mayoría de nosotros vivimos hasta los setenta y dos años. Y, créeme, setenta y dos años son muchos años.

Louis, al verla tan preocupada, deseó parecer más sincero de lo que él mismo se sentía. Tenía treinta y cinco años, y le habían pasado tan fugazmente como una corriente de aire por debajo de una puerta.

–Las tortugas marinas tienen un metabo...

–¿Y los gatos? –preguntó Ellie, mirando otra vez a *Church*.

–Bueno, los gatos viven tanto como los perros; por lo menos, la mayoría.

Era mentira, y él lo sabía. Los gatos vivían peligrosamente y muchos tenían una muerte violenta, casi siempre, fuera del alcance de la vista de los humanos. Allí estaba *Church*, dormitando al sol (o aparentándolo), *Church* que todas las noches dormía apaciblemente en la cama de Ellie, *Church* que era tan gracioso cuando chiquito, jugando y enredándose con el ovillo de lana. Y no obstante, Louis le había visto acechar a un pájaro que tenía un ala rota, con sus verdes ojos brillantes de curiosidad y de sadismo, según le pareció a Louis, de placer. El gato casi nunca mataba a los bichos que acechaba, con la única excepción de una rata grande que atrapó en el callejón situado junto a su bloque de apartamentos. Realmente, aquella vez *Church* se cargó a la rata. Volvió a casa tan magullado y lleno de sangre que Rachel, que estaba de seis meses de Gage, tuvo que ir corriendo al baño a vomitar. Vidas violentas y muertes violentas. Un perro los abría en canal en lugar de limitarse a perseguirlos, como hacían los perros torpes y un poco tontos de las películas de la tele, o se los llevaba por delante otro gato, o un cebo envenenado, o un coche. Los gatos eran los gángsters del mundo animal, que vivían y a menudo morían fuera de la ley. Eran muchos los que no llegaban a viejos al calor de la chimenea.

Pero no vas a decirle estas cosas a una niña de cinco años que contempla por primer vez el misterio de la muerte.

–Lo que quiero decir es que *Church* no tiene más que tres años y tú, cinco. Quizá viva todavía cuando tú tengas quince años y vayas a la escuela secundaria. Y eso es mucho tiempo.

–A mí no me parece tanto tiempo –dijo Ellie, y ahora le temblaba la voz–. ¡Oh, no!

Louis dejó de simular que estaba trabajando en el modelo y le hizo una seña para que se acercara. Ella se sentó en sus rodillas y, una vez más, Louis se sintió impresionado por su belleza, acentuada ahora por la tristeza. Tenía la tez oscura, casi bizantina. Tony Benton, un médico compañero suyo de Chicago, la llamaba Princesa India.

–Cariño –dijo–, si de mí dependiera, yo haría que *Church* viviera hasta los cien años. Pero yo no mando.

–¿Y quién manda? –preguntó ella, y añadió con infinito desdén–: Dios, seguramente.

Louis tuvo que hacer un esfuerzo para no reír. Aquello era muy serio.

–Dios o Alguien –dijo él–. Los relojes tienen que pararse un día u otro, eso es todo lo que yo sé. No hay vuelta de hoja, muñeca.

–¡Yo no quiero que *Church* sea como esos animales muertos! –gritó ella, llorosa–. ¡Yo no quiero que *Church* se muera! ¡Es mi gato! ¡No es el gato de Dios! ¡Que Dios se busque otro gato! ¡Que se busque todos los gatos que quiera y que los mate! ¡*Church* es mío!

Se oyeron pasos en la cocina y Rachel se asomó a la puerta, intrigada. Ellie lloraba apoyada en el pecho de Louis. El horror se había traducido en palabras. Ya había salido. Ya se le había pintado en la cara, ya se podía mirar. Y, aunque no fuera posible cambiarlo, por lo menos podías llorar frente a él.

–Ellie –dijo Louis meciéndola suavemente–, Ellie, Ellie, *Church* no ha muerto, está ahí, dormido.

–Pero se puede morir –sollozó ella–. Se puede morir en cualquier momento.

Él la abrazaba y la mecía, convencido, con razón o sin ella, de que Ellie lloraba por el carácter inapelable de la muerte, por su impasibilidad ante las protestas y las lágrimas de una niña, por su arbitrariedad. Y lloraba también por esa facultad del ser humano, que puede ser maravillosa o funesta, para sacar de un símbolo deducciones sublimes o siniestras. Si todos aquellos animales estaban muertos y enterrados, luego *Church* podía morir

(¡en cualquier momento!)

y ser enterrado; y lo mismo podía ocurrirle a su madre, a su padre o a su hermanita. O a ella misma. La muerte era una idea abstracta. Pet Sematary era real. En aquellas toscas estelas había verdades que incluso la mano de una niña podía palpar.

Hubiera sido fácil mentir ahora, como había mentido antes sobre la vida media de los gatos. Pero la mentira se recordaría más adelante y tal vez se inscribiera en la ficha que todos los hijos extienden sobre sus padres. Su propia madre le había contado a él una de aquellas mentiras: la mentira inocente de que las mujeres encuentran a los niños entre la hierba fresca cuando realmente los desean. Pero, pese a lo inocente de la mentira, Louis nunca se la perdonó a su madre; ni se perdonó a sí mismo por haberla creído.

—Cariño, eso forma parte de la vida.

—¡Una parte *muy mala*! —gritó ella—. ¡Muy mala!

No había respuesta para esto. Ellie siguió llorando. Al fin dejaría de llorar. Aquél era el primer paso dirigido a establecer una paz precaria con una verdad inmutable.

Louis abrazaba a su hija mientras escuchaba el repique de campanas del domingo por la mañana que flotaba en el aire, sobre los campos de septiembre, y tardó algún tiempo en darse cuenta, después de que cesara el llanto, de que Ellie, al igual que *Church*, se había dormido.

Louis subió a dejar a la niña en la cama y luego bajó a la cocina, donde Rachel estaba batiendo la masa del pastel con un brío un tanto exagerado. Se mostró sorprendida de que Ellie se hubiera quedado dormida a media mañana; no era propio de ella.

—No —dijo Rachel, dejando el cuenco en el mostrador con un golpe seco—; no acostumbra hacerlo. Pero me parece que ha estado despierta casi toda la noche. La oí rebullir, y *Church* pidió para salir a eso de las tres. Sólo lo hace cuando ella está nerviosa.

—Pero, ¿por qué...?

—¡Vamos, tú sabes perfectamente por qué! —dijo Rachel, furiosa—. ¡Ese dichoso cementerio! La impresionó, Lou. Era el primer cementerio que ella veía y... la trastornó. No creas que pienso escribir una cartita de agradecimiento a tu amigo Jud Crandall por esa excursión.

«Vaya, ahora resulta que es mi amigo», pensó Louis, perplejo y dolido.

—Rachel...

—Y no quiero que la niña vuelva a ese sitio.

—Rachel, lo que dijo Jud del camino es verdad.

—No me refiero al camino, y tú lo sabes perfectamente —dijo Rachel, tomando el cuenco y poniéndose a batir el pastel con más fuerza que antes—. Es ese maldito lugar. Es morboso. Eso de que los niños cuiden las tumbas y limpien el camino... es malsano, no hay otra palabra. Si los críos de este pueblo están enfermos, no quiero que Ellie contraiga la enfermedad.

Louis la miraba, desconcertado. Estaba casi convencido de que una de las razones por las que su matrimonio resistía mientras, al parecer, no pasaba año sin que dos o tres parejas amigas se separaran, era el respeto que ambos profesaban al misterio, esa idea apenas intuida y nunca explicada con palabras de que, a fin de cuentas, a la hora de la verdad, la cosa del matrimonio no existía, ni tampoco la unión, de que el alma de cada cual estaba sola y, en definitiva, desafiaba a la razón. Éste era el misterio. Y por más que tú creyeras conocer a tu pareja, había veces en que te encontrabas frente a un muro ciego o un pozo sin fondo. Y había veces (pocas, gracias a Dios) en que te veías metido en una turbulencia de corrientes desconocidas, como las que, de pronto, sin más ni más zarandean a todo un avión de pasajeros, y advertías una actitud insospechada y tan estrambótica (por lo menos, a tus ojos) que te parecía incluso patógena. Y entonces pisabas con cautela, si valorabas en algo tu matrimonio y tu serenidad de espíritu. Entonces tratabas de recordar que enojarse por semejante descubrimiento es propio de los imbéciles que creen realmente que una mente puede llegar a conocer a otra.

–Cariño, no es más que un cementerio de animales –dijo él.

–Después de oírla llorar de ese modo ahí dentro –dijo Rachel señalando la puerta del estudio con una cuchara llena de pasta–, ¿crees que para ella no es más que un cementerio de animales? Eso va a dejarle huella, Lou. No. Ellie no volverá a ir allí. No es el camino; es el lugar. Ya está pensando que *Church* va a morir.

Durante un momento, Lou sintió la extraña impresión de que seguía hablando con Ellie que se había puesto unos zancos, un vestido y una máscara de Rachel muy bien imitada. Hasta la expresión era la misma: crispada y un poco hosca por fuera, pero vulnerable por dentro.

De pronto, Louis decidió insistir, porque ahora la cuestión le parecía importante; no era algo que pudiera soslayarse por respeto a aquel misterio, a aquella suprema soledad. Insistía porque creía que ella estaba pasando por alto algo tan grande que casi llenaba todo el paisaje, y para eso había que mantener los ojos cerrados deliberadamente.

–Rachel –dijo–, *Church* va a morir.

Ella le miró, irritada.

–No se trata de eso –dijo lentamente, hablándole como a un niño torpe–. *Church* no va a morir hoy ni mañana...

–Eso es lo que traté de decirle.

–... ni pasado mañana, ni, probablemente, hasta dentro de *años*...

–Cariño, nunca se sabe...

–¡Pues claro que sí! –gritó ella–. Nosotros le cuidamos muy bien. El gato no va a morir, aquí no va a morir nadie. ¿Por qué inquietar a una criatura por algo que no podrá comprender hasta que sea mucho mayor?

–Rachel, escucha.

Pero Rachel no quería escuchar. Estaba echando chispas.

–Por si no fuera bastante duro encajar una muerte, la de un animal, un amigo, un familiar, cuando llega, no faltaría sino que la gente tratara de convertirla en atracción para turistas, una especie de «Forest Lawn» para animales... –Le corrían las lágrimas por las mejillas.

–Rachel –dijo él, tratando de asirla por los hombros, pero ella le rechazó con brusquedad.

–Deja. No sirve de nada hablar contigo. No tienes ni la más remota idea de lo que estoy diciendo.

Él suspiró.

–Me siento como si me hubiera caído por una trampilla a una gigantesca batidora eléctrica –dijo él, tratando de arrancarle una sonrisa. No la obtuvo; sólo una mirada candente, fija. Él se daba cuenta de que Rachel estaba, no ya irritada, sino francamente furiosa–. Rachel –dijo de pronto, sin estar seguro de lo que iba a decir, hasta que oyó sus propias palabras–, ¿cómo dormiste tú anoche?

–¡Vamos, hombre! –exclamó ella con desdén, volviéndole la espalda. Pero no sin que él observara un parpadeo de mortificación en sus ojos–. Eso es muy inteligente, realmente inteligente. Nunca cambiarás, Louis.

Cuando algo no va bien, tiene la culpa Rachel, ¿no? Rachel, siempre con los nervios a flor de piel.

–Eso no es justo.

–¿No? –Ella se llevó la fuente de la masa al mostrador más alejado, y la depositó bruscamente al lado del fogón. Luego, con los labios apretados, se puso a engrasar un molde.

Él dijo pacientemente:

–No tiene nada de malo que una criatura averigüe algo sobre la muerte, Rachel. En realidad, me parece necesario. La reacción de Ellie, su llanto, me pareció perfectamente natural. Es...

–Oh, te ha parecido natural –dijo Rachel revolviéndose con brusquedad–. Yo considero perfectamente natural que Ellie se ponga a llorar a lágrima viva por un gato que no podría estar más sano.

–Basta –la atajó él–. Eso no tiene nada que ver.

–No quiero seguir hablando de ello.

–Pero vamos a seguir hablando –dijo él, enfadado también–. Tú ya has soltado el parrafito. Ahora me toca a mí.

–La niña no va a subir nunca más. Por lo que a mí respecta, asunto terminado.

–Ellie sabe desde el año pasado de dónde vienen los niños –dijo Louis lentamente–. Le enseñamos el libro de Myers y se lo explicamos, ¿lo recuerdas? Los dos estábamos de acuerdo con que los niños deben saber de dónde vienen.

–Eso es distinto...

–No; no lo es –dijo él ásperamente–. Cuando hablaba con ella ahí dentro, acerca de *Church*, me acordé de mi madre y del cuento que me contó sobre las hojas de col cuando le pregunté de dónde sacaban las madres a los niños. Es una mentira que no se me ha olvidado. No creo que los niños lleguen a olvidar las mentiras que les dicen sus padres.

–¡De dónde vienen los niños no tiene absolutamente nada que ver con un cochino cementerio de animales! –le gritó Rachel, y lo que sus ojos le decían era: «Puedes estar haciendo comparaciones todo el día y toda la noche, Louis; puedes estar hablando hasta ponerte morado. A mí no me convencerás.»

No obstante, él lo intentó.

–El cementerio de los animales la impresionó porque es una concretización de la muerte. Ella ya sabe cómo nacen los niños. Bien, ese lugar de ahí arriba la impulsó a preguntar sobre el extremo opuesto. Es algo perfectamente natural. A mí me parece lo más natural del m...

–¿Quieres dejar de repetir eso de una vez? –chilló ella. Chillaba realmente, y Louis retrocedió, sobresaltado, golpeando con el codo la bolsa de la harina que estaba abierta encima del mostrador y tirándola al suelo. Se alzó una fina nube blanca.

–Oh, mierda... –murmuró, consternado.

En una habitación del piso de arriba, Gage rompió a llorar.

–Fantástico –dijo ella, llorando también–. Has despertado al niño. Muchas gracias por una mañana de domingo tranquila y sin agobios.

Rachel fue a pasar por su lado, pero él, furioso a su vez la retuvo asiéndola del brazo. Al fin y al cabo, era ella la que había despertado a Gage con aquellos gritos.

–Deja que te pregunte algo –dijo él–. Porque yo sé que a los seres vivos puede ocurrirles cualquier cosa, literalmente cualquier *cosa*. Soy médico y sé de lo que estoy hablando. ¿Quieres ser tú quien le explique qué pasará si el gato pilla el moquillo o leucemia? Los gatos son propensos a la leucemia, ¿no lo sabías? ¿O si lo atropellan en esa carretera? ¿Tú se lo explicarás, Rachel?

–Suéltame –siseó ella. Pero el furor que había en su voz no era nada comparado con el terror y la confusión de su mirada. «No quiero seguir hablando de esto, y tú no vas a obligarme, Louis –decía aquella mirada–. Suéltame, tengo que ir a ver qué le pasa a Gage antes de que se caiga de la c...

–Porque quizá tuvieras que ser tú quien se lo dijera –insistió él–. Podrías decirle que de esas cosas no se habla, que las personas educadas no hablan de eso; sólo lo entierran y basta. Pero no digas «entierran», porque podrías crearle complejo.

–¡Te odio! –sollozó Rachel, desasiéndose.

Y entonces él lo sintió, naturalmente; pero ya era tarde, naturalmente.

–Rachel...

Ella le dio un empujón, llorando con más fuerza.

–Déjame en paz. ¡Ya está bien! –Ella se volvió a mirarle desde la puerta. Las lágrimas le resbalaban por las mejillas–. No quiero hablar de esto nunca más delante de Ellie, Lou. Te lo digo en serio. La muerte no tiene nada de natural. Nada. Y tú, como médico, deberías saberlo.

Ella giró bruscamente y se fue, dejando a Louis solo en la cocina, en la que aún vibraba el eco de sus voces. Luego, Louis fue a la despensa a buscar la escoba. Mientras barría, pensaba en la última frase que ella le había dicho, en la enormidad de aquella disparidad de criterios que había permanecido tanto tiempo oculta. Porque, como médico, él sabía que la muerte era, salvo tal vez en el parto, la cosa más natural del mundo. No eran tan seguros los impuestos, ni los problemas humanos, ni los conflictos sociales, ni el éxito o el fracaso. Al final, lo único que contaba era el reloj y lo único que quedaba, la lápida, que iba borrándose poco a poco. Hasta las tortugas marinas y las secoyas gigantes acababan por sucumbir.

–Zelda –dijo en voz alta–. ¡Mierda, aquello debió de ser muy fuerte para ella!

La duda que ahora se le planteaba era si debía dejar las cosas como estaban o tratar de arreglarlas.

Vació la pala en el cubo de la basura y la harina cayó con un golpe sordo, empolvando las cajas y las latas vacías.

10

—Espero que Ellie no se impresionara mucho —dijo Jud Crandall aquella noche, y una vez más Louis pensó que aquel hombre tenía la rara, e inquietante, habilidad de poner el dedo en la llaga.

Él, Jud y Norma Crandall estaban sentados en el porche, tomando el fresco del anochecer y bebiendo té helado en lugar de cerveza. Por la 15 zumbaba un tráfico bastante intenso de regreso del fin de semana: aquella bonanza no podía durar, y cada fin de semana podía ser el último del verano y había que aprovecharlo, pensaba Louis. Al día siguiente, empezaría a desempeñar plenamente sus funciones en la enfermería de la Universidad de Maine. Durante todo el día de ayer y de hoy habían estado llegando los estudiantes, llenando apartamentos en Orono y dormitorios del *campus*, haciendo camas, renovando amistades y, sin duda, lamentándose de la llegada de otro curso, con clases desde las ocho de la mañana y comida insípida. Rachel seguía mostrándose fría con él —más que fría, gélida— y Louis estaba seguro de que, cuando volviera a casa aquella noche, la encontraría dormida, probablemente, con Gage y, los dos, acurrucados tan al borde de la cama que el niño correría peligro de caer al suelo. El resto de la cama, casi las tres cuartas partes, sería como un gran desierto desolado.

—Decía que espero...

—Perdona —dijo Louis—. Estaba pensando en las musarañas. Sí, está un poco nerviosa. ¿Cómo lo adivinaste?

—Como ya te dije, por aquí han pasado muchos niños. —Tomó suavemente la mano de su mujer y le sonrió—. ¿Verdad, querida? Llegan y se van.

—Muchos, muchos —dijo Norma Crandall—. A nosotros nos encantan los niños.

—Para algunos, ese cementerio de animales es el primer contacto real con la muerte —dijo Jud—. Ellos ven morir a la gente en la tele, pero saben que eso es de mentirijillas, como en las películas del Oeste que antes ponían los sábados por la tarde. En las películas, la gente se lleva las manos al estómago o al pecho y cae al suelo. Pero ese sitio de ahí arriba, en la colina, a la mayoría les parece mucho más real que todas las películas habidas y por haber, ¿comprendes?

Louis asintió pensando: «¿Por qué no se lo cuentas a mi mujer?»

—A algunos niños no les afecta en absoluto; por lo menos, no lo acusan, aunque imagino que a la mayoría les queda dentro y luego lo van rumiando poco a poco, lo mismo que se meten en el bolsillo todas esas cosas que coleccionan, y se las llevan a casa para mirarlas despacio. La mayoría no tienen problemas. Pero otros... ¿Te acuerdas del pequeño Symonds, Norma?

Ella asintió. El hielo tintineó suavemente en el vaso que tenía en la mano. Llevaba las gafas colgadas de una cadena y los faros de un coche la iluminaron brevemente.

—Tenía cada pesadilla... —dijo—. Soñaba con cadáveres que salían de la tierra, qué sé yo. Luego, se le murió el perro... Comió un cebo envenenado, o eso dijo la gente del pueblo, ¿no, Jud?

—Un cebo envenenado —dijo Jud moviendo afirmativamente la cabeza–. Eso se dijo, sí. Fue en 1925. Billy Symonds tendría entonces diez años. Luego llegó a senador del estado y más tarde se presentó a las elecciones para la Cámara de Representantes, pero las perdió. Fue poco antes de lo de Corea.

–Él y sus amigos organizaron un funeral por el perro –recordó Norma–. No era más que un perro callejero, pero él lo quería mucho. Recuerdo que sus padres se oponían a lo del entierro, por las pesadillas y demás, pero todo salió bien. Dos de los chicos mayores le hicieron un ataúd, ¿verdad, Jud?

Jud asintió y apuró su té helado.

–Dean y Dana Hall –dijo–. Ellos y aquel otro chico que andaba con Billy, ahora no me acuerdo cómo se llamaba, pero me parece que era uno de los hermanos Bowie: ¿Te acuerdas de los Bowie, que vivían en Middle Drive, en la vieja casa Brochette, Norma?

–¡Sí! –dijo Norma tan excitada como si hubiera ocurrido la víspera..., y tal vez así le parecía a ella–. Era un Bowie, Alan o Burt...

–O puede que fuera Kendall –dijo Jud–. De todos modos, recuerdo que tuvieron una discusión sobre quién iba a llevar el ataúd. El perro no era muy grande, por lo que no daba más que para dos personas. Los Hall decían que debían ser ellos los que lo llevaran, porque el ataúd lo habían hecho ellos, y también porque eran gemelos y formaban una pareja a juego. Billy decía que ellos no conocían a *Bowser*, así se llamaba el perro, lo suficiente para ser quienes lo llevaran. Dice mi padre que son los amigos más íntimos los que llevan el ataúd y no cualquier carpintero, gritaba él. –Jud y Norma se echaron a reír y Louis sonrió.

–A punto estaban ya de liarse a puñetazos, cuando Mandy Holloway, la hermana de Billy, salió con el cuarto tomo de la *Enciclopedia Británica* –dijo Jud–. Su padre, Stephen Holloway, era el único médico que había entre Bangor y Bucksport en aquella época, Louis, y la suya, la única familia de Ludlow que poseía una enciclopedia.

–También fueron los primeros en tener luz eléctrica –apuntó Norma.

–De todos modos –continuó Jud–, lo cierto es que Mandy salió muy tiesecita, como si se hubiera tragado el palo de la escoba, como decía mi madre, con sus ocho años, las enaguas volando al viento y aquel libro enorme en los brazos. Billy y el chico Bowie (me parece que era Kendall, el que se estrelló y se quemó en Pensacola en 1942, entrenando a pilotos de guerra), iban a zumbar a los gemelos Hall por el privilegio de llevar al cementerio al pobre chucho envenenado.

Louis empezó a reír por lo bajo y luego soltó una carcajada. Sentía relajarse la tensión que le había dejado su pelea de aquella mañana con Rachel.

–La niña salió gritando: «¡Esperad! ¡Esperad! ¡Mirad esto!» Ellos se quedaron quietos y que me ahorquen si...

–Jud –reconvino Norma.

–Perdona, cariño. Cuando me embalo, no puedo reprimirme, ya lo sabes.

–Sí, ya lo sé –dijo ella.

–Bueno, la niña tenía el libro abierto por la página de FUNERALES y allí había una fotografía de la reina Victoria, recibiendo el último adiós y *bon voyage* con más de cincuenta personas a cada lado del ataúd, unas sudando con el armatoste a cuestas y otras sólo de pie, vestidas de punta en blanco, como para ir a las carreras. Y dice Mandy: «En un entierro de lujo puedes poner a toda la gente que quieras. Lo dice el libro.»

–¿Eso resolvió el problema? –preguntó Louis.

–Eso zanjó la cuestión. Al final eran más de veinte chavales y, ¡canastos!, estaban lo mismo que la foto que Mandy había encontrado, aparte las chisteras y las levitas. Mandy lo organizó todo, sí señor. Los puso en fila y dio a cada uno una flor silvestre, un diente de león, una campanilla, una margarita, y allá se fueron. Qué caray, yo he dicho siempre que el país perdió a un buen elemento al no votar a Mandy Holloway para el Congreso de Estados Unidos. –Se echó a reír moviendo la cabeza–. De todos modos, desde entonces Billy Symonds dejó de tener pesadillas sobre el cementerio de los animales. Lloró a su perro, luego se consoló y la vida continuó. Es lo que nos pasa a todos, supongo.

Louis volvió a pensar en la actitud casi histérica de Rachel.

–Tu Ellie lo superará –dijo Norma revolviéndose en el asiento–. Pensarás que no sabemos hablar más que de la muerte, Louis. Jud y yo ya tenemos muchos años, pero no somos macabros.

–Pues claro que no –dijo Louis–. Qué ocurrencia.

–Pero no creas que es mala cosa ir haciéndose a la idea. Hoy en día... no sé... nadie habla de la muerte, ni piensa en ella. La han quitado de la tele porque imaginan que puede impresionar a los niños... Y la gente quiere los ataúdes cerrados, para no ver al muerto, ni decirle adiós... Es como si todo el mundo quisiera olvidarse de ello.

–Pero, al mismo tiempo, van y ponen la tele por cable, con todas esas películas en las que la gente sale... –Jud miró a Norma y carraspeó– haciendo lo que suele hacerse con las persianas echadas. Es curioso cómo cambia todo de una generación a otra.

–Sí –dijo Louis–; muy curioso.

–Bueno, nosotros somos de otra época –dijo Jud, casi en tono de disculpa–. Nosotros estábamos más acostumbrados a la muerte. Después de la Gran Guerra, vino la epidemia de gripe, también morían las mujeres al dar a luz, y los niños se iban al otro mundo con infecciones y fiebres que los médicos curan ahora como por arte de magia. Cuando yo y Norma éramos jóvenes, si pillabas un cáncer, ya tenías el certificado de defunción. En los años veinte no había radioterapia que valiera. Dos guerras, asesinatos, suicidios...

Quedó un momento en silencio.

—Entonces la muerte era enemiga y era compañera —dijo al fin—. Mi hermano Pete murió de apendicitis en 1912, cuando Taft era presidente. Pete tenía catorce años y lanzaba la pelota de béisbol más lejos que ningún otro chico del pueblo. En aquellos tiempos no necesitabas matricularte en la universidad para estudiar lo que es la muerte. Ella se te metía en casa, te saludaba, se sentaba a cenar contigo y hasta sentías su dentellada en el trasero.

Esta vez Norma no le llamó la atención, sino que asintió en silencio.

Louis se puso en pie desperezándose.

—Tengo que marcharme —dijo—. Mañana va a ser un día de mucho trabajo.

—Sí; mañana te empieza el jaleo, ¿no? —dijo Jud levantándose a su vez. Vio que Norma quería levantarse también y le dio la mano. Ella se puso en pie con una mueca.

—Esta noche te duele, ¿verdad? —dijo Louis.

—No mucho —respondió ella.

—Ponte calor al acostarte.

—Así lo haré —dijo Norma—. Es lo que hago siempre. Louis..., no te inquietes por Ellie. Este otoño va a estar muy ocupada con sus nuevos amigos para pensar en ese sitio. Quizá un día vayan todos juntos a repintar las estelas, arrancar hierbas o plantar flores. A veces lo hacen, cuando les da la ventolera. Y ella se sentirá más tranquila. Habrá empezado a acostumbrarse.

«Eso será si mi mujer no lo impide.»

—Ven mañana por la noche a contarnos qué tal ha ido el primer día de clases —dijo Jud—. Te daré una paliza al *cribbage*.

—Quizá yo te emborrache antes —dijo Louis—. Así podré hacerte trampas.

–Doctor –dijo Jud con gran sinceridad–, el día en que alguien pueda hacerme trampas al *cribbage* será el día en que me ponga en manos de un matasanos como tú.

Louis los dejó riendo y cruzó la carretera, en la oscura noche de verano.

Rachel dormía junto al niño, en su lado de la cama de matrimonio, con las rodillas dobladas, en postura fetal y protectora. Louis pensó que ya se le pasaría: habían tenido en su matrimonio otras peleas y épocas de tirantez; pero ésta había sido la peor de todas. Él estaba triste, irritado y dolido, todo al mismo tiempo; quería hacer las paces, pero no sabía cómo, ni siquiera estaba seguro de que le correspondiera a él dar el primer paso. Parecía todo tan absurdo. Una tormenta en un vaso de agua. Habían tenido otras peleas y discusiones, sí, pero pocas tan fuertes como la suscitada por las lágrimas y las preguntas de Ellie. Louis suponía que no necesitarían muchos golpes como aquél para que un matrimonio sufriera daños graves en su estructura... Y luego un día, en lugar de leerlo en la carta de un amigo («Bueno, creo que es preferible que lo sepas por mí antes que por otra persona, Lou; Maggie y yo vamos a separarnos...») o en el periódico, te había tocado a ti.

Se desnudó en silencio y puso el despertador a las seis. Luego, se duchó, se lavó el pelo, se afeitó y masticó una tableta de Rolaid antes de cepillarse los dientes; el té helado de Norma le había dado acidez. O tal vez fue el llegar a casa y ver a Rachel tan apartada en su lado de la cama. Todo es cuestión de territorio, ¿no lo había estudiado así en una clase de Historia?

Una vez concluido el día con aseo general, Louis se acostó..., y no pudo dormir. Había algo más, algo que le roía. No hacía más que pensar en los dos últimos días mientras oía a Rachel y Gage respirar acompasadamen-

te. GEN. PATTON... HANNAH, LA PERRA MÁS BUENA DEL MUN-
DO... MARTA NUESTRA CONEJITA... Ellie, furiosa: «¡Yo no
quiero que se muera *Church*...! ¡No es el gato de Dios!
¡Que Dios se busque otro gato!» Y Rachel, no menos
furiosa: «Tú, como médico, deberías saber...» Norma
Crandall diciendo: «Es como si todo el mundo quisiera
olvidarse de ello...» Y Jud, con una terrible firmeza en la
voz, una voz de otro tiempo: «A veces, se sentaba a cenar contigo y hasta sentías su dentellada en el trasero.»

Y aquella voz se confundía con la de su madre, que,
cuando Louis Creed tenía cuatro años, le mintió acerca
del sexo, pero luego, a los doce, le dijo la verdad cuando su prima Ruthie murió en un estúpido accidente de
automóvil, aplastada en el coche de su padre por un
tractor de Obras Públicas conducido por un niño que,
al ver las llaves puestas, decidió ir a dar un paseo y luego descubrió que no sabía pararlo. El niño sólo sufrió
contusiones sin importancia; pero el Fairlane del tío Carl
quedó destrozado. «Ruthie no puede haber muerto»,
respondió él a la escueta afirmación de su madre. Él oía
las palabras, pero era incapaz de entender su significado. «¿Qué estás diciendo, muerta? ¿De qué hablas?» Y
luego, recapacitando: «¿Y quién la enterrará?» Porque
el padre de Ruthie era enterrador, pero Louis no podía
imaginar que su tío Carl se encargara de organizar el
funeral. Y él, aturdido y asustado, se aferraba a aquella pregunta como si fuera lo más importante. Era una
auténtica adivinanza como la de, ¿quién corta el pelo al
barbero del pueblo?

«Supongo que lo hará Donny Donahue», repuso su
madre. Tenía los ojos irritados; pero, más que otra cosa,
parecía cansada. Su madre daba la impresión de estar
enferma de cansancio. «Es un buen compañero de tu tío.
Oh, Louis..., la pobrecita Ruthie... No soporto pensar
que haya sufrido... Ven, Louis, vamos a rezar. Rezare-
mos por Ruthie. Necesito que me ayudes.»

Y él y su madre se arrodillaron en la cocina y rezaron. Fue aquella oración lo que por fin le hizo comprender la verdad. Si su madre rezaba por el alma de Ruthie Hodge, entonces era que su cuerpo había muerto. Ante sus ojos cerrados apareció la imagen horrenda de Ruthie que venía a la fiesta de su decimotercer cumpleaños, con sus ojos descompuestos colgando sobre las mejillas y un musgo azulado creciendo entre su cabellera rojiza, y la imagen provocó una sensación no ya de horror, sino de desesperación por un amor imposible.

Y Louis exclamó con la mayor angustia que experimentara en su vida: «¡No puede haber muerto! ¡MAMÁ, NO PUEDE HABER MUERTO, YO LA QUIERO!»

A lo que su madre respondió con la voz apagada pero cuajada de imágenes: un páramo bajo un cielo de noviembre, pétalos de rosa esparcidos, ocres y con los bordes rizados, estanques vacíos con un poso de algas, podredumbre, descomposición, polvo:

«Ha muerto, cariño. Es muy triste, pero ha muerto. Se ha ido.»

Louis se estremeció pensando: «Lo muerto, muerto está... ¿A qué preguntar?»

De pronto, Louis supo qué era lo que había olvidado, por qué seguía despierto, hurgando en viejas heridas, la noche antes de empezar su nuevo trabajo.

Se levantó y se dirigió a la escalera. De pronto, dio media vuelta en el corredor y entró en el cuarto de Ellie. La niña dormía apaciblemente, con su pijama azul de una pieza que ya le estaba pequeño. «Dios mío, Ellie –pensó Louis–, estás creciendo como una espiga. –Church estaba hecho un ovillo entre los arañados tobillos de Ellie, muerto para el mundo–. Perdona, es metáfora.»

Abajo, en la pared del teléfono, había un tablero en el que se clavaban avisos, recordatorios y facturas. En la parte superior, Rachel, con su letra clara y pulcra, había escrito: ASUNTOS A RETRASAR TODO LO POSIBLE. Louis sacó la guía de teléfonos, buscó un número y lo anotó en un papel. Debajo del número escribió: Quentin L. Jolander, veterinario - pedir hora para *Church* - si Jolander no castra animales, dará razón.

Louis miró la nota. Se preguntaba si sería el momento, pero en el fondo sabía que sí. Algo concreto tenía que resultar de aquel disgusto, y durante aquel día había decidido –sin darse cuenta de que estaba decidiéndolo– que tenía que hacer algo para evitar que *Church* anduviera cruzando la carretera.

Volvió a pensar que capar al gato equivalía a disminuirlo, a convertirlo antes de tiempo en un bicho gordo y viejo, sin más afán que dormir al lado del radiador, hasta que alguien le echara algo al plato. Louis no quería hacerle aquello a *Church*. Le gustaba el animal tal como era ahora, flaco y canalla.

Fuera, en la oscuridad, por la carretera 15, pasó zumbando un camión, y esto le decidió. Clavó la nota en el tablero y subió a acostarse.

11

A la mañana siguiente, Ellie vio el papel y preguntó a su padre qué quería decir.

–Quiere decir que hay que hacer una pequeña operación a *Church* –dijo Louis–. Probablemente, tendrá que pasar una noche en casa del veterinario. Y, cuando vuelva a casa, se quedará en el jardín y ya no tendrá ganas de salir a zascandilear por ahí.

–¿Ni cruzar la carretera? –preguntó Ellie.

«Aunque no tiene más que cinco años, desde luego no se chupa el dedo la niña», pensó Louis.

–Ni cruzar la carretera –dijo él.

–Ya –dijo Ellie. Y aquí acabó la conversación.

Louis, que esperaba una escena de protestas y llantos porque *Church* tuviera que pasar una noche fuera de casa, se quedó atónito por la docilidad de Ellie. Y entonces comprendió lo preocupada que debía de estar. Quizá Rachel no estuviera descaminada al juzgar el efecto que le había causado Pet Sematary.

La propia Rachel, que estaba dando a Gage el huevo del desayuno, le miró con gratitud y aprobación, y Louis sintió que se le quitaba un peso de encima. Aquella mirada le dijo que había pasado el enfado, que el hacha estaba enterrada. Ojalá lo estuviera para siempre.

Después, cuando el gran autobús amarillo se hubo engullido a Ellie para toda la mañana, Rachel se acercó a Louis, le echó los brazos al cuello y le besó suavemente en la boca.

–Te agradezco que hayas hecho eso –le dijo–. Siento mucho haberme puesto tan antipática.

Louis le devolvió el beso; pero se sentía un poco incómodo. Estaba pensando que, si bien ella no solía prodigar la frase «siento mucho haberme puesto antipática», él la había oído ya otras veces. Y, generalmente, después de que Rachel se saliera con la suya.

Gage, mientras tanto, se había acercado a la puerta con paso vacilante y miraba la carretera vacía por el cristal de abajo.

–Bus –dijo, tirándose distraídamente del pañal–. Ellie, bus.

–Está creciendo muy deprisa –dijo Louis.

–Demasiado.

–Bueno, por mí que siga creciendo hasta que no necesite usar pañales. Que pare después.

Ella se rió. Todo había vuelto a la normalidad. Todo iba perfectamente. Ella se echó hacia atrás, le retocó un poco la corbata y le miró de arriba abajo con severidad.

–¿Da usted el visto bueno, mi sargento?

–Estás muy guapo.

–Sí, eso ya lo sé. Pero, ¿tengo facha de cirujano de corazón? ¿Parezco uno de esos tipos que ganan doscientos mil dólares al año?

–No; te pareces al viejo Lou Creed –rió ella–. El rey del rock-and-roll.

–El rey del rock-and-roll tiene que calzarse sus zapatos de bailarín y salir disparado.

–¿Estás nervioso?

–Sí, un poco.

–No hay motivo –dijo ella–. Te dan sesenta y siete mil al año por poner vendajes de primeros auxilios, extender recetas contra la gripe y la resaca, dar la píldora a las chicas...

–Y no te olvides de la loción antipiojos –dijo Louis sonriendo. Una de las cosas que más le sorprendieron durante la primera inspección de la enfermería fueron las enormes existencias de colonia antiparásitos, que parecían más propias de un cuartel que de una universidad mediana.

Miss Charlton, la enfermera, sonrió cínicamente. «Los apartamentos de fuera del *campus* dejan bastante que desear. Ya verá, doctor.»

Sin duda, tenía razón.

–Que pases un buen día –dijo Rachel, volviendo a besarle largamente. Cuando se apartó, le miró con burlona seriedad–. Y, por lo que más quieras, recuerda que eres un director, no un interno ni un residente de segundo.

–Sí, doctor –respondió Louis humildemente, y los dos se echaron a reír de nuevo. Por un momento, él pensó en preguntar: «¿Fue Zelda, cariño? ¿Es eso lo que te atormenta? ¿Es ésa la zona de las borrascas? ¿Cómo murió Zelda?» Pero no iba a preguntarle eso, y mucho menos, ahora. Como médico, él sabía muchas cosas, la más importante, desde luego, que la muerte es tan natural como el nacimiento; pero no le iba muy a la zaga el que no hay que hurgar en una herida que empieza a cicatrizar.

De manera que, en lugar de preguntar, le dio otro beso y se fue.

Era un buen comienzo y un buen día. Maine brindaba su apoteosis estival: un cielo azul y sin nubes y una temperatura ideal de veinticuatro grados. Al salir a la carretera, Louis pensó que hasta entonces no había visto ni asomo del célebre follaje del otoño que se suponía tan espectacular. Bueno, esperaría.

Encaró el Honda Civic, el segundo coche de la familia, hacia la universidad y avanzó a velocidad regular. Aquella mañana, Rachel llamaría al veterinario, operarían a *Church* y se habrían acabado las historias de Pet Sematary (tenía gracia cómo se te grababan en la mente las faltas de ortografía, hasta hacérsete más familiares que la forma correcta) y el miedo a la muerte. ¿Qué falta hacía pensar en la muerte en una mañana de septiembre tan hermosa?

Louis puso la radio y estuvo maniobrando hasta que se tropezó con los Ramones que vociferaban el *Rockaway Beach.* Subió el volumen y coreó la canción, desentonando pero con entusiasmo.

12

Lo primero que advirtió al entrar en el recinto de la universidad fue el súbito y espectacular aumento del tráfico. Turismos, bicicletas y gente corriendo con shorts de gimnasia. Tuvo que frenar bruscamente para no atropellar a dos muchachos que venían haciendo *jogging* desde el Dunn Hall hacia las pistas de atletismo, situadas detrás del pabellón polideportivo. Del frenazo, se le clavó el cinturón en el hombro. Hizo sonar el claxon. Le indignaba el modo en que corredores y ciclistas prescindían de toda precaución. Al fin y al cabo, estaban haciendo deporte. Uno de ellos, sin mirarle siquiera, le hizo un gesto con el dedo. Louis suspiró y siguió adelante.

La segunda novedad era que la ambulancia no estaba en el aparcamiento, frente a la enfermería, y esto le intranquilizó. La enfermería estaba preparada para tratar cualquier enfermedad o accidente menos grave; había tres salas de reconocimiento muy bien equipadas, a las que se entraba directamente desde el gran vestíbulo, y dos salas con quince camas cada una. Pero no había quirófano ni nada parecido. Los casos graves eran transportados en ambulancia al Centro Médico de Maine Oriental. Steve Masterton, el médico ayudante que acompañó a Louis en su primer recorrido de las dependencias, le mostró con justificado orgullo el libro registro de los dos cursos anteriores: sólo treinta y ocho servicios de ambulancia en todo aquel tiempo... No estaba mal, si uno tenía en cuenta que el censo de estudiantes rebasaba los diez mil y la población total era de casi diecisiete mil personas.

Y, el primer día del curso, ya no estaba la ambulancia.

Louis dejó el coche en el hueco en el que, en un rótulo recién pintado, se leía: RESERVADO PARA EL DOCTOR CREED y entró rápidamente en la enfermería.

Encontró a Miss Charlton, una mujercita canosa y delgada, de unos cincuenta años, en la primera sala de reconocimientos, tomando la temperatura a una jovencita con tejanos y corpiño playero. La muchacha, según observó Louis, tenía quemaduras solares recientes y estaba despellejándose.

—Buenos días, Joan —dijo—. ¿Dónde está la ambulancia?

–Oh, ha sido toda una tragedia –dijo la mujer, extrayendo el termómetro de la boca de la estudiante y leyendo la temperatura–. Cuando Steve Masterton llegó esta mañana a las siete, encontró un buen charco debajo del motor, entre las ruedas delanteras. Se rajó el radiador. Se la han llevado con la grúa.

–Magnífico –dijo Louis, pero se sentía aliviado. Por lo menos, no había salido para una urgencia, como temió al principio–. ¿Cuándo nos la devolverán?

Joan Charlton se echó a reír.

–Por el modo de trabajar del taller mecánico de la universidad, supongo que nos la mandarán hacia el quince de diciembre, con un lazo navideño. –Miró a la estudiante–. Tienes medio grado de temperatura –dijo–. Toma dos aspirinas y procura no acercarte a los bares ni a los callejones oscuros.

La muchacha se puso en pie, lanzó a Louis una rápida mirada escrutadora y salió.

–Nuestra primera paciente del curso –dijo la Charlton agriamente, sacudiendo el termómetro.

–No parece muy satisfecha.

–Conozco el tipo –dijo ella–. Oh, y también el reverso de la medalla, los atletas que siguen jugando con fisuras de huesos, tendinitis y demás porque no quieren quedarse en el banquillo. Son muy machos, no pueden defraudar al equipo, aunque con ello se jueguen su vida profesional. Pero ahí tiene usted a la señorita Treinta y Siete y Medio. –Señaló por la ventana con un movimiento de la cabeza. Louis vio a la despellejada dirigirse hacia el complejo de dormitorios Gannett-Cumberland-Androscoggin. En la sala de reconocimientos, la joven daba la impresión de encontrarse mal y estar esforzándose por sobreponerse al dolor. Ahora andaba contoneándose, mirando y haciéndose mirar.

–La típica hipocondríaca universitaria. –Miss Charlton introdujo el termómetro en un esterilizador–. La tendremos aquí dos docenas de veces antes de que termine el curso. Sus visitas coincidirán con los exámenes parciales. Una semana antes de los finales, estará segura de tener pulmonía o bronconeumonía. Luego, lo dejará en bronquitis. Se saltará cuatro o cinco exámenes, aquellos en los que el profesor sea un hueso, como dicen ellos, y conseguirá que le pongan pruebas atenuadas. Las enfermedades se agravan cuando saben que van a ponerles temas concretos en lugar de trabajos de carácter general.

–¡Caramba, pues no estamos cínicos ni nada esta mañana! –dijo Louis. Realmente, se sentía atónito.

Ella le guiñó un ojo haciéndole sonreír.

–Yo no me lo tomo muy a pecho, doctor. Haga usted otro tanto.

–¿Dónde está ahora Stephen?

–En su despacho, contestando cartas y rellenando estúpidos formularios oficiales.

Louis entró en su despacho. A pesar del cinismo de la Charlton, se sentía cómodo y seguro.

Al mirar atrás, Louis pensaría –cuando pudo soportar pensar en aquello– que la pesadilla empezó alrededor de las diez de aquella mañana, cuando le llevaron a Victor Pascow, el muchacho moribundo.

Hasta entonces, todo estuvo tranquilo. A las nueve, media hora después de que llegara él, se presentaron la dos estudiantes de enfermera que harían el turno de nueve a tres. Louis les dio un bollo y una taza de café y les habló durante quince minutos, para explicarles cuáles eran sus obligaciones y, lo que era tal vez más importante, cuáles no eran sus obligaciones. Luego, la Charlton las tomó bajo su tutela. Cuando salían de su despacho, Louis la oyó preguntar:

–¿Alguna de vosotras es alérgica a la mierda o al

vómito? Porque aquí vais a ver mucho de las dos cosas.

–¡Ay, Dios! –murmuró Louis cubriéndose los ojos con la mano. Pero sonreía. No dejaba de tener sus ventajas contar con un cabo de varas como la Charlton.

Louis empezó a rellenar los largos formularios oficiales que suponían un completo inventario de los medicamentos y material. («Todos los años la misma historia –murmuró Steve Masterton con voz de mártir–. Todos los años, la misma cochina historia. ¿Por qué no pones: «Instalación completa para trasplantes de corazón. Valor aproximado: ocho millones de dólares?» Eso les dará que pensar.») Louis estaba totalmente absorto en su trabajo mientras el subconsciente le murmuraba que no le caería mal una taza de café, cuando oyó gritar a Masterton en el vestíbulo:

–¡Louis, eh, Louis, sal enseguida! ¡Qué barbaridad!

El pánico que había en la voz de Masterton hizo que Louis saliera corriendo. Se levantó del sillón como si hubiera estado esperando aquello. Donde sonaba la voz de Masterton se oyó un chillido fino y cortante como una astilla de vidrio. Fue seguido de una fuerte palmada.

–¡Cállate o largo de aquí! ¡Cállate ya!

Louis salió disparado a la sala de espera. Al principio, sólo vio la sangre, cantidad de sangre. Una de las aspirantes a enfermera sollozaba. La otra, blanca como la leche, se apretaba las comisuras de los labios con los puños, distendiéndolas en una ancha sonrisa de repugnancia. Masterton, arrodillado en el suelo, trataba de sostener la cabeza del muchacho que estaba tendido sobre la moqueta.

Steve miró a Louis con los ojos agrandados por el horror. Abrió la boca, pero no le salían las palabras.

Al otro lado de las grandes puertas de cristal del Centro Médico se apretujaba la gente, haciendo pantalla con las manos para mirar al interior. La escena evocó en Louis un recuerdo aberrante: se vio a sí mismo, con seis años, sentado en la sala de estar con su madre, mirando la televisión por la mañana, antes de que ella se fuera a trabajar. Estaban dando aquel viejo programa que se llamaba *Today*, de Dave Garroway. Había mucha gente fuera que miraba embobada a Dave y a Frank Blair, y al bueno de J. Fred Muggs. Volvió la cabeza y vio más caras en las ventanas. Lo de las puertas no podía impedirlo; pero...

—Echa las cortinas —dijo a la aspirante que había gritado.

Como ella no se moviera, la Charlton le dio un golpe en las posaderas.

—¡Muévete, chica!

La muchacha se puso en movimiento. Al momento, las cortinas quedaron echadas. Charlton y Steve Masterton se situaron instintivamente entre el herido y las puertas, a fin de tapar la vista en la medida de lo posible.

—¿La camilla dura, doctor? —preguntó la Charlton.

—Que la traigan, si es que la necesitamos —dijo Louis agachándose al lado de Masterton—. Aún no sé lo que tiene.

—Vamos, tú —dijo la Charlton a la muchacha que había corrido las cortinas. La joven se volvía a tirar de los labios con los puños, formando aquella mueca de horror que le descubría los dientes como una sonrisa.

—¡Oh, agg! —gimió la muchacha mirando a la Charlton.

—De acuerdo, oh ag. Pero andando. —La enfermera la sacudió por un hombro y la muchacha se alejó rápidamente. El borde de su falda a rayas rojas y blancas le rozaba las pantorrillas.

Louis se inclinó para examinar a su primer paciente de la Universidad de Maine, en Orono.

Era un muchacho de unos veinte años, y Louis no tardó ni tres segundos en hacer su diagnóstico. Estaba prácticamente muerto. Tenía la cabeza aplastada y el cuello roto. La clavícula fracturada le tensaba la piel del hombro derecho, hinchado y deforme. De la cabeza, un fluido amarillo y purulento goteaba en la alfombra mezclado con la sangre. Por un boquete del cráneo, Louis veía palpitar la masa del cerebro, de un blanco grisáceo. Era como mirar por una ventana rota. El orificio tenía unos cinco centímetros de diámetro. Era lo bastante grande como para que naciera un niño, si lo hubiera llevado en la cabeza, como Zeus, que paría por la frente. Parecía imposible que aún estuviera vivo. De pronto, le pareció oír la voz de Jud Crandall que decía: «A veces sentía su dentellada en el trasero.» Y su madre: «Lo muerto, muerto está.» Sintió el disparatado impulso de reír. Lo muerto, muerto. Sí, señora; esto era categórico.

–Llama a la ambulancia –dijo a Masterton–. Hay que...

–Louis, la ambulancia está...

–¡Vaya! –Louis se dio una palmada en la frente. Miró a la Charlton–. Joan, ¿qué hacen en estos casos? ¿Llaman a seguridad del *campus* o al Centro Médico de Maine Oriental?

Joan parecía aturdida y trastornada, algo insólito en ella, supuso Louis. Pero su voz sonaba bastante firme al responder:

–No lo sé, doctor. Nunca habíamos tenido un caso como éste desde que yo estoy en el Centro Médico.

Louis pensó con toda la rapidez de que era capaz.

–Avisen a la policía del *campus*. No podemos esperar a la ambulancia del hospital. Si es necesario, podemos llevarlo a Bangor en un coche de bomberos. Por lo menos, tiene sirena y luces especiales. Llámeles, Joan.

La mujer se fue, pero no sin que Louis captara la mirada de profunda conmiseración que le lanzó. Aquel muchacho, musculoso y bronceado –quizá de haber estado todo el verano reparando carreteras, pintando fachadas o dando clases de tenis– que no llevaba más ropa que unos *shorts* colorados con listas blancas, aquel muchacho iba a morir de todos modos. Y habría muerto también aunque la ambulancia hubiera estado aparcada en su sitio y con el motor en marcha cuando lo trajeron.

Increíblemente, el moribundo se movía. Agitó los párpados y abrió los ojos. Unos ojos azules con el iris ribeteado de sangre, que miraba sin ver. Trató de mover la cabeza y Louis le sujetó con más fuerza, pensando que tenía el cuello partido. El terrible traumatismo craneal no excluía la posibilidad de que sintiera dolor.

«¡Qué agujero, Señor, qué agujero!»

–¿Qué le ha pasado? –preguntó a Steve, comprendiendo que la pregunta era estúpida e inútil. La pregunta de un mirón. Pero ante aquel agujero él no podía ser más que eso, un mirón–. ¿Lo trajo la policía?

–No; lo trajeron unos estudiantes, en una manta. No sé nada más.

Lo que importaba era lo que iba a pasar ahora. Y eso le afectaba a él.

–Ve a buscarlos. Hazlos entrar por la otra puerta. Quiero tenerlos a mano, pero que no vean más de lo que han visto ya.

Masterton, con cara de alivio por tener una excusa para marcharse, se fue hacia la puerta y la abrió. Se oyó un murmullo de voces excitadas y curiosas. Louis percibió también el aullido de la sirena de la policía. Ya venían los de seguridad. Louis sintió un leve y mezquino alivio.

El moribundo hacía una especie de gorgoteo. Estaba tratando de hablar. Louis oía sílabas –cuando menos, fonemas– pero las palabras eran ininteligibles.

Louis se inclinó y dijo:

–Todo va bien, chico. –Al decirlo se acordó de Ellie y de Rachel y sintió un espasmo en el estómago. Se puso una mano en la boca para ahogar la náusea.

—Caaa —dijo el muchacho—. Gaaaaaa...

Louis miró en derredor y vio que se había quedado solo con el moribundo. Oía a lo lejos la voz de Joan Charlton que decía a las aspirantes que la camilla dura estaba en el armario de la sala Dos. Louis tenía sus dudas de que ellas supieran cuál era la sala Dos. Al fin y al cabo, era su primer día de prácticas. Y vaya día. No olvidarían fácilmente su primer contacto con el mundo de la medicina. En la moqueta verde había un círculo marrón oscuro que se ensanchaba por momentos en torno a la destrozada cabeza del herido. Menos mal que había dejado de fluir el líquido intercraneal.

—En Pet Sematary —dijo el joven con una voz que era como un graznido... y sonreía. Era una sonrisa muy parecida a la mueca grotesca e histérica de la aspirante que había corrido las cortinas.

Louis le miró fijamente, resistiéndose a dar crédito a sus oídos. Luego pensó que había tenido una alucinación auditiva. «Habrá hecho más ruidos con la garganta y mi imaginación les ha dado coherencia con las impresiones del subconsciente.» Pero no era eso, y así tuvo que reconocerlo instantes después. Sintió un vértigo de terror y se le erizó el vello. Era como si la piel de los brazos y del vientre se deslizara arriba y abajo, en olas... Pero aun así se negaba a aceptarlo. Sí, los labios ensangrentados del herido se habían movido y los oídos de Louis captaron unas sílabas, pero eso sólo significaba que la alucinación fue visual además de auditiva.

—¿Qué dices? —susurró Louis.

Y esta vez, con la misma claridad que una cotorra o un cuervo con la lengua partida, las palabras sonaron, inconfundibles: «No es un cementerio de verdad.» Los ojos tenían la mirada extraviada y derrames de sangre; la boca se abría en una gran sonrisa de carpa muerta.

El horror traspasó el cuerpo de Louis atenazándole el corazón con unos dedos helados. Él se sentía más y más pequeño, hasta que no pensó más que en salir corriendo para escapar de aquella cabeza parlante, ensangrentada y rota, que yacía en el suelo de la sala de espera de la enfermería. Él no era hombre de profundos principios religiosos, ni se sentía atraído por supersticiones ni ocultismos. No estaba preparado para aquello, fuese lo que fuese.

Sobreponiéndose con todas sus fuerzas al impulso de echar a correr, se obligó a inclinarse más aún hacia el herido.

—¿Qué has dicho? —preguntó.

Aquella sonrisa. Qué espanto.

—El fondo del corazón humano es aún más árido, Louis —susurró el muchacho—. El hombre siembra sólo aquello que puede. Y lo cuida.

«Louis —pensó él, sin oír nada más después de su nombre—. ¡Oh, Dios mío, sabe cómo me llamo!»

—¿Quién eres? —preguntó Louis con voz temblona—. ¿Quién eres?

—Indio trae pescado.

—¿Cómo sabes mi...?

—Apártate de nosotros. Sabemos...

—¿Vosotros?

—*Caa* —hizo el muchacho, y ahora a Louis le pareció que el aliento le olía a muerte; lesiones internas, arritmia, fallo, ruina.

—¿Qué? —De buena gana le hubiera sacudido por un hombro.

El muchacho de los *shorts* rojos se estremeció de pies a cabeza. De pronto, pareció quedar congelado, con todos los músculos en tensión. Durante un momento, sus ojos miraron a Louis sin aquella expresión ausente. Entonces se relajó bruscamente. Olía muy mal. Louis pensó que iba a volver a hablar, que tenía que volver a hablar. Pero los ojos volvieron a perderse en el vacío, vidriosos... El hombre había muerto.

Louis se sentó sobre sus talones, con toda la ropa pegada al cuerpo. Estaba empapado en sudor. Se le nubló la vista y las imágenes empezaron a ladearse. Al darse cuenta de lo que le ocurría, se volvió, puso la cabeza entre las rodillas y se oprimió las encías con las uñas del pulgar y del índice hasta hacerlas sangrar.

Al cabo de un momento, el entorno volvió a despejarse.

13

Entonces la habitación se llenó de gente. Parecían actores que hubieran estado esperando la entrada. Ello acrecentó el aturdimiento y el desconcierto de Louis: la fuerza de estas sensaciones, que él había estudiado en los cursos de psicología, pero nunca experimentado por sí mismo, le dejó aterrado. Así debía de sentirse uno cuando alguien le echaba una buena dosis de LSD en la bebida.

«Es como una obra de teatro, representada exclusivamente para mí –pensó–. Primeramente, se despeja la escena, a fin de que la sibila moribunda pronuncie una oscura profecía que yo y sólo yo puedo escuchar. Y, en cuanto el hombre muere, todos vuelven.»

Entraron las dos aspirantes transportando torpemente la camilla dura que se utilizaba en los casos de lesiones dorsales y cervicales. Las seguía Joan Charlton, que anunciaba la llegada de la policía del *campus*. El muchacho había sido atropellado mientras hacía *jogging*. Louis se acordó de la pareja que se le había cruzado aquella mañana y sintió una punzada de angustia.

Detrás de la Charlton venían Steve Masterton y dos agentes del servicio de Seguridad.

–Louis, los que trajeron a Pascow están... –Se interrumpió y preguntó vivamente–: Louis, ¿te encuentras bien?

–Estoy perfectamente –dijo él y se levantó. Sintió un vahído, pero se le pasó enseguida. Por decir algo, preguntó–: ¿Se llamaba Pascow?

Uno de los agentes respondió:

–Victor Pascow, según la chica que corría con él.

Louis miró el reloj y restó dos minutos. En la habitación donde Masterton tenía secuestrados a los que habían traído a Pascow sonaba el llanto desconsolado de una muchacha. «Bienvenida a la universidad, jovencita, pensó él. Que tengas un buen semestre.»

–Mr. Pascow falleció a las diez horas y nueve minutos de la mañana –dijo.

Uno de los agentes se pasó el dorso de la mano por los labios.

Masterton insistió.

–Louis, ¿estás bien? Tienes una cara horrible.

Cuando Louis abría la boca para contestar, una de las auxiliares soltó el extremo de la camilla y salió corriendo mientras vomitaba en el delantal. Empezó a sonar un teléfono. La muchacha que lloraba se había puesto a llamar a gritos al muerto: «¡Vic! ¡Vic! ¡Vic!» El barullo era espantoso. Uno de los agentes preguntaba a la Charlton si podía darles una manta para tapar el cadáver, y la Charlton le decía que no sabía si estaba autorizada para disponer de una manta. Louis recordó entonces una frase de Maurice Sendak: «Que empiece la barahúnda.»

Volvía a sentir en la garganta aquella risa inoportuna, y consiguió ahogarla. ¿Había pronunciado realmente las palabras Pet Sematary el tal Pascow? ¿Le había llamado realmente por su nombre? Esto era lo que le tenía trastornado, lo que le había hecho salirse de su órbita. Pero su cerebro parecía estar ya envolviendo aquellos momentos en una película protectora, esculpiendo, retocando, sustituyendo. Sin duda, había dicho otra cosa (si realmente había hablado) y, con la impresión y los nervios del momento, Louis había entendido mal. Lo más probable era que Pascow sólo hubiera articulado sílabas incoherentes, tal como pensó al principio.

Louis trató de reaccionar, buscando en sí aquella personalidad que indujo a la junta de la universidad a elegirle a él entre los cincuenta y tres candidatos a la plaza. Allí faltaba alguien que tomara la iniciativa. La sala estaba llena de gente aturullada.

—Steve, dale un tranquilizante a esa chica —dijo. Al oír su propia voz empezó a sentirse mejor. Era como si estuviera en una nave espacial y acabaran de encenderse los cohetes para despegar de un minúsculo asteroide. Y el asteroide era, desde luego, el momento en el que Pascow había hablado. Louis había sido contratado para dirigir aquello. Y eso se proponía hacer.

—Joan, una manta.

—Doctor, no hemos hecho inventario...

—Traiga esa manta de todos modos. Luego vaya a ver qué tiene la aspirante. —Miró a la otra muchacha, que seguía sosteniendo un extremo de la camilla. Miraba el cuerpo de Pascow como si estuviera hipnotizada—. ¡Señorita! —gritó Louis ásperamente, y ella apartó los ojos del cadáver.

—¿Qu... qu...?

—¿Cómo se llama su compañera?

—¿Qu... quién?

—La que vomita —dijo él con deliberada rudeza.

—Ju... Ju... Judy. Judy DeLessio.

—¿Y usted?

—Carla. —La muchacha parecía un poco más tranquila.

—Carla, vaya a ver cómo está Judy. Y traiga la manta. Encontrará un montón de ellas en el armario pequeño de la sala de reconocimientos Uno. Ahora, si son tan amables, salgan todos. Un poco de profesionalidad, por favor.

Los demás se pusieron en movimiento. Al poco, cesaron los gritos en la habitación contigua. El teléfono, que había enmudecido, volvió a sonar. Louis oprimió el botón de espera sin descolgar.

El de más edad de los dos agentes parecía más sereno, y a él le preguntó Louis:

–¿A quién hay que dar parte? ¿Puede facilitarme una lista?

El hombre asintió.

–Es el primer caso en seis años –dijo–. Mal empieza el curso.

–Y tan mal –dijo Louis. Descolgó el teléfono y soltó el botón de espera.

–¿Oiga? ¿Quién está...? –decía una voz excitada.

Louis colgó el aparato y empezó a hacer sus llamadas.

14

Las cosas no empezaron a calmarse hasta casi las cuatro de la tarde, después de que Louis y Richard Irving, jefe de Seguridad del *campus*, hicieran una declaración a la prensa. El joven Victor Pascow estaba haciendo *jogging* con otras dos personas, una de ellas, su novia. Un automóvil conducido por Tremont Withers, de veintitrés años, de Haven, Maine, que circulaba a velocidad excesiva por la avenida procedente del Gimnasio Femenino Lengyll en dirección al centro del *campus*, embistió a Pascow y lo lanzó contra un árbol. Pascow fue llevado a la enfermería en una manta por sus amigos y dos transeúntes y murió diez minutos después. Withers estaba detenido. Podrían formulársele cargos por conducción temeraria, conducción en estado de embriaguez y homicidio por imprudencia.

El redactor del periódico universitario preguntó si podía decir que Pascow había muerto a consecuencia de las heridas recibidas en la cabeza. Louis, pensando en aquella ventana rota por la que se veía el cerebro, dijo que era el forense del condado de Penobscot quien debía dictaminar las causas de la muerte. El redactor preguntó entonces si las cuatro personas que habían transportado a Pascow en la manta no le habrían producido la muerte involuntariamente.

–No –respondió Louis, contento por tener la oportunidad de eximir de culpa a aquellos cuatro jóvenes que habían actuado rápida y humanitariamente–. En absoluto. En mi opinión, la herida que recibió Mr. Pascow era mortal de necesidad.

Se hicieron varias preguntas más, pero en realidad esta respuesta puso fin a la rueda de prensa. Ahora Louis estaba sentado en su despacho (Steve Masterton se había ido a casa hacía una hora, inmediatamente después de la rueda de prensa: para verse en las noticias de la tarde, según sospechaba Louis) tratando de despachar el trabajo del día, o quizá de recubrirlo de una capa de rutina. Él y la Charlton repasaban las fichas de la carpeta Uno: las de los estudiantes que se esforzaban por cursar una carrera a pesar de alguna incapacidad física. En la primera carpeta había veintitrés diabéticos, quince epilépticos, catorce parapléjicos y varios casos de leucemia, parálisis cerebral y distrofia muscular, dos ciegos, dos mudos y un enfermo de anemia celular, una variedad que Louis ni siquiera había visto.

Quizá el peor momento de la tarde fue cuando, poco después de que se fuera Steve, entró la Charlton y dejó un volante rosa en el escritorio de Louis. «Alfombras Bangor vendrán mañana a las 9.00.»

–¿Alfombras? –preguntó él.

–Hay que reparar la moqueta –dijo la enfermera–. Esa mancha no hay quien la quite, doctor.

Naturalmente. Fue entonces cuando Louis entró en el dispensario y se tomó un Tuinal, Entonal lo llamaba su compañero de habitación del primer año de facultad. «Sube al tranvía de Entonalandia, Louis. Vamos a hacer un viajecito.» Las más de las veces, Louis declinaba la invitación, y tal vez fuera mejor así. Su compañero colgó los libros en tercero y aquel tranvía lo llevó nada menos que a Vietnam, en calidad de auxiliar de Sanidad. Louis se lo imaginaba a veces atiborrado de droga, «viajando» por la selva.

Pero ahora necesitaba algo. Si tenía que ver el papelito rosa cada vez que levantara los ojos de las fichas, necesitaba la tableta.

Se encontraba viajando, bastante entonado, cuando Mrs. Baillings, la enfermera de la tarde, se asomó a la puerta para decirle:

–Le llama su esposa, doctor Creed. Línea uno.

Louis miró el reloj y vio que eran casi las cinco y media. Tenía intención de marcharse hacía media hora.

Descolgó el aparato y oprimió la línea uno.

–Hola, cariño. Ahora mismo...

–Louis, ¿estás bien?

–Sí, muy bien.

–Lo he oído por la radio, Lou. Lo siento. –Hizo una pausa–. Han dado un reportaje de la rueda de prensa. Has hablado muy bien.

–¿Sí? Me alegro.

–¿Seguro que te encuentras bien?

–Sí, Rachel, muy bien.

–Ven pronto a casa –dijo ella.

–Sí –respondió Louis. Era una buena idea lo de irse a casa.

15

Rachel salió a recibirle a la puerta. Louis se quedó con la boca abierta. Ella llevaba el sujetador de tul que tanto le gustaba a él, unas braguitas semitransparentes y nada más.

–Estás fenomenal –dijo él–. ¿Y los niños?

–Se los llevó Missy Dandridge. Estamos libres hasta las ocho y media. Tenemos dos horas y media. No perdamos el tiempo.

Ella le abrazó. Louis notó un leve perfume. ¿Esencia de rosas? La rodeó con sus brazos, primero por el talle, luego deslizó una mano hacia las nalgas, mientras la lengua de ella danzaba ligeramente sobre sus labios y penetraba en su boca, explorando.

Cuando, por fin, se deshizo el beso, él preguntó con la voz un poco ronca:

–¿Tú eres la cena?

–El postre. –Ella empezó a mover lentamente el vientre, apretándose contra él–. Pero te prometo que no vas a tener que comer nada que no te guste.

Él trató de sujetarla, pero ella se escabulló y le tomó una mano.

–Sube –dijo.

Le preparó un baño caliente, le desnudó despacio y le empujó hacia el agua. Luego, se puso el guante de toalla que estaba colgado de la ducha, y que casi nunca usaba, le enjabonó y le aclaró. Él sentía relajarse la tensión de aquel día: aquel horrible primer día. Rachel se había mojado y las bragas se le pegaban al cuerpo como una segunda piel.

Louis fue a salir de la bañera, pero ella le sujetó.

–¿Qué...?

Entonces, el guante le asió suavemente..., suavemente, pero con una fricción casi insoportable, con un lento vaivén.

–Rachel... –Él estaba sudando y no era sólo por el calor del baño.

–Ssssh.

Aquello parecía durar una eternidad. Cuando él estaba a punto, el guante casi se detenía. Pero no del todo, sino que oprimía, soltaba y volvía a oprimir, hasta que él se corrió con tal violencia que le zumbaron los oídos.

–¡Dios mío! –murmuró cuando pudo hablar–. ¿Dónde has aprendido a hacer eso?

–En las *girl-scouts* –dijo ella, muy seria.

Rachel había preparado un stroganoff que estuvo cociendo a fuego lento durante el episodio del baño, y Louis, que a las cuatro de la tarde habría jurado que no volvería a probar bocado hasta la víspera de Todos los Santos, tomó dos platos.

Luego, ella le llevó otra vez arriba.

–Ahora veamos qué puedes hacer tú por mí.

Vistas las circunstancias, Louis estimó que había estado a la altura.

Después, Rachel se puso su viejo pijama azul. Louis, vestido con una camisa de franela y unos pantalones de pana sin forma alguna –su pelele, los llamaba Rachel– fue a buscar a los niños.

Missy Dandridge quería que le contara el accidente con pelos y señales, y Louis le hizo un resumen mucho más escueto que la noticia que aparecería en el *Bangor Daily News* del día siguiente. No le gustaba tener que hablar de aquello –se sentía como un chismoso macabro–, pero Missy no quería cobrar nada por cuidar de los niños y él le estaba muy agradecido por la velada que había pasado con Rachel.

Gage se quedó profundamente dormido antes de que recorrieran los dos kilómetros de camino, y la misma Ellie bostezaba y tenía los ojos brillantes. Louis le cambió el pañal a Gage, le puso el pijama y lo metió en la cuna. Luego, leyó un cuento a Ellie. Como siempre, ella pedía a gritos *Dónde viven las fieras salvajes*, pues tenía mucho de fiera salvaje, pero tuvo que conformarse con *El gato en el sombrero*. Se quedó dormida a los cinco minutos, y Rachel entró a arroparla.

Cuando Louis bajó a la sala, Rachel estaba sentada en el sofá, tomando un vaso de leche. Tenía una novela de misterio de Dorothy Sayers abierta sobre uno de sus largos muslos.

—¿De verdad estás bien, Louis?

—Estupendamente, cariño. Y muchas gracias. Por todo.

—A su disposición. —Le sonrió con picardía—. ¿No vas a tomar una cerveza en casa de Jud?

—Esta noche no. Estoy molido.

—Supongo que yo tengo parte de culpa.

—Eso creo.

—Entonces, doctor, un vaso de leche y a la cama.

Louis pensaba que le costaría dormirse, como le ocurría cuando estaba de interno y el día había sido movido. Pero se sumió suavemente en el sueño, como si resbalara por un tobogán de poca pendiente. No recordaba dónde había leído que una persona normal tarda unos siete minutos en quitar todas las clavijas que lo conectan al día. Siete minutos durante los cuales consciente y subconsciente van girando como las paredes trucadas de la casa encantada del parque de atracciones. Resultaba un poco inquietante.

Ya casi había caído cuando oyó decir a Rachel, a lo lejos:

—...pasado mañana.

—¿Mmmmm?

–Jolander, el veterinario. Opera a *Church* pasado mañana.

–Oh. –«*Church*. Disfruta de tus cojones mientras puedas, amiguito.» Y se quedó profundamente dormido, como si hubiera caído por un agujero. Y sin soñar.

16

Algo le despertó mucho después. Fue un golpe lo bastante fuerte como para que él se incorporara en la cama pensando si Ellie se habría caído o si se habría desmontado la cuna de Gage. Entonces salió la luna de detrás de una nube, inundando la habitación de una luz fría y pálida, y Louis vio a Victor Pascow en la puerta. El golpe lo había dado Victor Pascow al abrir la puerta.

Allí estaba, con la cabeza hundida detrás de la sien izquierda. La sangre se le había secado en la cara dejándole unas rayas moradas que recordaban la pintura de guerra de los indios. Se le veía la protuberancia blanquecina de la clavícula. Estaba sonriendo de oreja a oreja.

–Venga conmigo, doctor –dijo–. Tenemos que ir a un sitio.

Louis miró en derredor. Su mujer no era más que un bulto impreciso bajo el edredón amarillo, y dormía. Volvió a mirar a Pascow, que estaba muerto y no muerto. Sin embargo, Louis no tenía miedo. Enseguida comprendió por qué.

«Es un sueño –pensó. Y el alivio que este pensamiento le produjo le hizo darse cuenta de que sí había tenido miedo al fin y al cabo–. Los muertos no vuelven; fisiológicamente es imposible. Este muchacho está en un cajón frigorífico de Bangor con la marca del patólogo –una costura en forma de Y– en la espalda. Probablemente, el patólogo le habrá metido el cerebro en la cavidad torácica, después de extraer una muestra del tejido para análisis y le habrá rellenado el cráneo de papel marrón para que no gotee –eso es mucho más fácil que tratar de colocar el cerebro otra vez en su sitio, como si fuera una pieza de puzzle.» El tío Carl, padre de la infortunada Ruthie, le había contado que los patólogos hacían eso, y le había contado otras muchas cosas que probablemente harían gritar de horror a Rachel, con su necrofobia. Pero Pascow no podía estar aquí. Ni hablar, amigo. Pascow estaba en un cajón frigorífico con una etiqueta colgada del dedo gordo del pie. «Y tampoco tendrá puestos esos *shorts* colorados.»

No obstante, sentía el impulso de levantarse. Los ojos de Pascow estaban fijos en él.

Louis apartó la ropa de la cama y puso los pies en la alfombrilla de ganchillo, regalo de boda de la abuela de Rachel. Las borlas se le hundieron en los talones. Aquel sueño era muy real. Tan real que Louis no siguió a Pascow hasta que éste dio media vuelta y empezó a bajar las escaleras. El impulso de seguirle era fuerte, pero Louis no quería que un cadáver ambulante le tocara, ni siquiera en sueños.

Pero se fue tras él. Brillaba la seda de los *shorts* colorados.

Cruzaron la sala de estar, el comedor y la cocina. Louis esperaba que Pascow descorriera el pestillo e hiciera girar el picaporte de la puerta que comunicaba la cocina con el cobertizo que hacía las veces de garaje para la furgoneta y el Civic, pero Pascow atravesó la puerta sin abrirla. Louis pensó entonces con un leve asombro: «¿Conque así es como hay que hacerlo? Sencillísimo. Eso lo hace cualquiera.»

Él lo intentó –y le produjo cierto regocijo chocar con la dura madera. Evidentemente, él era un realista incluso cuando estaba soñando. Louis hizo girar el cerrojo Yale, descorrió el pestillo y entró en el garaje. Pascow no estaba. Louis se preguntó si su visitante habría dejado de existir. Eso acostumbraban hacer los personajes de los sueños. Con la misma facilidad con que uno cambiaba de escenario. Tanto estabas desnudo al lado de una piscina con una erección de campeonato, hablando de la posibilidad de hacer un intercambio de parejas con Roger y Missy Dandridge, por ejemplo, como escalando un volcán hawaiano. Quizá había perdido a Pascow porque ahora iba a empezar el segundo acto.

Pero cuando Louis salió del garaje, volvió a verle. Estaba de pie, en la embocadura del sendero, iluminado por la luna.

Entonces sintió miedo. Se le metía por todos los huecos del cuerpo y los llenaba de un humo sucio. Louis no quería ir allí arriba. Se detuvo.

Pascow miró por encima del hombro. A la luz de la luna, sus ojos parecían de plata. Louis sintió un nudo de angustia en el vientre. Aquel hueso que sobresalía, aquellas manchas de sangre coagulada... Pero era inútil tratar de resistirse a aquellos ojos. Por lo visto, se trataba de un sueño sobre la hipnosis... sobre lo que era sentirse dominado e incapaz de evitar las cosas, como fue incapaz de evitar la muerte de Pascow. Ya puedes haber estudiado veinte años, que si te ponen delante a un tipo con un boquete como aquél en la cabeza, de nada te sirven. Para el caso, lo mismo habría sido llamar a un fontanero, a un zahorí o a Perico de los Palotes.

Pero mientras pensaba en estas cosas ya iba hacia el sendero, siguiendo los *shorts* que, con aquella luz, parecían tan morados como la sangre de la cara de Pascow.

A Louis no le gustaba el sueño aquel. Quiá. Era demasiado real. Las borlas de la alfombrilla, el no haber podido traspasar la puerta. En un sueño como es debido, cualquiera puede filtrarse por puertas y paredes (o debería poder) ... y ahora sentía el rocío helado en los pies y la brisa de la noche en el cuerpo, desnudo salvo por los *shorts* del pijama. Y, cuando llegaron a los árboles, las agujas de los pinos se le clavaban en las plantas de los pies. Otro detalle que resultaba más real de lo necesario.

«No importa. No importa. Estoy en casa y en la cama. No es más que un sueño, por muy real que parezca, y, como todos los sueños, mañana parecerá ridículo. Despierto, descubriré sus incongruencias.»

Una ramita le arañó en el bíceps y Louis hizo una mueca de dolor. Allí delante, Pascow no era más que una sombra, y ahora el terror de Louis parecía haber cristalizado dentro de su cabeza en estas palabras: «Voy al bosque detrás de un muerto, voy a Pet Sematary andando detrás de un muerto, y no es un sueño. Que Dios me proteja, no es un sueño. Esto está pasando de verdad.»

Bajaron por el otro lado de la colina. El sendero serpenteaba entre los árboles y luego cruzaba la espesura. Ahora no llevaba botas. Sintió una fría jalea bajo los pies y tenía que avanzar sujetándose a las ramas para no resbalar. Se oían desagradables chasquidos como de ventosas. Sentía el lodo entre los dedos de los pies, separándoselos.

Trató desesperadamente de aferrarse a la idea de que todo era un sueño.

No cuajaba.

Llegaron al claro y la luna volvió a salir de su arrecife de nubes, inundando el cementerio de una claridad fantasmal. Las estelas –pedazos de madera y de hojalata cortada con las tenazas de papá y luego aplastada con el martillo, losas melladas de pizarra– se destacaban con claridad tridimensional, proyectando sombras negras y nítidas.

Pascow se detuvo junto a SMUCKY GATO OVEDIENTE y miró a Louis. El horror, el terror que sentía entonces... Le parecía que estos sentimientos seguirían creciendo y creciendo hasta que su cuerpo reventara por efecto de su presión implacable. Pascow le sonreía con sus labios ensangrentados enseñando los dientes, y su sano color bronceado adquiría a la luz de la luna el tono marfileño del cadáver que va a ser amortajado.

Pascow levantó el brazo señalando. Louis siguió con la mirada la dirección que le indicaba y lanzó un gemido. Sus ojos se dilataron y se apretó los labios con los nudillos. Sintió algo frío en la cara y se dio cuenta de que estaba llorando de terror.

El montón de troncos del que Jud hiciera bajar a Ellie tan alarmado, se había convertido en un montón de huesos. Y los huesos se movían, retorcían y entrechocaban: mandíbulas, fémures, cúbitos, molares, incisivos; vio las sardónicas calaveras de seres humanos y animales, falanges que tintineaban. Aquí, los restos de un pie flexionaban sus pálidas articulaciones...

Ah, y se movía; estaba reptando.

Pascow venía ahora hacia él, con su cara ensangrentada, sombría a la luz de la luna, y el último vestigio de pensamiento coherente de Louis acabó de diluirse en una idea repetitiva: «Tienes que gritar para despertarte, aunque asustes a Rachel, a Ellie, a Gage y a todo el vecindario, tienes que gritar para despertarte gritargritargritarparadespertartedespertartedespertarte...»

Pero no le salía más que un tenue soplo de aire, como el sonido que hace el niño que trata de aprender a silbar.

Pascow se acercó y empezó a hablar.

—La puerta no debe abrirse —dijo Pascow. Se inclinaba para hablarle, porque Louis había caído de rodillas. Ya no le sonreía de oreja a oreja. Había en su cara una expresión que en un principio Louis tomó por compasión. Pero no era compasión, sino una horrible paciencia. Señaló al montón de huesos que rebullían—. No traspase la barrera, por mucho que lo desee, doctor. La barrera se levantó para ser respetada. Recuerde esto: aquí hay una fuerza superior a lo que usted imagina. Es una fuerza vieja y siempre inquieta. Recuérdelo.

Louis volvió a tratar de gritar, y no pudo.

–Vengo como amigo –dijo Pascow; pero, ¿dijo realmente *amigo*? Louis creía que no. Era como si Pascow hablara en una lengua extranjera que Louis interpretaba gracias a una magia especial de los sueños..., y *amigo* era el equivalente más aproximado que podía hallar la atribulada mente de Louis–. Usted y aquellos a los que ama están expuestos a la destrucción, doctor. –Estaba lo bastante cerca como para que Louis notara su olor a muerte.

Pascow extendía el brazo hacia él.

Y aquel leve y alucinante entrechocar de huesos.

Louis se echaba hacia atrás, en su afán por rehuir aquella mano. Su propia mano tropezó con una estela derribándola. El rostro de Pascow, inclinado sobre él, llenaba todo su campo visual.

–Doctor, recuérdelo.

Louis trató de gritar, y el mundo se borró de su vista dando vueltas, pero seguía oyendo el repiqueteo de huesos en la cripta de la noche iluminada por la luna.

17

Una persona normal tarda siete minutos en dormirse; pero, según la *Fisiología humana* de Hand, la misma persona tarda entre quince y veinte minutos en despertar. Al parecer, el sueño es un lago del que cuesta más salir que entrar. El ser humano despierta por etapas, pasando del sueño profundo al sueño ligero y a ese estado llamado «duermevela» en el que la persona oye sonidos y hasta contesta a preguntas que después no recuerda, salvo, si acaso, como un sueño.

Louis oía el castañeteo de huesos, pero el sonido se hacía más metálico y agudo por momentos. Un golpe. Un grito. Más sonidos metálicos... ¿Algo que rodaba? «Claro –convino su aletargado cerebro–. Los huesos, rodando.»

Louis oyó la voz de su hija:

–¡Toma, Gage! ¡Toma!

Siguió un gorgorito de alegría de Gage, y entonces Louis abrió los ojos y vio el techo de su habitación.

Se quedó muy quieto, dejándose inundar por la realidad, la estupenda realidad, la bendita realidad.

Todo, un sueño. Espantoso y vívido, pero sueño. Sólo un fósil del subconsciente.

Volvió a oír el sonido metálico. Era un cochecito de juguete de Gage que corría por el pasillo de arriba.

–¡Toma, Gage!

–¡Toma! –gritó Gage–. ¡Toma-toma-toma!

Pumba-pumba-pumba. Los pies descalzos de Gage batían la alfombra. Los niños reían por lo bajo.

Louis miró a su derecha. Rachel ya se había levantado. La cama estaba abierta. El sol brillaba ya muy alto. Louis miró el reloj y vio que eran casi las ocho. Rachel le había dejado dormir... probablemente a propósito.

Normalmente, ello le hubiera irritado, pero no esta mañana. Respiró profundamente, satisfecho por el momento con estar allí, con aquel sol que entraba por la ventana, palpando la inconfundible textura del mundo real. Motas de polvo bailaban en aquel rayo de sol.

–¡El! –gritó Rachel desde abajo–. Ya es hora de que bajes, recojas tu bocadillo y salgas a esperar el autobús.

–Voy, mamá. –Las pisadas de la niña, más fuertes–. Toma tu coche, Gage. Yo tengo que ir a la escuela.

Gage se puso a chillar, indignado. Sus protestas eran enmarañadas. –Las únicas palabras que se distinguían eran: *Gage, coche, toma* y *Ellie, bus–*. Pero el mensaje estaba bien claro: Ellie debía quedarse, el colegio podía irse a la porra por un día.

Otra vez la voz de Rachel:

–El, despierta a papá antes de bajar.

Entró Ellie, con el pelo recogido en una cola de caballo y su vestido rojo.

–Estoy despierto, cariño –dijo él–. Anda al autobús.

–Sí, papá. –La niña se acercó, le dio un beso en la áspera mejilla y salió corriendo hacia la escalera.

El sueño empezaba a diluirse, a perder coherencia. Magnífico.

–¡Gage! –gritó Louis–. ¡Un beso a papá!

Gage hizo caso omiso. Bajaba la escalera detrás de Ellie tan aprisa como podía, chillando a voz en cuello:

–¡Toma! ¡Toma! ¡TOMA!

Louis apenas alcanzó a entrever la figura rechoncha del niño que sólo llevaba el pañal y las braguitas de plástico.

–¿Estás despierto, Louis? –gritó Rachel desde abajo.

–Sí –dijo Louis sentándose en la cama.

–¡Ya te lo he dicho! –gritó Ellie–. Me voy. ¡Adiós! –Un portazo y un berrido de indignación de Gage subrayaron estas palabras.

–¿Un huevo o dos? –preguntó Rachel.

Louis apartó la ropa de la cama y puso los pies en la alfombrilla de ganchillo y ya iba a responder que nada de huevos, sólo un tazón de cereales antes de salir corriendo..., cuando las palabras se le ahogaron en la garganta.

Tenía los pies sucios de tierra y agujas de pino.

El corazón le hizo una pirueta de saltimbanqui. Con un movimiento brusco, los ojos desorbitados y los dientes clavados en una lengua insensible, Louis arrancó la sábana de encima de un puntapié. La parte baja de la cama estaba sembrada de agujas de pino y las sábanas, manchadas de barro.

—¿Louis?

Entonces vio que también tenía agujas de pino en las rodillas. De pronto, se miró el brazo derecho. Vio un arañazo reciente en el bíceps, exactamente donde se le clavara la rama... en el sueño.

«Voy a gritar. Me lo noto.»

El grito retumbaba en su interior, como la detonación del frío proyectil del miedo. Su realidad se tambaleaba: la verdadera realidad eran las agujas de pino, el barro de las sábanas, la herida del brazo.

«Voy a gritar, y luego me volveré loco y ya no tendré que preocuparme más.»

—¿Louis? —Rachel estaba subiendo la escalera—. Louis, ¿te has dormido otra vez?

Durante dos o tres segundos, trató de sobreponerse haciendo un esfuerzo, al igual que cuando se organizó aquel barullo en el Centro Médico, poco después de que llevaran a Pascow en la manta, moribundo. Lo consiguió. Le ayudó el afán de impedir que ella le viera en aquel estado, con los pies cubiertos de barro, la ropa de la cama amontonada en el suelo y aquella sábana enlodada.

—Estoy despierto —gritó jovialmente. Le sangraba la lengua, del mordisco que se había dado. Tenía un remolino de ideas en la cabeza y, en el fondo de su mente, lejos de donde se desarrollaba la acción del raciocinio, se preguntaba si habría estado siempre tan próximo a aquella irracionalidad desaforada. Si lo estábamos todos.

—¿Un huevo o dos? —Rachel se había parado en el segundo o tercer peldaño. Gracias a Dios.

—Dos —respondió él casi sin darse cuenta—. Revueltos.

—Así se habla —dijo ella, volviendo a la cocina.

Louis cerró un momento los ojos y respiró aliviado, pero en la oscuridad volvió a ver los ojos plateados de Pascow y volvió a abrirlos inmediatamente. Louis empezó a moverse con rapidez, desterrando todo pensamiento. Quitó las sábanas. Las mantas estaban bien. Hizo un ovillo con las sábanas, salió al pasillo y las arrojó por la trampilla de la ropa sucia.

Casi corriendo, entró en el baño, conectó la ducha manual y se limpió pies y piernas con un agua que casi le escaldó, pero él ni se preocupó de graduar la temperatura.

Empezaba a sentirse mejor, más sereno. Mientras se secaba, le asaltó la idea de que aquella misma sensación debían de experimentar los asesinos cuando creían haberse librado de todas las pruebas comprometedoras. Se echó a reír. Siguió secándose y riendo. Parecía no poder parar.

–¡Eh, el de ahí arriba! –gritó Rachel–. ¿Qué es eso tan divertido?

–Un chiste muy personal –contestó Louis sin dejar de reír. Estaba asustado, pero el miedo no le quitaba la risa. Era una risa que nacía de un vientre más duro que los ladrillos de una pared. Sí; había estado acertado al tirar las sábanas por la trampilla. Missy Dandridge venía cinco días a la semana a pasar el aspirador, limpiar y... hacer la colada. Rachel no vería aquellas sábanas hasta que las pusiera otra vez en la cama... limpias. Era posible que Missy comentara lo de las manchas a Rachel, pero él no lo creía. Probablemente, la buena mujer cuchichearía a su marido que los Creed hacían en la cama cosas muy extrañas con barro y agujas de pino, en lugar de pinturas corporales.

Esta idea hizo que Louis riera aún más fuerte.

Mientras se vestía, la risa fue apagándose hasta extinguirse por completo y Louis se sintió un poco mejor. No comprendía por qué, pero así era. Ahora la habitación volvía a estar normal, aunque sin las sábanas. Se había librado del veneno. Tal vez la palabra adecuada fuera «pruebas», pero para él era un veneno.

«Tal vez esto sea lo que hace la gente con lo inexplicable –pensó–. Tal vez esto haga la gente con lo irracional que no encaja con el principio de causas y efectos que rige el mundo occidental.» Tal vez así afrontaba la mente el platillo volante que ves una mañana suspendido en el aire encima de tu jardín de atrás, la lluvia de ranas, la mano que sale de debajo de la cama y te toca el pie a medianoche: una crisis de risa o una crisis de llanto... Y puesto que aquello era un ente inviolable que no podías descomponer, tenías que expulsarlo intacto, como una piedra de riñón.

Gage estaba sentado en su silla alta, tomando la papilla de cereales al cacao con la que embadurnaba la mesa, decoraba la alfombrilla de plástico colocada debajo de su silla y se friccionaba el pelo.

Rachel salió de la cocina con el plato de huevos revueltos y una taza de café.

–¿Qué chiste era ése? –preguntó Rachel–. Te reías como un loco. Hasta me asustaste.

Louis abrió la boca sin saber lo que iba a decir, y lo que salió fue un chiste que había oído la semana anterior en el supermercado de la carretera, sobre un sastre judío que se compró un loro que sólo sabía decir: «Ariel Sharon se hace la paja.»

Rachel se reía... y también Gage, por cierto.

«Magnífico. Nuestro héroe se ha deshecho de las pruebas comprometedoras, léase las sábanas, y ha explicado satisfactoriamente el ataque de risa en el baño. Ahora nuestro héroe leerá el periódico matutino, o le echará un vistazo por lo menos, para dar a la mañana un aire de normalidad.»

Con este pensamiento, Louis abrió el periódico.

«Así se hace, muy bien –pensaba con un profundo alivio–. Tienes que expulsarlo como si fuera un cálculo y sanseacabó... Si acaso, puedes hablar de ello una noche con los amigos, alrededor de una hoguera de campamento, cuando sople el viento y salgan a relucir hechos inexplicables. Porque junto a un fuego de campamento, en las noches de viento, se habla mucho.»

Louis comió los huevos y besó a Rachel y a Gage. Sólo al salir lanzó una mirada al armario de la ropa sucia. Todo estaba perfectamente. Otra mañana espléndida. Parecía que el verano no iba a acabar nunca. Todo, perfectamente. Lanzó una mirada al sendero mientras sacaba el coche del garaje, pero también estaba a la perfección. Y uno, tan tranquilo. Lo expulsas como si fuera una piedra.

Todo siguió bien hasta que hubo recorrido unos quince kilómetros. Entonces le entró un temblor tan fuerte que tuvo que salir de la carretera 2 y parar en el desierto aparcamiento de Sing's, el restaurante chino que estaba cerca del Centro Médico de Maine Oriental... adonde habrían llevado el cuerpo de Pascow. Al Centro Médico, se entiende, no al restaurante chino. Vic Pascow no volvería a tomar una ración de *mu gu gai pan.* Ja, ja.

Aquellos espasmos hacían de su cuerpo lo que querían. Louis se sentía indefenso y aterrado, pero no por algo sobrenatural, que ahora, a la luz del sol, parecía imposible, sino aterrado por la posibilidad de que estuviera volviéndose loco. Le parecía que un alambre invisible se le estaba enrollando en el cuerpo.

—Basta —dijo—. Basta ya.

Buscó en la radio con dedos torpes y tropezó con Joan Báez que cantaba sobre brillantes y herrumbre. Aquella voz dulce y fresca le serenó y, cuando acabó la canción, Louis se sintió con ánimo de seguir conduciendo.

Al entrar en la enfermería, saludó de pasada a la Charlton y se metió directamente en el lavabo, seguro de que tendría un aspecto horrible. Pero no. Sólo unas leves ojeras, y ni la propia Rachel había reparado en ellas. Se echó agua fresca a la cara, se secó, se peinó y se fue a su despacho.

Allí estaban Steve Masterton y Surrendra Hardu, el médico indio, tomando café y repasando la carpeta Uno.

–Buenos días, Lou –dijo Steve.

–Buenos días.

–Esperemos que mejores que ayer –dijo Hardu.

–Eso. Pero tú te perdiste el jaleo.

–Surrendra tuvo sus propias emociones anoche –asintió Masterton–. Cuéntaselo, Surrendra.

Hardu se limpió los lentes sonriendo.

–A eso de la una, dos chicos me trajeron a su amiguita. Ella estaba bebida y alegre, celebrando la vuelta a la universidad. Tenía un corte en un muslo y yo le dije que debía darle cuatro puntos, pero no le quedaría cicatriz. Cosa, cosa, me dice ella. Yo me pongo a coser, inclinándome así. –Hardu dobló el tronco sobre un invisible muslo.

Louis, imaginando lo que iba a oír entonces, empezó a sonreír.

–Y, mientras estoy suturando, ella me vomita encima de la cabeza.

Masterton soltó una carcajada. Louis hizo otro tanto. Hardu sonrió apaciblemente, como si aquello le hubiera sucedido miles de veces en miles de vidas.

–¿Desde qué hora estás de guardia, Surrendra? –preguntó Louis.

–Desde la medianoche –dijo Hardu–. Ya me iba. Sólo esperaba para saludarte.

–Pues salúdame –dijo Louis estrechando la mano morena y pequeña del indio–, y anda a acostarte.

–Casi hemos terminado ya con la carpeta Uno –dijo Masterton–. Puedes cantar el aleluya, Surrendra.

–Yo me abstengo –dijo Hardu sonriendo–. No soy cristiano.

–Pues canta el himno de Karma Instantáneo o algo por el estilo.

–Que los dos sigáis brillando –dijo Hardu sin dejar de sonreír. Dio media vuelta y salió sosegadamente.

Louis y Steve Masterton le siguieron con la mirada en silencio, se miraron y se echaron a reír. A Louis la risa nunca le pareció más sana y más... normal.

–Y menos mal que ya hemos terminado con esa carpeta –dijo Masterton–. Hoy es día de recibo de traficantes de droga.

Louis asintió. Los visitadores de los laboratorios farmacéuticos empezarían a llegar a las diez. Como solía decir Steve bromeando, los martes eran día D en la Universidad de Maine, Orono, y la «D» quería decir Dervon, su suministrador predilecto.

–Y un consejito, oh Gran Jefe –dijo Steve–. No sé cómo sería esa gente en Chicago, pero aquí no se paran en barras y te ofrecerán cualquier cosa, desde cacerías en el Allagash en noviembre con todos los gastos pagados, hasta vales para la bolera de Bangor. Una vez uno se empeñó en que le aceptara una muñeca hinchable. ¡Yo! Y eso que no soy más que el ayudante. Como no consigan venderte sus drogas, te obligarán a consumirlas.

–Creo que hubieras debido aceptar la muñeca.

–Naa, era pelirroja. No son mi tipo.

–En fin, como dice Surrendra, esperemos que hoy sea mejor que ayer.

18

El representante de la Upjohn no se presentó a las diez en punto y Louis, sin poder resistir más, llamó a secretaría. Habló con una tal Mrs. Stapleton, quien prometió enviarle inmediatamente una copia del expediente de Victor Pascow. Cuando Louis colgó el teléfono, allí estaba ya el de la Upjohn. No le ofreció ningún regalo; sólo le preguntó si quería comprar un abono para los partidos de los Patriots de Nueva Inglaterra con descuento.

–No, señor –dijo Louis.

–Lo que yo suponía –dijo tristemente el hombre, y se fue.

A mediodía, Louis se acercó a la Cueva del Oso a comprar un bocadillo de atún y una Coke. Se los llevó al despacho y mientras almorzaba estuvo leyendo el expediente de Victor Pascow. Buscaba alguna relación entre el muerto y su persona, o North Ludlow, donde estaba el Sematary... puesto que incluso para un fenómeno tan disparatado tenía que haber alguna explicación racional. Quizá el chico se había criado en Ludlow e, incluso, tenía a un perro o gato enterrado allí arriba.

Louis no encontró el punto de contacto que buscaba. Pascow era de Bergenfield, Nueva Jersey, y fue a la universidad para estudiar electrotecnia. En aquellas pocas páginas mecanografiadas, Louis no encontró nada que lo asociara con aquel muchacho que había muerto en la sala de espera, excepto, naturalmente, las circunstancias de la muerte en sí.

Louis apuró su bebida dando un sonoro sorbetón con la caña en el fondo del vaso de cartón y tiró todo el servicio a la papelera. El almuerzo había sido frugal, pero se lo comió con apetito. Por ahí todo iba bien; y por lo demás, también. Ahora ya sí. No le habían repetido los espasmos y hasta el horror de aquella mañana se le antojaba como un simple bache, una jugarreta de los nervios sin más consecuencias.

Tamborileó con las yemas de los dedos en el bloc, se encogió de hombros y descolgó el teléfono. Marcó el número del Centro Médico de Maine Oriental y pidió por el depósito.

Cuando le pusieron con el empleado de patología, se identificó y dijo:

—Tienen ustedes ahí a uno de nuestros estudiantes, Victor Pascow.

—Ya no está —dijo la voz—. Se fue.

A Louis se le cerró la garganta. Por fin, consiguió articular:

—¿Cómo dice?

—El cadáver salió anoche en avión consignado a sus padres. Se hizo cargo de él uno de Pompas Fúnebres Brookings-Smith. Lo embarcaron en un Delta mmm... —Ruido de papeles—. Delta, vuelo 109. ¿Dónde imaginó que se había ido? ¿Al baile?

—No —dijo Louis—. Claro que no. Es sólo que... —¿Qué? ¿A santo de qué había llamado? No había forma de indagar en el caso con sensatez. Había que desistir, borrarlo, olvidar. De lo contrario, sólo conseguiría crear problemas inútilmente—. Sólo que todo parece haber ido muy deprisa. —Terminó en tono conciliador.

—Bueno, la autopsia se hizo ayer tarde. —Otra vez el rumor de papeles—. Alrededor de las tres y veinte, doctor Rynzwyck. Para entonces el padre ya había hecho todos los trámites. Supongo que el cadáver llegaría a Newark sobre las dos de la madrugada.

—Oh. Bien, en el tal caso...

—Eso, si los transportistas no metieron la pata y lo enviaron a otro sitio —dijo el empleado animadamente—. No sería la primera vez. Aunque, con Delta nunca hubo problemas. Son bastante buenos. Tuvimos a uno que murió mientras pescaba en el condado de Aroosto, en uno de esos lugarejos que no tienen más nombre que un par de coordenadas en el mapa. El infeliz se atragantó con el tapón de la cerveza. Sus compañeros tardaron dos días en llegar a la civilización, y usted ya sabe que para entonces ya es problemático que el embalsamado surta efecto. De todos modos, se lo inyectaron, esperando que todo fuera bien, y metieron el cadáver en el compartimiento de carga de un avión de línea regular, consignado a Grand Falls, Minnesota. Pero alguien la cagó y el féretro fue a parar a Miami y de allí, a Des Moines y a Fargo, en Dakota del Norte. Cuando por fin lo localizaron ya habían pasado otros tres días. El embalsamado no actuó. El tío estaba negro y olía a guiso de cerdo descompuesto. Por lo menos, eso me dijeron. Seis mozos de equipajes se marearon. –La voz del otro lado del hilo rió alegremente.

Louis cerró los ojos y dijo:

–Bien, muchas gracias.

–Puedo darle el número particular del doctor Rynzwyck, si lo desea, doctor; pero él suele ir a Orono a jugar al golf por la mañana. –Otra carcajada.

–No –dijo Louis–; está bien.

Colgó el teléfono. «Ponle ya el finiquito –pensó–. Cuando tú tenías ese sueño estúpido, o lo que fuere, seguramente el cuerpo de Pascow estaba ya en una funeraria de Bergenfield. Asunto concluido. Punto.»

Mientras volvía a casa aquella tarde, se le ocurrió la explicación lógica de por qué había amanecido con aquel barro en las sábanas, y se sintió inmensamente aliviado.

Fue un caso de sonambulismo, provocado por la impresión sufrida al ver morir en su enfermería a un estudiante, en su primer día de trabajo efectivo.

Eso lo explicaba todo. El sueño parecía real, porque había en él elementos reales: el contacto de la alfombra, la humedad del rocío y, naturalmente, la rama que le había arañado el brazo. Ello explicaba por qué Pascow pudo pasar a través de la puerta y él, no.

Imaginó la escena si Rachel hubiera bajado en el

momento en que él se daba de narices contra la puerta de la cocina. La idea le hizo sonreír. El susto que se hubiera llevado.

Una vez fijada la hipótesis del sonambulismo, ya pudo examinar con tranquilidad las causas del sueño, y lo hizo de buen grado. Fue al Pet Sematary porque él asociaba aquel lugar a experiencias desagradables vividas recientemente. En realidad, fue la causa de una fuerte disputa con su mujer... y, además, hizo que su hija se planteara por primera vez la idea de la muerte. Todo eso debía de llevar él en el subconsciente cuando subió a acostarse.

«Menos mal que volví a casa sano y salvo. No recuerdo esa parte. Pondría el piloto automático.»

Pues fue una suerte. No quería ni pensar lo que habría sido despertar por la mañana al lado de la tumba del GATO SMUCKY, desorientado, empapado de rocío y, probablemente, cagado de miedo: lo mismo que Rachel, a buen seguro.

Pero ya había pasado.

«Se acabó –pensó Louis con profundo alivio–. Pero, ¿y las cosas que dijo antes de morir?», trató de preguntarle su mente, pero Louis le puso una mordaza.

Aquella tarde, mientras Rachel planchaba y Ellie y Gage, sentados en la misma butaca, seguían atentamente el programa de los «teleñecos», Louis dijo con naturalidad que iba a salir a dar una vuelta: para respirar un poco.

–¿Volverás antes de que acueste a Gage? –preguntó ella sin levantar la mirada de la plancha–. Ya sabes que se duerme antes si estás tú.

–Descuida.

–¿Adónde vas, papi? –preguntó Ellie sin quitar ojo de la tele, donde *Miss Piggy* se disponía a dar un tortazo a *Kermit*.

–Por ahí detrás, cariño.

–Oh.

Louis salió.

Quince minutos después, estaba en el Pet Sematary, mirando en derredor con curiosidad y tratando de sobreponerse a la sensación de haber estado allí muy recientemente. Pero era evidente que había estado. La pequeña estela que honraba la memoria del gato *Smucky* estaba tumbada. La había tirado él cuando, hacia el final de la parte del sueño que él recordaba, se le acercó la visión de Pascow. Louis la enderezó distraídamente y se acercó a la barrera de árboles derribados.

No le gustaba aquello. El recuerdo de aquel montón de troncos y ramas blanqueadas por la intemperie, convertidos en huesos, aún le daban escalofríos. Haciendo un esfuerzo, se acercó y tocó uno de aquellos troncos que, colocado en precario equilibrio, cedió al contacto de su mano y cayó rodando. Louis dio un salto atrás y el leño le pasó rozando el zapato.

Trató de rodear el montón, primero por la izquierda y después por la derecha. A uno y otro lado, la maleza era impenetrable. Además, no eran matorrales por los que uno pudiera tratar de abrirse paso. No, si tenía uno sentido común. Cerca del suelo, había unas exuberantes masas de hiedra venenosa (durante toda su vida, Louis había oído a personas que presumían de ser inmunes a ella, pero él sabía que casi nadie lo era) y más allá se veían unos espinos enormes, de pésima catadura.

Luis volvió a situarse frente al centro del montón. Se quedó mirándolo con las manos en los bolsillos de atrás de los tejanos.

«No estarás pensando en subir ahí, ¿verdad?»

«¿Yo? Ni hablar. ¿Por qué había de cometer semejante estupidez?»

«Magnífico. Me habías dado un susto, Lou. Parece el medio más seguro de ir a parar a tu propia enfermería con una pierna rota, ¿verdad?»

«Por supuesto. Además, está anocheciendo.»

Satisfecho de estar de acuerdo consigo mismo, Louis empezó a trepar por los troncos.

Estaba por la mitad cuando sintió que los troncos temblaban bajo sus pies, con un crujido peculiar.

«Huesos rodando.»

Cuando el montón volvió a temblar, Louis dio marcha atrás a toda prisa. Tenía los faldones de la camisa por fuera del pantalón.

Llegó a tierra firme sin incidentes y se frotó las manos para desprender fragmentos de corteza. Tomó por el sendero que le llevaría de regreso a casa, donde estaban sus hijos, que querrían que les leyera un cuento antes de irse a la cama, y *Church* que vivía su último día de macho reglamentario, y donde, cuando hubieran acostado a los niños, él y su mujer tomarían una taza de té en la cocina.

Antes de alejarse, se volvió a mirar el claro por última vez, admirado de su silencio y su verdor. Jirones de niebla flotaban a ras del suelo entre las estelas. Aquellos círculos concéntricos... Era como si, involuntariamente, las manecitas de varias generaciones de niños de Ludlow hubieran construido una especie de Stonehenge en pequeño.

«Pero ¿es eso todo, Louis?»

Aunque sólo pudo entrever fugazmente lo que había al otro lado del montón de troncos antes de que aquel movimiento le pusiera nervioso, habría jurado que el sendero continuaba, bosque adentro.

«Eso a ti no te importa, Louis. Déjalo ya.»

«Está bien, jefe.»

Louis dio media vuelta y regresó a casa.

Aquella noche, Louis se quedó leyendo una hora después de que Rachel subiera a acostarse, leyendo una serie de revistas médicas que ya había visto y negándose a reconocer que la idea de irse a la cama –de dormir– le ponía nervioso. Nunca había tenido una experiencia de sonambulismo, y no había forma de saber si iba a repetirse..., hasta que se repetía.

Oyó que Rachel se levantaba y le llamaba suavemente desde lo alto de la escalera.

–¿Lou? ¿Subes, cariño?

–Ahora mismo –dijo él, apagando la luz de sobremesa de su estudio y poniéndose en pie.

Aquella noche tardó mucho más de siete minutos en desconectar la máquina. Mientras oía respirar profundamente a Rachel a su lado, la aparición de Victor Pascow le parecía menos cosa de sueño. Cada vez que cerraba los ojos, veía abrirse bruscamente la puerta y allí estaba él, Nuestra Estrella Invitada Victor Pascow, con sus *shorts*, su lívido bronceado y su clavícula salida.

Parecía que iba a quedarse dormido cuando, al pensar lo que sería despertarse en Pet Sematary, entre aquellos círculos concéntricos iluminados por la luna, y tener que volver andando, despierto, por aquel bosque, ya volvía a estar desvelado.

Eran más de las doce cuando, por fin, el sueño le pilló desprevenido y se lo echó al saco. Aquella noche no soñó. A la mañana siguiente, despertó puntualmente a las siete y media y oyó repicar en los cristales la fría lluvia del otoño. Levantó la ropa de la cama con cierta zozobra. Las sábanas estaban impecables. Sus pies, con el dedo martillo y los callos, no podían optar a este calificativo; pero, por lo menos, estaban limpios.

Cuando quiso darse cuenta, Louis estaba silbando en la ducha.

19

Missy Dandridge se quedó cuidando a Gage mientras Rachel llevaba a *Winston Churchill* al veterinario. Aquella noche, Ellie estuvo despierta hasta más de las once, lamentándose con voz dolorida de que sin *Church* ella no podía dormir y pidiendo vasos y vasos de agua. Hasta que Louis se negó a darle más agua, no fuera a mojar la cama. Esto provocó un berrinche de tal ferocidad que Rachel y Louis se miraron alzando las cejas, desconcertados.

–Tiene miedo por *Church* –dijo Rachel–. Deja que se desahogue, Lou.

–No creo que resista mucho tiempo con ese tren –dijo Louis–. O así lo espero.

Estaba en lo cierto. Los bramidos cedieron paso a quejidos, hipo y suspiros. Finalmente, se hizo el silencio. Cuando Louis se asomó, la encontró dormida en el suelo, abrazada a la cesta que *Church* casi nunca se dignaba ocupar.

Louis le quitó la cesta, la acostó, le apartó suavemente el pelo de la húmeda frente y le dio un beso. Luego, impulsivamente, entró en el cuartito que Rachel utilizaba como despacho y escribió en grandes letras de imprenta en una hoja de papel: VUELVO MAÑANA BESOS CHURCH. Dejó el papel en la cesta del gato y volvió a su habitación, en busca de Rachel. Rachel estaba allí. Hicieron el amor y se durmieron abrazados.

Church volvió a casa el viernes en que se cumplía la primera semana de trabajo de Louis. Ellie le trató con mimo, gastó una parte de su asignación en una caja de galletas para gatos y casi dio un cachete a Gage por haber intentado tocarlo. Aquello hizo llorar a Gage con una aflicción que no le provocaban las medidas disciplinarias paternas. Para él un correctivo de Ellie era como un correctivo del mismo Dios.

A Louis le entristecía ver a *Church*. Comprendía que era una ridiculez; pero eso no cambiaba su manera de sentir. La antigua arrogancia de *Winnie Church* se había esfumado. Y sus andares de pistolero. Ahora se movía con el pasito lento y comedido del convaleciente. Dejaba que Ellie le pusiera la comida en la boca y no quería salir de casa, ni siquiera para ir al garaje. Parecía otro. Tal vez, en definitiva, fuera una suerte.

Ni Ellie ni Rachel parecían notar el cambio.

20

Pasó el verano indio. A los árboles les salieron vivos colores que brillaron efímeramente y se diluyeron. A mediados de octubre, tras unas lluvias frías y torrenciales, empezaron a caer las hojas. Ellie volvía a casa cargada de adornos para la víspera de Todos los Santos que hacía en la escuela y contaba a Gage el cuento del Jinete sin Cabeza. Gage se pasó una tarde discurseando animadamente a cerca de un tal Chiete Sinuesa. A Rachel le entró la risa y no podía parar. Aquel principio de otoño fue una época muy grata para todos.

El trabajo de Louis se había encauzado en una rutina exigente pero agradable. Visitaba a los pacientes, asistía a las reuniones del Consejo de Colegios Universitarios, escribía las cartas de rigor al periódico universitario para advertir a los estudiantes de que la enfermería trataba las enfermedades venéreas con la máxima discreción o recomendarles que se vacunaran contra la gripe, ya que para el invierno se esperaba otra epidemia del tipo A. Asistía a juntas. Presidía comités. Durante la segunda semana de octubre, asistió a la Conferencia sobre Medicina Universitaria en Nueva Inglaterra, que se celebró en Providence, y presentó un trabajo acerca de las repercusiones jurídicas de la asistencia médica a estudiantes. En su trabajo mencionaba a Victor Pascow con el seudónimo de *Henry Montez*. El trabajo fue bien recibido. Empezó a preparar el presupuesto de la enfermería para el siguiente año académico.

También sus tardes seguían una rutina: cena, niños, un par de cervezas con Jud Crandall... A veces, si Missy podía quedarse un rato con los niños, Rachel iba con él, y Norma se unía al grupo; pero casi siempre estaban Louis y Jud solos. Louis se encontraba a sus anchas en compañía del viejo, que contaba historias de Ludlow que databan hasta de trescientos años antes, como si las hubiera vivido. Jud hablaba mucho, pero nunca divagaba. Louis no se cansaba de escucharle, aunque más de una vez había sorprendido a Rachel ahogando un bostezo.

Casi todas las noches, Louis regresaba a su casa antes de las diez y, casi todas las noches, hacía el amor con Rachel. Nunca, desde el primer año de matrimonio, lo habían hecho tan a menudo y, nunca, tan satisfactoriamente. Rachel decía que debía de ser por el agua del pozo artesiano y Louis lo atribuía a los aires de Maine.

La trágica muerte de Victor Pascow, acaecida el primer día del curso empezó a borrarse de la memoria del alumnado y de la de Louis. La familia, sin duda, seguiría llorándole. Louis habló por teléfono con el padre de Pascow, le impresionó oír su voz rota –y menos mal que no tuvo que verle la cara–, llamó para cerciorarse de que se había hecho todo lo humanamente posible, y Louis le aseguró que así era. No le habló de la confusión, ni de la mancha que iba creciendo en la moqueta, ni le dijo que el muchacho prácticamente murió en el acto, aunque éstas eran cosas que el propio Louis nunca podría olvidar. Sin embargo, para aquellos que sólo lo consideraban otra víctima de la carretera, el recuerdo ya se iba difuminando.

Louis aún recordaba su noche de sonámbulo y el sueño que la acompañó, pero ya era casi como si aquello le hubiera ocurrido a otro o fuera una secuencia de un telefilme. Su única visita a una puta de Chicago, hecha seis años atrás, le había dejado la misma impresión; ambos episodios le parecían ahora totalmente insignificantes, dos incidentes desligados de la realidad, falsos sonidos producidos en una caja de resonancia.

Y en cuanto a lo que el moribundo pudiera haber dicho o dejado de decir, en eso ya ni pensaba siquiera.

La noche de Todos los Santos hubo una fuerte helada. Louis y Ellie emprendieron la típica ronda de la noche de Difuntos, en busca de las golosinas propias de la festividad, por la casa de los Crandall. Ellie soltó una risita de bruja muy aceptable, cabalgó en su escoba por la cocina de Norma y recibió los elogios de rigor.

–¡Qué graciosa está! ¿Verdad, Jud?

Jud se mostró de acuerdo y encendió un cigarrillo.

–¿Y dónde está Gage, Louis? Creí que también le disfrazaríais.

En un principio, pensaba llevarle con ellos. Rachel estaba muy ilusionada, porque ella y Missy Dandridge habían confeccionado una especie de disfraz de escarabajo, con unas perchas retorcidas y forradas de papel de crespón a modo de antenas; pero Gage había pillado un fuerte resfriado con bronquitis y, después de auscultarle –los pulmones le sonaban un poco– y mirar el termómetro que estaba colgado en el vano de la ventana y que marcaba sólo cuatro grados a las seis de la tarde, Louis desistió de llevárselo. Rachel, aunque decepcionada, se mostró de acuerdo.

Ellie prometió repartir con él las golosinas; pero, al

observar sus exageradas muestras de pesar, Louis se preguntó si, en el fondo, no se alegraba de que Gage no fuera con ellos: habría sido una rémora y un competidor.

–Pobre Gage –dijo la niña en el tono de voz que generalmente se reserva para hablar de los desahuciados. Gage, ajeno a lo que se perdía, estaba sentado en el sofá mirando los dibujos de la tele. *Church* dormitaba a su lado.

–Ellie, bruja –dijo Gage con indiferencia, y volvió a la tele.

–Pobre Gage –repitió Ellie con otro suspiro. Louis pensó en las lágrimas de los cocodrilos y sonrió. Ellie empezó a tirarle de la mano–. Vamos, papi. Vamos, vamos, vamos.

–Gage tiene un poco de bronquitis –dijo Louis a Jud.

–Qué lástima –dijo Norma–. Pero el año próximo disfrutará más. Pon la cesta, Ellie... ¡Ooooop!

Norma había tomado una manzana y un caramelo de un cuenco que había encima de la mesa, pero las dos cosas le resbalaron de la mano. Louis se sintió impresionado al ver lo deformada que estaba aquella mano. Se agachó a recoger la manzana que rodaba por el suelo. Jud puso el caramelo en la cesta de Ellie.

–Oh, te daré otra manzana, guapa –dijo Norma–. Ésa tiene un golpe.

–Está perfecta –dijo Louis, tratando de echarla a la cesta, pero Ellie retrocedió, manteniendo la cesta bien cerrada.

–Yo no quiero manzanas pochas, papá –dijo mirándole como si se hubiera vuelto loco–. Les salen manchas negras, ¡uf...!

–Ellie, no seas maleducada.

–No la regañes por decir la verdad, Louis –dijo Norma–. Sólo los niños dicen toda la verdad. Por algo son niños. Y las manchas negras son feas.

—Muchas gracias, Mrs. Crandall –dijo Ellie mirando a su padre con ojos ofendidos.

—De nada, cariño –dijo Norma.

Jud los acompañó al porche. Por el sendero del jardín venían dos fantasmitas en los que Ellie reconoció a compañeros de clase y los acompañó a la cocina. Jud y Louis se quedaron solos en el porche un momento.

—Está peor de la artritis –dijo Louis.

Jud movió la cabeza, sacudiendo la ceniza del cigarrillo en un cenicero.

—Sí. En otoño y en invierno siempre se pone peor, pero esta vez le ha dado más fuerte que nunca.

—¿Qué dice el médico?

—Nada. No puede decir nada, porque Norma no ha ido a visitarse.

—¿Qué? ¿Por qué no?

Jud miró a Louis. A la luz de los faros de la furgoneta que esperaba a los dos fantasmas, su expresión denotaba un profundo abatimiento.

—Quería pedírtelo en mejor ocasión, Louis; pero me parece que ninguna ocasión es buena para abusar de la amistad. ¿Querrías reconocerla?

En la cocina, los dos fantasmas aullaban lúgubremente y Ellie soltaba su risa de bruja –llevaba ensayándola toda la semana. Todo muy tétrico y apropiado.

—¿Qué más le pasa a Norma? –preguntó–. ¿Tiene miedo de algo?

—Le duele el pecho –dijo Jud en voz baja–. No quiere volver más al doctor Weybridge. Estoy preocupado.

—¿Y ella? ¿Está preocupada?

Jud titubeó.

—Yo diría que está asustada y que por eso no quiere ir al médico. Betty Coslaw, una de sus mejores amigas, murió el mes pasado en el hospital. Cáncer. Tenía la misma edad que Norma. Está asustada.

—La veré encantado. No hay inconveniente.

–Gracias, Louis –dijo Jud con alivio–. Cualquier noche la pillamos desprevenida y entre los dos...

Jud se interrumpió, ladeó la cabeza y miró a Louis a los ojos con expresión interrogante.

Después, Louis sería incapaz de recordar lo que sintió en aquellos momentos ni cómo se sucedieron sus emociones. Cada vez que trataba de analizarlas acababa confuso. Lo único que sabía era que la curiosidad se trocó rápidamente en la sensación de que había ocurrido algo malo. Su mirada tropezó con la de Jud. Ninguno de los dos disimulaba la angustia. Louis tardó un momento en reaccionar.

–Uuuu, uuuu –aullaban los fantasmas en la cocina–. Uuuu, uuu. –De pronto, el grito subió de tono y se hizo realmente espeluznante–. UuuuAAAA...

Y uno de los fantasmas se puso a chillar.

–¡Papá! –La voz de Ellie era desgarrada y tensa–. ¡Papá! ¡La señora Crandall se ha caído!

–¡Oh, Dios! –casi gimió Jud.

Ellie salió corriendo al porche, con su falda negra ondeando. Con una mano, oprimía fuertemente el mango de la escoba. Su carita pintada de verde y consternada parecía la de un enano en la última fase de intoxicación alcohólica. Los dos fantasmas la seguían llorando.

Jud se lanzó hacia la puerta con una agilidad asombrosa para un hombre de más de ochenta años. Más que correr, parecía volar. Iba llamando a su mujer.

Louis se inclinó y puso las manos en los hombros de Ellie.

–No te muevas de aquí, Ellie. ¿Me has comprendido?

–Papi, tengo miedo –susurró ella.

Los dos fantasmas corrían por el camino haciendo sonar las bolsas de caramelos y llamando a gritos a su mamá.

Louis cruzó el pasillo a toda velocidad y entró en la cocina, sin hacer caso de los gritos de Ellie que le pedía que volviera.

Norma estaba tendida sobre el ondulado linóleo, al pie de la mesa, entre un montón de manzanas y barritas de caramelo. Sin duda, al caer se agarró a la fuente de las golosinas esparciendo su contenido. La fuente había quedado boca abajo, como un pequeño platillo volante de Pyrex. Jud le frotaba una muñeca a su mujer. Miró a Louis con la cara crispada.

–Ayúdame, Louis. Ayuda a Norma. Me parece que se está muriendo.

–Apártate –dijo Louis. Al arrodillarse aplastó un caramelo relleno, sintió que el zumo se le filtraba a través de la pana de su viejo pantalón, y un olor a manzana inundó la cocina.

«Otra vez. Lo mismo que Pascow», pensó Louis. Pero desechó el pensamiento con tal violencia que la idea se fue de su mente como si llevara ruedas.

Le buscó el pulso y encontró algo muy débil y rápido: aquello no eran pulsaciones sino simples espasmos. Arritmia extrema, lo inminente, el paro cardíaco. «Tú y Elvis Presley, Norma», pensó.

Le desabrochó el vestido, descubriendo una combinación de seda crema. Con movimientos certeros, le ladeó la cabeza y empezó a administrarle masaje al corazón.

–Escúchame, Jud –dijo. La palma de la mano izquierda, a un tercio de la base del esternón–, cuatro centímetros por encima del proceso xifoideo. Con la derecha, sujetar la muñeca izquierda para darle firmeza y presión. «Con firmeza, pero cuidado con esas viejas costillas: nada de pánico, todavía. Y, por el amor de Dios, no hagas que se contraigan los pobres pulmones.»

–Di lo que sea –murmuró Jud.

–Llévate a Ellie –dijo Louis–. Mucho cuidado al cruzar la calle, no vayan a atropellaros. Dile a Rachel lo que pasa y que te dé mi maletín. No el que está en el estudio; el otro, el que puse en el estante de arriba del cuarto de baño. Ella sabe cuál. Que llame a una ambulancia del Servicio Médico de Bangor.

–Bucksport está más cerca –dijo Jud.

–Bangor es más rápido. Ve. No llames tú; que llame Rachel. Necesito el maletín: «Y, cuando ella se entere de lo que pasa aquí, no creo que quiera acercarse», pensó Louis.

Jud se fue. Louis oyó golpear la puerta mosquitera. Estaba solo con Norma Crandall y el olor a manzana. En la sala de estar sonaba el monótono tictac del reloj.

De pronto, Norma emitió un largo ronquido y movió los párpados, y Louis se estremeció con una funesta certidumbre.

«Ahora abrirá los ojos... Oh, Dios mío, abrirá los ojos y empezará a hablar de Pet Sematary.»

Pero ella sólo le miró con una velada expresión de reconocimiento y volvió a cerrar los ojos. Louis se sintió avergonzado de sí mismo por aquel miedo estúpido, tan impropio de él. Al mismo tiempo, experimentó un esperanzado alivio. En aquellos ojos había dolor pero no angustia. A primera vista, el ataque no parecía grave.

Louis jadeaba y sudaba. El masaje cardíaco sólo parecía fácil en la tele. En realidad, consumías cantidad de calorías. Al día siguiente, le dolerían los brazos y los hombros.

–¿Puedo ayudar en algo?

Louis volvió la cabeza. Una mujer, vestida con un pantalón de casa y jersey marrón le miraba desde la puerta apretando un puño sobre el busto. «La madre de los fantasmas», pensó Louis. Su criterio le dijo rápidamente que la mujer estaba asustada, pero no histérica.

–No –dijo, y enseguida–: Sí. Moje un paño, por favor. Escúrralo bien y póngaselo en la frente.

La mujer se puso en movimiento. Louis miró a Norma. Ella había vuelto a abrir los ojos.

–Louis, me caí –susurró–. Creo que me desmayé.

–Has tenido algo de coronarias –dijo Louis–. No parece grave. Ahora quédate tranquila y callada, Norma.

Louis descansó unos momentos y le tomó el pulso otra vez. Las pulsaciones eran muy rápidas. Hacían lo que el doctor Tucker de la Facultad de Medicina de Chicago llamaba el mensaje en morse: el corazón latía varias veces con regularidad, luego hacía algo que era casi como una fibrilación y volvía a latir normalmente. Pumba-pumba-pumba, cras-cras-cras, pumba-pumba-pumba. No era muy bueno, pero mejor que la arritmia.

La mujer puso el paño húmedo en la frente de Norma y se retiró titubeando. Entonces entró Jud con el maletín.

–¿Louis?

–Se pondrá bien –dijo Louis mirando a Jud, pero hablando a Norma–. ¿Viene la ambulancia?

–Tu mujer estaba hablando con ellos. No esperé a que terminara.

–Hospital... no –susurró Norma.

–Hospital, sí –dijo Louis–. Cinco días en observación, tratamiento y luego a casa a descansar, Norma, guapa. Y como digas una palabra más, te hago comer todas esas manzanas con el corazón y todo.

Ella sonrió débilmente y volvió a cerrar los ojos.

Louis abrió el maletín, revolvió en su interior, sacó el frasco del Isodil y extrajo una pastilla. Era tan pequeña como la media luna de una uña. Tapó el frasco y tomó la pastilla entre el índice y el pulgar.

–Norma, ¿me oyes?

–Sí.

–Quiero que abras la boca. Tú has hecho tu numerito y ahora vas a recibir el premio. Te pondré una pastilla debajo de la lengua. Es muy pequeña. Manténla ahí hasta que se disuelva. Es un poco amarga, pero eso es lo de menos, ¿de acuerdo?

Ella abrió la boca. El aliento le olía a dentadura rancia, y Louis sintió una profunda compasión hacia aquella mujer que estaba tendida en el suelo de su cocina, entre un revoltijo de manzanas y caramelos. Pensó que un día habría tenido diecisiete años y que los chicos del vecindario le habrían mirado el escote con interés, y todos los dientes serían suyos, y aquel corazón, un robusto motor.

Ella puso la lengua encima de la pastilla e hizo una pequeña mueca. La pastilla amargaba, sí. Pero, por lo menos, ella no estaba como Victor Pascow; aún se la podía ayudar, aún la tenía a su alcance. Louis pensaba que Norma superaría el ataque. Ella palpaba el aire y Jud le asió la mano, suavemente.

Louis se levantó, encontró la fuente y empezó a recoger las golosinas. La mujer, que dijo ser Mrs. Buddinger, que vivía un poco más abajo, junto a la carretera, le ayudó y se despidió. Tenía que volver al coche. Sus dos hijos estaban asustados.

—Muchas gracias por todo, Mrs. Buddinger —dijo Louis.

—Yo no he hecho nada —respondió ella categóricamente—. Pero esta noche daré gracias a Dios de rodillas porque estuviera usted aquí, doctor Creed.

Louis agitó una mano, violento.

—Lo mismo digo yo —agregó Jud. Miró fijamente a Louis. El momento de confusión y temor ya había pasado—. Te debo una, Louis.

—Déjalo ya —dijo Louis y saludó a Mrs. Buddinger con la mano. Ella le sonrió y saludó a su vez. Louis mordió una manzana bañada en arrope. Estaba tan dulce que le insensibilizó momentáneamente el paladar..., pero no era una sensación desagradable. «Esta noche puedes apuntarte un tanto, Lou», pensó mientras devoraba la manzana. Estaba hambriento.

–Nada de eso –dijo Jud–. Si un día necesitas un favor, dímelo antes que a nadie.

–Está bien –dijo Louis–. De acuerdo.

Veinte minutos después, llegó la ambulancia de Bangor. Mientras observaba a los enfermeros cargar la camilla, Louis vio a Rachel en la ventana de la sala y agitó una mano. Ella alzó la mano a su vez.

Él y Jud siguieron con la mirada a la ambulancia que se alejaba lanzando destellos pero sin la sirena.

–Me parece que me voy al hospital –dijo Jud.

–No te dejarán verla esta noche, Jud. Nada más llegar, le harán un electrocardiograma y la pondrán en Cuidados Intensivos. Durante doce horas, nada de visitas.

–¿Tú crees que se pondrá bien, Louis? ¿Bien del todo?

Louis se encogió de hombros.

–No se puede garantizar. Ha tenido un ataque al corazón. Yo personalmente creo que se recuperará. Y quizá esté mejor que nunca, después del tratamiento.

–Ajá –dijo Jud encendiendo un Chesterfield.

Louis sonrió y miró el reloj. Le sorprendió comprobar que no eran más que las ocho menos diez. Parecía que tenía que ser mucho más tarde.

–Jud, tengo que ir a buscar a Ellie para terminar la ronda de visitas.

–Pues claro que sí. Dile de mi parte que deseo que se divierta.

–Así lo haré –prometió Louis.

Cuando Louis llegó a casa, Ellie seguía vestida de bruja. Rachel trató de convencerla de que se pusiera el pijama, pero la niña se resistió, por si existía la posibilidad de que la fiesta, suspendida por ataque al corazón, aún se celebrara. Cuando su padre le dijo que se pusiera el abrigo, ella lanzó un grito de alegría.

–Se va a hacer muy tarde, Louis.

–Iremos en el coche –dijo él–. Por favor, Rachel, lleva un mes esperándolo.

–Bueno... –Rachel sonrió y Ellie volvió a gritar y echó a correr hacia el ropero–. ¿Cómo está Norma?

–Mejor. –Él se sentía satisfecho. Cansado, pero satisfecho–. No ha sido muy fuerte. De ahora en adelante tendrá que cuidarse; pero a los setenta y cinco años tampoco va uno a hacer cabriolas.

–Ha sido una suerte que tú estuvieras allí. Parece cosa de la Providencia.

–Dejémoslo en suerte. –Sonrió a Ellie que volvía con el abrigo–. ¿Lista, bruja Hazel?

–Lista. ¡Vamos, vamos, vamos!

Cuando, una hora después, volvían a casa con la cesta a medio llenar (Ellie protestó cuando Louis decidió dar por terminada la fiesta, pero se dejó convencer fácilmente, pues estaba cansada), la niña le sorprendió al preguntar:

–¿Fue culpa mía que Mrs. Crandall tuviera el ataque al corazón, papi? ¿Fue porque no quise la manzana que tenía el golpe?

Louis la miró con extrañeza, preguntándose de dónde sacaban los niños aquellas ideas semisupersticiosas. Trae desgracia pisar raya... Me quiere, no me quiere... Aquello le recordó el Sematary y sus círculos chapuceros. Quiso sonreír y no acabó de conseguirlo.

–No, cariño –dijo Louis–. Cuando tú entraste con los dos fantasmas...

–No eran fantasmas. Eran los gemelos Buddinger.

–Está bien. Mientras vosotros estabais en la cocina, Mr. Crandall me decía que su esposa tenía pequeños dolores en el pecho. En realidad, puede decirse que tú le salvaste la vida o, por lo menos, impediste que se pusiera peor.

Ahora fue Ellie quien se sorprendió.

Louis asintió.

–Ella necesitaba un médico. Yo soy médico, pero sólo estaba allí porque había ido a acompañarte en la ronda de Todos los Santos.

Ellie reflexionó largamente y asintió.

–De todos modos, se morirá –dijo llanamente–. Todos los que tienen un ataque al corazón se mueren. Aunque parece que van a vivir, tienen otro, y otro, y otro hasta que... ¡buum!

–¿Y dónde has aprendido tú tanta ciencia?

Ellie se encogió de hombros con una actitud que parecía calcada de su padre, según observó Louis con regocijo.

La niña le dejó llevar la cesta –suprema prueba de confianza–, y Louis meditó sobre su reacción. La idea de que *Church* pudiera morir casi le provocó una crisis de histerismo, pero la posibilidad de que muriera la abuela Crandall... eso lo aceptaba con toda calma, como algo natural. ¿Qué fue lo que dijo? Otro y otro, y otro, hasta que... *¡buum!*

La cocina estaba desierta, pero se oía a Rachel andar por el piso de arriba. Louis dejó la cesta en el mostrador y dijo:

–No siempre ocurre eso, Ellie. Ha sido un ataque muy leve y yo pude darle el tratamiento enseguida. Es posible que su corazón no haya sufrido ningún daño. Ella...

–Oh, bueno, ya lo sé –dijo Ellie casi con alegría–. Pero ya es vieja y, de todos modos, se morirá pronto. Y Mr. Crandall también. ¿Puedo comer una manzana antes de acostarme, papi?

–No –dijo él, mirándola pensativo–. Sube a limpiarte los dientes, cariño.

«¿Habrá alguien que crea comprender realmente a los niños?»

Cuando la casa estuvo recogida y se acostaron, Rachel preguntó en voz baja:

—Lou, ¿se impresionó mucho Ellie? ¿Estaba muy trastornada?

«No —pensó él—. Ella sabe que los viejos la palman uno tras otro, del mismo modo que sabe que hay que soltar al saltamontes cuando echa baba..., o que si caes en el número trece cuando juegas a la rayuela se muere tu mejor amigo..., o que en el cementerio las tumbas tienen que ponerse en círculos...»

—No —dijo—. Se portó muy bien. Vamos a dormir, Rachel, ¿de acuerdo?

Aquella noche, mientras ellos dormían y Jud velaba, hubo otra helada fuerte. De madrugada se levantó un viento que arrancó de los árboles la mayor parte de las hojas que quedaban, ya ocres y poco vistosas.

El viento despertó a Louis y él se incorporó apoyándose en los codos, medio dormido y desconcertado. Se oían las pisadas en la escalera... Alguien subía lentamente, arrastrando los pies. Pascow había vuelto. Pero ahora, pensó Louis, ahora hacía ya dos meses. Cuando se abriera la puerta, él no vería más que podredumbre, los *shorts* rojos estarían cubiertos de moho, le faltarían trozos de carne, el cerebro no sería más que una pasta putrefacta. Sólo los ojos tendrían vida... y un brillo escalofriante. Esta vez Pascow no hablaría: sus cuerdas vocales ya no estarían en condiciones de producir sonidos. Pero sus ojos... le obligarían a seguirle.

—No —jadeó Louis, y los pasos se apagaron.

Se levantó, se fue a la puerta y la abrió bruscamente, apretando los labios en una mueca de miedo y resolución y sintiendo un hormigueo en todo el cuerpo. Allí estaría Pascow, con los brazos levantados como el espectro de un director de orquesta a punto de atacar la atronadora obertura de *La noche de Walpurgis*.

De eso nada, como hubiera dicho Jud. El corredor estaba vacío y silencioso. Sólo se oía el rumor del viento. Louis volvió a la cama y se durmió.

21

Al día siguiente, Louis llamó por teléfono a la unidad de cuidados intensivos del Centro Médico de Maine Oriental. El estado de Norma aún se consideraba crítico, pero esto era lo habitual durante las veinticuatro horas siguientes a un ataque al corazón. Louis escuchó una opinión mucho más optimista del doctor Weybridge, el médico de Norma.

–Yo no lo llamaría ni un pequeño infarto –dijo–. No hay necrosis. Gracias a usted, doctor Creed.

Impulsivamente, Louis pasó por el hospital al cabo de unos días con un ramo de flores y descubrió que Norma había sido trasladada a una habitación semiprivada de la planta baja. Buena señal. Jud estaba con ella.

Norma alabó las flores y tocó el timbre para pedir un jarrón a la enfermera. Luego, estuvo dando instrucciones a Jud hasta que estuvieron en agua, arregladas a su gusto y colocadas sobre la cómoda del rincón.

–Mamá se encuentra mucho mejor –comentó Jud secamente, después de haber manoseado las flores por tercera vez.

–No seas impertinente, Judson –dijo Norma.

–No, señora.

Por fin, Norma miró a Louis.

–Quiero darte las gracias por lo que hiciste –dijo con

una timidez completamente natural y, por lo tanto, doblemente conmovedora–. Dice Jud que te debo la vida.

–Exagera –dijo Louis, violento.

–Nada de eso –protestó Jud. Miraba a Louis con los ojos entornados y casi con una sonrisa–. ¿No te decía tu madre que nunca se deben rechazar las gracias?

Su madre no decía nada de eso, por lo menos, que Louis recordara. Lo que sí dijo una vez era que la falsa modestia encerraba medio pecado de orgullo.

–Norma –dijo–. Si algo hice fue con mucho gusto.

–Eres una buena persona –dijo Norma–. Y ahora llévate a este hombre donde pueda invitarte a una cerveza. Tengo sueño y no consigo librarme de él.

Jud se levantó rápidamente.

–¡Canastos! No hay más que hablar. Vámonos antes de que cambie de parecer.

La primera nevada cayó una semana antes del día de Acción de Gracias. El veintidós de noviembre cayeron otros diez centímetros, pero el día antes de la fiesta fue claro, azul y frío. Louis llevó a su familia al Aeropuerto Internacional de Bangor, donde embarcarían para la primera etapa del viaje a Chicago. Rachel y los niños iban a pasar unos días con los padres de ella.

–No me gusta –dijo Rachel por enésima vez desde que empezaron a hablar del asunto hacía casi un mes–. No me gusta dejarte solo en casa el día de Acción de Gracias. Es una fiesta familiar, Louis.

Louis se cambió de brazo a Gage, que abultaba mucho con su primer anorak de chico mayor. Ellie estaba en una de las ventanas, viendo despegar a un helicóptero de la Fuerza Aérea.

–No creas que voy a estar llorando en la cerveza –dijo Louis–. Jud y Norma me han invitado a comer el pavo en su casa. Yo soy el que se siente culpable. Nunca me han gustado esas reuniones familiares. Empiezo a beber a las tres de la tarde mientras veo el partido por la tele y me quedo dormido a las siete, y al día siguiente me parece tener dentro de la cabeza a todas las chicas del Rodeo de Dallas bailando y gritando como condenadas. Me revienta que tengas que hacer el viaje sola con los dos niños.

–Estaré perfectamente. Viajo en primera, como una princesa. Y Gage dormirá durante el vuelo de Logan a O'Hare.

–O así lo esperas –dijo él, y los dos se rieron.

Anunciaron el vuelo por los altavoces y Ellie se acercó corriendo.

–Es el nuestro, mami. Vamos, vamos, vamos. Se irán sin nosotros.

–No; no se irán –dijo Rachel. Apretaba con una mano las tres cartulinas rosas de las tarjetas de embarque. Llevaba su abrigo de piel, una imitación de algo de un marrón intenso..., probablemente rata almizclera, según pensó Louis. Pero, fuera lo que fuera, estaba guapísima con él.

Tal vez en sus ojos se reflejó algo de lo que sentía, porque ella le abrazó impulsivamente, comprimiendo a Gage entre los dos. Gage pareció sorprendido pero no molesto.

–Louis Creed, te quiero –dijo ella.

–Ma-*miii* –dijo Ellie, en el paroxismo de la impaciencia–. Vamos, vamos, va...

–Oh, ya va. Pórtate bien, Louis.

–Ya veremos –sonrió él–. Tendré mucho cuidado. Saluda a tus padres.

–¡Qué cosas tienes! –dijo ella arrugando la nariz. No la había engañado. Ella sabía perfectamente por qué Louis renunciaba al viaje–. ¡Muy gracioso!

Él los siguió con la mirada por la rampa de embarque..., hasta que desaparecieron de su vista para toda una semana. Ya los estaba echando de menos. Se acercó a la ventana donde antes estuviera Ellie, con las manos en los bolsillos y se quedó mirando a los mozos que cargaban el equipaje.

La verdad era muy sencilla. Mr. Irwin Goldman, de Lake Forest, y su esposa habían tomado a Louis entre ojos desde el principio. Él procedía de un barrio humilde, pero eso era lo de menos. Lo peor era que, por lo visto, esperaba que Rachel le mantuviera mientras él estudiaba su carrera en la que, sin duda, fracasaría.

Louis hubiera podido transigir con esto; en realidad, lo soportaba. Pero entonces ocurrió algo, algo que Rachel no sabía ni sabría nunca... por lo menos, por Louis. Irwin Goldman le ofreció pagarle todos los estudios. El precio de la «beca» (así lo llamó Goldman) era que Louis rompiera con Rachel inmediatamente.

Louis Creed no se encontraba en momento propicio para hacer frente a semejante insulto; pero tan melodramáticas proposiciones (o sobornos, para llamar al pan, pan y al vino, vino) rara vez se plantean a personas que se encuentren en momento propicio, el cual podría darse alrededor de los ochenta y cinco años. Primeramente, estaba cansado. Pasaba dieciocho horas semanales en clase, veinte empollando, otras quince sirviendo mesas en una pizzería situada cerca del hotel Whitehall. Además, estaba nervioso. La insólita jovialidad que mostró Mr. Goldman aquella noche contrastaba violentamente con su frialdad habitual, y cuando Goldman le invitó a pasar al estudio a fumar un cigarro, Louis creyó advertir que el matrimonio Goldman intercambiaban una mirada significativa. Después –mucho después, cuando pudo enfocar el incidente con cierta perspectiva– Louis se diría que algo parecido debían de sentir los caballos al olfatear el primer humo de un incendio en la pradera. Estaba temiendo que, de un momento a otro, Goldman le echase en cara haberse acostado con su hija.

Pero cuando, en lugar de eso, Goldman le hizo aquella inefable oferta –llegando incluso a sacar el talonario de cheques del bolsillo interior del esmoquin, lo mismo que un rufianesco personaje de una comedia de Noël Coward y agitarlo ante sus narices–, Louis estalló. Acusó a Goldman de pretender conservar a su hija como una pieza de museo, de no tener consideración con los demás, y le llamó cerdo arrogante y cerril. Louis tardó mucho tiempo en reconocer que aquella indignación, en gran medida, estaba alimentada por el alivio.

La descripción del carácter de Irwin Goldman, aunque certera, no estuvo acompañada de una pequeña dosis de diplomacia que mitigara su crudeza. Allí terminó toda similitud con Noël Coward; si en el resto de la conversación hubo algo de humor, fue de una calidad mucho más basta. Goldman le dijo que se marchara inmediatamente y que si volvía a verle en la puerta de su casa le mataría como a un perro amarillo. Louis le contestó que podía meterse el talonario en el culo. Goldman repuso que en su vida había visto vagabundos que valían más que Louis Creed. Louis dijo a Goldman que, donde el cheque, se metiera también sus tarjetas American Express y Bank Americard.

Nada de esto podía favorecer el establecimiento de unas buenas relaciones entre Louis y sus futuros suegros.

Al fin, Rachel consiguió apaciguarlos (cuando los dos habían tenido tiempo de arrepentirse de lo dicho, aunque ninguno modificó la opinión que tenía del otro). No hubo más melodrama, ni, desde luego, frases abominablemente teatrales como «desde este momento, ya no tengo hija». Probablemente, Goldman no habría renegado de su hija ni aunque Rachel se hubiera casado con el monstruo de la laguna Negra. No obstante, la cara que asomaba entre las solapas del chaqué de Irwin Goldman el día en que su hija contrajo matrimonio con Louis, tenía un gran parecido con las que están esculpidas en algunos sarcófagos egipcios. Su regalo de bodas fue una vajilla de porcelana Spode de seis servicios y un horno microondas. De dinero, nada. Durante la mayor parte de los agitados años de facultad de Louis, Rachel trabajó de dependienta en una tienda de modas. Y desde aquel día hasta hoy Rachel no supo sino que las relaciones entre sus padres y su marido seguían siendo «tensas»..., especialmente entre su padre y Louis.

Louis hubiera podido ir a Chicago con su familia. Si bien el calendario de la universidad le obligaba a regresar tres día antes que Rachel y los niños, no era eso lo malo; para él, lo malo habría sido tener que pasar cuatro días con Imhotep y su esposa, la Esfinge.

Los niños habían conquistado a los abuelos, como suele ocurrir. Y Louis sospechaba que él hubiera podido consumar la total reconciliación sólo con simular que había olvidado la escena de aquella noche en el estudio de Goldman. Aunque su suegro comprendiera que no era más que simulación. Pero la verdad era (y él tenía por lo menos el valor de admitirlo) que Louis no deseaba aquella reconciliación. Diez años es mucho tiempo, pero no el suficiente como para quitarle el mal sabor de boca que le entró cuando, ante unas copas de coñac, el viejo metió la mano en aquel ridículo esmoquin y sacó el talonario que anidaba en su interior. Sí; Louis sintió un gran alivio al comprobar que no se habían descubierto las noches –cinco en total– que Rachel pasó en su pequeño y astroso apartamento; pero el asco y la indignación estaban justificados, y los años no los habían mitigado.

Louis hubiese podido ir a Chicago; pero prefirió enviar a su suegro los nietos, la hija, y recuerdos.

El Delta 727 se apartó de la rampa, viró... y Louis distinguió a Ellie en una de las ventanillas de delante, agitando la mano frenéticamente. Él saludó también, sonriendo, y entonces alguien –Ellie o Rachel– arrimó a

Gage a la ventanilla. Louis agitó el brazo y Gage hizo otro tanto, quizá porque le había visto o quizá imitando a Ellie.

–Buen viaje –murmuró Louis. Luego, se subió la cremallera del chaquetón y se dirigió al parking. Allí el vendaval que silbaba y rugía con fuerza, casi le arrancó el gorro de caza, y él lo apretó con la mano. Mientras sacaba las llaves, el reactor asomó por detrás de la terminal atronando con sus turbos y Louis se volvió y lo vio elevarse con la proa levantada hacia el azul intenso del cielo.

Louis, sintiéndose muy solo –y con unas ridículas ganas de llorar– volvió a agitar la mano.

Aún se sentía deprimido cuando, por la noche, cruzó la carretera 15 hacia su casa, después de tomar un par de cervezas con Jud y Norma; Norma bebió un vasito de vino, algo que el doctor Weybridge le había recomendado. Hoy, obligados por la temperatura, habían pasado la velada en la cocina.

Jud cargó la vieja estufa de leña y los tres se sentaron alrededor. La cerveza estaba fresca y la cocina, bien caldeada. Jud les contó que, hacía doscientos años, los indios micmacs habían rechazado un desembarco de los ingleses en Machias. En aquellos tiempos, los micmacs eran temibles, dijo, y agregó que los abogados encargados del litigio sobre las tierras estatales y federales aún los consideraban así.

Hubiera podido ser una agradable velada, pero Louis no hacía más que pensar que le aguardaba una casa vacía. Mientras cruzaba el jardín haciendo crujir la escarcha con los pies, oyó que empezaba a sonar el teléfono. Echó a correr, entró por la puerta principal, cruzó la sala precipitadamente (tirando un revistero) y atravesó patinando casi toda la cocina, al resbalar en el linóleo por causa del hielo que tenía adherido a las suelas. Arrancó el auricular de la horquilla.

—¿Diga?

—¿Louis? —Era la voz de Rachel, lejana pero absolutamente perfecta—. Ya hemos llegado. Ningún contratiempo.

—¡Magnífico! —dijo él sentándose para hablar, mientras pensaba: «Ojalá estuvierais aquí.»

22

La comida de Acción de Gracias que prepararon Jud y Norma fue excelente. Después de comer, Louis se fue a su casa, ahíto y amodorrado. Subió al dormitorio, saboreando aquella paz, se descalzó y se tumbó en la cama. Eran poco más de las tres. Hacía un sol tenue e invernal.

«Sólo un sueñecito», pensó, y se quedó profundamente dormido.

Le despertó el timbre del teléfono. Alargó el brazo hacia la extensión del dormitorio, tratando de coordinar ideas, desconcertado al observar que ya era casi de noche. Oía el silbido del viento en el alero de la casa y el leve y ronco borboteo de la caldera.

—¿Diga? —Sería Rachel, que le llamaba desde Chicago, para desearle feliz día de Acción de Gracias. Luego pasaría el auricular a Ellie, y Ellie le hablaría, y luego, a Gage, y Gage parlotearía... ¿Y cómo diablos había podido pasar toda la tarde durmiendo, si quería ver el partido...?

Pero no era Rachel. Era Jud.

—¿Louis? Lo siento, pero voy a darte un pequeño disgusto.

Louis saltó de la cama, mientras trataba de despejarse.

–¿Qué disgusto, Jud?

–Bueno, hay un gato muerto en nuestro jardín –dijo Jud–. Parece el de tu hija.

–¿*Church*? –Sintió una súbita opresión en el vientre–. ¿Estás seguro, Jud?

–No al ciento por ciento; pero, desde luego, se le parece.

–Oh. Oh, mierda. Ahora mismo voy, Jud.

–Está bien, Louis.

Louis colgó el auricular y se quedó sentado un minuto. Luego, fue al retrete, se puso los zapatos y bajó.

«Quizá no sea *Church*. Dice Jud que no está seguro. Caray, si ese gato ya ni sube la escalera, a no ser que alguien le lleve en brazos... ¿A qué iba a salir a la carretera?»

Pero en su interior algo le decía que sí era *Church*. Y si Rachel llamaba aquella noche, como era lo más seguro, ¿qué podía él decirle a Ellie?

Aturdido, se oyó decir a Rachel: «Yo sé que a los seres vivos puede ocurrirles cualquier cosa. Soy médico y lo sé... ¿Quieres ser tú quien le explique lo ocurrido, si atropellan al gato?» Pero en el fondo él no creía que a *Church* pudiera pasarle algo, ¿o sí?

Recordaba que Wicky Sullivan, uno de sus compañeros de póquer, le preguntó una vez cómo podía Louis calentarse por su mujer y no calentarse por todas las mujeres desnudas que veía a diario. Louis trató de explicarle que las cosas no eran como imaginaba la gente; la que va a hacerse un Papanicolau o aprender a explorarse los pechos no tira bruscamente de la sábana y se presenta como una Venus sobre la concha. Uno ve un pecho, una vulva, un muslo. El resto está cubierto por una sábana. Además, siempre hay una enfermera delante, más para salvaguardar la reputación del médico que para otra cosa. Pero Wicky no se dejó convencer. Una teta siempre es una teta, era su tesis, y un chocho, un chocho. Y tú o tienes que estar caliente a todas horas o no estarlo nunca. Lo único que Louis supo responder fue que la teta de tu mujer es diferente.

«Del mismo modo que uno supone que su familia es diferente», pensaba ahora. Todos daban por sentado que a *Church* no podía pasarle nada porque estaba dentro del círculo mágico de la familia. Lo que Louis no consiguió hacer comprender a Wicky era que los médicos hacían distinciones lo mismo que todo el mundo. Una teta no era una teta como no fuera la de tu mujer. En el consultorio, una teta era un caso. Uno podía hablar de la leucemia infantil y dar cifras durante un simposio; pero si uno de tus chavales la pillaba te quedabas lívido y sin poder creerlo. ¿Mi hijo? O, incluso: ¿el gato de mi hija? Doctor, usted no puede hablar en serio.

«Bueno, tranquilo. Las cosas, por sus pasos contados.»

Pero era difícil conservar la calma al recordar cómo se puso Ellie sólo de pensar que *Church* podía morir un día.

«Estúpido gato de mierda. ¿Por qué tendríamos un jodido gato? Eso es lo que yo quisiera saber.»

«Pero el jodido gato ya no jodía. Y eso debía impedir que se muriese.»

–¿*Church*? –llamó Louis, pero sólo se oía el roncar de la caldera, quemando dólares y dólares. El sofá de la sala, donde últimamente *Church* pasaba casi todo el día, estaba vacío. No estaba en ninguno de los radiadores. Louis hizo sonar el plato del gato, el único medio infalible para hacerle acudir; pero esta vez no vino gato alguno... ni vendría ya nunca más, por desgracia.

Louis se puso el chaquetón y el gorro y se fue hacia la puerta. Luego, volvió sobre sus pasos. Admitiendo el dictado del sentido común, abrió el armario del fregadero y se agachó. Allí se guardaban bolsas de plástico de dos clases: pequeñas y blancas para las papeleras de la casa y grandes y verdes para el cubo de la basura. Louis tomó una de las verdes, *Church* había engordado desde la operación.

Guardó la bolsa en el bolsillo del chaquetón, pues no le gustaba sentir en los dedos el contacto frío y resbaladizo del plástico. Salió por la puerta principal y se dirigió a casa de Jud.

Eran alrededor de las cinco y media y casi estaba oscuro. El paisaje tenía un aspecto tétrico. El último resplandor de ocaso era una extraña franja anaranjada en el horizonte, al otro lado del río. El viento soplaba en paralelo a la carretera, cortando las mejillas de Louis y arrastrando las nubecillas blancas de su aliento. Él tiritó, pero no del frío. Fue una sensación de soledad lo que le hizo estremecerse. Era algo fuerte y perceptible, pero él no encontraba metáfora que lo concretara. Algo amorfo. Se sentía aislado, eso era: incapaz de conectar.

Divisó a Jud al otro lado de la carretera, envuelto en su gran chaquetón verde de pluma. La capucha ribeteada de piel le sombreaba la cara. Allí, de pie en el helado jardín, parecía una estatua, otra cosa sin vida en aquel paisaje crepuscular, en el que no cantaba ni un pájaro.

Cuando Louis iba a cruzar, Jud se movió haciéndole retroceder con un ademán. Le gritó algo que Louis no entendió porque el viento le zumbaba en los oídos. Louis dio un paso atrás, advirtiendo de pronto que el silbido del viento había aumentado. Un instante después sonó un fuerte claxon y pasó rugiendo un camión de la Orinco, tan cerca que el aire le pegó los pantalones a las piernas. Caray, por poco no se había metido debajo de las ruedas.

Cuando se dispuso otra vez a cruzar, miró en ambos sentidos. Sólo se veían las luces traseras de la cisterna que se diluían en la penumbra.

—Creí que te pillaba el camión —dijo Jud—. Has de tener cuidado, Louis. —Ni aun estando tan cerca distinguía Louis las facciones de Jud, y persistía en él la extraña sensación de que aquella figura podía ser cualquiera.

–¿Y Norma? –preguntó Louis, sin mirar el bulto peludo que estaba a los pies de Jud.

–Se ha ido al oficio de Acción de Gracias –dijo Jud–. Y luego se quedará a la cena de la parroquia, imagino, aunque estoy seguro de que no va a probar bocado. No tiene apetito. –Una ráfaga de viento levantó la capucha y Louis vio que era Jud, en efecto. ¿Y quién podía ser, si no?–. No es más que una excusa para quedarse a cotorrear. No creo que, después de la comilona del mediodía, tomen más que unos bocadillos. Regresará a eso de las ocho.

Louis se arrodilló para mirar al gato. «Que no sea *Church* –pensaba, mientras le volvía suavemente la cabeza con una mano enguantada–. Que sea otro gato. Ojalá Jud esté equivocado.»

Pero era *Church*, desde luego. El animal no estaba reventado ni desfigurado, como si le hubiera pasado por encima alguno de aquellos camiones-cisterna y grandes remolques que circulaban por la carretera 15. («¿Y qué hacía aquel camión Orinco en la carretera el día de Acción de Gracias?», se preguntó Louis distraídamente.) Había quedado con los ojos entreabiertos, mates como dos canicas verdes. Había sacado sangre por la boca; no mucha, la suficiente para mancharle su peto blanco.

–¿Es el vuestro, Louis?

–El nuestro –suspiró él.

Por primera vez, advertía que también él quería a *Church*, no con el apasionamiento de Ellie, sino a su manera, distraídamente. Durante las semanas que siguieron al capado, *Church* cambió, se hizo lento y perezoso y engordó. Estableció una rutina que le llevaba de la cama de Ellie al sofá y del sofá al plato. Nunca salía de casa. Ahora, muerto, se parecía al viejo *Church*. La boca, pequeña y ensangrentada, llena de dientecitos como alfileres, estaba abierta en una mueca pendenciera. Los apagados ojos parecían furiosos. Era como si, tras la abulia de su breve existencia de castrado, en el momento de su muerte, *Church* hubiera recobrado su verdadera naturaleza.

—Sí, es *Church* —dijo Louis—. Maldito si sé cómo darle la noticia a Ellie.

Se le ocurrió una idea. Enterraría a *Church* arriba, en Pet Sematary, pero sin estela ni bobadas. Aquella noche, cuando hablaran por teléfono, no diría nada a Ellie acerca de *Church*, mañana mencionaría de pasada que no había visto al gato en todo el día, y pasado insinuaría que tal vez *Church* se había ido. Algunos gatos hacían eso. Ellie se llevaría un disgusto, sí, pero no se lo plantearía como algo irremediable y definitivo... Él no tendría que volver a enfrentarse con la negativa actitud de Rachel frente a la muerte..., y poco a poco se olvidarían del animal...

«Cobarde», sentenció una parte de su mente.

«Sí... no lo discuto. Pero ¿de qué iba a servir armar alboroto?»

—Ellie quiere mucho al gato, ¿no? —preguntó Jud.

—Sí —dijo Louis, ausente. Volvió a mover la cabeza de *Church*. El animal empezaba a estar rígido, pero la cabeza le bailaba. El cuello roto. Eso. Ahora Louis creía poder adivinar lo sucedido. *Church* estaría cruzando la carretera —el motivo sólo Dios lo sabía—, cuando un coche o un camión, de un topetazo, le rompió el cuello y lo lanzó al jardín de Jud Crandall. O quizá el animal se había partido el cuello al caer sobre el hielo. Eso carecía de importancia; lo cierto era que *Church* estaba muerto.

Louis levantó la cabeza hacia Jud, pero el viejo miraba la pálida franja anaranjada del horizonte. Tenía la capucha ligeramente echada hacia atrás y su rostro estaba pensativo, severo, casi hosco.

Louis sacó del bolsillo la bolsa de plástico verde y la desdobló, sosteniéndola con fuerza para que el viento no se la arrancara de las manos. El penetrante crujido del plástico sacó a Jud de su abstracción.

–Sí, estoy seguro de que le quiere mucho.

Resultaba extraño oírle hablar en presente... Toda la escena, con la luz del crepúsculo, el frío y el viento parecía extraña y rocambolesca.

«Aquí está Heathcliff, en el páramo desolado de Cumbres Borrascosas –pensó Louis contrayendo la cara contra el viento–. Ahora se dispone a meter al gato de la familia en una bolsa de basura. Sí, señor.»

Agarró al animal por la cola, abrió la bolsa y levantó al gato. Frunció el entrecejo con expresión de repulsión y pena al oír el sonido que hizo el cuerpo del gato al desprenderse del hielo al que había adherido... crrrass. El animal pesaba de un modo increíble, como si la muerte hubiera puesto una carga material en su cuerpo. «Canastos, parece un saco de arena.»

Jud sostenía el otro extremo del saco y Louis dejó caer a *Church*, contento de librarse de aquel extraño y desagradable peso.

–¿Qué piensas hacer ahora con él? –preguntó Jud.

–Lo dejaré en el garaje y lo enterraré por la mañana –dijo Louis.

–¿En Pet Sematary?

Louis se encogió de hombros.

–Probablemente.

–¿Se lo dirás a Ellie?

–Eso... tengo que pensarlo.

Jud guardó silencio unos momentos y pareció tomar una decisión.

–Espera un par de minutos, Louis.

Jud se alejó, sin tener en cuenta, al parecer, que tal vez Louis no deseara quedarse allí esperando un par de minutos, con aquella noche tan cruda. Caminaba con una firmeza y una elasticidad asombrosas para un hombre de su edad. Y Louis descubrió que no tenía inconveniente en esperar. Se sentía como si no fuera él. Siguió con la mirada a Jud, perfectamente conforme con quedarse allí.

Cuando la puerta se cerró con un chasquido, él se volvió de cara al viento, con la bolsa de la basura que contenía a *Church* a los pies.

«Conforme.»

Sí, lo estaba. Por primera vez desde que llegaron a Maine, se sentía plenamente encajado, en su casa. En aquella soledad, a la luz grisácea del anochecer, en el umbral del invierno, se sentía triste y extrañamente excitado a la vez. Y también colmado, colmado como nunca se había sentido, o no recordaba haberse sentido.

«Aquí va a pasar algo, hermano. Y algo muy extraño.»

Echó la cabeza hacia atrás y vio las frías estrellas del invierno en un cielo que se oscurecía por momentos.

No habría podido decir cuánto tiempo estuvo allí, aunque no debió de ser mucho, calculado en minutos y segundos. Luego, en el porche de Jud parpadeó una luz que oscilaba, se acercaba a la puerta y bajaba las escaleras. Era una gran linterna de cuatro elementos que Jud traía en la mano. Con la otra mano sostenía algo que a Louis le pareció una X grande... y luego vio que era un pico y una pala.

Jud le tendió la pala a Louis, que la tomó con su mano libre.

—Jud, ¿qué te propones? No podemos enterrarlo esta noche.

—Sí podemos y lo enterraremos. —La cara de Jud quedaba en la sombra, detrás del deslumbrante haz de la linterna.

—Jud, está oscuro. Es tarde. Y hace frío...

—Vamos —dijo Jud—. Manos a la obra.

Louis sacudió la cabeza y trató de resistirse, pero no encontraba palabras, palabras razonables, explicaciones. Parecían carentes de sentido en medio del ulular del viento y bajo aquel dosel de estrellas centelleantes.

–Eso puede esperar hasta mañana, cuando haya luz...

–¿Ellie quiere al gato?

–Sí, pero...

La voz de Jud era suave y la entonación, lógica.

–¿Y tú la quieres a ella?

–Naturalmente, es mi hi...

–Pues ven conmigo.

Y Louis fue con él.

Dos veces –tal vez tres– Louis trató de hablar a Jud aquella noche, camino de Pet Sematary, pero Jud no respondió y Louis desistió. Seguía sintiendo aquel sosiego, extraño, dadas las circunstancias, pero real. Parecía dimanar de todas partes. Lo percibía incluso en la fatiga de acarrear en una mano a *Church* y en la otra, la pala. Lo percibía en el viento helado que le insensibilizaba las partes de su cuerpo que estaban al descubierto. Y en los mismos árboles. Y en la luz oscilante de la linterna de Jud. Louis sentía la presencia indiscutible, omnímoda y magnética de un misterio. Un misterio tenebroso.

Dejaron atrás el bosque, en el que apenas había nieve. Habían llegado al claro. Allí se adivinaba el leve resplandor de la nieve.

–Vamos a hacer un alto para descansar –dijo Jud, y Louis dejó la bolsa. Se enjugó el sudor de la frente con la manga. «¿Un alto?» Pero si ya habían llegado. Louis distinguió las estelas a la luz de la linterna que describió un círculo errabundo cuando Jud se sentó y apoyó la cara entre los brazos.

–Jud, ¿te encuentras bien?

–Perfectamente. Sólo necesitaba recobrar el aliento.

Louis se sentó a su lado e hizo media docena de inspiraciones profundas.

–En estos momentos, me siento divinamente –dijo Louis–. Hacía más de seis años que no me encontraba tan bien. Ya sé que parece un disparate decir eso, cuando uno va a enterrar al gato de su hija, pero es la pura verdad, Jud.

Jud respiró profundamente un par de veces.

–Sí; sé a lo que te refieres. Sucede de vez en cuando. Uno no elige el momento para sentirse bien ni para sentirse de otro modo. Y el lugar influye, pero tampoco hay que atribuirlo a eso. La heroína da una sensación de bienestar al adicto mientras se la inyecta en el brazo y, no obstante, le está envenenando. Le envenena el cuerpo y le envenena el pensamiento. Este lugar puede tener el mismo efecto, Louis, no lo olvides. Ojalá no me equivoque en lo que voy a hacer. Creo que no, pero no estoy seguro. A veces soy incapaz de pensar con claridad. Debe de ser la senilidad.

–No sé a qué te refieres.

–Este lugar tiene poder, Louis. Aquí aún no es muy fuerte, pero... donde ahora vamos...

–Jud...

–Sígueme. –Jud se había puesto en pie. La luz de la linterna iluminó el montón de árboles derribados. Jud se dirigía hacia allí. Louis recordó de pronto su noche de sonámbulo. ¿Qué le había dicho Pascow en aquel sueño?

«No pase de ahí, por más que crea necesitarlo, doctor. No se debe pasar la barrera.»

Pero ahora, esta noche, aquel sueño, advertencia o lo que fuere, parecía haber ocurrido varios años atrás, no sólo unos meses. Louis se sentía sereno y lleno de energía, dispuesto a enfrentarse a todo e intrigado. Pensó que esto también parecía un sueño.

Entonces Jud se volvió hacia él. La capucha parecía rodear una cavidad vacía y, durante un momento, Louis imaginó que era el propio Pascow el que estaba ahora frente a él y que de un momento a otro el haz luminoso de la linterna alumbraría una sonrisa descarnada y burlona, y sintió que se le helaba la sangre.

–Jud, no podemos trepar por ahí –dijo–. Nos romperemos una pierna cada uno y nos moriremos de frío al tratar de volver.

–Tú sígueme –dijo Jud–. Sígueme sin mirar abajo. No vaciles ni mires abajo. Yo conozco el camino, pero hay que pasar deprisa y con seguridad.

Louis empezó a pensar que quizá, al fin y al cabo, aquello fuera realmente un sueño. Sin duda, aún no había despertado de la siesta. «Si estuviera despierto –pensó–, no me subiría a ese montón de troncos ni borracho. Pero voy a subir. Creo que sí. Por consiguiente, estoy soñando, ¿no?»

Jud se desvió ligeramente hacia la izquierda. El haz luminoso enfocó el montón de

(huesos)

árboles derribados y troncos secos. El círculo de luz iba concentrándose a medida que se acercaban. Sin detenerse ni por asomo, sin mirar siquiera para cerciorarse de que estaba en el sitio justo, Jud empezó a subir. No trepaba con el cuerpo doblado hacia adelante, como el que asciende por una cuesta empinada o por una ladera arenosa. Parecía estar subiendo una escalera. El que sube escaleras no se preocupa de mirar abajo, porque sabe dónde está cada peldaño. Jud subía seguro de dónde ponía el pie.

Louis le seguía con idéntica seguridad.

No miraba dónde pisaba. Sin saber por qué, tenía la certidumbre de que los troncos no podrían lastimarle si él no lo consentía. Era una majadería, desde luego, como la estúpida confianza del que cree no hay peligro alguno en conducir estando borracho siempre que uno lleve la medalla de san Cristóbal.

Pero estaba dando resultado.

Ni hubo estampido seco cual disparo de pistola al partirse una rama, ni angustioso desplome en hoyo provisto de afiladas astillas dispuestas a pinchar y desgarrar.

Sus zapatos (mocasines Hush Puppy, muy poco recomendables para pisar troncos) no resbalaron en el musgo seco que cubría muchos de los árboles caídos. No vacilaba ni hacia adelante ni hacia atrás. El viento rugía entre los abetos que les rodeaban.

Louis vio a Jud de pie en lo alto de la montaña de troncos. Luego, su guía empezó a bajar por el otro lado y de la vista de Louis desaparecieron las pantorrillas, las caderas, y luego el pecho del hombre. La luz bailaba entre las ramas de los árboles agitadas por el viento al otro lado de la... la barrera. Sí; era eso, ¿por qué tratar de negarlo? La barrera.

Louis llegó arriba y se detuvo un momento, con el pie derecho descansando sobre un viejo tronco colocado en un ángulo de treinta y cinco grados y el izquierdo en otro algo más flexible... ¿Un amasijo de viejas ramas de abeto? No miró para averiguarlo, y se limitó a cambiar de mano el pesado saco que contenía el cuerpo de *Church* y la pala, más liviana. Alzó la cara al viento que soplaba ininterrumpidamente, alborotándole el pelo. Era tan frío, tan limpio, tan... constante.

Moviéndose con soltura, casi con paso elástico, Louis empezó a bajar. Una rama, del grueso de la muñeca de un hombre robusto, se partió bajo sus pies con un fuerte chasquido, pero él no se asustó y su pie encontró el soporte de una rama más gruesa unos diez centímetros más abajo. Louis ni se tambaleó. Ahora creía comprender cómo los jefes de compañía de la Primera Guerra Mundial podían pasear por el borde de las trincheras silbando *Tipperary* mientras las balas zumbaban alrededor. Era demencial, pero, por lo mismo, electrizante.

Bajó mirando hacia adelante, donde brillaba la luz de la linterna de Jud que se había parado a esperarle. Cuando llegó abajo se sintió inundado de una euforia que era como la llamarada que brota de las brasas al rociarlas con fuel.

–¡Lo conseguimos! –gritó. Puso la pala en el suelo y dio a Jud una palmada en el hombro. Ahora recordaba el día en que, de niño, cruzó un puente ferroviario y el día en que trepó a la rama más alta de un manzano que se balanceaba al viento como el mástil de un barco. Hacía más de veinte años que no se sentía tan joven ni tan visceralmente vivo–. ¡Jud, lo conseguimos!

–¿Lo habías dudado? –preguntó Jud.

Louis abrió la boca para responder –«¿Lo habías dudado? ¡Podíamos habernos matado!»–, pero volvió a cerrarla. En realidad, no lo dudó ni un momento desde que vio a Jud acercarse a los troncos. Y no le preocupaba el regreso.

–Creo que no –dijo.

–Vamos. Aún queda un trecho. Unos cinco kilómetros.

Siguieron andando. El sendero continuaba, en efecto. En algunos tramos parecía muy ancho, aunque, a aquella luz movediza no se distinguía claramente; era más bien una sensación de espacio, la sensación de que los árboles retrocedían. Una o dos veces, Louis levantó la mirada y vio parpadear las estrellas entre las copas oscuras de los abetos. Una sombra cruzó el sendero y la luz se reflejó fugazmente en unos ojos verdosos.

En otros puntos, el sendero se estrechaba y los matorrales arañaban la tela del chaquetón de Louis. Ahora se cambiaba de mano el saco y la pala con más frecuencia, pero el dolor de los hombros era constante. Ajustó el paso a una cadencia rítmica que casi llegó a hipnotizarle. Allí había una fuerza, sí, la sentía. Recordó un día en que, estando en tercer año de la escuela secundaria salió con una muchacha y con otra pareja de paseo por el campo y fueron a parar a un camino que terminaba en una central eléctrica. Estaban arrullándose cuando, al poco rato, la muchacha que estaba con Louis dijo que quería irse a casa o, por lo menos, a otro sitio, porque le dolían las muelas (las que tenían empaste, que eran casi todas). Louis se alegró de marcharse de allí. El aire que rodeaba la central le hacía sentirse nervioso y en vilo. Aquí le ocurría lo mismo, pero el efecto era aún más fuerte. Más fuerte, pero en modo alguno desagradable. Era...

Jud se había parado al pie de una cuesta. Louis tropezó con él.

—Casi hemos llegado –dijo Jud volviéndose–. El trecho que viene ahora es como los troncos. Hay que andar con serenidad y firmeza. Tú sígueme y no mires abajo. Hasta ahora hemos andado cuesta abajo, ¿lo has notado?

—Sí.

—Ahora estamos al borde de lo que los micmacs llamaban el Pequeño Dios Pantano. Los tratantes de pieles que pasaban por aquí lo llamaban el Paso del Muerto, y la mayoría de los que conseguían cruzarlo ya nunca más volvían por aquí.

—¿Arenas movedizas?

—Oh, sí, cantidad. Hay corrientes que suben burbujeando a través de una capa de arena de cuarzo que dejó el glaciar. Nosotros la llamamos arena de sílice, aunque probablemente tiene otro nombre.

Jud le miraba fijamente y, durante un momento, Louis creyó percibir un brillo no del todo agradable en los ojos del viejo.

Entonces, Jud movió la linterna y el brillo se apagó.

—Por estos contornos hay cosas muy raras, Louis. El aire es más denso..., tiene electricidad..., qué sé yo.

Louis se sobresaltó.

—¿Qué te pasa?

—Nada –respondió Louis.

—Podrías ver el fuego de San Telmo. Dibuja formas muy curiosas, pero no pasa nada. Si te fastidia, no tienes más que mirar a otro lado. También podrías oír un rumor como de voces, pero no son más que los somormujos del lado de Prospect. El eco llega lejos. Curioso, ¿no?

–¿Somormujos? –preguntó Louis con escepticismo–. ¿En esta época?

–Oh, sí –dijo Jud con una voz totalmente inexpresiva. Durante un momento, Louis deseó vivamente ver la cara del viejo. Aquella mirada...

–Jud, ¿adónde vamos? ¿Qué puñetas hacemos a oscuras, en estos parajes de ultratumba?

–Te lo diré cuando lleguemos. –Jud dio media vuelta y siguió andando–. Ten cuidado con los desniveles.

Siguieron avanzando, asentando los pies en las protuberancias del suelo pantanoso. Louis no miraba por dónde iba. Parecía encontrar automáticamente, sin el menor esfuerzo, el lugar más seguro para poner el pie. Sólo resbaló una vez, cuando su zapato izquierdo rompió una fina lámina de hielo y se hundió en un charco frío. Lo sacó de allí rápidamente y siguió andando tras la luz oscilante. Aquel haz luminoso que bailoteaba entre los árboles le traía recuerdos de las novelas de piratas que leía de chico. Forajidos que iban a enterrar los doblones a la luz de la luna... y, naturalmente, uno de ellos sería arrojado al hoyo con el cofre, con una bala en el corazón, porque los piratas creían –por lo menos, así lo afirmaban solemnemente los autores de aquellos tétricos relatos– que el espíritu del camarada muerto permanecería allí, guardando el botín.

«Pero el caso es que nosotros no vamos a enterrar un tesoro. Lo que nosotros llevamos es el gato capado de mi hija.»

Tuvo que hacer un esfuerzo para no soltar la risa.

No oyó ningún «rumor como de voces» ni vio el fuego de San Telmo; pero, tras salvar una media docena de ondulaciones, miró al suelo y vio que sus pies, pantorrillas, rodillas y la parte baja de los muslos estaban envueltos en una niebla blanca, densa y opaca. Era como andar por un ventisquero impalpable.

El aire parecía tener ahora una leve fosforescencia, y Louis hubiera jurado que era más cálido. Veía a Jud caminar con paso uniforme y él pico al hombro. Aquel pico le daba estampa de enterrador de tesoros.

Louis seguía sintiendo aquella extraña euforia, y de pronto se le ocurrió que, tal vez, Rachel estuviera llamando por teléfono, que en su casa estuvieran sonando unos timbrazos machacones y prosaicos, que...

Casi se echó encima de Jud. El viejo estaba parado en medio del sendero con la cabeza ladeada y los labios apretados.

–Jud, ¿qué es...?

–¡Sssh!

Louis miró en torno con inquietud. La niebla se había diluido un poco, pero él aún no podía verse los pies. Entonces oyó crujir unas ramas. Algo se movía en la espesura, algo bastante grande.

Abrió la boca para preguntar a Jud si podía ser un alce (en realidad, estaba pensando en un oso), pero volvió a cerrarla sin decir nada. «Es el eco», había dicho Jud.

Louis ladeó la cabeza a su vez, imitando a Jud instintivamente sin darse cuenta, y tendió el oído. El sonido, al principio lejano, estaba ahora muy cerca, iba hacia ellos de un modo alarmante. Louis sintió que el sudor le manaba de la frente y le resbalaba por las mejillas agrietadas por el frío. Se cambió de mano la pesada bolsa que contenía el cuerpo de *Church*. El plástico le resbalaba por la húmeda palma. Ahora la cosa parecía estar tan cerca que Louis esperaba verla de un momento a otro alzarse sobre los cuartos traseros, tapando las estrellas con la mole de su cuerpo peludo.

Ahora ya no pensaba en un oso.

Ahora ya no sabía en qué pensaba.

Y entonces se esfumó.

Louis volvió a abrir la boca con la pregunta de «¿Qué ha sido eso?» en la punta de la lengua, cuando de la oscuridad brotó una risa estridente y frenética que subía y bajaba de tono con histéricas oscilaciones taladrándole los tímpanos y helándole la sangre. A Louis le parecía que todas las articulaciones de su cuerpo se habían congelado y que había aumentado de peso hasta el extremo de que si daba media vuelta y echaba a correr se lo tragaría el lodo.

La risa se quebró en un áspero cacareo como se parte una roca por una falla múltiple, subió en un chillido agudo y se cuarteó en un gorgoteo que, antes de apagarse del todo, sonó como un sollozo.

Se oyó un chapoteo, y sobre sus cabezas rugió el viento como un río que corriera por el lecho del cielo. Por lo demás, el Pequeño Dios Pantano quedó en silencio.

Louis empezó a tiritar de pies a cabeza. Se le puso la piel de gallina. Era como si se le abrieran las carnes, sobre todo en el bajo vientre. Tenía la boca seca. No le quedaba ni una gota de saliva. A pesar de todo, persistía aquella euforia demencial.

—¿Qué diablos...? —susurró roncamente.

Jud se volvió a mirarle. A aquel tenue resplandor, parecía tener ciento veinte años. En sus ojos no había ya ni asomo de aquel brillo. Estaba demacrado y su mirada reflejaba puro terror. Pero con voz bastante firme dijo:

—No era más que un somormujo. Vamos, ya casi hemos llegado.

Continuaron. El suelo volvía a ser firme. Durante unos momentos, Louis experimentó la sensación de encontrarse en un espacio abierto, aunque el aire ya no tenía aquella débil fosforescencia, y lo único que distinguía era la espalda de Jud, a menos de un metro de distancia. Ahora pisaban una hierba rala, endurecida por la escarcha, que se quebraba como el cristal. Luego, volvieron a meterse entre árboles. Olía a pino y, de vez en cuando, le rozaba alguna rama.

Louis había perdido la noción del tiempo y de la dirección, pero, al poco rato, Jud volvió a pararse y le dijo:

–Escalones. Están tallados en la roca. Hay cuarenta y dos o cuarenta y cuatro, no recuerdo exactamente. Tú sígueme. Cuando lleguemos arriba ya no habrá que andar más.

Empezó a subir y Louis le siguió.

Los escalones eran bastante anchos, pero la sensación de apartarse del suelo resultaba inquietante. De vez en cuando, bajo sus suelas crujían guijarros y fragmentos de piedra.

«... doce... trece... catorce...»

El viento era ahora más fuerte y más frío. Louis tenía la cara insensible. «¿Estaremos por encima de las copas de los árboles?», se preguntó. Levantó la mirada y vio millones de estrellas, luces frías en la oscuridad. Nunca en la vida las estrellas le habían hecho sentirse tan pequeño, infinitesimal, insignificante. Se formuló la vieja pregunta: «¿Habrá seres inteligentes ahí arriba?» Y la idea, en lugar de suscitar una ensoñadora curiosidad, le produjo un vivo horror, como si acabara de preguntarse a sí mismo qué le parecería comerse un puñado de hormigas.

«...veintiséis... veintisiete... veintiocho...»

«¿Quién tallaría estos escalones, por cierto? ¿Los indios? ¿Los micmacs? ¿Manejaban herramientas? Tengo que preguntárselo a Jud.» Entonces se acordó de la cosa que se había acercado a ellos en el bosque. Tropezó con un escalón y con el dorso de su enguantada mano buscó el apoyo de la pared que tenía a la izquierda. La notó áspera, estriada y rugosa. «Como una piel reseca y gastada», pensó.

–¿Vas bien, Louis? –murmuró Jud.

–Muy bien –dijo, aunque estaba casi sin aliento y tenía los brazos dormidos por el peso de *Church*.

«...cuarenta y dos... cuarenta y tres... cuarenta y cuatro...»

–Cuarenta y cinco –dijo Jud–. Lo había olvidado. Hace doce años que no subía, y no creo que vuelva. Ajá... ¡Arriba!

Agarró del brazo a Louis para ayudarle a subir el último escalón.

–Ya hemos llegado –dijo Jud.

Louis miró en derredor. Se veía bastante bien a la luz de las estrellas. Estaban en una plataforma rocosa sembrada de cascajo, que asomaba de la tierra que se extendía más allá como una lengua oscura. Al otro lado, por donde habían venido, se veían las copas de los abetos. Al parecer, habían subido a lo alto de una especie de mesa, un accidente geológico más propio de Arizona o Nuevo México. Allí arriba, en lo alto de la mesa –o colina achatada o lo que fuera–, no había árboles, sino sólo hierba, por lo que el sol había fundido la nieve. Al volverse hacia Jud, Louis vio unos matorrales que se agitaban al viento y descubrió que no se encontraban en una cumbre aislada, sino que delante de ellos el terreno volvía a elevarse hacia unos árboles. Pero era tan extraña la configuración de aquella plataforma entre las suaves ondulaciones de las viejas colinas de Nueva Inglaterra...

«Indios que manejaban herramientas», pensó de pronto.

–Sígueme –dijo Jud, y recorrió unos veinte metros hacia los árboles. El viento soplaba con fuerza, pero parecía más puro. Louis distinguió unas formas oscuras al pie de los abetos más altos que viera en su vida. La impresión que producía aquel lugar elevado y solitario era de vacío..., pero un vacío que vibraba.

Las formas oscuras eran *cairns*, montones de piedras que marcaban tumbas.

–Los micmacs cubrieron de arena la cima de esta colina –dijo Jud–. No se sabe cómo lo hicieron, pero tampoco se sabe cómo construían los mayas sus pirámides. Los mismos micmacs lo han olvidado, al igual que los mayas.

–¿Por qué?

–Éste era su cementerio –dijo Jud–. Te he traído para que entierres aquí al gato de Ellie. Los micmacs no hacían distinciones; enterraban a los animales al lado de sus amos.

Esto hizo a Louis pensar en los egipcios; pero éstos aún iban más lejos: los egipcios mataban a los animales favoritos de la realeza, para que las almas de las mascotas pudieran acompañar a las de sus amos al Más Allá. Recordaba haber leído que en una ocasión, con motivo de la muerte de una hija del faraón, fueron sacrificados más de diez mil animales domésticos: entre otros, seiscientos cerdos y dos mil pavos reales. Antes del degüello, se perfumó a los cerdos con esencia de rosas, la favorita de la princesa.

«Y también construían pirámides. Nadie sabe a ciencia cierta para qué servían las pirámides mayas –dicen algunos que para la navegación y la medición del tiempo, como Stonehenge–, pero todo el mundo sabe lo que eran y son las pirámides de Egipto: monumentos funerarios, las mayores tumbas del mundo. Aquí reposa Ramsés II, era muy "ovediente"», pensó Louis sin poder contener la risa.

Jud le miró sin la menor sorpresa.

–Anda, entierra a tu animal –dijo–. Yo voy a fumar un pitillo. Te ayudaría, pero tienes que hacerlo tú solo. Cada cual entierra a los suyos. Así se hacía entonces.

–Jud, ¿qué pasa? ¿Por qué me has traído aquí?

–Porque tú salvaste la vida a Norma –dijo Jud, y aunque parecía sincero, y Louis estaba convencido de que creía ser sincero, él no pudo menos que pensar que el viejo mentía..., o que él mismo era objeto de un engaño y que transmitía el engaño a Louis. Recordó la mirada que vio, o creyó ver, en los ojos de Jud.

Pero allí arriba aquello parecía carecer de importancia. Allí lo más importante era el viento, aquella corriente incesante que le alborotaba el pelo.

Jud se sentó con la espalda apoyada contra un árbol, encendió una cerilla en el hueco de las manos y prendió un Chesterfield.

–¿Quieres descansar un poco antes de empezar a cavar?

–No; estoy bien –dijo Louis. Hubiera podido seguir preguntando, pero en aquel momento le tenían sin cuidado las respuestas. No le parecía bien, pero tampoco le parecía mal, y decidió dejarlo..., por el momento. En realidad, sólo una cosa le interesaba–. ¿Tú crees que voy a poder cavar una tumba aquí? La capa de tierra parece muy delgada. –Señaló con un movimiento de cabeza el lugar en el que la roca emergía de la tierra, al borde de la escalera.

Jud movió la cabeza despacio.

–Sí –dijo–. Si hay tierra suficiente para que crezca la hierba, tiene que haberla para cavar una tumba, Louis. Y hace mucho tiempo que la gente cava tumbas en este sitio. Aunque fácil no será.

No fue fácil. La tierra era dura y pedregosa, y Louis comprendió enseguida que, para abrir una fosa lo bastante honda para *Church*, iba a necesitar el pico. Usó el pico y la pala alternativamente, para remover y quitar la tierra y las piedras. Le dolían las manos. Había entrado en calor. Sentía la imperiosa necesidad de hacer bien el trabajo. Empezó a canturrear entre dientes, como hacía algunas veces cuando suturaba una herida. Cuando el pico tropezaba con una piedra saltaban chispas y una vibración se transmitía a sus brazos por el mango de la herramienta. Se le formaban ampollas en las palmas de las manos, pero no le importaba, a pesar de que, como la mayoría de los médicos, se cuidaba mucho las manos. El viento seguía silbando y silbando su melodía de tres notas.

Los golpes del pico eran el contrapunto. Al mirar por encima del hombro, vio que Jud estaba agachado, reuniendo las piedras más grandes que había excavado y formando con ellas un montón.

–Son para el *cairn* –dijo al notar que le observaba.

–Oh –dijo Louis. Y volvió a su trabajo.

Cavó una fosa de unos sesenta centímetros de ancho por ochenta de largo –«un Cadillac de fosa para un cochino gato», pensaba él– y, cuando llegó a unos setenta centímetros de profundidad y el pico empezó a hacer saltar chispas casi a cada golpe, dejó las herramientas a un lado y preguntó a Jud si era suficiente.

Jud se levantó y echó una mirada indiferente al hoyo. –A mí me parece que está bien –dijo–. De todos modos, lo que importa es lo que creas tú.

–¿No vas a explicarme qué es esto?

Jud sonrió levemente.

–Los micmacs consideraban a este monte un lugar mágico. Para ellos todo el bosque, desde el pantano hacia el norte y el este, era mágico. Construyeron esto y aquí enterraban a sus muertos, lejos de todo. Las otras tribus se mantenían apartadas. Los penobscots decían que estos bosques estaban llenos de fantasmas. Después, los traficantes de pieles decían lo mismo. Algunos veían el fuego de San Telmo en el pantano y creyeron ver fantasmas.

Jud sonrió y Louis pensó: «Eso no es lo que crees tú.»

–Con el tiempo, ni los propios micmacs se atrevían a venir por aquí. Uno aseguraba haber visto a un *wendigo* y decía que esta tierra se había corrompido. El Gran Consejo se reunió para hablar de ello..., o así me lo contaron cuando era chico, Louis, pero el que me lo contó era el borrachín de Stanny B., como llamábamos a Stanley Bouchard, y lo que Stanny B. no sabía lo inventaba.

Louis, que sólo sabía que un *wendigo* era un espíritu de las tierras del norte, dijo:

–¿Y tú crees que esta tierra está corrompida?

Jud sonrió, o, por lo menos, sus labios se movieron.

–Yo creo que es un lugar peligroso –dijo suavemente–, pero no para gatos, perros o hámsters. Anda, entierra al bicho, Louis.

Louis introdujo la bolsa verde en el hoyo y, lentamente, empezó a echar tierra. Ahora tenía frío y estaba cansado. Era deprimente oír golpear la tierra en el plástico, y, si bien no se arrepentía de haber venido, su euforia se esfumaba por momentos y él deseaba terminar cuanto antes la aventura. Le esperaba una buena caminata de regreso.

El repiqueteo fue amortiguándose hasta cesar por completo; ya sólo se oía el roce de la tierra sobre la tierra. Raspó el suelo con la pala, para aprovechar toda la tierra removida («nunca hay bastante –pensó, recordando lo que su tío, el enterrador, le dijo una vez hacía casi mil años–, nunca hay bastante para volver a llenar el hoyo») y se volvió hacia Jud.

–Ahora el *cairn* –dijo Jud.

–Oye, estoy cansado y...

–Es el gato de Ellie –dijo Jud, y su voz, aunque suave, era implacable–. Ella querría que lo hicieras como es debido.

Louis suspiró.

–Me figuro que sí.

Le llevó otros diez minutos apilar las piedras que Jud iba dándole, una a una. Cuando hubo terminado, sobre la tumba de *Church* había un cono de piedras. Realmente, Louis, a pesar del cansancio, lo miraba con cierto placer. Ahora armonizaba con las demás, a la luz de las estrellas. Aunque Ellie nunca la vería –la sola idea de que la niña cruzara aquel pantano de arenas movedizas le pondría los pelos de punta a Rachel–, la había visto él, y le parecía bien.

–La mayor parte se han derrumbado –dijo a Jud, poniéndose en pie y sacudiéndose la tierra de las rodillas. Ahora las veía más claramente y distinguía las piedras esparcidas. Pero Jud puso buen cuidado en que para construir su *cairn* utilizara sólo las piedras que había sacado de la fosa excavada por él mismo.

–Ajá –dijo Jud–. Ya te dije que el lugar era muy viejo.

–¿Hemos terminado ya?

–Ajá. –Dio a Louis una palmada en un hombro–. Has hecho un buen trabajo, Louis. Estaba seguro. Vamos a casa.

–Jud... –empezó Louis. Pero el viejo ya iba hacia la escalera, con el pico en la mano. Louis recogió la pala y tuvo que trotar para darle alcance. Luego, prefirió reservarse el aliento para caminar. Miró atrás una vez, pero el *cairn* que marcaba la tumba del gato de su hija se había diluido en la oscuridad.

«Fue como pasar la película al revés», pensó Louis un rato después, cuando salieron del bosque a la explanada situada detrás de su casa. No sabía cuánto tiempo habían estado fuera. Se había quitado el reloj cuando se acostó después de comer, y lo dejó en el alféizar de la ventana, al lado de la cama. Sólo sabía que estaba reventado, molido. No recordaba haberse sentido tan cansado desde el primer día que trabajó con una cuadrilla del servicio de limpieza de Chicago un verano, hacía dieciséis o diecisiete años.

Regresaron por el mismo camino, pero Louis recordaba muy poco del trayecto. Había tropezado cuando cruzaban el montón de troncos, eso lo recordaba: salió disparado hacia adelante y, absurdamente, le vino a la memoria una frase de *Peter Pan*: «Oh, Jesús, dejé escapar mis alegres pensamientos y ahora me caigo», pero allí estaba la mano de Jud, firme y recia, e instantes después pasaban junto a la última morada del gato *Smucky*, de *Trixie* y de *Marta, nuestra conejita* y entraban en el sendero que Louis recorriera no sólo con Jud, sino con toda su familia.

Le parecía ahora que, casi insensiblemente, había tenido presente el sueño de Victor Pascow que provocó su episodio de sonambulismo, pero sin encontrar ningún punto de enlace entre aquel paseo y la expedición de hoy. También comprendía que la aventura había sido peligrosa, realmente peligrosa. Y lo de menos era que se hubiera llagado las manos mientras se hallaba en un estado casi de sonambulismo. Podía haberse matado al pasar por los troncos. Podían haberse matado los dos. Costaba trabajo asociar semejante conducta con la sensatez. El estado de agotamiento en que se encontraba, lo atribuía al aturdimiento y al disgusto causado por la muerte de un animal querido de toda la familia.

Y, al cabo de un rato, ya estaban otra vez en casa.

Juntos se acercaron a la casa, sin decir nada, y se pararon en la entrada de coches. El viento rugía y silbaba. Sin una palabra, Louis tendió el pico a Jud.

—Será mejor que entre en casa cuanto antes —dijo Jud al fin—. De un momento a otro, Louella Bisson y Ruthie Parks traerán a Norma y ella se extrañaría de no encontrarme.

—¿Tienes hora? —preguntó Louis. Le sorprendía que Norma no estuviera ya en casa. Sus músculos le decían que debía de ser más de medianoche.

—Ajá. Llevo la cuenta del tiempo mientras estoy vestido. Luego, lo dejo escapar.

Extrajo un reloj del bolsillo del pantalón y lo abrió.

—Son más de las ocho y media —dijo cerrándolo de nuevo con un chasquido.

—¿Las ocho y media? —repitió Louis estúpidamente—. ¿Nada más?

—¿Qué hora creías tú que era? —preguntó Jud.

—Más tarde.

–Hasta mañana, Louis –dijo Jud dando media vuelta.

–Jud.

El viejo volvió la cabeza con un leve gesto de interrogación.

–Jud, ¿qué es lo que hemos hecho esta noche?

–¿Qué? Enterrar al gato de tu hija.

–¿Eso es todo?

–Todo. Eres buena persona, Louis, pero haces demasiadas preguntas. A veces uno tiene que hacer lo que cree que es justo. Lo que el corazón le dice que es justo. Y si, después de hacerlo, uno no se siente del todo bien, como si tuviera indigestión, pero no en el buche, sino en la cabeza, entonces empieza a hacer preguntas y a pensar que quizá se ha equivocado. ¿Sabes lo que quiero decir?

–Sí –respondió Louis, pensando que Jud debía de haberle leído el pensamiento mientras cruzaban la explanada, hacia las luces de la casa.

–Pero quizá se les escapa que, antes de dudar de sí mismos, deberían desconfiar de sus propias dudas –dijo Jud mirándole fijamente–. ¿Tú qué opinas, Louis?

–Opino que tal vez tengas razón –dijo Louis lentamente.

–Y en cuanto a lo que uno siente en su corazón, no es muy bueno hablar de ello, ¿verdad?

–Depende...

–No –dijo Jud, como si Louis se hubiera mostrado plenamente de acuerdo–. No es bueno. –Y con aquella voz serena, firme e implacable, aquella voz que daba escalofríos a Louis, agregó–: Esas cosas son secretos. Se supone que son las mujeres las que mejor guardan los secretos, y algunos tendrán, pero cualquier mujer sensata te dirá que nunca ha podido averiguar lo que hay en el fondo del corazón del hombre. El fondo del corazón del hombre es árido, Louis, como el suelo de ese viejo cementerio micmac de ahí arriba. Es casi roca viva. El hombre cultiva lo que puede..., y lo cuida.

–Jud...

–No hagas preguntas, Louis. Acepta los hechos y déjate llevar por tu corazón.

–Pero...

–Pero nada. Acepta los hechos, Louis, y déjate llevar por tu corazón. Esta vez lo que hemos hecho está bien... Por lo menos, así lo espero por mi vida... Otra vez puede estar rematadamente mal.

–¿No me contestarás ni a una pregunta?

–Según lo que sea.

–¿Cómo conociste ese sitio? –La pregunta se le ocurrió durante el regreso, al especular sobre si el propio Jud no tendría sangre micmac, aunque no lo parecía; su aspecto no podía ser más anglosajón.

–Anda, pues por Stanny B. –dijo Jud con gesto de sorpresa.

–¿Él te habló del cementerio?

–No –dijo Jud–. No es un lugar del que uno habla por las buenas. Allí enterré yo, cuando tenía diez años, a mi perro *Spot* que se arañó con un alambre de espino oxidado mientras perseguía a un conejo. La herida se infectó y lo mató.

Allí había algo que no encajaba con lo que Louis había oído antes; pero el cansancio no le permitía pensar con claridad. Jud no dijo más, sólo le miraba con sus impenetrables ojos de anciano.

–Buenas noches, Jud.

–Buenas noches.

El anciano cruzó la carretera cargado con el pico y la pala.

–¡Gracias! –gritó impulsivamente Louis.

Jud no volvió la cabeza; sólo levantó una mano, para indicar que le había oído.

De pronto, en la casa, empezó a sonar el teléfono.

Louis echó a correr haciendo una mueca por el dolor que se le despertó en muslos y caderas; pero cuando entró en la caldeada cocina, el aparato había llamado ya seis o siete veces y, en el momento en que Louis le puso la mano encima, enmudeció. Él contestó a pesar de todo, pero sólo se oía el zumbido de la señal para marcar.

«Era Rachel –pensó–. Ahora mismo la llamo.»

Pero de repente le parecía un trabajo excesivo tener que marcar, intercambiar unas envaradas frases con la madre –o, peor aún, con el padre esgrimidor de talonarios–, esperar a que se pusiera Rachel..., y luego Ellie. Porque la niña aún estaría levantada; era una hora antes en Chicago. Y Ellie le preguntaría por *Church*.

«Está divinamente. Lo atropelló un camión de la Orinco. No sé por qué, estoy seguro de que ha sido un Orinco. Si no, sería una incongruencia, no sé si me entiendes. ¿Que no? Bueno, no importa. Murió en el acto, pero no quedó desfigurado. Jud y yo lo hemos enterrado en el cementerio micmac de la montaña... Una especie de anexo de Pet Sematary, como si dijéramos. El camino es chulísimo, tesoro. Cualquier día te llevo, para que pongas unas flores en la tumba, o sea, en el cairn. Pero eso, cuando se hielen las arenas movedizas y los osos se hayan ido a dormir para todo el invierno.»

Louis colgó el teléfono, cruzó hacia el fregadero y llenó la pila de agua caliente. Se quitó la camisa y se lavó. A pesar del frío, había sudado como un cerdo y a eso olía, a cerdo.

Había restos de asado de carne en el frigorífico. Louis los cortó en lonchas que puso sobre una rebanada de pan y agregó dos rodajas de cebolla. Se quedó contemplando unos momentos el plato y luego lo roció de ketchup y lo cubrió con otra rebanada de pan. Si Rachel y Ellie hubieran estado allí, habrían fruncido la nariz con idéntica mueca de repugnancia: ¡puá, qué basto!

«Pues ustedes se lo pierden, señoras –pensó Louis con vivo regodeo, mientras devoraba el bocata. Estaba de fábula–. Dice Confucio que quien huele como un cerdo come como un lobo», pensó sonriendo. Hizo bajar el bocadillo con varios tragos de leche que bebió directamente del cartón –otra costumbre que Rachel detestaba–, subió a su habitación, se desnudó y se metió en la cama sin cepillarse los dientes. El dolor muscular se había reducido a un hormigueo que casi resultaba grato.

El reloj seguía donde lo había dejado. Louis miró la hora. Las nueve y diez. Increíble.

Louis apagó la luz, se volvió de lado y se quedó dormido.

Se despertó a eso de las tres de la madrugada y se levantó para ir al baño. Mientras orinaba, haciendo guiños a la blanca luz fluorescente del cuarto de baño, de pronto cayó en la cuenta de qué era lo que no concordaba, y sus ojos se agrandaron. Era como si dos piezas que debían encajar entre sí hubieran chocado rebotando.

Aquella noche, Jud le había dicho que su perro murió cuando él tenía diez años: murió de la infección de las heridas que se produjo con un alambre de espino oxidado. Pero aquel día de finales de verano, en que subieron todos juntos a Pet Sematary, Jud dijo que su perro había muerto de viejo y que estaba enterrado allí..., hasta señaló la estela de la que el tiempo había borrado la inscripción.

Louis descargó el depósito, apagó la luz y volvió a la cama. Había otra discrepancia... y la descubrió enseguida. Jud había nacido con el siglo y aquel día, en el cementerio, dijo a Louis que su perro murió durante el primer año de la Gran Guerra. Si se refería al primer año de guerra en Europa, Jud tenía entonces catorce y, si había querido decir el primer año de guerra para Estados Unidos, diecisiete.

Pero esta noche dijo que tenía diez años cuando murió *Spot*.

«Bueno, Jud es un viejo, y a veces los viejos se hacen un lío con las fechas –pensó Louis, intranquilo–. Él mismo dice que se ha vuelto olvidadizo, que a veces le cuesta trabajo dar con nombres y direcciones que antes se sabía de memoria y que hay días en los que al levantarse no se acuerda de lo que la víspera había proyectado hacer. De todos modos, para su edad eso no es nada..., no llega a senilidad, sólo son pequeños despistes. No tiene nada de particular que una persona olvide la edad de un perro que murió hace más de setenta años. Ni de qué murió. No le des más vueltas, Louis.»

Pero no podía volver a quedarse dormido. Se quedó despierto mucho rato, sintiendo el vacío de la casa y oyendo silbar el viento en los aleros.

De pronto, se durmió sin darse cuenta; así debió de suceder porque, cuando ya iba a caer, le pareció oír unos pies descalzos que subían lentamente la escalera y pensó: «Déjame en paz, Pascow, déjame en paz. Lo hecho, hecho está y los muertos, muertos.» Y las pisadas se extinguieron.

Aunque, a medida que iban acortándose los días, ocurrieron otras muchas cosas inexplicables, Louis no volvió a ser molestado por el espectro de Pascow, ni despierto ni dormido.

23

Se despertó a las nueve de la mañana. Por las ventanas orientadas al este entraba un sol resplandeciente. Estaba sonando el teléfono. Louis descolgó.

–¿Diga?

–¡Eh! –dijo Rachel–. ¿Te he despertado? Pues me alegro.

–Sí, me has despertado, pécora –sonrió él.

–¡Oooh! ¿Qué modales son ésos? Grosero –dijo ella–. Te llamé anoche. ¿Estabas en casa de Jud?

Él vaciló apenas una fracción de segundo.

–Sí –dijo–. Nos tomamos unas cervezas. Norma había ido a no sé qué cena de Acción de Gracias. Quería llamarte, pero... ya sabes lo que ocurre.

–Sí, ya sé lo que ocurre.

Charlaron un rato. Rachel le puso al corriente de las novedades de la familia, aunque maldita la falta. No obstante, se alegró de saber que la calva de su suegro aumentaba de tamaño a pasos agigantados.

–¿Quieres hablar con Gage? –preguntó Rachel.

Louis sonrió ampliamente.

–¡Cómo no! Pero no le dejes colgar el teléfono como la otra vez.

Se oían ruidos al otro extremo del hilo y la voz de Rachel que instaba al niño a decir hola a papá.

Por fin Gage dijo:

–Hola, paaá.

–Hola, Gage –respondió Louis alegremente–. ¿Cómo estás? ¿Qué haces? ¿Has vuelto a tirar el soporte de las pipas del abuelo? Me gustaría mucho. A ver si ahora arreglas los sellos de la colección.

Gage estuvo parloteando jubiloso durante unos treinta segundos salpicando su discurso de alguna que otra palabra reconocible: *mammi*, *Ellie*, *buelo*, *buela*, *coche*, *joe* y *caca*. Su vocabulario era cada día más extenso.

Por fin, Rachel consiguió arrancarle el auricular de las manos, con estridentes protestas de Gage y profundo alivio de Louis. Él quería mucho a su hijo y le echaba de menos atrozmente, pero mantener una conversación con un crío de menos de dos años era como tratar de jugar a las damas con un demente: las fichas bailaban por todas partes y acababas comiéndote las tuyas.

–¿Y cómo van las cosas por ahí? –preguntó Rachel.

–Oh, muy bien –dijo Louis, esta vez sin la más leve vacilación; pero comprendía que antes, cuando Rachel le preguntó si estaba en casa de Jud la noche anterior y él respondió que sí, había dado un paso decisivo. Le pareció oír la voz de Jud Crandall: «El fondo del corazón del hombre es más árido Louis... El hombre cultiva lo que puede, y lo cuida.» Un poco aburrido, si quieres que te diga la verdad. Os echo de menos.

–¿Quieres decir que no estás disfrutando de tus vacaciones sin la *troupe*?

–Oh, el silencio se agradece –reconoció él–. Pero, después de las primeras veinticuatro horas, empieza a pesar.

–¿Me dejas hablar con papá? –Era la voz de Ellie, distante.

–¿Louis? Aquí está Ellie.

–Está bien, que se ponga.

Estuvo hablando con Ellie casi durante cinco minutos. Ella le contó que su abuela le había comprado una muñeca, que el abuelo la había llevado de visita a los almacenes («Chico, qué mal huele aquello», dijo y Louis pensó: «Pues tu abuelito tampoco es una rosa», rica), que había ayudado a hacer pan y que Gage se había escapado mientras mamá le cambiaba. Echó a correr por el pasillo y se coló en el despacho del abuelo («¡Bravo, Gage!», pensó Louis sonriendo de oreja a oreja).

Ya pensaba que iba a librarse –por lo menos, por hoy– y se disponía a decir a Ellie que pasara el teléfono a su madre para despedirse de ella, cuando Ellie le preguntó:

–¿Cómo está *Church*, papi? ¿Me echa de menos?

La sonrisa se borró de la cara de Louis, pero él respondió con perfecta naturalidad.

–Está bien, supongo. Anoche le di las sobras del estofado y lo dejé salir. Hoy aún no lo he visto, pero es que acabo de despertarme.

«Oh, chico, tú serías el asesino perfecto, más fresco que una lechuga. Doctor Creed, ¿cuándo vio a la víctima por última vez? Cuando vino a cenar. Tomó un plato de estofado, por cierto. Desde entonces no he vuelto a verle.»

–Dale un besito de mi parte.

–A tu gato le besas tú –dijo Louis, y Ellie soltó la risa.

–¿Quieres hablar otra vez con mamá?

–Sí; pásamela.

Ya estaba. Louis habló con Rachel un par de minutos más. No se mencionó a *Church*. Él y su mujer se despidieron con el «te quiero mucho» de rigor y Louis colgó el auricular.

–Listos por hoy –dijo Louis en voz alta, dirigiéndose a la habitación vacía y soleada. Tal vez lo peor fuera que no se sentía mal. No tenía ni asomo de remordimientos.

24

Alrededor de las nueve y media, le llamó Steve Masterton para preguntar si quería jugar un partido de frontón; la cancha estaba disponible y podrían jugar todo el día, si les apetecía, añadió con alborozo.

Louis comprendió su alegría –cuando la Universidad funcionaba, la lista de espera para el frontón abarcaba hasta dos días–, pero declinó la invitación, pretextando que tenía que trabajar en un artículo que preparaba para la *Revista de Medicina Universitaria*.

–¿Estás seguro? –preguntó Steve–. Mucho trabajo y poca distracción no es bueno para la salud.

–Llámame luego –dijo Louis–. A lo mejor me tientas.

Steve prometió hacerlo así y colgó. Esta vez Louis

había dicho sólo una media mentira; efectivamente, tenía intención de trabajar en aquel artículo, que se refería al tratamiento de las enfermedades contagiosas como varicela y mononucleosis en una enfermería, pero la razón principal por la que había renunciado a jugar con Steve era la de que tenía todo el cuerpo dolorido. Lo averiguó cuando, después de hablar con Rachel, entró en el cuarto de baño para limpiarse los dientes. Los músculos de la espalda le tiraban y pinchaban, tenía los hombros magullados de acarrear la maldita bolsa de plástico y las corvas eran como cuerdas de guitarra tensadas para tres octavos más de lo normal. «Joder, y tú que pensabas estar en forma.» Bonito papel habría hecho en el frontón, persiguiendo la pelota como un viejo artrítico.

A propósito de viejos, aquella excursión al bosque no la hizo solo, sino con un sujeto que frisaba los ochenta y cinco. Le hubiera gustado saber si Jud estaba aquella mañana tan cascado como él.

Estuvo una hora y media trabajando en el artículo, pero la cosa no iba bien. La soledad y el silencio empezaban a ponerle nervioso y acabó guardando los blocs de notas y las gráficas que había pedido al John Hopkins en el estante situado encima de la máquina de escribir, se puso el chaquetón y cruzó la carretera.

Jud y Norma habían salido, pero encontró un sobre con su nombre, prendido en la puerta del porche. Lo quitó y levantó la solapa con el pulgar.

Louis:
La santa esposa y yo nos hemos ido a Bucksport de compras y ver una cómoda que tienen en el Emporium Galorium a la que Norma le tiene echado el ojo desde hace cien años, o así parece. Seguramente, nos quedaremos a almorzar en McLeod's y regresaremos a media tarde. Pasa esta noche a tomar un par de cervezas, si quieres.

Tu familia es tu familia. No quiero ser entrometido, pero si Ellie fuera hija mía yo aún no le diría que su gato había sido atropellado. ¿Para qué estropearle las vacaciones?

A propósito, Louis, yo tampoco mencionaría por estos contornos lo que hicimos anoche. Hay otras personas que conocen ese viejo cementerio micmac y algunos han enterrado allí a sus animales. Es como un arrabal de Pet Sematary. ¡Lo creas o no, allí arriba han enterrado hasta un toro! El viejo Zack McGovern, que vivía en Stackpole Road, enterró en el cementerio micmac a su toro *Hanratty*, que fue premiado en un concurso de ganado. Debió de ser en 1967 o 68. ¡Ja, ja! Cuando me dijo que él y sus dos hijos habían llevado al toro hasta allí arriba, casi me hernio de tanto reír. Pero a la gente de por aquí no le gusta hablar de ello, ni es que estén enterados los que ellos consideran «forasteros», no porque sean supersticiones que datan de hace más de trescientos años, sino porque, en cierto modo, ellos las creen y les parece que un «forastero» tiene que reírse de esas cosas. ¿Consideras que esto tiene sentido? Yo creo que no, pero así están las cosas. Conque hazme el favor de no decir nada. ¿De acuerdo?

Ya hablaremos de ello, probablemente, esta misma noche, y entonces lo comprenderás mejor; pero, entretanto, quiero decirte que te portaste muy bien. Estaba seguro.

Jud.

PS. – Norma no sabe lo que dice esta carta –le he contado otro cuento– y, si a ti no te importa, prefiero que no se entere. En los cincuenta y ocho años que llevamos casados le he dicho a Norma más de una mentira. Supongo que la mayoría de los hombres mienten a sus esposas, pero me parece que casi todos ellos podrían presentarse ante Dios y confesar sus mentiras sin tener que bajar la cabeza.

Bueno, ven esta noche y pimplaremos un poco.

J.

Louis se quedó en lo alto de la escalera que conducía al porche –ahora vacío, pues los confortables sillones de mimbre estaban guardados hasta otra primavera– mirando la carta con el entrecejo fruncido. ¿No decir a Ellie que el gato había muerto? No se lo había dicho. ¿Otros animales enterrados allí? ¿Supersticiones que databan de hacía más de trescientos años?

«... y entonces lo comprenderás mejor.»

Resiguió aquella línea con el dedo y, por primera vez, se puso a pensar deliberadamente en lo que habían hecho la noche anterior. Los recuerdos estaban borrosos, difuminados, como las imágenes de los sueños o de los actos que se realizan bajo los efectos de un estupefaciente. Se acordaba de haber subido al montón de troncos, y de aquel leve resplandor que había en el pantano, y de que allí había por lo menos de cinco a diez grados más de temperatura –pero todo ello era como esa conversación que mantienes con el anestesista antes de que te haga dormir.

«... y supongo que la mayoría de los hombres mienten a su mujer...»

«A su mujer y a su hija», pensó Louis, pero parecía cosa de magia la forma en que Jud había adivinado lo ocurrido aquella mañana, tanto en el teléfono como dentro de su cabeza.

Louis dobló la carta lentamente, que estaba escrita

en papel rayado como de una libreta de colegial, y volvió a meterla en el sobre. Luego, guardó el sobre en el bolsillo de atrás del pantalón y cruzó la carretera para volver a su casa.

<h2 style="text-align:center">25</h2>

Era sobre la una de la tarde cuando *Church* regresó, lo mismo que el gato de la vieja canción infantil. Louis estaba en el garaje, donde llevaba más de seis semanas trabajando a ratos perdidos en un proyecto de estanterías bastante ambicioso. Quería guardar en aquellas estanterías, fuera del alcance de Gage, todas las cosas peligrosas del garaje, como el líquido del limpiaparabrisas, anticongelante y herramientas cortantes. Estaba clavando un clavo cuando entró *Church*. Louis ni dejó caer el martillo, ni tan sólo se golpeó el pulgar: el corazón se le puso a hacer *jogging*, pero no le dio un vuelco; sintió en el estómago como un alambre candente, pero enseguida se enfrió, como el filamento de una bombilla que fulgura un momento antes de fundirse. Era, según se dijo después, como si toda aquella soleada mañana del día siguiente al de Acción de Gracias hubiera estado esperando el regreso de *Church*; como si en una parte más profunda y primitiva de su mente, conociera ya la finalidad de su excursión nocturna al cementerio micmac.

Dejó el martillo cuidadosamente, se quitó los clavos que sostenía entre los labios y los guardó en el bolsillo de su delantal de trabajo, se acercó a *Church* y lo levantó del suelo.

«Pero vivo –pensó en una excitación malsana–. Pesa lo mismo que antes del accidente. Es peso vivo. Pesaba más cuando estaba en la bolsa. Pesaba más cuando estaba muerto.»

Ahora el corazón le dio un brinco –casi una voltereta– y se le nubló la vista.

Church, con las orejas gachas, se dejaba tocar. Louis lo sacó a la luz del sol y se sentó en la escalera de atrás. Entonces el gato trató de saltar al suelo, pero Louis le sujetó acariciándole. Ahora el corazón le trotaba acompasadamente.

Palpó suavemente el cuello del animal, recordando cómo le bailaba la cabeza la noche antes. Ahora no encontró más que músculos y tendones firmes. Levantó a *Church* y le miró atentamente el hocico. Lo que vio le hizo dejar al gato al momento y cerrar los ojos cubriéndose la cara con una mano. Todo le daba vueltas y sentía una viva náusea, como la que te invade cuando has bebido mucho y estás a punto de vomitar.

Church tenía una costra de sangre seca en el hocico y dos briznas de plástico verde pegadas a sus largos bigotes. Fragmentos de la bolsa.

«Hablaremos de ello y entonces comprenderás mejor...»

Ay, Dios, demasiado lo comprendía ya.

«Denme una oportunidad y comprendiendo, comprendiendo, iré a parar al manicomio.»

Dejó entrar en la casa a *Church*, sacó su plato azul y abrió una lata de atún e hígado para gatos. Mientras Louis echaba cucharadas de pasta en el plato, el gato ronroneaba y se restregaba contra sus tobillos. Aquel contacto ponía la piel de gallina y Louis tuvo que hacer un esfuerzo y apretar los dientes para no dar un puntapié al animal. Tenía los flancos demasiado suaves, gordos, repulsivos, vaya. Louis pensó que ojalá no tuviera que volver a tocar al gato en su vida.

Cuando él se agachó para dejar el plato en el suelo, *Church* pasó junto a él al lanzarse hacia la comida y Louis hubiera jurado que la piel le olía a tierra corrompida.

Dio un paso atrás y se quedó mirando al animal. *Church* hacía ruido al masticar. ¿Siempre había comido así? Seguramente, pero Louis no lo había notado. De todos modos, el sonido era muy desagradable. Basto, diría Ellie.

Louis dio media vuelta bruscamente y se fue hacia la escalera. Empezó a subir a paso normal, pero cuando llegó arriba iba casi corriendo. Se desnudó y tiró toda la ropa a lavar, a pesar de que se la había puesto limpia por la mañana. Se preparó un baño caliente, todo lo caliente que podía resistir, y se sumergió en él.

El vapor le envolvía y sentía que el agua caliente le relajaba los músculos. El baño le relajaba también las ideas. Cuando el agua empezó a enfriarse, Louis se sentía un poco amodorrado y casi completamente tranquilo.

«El gato ha vuelto. ¿Y qué? Pues nada.»

Todo había sido un error. ¿Acaso él mismo no pensó la noche antes que *Church* estaba muy entero para haber sido arrollado por un coche?

«Piensa en todos esos gatos y perros que has visto en la carretera –se dijo– reventados y con las tripas fuera. Tecnicolor, como dice Loudon Wainwright en ese disco del canalla muerto.»

Estaba perfectamente claro. *Church* había quedado sin sentido, del golpe. El gato que él había llevado al cementerio micmac estaba inconsciente, no muerto. ¿No decían que los gatos tienen siete vidas? Era una suerte no haber dicho nada a Ellie. No hacía falta ni que se enterara de lo poco que faltó.

«La sangre del hocico y del cuello..., la forma en que le colgaba la cabeza...»

Pero él era médico, no veterinario. Se había equivocado en el diagnóstico, sencillamente. Las circunstancias dejaban mucho que desear para que pudiera examinarlo debidamente: agachado en el jardín de Jud, a seis o siete grados bajo cero, prácticamente a oscuras. Además, llevaba guantes. Eso pudo...

Una sombra monstruosa se proyectó en las baldosas de la pared. Parecía la cabeza de un dragón o de una serpiente gigantesca. Algo le rozó el hombro, resbalando. Louis se levantó, galvanizado, con un chapoteo que empapó la alfombra del baño. Se volvió, encogiéndose sobre sí mismo y tropezó con los ojos amarillo terroso del gato de su hija que se había encaramado al asiento del inodoro.

Church oscilaba lentamente de atrás adelante, como si estuviera borracho. Louis le miraba con repugnancia, apretando los dientes para reprimir el grito que tenía en la garganta. *Church* nunca había hecho aquello –nunca se balanceó como la serpiente que trata de hipnotizar a su presa– ni antes de la operación, ni después. Por primera y última vez, Louis especuló con la idea de que podía tratarse de otro gato, muy parecido al de Ellie, otro gato que se había colado en el garaje mientras él montaba la estantería, y que el verdadero *Church* seguía enterrado bajo el *cairn* en aquel risco del bosque. Pero las señales coincidían: la oreja mellada... y la pata un poco torcida. Ellie se la pilló con la puerta de atrás de su casita de las afueras cuando *Church* era un gatito.

Desde luego, era *Church*.

–Fuera de aquí –susurró Louis roncamente.

Church se quedó mirándolo un momento –Dios, los ojos no parecían los mismos. No sabía por qué, pero no parecían los mismos– y saltó al suelo. Pero no fue un salto elegante. Nada de gracia felina. El animal se tambaleó, chocó contra la bañera con las ancas y se fue.

Louis salió de la bañera y se secó apresuradamente. Estaba afeitado y casi vestido cuando el teléfono sonó con estridencia en la casa vacía. Al oír el timbre, Louis dio media vuelta y levantó las manos, con los ojos muy abiertos. Luego, las bajó lentamente. Se le había dispa-

rado el corazón. Sentía los músculos llenos de adrenalina.

Era Steve Masterton, interesándose por el partido de
pelota. Louis quedó en encontrarse con él en el Memo-
rial Gym dentro de una hora. En realidad, no podía per-
mitirse perder el tiempo, y un partido de pelota era lo
que menos le apetecía, pero tenía que salir de casa. Quería escapar del gato, aquel gato tan raro que no tenía por
qué estar allí.

Se apresuró, metiéndose el faldón de la camisa en el
pantalón con movimientos bruscos, puso unos *shorts*,
una camiseta y una toalla en la bolsa de deporte y bajó
rápidamente la escalera.

Church estaba echado en el cuarto peldaño contando desde abajo. Louis tropezó con él y estuvo a punto
de caerse. Aún pudo agarrarse a la barandilla y evitar lo
que podía haber sido un formidable trompazo.

Se quedó al pie de la escalera, jadeando, con el corazón desbocado y todo el cuerpo bañado en adrenalina.

Church se levantó, se desperezó... y pareció sonreír-
le sardónicamente.

Louis salió. Hubiera tenido que sacar al gato, sí;
pero no lo hizo. En aquel momento, se sentía incapaz de
tocarlo.

26

Jud encendió un cigarrillo con una cerilla de madera de la cocina que luego apagó agitándola y depositó en
un cenicero de latón que tenía en el fondo un anuncio de
Jim Beam casi borrado.

—Ajá. A mí me llevó allí Stanley Bouchard. —Se quedó pensativo un momento.

Estaban en la cocina de Jud. Delante de ellos, sobre el hule a cuadros que cubría la mesa, había unos vasos de cerveza casi intactos. El depósito de fuel fijado a la pared gorgoteó tres veces reposadamente y enmudeció. Louis había cenado con Steve en el casi desierto autoservicio de la Guarida del Oso. Con un poco de comida en el cuerpo, Louis había empezado a reconciliarse con la idea del regreso de *Church*, le parecía ver la situación con más claridad; sin embargo, no tenía ninguna prisa por volver a su casa, oscura y vacía, donde —admitámoslo, camaradas— podía tropezarse con el gato en cualquier sitio.

Norma estuvo un buen rato con ellos, viendo la tele y bordando un cuadro con una puesta de sol y una capilla. La cruz del tejado se recortaba en negro sobre los fulgores del ocaso. Dijo a Louis que era para el bazar que iban a poner en la iglesia la semana antes de Navidad. Era un acontecimiento importante. Movía bien los dedos al meter y sacar la aguja de la tela puesta en el bastidor. Esta noche apenas se le notaba la artritis. Louis lo atribuyó al tiempo que, aunque frío, había sido seco. La mujer se había recuperado perfectamente del ataque al corazón y aquella noche, menos de diez semanas antes de que un derrame cerebral la matara, Louis la veía rejuvenecida. Aquella noche podía uno incluso hacerse una idea de cómo había sido de joven.

A las nueve y cuarto, la mujer les dio las buenas noches y se fue a la cama, y Louis estaba ahora con Jud que había dejado de hablar y miraba cómo subía y subía el humo del cigarrillo, como un niño que contemplara la enseña de una barbería, para ver a dónde van las rayas.

–Stanny B. –dijo Louis suavemente, instándole a seguir hablando.

Jud parpadeó, saliendo de su abstracción.

–Oh, ajá. En Ludlow, en Bucksport, Prospect y hasta en Orrington, todo el mundo le llamaba Stanny B. El año en que murió *Spot*, mi perro, me refiero a la primera vez que murió, en 1910, Stanny ya era viejo y estaba bastante loco. Por estos contornos había otros que conocían el viejo cementerio micmac, pero yo me enteré por Stanny B. A él se lo había dicho su padre, y a su padre, el abuelo. Toda una estirpe de borrachines.

Louis rió y bebió un sorbo de cerveza.

—Aún me parece oírle hablar con su acento francés, comiéndose la mitad de las palabras. Me encontró sentado detrás del establo que había en la carretera 15, y que entonces era, simplemente, la carretera Bangor-Bucksport, mismamente ahí donde ahora está la fábrica Orinco. *Spot* no había muerto aún, pero se estaba acabando, y mi padre me mandó a comprar comida para las gallinas al viejo Yorky. Nosotros no necesitábamos comida para las gallinas más que una vaca una pizarra, y yo sabía muy bien por qué me mandaba.

—¿Iba a matar al perro?

—Mi padre sabía lo mucho que yo quería a *Spot* y por eso me alejó de casa. Mientras el viejo Yorky me ponía el grano, yo me fui a la parte de atrás y me senté en la vieja piedra de molino que había allí, llorando.

Jud movió lentamente la cabeza, aún con una leve sonrisa.

—Entonces se me acercó el viejo Stanny B. La mitad del vecindario creía que era inofensivo y la otra mitad, peligroso. Su abuelo había sido trampero y traficante de pieles a principios del 1800. El abuelo de Stanny iba desde la costa hasta Bangor y Derry, llegando a veces hasta Skowhegan hacia el sur, para comprar pieles, o eso decía la gente. Llevaba un gran carromato con una cubierta hecha de tiras de piel, como los de los charlatanes que vendían curalotodo. Tenía cruces por todas partes, porque era buen cristiano y, cuando estaba lo bastante borracho, predicaba sobre la Resurrección. Eso decía Stanny, a quien le gustaba mucho hablar de su abuelo.

Pero también tenía señales indias, porque creía que todos los indios, cualquiera que fuera su tribu, formaban en realidad una sola tribu, aquella de Israel que dice la Biblia que se perdió. Decía que todos los indios estaban condenados, pero que su magia era eficaz porque, a su manera, ellos también eran cristianos.

»El abuelo de Stanny seguía traficando con los micmacs y haciendo negocio con ellos mucho después de que la mayoría de tramperos y traficantes abandonaran o se fueran al oeste, porque pagaba un precio justo y, según Stanny, se sabía la Biblia de memoria de cabo a rabo, y a los micmacs les gustaba oírle hablar, porque les decía las mismas palabras que les predicaban los hombres vestidos de negro antes de que llegaran los cazadores y los granjeros.

Jud calló. Louis esperaba.

–Los micmacs hablaron al abuelo de Stanny B. del cementerio, que ellos ya no usaban porque el *wendigo* había corrompido el suelo, y del dios Pantano, y de la escalera, y demás.

»Por cierto, en aquella época, la historia del *wendigo* era muy corriente en todo el norte. Supongo que ellos necesitarían una historia como aquélla, del mismo modo que nosotros, los cristianos, hemos de tener las nuestras. Norma me llamaría sacrílego si me oyera; pero, Louis, es la verdad. A veces, cuando el invierno era muy largo y crudo y la comida escaseaba, los indios del norte tenían que elegir entre morir de hambre o... hacer ciertas cosas.

–¿Canibalismo?

–Tal vez. –Jud se encogió de hombros–. Tal vez elegían a algún viejo ya gastado, y así tenían comida por algún tiempo. Y la historia que contaban era que una noche, mientras todos dormían, el *wendigo* había pasado por la aldea o campamento y los había tocado. Y todo el mundo sabía que el *wendigo* daba a aquellos que tocaba el gusto por la carne de su propia especie.

—Lo que equivalía a decir que el diablo les había inducido a ello —asintió Louis.

—Más o menos. Personalmente, yo sospecho que los micmacs de por aquí tuvieron que hacerlo en alguna ocasión y que enterraron los huesos de las víctimas, una o dos o quizá una docena, en el cementerio de ahí arriba.

—Y luego dijeron que se había corrompido la tierra —murmuró Louis.

—Y aquel día Stanny B. se presentó en el almacén, seguramente en busca de una botella —dijo Jud—. Ya venía un poco achispado. La gente decía que su abuelo dejó al morir más de un millón de dólares... Y Stanny B. era el mendigo del pueblo. Al verme llorar me dijo que él sabía cómo arreglar el asunto, pero que yo tenía que ser valiente y estar bien seguro de desear que lo arreglara.

»Yo le dije que haría cualquier cosa para que *Spot* se curara y le pregunté si conocía a algún veterinario que pudiera conseguirlo. «Yo no conozco a ningún veterinario, pero sé cómo arreglar lo de tu perro —dijo él. Y añadió—: Vete a casa y di a tu padre que meta al perro en un saco, pero no se te ocurra enterrarlo, ¿eh? Lo llevas a Pet Sematary y lo dejas al pie de los troncos. Cuando lo hayas hecho, ven a avisarme.»

»Yo le pregunté de qué serviría eso, y Stanny me dijo que aquella noche me quedara despierto y que cuando él me tirara una piedra a la ventana, bajara a reunirme con él. «Y quizá sea más de medianoche, chico. Pero si te olvidas de Stanny B. y te duermes, Stanny B. se olvidará de ti y entonces adiós, perro, y al infierno con él.»

Jud miró a Louis y encendió otro cigarrillo.

—Todo ocurrió tal como dijo Stanny. Cuando llegué a casa, mi padre me dijo que había disparado un tiro en la cabeza a *Spot* para ahorrarle sufrimientos. Y fue él mismo el que me habló de Pet Sematary. Me dijo si no me parecía que *Spot* querría que lo enterrase allí y yo le contesté que seguramente. Y allí me fui, arrastrando el saco con el perro dentro. Mi padre me preguntó si necesitaba ayuda y yo, recordando las palabras de Stanny B., contesté que no.

»Aquella noche estuve despierto una eternidad, o así me parecía a mí. Ya sabes lo que es la espera para un niño. Yo me figuraba que ya tenía que amanecer de un momento a otro y entonces el reloj daba las diez, o las once. Un par de veces casi di una cabezada, pero siempre volvía a espabilarme como si alguien me hubiera sacudido por un hombro diciendo: «¡Despierta, Jud! ¡Despierta!» Parecía que había allí algo que quería asegurarse de que no me dormía.

Louis arqueó las cejas al oír esto, y Jud se encogió de hombros como diciendo que ya sabía que era un solemne disparate.

—Cuando dieron las doce en el reloj del recibidor, me levanté y me quedé esperando, vestido, sentado a los pies de la cama, a la luz de la luna que entraba por la ventana. Luego, el reloj dio la media, y la una, y Stanny B. no venía. Ese estúpido francés se ha olvidado de mí, pensé. Ya iba a desnudarme otra vez cuando en el cristal de la ventana rebotaron dos piedras que a punto estuvieron de romperlo. Una hizo una grieta, pero yo no la vi hasta la mañana siguiente, y mi madre no se dio cuenta hasta el invierno, y pensó que habría sido la helada. Fue una suerte para mí.

»Yo me lancé hacia la ventana casi volando y levanté el cristal. Las guías chirriaron como sólo chirrían cuando eres un crío y quieres salir de casa después de la medianoche...

Louis rió, aunque no recordaba haber deseado nunca salir de casa de noche, cuando tenía diez años. Pero estaba seguro de que la ventana hubiera chirriado.

—Yo estaba seguro de que mis padres pensarían que estaban entrando en casa los ladrones, pero cuando se me apaciguó un poco el corazón oí que mi padre seguía roncando en su cuarto. Me asomé y vi a Stanny B. en el sendero del jardín, mirando hacia arriba y tambaleándose como si hiciera un gran vendaval, pero no corría ni un soplo de aire. Creo que estuvo a punto de no venir, Louis, pero la borrachera que llevaba era de las que te mantienen más despierto que un mochuelo con diarrea y hacen que todo te importe un rábano. Y entonces me dijo a gritos, aunque supongo que él creía estar susurrando: «¿Qué, chico? ¿Bajas o tengo que subir a buscarte?»

»¡Sssh!, hice yo, temiendo que se despertara mi padre y me diera la tunda de mi vida. «¿Qué dices?», preguntó Stanny B. en un tono de voz aún más alto. Si mis padres hubieran dormido a este lado de la casa, Louis, donde estamos ahora, creo que me la hubiera cargado. Pero estaban en la habitación de atrás, la que ahora tenemos Norma y yo, la que mira al río.

–Apuesto a que bajarías esa escalera como el rayo –dijo Louis–. ¿No tendrías otra cerveza, Jud? –Ya llevaba dos más del cupo, pero aquella noche eso parecía no importar. Al contrario, era casi obligado.

–La tengo. Y tú sabes dónde están –dijo Jud encendiendo otro cigarrillo. Esperó a que Louis volviera a sentarse–. No; no me atreví a bajar por la escalera. Hubiera tenido que pasar por delante de la habitación de mis padres. Me descolgué por la enredadera lo más aprisa que pude. Estaba asustado, sí, pero en aquel momento temía más a mi padre que ir a Pet Sematary con Stanny B.

Aplastó el cigarrillo.

–Allá nos fuimos los dos. Creo que Stanny B. se cayó por el camino más de media docena de veces. Realmente, estaba como una cuba y olía como si acabara de salir de un barril de whisky. A punto estuvo de ensartarse el cuello en una rama. Pero llevaba un pico y una pala. Cuando llegamos al cementerio, yo esperaba que me pasara las herramientas y se tumbara a dormir la borrachera mientras yo cavaba la fosa.

»Pero, al contrario, pareció que se serenaba un poco. Me dijo que teníamos que continuar un trecho por el bosque, más allá de los troncos, donde había otro cementerio. Yo miré a Stanny, que apenas se tenía en pie, miré el montón de troncos y dije: «Tú no puedes subir por ahí, Stanny B., te romperás la crisma.»

»Y él me contestó: «Yo no voy a romperme la crisma, ni tú tampoco. Yo iré delante y tú me seguirás arrastrando el saco.» Efectivamente, pasó los troncos sin la menor dificultad y sin mirar ni dónde ponía los pies. Yo fui tras él, llevando al perro a rastras, que debía de pesar sus buenos dieciséis kilos, y yo no llegaba ni a los cuarenta y cinco. Pero al día siguiente me dolía todo el cuerpo. A propósito, ¿cómo te sientes tú hoy?

Louis movió la cabeza afirmativamente sin decir nada.

—Seguimos andando y andando —dijo Jud—. A mí me parecía que el camino no se acababa nunca. Entonces los bosques impresionaban aún más que hoy. Había más pájaros chillando en los árboles, pájaros que uno no conocía. Ahora hay animales, pero casi todo son ciervos, mientras que entonces había alces, y osos, y linces. Yo arrastraba a *Spot*. Al cabo de un rato me dio por pensar que no estaba siguiendo al viejo Stanny B., sino a un indio. Seguía a un indio que de un momento a otro se volvería enseñando unos dientes muy blancos y unos ojos muy negros, con la cara pintada con ese ungüento que hacían los indios de grasa de oso, y que en la mano tendría un *tommahawk* hecho con una piedra afilada atada con tiras de piel a un mango de madera de fresno y que me agarraría por el cuello y me arrancaría la cabellera, llevándose medio cráneo. Stanny ya no se tambaleaba ni se caía, sino que caminaba derecho y con la cabeza alta, y eso fue lo que me dio la idea del indio. Pero cuando llegamos al borde del dios Pantano y él se volvió para hablarme, entonces vi que era Stanny desde luego, y que si ahora no tropezaba ni se caía era porque tenía miedo. Del miedo se le había pasado la borrachera.

»Me dijo lo mismo que yo te dije a ti anoche, acerca de los somormujos y del fuego de San Telmo y que no tenía que hacer caso a nada de lo que pudiera ver u oír. Y, sobre todo, si algo te habla, tú no contestes. Y empezamos a cruzar el pantano. Y vaya si vi. No voy a decirte lo que vi, pero desde que tenía diez años he estado allí cinco veces más y nunca he visto nada igual. Ni lo veré, Louis, porque la de anoche fue mi última visita al cementerio micmac.

«Yo no estoy aquí sentado creyéndome todas estas cosas, ¿verdad? –se preguntó Louis casi con sorna. Las tres cervezas que llevaba le ayudaban a adoptar aquel tono ligero, o que a él le sonaba ligero–. Yo no me creo esta novela de tramperos franceses, cementerios indios, de esa cosa llamada *wendigo* y mascotas resucitadas, ¿verdad? Qué porras, el gato quedó inconsciente. Un coche le dio un golpe y lo dejó atontado, eso es todo. Lo demás son monsergas de viejo.»

Pero no lo eran, y Louis lo sabía. Y eso no lo modificaban tres cervezas, ni treinta y tres.

Church estaba muerto, ésa era una; ahora estaba vivo y ésa era otra; el animal había cambiado, había cambiado a peor, y ésa era la tercera. Había ocurrido algo. Jud quiso corresponder a lo que él consideraba un favor..., pero la medicina que se daba en el cementerio micmac no era tan buena al fin y al cabo, y lo que Louis veía ahora en los ojos de Jud le decía que el viejo lo sabía. Louis pensó en lo que había visto –o creído ver– la víspera en los ojos de Jud. Aquella mirada regocijada y maliciosa. Ahora recordaba haber pensado que tal vez no fuera Jud quien tomó la decisión de llevar a Louis y al gato de Ellie en aquella expedición nocturna.

«Si no fue él, entonces, ¿quién?», se preguntó. Al no encontrar respuesta, Louis desechó la pregunta.

–Enterré a *Spot* y construí un *cairn* –prosiguió Jud llanamente–. Cuando terminé, Stanny B. dormía como un leño. Tuve que sacudirle de firme para que se despertara, pero cuando llegamos al pie de esos cuarenta y cuatro escalones...

–Cuarenta y cinco –murmuró Louis.

–Ajá –asintió Jud–. Cuarenta y cinco, ¿verdad? Cuando llegamos al pie de los cuarenta y cinco escalones, el hombre andaba otra vez tan ligero como si estuviera sobrio. Regresamos por el pantano, los bosques y el montón de troncos, y luego cruzamos la carretera y llegamos a mi casa. Me parecía que habían pasado por lo menos diez horas, pero aún era noche cerrada.

»«¿Y ahora, qué?», pregunté a Stanny B. «Ahora tú no tienes más que esperar», me dijo él, y se marchó haciendo eses otra vez. Supongo que aquella noche él dormiría detrás del almacén. Por cierto, Stanny B. murió dos años antes que mi perro *Spot*. El hígado se le descompuso y lo envenenó. El 4 de julio de 1912, dos chiquillos lo encontraron, más tieso que un atizador, detrás del almacén.

»Pero, aquella noche, yo trepé hasta la ventana de mi cuarto por la enredadera, me metí en la cama y me quedé dormido en cuanto la cabeza me cayó en la almohada.

»A la mañana siguiente, no me desperté hasta casi las nueve. Mi madre estaba llamándome. Mi padre trabajaba en el ferrocarril y se habría ido a las seis. –Jud se interrumpió unos momentos, pensativo–. Mi madre no es que me llamara, Louis, es que chillaba mi nombre.

Jud se acercó al frigorífico, sacó una Miller's y la abrió con el tirador del cajón situado debajo de la caja del pan y la tostadora. A la luz de la lámpara del techo, tenía la cara amarilla como de nicotina. Bebió media cerveza, soltó un eructo que sonó como un cañonazo y miró por el pasillo hacia la habitación donde dormía Norma. Luego, mirando a Louis, dijo:

–Me cuesta trabajo hablar de esto. He pensado mucho en ello, durante años y años, pero nunca se lo conté a nadie. Los que sabían lo ocurrido tampoco me hablaban de ello. Más o menos, lo mismo ocurre con el sexo. Si te lo cuento a ti, Louis, es porque ahora tú tienes un animal diferente. No forzosamente peligroso, pero... diferente. ¿No te has dado cuenta?

Louis recordó el torpe salto que había dado *Church* al bajar del inodoro, golpeándose el costado contra la bañera, recordó aquellos ojos turbios y casi estúpidos, aunque no del todo, fijos en los suyos.

Al fin asintió.

–Cuando llegué abajo, encontré a mi madre acorralada en un rincón de la despensa, entre la nevera y un mostrador. Había en el suelo una cosa blanca..., unas cortinas que ella iba a colgar. En la puerta de la despensa vi a *Spot*, mi perro. Estaba cubierto de tierra y con las patas llenas de barro. Tenía el pelo del vientre pegado y enredado. No gruñía ni se movía; sólo estaba allí parado, pero, queriendo o sin querer, a mi madre la había asustado. Estaba aterrorizada, Louis. No sé lo que tú sentirías por tus padres, Louis, pero yo quería mucho a los míos. La idea de que había hecho algo que había puesto a mi madre en aquel estado, me impidió alegrarme de ver a *Spot*. Ni siquiera estaba sorprendido.

–Conozco la sensación –dijo Louis–. Cuando vi a *Church* esta mañana, yo... Me pareció algo... –se interrumpió. «¿Perfectamente natural?» Fueron las primeras palabras que se le ocurrieron, pero no eran las más indicadas– ...que tenía que suceder.

–Sí –dijo Jud. Encendió otro cigarrillo. Las manos le temblaban un poco–. Cuando mi madre me vio, todavía sin vestir, me gritó: «¡Da de comer a tu perro, Jud! Tu perro tiene que comer. ¡Llévatelo antes de que ensucie las cortinas!»

»Recogí unas sobras y le llamé. Al principio, no venía. Era como si no supiera su nombre, y yo casi pensé: «Éste no es *Spot*. Es un perro vagabundo que se le parece, nada más...»

—¡Sí! —exclamó Louis con tanta vehemencia que se sorprendió a sí mismo.

Jud asintió.

—Pero a la segunda o tercera vez de llamarle, acudió. Vino como movido por un resorte. Y cuando lo saqué al porche, tropezó con la puerta y casi se cae. Se comió las sobras, mejor dicho, las devoró. Entonces ya se me había pasado la primera impresión y empezaba a hacerme una idea de lo ocurrido. Me arrodillé y le abracé. Estaba contento de volver a verle. Durante un segundo, sentí miedo al darme cuenta de que estaba abrazándole y... Tal vez fueran sólo imaginaciones, pero me pareció que el perro gruñía. Fue sólo un segundo. Luego, me lamió la cara y...

Jud se estremeció y apuró la cerveza.

—Louis, tenía la lengua helada. Era como si alguien me pasara por la mejilla una carpa muerta.

Los dos hombres se quedaron en silencio unos instantes. Luego, Louis dijo:

—Continúa.

—Cuando hubo comido, saqué un barreño viejo que teníamos para él y le di un baño. A *Spot* nunca le gustó el baño. Por regla general, teníamos que bañarlo entre mi padre y yo, y acabábamos los dos sin camisa y con el pantalón chorreando, y mi padre, echando pestes, y el perro, con ese aire compungido que suelen tener los perros. Y casi siempre se iba directamente a revolcarse en la tierra y se sacudía al lado de la ropa que mi madre tenía tendida, llenando de tierra las sábanas, y ella entonces nos gritaba que el día menos pensado le dispararía un tiro al perro.

»Pero, aquel día, *Spot* se sentó en el barreño y me dejó hacer. No se movió para nada. A mí no me gustó aquello. Era como..., como bañar un trozo de carne. Luego, lo sequé bien con una toalla vieja. Vi las señales de la alambrada. Tenía hendiduras en la carne y, aunque no estaban cubiertas de pelo, parecían cicatrices de más de cinco años, no sé si sabes lo que quiero decir.

Louis asintió. En su profesión, había visto aquellas cicatrices hendidas. Era como si la carne no acabara de crecer. Ello le hizo pensar en las tumbas de sus días de aprendiz de enterrador, y en que siempre faltaba tierra para rellenarlas.

—Luego le miré la cabeza. Allí, detrás de la oreja, tenía un pequeño hoyo, pero estaba cubierto de pelo blanco.

—Donde tu padre le disparó —dijo Louis.

—Ajá.

—Un tiro en la cabeza no siempre es definitivo, Jud. Hay suicidas frustrados que vegetan en los hospitales, alimentados por tubos, y otros que andan por ahí tan frescos. Y es que el proyectil puede rebotar en el cráneo, desplazarse pegado a él en semicírculo y salir por el otro lado sin penetrar en el cerebro. Yo vi a un hombre que se disparó un tiro encima del oído derecho y murió porque la bala le atravesó la yugular, después de dar toda la vuelta a la cabeza. La trayectoria de la bala parecía una carretera.

Jud asintió sonriendo.

—Sí, leí algo parecido en un periódico de Norma, el *Star* o el *Enquirer*. Pero si mi padre decía que *Spot* estaba muerto, es que estaba muerto, Louis.

—De acuerdo.

—¿Estaba muerto el gato de tu hija?

—A mí me pareció que sí.

—Un poco más de precisión, Louis, que eres médico.

—Soy médico, pero no Dios. Estaba oscuro...

–Sí, estaba oscuro, y la cabeza le giraba como si tuviera cojinetes, y cuando lo levantaste del suelo, estaba pegado al hielo, Louis. Hizo un ruido como de esparadrapo. Lo que está vivo no suena así. Para no fundir el hielo que tienes debajo has de estar muerto.

En la habitación contigua, el reloj dio las diez y media.

–¿Qué dijo tu padre al volver a casa y ver el perro? –preguntó Louis con curiosidad.

–Yo estaba en el jardín, jugando a las canicas y esperándole. Me sentía como si hubiera hecho algo malo y supiera que, probablemente, iba a recibir unos azotes. Él cruzó la verja a eso de las ocho, con su mono de peto y la gorra de cotín... ¿Sabes lo que quiero decir?

Louis asintió ahogando un bostezo con el dorso de la mano.

–Sí –dijo Jud–. Se hace tarde. Tengo que abreviar.

–No es tan tarde –dijo Louis–. Lo que ocurre es que llevo más cervezas de las que acostumbro. Continúa, Jud, y a tu ritmo. Eso me interesa.

–Mi padre cruzó la verja balanceando la fiambrera por el asa y silbando. Estaba oscureciendo, pero me vio y dijo: «¡Hola, Judkins!» como siempre, y luego: «¿Dónde está...?»

»No dijo más, porque entonces *Spot* salió de la sombra, no venía corriendo, como siempre, dispuesto a brincar de alegría, sino andando despacio y moviendo la cola. Mi padre dejó caer la fiambrera y dio un paso atrás. Creo que hubiera dado media vuelta y echado a correr, pero su espalda tropezó con la cerca y se quedó quieto, mirando al perro. Y cuando *Spot* se alzó por fin sobre los cuartos traseros, mi padre le tomó la patas como si fueran las manos de una señorita con la que fuera a bailar. Se quedó mirando al perro mucho rato y luego me miró a mí y dijo: «Necesita un baño, Jud. Aún tiene el hedor de la tierra en la que lo enterraste.» Y entró en casa.

–¿Y tú qué hiciste? –preguntó Louis.

–Darle otro baño. Y él lo aceptó, sentado en el barreño. Y cuando entré en casa mi madre ya se había acostado, a pesar de que no eran las nueve todavía. Mi padre me dijo: «Tenemos que hablar, Judkins.» Yo me senté frente a él, y él me habló como a un hombre, por primera vez en mi vida, mientras del otro lado de la carretera, donde ahora está tu casa, venía el perfume de la madreselva y, de nuestro propio jardín, el de las rosas silvestres. –Jud Crandall suspiró–. Yo siempre pensé que me gustaría que él me hablara así, pero no, no me gustó nada. Lo de esta noche, Louis, ha sido como asomarse a un espejo que está colocado frente a otro espejo y verse proyectado por un interminable corredor. Me pregunto cuántas veces se habrá transmitido esta historia. Una historia en la que sólo cambian los nombres. Es como la cosa del sexo, ¿no te parece?

–Tu padre lo sabía.

–Ajá. «¿Quién te ha llevado allí arriba, Jud?», me preguntó. Yo se lo dije. Él movió la cabeza como dando a entender que ya se lo había figurado. No obstante, después averigüé que en aquel tiempo había en Lodlow seis u ocho personas que hubieran podido llevarme. Supongo que pensó que Stanny B. era el único que estaba lo bastante loco como para hacerlo.

–¿Le preguntaste por qué no te había llevado *él*, Jud?

–Sí; durante nuestra larga conversación de aquella noche se lo pregunté, y él me dijo que era un lugar malo, muy malo, y que casi nunca le hacía bien ni a la gente que había perdido a su animal ni al animal. Me preguntó si me gustaba *Spot* tal como estaba y, Louis, me costó mucho trabajo contestar a esto... Y tengo que decirte lo que yo sentí entonces, porque tú vas a preguntarme ahora por qué te llevé allí si sabía que el sitio era malo, ¿no?

Louis asintió. ¿Qué pensaría Ellie de *Church* cuando regresara? Aquella tarde, mientras jugaba con Steve Masterton, no podía pensar en otra cosa.

–Quizá lo hice porque a los niños les conviene saber que a veces es preferible la muerte –dijo Jud lentamente–. Eso es algo que tu Ellie ignora, seguramente porque su madre lo ignora también. Dime que estoy equivocado y lo dejamos.

Louis abrió la boca y volvió a cerrarla.

Jud siguió hablando muy despacio, pasando de una palabra a otra como pasara la víspera sobre las ondulaciones del pantano.

–Lo he visto varias veces en el curso de los años –dijo–. Me parece que ya te conté que Lester Morgan enterró allí arriba su toro campeón. Era de raza black angus y se llamaba *Hanratty*. ¿No crees que es un nombre ridículo para un toro? Murió de una úlcera interna, y Lester lo subió hasta allí en un trineo. No sé cómo pudo llegar, ni me explico cómo pasaría el montón de troncos. Pero dicen que querer es poder, y por lo que respecta a ese cementerio, creo que es verdad.

»Bien, *Hanratty* volvió, pero Lester le pegó un tiro a las dos semanas. Aquel toro se volvió malo, realmente malo. Que yo sepa, es el único animal al que le pasó eso. La mayoría parecen sólo... un poco tontos..., un poco... lentos..., un poco...

–¿Un poco muertos?

–Ajá. Un poco raros. Un poco muertos. Como si hubieran estado en algún sitio y no hubieran vuelto del todo. Pero tu hija no sabe nada, Louis. No sabe que al gato lo mató un coche y luego volvió. Y tú me dirás que a una criatura no se le puede enseñar una lección si ella no sabe lo que tiene que aprender. Aunque...

–Aunque a veces sí se puede –dijo Louis, hablando más consigo mismo que con Jud.

–Sí; a veces sí se puede. Ella notará algo. Se dará cuenta de que *Church* estaba mejor antes. Tal vez aprenda algo sobre el carácter de la muerte, que es allí donde termina el dolor y empiezan los buenos recuerdos. Que no es el final de la vida, sino el final del dolor. No tienes que decirle esas cosas. Ella sola las descubrirá.

»Y, si se parece a mí, seguirá queriendo a su animalito. El gato no se volverá malo, ni morderá, ni nada de eso. Ella seguirá queriéndole... y sacando conclusiones... y suspirará aliviada cuando el animal se muera por fin.

–Por eso me llevaste allí –dijo Louis. Ahora se sentía mejor. Ya conocía la explicación. Era un poco vaga y se apoyaba más en los sentimientos que en la razón; pero, dadas las circunstancias, estaba dispuesto a admitirla. Ahora ya podía olvidar aquella expresión que creyó ver fugazmente en la cara de Jud la noche antes..., aquel siniestro y malicioso regocijo–. Está bien. Esto...

De pronto, con una brusquedad pasmosa, Jud se cubrió la cara con las manos. Louis pensó que le había dado algún ataque, y fue a levantarse, alarmado cuando, al observar las convulsiones de su pecho, comprendió que el anciano estaba tratando de contener los sollozos.

–Es por eso y no es por eso –dijo con voz ahogada–. Lo hice por la misma razón que Stanny B. y que Lester Morgan. Lester llevó allí a Linda Levesque cuando atropellaron a su perro. Y la llevó a pesar de que había tenido que matar al toro por perseguir a los chicos por el campo como un loco. Lo hizo a pesar de todo, *a pesar de todo*, Louis. –Jud casi gemía ahora–. ¿Cómo diablos te explicas eso?

–Jud, ¿de qué estás hablando? –preguntó Louis, alarmado.

–Lester y Stanny lo hicieron por lo mismo que yo. Lo haces porque algo se apodera de ti. Lo haces porque ese cementerio es un lugar secreto, y quieres compartir con alguien ese secreto y cuando encuentras una razón que se te antoja lo bastante buena, pues entonces... –Jud bajó las manos y miró a Louis con unos ojos que parecían increíblemente viejos y cansados–. Entonces lo haces y se acabó. Y las razones te las inventas... Y es que lo haces porque quieres hacerlo. O porque tienes que hacerlo. Mi padre no me llevó porque él había oído hablar del sitio, pero no había estado allí. Stanny B., sí..., y me llevó a mí... Y setenta años después..., de pronto...

Jud movió la cabeza y ahogó una tos seca con la palma de la mano.

–Escúchame –dijo–. Escúchame, Louis. El toro de Lester es, que yo sepa, el único animal que se volvió malo de verdad. Puede que el pequinés de Miss Levesque mordiera un día al cartero, después... Y hubo alguna que otra cosa más... de animales que se volvían huraños..., pero *Spot* fue siempre un buen perro. Siempre siguió oliendo a tierra, por más que lo bañara, pero era un buen perro. Mi madre no volvió a tocarlo nunca más, pero era un buen perro. Ahora bien, Louis, si esta noche tú coges al gato y lo matas, yo no diré ni una palabra.

»Ese sitio... De pronto sientes que te domina... y fabricas las razones más lindas..., pero he podido equivocarme, Louis. Es lo único que puedo decir. Lester pudo equivocarse. Stanny B. pudo equivocarse. Qué diablo, yo tampoco soy Dios. Y eso de devolver la vida a los muertos es pisarle el terreno a Dios, ¿no?

Louis volvió a abrir y cerrar la boca. Lo que iba a decir hubiera sonado mal, muy mal, y hubiera sido cruel: «Jud, yo no pasé todo aquello para luego matar al cochino gato.»

Jud terminó su cerveza y alineó cuidadosamente el envase con todos los que habían vaciado aquella noche.

–Y eso es todo, creo yo –dijo–. Se me acabó la cuerda.

–¿Puedo hacerte sólo otra pregunta? –preguntó Louis.

–Adelante.

–¿Nunca enterraron ahí arriba a una persona?

El brazo de Jud se movió convulsivamente, cayeron al suelo dos botellas de cerveza y una se rompió.

–¡Por los clavos de Cristo! –exclamó–. ¡No! ¡Ni pensarlo! ¡De esas cosas ni se habla, Louis!

–Era simple curiosidad –dijo Louis, violento.

–Hay cosas que es mejor no tocar ni por curiosidad –dijo Jud Crandall, y por primera vez, Louis Creed lo vio realmente anciano y desvalido, como si estuviera al borde de su propia tumba recién abierta.

Y después, ya en casa, Louis reparó en otro matiz del aspecto que tenía Jud en aquel momento.

Daba la impresión de estar mintiendo.

27

Louis no se dio cuenta de que estaba borracho hasta que llegó a su garaje.

Fuera había estrellas y una gélida corteza de luna. No daban claridad suficiente como para proyectar sombras, pero se veía bastante bien. En el garaje, la oscuridad era total. El interruptor de la luz tenía que estar por allí, pero maldito si recordaba dónde. Avanzaba despacio, arrastrando los pies. Le daba vueltas la cabeza. Louis temía darse un golpe en la rodilla o tropezar con algún juguete. Ya le parecía sentir el sobresalto del choque y tal vez de la caída. La bicicleta de Ellie, con sus ruedecitas rojas de apoyo, el carrito de Gage...

–¿Dónde estaba el gato? ¿Lo había dejado dentro?

Perdió el rumbo y chocó contra la pared. Una astilla le arañó la palma de la mano y él gritó: «¡Mierda!» en la oscuridad, y enseguida se dio cuenta de que su voz sonaba más asustada que furiosa. Todo el garaje parecía haber dado media vuelta disimuladamente. Ahora no era ya el interruptor; ahora no encontraba nada, ni siquiera la jodida puerta de la cocina.

Empezó a andar otra vez, lentamente. Le escocía la palma de la mano. «Es como estar ciego», pensó, y eso le hizo recordar un concierto de Stevie Wonder al que fue con Rachel... ¿Cuándo? ¿Seis años atrás? Pues sí, aunque parecía imposible. Ella esperaba a Ellie. Dos tipos acompañaron a Wonder hasta el sintetizador, guiándole de manera que no tropezara con los cables tendidos por el suelo del escenario. Y después, cuando él se levantó para bailar con una de las chicas del coro, ella le condujo cuidadosamente hacia una zona despejada. A Louis le pareció que bailaba muy bien; pero necesitó una mano que le guiara.

«Lo que yo necesito ahora es una mano que me guíe hasta la puerta de la cocina», pensó... y se estremeció bruscamente.

Si ahora tropezaba con una mano en la oscuridad, empezaría a gritar, a gritar, a gritar.

Se quedó muy quieto, con el corazón alborotado. «Anda ya –se dijo–, déjate de puñetas, vamos, vamos...»

«¿Dónde estará ese jodido gato?»

Entonces tropezó con algo: el parachoques trasero del Civic y el dolor de la espinilla hizo que se le saltaran las lágrimas. Se frotó la pierna, manteniéndose en equilibrio sobre un solo pie, como una cigüeña. Por lo menos, ahora se había orientado. La geografía del garaje volvía a estar clara. Además, sus ojos empezaban a acostumbrarse a la oscuridad. Ahora recordaba que el gato se había quedado dentro, que él no se sintió con ánimo de tocarlo, levantarlo del suelo, dejarlo fuera...

Y fue entonces cuando el pelo suave y caliente de *Church* le rozó el tobillo y aquella cola repugnante le rodeó la pantorrilla con movimiento de serpiente. Y Louis gritó, abrió mucho la boca y gritó.

28

–¡Papi! –chilló Ellie.

Corría hacia él por el pasillo de desembarque, sorteando a los demás pasajeros con regates de futbolista. La mayoría se apartaba sonriendo. Louis se sintió un poco cohibido ante tanta vehemencia, pero notó que a su cara asomaba una sonrisa amplia y boba.

Rachel llevaba a Gage en brazos. El niño le vio cuando Ellie gritó:

–¡Payii! –aulló con exuberancia, debatiéndose en los brazos de Rachel. Ella sonrió (con un poco de cansancio, según creyó advertir Louis) y lo puso en el suelo. El niño corrió tras ella moviendo sus piernas regordetas–. ¡Payii! ¡Payii!

Louis aún tuvo tiempo de advertir que Gage llevaba un pichi nuevo –otra gracia del abuelito, pensó– antes de que Ellie le embistiera y empezara a trepar por él como por un árbol.

–¡Eh, papi! –vociferó, dándole un beso tan fuerte que estuvo resonándole en el tímpano por lo menos quince minutos.

–Hola, cariño –dijo él, agachándose para levantar a Gage y abrazándolos a los dos–. Ya tenía ganas de veros.

Rachel llegó junto a ellos. Traía la bolsa de viaje y el bolso colgado de un brazo y la bolsa de los pañales de Gage en el otro. PRONTO SERÉ MAYOR se leía en la bolsa de pañales, frase que, sin duda, tenía por objeto animar a los padres más que al usuario de los pañales. Parecía una fotógrafo profesional al regreso de una larga y agotadora misión.

Louis, con un niño en cada brazo, le dio un beso en los labios.

–Hola.

–Hola, doctor –sonrió ella.

–Pareces reventada.

–Estoy reventada. Fuimos hasta Boston sin complicaciones. Hicimos transbordo sin complicaciones. Despegamos sin complicaciones. Pero, cuando volábamos por encima de la ciudad, Gage mira abajo, dice «Corre, corre» y se vomita encima.

–Oh, Dios –gimió Louis.

–Le cambié en el lavabo. No creo que sea un virus. Seguramente, se mareó.

–Vamos a casa –dijo Louis–. Tengo unos chiles en el fuego.

–¡Chiles! ¡Chiles! –vociferó Ellie al oído de Louis, en un transporte de júbilo.

–¡Chiche! ¡Chiche! –gritó Gage, perforándole el otro tímpano.

–Ahora vamos a recoger las maletas y andando –dijo Louis.

–Papi, ¿cómo está *Church*? –preguntó Ellie cuando él la dejó en el suelo.

Louis estaba preparado para esta pregunta, pero no para el gesto de ansiedad ni el profundo pliegue de preocupación que vio entre los ojos azul oscuro de su hija. Louis frunció el entrecejo y miró a Rachel.

–La otra mañana Ellie se despertó llorando –dijo Rachel en voz baja–. Tuvo una pesadilla.

–Soñé que atropellaban a *Church* –dijo Ellie.

–Demasiados bocadillos de pavo, seguramente –dijo Rachel–. También tuvo un poco de diarrea. Tranquilízala, Louis, y vámonos de aquí. Durante esta última semana he visto aeropuertos suficientes para cinco años.

–Bueno, *Church* está bien, cariño –dijo Louis lentamente.

«Muy bien, sí. Se pasa el día tumbado por toda la casa, mirándote con los ojos turbios, como si hubiera visto algo que pulverizó por completo su inteligencia de gato. Está estupendamente. Por las noches lo saco empujándolo con la escoba para no tocarlo. Es como si lo barriera, y él se marcha. Y el otro día, cuando le abrí la puerta, Ellie, tenía delante un ratón..., o lo que quedaba de él. Se había zampado las vísceras para desayunar. Y, a propósito de desayuno, aquel día yo me lo salté. Por lo demás...»

–Está muy bien.

–Oh –dijo Ellie, y desapareció el pliegue que tenía entre los ojos–. Uf, qué alegría. Cuando tuve aquel sueño, estaba segura de que había muerto.

–¿De verdad? –sonrió Louis–. Son curiosos los sueños.

–¡*Chueños!* –aulló Gage. Estaba en la fase de la cotorra, que Louis recordaba de cuando Ellie empezaba a hablar–. ¡*Chueños!* –Y le dio un efusivo tirón de pelo que casi le hizo llorar.

–Vámonos, tropa –dijo Louis. Y se fueron hacia la zona de equipajes.

Estaban llegando al coche cuando Gage empezó a decir: «Corre, corre», con una voz fina e hiposa. Esta vez vomitó encima de Louis que, para ir a esperar a su familia, se había puesto su pantalón nuevo de tricot doble faz. Al parecer, para Gage «corre, corre» era sinónimo de: «Lo siento mucho, pero tengo que vomitar, conque hagan el favor de apartarse.»

Y resultó que, efectivamente, era un virus.

Cuando habían recorrido los veinticinco kilómetros que separaban el aeropuerto de Bangor de su casa de Ludlow, Gage empezaba a mostrar síntomas de fiebre y había caído en un sueño intranquilo. Louis entró en el garaje dando marcha atrás y por el rabillo del ojo vio a *Church* deslizarse pegado a la pared con la cola levantada y sus extraños ojos fijos en el coche. El gato desapareció al sol de la tarde y, un momento después, Louis descubrió un ratón despanzurrado junto a una pila de cuatro neumáticos; había hecho poner los neumáticos de invierno mientras Rachel y los niños estaban fuera. Las vísceras del ratón relucían con una fosforescencia rosada en la penumbra del garaje. Y le faltaba la cabeza.

Louis se apeó rápidamente y tropezó adrede con los neumáticos. Los dos de encima cayeron tapando el ratón.

—¡Pumba! —exclamó.

—Eres un pato, papi —dijo Ellie cariñosamente.

—Tienes razón —dijo Louis con forzada jovialidad. Tenía ganas de decir «corre, corre» y echar todo lo que tenía dentro del cuerpo—. Papi es un pato. —Que él recordara, antes de su extraña resurrección, *Church* sólo había matado un ratón. Generalmente, los acorralaba y jugaba con ellos a la macabra manera de los gatos que solía terminar en tragedia; pero casi siempre él, Rachel o la propia Ellie intervenían antes del final. Y Louis sabía que, una vez capado, un gato se limitaba a mirar a los ratones con cierto interés. Eso, si estaba bien alimentado.

—¿Piensas quedarte ahí, soñando despierto, o vas a venir a ayudarme con este niño? —preguntó Rachel—. Regrese ya del planeta Mongo, doctor Creed. Los terrícolas le necesitan. —Parecía cansada e irritable.

—Perdona, nena —dijo Louis. Tomó en brazos a Gage que estaba ardiendo.

Por lo tanto, sólo tres personas degustaron aquella noche los famosos chiles a la sureña de Louis. Gage, febril y apático, estaba recostado en el sofá de la sala, mirando un programa de dibujos animados de la tele y tomando un biberón tibio de caldo de pollo.

Después de la cena, Ellie se acercó a la puerta del garaje y llamó a *Church*. Louis, que estaba fregando los cacharros mientras Rachel deshacía las maletas en el piso de arriba, pensó que ojalá el gato no acudiera; pero acudió. Entró con su nuevo y desgarbado contoneo casi enseguida, como si..., como si hubiera estado acechando. *Acechando*. La palabra brotó espontáneamente.

–¡*Church*! –exclamó Ellie–. ¡Hola, *Church*! –Levantó al gato y lo abrazó. Louis la observaba por el rabillo del ojo. Sus manos, que buscaban los cubiertos que pudieran quedar en el fondo del fregadero, se habían quedado inmóviles. Vio cómo la expresión de dicha de Ellie se mudaba lentamente en perplejidad. El gato estaba quieto, con las orejas gachas, mirándola a los ojos.

Al cabo de un largo momento –a Louis le pareció larguísimo–. Ellie dejó al gato en el suelo. El animal se fue al comedor sin mirar atrás. «Verdugo de ratones –pensó Louis distraídamente–. Oh, Dios, ¿qué es lo que hicimos aquella noche?»

Con la mejor voluntad, trataba de recordarlo, pero todo aquello se le antojaba ya tan lejano y borroso como la turbulenta escena de la muerte de Victor Pascow en la sala de espera de la enfermería. Recordaba ráfagas de viento cruzando el cielo nocturno y el resplandor de la nieve en la explanada de atrás. Nada más.

–¿Papi? –dijo Ellie con voz apagada.

–¿Sí, Ellie?

–*Church* huele raro.

–Ah, ¿sí? –dijo Louis con estudiada indiferencia.

–¡Sí! –respondió Ellie, apenada–. Sí. Él nunca había olido así. Huele a... Huele a caca.

–Se habrá revolcado en alguna porquería, cariño –dijo Louis–. Ese olor ya se le quitará.

–Así lo *espero* –dijo Ellie con cómica voz de gran dama. Y se fue.

Louis encontró el último tenedor, lo fregó y tiró del tapón. Se quedó mirando por la ventana mientras se vaciaba en el fregadero con un gorgoteo.

Cuando se apagó el sonido del desagüe, Louis oyó silbar el viento que venía del norte trayendo el invierno, y comprendió que estaba asustado, tontamente asustado sin saber por qué, como cuando una nube cubre de pronto el sol y oyes un crujido que no sabes de dónde viene.

—¿Treinta y nueve? —preguntó Rachel—. ¡Jesús, Luis! ¿Estás seguro?

—Es un virus —dijo Louis. Trató de no irritarse por el tono de Rachel, que era casi acusador. Estaba cansada. Había tenido un día agotador. Había cruzado la mitad de la nación con los dos niños, ahora eran las once de la noche y aún no había terminado la jornada. Ellie dormía profundamente en su habitación. Gage estaba acostado en la cama de matrimonio, aletargado. Hacía una hora, Louis había empezado a darle Liquiprin—. La aspirina le bajará la fiebre. Mañana estará mejor, cariño.

—¿No piensas darle ampicilina ni nada de eso?

—Se lo daría si tuviera gripe o una infección por estrepto —dijo Louis pacientemente—. Pero no es así. Se trata de un virus, y eso no sirve para los virus. No serviría más que para darle diarrea y deshidratarle más aún.

—¿Estás seguro de que es un virus?

—Si quieres otra opinión, podemos celebrar consulta —dijo Louis ásperamente.

—¡Haz el favor de no gritarme! —gritó Rachel.

—¡No te he gritado! —gritó Louis a su vez.

—Claro que sí —dijo Rachel—. Me has gri-gri-gritado. —Empezaban a temblarle los labios y se llevó una mano a la cara. Louis reparó entonces en sus profundas ojeras y se sintió avergonzado de sí mismo.

—Perdona —dijo, sentándose a su lado—. No sé lo que me pasa, ¡canastos! Perdóname, Rachel.

—No te lamentes ni des explicaciones —sonrió ella débilmente—. ¿No es eso lo que me dijiste una vez? El viaje ha sido agotador. Y estaba temiendo que cogieras el cielo con las manos cuando vieras el armario de Gage. Será mejor que te lo diga ahora, mientras me tienes lástima.

–¿Por qué tengo que coger el cielo con las manos? Ella sonrió tímidamente.

–Mis padres le han comprado diez conjuntos. Hoy llevaba uno.

–Ya me di cuenta –dijo Louis lacónicamente.

–Y yo me di cuenta de que te dabas cuenta –repuso ella frunciendo el entrecejo en un cómico gesto de enfado que le hizo reír sin la menor gana–. Y también seis vestidos para Ellie.

–¡Seis vestidos! –exclamó él, dominando el impulso de lanzar un alarido. De pronto sentía un furor violento, malsano y un dolor vivo y profundo que no podía explicar–. Rachel, ¿por qué? ¿Por qué se lo consentiste? Nosotros no necesitamos... Nosotros podemos comprar...

Calló. La indignación le había dejado sin palabras. Durante un momento, se vio a sí mismo acarreando a través del bosque el gato muerto, cambiando de mano la bolsa de plástico... Y, mientras tanto, Irwin Goldman, aquel indecente pedazo de cabrito de Lake Forest, trataba de comprar el amor de su hija a golpes de su archifamoso talonario y archifamosa estilográfica.

En aquel momento, Louis estuvo a punto de gritar: «Él le ha comprado seis vestidos, pero yo he hecho que su cochino gato resucitara de entre los muertos, así que, ¿cuál de los dos la quiere más?»

Se tragó las palabras. Él nunca diría nada semejante. Nunca.

Rachel le acarició suavemente la nuca.

–Louis, no fue sólo mi padre; fueron los dos. Trata de comprenderlo. Por favor. Mis padres quieren mucho a los niños, y casi nunca los ven. Además, están muy viejos, Lou. A mi padre no lo reconocerías. De verdad.

–Sí lo reconocería –murmuró Louis.

–Cariño, compréndelo. Trata de hacerte cargo. Trata de ser caritativo. No te hará ningún daño.

Él la miró largamente.

–Pues me hace daño –dijo al fin–. Tal vez no tenga por qué hacérmelo, pero me hace daño.

Ella abrió la boca para contestar, y entonces Ellie gritó desde su cuarto:

–¡Papi! ¡Mami! ¡Que venga alguien!

Rachel fue a levantarse, pero Louis se lo impidió.

–Tú quédate con Gage. Yo iré. –Creía saber lo que ocurría. Pero ya había sacado al gato, ¡maldito! Después de que Ellie subiera a acostarse, lo encontró en la cocina husmeando su plato y lo sacó de la casa. No quería que el gato durmiera con la niña. Eso, nunca más. La idea de que el animal subiera a la cama de Ellie le sugería pensamientos de enfermedad y suscitaba recuerdos de la funeraria del tío Carl.

«Ella tiene que darse cuenta de que algo ha ocurrido y que el gato estaba mejor antes.»

Louis había sacado al gato, pero encontró a Ellie sentada en la cama, más dormida que despierta, y al gato tendido en la colcha, una sombra negra que recordaba la silueta de un gigantesco murciélago. Los ojos del animal estaban abiertos y, a la luz del pasillo, relucía con ellos una mirada estúpida.

–Papi, llévatelo de aquí –casi gimió Ellie–. Huele mal.

–Sssh, Ellie, duerme –dijo Louis, asombrado de la calma que denotaba su voz. Entonces recordó la mañana siguiente a su noche de sonámbulo, después de la muerte de Pascow, cuando, al llegar a la enfermería, se fue directamente al cuarto de baño para mirarse al espejo, convencido de que tendría un aspecto infernal. Sin embargo, estaba prácticamente normal. Estas cosas te hacían preguntarte cuántas personas andarían por ahí disimulando espantosos secretos.

«¡Pero esto no es un secreto, puñeta! ¡Es sólo el gato!»

Ellie tenía razón. Apestaba.

Agarró al gato y lo llevó abajo, tratando de respirar por la boca. Había olores peores que aquél; sin ir más lejos, el de la mierda, hablando en plata. Hacía un mes, vaciaron la fosa séptica y, como dijo Jud cuando se acercó a ver funcionar la bomba de Puffer e Hijos, «No huele precisamente a Chanel Cinco, ¿eh, Louis?». El olor de la gangrena –«carne caliente» como decía el viejo doctor Bracermunn de la facultad– también era peor. Incluso el olor del convertidor catalítico del Civic, cuando llevaba un rato funcionando en el garaje, era peor.

De todos modos, era un olor bastante asqueroso. Pero ¿cómo se había metido en casa el gato? Él lo sacó con la escoba hacía rato, cuando los tres –su familia– estaban arriba. Era la primera vez que tocaba al gato desde el día en que el animal volvió a casa hacía casi una semana. Se dejaba llevar en brazos dócilmente, y Louis creía estar transportando un foco de infección latente. «¿Por qué agujero te has colado, canalla?», pensaba Louis.

Entonces recordó el sueño en el que Pascow se filtrara a través de la puerta de la cocina.

Quizá no había agujero. Quizá había entrado como un fantasma.

–Lo que faltaba –murmuró Louis, con la voz un poco ronca.

De pronto, Louis pensó que el gato podía revolverse y arañarle. Pero *Church* se mantenía muy quieto, irradiando aquel calor estúpido y aquel tufo infecto y mirando fijamente a Louis como si pudiera leerle el pensamiento.

Abrió la puerta y echó el gato al garaje, tal vez con excesiva brusquedad.

–Anda –le dijo–, vete a matar ratones o lo que te dé la gana.

Church cayó pesadamente. Las patas traseras se le doblaron y quedó agazapado en el suelo. Lanzó a Louis una mirada verde que parecía estar cargada de hostilidad, se levantó y se alejó con paso de borracho.

«Caray, Jud –pensó Louis–, ¿por qué no te callaste?»

Se fue al fregadero y se lavó las manos y los antebrazos restregando vigorosamente, como para una operación. «Lo haces porque algo se apodera de ti... Las razones te las inventas..., se te antojan lo bastante buenas... Lo haces porque quieres..., pero sobre todo porque ese cementerio es un lugar secreto... Y tú quieres compartir con alguien ese secreto...»

No; no podía reprocharle nada a Jud. Él fue por su propia voluntad, y no podía echarle la culpa a Jud.

Cerró el grifo y empezó a secarse. De pronto, la toalla se inmovilizó y él se quedó con la mirada fija en el trozo de noche enmarcado en la ventana situada encima del fregadero.

«Entonces, ¿se ha apoderado también de mí ese lugar? ¿También es mío ahora?»

«No, si yo no lo consiento.»

Colgó la toalla y subió a su habitación.

Rachel estaba en la cama, con el edredón hasta la barbilla y Gage a su lado, bien arropado. Ella miró a Louis con aire contrito.

–¿Te molesta, cariño? Sólo por esta noche. Estaré más tranquila si lo tengo a mi lado. Está ardiendo.

–De acuerdo –dijo Louis–. No te preocupes. Dormiré abajo, en el sofá-cama.

–¿De verdad no te importa?

–No; a Gage no le hará ningún daño, y si tú estás más tranquila... –Hizo una pausa y sonrió–. Pero te contagiará el virus, eso casi puedo garantizarlo, aunque no creo que sirva de algo.

Ella sonrió a su vez moviendo la cabeza.

–¿Qué le pasaba a Ellie?

—Quería que me llevara a *Church* de su habitación.

—¿Ellie quería que te llevaras a Church? Ésa sí que es buena.

—Sí —convino Louis, y añadió—: Dice que huele mal, y, desde luego, el bicho está fragante. Se habrá revolcado en algún montón de estiércol.

—Qué lástima —dijo Rachel, poniéndose de lado—. Yo diría que Ellie echaba de menos a *Church* casi tanto como a ti.

—Humm-humm. —Louis la besó suavemente en los labios—. Que duermas bien, Rachel.

—Te quiero, Lou. Me alegro de estar otra vez en casa. Y siento que tengas que dormir en el sofá. Daremos una pequeña fiestecita mañana por la noche, ¿sí?

—Encantado —dijo Louis apagando la luz.

Louis quitó los almohadones del sofá, extendió el somier y trató de hacerse a la idea de tener toda la noche el travesaño de hierro clavado en los riñones a través del fino colchón. Por lo menos, la cama tenía puestas las sábanas y no sería necesario hacerla del todo. Sacó dos mantas del estante del armario del recibidor y las extendió. Ya había empezado a desnudarse cuando se quedó en suspenso.

«¿Te parece que *Church* ha vuelto a entrar? Muy bien. Entonces, echa un vistazo. No estará de más. Y al comprobar que todos los pestillos están echados no te expones ni a pillar un virus.»

Hizo una concienzuda ronda por toda la planta baja, repasando puertas y ventanas. Todo estaba perfectamente y a *Church* no se le veía por ninguna parte.

—Muy bien —dijo—. A ver si entras ahora, gato imbécil. —Mentalmente, hizo votos para que al gato se le congelasen las bolas. Claro que ya no las tenía.

Apagó las luces y se metió en la cama. El travesaño

empezó a clavársele casi inmediatamente, y Louis ya estaba pensando que iba a pasar la noche en vela cuando se quedó dormido. Se durmió de lado, incómodo en la cama auxiliar, pero cuando despertó estaba...

«... en el cementerio micmac. Esta vez estaba solo. Había matado a *Church* con sus propias manos y ahora quería hacerle resucitar de nuevo. Dios sabría por qué; Louis, no, desde luego. Pero esta vez lo había enterrado más profundamente y *Church* no podía salir. Louis le oía maullar bajo tierra. Sonaba como el llanto de un niño. Los maullidos, salían por los poros de la tierra pedregosa, y también el olor, aquel tufillo agridulce a putrefacción. Sólo de respirarlo sentía una opresión en el pecho, un peso.»

«Y el llanto..., el llanto...»

... el llanto continuaba...

... y el peso le oprimía el pecho.

—¡Louis! —Era Rachel, y parecía alarmada—. Louis, corre, sube.

Más que alarmada, parecía asustada. Y el llanto era espasmódico, de alguien que se ahogaba. Era Gage.

Louis abrió los ojos y vio ante sí los amarillentos ojos de *Church*. Estaban a menos de diez centímetros de los suyos. Tenía el gato enroscado encima del pecho, robándole el aliento, como en los cuentos de viejas. El animal despedía su olor en lentas y nauseabundas vaharadas. Estaba ronroneando.

Louis lanzó un grito de sorpresa y asco y levantó las manos en instintivo ademán de defensa. *Church* se tiró de la cama aterrizando de costado y se alejó con su torpe contoneo.

«¡Dios, oh, Dios, si lo tenía encima! ¡Encima de mí, Dios mío!»

No habría sido mayor el asco si se hubiera despertado con una araña en la boca. Pensó que iba a vomitar.

—¡Louis!

Apartó la ropa de la cama y fue hacia la escalera tambaleándose. Del dormitorio salía una luz tenue. Rachel estaba en el descansillo, en camisón.

–Louis, está vomitando otra vez... Y se ahoga... Tengo miedo.

–Ya estoy aquí –dijo él, acercándose y pensando: «Entró. No sé por dónde, pero entró. Por el sótano, seguramente. Estará rota alguna ventana. Tiene que haber una ventana rota. Mañana lo comprobaré cuando vuelva. No; antes de marcharme. Miraré...»

Gage dejó de llorar y empezó a hacer un alarmante gorgoteo de asfixia.

–¡Louis! –chilló Rachel.

Louis se movió con rapidez. Gage estaba echado de lado, babeando en una toalla vieja que Rachel había extendido junto a él. Vomitaba, sí, pero no lo suficiente. La mayor parte seguía dentro y el niño empezaba a ponerse morado.

Louis lo levantó por las axilas, sintiéndolo muy caliente a través de la tela del pelele y se lo apoyó en el hombro, como para hacerle eructar. Luego, Louis saltó bruscamente hacia atrás, sacudiéndolo con fuerza. La cabeza de Gage se bamboleó violentamente, el niño soltó un rugido que tenía mucho de eructo y expulsó una gran masa de un vómito casi sólido que se esparció por el suelo y la cómoda. Gage volvió a llorar. Era un berrido estridente que a Louis le sonó a música. Para gritar así tenía que estar recibiendo un ilimitado suministro de oxígeno.

A Rachel se le doblaron las rodillas. Se dejó caer en la cama con la cara entre las manos. Temblaba violentamente.

–Ha estado a punto de morir, ¿verdad, Louis? Se ahog... ¡Oh, Dios mío!

Louis paseaba al niño por la habitación. Los berridos de Gage habían menguado hasta convertirse en hiposos suspiros. Ya casi dormía otra vez.

–Las probabilidades son de cincuenta a uno que hubiera podido sacarlo él solo, Rachel. Yo no hice más que echarle una mano.

–Pero le anduvo cerca –dijo ella mirándole con consternación e incredulidad–. Louis, le ha estado rondando.

De pronto, él la recordó gritándole en la soleada cocina: «Él no va a morir, nadie de esta casa va a morir...»

–Cariño –dijo Louis–, nos ronda a todos. Constantemente.

Sin duda fue la leche lo que provocó aquel segundo vómito. Rachel le dijo que Gage se había despertado alrededor de las doce, aproximadamente una hora después de que Louis se acostara, había lanzado su «grito de hambre» y Rachel le dio un biberón. Luego, antes de que acabara de tomárselo, se quedó traspuesta. Una hora después, habían empezado los espasmos.

Nada de leche, dijo Louis, y Rachel asintió casi con humildad. Nada de leche.

Louis volvió a bajar alrededor de las dos y cuarto y pasó quince minutos buscando al gato. Durante la búsqueda, encontró entreabierta la puerta que comunicaba la cocina con el sótano. Lo que él se había figurado. Recordó que su madre solía decir que había tenido un gato que se daba muy buena maña en levantar las aldabas antiguas, como la que ellos tenían en la puerta del sótano. El gato trepaba por el canto de la puerta y empujaba la aldaba con la pata hasta hacerla saltar. Una maniobra muy hábil, pensó Louis. Pero no estaba dispuesto a conseguir que *Church* se valiera de ella. Al fin y al cabo, la puerta del sótano también tenía cerradura. Encontró a *Church* dormitando debajo del fogón y lo echó sin contemplaciones por la puerta principal. Al volver al sofá-cama, cerró la puerta del sótano.

Y esta vez corrió el cerrojo.

29

Por la mañana, la temperatura de Gage era casi normal. Tenía ojeras, pero le brillaban los ojos y estaba alegre. De repente, en menos de una semana, su jerga incomprensible se había convertido en una media lengua bastante clara. Repetía todo lo que oía. En aquel momento, Ellie quería que dijera «mierda».

–Di mierda, Gage –insistió Ellie mientras tomaban el cereal.

–Mierdagage –respondió Gage, complaciente, desde detrás de su plato de cereal. Louis había autorizado el cereal, a condición de que lo tomara con poco azúcar. Y, como de costumbre, más que comerlo, Gage parecía usarlo a modo de champú.

Ellie se partía de risa.

–Di pedos, Gage.

–Pedozgage –dijo el niño con la cara llena de cereal–. Pedoz-mierda.

Ellie y Louis soltaron la carcajada. Imposible contenerse.

Rachel no parecía divertirse tanto.

–Basta por hoy de palabrotas –dijo, pasando a Louis un plato de huevos.

–Mierda-pedoz-pedoz-mierda –cantó Gage alegremente, y Ellie se tapó la risa con la mano. A Rachel le temblaron los labios, y Louis pensó que tenía un aspecto excelente, a pesar de la mala noche. Debía de sentirse más tranquila. Gage estaba mejor y ella había vuelto a casa.

–No digas eso, Gage –dijo Rachel.

–Corre, corre –dijo Gage cambiando el estribillo y echando al plato todo el cereal que había comido.

–¡Oh, qué GUARRADA! –gritó Ellie huyendo de la mesa.

Entonces Louis perdió por completo la compostura. No pudo evitarlo. De la risa pasó al llanto y del llanto a la risa. Rachel y Gage le miraban como si se hubiera vuelto loco.

«No –hubiera podido decirles él–. He estado loco, pero creo que de ahora en adelante todo irá bien. Estoy convencido.»

Él no sabía si todo había terminado; pero parecía haber terminado. Quizá bastara con eso.

Y, durante algún tiempo, todo fue bien.

30

El virus de Gage persistió durante una semana y luego cedió. A la semana siguiente, el niño pilló una bronquitis. Ellie se contagió y, luego, Rachel. Durante el período anterior a la Navidad, los tres tosían como perros de caza achacosos. Louis se libró, y Rachel pareció tomárselo a mal.

La última semana de clases fue de verdadero agobio para Louis, Steve, Surrendra y Miss Charlton. No había gripe –por lo menos, todavía– pero sí muchos casos de mononucleosis y congestión pulmonar. Dos días antes de que terminaran las clases, seis estudiantes, quejumbrosos y borrachos, fueron llevados a la enfermería por sus atribulados amigos. Hubo unos momentos de desbarajuste, espantosamente similares a los provocados por el caso Pascow. Aquellos seis idiotas se habían metido en una vagoneta mediana (el sexto iba sentado en los hombros del hombre de cola, por lo que Louis pudo deducir) y lanzado pendiente abajo, más arriba de la planta generadora de vapor. De fábula. Sólo que, cuando la vagoneta tomó velocidad, se salió de la pista y fue a chocar contra uno de los cañones de la guerra civil. El balance fue de dos brazos, una muñeca y un total de siete costillas rotas, una conmoción e infinidad de contusiones. Sólo escapó ileso el que iba en los hombros de su compañero. El afortunado mortal salió despedido por el aire y fue a caer de cabeza en un montón de nieve. No fue tarea divertida la reparación de tanto desperfecto, y Louis echó un buen rapapolvo a la pandilla mientras cosía, vendaba e inspeccionaba fondos de ojo; pero después, al contárselo a Rachel, estuvo otra vez riendo hasta que se le saltaron las lágrimas. Ella lo miró con extrañeza, sin verle la gracia, y Louis no podía decirle que aquello había sido un accidente estúpido con heridos, pero que todos habían podido salir por su propio pie. La risa estaba provocada en parte por el alivio y en parte también por la satisfacción: hoy te anotaste un tanto, Louis.

La bronquitis de la familia había empezado a remitir cuando, el 16 de diciembre, el colegio de Ellie empezó las vacaciones y los cuatro se dispusieron a celebrar una Navidad alegre y rural, a la antigua usanza. La casa de North Ludlow que tan extraña les pareciera aquel día de agosto en que tomaron posesión (extraña e incluso hostil, cuando Ellie se hizo daño en la rodilla y una abeja picó a Gage casi al mismo tiempo) nunca estuvo tan hogareña y acogedora.

En Nochebuena, una vez los niños estuvieron dormidos al fin, Louis y Rachel bajaron sigilosamente del desván como dos ladrones, cargados de cajas de colores: una colección de bólidos Matchbox para Gage que acababa de descubrir el encanto de los coches de juguete, muñecas Barbie y Ken para Ellie, varios juegos, un triciclo enorme, vestiditos para las muñecas, una cocina con una bombilla que se encendía, etcétera.

Los dos se sentaron a la luz del árbol, Rachel con un pijama de seda y Louis con la bata, a armar los cachivaches. Él no recordaba haber pasado en toda su vida una velada más agradable. Había fuego en la chimenea y, de vez en cuando, uno de los dos se levantaba y echaba un tronco de abedul.

Winston Churchill pasó rozando a Louis una vez, y él lo apartó con una sensación de repugnancia casi instintiva... Aquel olor. Luego, vio que el animal trataba de echarse al lado de Rachel, pero ella lo ahuyentó con un «¡Fuera!» impaciente. Un momento después, Louis observó que su mujer se pasaba la palma de la mano por el muslo con el ademán del que cree haber tocado algo sucio o infecto. Él habría jurado que lo hacía maquinalmente.

Church se fue hacia la chimenea y se dejó caer pesadamente delante del fuego. El gato había perdido toda su elegancia de movimientos: la perdió una noche de la que Louis prefería no acordarse. Y perdió algo más. Louis sabía que le faltaba algo, pero tardó casi un mes en advertir lo que era. El gato ya no ronroneaba; él, que parecía un motor, especialmente cuando dormía. Había algunas noches en las que Louis tenía que levantarse a cerrar la puerta de la habitación de Ellie, para poder dormir.

Pero ahora el gato dormía en silencio. Como un muerto.

Aunque hubo una excepción. Fue la noche en que Louis despertó en el sofá-cama con el gato enroscado encima del pecho, como una manta pestilente... Aquella noche *Church* ronroneaba o, por lo menos, hacía ruido.

Pero, tal como suponía Jud Crandall, no todo fueron inconvenientes. Louis descubrió que una de las ventanas del sótano, la que quedaba detrás de la caldera, tenía un cristal roto. Cuando el vidriero lo cambió, el consumo de fuel descendió apreciablemente. Louis pensaba que tenía que estar agradecido a *Church* por haber llamado su atención hacia aquella abertura que él, de no ser por el animal, tal vez hubiera tardado semanas, o meses, en descubrir.

Ellie ya no consentía que *Church* durmiera con ella, desde luego; pero, a veces, mientras miraba la tele, dejaba que el gato echara un sueñecito en su regazo. Aunque, según pensaba Louis mientras buscaba en la bolsa los mecanismos de plástico para armar el triciclo de Ellie, la niña casi siempre acababa por echarlo diciendo: «Vete, *Church*, que hueles mal.» De todos modos, seguía dándole de comer a diario cariñosamente, y hasta el propio Gage propinaba al animal algún que otro tirón de cola..., más amistoso que mal intencionado, de eso estaba seguro Louis. Parecía un minifraile sacudiendo una peluda cuerda de campana. Entonces *Church* se refugiaba lánguidamente bajo un radiador, fuera del alcance de Gage.

«Tal vez en un perro hubiéramos notado más la diferencia –pensó Louis–. Los gatos son esquivos por naturaleza. Esquivos y extraños. Incluso huraños.» No le sorprendía que los faraones y las reinas de Egipto los hicieran momificar y enterrar consigo en sus pirámides, para que les sirvieran de guía en el otro mundo. Los gatos parecían poseer dotes sobrenaturales.

–¿Cómo va ese triciclo, jefe?

Louis mostró la máquina con ademán de prestidigitador:

–¡Ta-tá!

Rachel señaló la bolsa en la que habían quedado tres o cuatro piezas de plástico.

–¿Y eso?

–Son repuestos –dijo Louis con una sonrisa de conejo.

–Es que, como no lo sean, tu hija se romperá la crisma.

–Eso, más adelante –dijo Louis aviesamente–. Cuando tenga doce años y quiera hacer pinitos con el patín.

–Por favor, doctor –gimió ella–. Tenga compasión.

Louis se puso en pie con las manos en los riñones, doblando la cintura hacia atrás. Le crujieron las vértebras.

–Listos los juguetes.

–Se acabó el montaje. ¿Te acuerdas del año pasado? –Rachel soltó una risita y Louis sonrió. Todo lo que compraron el año anterior tuvieron que montarlo ellos. Estuvieron trabajando hasta casi las cuatro de la madrugada y acabaron frenéticos. Y a media tarde del día de Navidad Ellie decidió que eran más divertidas las cajas que los juguetes.

–¡Qué GUARRADA! –dijo Louis, imitando a Ellie.

–Anda, vamos a la cama –dijo Rachel–. Yo tengo una cosa para ti.

–Mujer –dijo Louis ahuecando el torso–, eso me pertenece por derecho.

–Eso crees tú –rió ella, cubriéndose la boca con la mano. En aquel momento, tenía un gran parecido con Ellie... y con Gage.

–Un minuto –dijo él–. Aún queda algo por hacer.

Se fue corriendo al ropero del recibidor y volvió con una bota en la mano. Apartó el guardafuegos de la chimenea, en la que acababa de consumirse el último leño.

–Louis, ¿qué...?

–Ya lo verás.

A mano izquierda del hogar había una gruesa capa de ceniza y en ella hundió Louis la bota, dejando una profunda huella. Luego, utilizando la bota a modo de estampilla, grabó otra huella en los ladrillos del zócalo.

–Bueno –dijo Louis después de guardar la bota en el ropero–, ¿qué te parece?

Rachel se reía.

–Louis, Ellie se va a volver loca.

Durante las dos últimas semanas de colegio, Ellie había captado un perturbador rumor que circulaba por el parvulario, a saber, que Papá Noel eran los padres. La sospecha adquirió más consistencia cuando, pocos días antes, vio a un Papá Noel, bastante flaco por cierto, sentado en un taburete del mostrador de Deering comiendo una hamburguesa al queso, con la barba en una oreja. Aquello impresionó profundamente a Ellie (al parecer, más por la hamburguesa que por la barba torcida), a pesar de las explicaciones de Rachel, de que los Papá Noel de los grandes almacenes no eran sino «ayudantes» del verdadero, que por aquella fechas estaba atareadísimo allá en el norte, terminando el inventario y leyendo las cartas de última hora enviadas por los niños, y no podía perder tiempo andando por ahí en campañas de relaciones públicas.

Louis volvió a colocar el guardafuegos con todo cuidado. Ahora había en su chimenea dos huellas clarísimas, una en la ceniza y otra en el zócalo de ladrillo. Las dos apuntaban al árbol, como si Papá Noel hubiera aterrizado sobre el rescoldo e ido directamente al árbol, a depositar los regalos que traía para los Creed. El efecto no podía ser más convincente, salvo para el que advirtiera que ambas huellas correspondían al pie izquierdo. Y Louis no creía que Ellie fuera tan observadora.

—Louis Creed, te adoro —dijo Rachel dándole un beso.

—Te casaste con un tío listo, nena. Tú quédate a mi lado y prosperarás.

—Sabes que puedes estar conmigo.

Fueron hacia la escalera. Él señaló la mesita que Ellie había preparado delante de la tele, con un platillo de galletas y rosquillas, una lata de cerveza y una cartulina en la que, en letras mayúsculas de trazo irregular, Ellie había escrito: PARA TI, Papá Noel.

—¿Una galleta o una rosquilla? —preguntó Louis.

—Una rosquilla —dijo ella, tomando la mitad. Louis abrió la lata y bebió media cerveza.

—Cerveza a esta hora me dará acidez —dijo.

–Bobadas. Vamos, doctor.

Louis dejó la lata y, bruscamente, se echó mano al bolsillo de la bata, como si en aquel momento se acordara del paquetito, cuyo leve peso no había dejado de percibir toda la noche.

–Toma –dijo–. Esto es para ti. Ya puedes abrirlo, son más de las doce. Feliz Navidad, cariño.

Ella empezó a dar vueltas a la cajita, envuelta en papel plateado y atada con una ancha cinta de satén azul.

–¿Qué es, Louis?

Él se encogió de hombros.

–Jabón, una muestra de champú... no recuerdo.

Rachel la abrió en la escalera y, al ver el estuche de Tiffany, lanzó un gritito. Luego, retiró la capa de algodón y se quedó inmóvil, con la boca entreabierta.

–¿Bueno? –preguntó él, intranquilo. Era la primera vez que le regalaba una alhaja y estaba nervioso–. ¿Te gusta?

Ella extrajo la cadenita de oro enredándola en los dedos e hizo brillar el pequeño zafiro a la luz de la lámpara del recibidor. La piedra oscilaba suavemente, lanzando fríos destellos azules.

–Oh, Louis, qué bárbaro...

Él vio que estaba a punto de echarse a llorar y se sintió conmovido y alarmado a la vez.

–Eh, nena, no... Anda, póntelo.

–Louis, no podemos. Tú no puedes...

–Sssh... He estado ahorrando desde la Navidad del año pasado. Además, no es tan caro.

–¿Cuánto te ha costado?

–Eso no pienso decírtelo, Rachel –dijo Louis con solemnidad–. Ni una legión de verdugos conseguirían arrancármelo. Dos mil dólares.

–¡Dos mil...! –Ella le dio un abrazo tan brusco y tan fuerte, que estuvo a punto de tirarle por la escalera–. Louis, ¡estás *loco*!

–Póntelo –dijo él otra vez.

Él la ayudó a abrocharlo.

–Voy a mirarme en el espejo –dijo ella volviéndose hacia él–. Tengo ganas de pavonearme.

–Puedes pavonearte mientras yo saco al gato y apago las luces.

–Te advierto que pienso quitármelo todo menos esto –dijo ella mirándole a los ojos.

–Pues, pavonéate deprisa –dijo Louis, y ella se echó a reír.

Louis levantó a *Church*, colocándoselo sobre el antebrazo; últimamente ya había prescindido de la escoba. A pesar de todo, casi había vuelto a acostumbrarse al gato. Se dirigió a la cocina, apagando luces a su paso. Cuando abrió la puerta que comunicaba con el garaje, notó una corriente de aire frío en los tobillos.

–Feliz Navidad, *Ch*...

No pudo terminar. En el felpudo había un cuervo muerto. Era muy grande. Tenía la cabeza destrozada y un ala arrancada. El ala estaba detrás del cuerpo, como un trozo de papel chamuscado. *Church* saltó al suelo y se puso a olisquear ávidamente el pájaro congelado. Antes de que Louis pudiera desviar la mirada, el gato avanzó la cabeza con las orejas gachas y arrancó uno de los vidriosos y lechosos ojos del ave.

«*Church* ataca de nuevo –pensó Louis con una vaga náusea, volviendo la cabeza, pero no sin ver la ensangrentada cuenca–. Eso no tendría por qué afectarme. He visto cosas peores. Oh, sí, lo de Pascow, por ejemplo. Aquello fue peor, mucho peor...»

Pero le afectaba. Se le había revuelto el estómago y se había enfriado su excitación sexual. «Caray, ese pájaro es casi tan grande como él. Lo habrá pillado desprevenido. Y tan desprevenido.»

Había que limpiar aquello. A nadie le haría gracia encontrar semejante regalo la mañana de Navidad. Y él era el responsable, ¿no? Naturalmente. Él y sólo él. Así lo reconoció tácitamente la misma tarde en que regresó su familia, al tirar los neumáticos sobre el cuerpo del ratón despedazado por *Church*.

«El fondo del corazón humano aún es más árido, Louis.»

Este pensamiento fue tan claro, tan audible, que Louis se sobresaltó ligeramente, como si Jud hubiera aparecido a su lado de improviso y hablado en voz alta.

«El hombre cultiva lo que puede..., y lo cuida.»

Church seguía inclinado golosamente sobre el pájaro. Ahora la había emprendido con la otra ala. Se oía un tétrico roce mientras tiraba de ella adelante y atrás, adelante y atrás. No te sulfures, chico, el pajarraco está más tieso que una boñiga de perro. ¿Qué puede importar que se lo coma el gato?

Louis dio al gato un puntapié. Un fuerte puntapié. Los cuartos traseros del animal se elevaron y chocaron contra el suelo esparrancados. *Church* lanzó a Louis otra de sus malévolas miradas amarillentas y se alejó.

–Anda, cómeme –dijo Louis con un siseo felino.

–¿Louis? –La voz de Rachel llegaba débilmente desde el dormitorio–. ¿Vienes a la cama?

–Ahora mismo –respondió él. «Un momento, que tengo aquí un pequeño fregado. Y es sólo mío, Rachel; así que a mí me toca limpiarlo.» Buscó el interruptor de la luz del garaje y volvió a la cocina, a buscar una de las bolsas verdes que se guardaban debajo del fregadero. Aquello le recordó otra noche... Llevó la bolsa al garaje y descolgó la pala de su gancho de la pared. Raspó el felpudo con el borde de la pala y echó el pájaro a la bolsa. Luego, recogió el ala y la metió también. Cerró la bolsa con un fuerte nudo y la depositó en el cubo que estaba al otro lado del Civic. Cuando terminó, los tobillos se le habían quedado helados.

Church le miraba desde la puerta. Louis le amenazó con la pala y el gato se esfumó como una sombra.

Rachel estaba en la cama y, según lo prometido, no llevaba nada más que el zafiro. Le sonrió suavemente.

–¿Por qué tardaste tanto, jefe?

–Estaba fundida la bombilla del fregadero, y he tenido que cambiarla –dijo Louis.

–Ven aquí –dijo ella tirándole y no precisamente de la mano–. Él sabe si estás dormido –canturreó ella, doblando las comisuras de los labios en una leve sonrisa–. Él sabe si estás despierto... ¡Oh, chico! Louis, ¿qué te ha pasado?

–Es algo que despertó de pronto –dijo él quitándose la bata–. Tendremos que intentar que se duerma otra vez antes de que llegue Papá Noel, ¿no te parece?

Ella se incorporó apoyándose en un codo. Él sintió su aliento cálido y dulce.

–Él sabe si has sido bueno o malo... Conque procura ser bueno..., anda... ¿Has sido bueno, Louis?

–Creo que sí –respondió él con voz no muy firme.

–Vamos a ver si estás tan bueno como aparentas. Mmmmm...

Todo fue muy bien, pero, después, Louis no se durmió enseguida apaciblemente como solía ocurrirle cuando todo iba bien y él se sentía en paz consigo mismo, con su mujer y con la vida. Pasó las primeras horas de aquella Navidad despierto en la cama, escuchando la respiración lenta y profunda de Rachel y pensando en el pájaro muerto que había encontrado en su puerta: el regalo de Navidad que le hacía *Church*.

«No se olvide de mí, doctor Creed. Yo vivía, luego morí y ahora vuelvo a vivir. He hecho el viaje de ida y vuelta y estoy aquí para decirle que del otro lado se vuelve sin ganas de ronronear y con la afición de la caza, para decirle que el hombre cultiva lo que puede, y lo cuida. No lo olvide, doctor Creed, ahora yo formo parte de lo que usted ha cultivado. Usted tiene esposa, una hija, un hijo... Y ahora me tiene a mí. Recuerde nuestro secreto y cuide bien su huerto.»

Al fin Louis se quedó dormido.

31

Fue pasando el invierno. Ellie recobró la fe en Papá Noel –por lo menos, temporalmente– gracias a las huellas de la bota. Gage abrió sus regalos espléndidamente, parándose de vez en cuando a masticar un pedacito de papel de aspecto suculento. Y aquel año, a media tarde, los dos niños estaban jugando con las cajas.

En Nochevieja, los Crandall entraron a degustar el ponche de huevo que había preparado Rachel, y Louis, insensiblemente, empezó a examinar a Norma con disimulo. Tenía una palidez y una fragilidad que él había visto en otros casos. Su abuela habría dicho que Norma había dado un «bajón», y no era desacertada la expresión. Sus manos, hinchadas y deformadas por la artritis, se habían cubierto de manchas oscuras de la noche a la mañana. Y tenía el pelo más pobre. Los Crandall se fueron a su casa a eso de las diez, y los Creed recibieron al Año Nuevo delante del televisor. Aquélla fue la última vez que Norma estuvo en la casa.

Fueron unas Navidades lluviosas y templadas. Si bien, por un lado el deshielo prematuro permitía a Louis ahorrar en calefacción, por otro lado, las brumas resultaban deprimentes y agobiantes. Louis pasaba el tiempo haciendo chapuzas en la casa, fabricando librerías y armarios para Rachel y construyendo un Porsche en miniatura para él. Cuando, el 23 de enero, se reanudaron las clases, Louis se alegró de volver a la universidad.

Por fin llegó la gripe –en el *campus* se declaró una epidemia bastante fuerte menos de una semana después de que se reanudara el curso– y Louis tuvo que trabajar de firme; algunos días, diez y hasta doce horas, pero ello no le desagradaba.

Aquel período relativamente templado acabó brusca y espectacularmente el 29 de enero, con una fuerte ventisca seguida de una semana de temperaturas inferiores a los veinte grados bajo cero. Un día, mientras Louis examinaba una fractura de brazo de un muchacho que creía –vanamente, en opinión de Louis– poder jugar al béisbol aquella primavera, una de las enfermeras auxiliares asomó la cabeza para decirle que su esposa le llamaba por teléfono.

Louis contestó desde el despacho. Rachel estaba llorando. Esto le alarmó. «Es Ellie –pensó–. Se ha caído del trineo y se ha roto un brazo. O se ha abierto la cabeza.» Recordó con angustia el accidente de los seis estudiantes borrachos.

–¿Rachel? –preguntó–. ¿Se ha hecho daño alguno de los niños?

–No, no –respondió ella, llorando con más fuerza–. No es uno de los niños. Es Norma, Lou. Norma Crandall. Murió esta mañana, a eso de las ocho, dice Jud que después del desayuno. Vino a ver si estabas, pero tú te habías marchado hacía media hora. Oh, Lou, está tan aturdido... tan viejo... Gracias a Dios, Ellie ya no estaba y Gage aún no comprende...

Louis frunció el entrecejo. A pesar de la terrible noticia, lo que ahora le preocupaba era Rachel. Ya estaba otra vez. No era nada concreto, sino una actitud general. La de que la muerte era un secreto, algo terrible que había que ocultar a los niños, del mismo modo que las damas y caballeros victorianos les ocultaban la cruda y escabrosa realidad de la vida sexual.

–¡Caray! ¿Ha sido el corazón?

–No lo sé. –Ya no lloraba, pero tenía la voz afónica–. ¿No podrías venir, Louis? Me parece que él te necesita. Eres amigo suyo.

«Amigo suyo.»

«Lo soy, sí –pensó Louis con una ligera sorpresa–. Nunca imaginé que me haría amigo de un octogenario, pero así es.» Y entonces se le ocurrió que era preferible que fueran amigos, teniendo en cuenta lo que había entre ellos. Seguramente, Jud había descubierto aquella amistad mucho antes que el propio Louis. Por eso trató de ayudarle entonces. Y, a pesar de todo lo ocurrido después, a pesar de los ratones, a pesar del cuervo, Louis pensaba que tal vez Jud había estado acertado o, si no acertado, por lo menos, solícito. Él haría ahora todo lo que pudiera por Jud, incluso actuar de maestro de ceremonias en el funeral.

–Ahora mismo voy –dijo. Y colgó.

32

No fue un ataque al corazón. Fue un derrame cerebral. Súbito y, probablemente, indoloro. Cuando Louis llamó a Steve Masterton a primera hora de la tarde para darle detalles, Steve dijo que a él no le importaría irse de aquel modo.

–Hay veces en las que Dios le da largas al asunto y otras se limita a hacerte una seña para que te largues.

Rachel no quiso hablar del asunto ni consintió que Louis lo mencionara siquiera.

Ellie, más que afligida, se mostró sorprendida e intrigada. En opinión de Louis, fue una reacción perfectamente sana y natural para una criatura de seis años. Preguntó si Mrs. Crandall había muerto con los ojos cerrados o abiertos. Louis contestó que no lo sabía.

Jud reaccionó lo mejor que cabía esperar, teniendo en cuenta que había compartido cama y mesa con aquella mujer durante casi sesenta años. Louis encontró al anciano –porque aquel día parecía realmente un anciano de ochenta y tres años– sentado junto a la mesa de la cocina, fumando un Chesterfield, bebiendo cerveza y contemplando la puerta de la sala con mirada ausente.

Cuando entró Louis, le miró y dijo:

–Bueno, se fue, Louis. –Lo dijo con una voz tan clara y en un tono tan natural que Louis pensó que aún no se había percatado de lo sucedido. Luego, empezó a mover los labios y se cubrió los ojos con un brazo. Louis se acercó a él y lo abrazó por los hombros. Jud entonces claudicó y se echó a llorar. Sí se había percatado. Jud comprendía perfectamente que su esposa había muerto.

–Eso te hará bien –dijo Louis–. Sigue. Además, ella querría que llorases. A lo mejor se ofende si no lo haces. –También él tenía los ojos llorosos. Jud se asió a él con fuerza y Louis le estrechó a su vez.

Jud estuvo llorando unos diez minutos, y luego se serenó. Louis escuchaba con gran atención todo lo que decía Jud. Le escuchaba como amigo y como médico, tratando de descubrir reiteraciones y, sobre todo, síntomas de si había perdido la noción del tiempo (la del lugar no podía perderla, porque para Jud Crandall nunca hubo más lugar que Ludlow, Maine) y si utilizaba el presente al hablar de Norma. No descubrió el menor indicio de que Jud estuviera perdiendo el control de sus facultades mentales. Louis sabía que no era insólito que una pareja que habían convivido durante tantos años murieran con un intervalo de un mes, una semana o, incluso, un día. Tal vez el trauma, o el afán de reunirse con el ausente (ésta era una idea que no se le hubiera ocurrido antes de lo de *Church*; Louis advertía que su modo de pensar sobre el mundo espiritual y sobrenatural había experimentado un cambio profundo). La conclusión que sacó fue que Jud estaba muy afligido, pero por lo menos, por el momento, su mente regía perfectamente. No detectó en Jud aquella fragilidad que mostrara Norma la víspera de Año Nuevo, cuando los dos matrimonios estuvieron bebiendo ponche de huevo en casa de los Creed.

Jud, aún con la cara congestionada, le sacó una cerveza del frigorífico.

—Aún es temprano; pero en algún sitio ya se habrá puesto el sol y, dadas las circunstancias...

—No digas más —le atajó Louis destapando la cerveza. Miró a Jud—. ¿Brindamos por ella?

—Pues claro —dijo Jud—. Si la hubieras visto a los dieciséis años, Louis, cuando volvía de la iglesia con la chaqueta desabrochada y aquella blusa blanca..., se te hubieran ido los ojos tras ella. Hasta el mismo diablo hubiera dejado la bebida por ella. Gracias a Dios, a mí nunca me lo pidió.

Louis movió la cabeza y levantó la botella.

—Por Norma —dijo.

Jud hizo chocar su cerveza con la de Louis. Estaba llorando otra vez, pero también sonreía y asentía.

—Que goce de la paz dondequiera que esté, y que no tenga artritis.

—Amén —dijo Louis. Y bebieron.

Fue la única vez que Louis vio a Jud más que medianamente achispado; pero ni aun así disparataba. De sus labios brotaba un torrente de anécdotas y recuerdos, cariñosos, vívidos y, en ocasiones, conmovedores. Pero no por hablar del pasado descuidaba el presente, y Louis no podía sino admirar su entereza. Dudaba mucho que él hubiera reaccionado con tanta serenidad si Rachel hubiera caído fulminada aquella mañana, después del pomelo y el cereal.

Jud llamó a la funeraria Brookings-Smith de Bangor, avanzó por teléfono todos los datos y quedó en ir al día siguiente para ultimar detalles. Sí; quería que la embalsamaran. El vestido se lo daría él. Ropa interior, también. No, no quería que la funeraria le pusiera de esos zapatos que se abrochan detrás. ¿Podrían encargarse de que le lavaran el cabello? Ella se lo había lavado el lunes por la noche, de manera que ya lo tendría sucio. Se quedó escuchando y Louis, que conocía el ramo, supuso que el empleado de la funeraria estaba diciendo a Jud que el último lavado y marcado estaba incluido en el servicio. Jud asintió y dijo que muchas gracias. Sí, que la maquillaran; pero con discreción «Está muerta y todo el mundo lo sabe –dijo encendiendo otro Chesterfield–. No hace falta que le pongan muchos potingues.» El féretro estaría cerrado durante el funeral, dispuso en tono tranquilo y tajante, y abierto la víspera, durante el velatorio. Sería enterrada en el cementerio de Mount Hope, donde habían comprado tumbas en 1951. Tenía los papeles a mano y dio al empleado el número de la tumba, para que pudieran empezar los preparativos: H-101. Él, según dijo después a Louis, tenía el H-102.

Cuando colgó el teléfono, Jud miró a Louis y dijo:

–Para mí que el cementerio más bonito del mundo está precisamente aquí, en Bangor. Sácate otra cerveza, Louis, que esto va para largo.

Louis, que ya empezaba a estar mareado, iba a rehusar cuando ante sus ojos apareció de improviso una imagen grotesca: vio a Jud arrastrando el cadáver de Norma por el bosque en unas parihuelas, camino del cementerio micmac, más allá de Pet Sematary.

Aquella visión le produjo el efecto de una bofetada. Sin decir palabra, se levantó y sacó otra cerveza del frigorífico. Jud movió la cabeza afirmativamente y marcó otro número. Cuando, alrededor de las tres de la tarde, Louis se fue a su casa a comer un bocadillo y tomar un tazón de sopa, Jud tenía ya muy adelantada la labor de organización de los funerales por su esposa. Pasaba de una cosa a la siguiente como el que prepara una cena importante. Llamó a la iglesia metodista de North Ludlow, donde se celebraría el oficio, y a la oficina del cementerio Mount Hope. La funeraria llamaría de todos modos, pero Jud prefirió avisar personalmente por cortesía. Era éste un gesto que pocos deudos solían tener; unos, porque no caían en ello y otros, porque no se sentían con fuerzas. Louis admiraba a Jud por este detalle. Después avisó a los escasos parientes de Norma y a los suyos, hojeando una decrépita agenda de piel. Y, entre llamada y llamada, bebía cerveza y recordaba el pasado.

Louis sentía una gran admiración... ¿Y afecto?

Sí; le decía su corazón. Y afecto.

Aquella noche, cuando Ellie bajó ya con el pijama para darle un beso, preguntó a Louis si Mrs. Crandall iría al cielo. Lo dijo casi en un susurro, como si supiera que era preferible que su madre no lo oyera. Rachel estaba en la cocina, preparando un pastel de pollo que pensaba llevar a Jud al día siguiente.

Al otro lado de la calle, en casa de los Crandall, estaban encendidas todas las luces. Había coches aparcados en la senda del jardín y en hilera, junto a la carretera, a lo largo de unos treinta metros a cada lado de la casa. El velatorio oficial tendría lugar al día siguiente, en la funeraria, pero aquella noche la gente había ido a consolar a Jud lo mejor posible, a ayudarle a recordar, y hacerle compañía. Entre una y otra casa soplaba un gélido viento de febrero. En la carretera había placas de hielo negro. Ahora tenían encima lo más crudo del invierno de Maine.

–Bueno, cariño, pues no sé qué decirte –respondió Louis sentando a Ellie en sus rodillas.

En la tele había un tiroteo. Un hombre giró sobre sí mismo y se desplomó sin que ninguno de los dos le prestara atención. Louis se dijo entonces –un tanto incómodo– que probablemente Ellie sabía muchas más cosas acerca de Spiderman, Ronald McDonald y Burger King, que sobre Moisés, Jesús y san Pablo. Era hija de una judía no practicante y de un metodista apartado de su Iglesia, y suponía que las ideas de la niña acerca del mundo espiritual no podían ser más vagas –no ya mitos, ni sueños, sino sueños de sueños–. «Ya es tarde para eso –pensó Louis, desconcertado–. No tiene más que cinco años, pero ya es tarde. ¡Y es que se hace tarde tan pronto, rediez!»

Pero Ellie estaba mirándole, y había que decir algo.

–La gente cree muchas cosas acerca de lo que nos ocurre cuando morimos –dijo–. Unos piensan que vamos al cielo o al infierno. Otros, que volvemos a nacer.

–Sí, la carnación. Lo que le pasa a Audrey Rose en la película de la tele.

–¡Pero si tú no la has visto! –Louis pensó que si Rachel llegaba a sospechar que Ellie había visto Audrey Rose, seguro que tenía su propio derrame cerebral.

–Me lo contó Marie en el colegio –dijo Ellie. Marie era una niña desnutrida y desaliñada que parecía amenazada de impétigo, tiña e incluso escorbuto y que se había como autoproclamado la mejor amiga de Ellie. Tanto Louis como Rachel procuraban fomentar aquella amistad con la mejor voluntad, pero un día Rachel confesó a Louis que cuando Marie se marchaba sentía siempre el impulso de mirarle la cabeza a Ellie en busca de liendres y piojos. Louis se echó a reír moviendo afirmativamente la cabeza–. A Marie su mamá le deja ver todas las películas de la tele. Había en estas palabras una implícita crítica que Louis prefirió pasar por alto.

–Se dice reencarnación, pero imagino que ya tendrás una idea. Los católicos creen que hay cielo e infierno, pero, además, limbo y purgatorio. Y los hindúes y los budistas creen en el nirvana...

Una sombra se proyectó en la pared del comedor. Rachel estaba escuchando.

Louis prosiguió, más despacio:

—... y probablemente hay otras muchas creencias. Pero en definitiva, Ellie, nadie lo sabe. La gente dice saberlo, pero lo que quiere decir es que lo cree por la fe. ¿Tú sabes lo que es la fe?

—Pues...

—Mira, tú y yo estamos ahora sentados en mi butaca. ¿Tú crees que mañana la butaca seguirá aquí?

—Sí.

—Eso es la fe. Tú confías en que seguirá aquí. Yo también. Tener fe es creer que va a pasar lo que tú imaginas. ¿Comprendido?

—Sí. —Ellie movió la cabeza, convencida.

—Pero ni tú ni yo sabemos si la butaca va a estar. Esta noche podría entrar en casa un ladrón de butacas y llevársela, ¿verdad?

Ellie ahogó la risa.

—Pero nosotros tenemos fe en que no ocurra eso. La fe es algo grande, y las personas auténticamente religiosas quisieran hacernos creer que la fe y la certidumbre son una misma cosa, pero yo no lo creo así. Porque existen demasiadas opiniones al respecto. Lo que sabemos es: cuando nos morimos, una de dos, o nuestra alma y nuestro pensamiento sobreviven a la muerte, o no. Si sobreviven, puede ocurrir cualquier cosa. Si no, pues punto. Fin.

—¿Como si te quedaras dormido?

Él reflexionó y dijo:

—Mejor, como si te dieran éter.

—¿Tú en cuál de las dos cosas tienes fe, papi?

La sombra de la pared se movió y volvió a quedarse quieta.

Durante casi toda su vida adulta, por lo menos desde su época de estudiante, Louis creyó que la muerte era el fin. Él había visto morir a mucha gente y nunca sintió el paso de un alma camino de... donde fuera. ¿No pensó lo mismo a la muerte de Victor Pascow? Louis opinaba, como su profesor de psicología, que las experiencias de la vida después de la muerte, recogidas en revistas especializadas y divulgadas por la prensa popular, indicaban, probablemente, un último intento de la mente por resistir la acometida de la muerte: la mente humana, con su inagotable inventiva, se sustraía a la desesperación construyendo una alucinación de inmortalidad. Louis también estaba de acuerdo con lo que dijo un compañero de cuarto que tuvo en Chicago en su segundo año de facultad, durante una reunión que duró toda una noche, de que resultaba muy sospechoso que la Biblia estuviera llena de milagros que cesaron de producirse casi por completo durante la Época de la Razón («cesaron por completo», dijo al principio, pero luego fue obligado a retroceder por lo menos un paso por los que afirmaban, con cierta autoridad, que aún ocurrían multitud de cosas inexplicables, reductos aislados de perplejidad en un mundo cada vez más aséptico y bien iluminado; ahí estaba, por ejemplo, el Sudario de Turín, que había resistido todas las tentativas que se hicieron para desacralizarlo). «Se dice que Jesucristo hizo resucitar a Lázaro de entre los muertos –decía aquel muchacho que se convertiría en un prestigioso ginecólogo de Dearborn, Michigan–. Muy bien. Si no hay más remedio, me lo trago. Es decir, si yo tengo que aceptar el concepto de que algunas veces un gemelo puede engullir el feto de otro *in utero*, digamos en un acto de canibalismo prenatal, no hay nada que oponer si veinte o treinta años después, aquél presenta dientes en los testículos o en los pulmones, para demostrarlo. Y, si me trago eso, puedo tragar cualquier cosa. Pero lo que yo quiero es ver el certificado de defunción. ¿Veis adónde quiero ir a parar? Yo no pongo en duda que saliera de la tumba. Pero que me enseñen el certificado de defunción. Yo soy como Tomás, que decía que no creería que Jesús había resucitado hasta que pudiera mirar por los agujeros de los clavos y meter la mano en la herida del costado del sujeto. Para mí *él* era el verdadero médico de la pandilla, y no Lucas.»

No; Louis nunca creyó en la otra vida. Por lo menos, hasta lo de *Church*.

—Yo creo que hay algo más allá —dijo a su hija, hablando despacio—. Pero cómo puede ser, eso no lo sé. Tal vez sea distinto para cada cual. Tal vez sea lo que cada uno creyó que sería durante toda su vida. Pero creo que hay algo y creo que Mrs. Crandall debe de estar en algún lugar donde pueda ser feliz.

—Tú tienes fe en eso —dijo Ellie. No era una pregunta. Parecía intimidada. Louis sonrió, entre satisfecho y cohibido.

—Seguramente. Y también tengo fe en que es hora de que te vayas a la cama. Llevas diez minutos de retraso.

Le besó en los labios y en la punta de la nariz.

—¿Tú crees que los animales tienen otra vida?

—Sí —dijo él sin pensarlo, y estuvo a punto de añadir: Sobre todo, los gatos. Las palabras casi le asomaron a sus labios, y sintió que la piel le quedaba rígida y fría.

—Bueno —dijo la niña deslizándose al suelo—. Tengo que dar un beso a mamá.

—Pues, adelante.

Louis la siguió con la mirada. Al llegar a la puerta del comedor, la niña se volvió y dijo:

—Aquel día me puse muy tonta con *Church*, ¿verdad? ¡Y cómo lloraba!

—No, cariño —dijo él—. A mí no me pareciste tonta.

—Si ahora se muriera, me parece que podría resistirlo —dijo ella, y pareció quedarse un poco sorprendida por lo que acababa de decir. Luego, corroboró–: Sí, podría. –Y se fue en busca de Rachel.

Aquella noche, en la cama, Rachel dijo:

–He oído lo que le decías.

–¿Y no te parece bien? –preguntó Louis. Decidió que sería mejor hablar sin tapujos, si así lo quería ella.

–No es eso –dijo Rachel en un tono de vacilación impropio de ella–. No, Louis; no es eso. Es que... me asusto. Y tú ya me conoces, cuando me asusto me pongo a la defensiva.

Louis no recordaba haber oído nunca a Rachel hablar con tanta desconfianza y, de pronto, se sintió receloso, como si estuviera pisando un campo de minas.

–¿Te asustas? ¿De qué? ¿De la muerte?

–No es mi muerte lo que me asusta. Casi nunca pienso en ella... Ya no. Pero cuando era niña pensaba mucho en eso. Y no podía dormir. Soñaba con monstruos que venían a comerme en la cama. Y todos tenían la cara de mi hermana Zelda.

«Sí –pensó Louis–. Ya salió por fin, al cabo de todos estos años de matrimonio. Ya salió.»

–No hablas mucho de ella.

Rachel sonrió y le acarició la mejilla.

–Eres un encanto, Louis. Yo nunca hablo de ella. Y trato de no acordarme siquiera.

–Siempre pensé que tus razones tendrías.

–Y las tengo.

Guardó silencio, pensativa.

–Sé que murió... de meningitis espinal...

–Meningitis espinal –repitió ella, y Louis vio que estaba a punto de llorar–. En casa ya no hay ni una sola foto suya.

–Yo vi la foto de una niña en...

–... en el despacho de papá. Sí; lo había olvidado. Y

mi madre lleva otra en el billetero, según creo. Tenía dos años más que yo. Cayó enferma..., y la pusieron en el dormitorio de atrás... en el cuarto de atrás, como un secreto vergonzoso, Louis, mi hermana murió en el cuarto de atrás, y eso ha sido siempre... un secreto vergonzoso.

De pronto, Rachel se vino abajo, y en el tono cada vez más agudo de sus sollozos, Louis detectó, alarmado, un síntoma de histerismo. Extendió la mano y tocó un hombro que se desasió bruscamente. Sintió en las yemas de los dedos el roce de la seda del camisón.

—Rachel..., nena... basta...

Ella aún pudo dominar los sollozos.

—No me impidas hablar, Louis. Sólo me quedan fuerzas para decirlo una vez, y no quiero volver a hablar de ello nunca más. De todos modos, tampoco iba a poder dormir esta noche.

—¿Tan horrible fue? —preguntó Louis, a pesar de que conocía la respuesta. Aquello explicaba muchas cosas, incluso incidentes que no parecían tener la menor relación encajaban ahora perfectamente. Rachel nunca asistió con él a un funeral, ni siquiera al de Al Locke, un compañero que murió en accidente de tráfico cuando el coche en el que viajaba chocó contra un camión. Al iba con frecuencia a visitarles al apartamento y Rachel le apreciaba. Pero no fue a su funeral.

«Aquel día se puso enferma —recordó Louis—. Parecía gripe o algo por el estilo. Bastante grave. Pero al día siguiente estaba perfectamente.»

«Estaba perfectamente después del funeral», rectificó. Ahora recordaba que ya entonces pensó que podía tratarse de algo psicosomático.

—Fue horrible, desde luego. Mucho peor de lo que puedas imaginar. Louis, la veíamos empeorar de día en día, sin poder hacer nada. Tenía dolores constantes. Su cuerpo parecía encogerse... contraerse... Se le encorvaron los hombros y se le desfiguró la cara hasta convertirse en una especie de máscara. Sus manos eran como las garras de un pájaro. A veces yo tenía que darle de comer. Me horrorizaba, pero lo hacía sin protestar. Cuando el dolor aumentó, empezaron a darle calmantes, suaves al principio, pero los que le daban después la hubieran dejado perturbada para siempre, por años que hubiera vivido. Aunque todos sabíamos que no viviría. Seguramente por eso es para nosotros un secreto. Porque queríamos que muriera, Louis, deseábamos su muerte, y no era para que ella acabara de sufrir, sino para no tener que sufrir nosotros. Era porque parecía un monstruo y empezaba a ser un monstruo... Oh, Dios, ya sé que parece una espantosa barbaridad...

Se cubrió la cara con las manos.

Louis la tocó con suavidad.

—Rachel, no es una barbaridad.

—¡Lo es! —gritó ella—. ¡Lo es!

—Es la realidad, sencillamente. A veces, las víctimas de una larga enfermedad se convierten en series ariscos y tiránicos. La imagen del enfermo sufrido y santo es falsa. Tan pronto como empiezan a llagarse, ya están amargándoles la vida a los que están a su lado. Y es que no pueden evitarlo. Pero eso no es un consuelo para los demás.

Ella le miraba sorprendida..., casi esperanzada. Luego volvió el gesto de desconfianza.

—Eso te lo inventas ahora.

Él sonrió tristemente.

—¿Quieres que te enseñe los libros? ¿Y la estadística de los suicidios? En las familias que han cuidado en casa a un enfermo desahuciado durante mucho tiempo, la cifra de suicidios se dispara hacia la estratosfera durante las seis semanas siguientes a la muerte del paciente.

—¡Suicidios!

—Se atiborran de pastillas, o abren la espita del gas, o

se saltan la tapa de los sesos. Odio..., agotamiento..., repulsión..., tristeza... –Se encogió de hombros y juntó los puños con suavidad–. Los supervivientes empiezan a sentirse como si hubieran cometido un crimen. Y claudican.

En la cara de Rachel, congestionada por el llanto, se pintaba ahora una expresión de dolorido alivio.

–Zelda era exigente..., odiosa. A veces, se orinaba en la cama a propósito. Mi madre siempre le preguntaba si quería que la ayudase a ir al baño y, después, cuando ya no podía levantarse, si quería el orinal... y Zelda decía que no..., y entonces se lo hacía en la cama, para que mi madre o mi madre y yo tuviéramos que cambiarle las sábanas... Y decía que se le había escapado, pero había una sonrisa en sus ojos. Se veía la sonrisa. La habitación olía siempre a orines y medicina. Tomaba unos frascos de calmante que olía a ciruelas silvestres, como las gotas para la tos... Era un olor que no se quitaba con nada. A veces aun ahora me despierto por la noche oliendo a ciruela y, si no estoy despierta del todo, pienso: ¿Aún no ha muerto Zelda? Aún...

Rachel contuvo el aliento y Louis le apretó una mano con vehemencia.

–Cuando la cambiábamos se le veía la espalda retorcida y llena de bultos. Al final, Louis, al final, parecía que..., parecía que el culo se le hubiera subido hasta las paletillas.

Ahora los ojos húmedos de Rachel tenían la mirada horrorizada y vidriosa de los de una niña que recordara una persistente pesadilla.

–A veces, me tocaba con sus manos... sus manos de pájaro... y a mí me faltaba poco para ponerme a gritar, y un día se me cayó la sopa en el brazo porque ella me había tocado la cara, y me quemé, y entonces sí que grité. Y otra vez vi la risa en sus ojos.

»Hacia el final, los calmantes ya no hacían efecto. Y

entonces la que gritaba era ella, y ninguno de nosotros podía recordarla como era antes, ni siquiera mi madre. Ya no era más que aquella cosa deforme que gritaba en el cuarto de atrás... Nuestro secreto vergonzoso.

Rachel tragó saliva y la garganta le chasqueó.

—Mis padres habían salido cuando ella, por fin..., cuando ella... bueno, cuando ella...

Con un esfuerzo terrible y desgarrador, Rachel pronunció la palabra.

—Cuando ella murió, mis padres no estaban en casa. Yo me quedé. Era Pascua y habían ido a ver a unos amigos. No iban a estar fuera más que unos minutos. Yo estaba en la cocina, leyendo una revista o, por lo menos, mirándola. Esperaba que fuera hora de darle la medicina, porque ella estaba gritando. Empezó a gritar en cuanto se fueron mis padres. Yo, con aquellos gritos, no podía leer. Y entonces... entonces... bueno... Zelda dejó de gritar. Yo tenía ocho años, Louis, y pesadillas todas las noches... Empezaba a pensar que mi hermana me odiaba porque yo tenía la espalda derecha, porque yo no tenía aquellos dolores, porque yo podía andar, porque yo viviría... Empezaba a pensar que quería matarme. Aún hoy, Louis, aún hoy no puedo creer que todo fueran imaginaciones. Estoy convencida de que me odiaba. No sé si hubiera llegado a matarme, pero si hubiera podido apoderarse de mi cuerpo..., echarme a mí de él como en un cuento de hadas..., eso sí lo habría hecho. Cuando dejó de gritar, subí a ver si le había ocurrido algo, si había caído de lado o resbalado de los almohadones. Entré en la habitación, la miré y pensé que se había tragado la lengua y estaba asfixiándose. Louis —su voz volvía a ser chillona y lacrimosa y tenía un alarmante acento infantil, como si hubiera regresado en el tiempo y reviviera la experiencia—, Louis, yo no sabía qué hacer. ¡Tenía ocho años!

—¡Qué ibas a saber! —dijo Louis abrazándola y Rachel se asió a él con el frenesí del mal nadador cuyo bote acaba de volcarse en medio de un lago–. ¿Alguien te ha hecho algún reproche?

–No –respondió ella–. Nadie me echó la culpa. Pero nadie pudo remediar lo ocurrido. Nadie pudo hacer que no ocurriera, Louis. No se había tragado la lengua. Entonces empezó a hacer un sonido extraño, no sé..., algo así como *gaaaaa*...

En su atormentada y vívida descripción de los sucesos de aquel día, Rachel debió de imitar bastante bien el ruido que hiciera Zelda, y a Louis le asaltó el recuerdo de Victor Pascow. Estrechó con más fuerza a su esposa.

–... y babeaba...

–Basta, Rachel –dijo él con la voz no muy firme–. Conozco los síntomas.

–Tengo que explicar –respondió Rachel con testarudez–, explicar por qué no puedo ir a los funerales de la pobre Norma. Y también por qué aquel día tuvimos aquella estúpida pelea...

–Sssh..., eso ya está olvidado.

–Yo no lo he olvidado –dijo ella–. Lo recuerdo muy bien, Louis. Tan bien como recuerdo que mi hermana Zelda murió de asfixia el 14 de abril de 1965.

Durante unos instantes, se hizo el silencio.

–La puse boca abajo y le golpeé la espalda –continuó Rachel al fin–. No sabía qué otra cosa podía hacer. Ella pataleaba con sus piernas deformes..., y recuerdo que sonó un ruido como de pedos... Creí que era ella o tal vez yo; pero no eran pedos, sino las costuras de las mangas de mi blusa que se abrieron cuando le di la vuelta. Ella empezó a tener... espasmos... y vi que tenía la cara ladeada en la almohada, y pensé «Zelda está ahogándose, y cuando vengan dirán que yo la asfixié». «Tú la odiabas, Rachel –me dirán, y era verdad–, y deseabas que muriese», y también era verdad. Porque, Louis, lo primero que pensé cuando ella empezó a agitarse de aquel modo en la cama, fue: «Oh, Dios mío, por fin. Zelda se ahoga y esto va a terminar.» La puse otra vez boca arriba. Ahora tenía la cara negra, Louis, y los ojos se le salían de las órbitas y tenía el cuello hinchado. Y entonces murió. Yo di unos pasos atrás, supongo que buscando la puerta, pero choqué contra la pared y tiré un cuadro. Era un dibujo de uno de los cuentos de Oz que a Zelda le gustaban mucho antes de caer enferma con la meningitis. Era un dibujo de Oz el Grande y Terrible, sólo que Zelda decía siempre Oz el Ggande y Teggible, porque no podía pronunciar la erre. Mi madre lo mandó enmarcar... porque a Zelda le gustaba... Oz, El Ggande y Teggible... cayó al suelo, y el cristal se hizo añicos y el marco saltó en pedazos, y yo empecé a gritar, porque comprendí que había muerto y pensé..., creo que pensé que su espíritu quería castigarme, porque su espíritu debía de odiarme tanto como ella, pero su espíritu no estaba atado a la cama... Por eso eché a correr y salí a la calle gritando: «¡Zelda ha muerto! ¡Zelda ha muerto! ¡Zelda ha muerto!» Y salieron los vecinos... y me vieron correr por la calle, con la blusa rota, gritando «¡Zelda ha muerto!», Louis, y pensarían que estaba llorando, pero yo creo..., yo creo que me reía, Louis, sí, me reía.

—Si te reías, me descubro ante ti —dijo Louis.

—No hablas en serio —dijo Rachel con la absoluta certeza del que ha dado vueltas y más vueltas a una idea. Él no insistió. Pensaba que quizá algún día Rachel se librara de aquel recuerdo espantoso y putrefacto que la había atormentado durante tantos años, pero algo quedaría. No se borraría del todo. Louis Creed no era un psiquiatra, pero sabía que en el humus de toda vida hay objetos semienterrados y oxidados y que los humanos sienten una y otra vez el impulso de tirar y tirar de ellos, aunque les corten las manos. Hoy Rachel lo había arrancado casi todo. Era como una muela deforme, y podrida, de raíces ennegrecidas, infectadas, fétidas. Ya estaba fuera. Sólo quedaba una célula nociva que, si Dios era bondadoso, permanecería dormida para no aflorar más que en los sueños más profundos. Era casi increíble que hubiera podido expulsar tanto. Ello no sólo denotaba valor, sino que lo pregonaba a gritos. Louis estaba impresionado. Sentía deseos de lanzar un hurra.

Se sentó en la cama y encendió la luz.

–Sí –dijo–; me descubro ante ti. Y, por si me faltaban motivos para..., para detestar a tus padres, ahora los tengo. Nunca debieron dejarte sola con ella, Rachel. NUNCA.

Como una niña –la niña de ocho años que era cuando ocurrió aquella historia increíble y vergonzosa–, ella protestó:

–Lou, era el tiempo de Pascua...

–Como si era el tiempo del Juicio Final –dijo Lou con la voz ronca de un furor candente que la hizo sobresaltarse. Él se acordaba de las dos estudiantes de enfermera, las dos auxiliares que tuvieron la mala fortuna de estar de servicio la mañana en que llevaron a Pascow moribundo. Una de ellas, una jovencita con mucho temple que se llamaba Carla Shavers, volvió al día siguiente y trabajó con tanta eficacia que hasta la misma Charlton quedó impresionada. A la otra no habían vuelto a verla. Louis no se sorprendió ni se lo reprochaba.

«¿Dónde estaba la enfermera? Debían de haber contratado a una enfermera diplomada. Pero no; se marcharon dejando a una criatura de ocho años sola con su hermana moribunda que probablemente estaba ya clínicamente perturbada. ¿Por qué? Porque era Pascua. Y porque, aquella mañana, la elegante Dory Goldman no pudo seguir soportando el mal olor y tuvo que salir un ratito a tomar el aire. Y Rachel se quedó de guardia. ¿Cierto, amigos y vecinos? Rachel se quedó de guardia. Ocho años, coletas y blusa de colegiala. Rachel tuvo que cargar con la jodida guardia. Rachel podía quedarse y aguantar el mal olor. ¿Por qué la enviaban después todos los años seis semanas al campamento Sunset de Vermont, sino porque aguantó los malos olores de su hermana, moribunda y demente? Los nuevos conjuntos de Gage y la media docena de vestidos de Ellie, y yo te pago los estudios si rompes con mi hija... ¿Dónde estaba el sustancioso talonario cuando tu hija se moría de meningitis espinal y tu otra hija estaba sola con ella, cerdo roñoso? ¿Dónde estaba la jodida enfermera diplomada?»

Louis saltó de la cama.

—¿Adónde vas? —preguntó Rachel, alarmada.

—A traerte un Valium.

—Ya sabes que yo nunca...

—Esta noche, sí.

Rachel tomó la píldora y le contó el resto. Su voz permaneció tranquila. El calmante hacía su efecto.

Un vecino sacó a la pequeña Rachel de detrás del árbol donde se había acurrucado gritando: «¡Zelda ha muerto!» Le sangraba la nariz y tenía la blusa manchada. El mismo vecino llamó a la ambulancia y a los padres. Después de cortarle la hemorragia y darle una taza de té caliente y dos aspirinas para que se calmara, consiguió que le dijera el paradero de sus padres. Estaban en casa de los Cabran, que vivían al otro lado de la ciudad. Peter Cabran era el contable de la empresa del padre.

Antes de la noche, se habían producido grandes cambios en casa de los Goldman. Zelda ya no estaba. Su habitación fue vaciada y fumigada. Se llevaron todos los muebles. El cuarto de atrás era una caja vacía. Después —mucho después—, Dory Goldman instaló allí su cuarto de costura.

Aquella misma noche, Rachel tuvo su primera pesadilla. Cuando despertó, a las dos de la madrugada, llamando a gritos a su madre, descubrió aterrada que apenas podía moverse. La espalda le dolía terriblemente. Se la lastimó al mover a Zelda. En aquel paroxismo de pánico, pudo desarrollar la fuerza suficiente como para levantar a Zelda, abriéndosele la blusa en el esfuerzo.

Que se había producido una lesión al tratar de impedir que Zelda se ahogara estaba clarísimo para todo el mundo. Para todo el mundo, salvo para la propia Rachel. Ella estaba segura de que aquello era la venganza de Zelda. Zelda sabía que Rachel se alegraba de que hubiera muerto; Zelda sabía que cuando Rachel salió corriendo y gritando «¡Zelda ha muerto, Zelda ha muerto!», no lloraba, sino que reía; Zelda sabía que había sido asesinada y por eso ahora le había pasado la meningitis espinal a Rachel, y a Rachel pronto empezaría a deformársele la espalda, y también ella tendría que quedarse en la cama y poco a poco se convertiría en un monstruo y las manos se le retorcerían como garras.

Con el tiempo, gritaría de dolor, como Zelda, y mojaría la cama, y un día se ahogaría con la lengua. Era la venganza de Zelda.

Nadie pudo convencer a Rachel de que estaba equivocada: ni su madre, ni su padre, ni el doctor Murray, que diagnosticó una leve luxación y dijo a la niña con sequedad (cruelmente, en opinión de Louis) que estaba portándose muy mal, que sus padres estaban abrumados por el dolor y que no era el momento de hacer monerías de niña pequeña para llamar la atención. Hasta que remitió el dolor, Rachel no se convenció de que no era víctima de la venganza de Zelda ni de un castigo de Dios por su maldad. Durante muchos meses (eso dijo a Louis; en realidad, fueron ocho años), tuvo pesadillas en las que su hermana moría una y otra vez y, al despertar sobresaltada, se llevaba las manos a la espalda, para cerciorarse de que seguía perfectamente. Luego, en la horrible secuela de aquellas pesadillas, le parecía que la puerta del armario tenía que abrirse violentamente y Zelda se abalanzaría sobre ella, morada y contrahecha, con los ojos en blanco, la lengua fuera y las garras extendidas, para matar a la asesina que se acurrucaba en la cama con las manos pegadas a la espalda...

Rachel no asistió a los funerales de Zelda, ni a ningún otro.

–Si me lo hubieras dicho antes, se habrían aclarado muchas cosas –dijo Louis.

–No podía, Lou. –Su voz sonaba adormilada–. Desde entonces me quedó... una pequeña fobia en este tema.

«Una pequeña fobia –pensó Louis–. Sí, eso.»

–No puedo evitarlo... Comprendo que tienes razón, que la muerte es perfectamente natural, y hasta buena. Pero entre lo que me dice la razón y lo que siento... aquí dentro...

–Ya...

–Aquel día en que me puse furiosa contigo, yo sabía que, por más que Ellie llorara ante la posibilidad de que *Church* muriera, ello no era sino un modo como otro cualquiera de hacerse a la idea, pero no pude contenerme. Perdóname, Louis.

–No hay nada que perdonar –dijo él, acariciándole el pelo–. Pero, ¡qué diantre!, acepto las disculpas, si eso hace que te sientas mejor.

Ella sonrió.

–Y así es. Me siento mejor, sí. Es como si hubiera expulsado algo que estuviera envenenando durante años una parte de mí.

–Quizá sea eso lo que has hecho en realidad.

Rachel cerró los ojos y volvió a abrirlos... lentamente.

–Y no le eches a mi padre toda la culpa, Louis. Fue una mala época para ellos. Los gastos de la enfermedad los dejaron casi arruinados. Mi padre no pudo abrir la sucursal que había proyectado poner en las afueras, y las ventas de la tienda del centro flojeaban. Además, mi madre estaba medio loca.

»Después, todo empezó a arreglarse. Fue como si la muerte de Zelda marcara el comienzo de una buena racha. Se acabó la recesión, volvió a circular el dinero, mi

padre consiguió el préstamo y, desde entonces, los ne-
gocios le han ido bien. Pero todo aquello hizo que mis
padres tendieran siempre a protegerme excesivamente.
No es sólo que yo fuera lo único que les quedaba, sino
también...

–Remordimiento –dijo Louis.

–Probablemente. ¿Y no te enfadarás si el día en que
entierren a Norma me pongo enferma?

–No, cariño; no me enfadaré. –Le tomó una mano–.
¿Puedo llevar a Ellie?

La mano de ella se cerró con fuerza sobre la de
Louis.

–Oh, pues no sé qué decirte. –Volvía a temblarle la
voz a causa del miedo–. Aún es muy niña.

–Hace más de un año que sabe de dónde vienen los
niños –le recordó él.

Ella guardó silencio, mirando al techo y mordiéndose los labios.

–Si a ti te parece bien –dijo al fin–. Si crees que no ha
de afectarle...

–Ven aquí, Rachel –dijo él, y aquella noche durmieron espalda contra estómago, y cuando ella despertó
temblando, una vez disipado el efecto del Valium, él la
tranquilizó con sus caricias, susurrándole al oído que
todo iba bien, y ella volvió a dormirse.

33

«Porque el hombre (y la mujer) son como las flores
del valle, que hoy se abren y mañana son echadas al fuego: la vida del hombre es sólo una estación, que llega y
pasa.» Oremos.

Ellie, resplandeciente con su vestido azul marino

comprado ex profeso para el acto, agachó la cabeza tan bruscamente que Louis le oyó crujir la nuca. Ellie había estado muy pocas veces en la iglesia y éste era su primer funeral. Las circunstancias la habían reducido a un insólito silencio.

Aquellas circunstancias permitían a Louis mirar a su hija de un modo distinto. Normalmente, el amor que sentía por ella, como el que sentía por Gage, le impedía observarla fríamente; pero hoy creía tener delante lo que era casi un ejemplo típico de la niña que está a punto de terminar su primera fase de desarrollo: un organismo todo pura curiosidad que almacena información en unos circuitos casi sin fin. Ellie se mantenía quieta y callada y no dijo nada ni siquiera cuando Jud, muy raro pero elegante con su traje negro y zapatos con cordones (Louis pensó que era la primera vez que no le veía con zapatillas o botas) se inclinó para darle un beso y le dijo:

–Estoy muy contento de que hayas venido, cariño. Y supongo que Norma se alegrará también.

Ellie le miró con los ojos muy abiertos.

Ahora, el reverendo Laughlin, el pastor metodista, pronunció la bendición, pidiendo a Dios que volviera su rostro hacia ellos y les diera la paz.

–¿Hacen el favor de adelantarse los portadores? –preguntó.

Louis fue a levantarse, pero Ellie le tiró de la manga con fuerza. Parecía asustada.

–¡Papi! –dijo en un fuerte susurro–. ¿A dónde vas?

–Soy uno de los portadores, cielo –dijo Louis sentándose un momento y rodeándole los hombros con el brazo–. Eso quiere decir que tengo que ayudar a llevar a Norma hasta el coche. Somos cuatro: el cuñado de Jud, dos de sus sobrinos y yo.

–¿Dónde nos encontraremos? –La cara de Ellie aún estaba tensa y preocupada.

Louis miró hacia adelante. Los otros tres portadores

ya estaban allí, junto a Jud. El resto de los asistentes salían ya. Algunos lloraban. Vio a Missy Dandridge, que no lloraba pero tenía los ojos irritados y que le saludó alzando levemente una mano.

—Si te quedas en la escalera, enseguida voy a buscarte. ¿De acuerdo, Ellie?

—Sí. Pero no te olvides de mí.

—No, descuida.

Él volvió a levantarse y ella le tiró de la mano.

—Papi.

—¿Qué, cielo?

—No la sueltes —susurró Ellie.

Louis se unió a los demás, y Jud le presentó a sus sobrinos, que en realidad eran primos en segundo o tercer grado..., descendientes del hermano del padre de Jud. Eran dos mocetones de unos veintitantos años con un aire de familia muy marcado. El hermano de Norma frisaba los sesenta, según supuso Louis, y si bien en su cara se advertían las huellas del disgusto, parecía sobrellevarlo bastante bien.

—Celebro conocerles —dijo Louis. Se sentía un poco violento. Al fin y al cabo, era un extraño a la familia.

Ellos le saludaron con un movimiento de cabeza.

—¿Ellie está bien? —preguntó Jud haciéndole una seña con el mentón. La niña remoloneaba en el vestíbulo y los miraba.

«Desde luego; sólo quiere asegurarse de que no me esfumo en el aire», pensó Louis casi con una sonrisa. Pero aquel pensamiento le sugirió otro: «Oz, el Ggande y Teggible.» Y la sonrisa se desvaneció.

—Sí, creo que sí —dijo Louis agitando la mano hacia ella. La niña hizo otro tanto y dio media vuelta para salir, haciendo volar la falda de su vestido azul marino. Louis observó en ella, con cierta dolorosa sorpresa, un aire de madurez. Fue sólo un momento, pero momentos como aquél le hacen a uno recapacitar.

–¿Qué? ¿Estamos listos? –preguntó uno de los sobrinos.

Louis asintió y lo mismo hizo el hermano menor de Norma.

–Con cuidado –dijo Jud. Tenía la voz ronca. Luego, dio media vuelta y subió por el pasillo lentamente, con la cabeza inclinada.

Louis se situó en el ángulo posterior izquierdo del féretro gris acero modelo American Eternal que Jud había elegido para su esposa. Agarró el asa que le correspondía y entre los cuatro hombres sacaron lentamente el ataúd de Norma a la mañana gélida y luminosa del primero de febrero. Alguien –seguramente, el sacristán– había echado una gruesa capa de ceniza sobre el sendero resbaladizo de nieve pisada y helada. Junto a la acera, un furgón Cadillac despedía un humo blanco por el tubo de escape. A su lado, observándolos y preparados para ayudar por si alguno resbalaba o desfallecía (quizá el hermano), estaban el director de la funeraria y su hijo, un muchacho afónico.

Jud, de pie junto a ellos, contempló cómo introducían el féretro en el coche.

–Adiós, Norma –dijo encendiendo un cigarrillo–. Hasta pronto, muchacha.

Louis abrazó a Jud por los hombros, y el hermano de Norma se le acercó por el otro lado, relegando a segundo término al director y a su hijo. Los fornidos sobrinos (o primos segundos, o lo que fueran) ya habían hecho mutis, una vez realizado el simple trabajo del acarreo. Ellos no frecuentaban aquella rama de la familia. A Norma la conocían por las fotografías y alguna que otra visita de cumplido: largas tardes pasadas en la sala, comiendo las galletas de Norma y bebiendo la cerveza de Jud, no precisamente aburridos por las viejas historias de tiempos y personas que ellos no habían conocido, pero sí pensando en lo que hubieran podido hacer aquella tarde (lavar y abrillantar el coche, jugar una partida de bolos o, simplemente, ver por la tele un combate de boxeo con los amigos) y contentos de marcharse una vez satisfechas las formalidades.

Para ellos, la familia de Jud ya era cosa del pasado; era como un planetoide erosionado que se alejaba de la masa principal, a la deriva, disminuyendo de tamaño hasta convertirse en una mota. El pasado. Fotos en un álbum. Viejas historias contadas en habitaciones excesivamente caldeadas: ellos no eran viejos; sus articulaciones no estaban artríticas ni su sangre se había enfriado. El pasado se reducía a unas asas que había que agarrar de vez en cuando y luego soltar. Al fin y al cabo, si el cuerpo humano era la envoltura que contenía al alma humana, la carta que Dios enviaba al universo, según enseñaban la mayor parte de las religiones, el American Eternal sería la envoltura que contenía el cuerpo humano, y para aquellos aguerridos sobrinos o primos o lo que fueran, el pasado era una carta vieja que había que archivar.

«Dios salve el pasado», pensó Louis, estremeciéndose sin más motivo que el pensar que llegaría el día en que él se sentiría igual de desligado de su propia sangre, del fruto de los hijos de su hermano... o de sus propios nietos, si Ellie o Gage tenían hijos y él llegaba a conocerlos. El centro de gravedad se desplazaba. Los vínculos familiares se deterioraban. Caras jóvenes en fotos viejas.

«Dios salve el pasado», pensó nuevamente oprimiendo con más fuerza los hombros del anciano.

Los pajes colocaron las flores en la trasera del coche fúnebre y la luneta se alzó eléctricamente y quedó encajada en su ranura. Louis retrocedió para recoger a Ellie y juntos se dirigieron al coche. Louis sujetaba a la niña por el brazo, para que no resbalara con sus zapatos nuevos de suela de cuero. Arrancaban los motores de los coches.

—¿Por qué encienden las luces, papi? —preguntó Ellie con extrañeza—. ¿Por qué, si es de día?

—Lo hacen en señal de respeto por la muerta —dijo Louis, y notó que su voz sonaba ronca, mientras tiraba de la palanca que encendía los faros del Ford—. Vámonos.

Cuando, al fin, regresaban a casa —una vez terminada la ceremonia del cementerio, celebrada en la pequeña capilla de Mount Hope, ya que la tumba de Norma no podría cavarse hasta la primavera—, de pronto, Ellie se echó a llorar.

Louis la miró, sorprendido pero no muy alarmado.

—¿Qué tienes, Ellie?

—Ya no habrá más galletas —sollozó Ellie—. Ella hacía las mejores galletas de avena que he comido. Y ahora ya no podrá hacerlas nunca más, porque está *muerta*. ¿Por qué tiene que morirse la gente, papá?

—En realidad, no lo sé —dijo Louis—. Supongo que para dejar sitio a los jóvenes, a la gente nueva como tú y como Gage.

—¡Yo no me casaré nunca, ni haré lo del sexo, ni tendré hijos! —declaró Ellie, llorando con más fuerza—. Entonces quizá a mí no me pase eso. ¡Es u-u-una guarrada!

—Pero también es la forma de acabar con el sufrimiento —dijo Louis en voz baja—. Y yo, como médico, he visto mucho sufrimiento. Si me busqué ese trabajo en la universidad fue porque estaba harto de ver sufrir a la gente, día tras día. Los jóvenes también tienen dolores, y a veces muy fuertes, pero es otra cosa.

Hizo una pausa.

—Aunque tú no lo creas, cielo, cuando uno es muy,

muy viejo, la muerte no parece tan mala ni tan terrible como ahora te resulta a ti. Y tú aún tienes muchos, muchos años por delante.

Ellie lloró, luego hipó y por fin se calló. Antes de llegar a casa, preguntó si podía poner la radio. Louis le dijo que sí y ella encontró a Shakin's Stevens que cantaba *This Ole House* por la WACZ. Al poco rato, estaba coreando la letra. Cuando llegaron a casa, la niña fue en busca de su madre y empezó a darle detalles del funeral. En honor a Rachel, Louis reconoció que escuchaba con tranquilidad y hasta con interés, aunque un poco pálida y pensativa.

Luego, Ellie le preguntó si sabía hacer galletas de avena, y Rachel dejó inmediatamente la labor de punto que estaba tejiendo y se levantó como si no esperase otra cosa.

—Sí —respondió—. ¿Quieres que preparemos una fuente?

—¡Yay! —gritó Ellie—. ¿Ahora, mamá?

—Ahora, si tu padre vigila a Gage durante una hora.

—Será un placer —dijo Louis.

Louis pasó la tarde leyendo y tomando notas de un largo artículo que publicaba *The Duquesne Medical Digest.* Había vuelto a plantearse el viejo tema de las suturas solubles; en el mundillo de las contadas personas que se interesaban en el cosido de las pequeñas heridas, la cuestión parecía tan interminable como aquella antigua controversia psicológica que enfrentaba a los partidarios de la crianza natural y a los de la educación reglamentada.

Louis decidió escribir una carta aquella misma noche, en la que demostraría que los argumentos del autor eran endebles, los ejemplos, amañados, y la documentación, casi criminalmente somera. En suma, se relamía de gusto ante la perspectiva de torpedear aquella estúpida monserga de una vez por todas. Estaba buscando su ejemplar de *El tratamiento de las heridas* de Troutman en la librería del estudio, cuando Rachel bajó hasta media escalera.

–¿Subes, Lou?

–Aún tardaré un rato. –Él la miró–. ¿Todo va bien?

–Ya duermen. Los dos.

Él la observó detenidamente.

–Duermen los dos, pero tú, no.

–Me encuentro bien. Estaba leyendo.

–¿Te encuentras bien? ¿De verdad?

–De verdad –sonrió ella–. Te quiero, Louis.

–Y yo a ti, nena. –Lanzó una rápida mirada al anaquel. Allí estaba Troutman, en su sitio de siempre. Louis puso la mano sobre el libro.

–*Church* trajo una rata a casa mientras tú y Ellie estabais fuera –dijo ella tratando de sonreír–. Uf, qué porquería.

–Caray. Rachel, sí que lo siento. –Louis procuró que su voz no dejara traslucir lo culpable que se sentía en aquel momento–. ¿Fue muy asqueroso?

Rachel se sentó en la escalera. Con su bata de franela rosa, la cara limpia de maquillaje, la frente brillante y el pelo recogido en una coleta con una goma, parecía una niña.

–Ya lo limpié. Pero tuve que echar de la puerta a ese gato estúpido dándole con la boquilla del aspirador, para que dejara de montar guardia al lado del... del cadáver. Y me gruñó. *Church* nunca me había gruñido. Últimamente está muy raro. ¿Crees que puede tener el moquillo, Louis?

–No; pero, si tú quieres, lo llevaré al veterinario.

–Supongo que no será nada –dijo, y entonces le miró con disimulo–. ¿Por qué no subes? Es que yo... Ya sé que estás trabajando, pero...

—Pues claro –dijo él levantándose como si no tuviera nada que hacer. Y, en realidad, tampoco era tan importante; pero él sabía que ya nunca escribiría aquella carta, porque el desfile nunca se detiene, y mañana habría otras cosas que hacer. Pero la rata era toda suya, ¿no? La rata que *Church* había traído a casa, seguramente hecha trizas, con los intestinos colgando y tal vez sin cabeza, era suya. Sí; él había adquirido los derechos.

—Vámonos a la cama –dijo, apagando las luces. Él y Rachel subieron la escalera. Louis la abrazó y le hizo el amor lo mejor que pudo..., pero incluso cuando entraba en ella, duro y erecto, escuchaba el gemido del viento al otro lado de los cristales cubiertos de escarcha y pensaba en *Church*, el gato que fuera de su hija y ahora era suyo, preguntándose dónde estaría y qué acecharía o mataría esta vez. «El fondo del corazón del hombre es más árido», pensó, y el viento silbaba su lúgubre música, y a no muchos kilómetros de allí, Norma Crandall, que había tejido unos gorros de punto a juego para sus hijos, yacía en su féretro de acero gris modelo American Eternal sobre una losa de mármol del depósito de Mount Hope, y el algodón con que le habían rellenado las mejillas habría empezado a ennegrecerse.

34

Ellie cumplió seis años. El día de su cumpleaños, volvió de la escuela con un sombrero de papel ladeado, varios retratos dibujados por sus compañeros (en el mejor de los cuales Ellie parecía un espantapájaros risueño) y terribles relatos de caídas en el patio durante el recreo. La epidemia de gripe pasó. Tuvieron que enviar a dos estudiantes al Centro Médico de Bangor, y Surrendra Hardu probablemente le salvó la vida a un estudiante de primero que se llamaba nada menos que Peter Humperton y cayó gravemente enfermo, con convulsiones, poco después de ingresar. Rachel se prendó del rubio repartidor del supermercado A & P de Brewer y una noche estuvo ponderando a Louis lo relleno que tenía el pantalón vaquero. «Tal vez sea sólo papel higiénico» –agregó–. «Pues pellízcale –propuso Louis–. Si grita, es todo auténtico.» Rachel lloró de risa. Pasó febrero, azul, quieto y con temperaturas de muchos grados bajo cero y llegó marzo, con sus heladas y lluvias alternativas, los hoyos en el hielo y las señales anaranjadas en la carretera en homenaje al dios del PATINAZO. El dolor lacerante y angustioso de Jud Crandall fue mitigándose. Es el dolor que, según los psicólogos, empieza a los tres días de la muerte del ser querido y, en la mayor parte de los casos, dura seis semanas, como ese período que los habitantes de Nueva Inglaterra llaman «lo más crudo del invierno». Pero el tiempo pasa, encargándose de soldar entre sí los distintos estados de ánimo como una especie de arco iris. La pena aguda va haciéndose más roma, se convierte en añoranza y la añoranza, en recuerdo... Es un proceso que puede durar entre seis meses y tres años y aún quedar dentro de lo normal. Llegó el día del primer corte de pelo de Gage, y cuando Louis advirtió que a su hijo empezaba a oscurecérsele el cabello bromeó, pero lo sintió, aunque no lo manifestara.

Llegó la primavera y se quedó algún tiempo.

35

Louis Creed pensaría después que el último día realmente feliz de toda su vida fue el 24 de marzo de 1984.

Las cosas que iban a ocurrir y que se cernían sobre ellos como una mortífera avalancha, aún tardarían siete semanas en llegar; pero durante aquellas siete semanas no hubo nada que se destacara con aquel color y aquella fuerza. Aunque aquellos horrores no hubieran ocurrido, él habría recordado siempre aquel día. Los días realmente buenos –buenos de verdad– son escasos, pensaba él. Tal vez los de toda una vida, reunidos, no llegaran al mes, en las mejores circunstancias. A Louis le parecía que Dios, en su infinita sabiduría, se mostraba mucho más generoso cuando se trataba de repartir sufrimiento.

Aquel día era sábado y, por la tarde, él se quedó en casa, cuidando de Gage, mientras Rachel y Ellie hacían la compra semanal. Habían ido con Jud en su vieja camioneta IH 59, no porque estuviera averiado el coche grande de la familia, sino porque al anciano le gustaba su compañía. Rachel preguntó a Louis si tendría inconveniente en quedarse con Gage, y Louis contestó que ninguno, desde luego. Se alegraba de que ella pudiera salir; después de todo un invierno en Maine, casi sin moverse de Ludlow, pensaba que su mujer necesitaba distracción. Aunque Rachel en ningún momento se quejó, a Louis le parecía que empezaba a mostrar síntomas de inquietud.

Gage despertó de su siesta a eso de las dos, de muy mal humor. Louis hizo varias tentativas de distraerle, pero el niño no se dejaba impresionar. Para colmo de males, el muy repelente hizo una deposición monumental, cuya calidad artística no ganó en mérito a ojos de Louis por estar rematada por una canica azul. Una de las canicas de Ellie. El crío podía haberse ahogado. Louis decidió que en lo sucesivo, basta de canicas –todo lo que caía en manos de Gage iba directamente a la boca–, pero aquella decisión, aunque muy laudable, no le ayudaría a mantener distraído al niño hasta el regreso de su madre.

Louis oía silbar en torno a la casa el viento de la recién llegada primavera que hacía danzar las sombras de las nubes en el campo de Mrs. Vinton, contiguo a la casa, y de pronto se acordó de la cometa en forma de buitre que comprara por capricho hacía cinco o seis semanas, al regresar de la universidad. ¿Había comprado también cordel? En efecto. ¡Magnífico!

–¡Gage! –dijo–. Gage había encontrado un lápiz de cera verde debajo del sofá y estaba rayando uno de los cuentos favoritos de Ellie. «Un nuevo motivo para alimentar los sentimientos de rivalidad fraternos», pensó Louis con una sonrisa. Si Ellie se ponía muy pesada cuando descubriera las filigranas que Gage había dibujado en el libro, él no tenía más que aludir al adornito que había aparecido en los pañales del niño.

–¿Qué? –contestó Gage. Ya hablaba bastante bien, y Louis empezaba a pensar que tal vez fuera más que medianamente inteligente.

–¿Quieres salir?

–¡Quiere salir! –respondió Gage con entusiasmo–. ¡Quiere salir! ¿Patillas, papi?

La pregunta, traducida, era: ¿Dónde están mis zapatillas, papi? Con frecuencia, Louis se admiraba del modo de hablar de Gage, no porque fuera gracioso, sino porque le parecía que todos los niños pequeños hablaban como inmigrantes que estuvieran aprendiendo un idioma extranjero con un método anárquico y ameno. Él sabía que los bebés producían todos los sonidos que puede emitir la voz humana: el trino nasal tan difícil para los estudiantes de primer año de francés, los gruñidos y chasquidos guturales de los aborígenes australianos y las ásperas consonantes del alemán. Era una facultad que perdían al aprender la lengua materna y Louis se preguntaba a menudo si lo que se hacía durante la niñez no sería olvidar, más que aprender.

Las «patillas» de Gage aparecieron por fin... también debajo del sofá. Otra de las sospechas de Louis era la de que en las familias con niños pequeños, la zona situada debajo del sofá de la sala poseía una misteriosa fuerza magnética que succionaba toda clase de objetos, desde botellas e imperdibles hasta lápices de colores y tebeos con restos de comida rancia entre sus páginas.

Pero la chaqueta de Gage no estaba debajo del sofá: estaba a mitad de la escalera. Fue más difícil dar con la gorra de béisbol, sin la que Gage no consentía en salir de casa, porque estaba en su sitio, el armario que, naturalmente, fue el último lugar en el que miraron.

—¿Dónde vamos, papi? —preguntó Gage amistosamente, dando la mano a su padre.

—Al campo de Mrs. Vinton. A lanzar una cometa, amigo.

—¿Comeeta? —preguntó Gage, receloso.

—Te gustará. Un momento, chico.

Estaban en el garaje. Louis sacó su llavero, abrió el armario del garaje y encendió la luz. Después de revolver en el armario, encontró al «buitre», todavía dentro de la bolsa, con el ticket de caja prendido. Lo compró durante el crudo febrero, una tarde en que su alma necesitaba mantener un destello de esperanza.

—¿Eto? —preguntó Gage. O sea: «¿Qué diantres es eso que tienes ahí, padre?»

—Es la cometa —dijo Louis sacándola de la bolsa. Gage observaba con interés cómo Louis desplegaba el buitre, cuyas alas, de resistente plástico, tenían una envergadura de un metro y medio. Sus ojos, saltones y sanguinolentos, parecían mirarles desde la pequeña cabeza situada al extremo de un cuello flaco y desplumado.

—¡Pácaro! —gritó Gage—. ¡Pácaro, papá!

—Sí, un pájaro —dijo Louis introduciendo las varillas en las jaretas del dorso de la cometa y revolviendo otra vez en el armario en busca del ovillo de cordel que compró el mismo día. Por encima del hombro, repitió—: Verás cómo te gusta, compañero.

A Gage le gustó.

Llevaron la cometa al campo de Mrs. Vinton y Louis consiguió hacerla volar al viento de finales de marzo al primer intento, a pesar de que no lanzaba una cometa desde... ¿pero era posible?, desde que tenía doce años. ¿Habían pasado diecinueve años? Dios, qué espanto.

Mrs. Vinton era una anciana que tenía casi la edad de Jud, pero no su fortaleza. Vivía en una casa de ladrillo situada al borde del campo, aunque casi nunca salía. Detrás de la casa empezaba el bosque, el bosque en el que se encontraba Pet Sematary y, más allá, el cementerio micmac.

–¡La cometa vuela, papi! –chilló Gage.

–¡Mira cómo sube! –gritó Louis a su vez, riendo entusiasmado. Soltaba hilo tan deprisa que el roce casi le quemaba la palma de la mano–. ¡Mira el buitre, Gage! Se va a hacer caca de miedo...

–¡Caca de mieo...! –gritó Gage con una gran carcajada. El sol asomó por detrás de una esponjosa nube de primavera, y pareció que la temperatura subía cinco grados casi de repente. Estaba a la diáfana luz de un marzo templado y traidor que se las daba de abril, en medio del campo de Mrs. Vinton, cubierto de hierbas secas y altas, mientras el buitre subía y subía hacia el azul, con sus alas de plástico tensas contra el viento, y Louis, como hacía de niño, se alzó en espíritu hacia la cometa, fundiéndose con ella y contempló la verdadera faz del mundo, la que sin duda ven en sueños los cartógrafos: el campo de Mrs. Vinton, blanquecino y dormido después del deshielo, que ya no era un campo, sino un paralelogramo limitado por paredes de piedra en dos de sus lados y, en la base, la raya negra de la carretera y la cuenca del río. Eso veía el buitre con sus ojos saltones. Veía la cinta gris del río que aún arrastraba trozos de hielo y, al otro lado, Hampton, Newburgh, Winterport, con un barco en el puerto, tal vez incluso veía la fábrica St. Regis, en Bucksport, bajo su bandera de humo, y hasta el cabo, en el que el Atlántico embestía los acantilados.

–¡Mira cómo sube, Gage! –gritó Louis, riendo.

Gage echaba el cuerpo hacia atrás de tal manera que parecía que, de un momento a otro, iba a caerse de espaldas. Sonreía de oreja a oreja y saludaba a la cometa con la mano.

Cuando se aflojó la tensión del hilo, Louis dijo a Gage que pusiera la mano. Gage extendió el brazo, sin mirar siquiera. No podía apartar los ojos de la cometa que giraba y danzaba al viento mientras su sombra corría por el campo de un lado a otro.

Louis dio dos vueltas alrededor de la mano de Gage con el hilo y entonces sí que el pequeño bajó la mirada con un gracioso gesto de perplejidad al sentir el tirón.

–¡Oh!

–Ahora la haces volar tú –dijo Louis–. Tú mandas, compañero. Es tu cometa.

–¿Gage hace volar? –preguntó él. Aunque más que a su padre parecía preguntárselo a sí mismo. Tiró del hilo para probar y la cometa osciló al viento. Dio otro tirón más fuerte y el buitre hizo una pirueta. Louis y su hijo rieron al unísono. Gage extendió la mano libre y Louis se la tomó. Y así se quedaron, en medio del campo de Mrs. Vinton, mirando al buitre.

Fue un momento que Louis nunca olvidaría. Si cuando era niño se alzaba hasta la cometa, ahora sintió que se fundía con Gage, su hijo. Le pareció que se achicaba hasta caber dentro del pequeño cuerpo de Gage y que podía mirar por los ojos del niño aquel mundo inmenso y luminoso, un mundo en el que el campo de Mrs. Vinton era casi tan grande como las salinas de Bonneville, en el que la cometa volaba a kilómetros de altura, mientras el hilo le temblaba en la mano como si estuviera vivo y el viento le despeinaba.

–¡Vuela, cometa! –gritó Gage mirando a su padre, y

Louis le rodeó los hombros con el brazo y le dio un beso en la mejilla encendida por el viento.

–Te quiero mucho, Gage –dijo. Al fin y al cabo, quedaría entre los dos, y nadie podía decir nada.

Y Gage, a quien quedaban menos de dos meses de vida, reía con estrépito y alborozo.

–¡Vuela la cometa! ¡Vuela la cometa, papi!

Aún estaba la cometa en el aire cuando Rachel y Ellie volvieron a casa. Tan alta la tenían que casi se les había acabado el hilo y al buitre no se le veía la cara; era una pequeña silueta negra en el cielo.

Louis se alegró de verlas y soltó una carcajada cuando Ellie dejó escapar el hilo y lo persiguió entre la hierba, atrapándolo en el momento en que el ovillo iba a devanarse del todo, dando tumbos por el suelo. Pero la presencia de ellas dos cambiaba un poco las cosas, y Louis no lamentó mucho entrar en casa cuando, al cabo de veinte minutos, Rachel dijo que le parecía que Gage ya tenía bastante viento y que podía resfriarse.

Así que hubo que recoger el hilo y la cometa fue bajando. A cada vuelta del ovillo, pugnaba por volver al cielo, hasta que al fin se rindió. Louis se llevó debajo del brazo a aquel enorme pajarraco de los ojos saltones y volvió a guardarlo en el armario del garaje. Aquella noche, Gage tomó una cena enorme, a base de perros calientes y alubias y, mientras Rachel le ponía el pelele para acostarle, Louis se llevó aparte a Ellie y tuvo con ella una charla confidencial sobre las consecuencias de dejar las canicas por ahí tiradas. En otras circunstancias, tal vez hubiera acabado por gritarle, pues Ellie se ponía muy soberbia –y hasta impertinente– cuando se le reprochaba algo. Era sólo su forma de reaccionar a las críticas, pero ello no impedía que Louis perdiera los estribos cuando la niña se extralimitaba o él estaba cansado.

Pero, aquella noche, gracias a la cometa, estaba de muy buen humor y Ellie se mostró razonable. Prometió tener más cuidado y luego bajó a ver la tele hasta las ocho y media, una concesión del sábado por la noche a la que no hubiera renunciado por nada del mundo. «En fin, asunto terminado y puede que hasta haya sido una suerte», pensó Louis, sin sospechar que el peligro no estaba en las canicas, ni en los resfriados, sino en un gran camión de la Orinco y en aquella carretera..., tal como les advirtiera Jud Crandall un día de agosto.

Aquella noche, Louis subió la escalera unos quince minutos después de que Rachel acostara a Gage. Encontró al niño quieto en su cuna pero todavía despierto, apurando un biberón y con los ojos fijos en el techo en actitud contemplativa.

Louis le tomó un pie, lo levantó, le dio un beso y volvió a depositarlo en la cuna.

–Buenas noches, Gage.

–Vuela la cometa, papi.

–¡Cómo volaba! ¿Eh? –dijo Louis y, sin saber por qué, sintió lágrimas en el fondo de los ojos–. Hasta el cielo subió.

–Vuela la cometa. Hasta el cielo.

Se puso de lado, cerró los ojos y se durmió. Así, sin más.

Al salir al pasillo, Louis miró atrás y vio brillar unos ojos amarillentos dentro del armario de Gage. La puerta estaba entreabierta... sólo una rendija. Sintió que el corazón se le subía a la garganta y torció los labios en una mueca. Abrió la puerta del armario pensando no sabía qué.

(*Zelda, Zelda está en el armario, con la lengua ennegrecida asomando entre los labios*)

Naturalmente, era *Church*, el gato, que se había metido en el armario y al ver a Louis arqueó el lomo y dio un bufido enseñando unos dientecitos como alfileres.

—Fuera de ahí —susurró Louis.

Church volvió a bufar y no se movió.

—Fuera he dicho. —Louis agarró lo primero que le vino a mano del montón de juguetes de Gage: una locomotora de plástico rojo que a aquella luz débil tenía el color escarlata de la sangre coagulada, y amenazó con ella al animal. *Church* no sólo se quedó donde estaba, sino que, además, volvió a bufar.

De pronto, sin pensar, Louis arrojó el juguete al gato, y no para ahuyentarlo sino apuntando a dar, furioso y asustado porque se hubiera escondido en el armario del niño y, además, se negara a marcharse, como si tuviera derecho a estar allí.

La locomotora dio de lleno al animal que lanzó un maullido y huyó y, con su acostumbrada agilidad, tropezó con la puerta y estuvo a punto de caer.

Gage se movió, balbuceó, cambió de postura y volvió a quedarse quieto. Louis se sentía un poco mareado. Tenía la frente empapada en sudor.

—¿Louis? —preguntó Rachel desde abajo, alarmada—. ¿Se ha caído Gage de la cuna?

—No pasa nada, cariño. *Church*, que tropezó con unos juguetes.

—¡Ah, bien!

Louis sentía la misma sensación que hubiera experimentado si, al entrar a ver a su hijo, hubiera encontrado una serpiente deslizándose sobre él o una enorme rata agazapada en el estante situado sobre la cuna. Quizá fuera algo irracional, y quizá no. Pues, por supuesto que tenía que ser irracional. Pero cuando le bufó de aquel modo desde dentro del armario...

(*¿Zelda, pensaste, Zelda, pensaste Ozz el Ggande y Teggible?*)

Cerró la puerta del armario, empujando con el pie varios juguetes. Escuchó el chasquido del picaporte y, después de unos segundos de vacilación, echó el seguro.

Louis volvió a acercarse a la cuna. Gage, al moverse, se había bajado las mantas hasta las rodillas. Louis volvió a arroparle con cuidado y se quedó largo rato allí plantado, contemplando a su hijo.

SEGUNDA PARTE

EL CEMENTERIO MICMAC

Cuando Jesús llegó a Betania, le dijeron que Lázaro yacía en su tumba desde hacía cuatro días. Cuando Marta oyó decir que venía Jesús, salió a su encuentro.

«Maestro –le dijo–, si tú hubieras estado aquí, mi hermano no habría muerto. Pero ahora que has venido sé que Dios te concederá lo que le pidas.»

Jesús respondió:

«Tu hermano se levantará.»

Evangelio de san Juan (paráfrasis)

Hey-ho, let's go[1]

The Ramones

1. ¡Ajajá, vamos allá!

36

Sin duda se equivoca quien piense que existe un límite para el horror que puede experimentar la mente humana. Por el contrario, parece ser que, según van cerrándose las tinieblas, empieza a actuar una especie de multiplicador que, por poco que nos agrade admitirlo, la experiencia demuestra de múltiples maneras que, cuando arrecia la pesadilla, el horror engendra horror, que una desgracia fortuita acarrea otras, acaso provocadas, hasta que el horror lo llena todo. Y tal vez la incógnita más estremecedora sea cuánto horror puede soportar la mente humana sin perder la facultad de lúcido raciocinio. Por supuesto, estas situaciones suelen tener un componente absurdo. Y, a partir de un punto determinado, todo puede empezar a resultar incluso humorístico. Tal vez sea éste el punto en el que la razón empieza a imponerse o, por el contrario, a resquebrajarse; el punto en el que interviene el sentido del humor de cada cual.

Louis Creed hubiera podido entenderlo así si aquel diecisiete de mayo, después del funeral de su hijo, Gage William Creed, hubiera sido capaz de razonar; pero

Louis dejó de pensar racionalmente –e incluso de intentarlo– en la sala de la funeraria, después de una pelea a puñetazo limpio que acabó con la frágil serenidad de Rachel. Los horrores del día no terminaron hasta que ella fue sacada, gritando, de la capilla de la funeraria, donde Gage estaba de cuerpo presente, en su ataúd cerrado, y Surrendra Hardu le puso una inyección calmante.

La ironía del caso es que ella no hubiera tenido que presenciar el episodio, aquella apoteosis de historieta de horror, si la pelea entre Louis Creed y Mr. Irwin Goldman de Dearborn se hubiera producido durante las horas de visita de la mañana (de 10 a 13.30) en lugar de por la tarde (de 14 a 15.30). Rachel no fue a la capilla por la mañana; sencillamente, no podía. Se quedó en casa, acompañada de Jud Crandall y de Steve Masterton. Louis no tenía ni idea de cómo hubiera podido resistir las cuarenta y ocho precedentes de no ser por Jud y Steve.

Fue una suerte para Louis –una suerte para los tres miembros de la familia que quedaban– que Steve hubiera acudido con tanta prontitud, ya que Louis, momentáneamente al menos, quedó incapacitado para tomar cualquier decisión, incluso, la más simple, como era poner una inyección a su mujer para mitigar su vivo dolor. Louis ni se dio cuenta de que, al parecer, Rachel pretendía ir al velatorio con la bata de casa, y mal abrochada. Tenía la cara demacrada y el pelo enmarañado, y sus oscuros ojos, dilatados e inexpresivos en sus cuencas hundidas, parecían los de una calavera viviente. Aquella mañana, sentada a la mesa del desayuno, mientras mordisqueaba una tostada sin untar, decía frases incoherentes. En un momento dijo de pronto: «A propósito del remolque que piensas comprar, Lou...» Lou no había vuelto a hablar de comprar el remolque desde 1981.

Louis se limitó a mover la cabeza y siguió tomando su desayuno, un tazón de cereal al cacao, el predilecto de

Gage. Le revolvía el estómago, pero pensaba tomárselo todo. Louis iba muy acicalado, con su mejor traje –no era negro; él no tenía traje negro, sino gris antracita, algo es algo–, afeitado, duchado y peinado. Tenía un aspecto magnífico, y estaba traumatizado.

Ellie llevaba sus tejanos azules y una blusa amarilla. Acudió a desayunar con una foto en la mano. No consentía en separarse de ella. Era una ampliación de una instantánea que Rachel había tomado con la Polaroid que Louis y los niños le regalaron en su último cumpleaños, y en ella se veía a Gage, sonriendo desde las profundidades de la capucha del anorak y sentado en el trineo de Ellie, y a su hermana tirando de él. Rachel captó a Ellie sonriendo a Gage por encima del hombro mientras él parecía estar gritando de júbilo.

Ellie iba a todas partes con la foto, pero apenas hablaba. Era como si la muerte de su hermano, ocurrida en la carretera, delante de la casa, le hubiera hecho olvidar casi todo su vocabulario.

Louis era incapaz de darse cuenta del estado de su mujer y de su hija. Mientras comía el cereal, su mente repasaba el accidente una y otra vez; pero en su película personal el desenlace era diferente. En su película él era más rápido, y lo único que ocurría era que Gage se llevaba una zurra por no haberse parado cuando ellos le gritaron.

En realidad, fue Steve quien reparó en el estado de Rachel y de Ellie. Prohibió a Rachel asistir al velatorio de la mañana (por más que era bien poco lo que quedaba por velar; si el ataúd estuviera abierto, todos saldrían corriendo, entre ellos el propio Louis) y dispuso que Ellie se quedara en casa todo el día. Rachel protestó. Ellie se quedó sentada, sin decir nada, con la fotografía en la mano.

Fue Steve quien puso a Rachel la inyección que necesitaba y dio a Ellie una cucharada de un jarabe transparente. Ellie, que normalmente protestaba a gritos cada vez que tenía que tomar una medicina, fuese lo que fuese, esta vez se la tragó en silencio y sin una mueca. A las diez de la mañana, la niña dormía en su cama (con la fotografía de Gage todavía en la mano) y Rachel estaba sentada delante del televisor mirando «La rueda de la fortuna». Sus respuestas a las preguntas de Steve eran lentas. Estaba aturdida, pero en su rostro no había ya aquella expresión demente que tanto preocupara –y asustara– al joven médico cuando llegó a casa a las ocho y cuarto de la mañana.

Naturalmente, Jud se encargó de todos los trámites. Los realizó con la serena eficacia que desplegara tres meses antes con motivo de la muerte de su esposa. Pero fue Steve Masterton el que se llevó aparte a Louis antes de que éste saliera hacia la capilla.

–Yo la llevaré esta tarde, si está en condiciones –dijo Steve.

–Bien.

–Para entonces ya se le habrá pasado el efecto de la inyección. Mr. Crandall dice que él cuidará de Ellie esta tarde.

–Bien.

–Dice que jugará con ella al Monopoly o algo así...

–Humm-humm.

–Pero...

–Bien.

Steve enmudeció. Estaban en el garaje, el terreno de *Church*, el lugar al que llevaba los pájaros y las ratas que mataba. Y de los que Louis tenía que encargarse, porque eran responsabilidad suya. Fuera, sol de mayo y un petirrojo que cruzaba el sendero del jardín, como si tuviera asuntos urgentes que despachar en otro sitio.

–Louis –dijo Steve al fin–, tienes que sobreponerte.

Louis miró a Steve con gesto de cortés interrogación. Apenas había oído lo que le decía –estaba pensando que si hubiera sido más rápido habría salvado la vida de su hijo–, pero esta última frase caló un poco más.

–No creo que tú lo hayas notado –dijo Steve–, pero Ellie no vocaliza. En absoluto. Y Rachel está tan aturdida que no tiene ni noción del tiempo.

–¡Bien! –dijo Louis. Aquí parecía imponerse una respuesta más enérgica. No acababa de comprender por qué.

Steve puso una mano en el hombro de Louis.

–Lou, te necesitan más que nunca en la vida. Tal vez más de lo que puedan necesitarte en el futuro. Mira, chico..., yo puedo ponerle una inyección a tu mujer, pero... tú... Louis, tú... ¡Caray! ¡Qué puta mierda!

Louis advirtió, con cierta sensación que podía ser de alarma, que Steve se echaba a llorar.

–Claro –dijo, y estaba viendo a Gage correr por el césped del jardín hacia la carretera. Ellos le gritaban que volviera, pero él no quería –últimamente jugaba a escaparse de papi y mami– y ellos corrían tras él. Louis enseguida sacó mucha ventaja a Rachel, pero Gage estaba muy lejos, Gage se reía, Gage se escapaba de papi –en esto consistía el juego– y Louis le perseguía, estaba acortando la distancia, pero muy despacio. Gage corría por la suave pendiente del jardín en dirección a la carretera 15, y Louis pedía a Dios que Gage se cayera. Cuando los niños pequeños corren tan deprisa, casi siempre se caen, porque la persona no coordina perfectamente los movimientos de las piernas por lo menos hasta los siete u ocho años. Louis pedía a Dios que Gage se cayera, que se cayera, sí, y que se aplastara la nariz o se abriera la cabeza y hubiera que darle puntos o lo que fuera, porque estaba oyendo el rugido de un camión que se acercaba, uno de aquellos diez-ruedas que constantemente iban y venían entre Bangor y la fábrica Orinco de Bucksport, y entonces chilló a Gage y le pareció que Gage le oía y que trataba de parar. Y es que Gage habría comprendido que el juego había terminado, que los padres no chillan así cuando están jugando, y trató de frenar la carrera, pero entonces el ruido del camión estaba muy cerca, era un ruido que llenaba el mundo. Como un trueno. Louis se lanzó hacia adelante, tratando de placar al niño, y su sombra se arrastró paralela al cuerpo, como la sombra de la cometa se arrastraba por el campo de Mrs. Vinton cubierto por la hierba seca de finales de invierno, y él creía (pero no estaba seguro) que había rozado con la yema de los dedos la tela de la fina chaqueta de Gage, pero entonces la inercia arrastró a Gage hacia la carretera, y el camión era como un trueno, el camión era destellos de sol en metal cromado, el camión era el alarido grave de una bocina de aire comprimido, y todo eso fue el sábado, y hacía tres días.

–Estoy bien –dijo a Steve–. Ahora tengo que marcharme.

–Si consiguieras reunir las fuerzas suficientes como para prestarles apoyo, eso sería también un bien para ti –dijo Steve enjugándose las lágrimas con la manga de la americana–. Tenéis que afrontarlo los tres juntos, Louis. Es la única forma. Es lo único que uno puede decir.

–Está bien –convino Louis, y dentro de su cabeza todo volvía a empezar, sólo que esta vez él saltaba medio metro más a la derecha y conseguía agarrarlo y no ocurría nada más.

Ellie se perdió el espectáculo de la capilla de la funeraria Brookins-Smith, pero Rachel, no. Cuando aquello ocurría, Ellie empujaba su ficha del Monopoly por el tablero al tuntún –y en silencio– sentada frente a Jud Crandall. Con una mano tiraba los dados y con la otra sujetaba fuertemente la fotografía en la que ella paseaba a Gage en el trineo.

Steve Masterton estimó que Rachel podía estar en el velatorio por la tarde, decisión que, a la vista de los acontecimientos posteriores, tuvo que lamentar.

Los Goldman habían llegado de Chicago en avión

aquella mañana y se hospedaban en el Holiday Inn de Odlin Road. Antes del mediodía, el padre había llamado por teléfono cuatro veces, y Steve había tenido que mostrarse cada vez más firme, a la cuarta, casi amenazador. Irwin Goldman estaba decidido a ver a su hija y ni todos los perros del infierno le impedirían acudir a su lado en sus momentos de dolor, dijo. Steve respondió que Rachel necesitaba sosiego, para recuperarse del trauma antes de ir a la capilla; que él no sabía lo que harían los perros del infierno, pero que, desde luego, aquel médico ayudante sueco-americano no tenía la menor intención de dejar entrar a nadie en casa de los Creed hasta que Rachel apareciera en público por voluntad propia. Después del velatorio de la tarde, añadió Steve, estaría encantado de que el consuelo familiar entrara en funciones. Hasta entonces, tenían que dejarla en paz.

El padre juró en yiddish y colgó el auricular. Steve se mantuvo al acecho, por si aparecía el hombre; pero, evidentemente, Goldman había decidido esperar. A mediodía, Rachel parecía haber mejorado un poco. Por lo menos, ahora tenía idea de la hora que era y hasta fue a la cocina, para ver si había fiambres para preparar bocadillos o alguna cosa para después. Porque más tarde la gente querría ir a la casa, ¿verdad?, preguntó a Steve.

Steve asintió.

No había embutido ni rosbif; pero tenía un pavo relleno en el refrigerador, y lo puso en la rejilla a descongelar. Steve se asomó a la cocina minutos después y la encontró llorando delante del fregadero y mirando el pavo.

–Rachel...

Ella se volvió.

–A Gage le gustaba el pavo relleno. Sobre todo, la pechuga. –Esbozó una sonrisa atroz–. Se me ha ocurrido que ya nunca más lo comerá.

Steve la mandó arriba a vestirse –en realidad, ésta era

la prueba final de su serenidad– y cuando la vio bajar con un sencillo vestido negro con cinturón y una pequeña cartera (en realidad, un bolso de noche), estimó que podía dejarla ir, y Jud se mostró de acuerdo.

Steve la llevó a la ciudad y se quedó en el vestíbulo de la capilla con Surrendra Hardy, mirando a Rachel avanzar por el pasillo hacia el féretro cubierto de flores.

–¿Cómo están las cosas, Steve? –preguntó Surrendra en voz baja.

–No pueden estar más jodidas –dijo Steve ásperamente–. ¿Cómo crees tú?

–Pues eso, jodidas –suspiró Surrendra.

En realidad, la cosa empezó por la mañana, cuando Irwin Goldman no quiso dar la mano a su yerno.

Al ver reunidos a tantos amigos y parientes, Louis salió un poco de su aturdimiento y empezó a percibir más claramente lo que ocurría a su alrededor. Había entrado en aquel estado de aflicción dócil que los directores de las funerarias saben aprovechar. Louis era paseado por la capilla como si fuera una ficha de parchís.

Contigua a la capilla, había una salita donde se podía fumar y descansar en mullidas butacas que parecían sacadas de un lúgubre club inglés que hubiera ido a la quiebra. En un atril de metal negro y dorado, colocado a la puerta de la capilla había un pequeño rótulo en el que se leía, simplemente: GAGE WILLIAM CREED. Si uno recorría aquel espacioso edificio blanco con engañoso aspecto de vieja mansión familiar, encontraba otra salita idéntica, junto a otra capilla, con un rótulo que decía: ALBERTA BURNHA NEDEAU. En la capilla de la parte posterior del edificio el atril estaba vacío. Aquel martes por la mañana, esta capilla se encontraba vacante. En el sótano estaba la sala de exposición de féretros, cada modelo, iluminado por un foco instalado en el techo. Si mirabas arriba –y Louis miró, lo que le valió un gesto de reproche del director–, creías descubrir una colección de animalejos acurrucados en el techo.

Jud fue con él el domingo, al día siguiente de la muerte de Gage, para elegir el ataúd. Cuando bajaron al sótano, en lugar de torcer inmediatamente hacia la derecha, donde estaba la sala de exposiciones, Louis siguió pasillo adelante en dirección a una puerta blanca oscilante como las que suele haber entre el comedor y la cocina de los restaurantes. Jud y el director de la funeraria dijeron rápidamente al unísono: «No es por ahí.» Y Louis, obediente, se alejó de la puerta oscilante. Pero él sabía lo que había detrás. Su tío tenía una funeraria.

En la capilla había varias filas de sillas plegables, de las caras, con asiento y respaldo tapizados. Delante, en un combinado de altar y glorieta, estaba el féretro: Louis había elegido el modelo Eternal Rest de palo de rosa, de la American Casket Company. Con forro capitoné de seda rosa. El director se mostró de acuerdo en que era un ataúd precioso y lamentó no tenerlo con el forro azul. Louis respondió que ni él ni Rachel se habían preocupado nunca de tales matices. El hombre asintió. Luego, preguntó a Louis si había pensado ya cómo pagaría los gastos del entierro. Si aún no lo tenía decidido, podían pasar un momento al despacho y él le informaría de sus tres modalidades más populares.

En la cabeza de Louis, un locutor anunció de pronto jovialmente: «¡Un ataúd para su hijo, gratis con los cupones Raleigh!»

Como en sueños, Louis respondió:

–Pagaré con tarjeta de crédito.

–Muy bien –dijo el director.

El ataúd tenía poco más de un metro de largo: un miniataúd. El precio, sin embargo, rebasaba los seiscientos dólares. Louis supuso que lo habían puesto sobre unos caballetes, pero las flores los cubrían. De todos modos, no quería acercarse mucho. El olor de aquellas flores le daba ganas de vomitar.

Al extremo del pasillo, junto a la puerta que comunicaba con la salita, había una mesita con un álbum y un bolígrafo sujeto a la mesa con una cadena. Allí situó a Louis el director, para que pudiera «saludar a los parientes y amigos».

Los parientes y amigos debían firmar en el libro, con nombre y dirección. Louis nunca había podido adivinar cuál era el objeto de tan absurda costumbre, y ahora tampoco lo preguntó. Suponía que, después del entierro, él y Rachel tendrían que llevarse el libro a casa. Y esto le parecía aún más disparatado. En algún sitio, él guardaba su álbum de la escuela secundaria, su álbum de la universidad y su álbum de la Facultad de Medicina; había también el álbum de la boda, con la inscripción MI BODA estampada en letras doradas sobre símil-piel, que empezaba con la fotografía de Rachel probándose el velo de novia delante del espejo, ayudada por su madre, y terminaba con la foto de dos pares de zapatos colocados delante de la puerta de la habitación del hotel. También empezaron un álbum de Ellie... pero pronto se cansaron de ir pegando fotos; realmente, éste era una monada, con su página para MI PRIMER CORTE DE PELO (péguese un mechón del bebé) y el espacio rotulado ¡PUMBA! (péguese foto del bebé cayendo de culito).

Y ahora, éste. ¿Cómo lo llamamos?, se preguntaba Louis, yerto al lado de la mesa, esperando que empezara el desfile. ¿MI ÁLBUM DE LA MUERTE? ¿AUTÓGRAFOS FUNERARIOS? ¿EL DÍA EN QUE PLANTAMOS A GAGE? ¿O tal vez algo más solemne, como: UNA MUERTE EN LA FAMILIA?

Miró las tapas del álbum que, al igual que las del de MI BODA eran de símil-piel.

Pero no tenían nada escrito.

Como era de esperar, la primera persona en llegar aquella mañana fue Missy Dandridge, la buena de Missy que había cuidado de los niños docenas de veces. Louis recordó que Missy estaba con ellos la noche del día en que murió Victor Pascow. Ella se llevó a los niños y Rachel le hizo el amor en la bañera y en la cama.

Missy había llorado, había llorado mucho, y al ver la cara serena e impasible de Louis volvió a echarse a llorar y extendió los brazos hacia él, como buscándole a tientas. Louis la abrazó, pensando que era lo obligado: seguramente, se establecía una especie de corriente humana que abría brecha en el muro del aturdimiento y hacía que, al calor de la pena, se fundiera el hielo del trauma.

Lo siento, decía Missy, apartando su melena rubio ceniza de su pálida cara. Un niño tan bueno y cariñoso. Yo le quería mucho, Louis. Es terrible. Esa carretera es *criminal*. Ojalá encierren al chófer para toda la vida, iba demasiado deprisa, era un niño tan dulce, tan vivo, ¿por qué ha tenido que llevárselo Dios? No lo sé, no lo comprendemos, pero es terrible, terrible, terrible.

Louis la consolaba. La tenía abrazada y la consolaba. Ella estaba mojándole el cuello de la camisa con sus lágrimas y él sentía en el pecho la presión de sus senos. Le preguntó por Rachel y él le dijo que estaba descansando. Missy prometió ir a verla y se ofreció para cuidar de Ellie siempre que quisieran. Louis le dio las gracias.

Missy ya se alejaba, hiposa, con los ojos más irritados que nunca, enjugándose las lágrimas con un pañuelo negro, en dirección al ataúd, cuando Louis la llamó. El director de la funeraria, cuyo nombre Louis ni recordaba siquiera, le había dicho que les hiciera firmar en el álbum y maldito si no les haría firmar a todos.

«El invitado misterioso tenga la bondad de firmar», pensó y a punto estuvo de soltar una carcajada histérica.

Pero los ojos afligidos de Missy ahuyentaron la risa.

–Missy, ¿harías el favor de firmar? –dijo. Y, puesto que parecía que se imponía añadir algo, explicó–: Para Rachel.

–Oh, pues claro. Pobre Louis y pobre Rachel. –Y, de pronto, Louis supo lo que iba a decirle a continuación, algo que él, sin saber por qué, estaba temiendo. Sí; ya venía, como una negra bala de grueso calibre disparada por un asesino, y él comprendió que aquella bala le heriría una y otra vez durante los interminables noventa minutos siguientes y por la tarde, otra vez mientras sangraban todavía las heridas de la mañana.

–Gracias a Dios, no sufrió, Louis. Por lo menos, fue rápido.

«Sí, muy rápido –le hubiera dicho él, ah, cómo la haría llorar oír aquello. Y Louis sintió el malévolo impulso de decirlo, de escupirle las palabras a la cara–. Fulminante, y por eso está cerrado el ataúd, y es que no había por dónde agarrarlo, aunque Rachel y yo fuéramos de los que visten a los parientes muertos con sus mejores galas, como si fueran maniquíes de escaparate, y les pintan la cara. Fue muy rápido, Missymona, todo fue salir a la carretera y quedar tirado, pero un buen trecho más allá, frente a la casa de los Ringer. Lo golpeó, lo mató y luego lo arrastró y más nos valdrá pensar que fue rápido. Un centenar de metros o más, el largo de un campo de fútbol. Yo corría, Missy, gritando su nombre, como si esperase que aún estuviera vivo; yo, un médico. Corrí diez metros y allí estaba su gorra de béisbol, veinte metros y una zapatilla de *La guerra de las galaxias*, cuarenta metros y el camión ya se había salido de la carretera, y estaba con la caja, doblado hacia un lado, en el campo que hay detrás del granero de los Ringer. De las casas salía la gente y yo seguía gritando su nombre, Missy, y a los cincuenta metros, estaba el jersey, vuelto del revés, y a los setenta, la otra zapatilla y, luego, Gage.»

Bruscamente, la capilla se puso toda gris. Los objetos se borraron de su vista. Sentía levemente que el pico de la mesa que sostenía el álbum se le clavaba en la palma de la mano, pero eso era todo.

–¿Louis? –La voz de Missy. Lejana. Arrullo de palomas en los oídos.

–¿Louis? –Ahora, más cerca. Alarmada.

Las formas recobraron su perfil.

–¿Te encuentras bien?

–Muy bien –sonrió él–. Estoy bien, Missy.

Missy firmó por ella y por su marido –David Dandridge y esposa– con su estilográfica Palmer y debajo puso la dirección: Carretera de Bucksport, 67. Luego, levantó los ojos hacia Louis y desvió la mirada rápidamente, como si fuera un crimen vivir en la carretera donde había muerto Gage.

–Valor, Louis –susurró.

David Dandridge le estrechó la mano murmurando por lo bajo mientras la nuez, puntiaguda y prominente, le subía y bajaba. Luego, se fue rápidamente pasillo adelante detrás de su esposa, para cumplir con el rito de la contemplación de un féretro fabricado en Storyville, Ohio, un lugar en el que Gage nunca estuvo y donde nadie le conocía.

Detrás de los Dandridge fueron desfilando todos, lentamente, arrastrando los pies, y Louis recibió sus apretones de manos, sus abrazos, sus lágrimas. El cuello y el hombro de su americana gris oscuro le quedaron húmedos. El olor de las flores llegaba ya a la puerta de la capilla: olor a funeral. Era un olor que Louis recordaba de su niñez: olor empalagoso de flores mortuorias. Louis tuvo que oír treinta y dos veces –llevaba la cuenta– que «menos mal que Gage no había sufrido»; que «los designios de Dios son inescrutables», veinticinco y que «ahora está con los ángeles», doce.

Empezó a afectarle. Aquellos aforismos, en lugar de perder el poco significado que pudieran tener (como el propio nombre llega a perder sentido e identidad si se repite muchas veces), parecían clavársele más y más a cada acometida, avanzando hacia los puntos vitales. Cuando, inevitablemente, llegaron los suegros, Louis empezaba a sentirse como un boxeador muy castigado.

Lo primero que pensó fue que Rachel tenía razón, toda la razón. Irwin Goldman había envejecido. ¿Cuántos años tenía? ¿Cincuenta y ocho? ¿Cincuenta y nueve? Hoy aparentaba setenta, con su pétreo hieratismo. Se parecía casi de un modo absurdo al ex primer ministro de Israel, Menahem Begin, con su calva y sus gruesos lentes. Rachel, al regresar de su viaje, ya le dijo que su padre estaba más viejo, pero Louis no esperaba aquello. Claro que tal vez entonces no estuviera tan mal. Y es que en la época de Acción de Gracias el viejo aún no había perdido a uno de sus dos nietos.

A su lado iba Dory, con la cara oculta bajo dos o tal vez tres capas de crespón negro. Su pelo tenía ese tinte azulado del que tan partidarias se muestran las ancianas americanas de las clases altas. Se apoyaba en el brazo de su marido. Lo único que Louis distinguía a través de los velos era el brillo de las lágrimas.

De pronto, Louis pensó que ya era hora de hacer las paces. Ya no podía seguir guardándoles rencor. No se sentía con fuerzas. Quizá fuera por efecto del peso acumulado de tantas frases hechas.

–Irwin, Dory –murmuró–. Gracias por haber venido.

Hizo un amplio ademán con los brazos, como para estrechar la mano del padre y abrazar a la madre simultáneamente, o tal vez abrazarlos a los dos. Lo cierto es que empezaba a sentir lágrimas en los ojos por primera vez y, durante un instante, tuvo la disparatada ocurrencia de que podían reconciliarse, de que Gage, con su muerte, podía hacer eso por ellos, como en las novelas para señoras románticas, en las que la muerte ponía la paz en las familias, creando algo más constructivo que este dolor inmenso, estéril y demoledor que no cesaba.

Dory inició un movimiento, como si fuera a extender los brazos a su vez. Dijo algo –«Oh, Louis...» y unos sonidos que se le ahogaron en la garganta–, pero Goldman la atajó tirando de ella hacia atrás. Durante un momento, los tres se quedaron quietos como en un cuadro que nadie observó más que ellos (y quizá el director de la funeraria que se mantenía disimuladamente en un ángulo de la capilla: Louis pensó que el tío Carl lo habría observado), Louis, con los brazos entreabiertos y los Goldman, rígidos como una pareja de muñecos en una tarta nupcial.

Louis vio que los ojos de su suegro estaban secos y tenían una mirada adusta y hostil («¿Piensas que maté a Gage para fastidiarte?», le preguntó Louis mentalmente). Aquellos ojos parecían ver en él al mismo sujeto insignificante que raptó a su hija y que ahora le había ocasionado este sufrimiento... Luego, despectivamente, se volvieron hacia la izquierda –hacia el ataúd de Gage– y su expresión se suavizó.

A pesar de todo, Louis hizo una última tentativa.

–Irwin –dijo–, Dory. Creo que en estos momentos deberíamos estar unidos.

–Louis –dijo Dory otra vez, y amablemente, según pensó Louis; pero ya se alejaban: probablemente, Irwin iba tirando de su mujer sin mirar a derecha ni izquierda y, desde luego, sin mirar a Louis Creed. Se situaron frente al ataúd y Goldman sacó un bonete negro del bolsillo de la americana.

«No habéis firmado en el libro», pensó Louis, y le subió a la boca un eructo sordo y tan amargo que la cara se le contrajo en una mueca.

Por fin acabó el velatorio matinal. Louis llamó a su casa. Jud contestó al teléfono y le preguntó cómo había ido.

Muy bien, respondió a Louis. Pidió a Jud que llamara a Steve.

—Si es capaz de vestirse, esta tarde la dejaré ir —dijo Steve—. ¿Te parece bien?

—Sí —dijo Louis.

—¿Y tú cómo estás, Louis? Sin pamplinas, ¿cómo estás?

—Bien —dijo Louis lacónicamente. Resistiendo—. «Les he hecho firmar en el libro. Y han firmado todos menos Dory e Irwin, que no han querido.»

—Está bien —dijo Steve—. Oye, ¿quieres que nos reunamos contigo para almorzar?

Almorzar. Reunirse para almorzar. Parecía una idea tan fuera de lugar, que Louis recordó las novelas de cienciaficción que solía leer de adolescente —novelas de Robert A. Heinlein, Murray Leinster, Gordon R. Dickson. «Teniente Abelson, los habitantes del planeta Cuarco tienen una extraña costumbre cuando se les muere un hijo: se reúnen para almorzar. Ya sé que parece grotesco y bárbaro, pero recuerde que este planeta todavía no ha sido colonizado por la Tierra.»

—Claro que sí —dijo Louis—. ¿Qué restaurante recomiendas para un descanso entre dos sesiones de velatorio?

—Calma, Louis —dijo Steve, pero no parecía molesto. En aquel estado de callada desesperación, Louis advirtió que podía ver en el interior de la gente con más claridad que nunca. Quizá fuera una ilusión, pero en aquel momento intuyó que Steve estaba pensando que era mejor un exabrupto sarcástico lanzado como una súbita bocanada de bilis, que su anterior estado de total apatía.

—No te preocupes —dijo a Steve—. ¿Te parece bien que nos encontremos en Benjamin's?

—De acuerdo. Benjamin's, entonces.

Louis había hecho la llamada desde el despacho del director. Ahora, al pasar por delante de la capilla, vio que estaba casi vacía, pero Irwin y Dory seguían sentados en primera fila, con la cabeza inclinada. A Louis le pareció que iban a quedarse allí para siempre.

Benjamin's fue una buena elección. En Bangor se almorzaba temprano, y a eso de la una ya no quedaba casi nadie en el restaurante. Jud fue también, con Rachel y Steve, y los cuatro pidieron pollo frito. En un momento dado, Rachel se fue al tocador, y tardaba tanto en volver que Steve empezó a ponerse nervioso. Ya iba a pedir a una camarera que fuera a ver si le ocurría algo cuando ella volvió a la mesa, con los ojos irritados.

Louis apenas arañó el pollo, pero bebió mucha cerveza Schlitz. Jud se mantenía a su altura, botella a botella, sin hablar apenas.

Las cuatro raciones de pollo frito quedaron casi intactas, y Louis, con su nueva clarividencia, observó que la camarera, una muchacha gordita y mona, luchaba consigo misma sobre si preguntar o no si habían quedado satisfechos y, al ver los ojos enrojecidos de Rachel, decidía que la pregunta no procedía. Durante el café, Rachel dijo de pronto con una osadía que les impresionó a todos, especialmente a Louis, que por fin empezaba a amodorrarse con la cerveza:

—Voy a dar toda su ropa a la parroquia.

—¿Sí? —dijo Steve, después de una pausa.

—Sí; aún está en muy buen uso. Los jerséis..., los pantalones de pana..., las camisas... Alguien los aprovechará. Todos están muy bien; todos menos los que llevaba puestos, claro. Ésos quedaron... destrozados.

La última palabra se le ahogó en la garganta. Trató de tomar un sorbo de café, pero no pudo. Un momento después estaba sollozando con la cara entre las manos.

Entonces se produjo una tensión extraña. Había varias corrientes que parecían converger en Louis. Él con la fina percepción que le acompañara durante todo el día, las notaba claramente. Hasta la camarera se dio cuenta. Él vio que les observaba desde una mesa del fondo, en la que estaba colocando manteles individuales y cubiertos. Louis se quedó desconcertado un momento y luego comprendió: esperaban que él consolara a su mujer.

No podía. Quería hacerlo. Comprendía que era una obligación. Pero no podía. Era el gato lo que se lo impedía. De improviso y sin venir a cuento. El gato. El jodido gato. *Church* con sus ratones destripados y los pájaros derribados para siempre. Cada vez que los encontraba, Louis limpiaba diligentemente el cisco, sin rechistar. Al fin y al cabo, él era el responsable. Pero, ¿era el responsable de esto?

Louis se miró los dedos. Se miró los dedos y los vio rozar la chaqueta de Gage. Y luego la chaqueta desapareció. Y desapareció Gage.

Se quedó quieto, mientras ella lloraba, desamparada.

Al cabo de un momento –tal vez reloj en mano fuera corto, pero tanto entonces como en el recuerdo le pareció larguísimo–, Steve echó un brazo sobre los hombros de Rachel, oprimiéndola cariñosamente y lanzó a Louis una airada mirada de reproche. Louis buscó los ojos de Jud, pero Jud mantenía la vista baja, como avergonzado. De allí no podía esperar ayuda.

37

–Sabía que tenía que ocurrir algo así –dijo Irwin Goldman. Y de este modo empezó el incidente–. He estado esperándolo desde que se casó contigo. «No vas a tener más que disgustos», le dije. Y ahora mira esto. Mira este... desastre.

Louis se volvió lentamente hacia su suegro que había aparecido de improviso, como un tentetieso con bonete; luego, instintivamente, buscó con la mirada a Rachel, que tenía que estar al lado de la mesa del álbum –por la tarde le tocaba a ella–, pero había desaparecido.

El velatorio estuvo menos concurrido por la tarde y, al cabo de una hora aproximadamente, Louis bajó por el pasillo y se sentó en la primera fila de sillas, sin darse cuenta de lo que ocurría alrededor (notaba, sí, vagamente, el hedor persistente de las flores). Sólo sabía que estaba muy cansado y que tenía sueño. Probablemente, la cerveza era responsable sólo en parte. Por fin su cabeza se aprestaba a echar el cierre. Probablemente, era buena señal. Tal vez después de doce o dieciséis horas de sueño, fuera capaz de consolar un poco a Rachel.

Al poco rato, fue inclinando la cabeza y se quedó mirando sus manos, flojamente entrelazadas entre las rodillas. El murmullo de voces que se oía detrás resultaba sedante. Fue un alivio ver, al volver del almuerzo, que Irwin y Dory ya no estaban. Pero, por lo visto, era mucho pedir que se hubieran ido para no volver.

–¿Y Rachel? –preguntó Louis.

–Con su madre. Donde debe estar. –Goldman hablaba en el tono triunfal del hombre que acababa de hacer un gran negocio. El aliento le olía a whisky. A mucho whisky. Miraba a Louis como un mezquino fiscal de distrito a un reo convicto y confeso. Se tambaleaba un poco.

–¿Qué le has dicho? –preguntó Louis, sintiendo un principio de indignación. Sabía que Goldman habría dicho algo. Lo tenía escrito en la cara.

–Sólo la verdad. Le he dicho: Esto te pasa por haberte casado contra la voluntad de tus padres. Le he dicho...

–¿Eso le has dicho? –preguntó Louis con incredulidad–. No es posible. ¿De verdad le has dicho eso?

–Eso y algunas cosas más –repuso Irwin Goldman–.

Siempre supe que ocurriría una cosa así. La primera vez que te vi me di cuenta de la clase de hombre que eres. –Se inclinó hacia adelante, exhalando vapores de whisky–. A mí no me engañaste, medicucho presuntuoso. Tú arrastraste a mi hija a un matrimonio estúpido y disparatado, luego hiciste de ella una fregona y, por último, ahora has dejado que tu hijo fuera atropellado en la carretera como..., como un perro vagabundo.

Louis se perdió la mayor parte de la parrafada. Aún no acababa de creer que aquel imbécil hubiera sido capaz de...

–¿Tú le *dijiste* eso? –repetía–. ¿*Eso* le dijiste?

–¡Ojalá te pudras en el infierno! –exclamó Goldman, y las cabezas de los presentes se volvieron rápidamente hacia la voz. Los ojos pardos y sanguinolentos de Irwin Goldman estaban húmedos de lágrimas y la calva tenía un tono rosa encendido bajo los fluorescentes amortiguados por difusores–. Tú convertiste a mi pobre hija en una fregona... arruinaste su vida... te la llevaste... y ahora has consentido que mi nieto muriera aplastado en la carretera. –Su voz subió de tono hasta hacerse un chillido furioso–. Di, ¿dónde estabas tú mientras el niño jugaba en medio de la carretera? ¿Pensando en tus estúpidos artículos de medicina? ¿Qué hacías, sabandija? ¡Cerdo asqueroso! ¡Infanticida! ¡In...!

Allí estaban, en la capilla ardiente los dos, y Louis vio que el brazo se le disparaba. Vio que la manga de la americana se le subía, dejando al descubierto el puño de su camisa blanca. Vio brillar ligeramente un gemelo. Rachel le regaló aquellos gemelos en su tercer aniversario de boda, sin saber que un día su marido se los pondría para asistir a las honras fúnebres por el hijo que aún no habían tenido. Su puño no era más que una cosa sujeta al extremo del brazo. Y conectó con la boca de Goldman. Louis sintió cómo los labios del viejo se aplastaban y se abrían. Sintió una viva repulsión, como si hubiera apretado una babosa con la mano. En realidad, el puñetazo no significó el menor desahogo para él. Detrás de la carne de los labios de su suegro sintió la pétrea dentadura postiza.

Goldman se tambaleó hacia atrás y golpeó con el brazo el ataúd de Gage que quedó torcido. Uno de los floreros se volcó con gran estrépito. Alguien gritó.

Era Rachel, que estaba forcejeando para desasirse de su madre. Los presentes –unas diez o quince personas en total– estaban paralizados por el susto y la vergüenza. Steve había acompañado a Jud, a Ludlow, y Louis, vagamente, se alegró de ello. Mejor que Jud no hubiera presenciado la escena. Era denigrante.

–¡No le pegues! –gritó Rachel–. ¡Louis, no pegues a mi padre!

–¿Te gusta pegar a los viejos? –preguntó con voz chillona Irwin Goldman, el del talonario exuberante. Sonreía con la boca ensangrentada–. ¿Disfrutas con ello? En un canalla repugnante como tú no me sorprende. ¡Qué va a sorprenderme!

Louis se volvió hacia él y Goldman le golpeó en el cuello. Fue un golpe desmañado, torcido como un hachazo, pero le pilló desprevenido. Sintió en la garganta una explosión de dolor que casi le impidió tragar durante las dos horas siguientes. Se le dobló el cuello hacia atrás y cayó en el pasillo sobre una rodilla.

«Antes las flores y ahora yo», pensó. Le pareció que sentía deseos de echarse a reír, pero no había risa en él. Lo que le salió de la garganta fue un leve gemido.

Rachel volvió a gritar.

Irwin Goldman, sangrando por la boca, cruzó en dos zancadas hacia el lugar del pasillo en donde su yerno había quedado de rodillas y le descargó un puntapié en los riñones. El dolor fue como el de un latigazo. Louis apoyó las manos en la alfombra para no caer de bruces.

–¡Y ni con los viejos puedes, gallina! –gritó Goldman roncamente. Volvió a golpear a Louis con su zapato negro de viaje. Esta vez no le dio en el riñón sino en la parte alta de la nalga izquierda. Louis gruñó de dolor y ahora sí cayó, golpeándose la barbilla contra el suelo y mordiéndose la lengua–. ¡Toma! –gritó Goldman–, la patada en el culo que debí darte la primera vez que apareciste husmeando por mi casa, ¡cerdo! –Volvió a golpear, ahora en la otra nalga. Lloraba y reía. Louis advirtió ahora que Goldman iba sin afeitar: señal de luto. El director de la funeraria corría hacia ellos. Rachel se había zafado de los brazos de Mrs. Goldman y también corría, gritando.

Louis giró desgarbadamente y se sentó. Su suegro había vuelto a levantar la pierna y Louis le asió el zapato con las dos manos –el cuero, hizo un ruido seco, como el de un balón bien blocado– y lo lanzó con todas sus fuerzas.

Goldman, con un alarido, salió disparado hacia atrás, haciendo girar los brazos para recobrar el equilibrio, y fue a caer sobre el ataúd modelo Eternal Rest de Gage, fabricado en la ciudad de Storyville, Ohio, y que había costado muy caro.

«Oz el Ggande y Teggible acaba de caer encima del ataúd de mi hijo», pensó Louis, atontado. El féretro se vino abajo con estrépito. Primero se cayó el caballete de la izquierda y después, el de la derecha. Saltó la cerradura. A pesar de los gritos y los llantos, a pesar de los aullidos de Goldman que, al fin y al cabo, no era más que un niño viejo que jugaba a buscar un culpable para desahogarse, Louis oyó el chasquido de la cerradura al saltar.

El ataúd no llegó a abrirse, desparramando los maltrechos restos de Gage para que todos pudieran contemplarlos, pero Louis comprendió que aquello había estado a punto de ocurrir. No fue así gracias a que el ataúd cayó plano y no de lado. No obstante, durante la fracción de segundo en que la tapa estuvo abierta, Louis divisó una mancha gris: el traje que compraron para envolver el cuerpo de Gage. Y una cosita rosa. La mano de Gage.

Sentado en el suelo, Louis ocultó la cara entre las manos y se echó a llorar. Ya no le importaba su suegro, ni los misiles MX, ni las suturas permanentes o solubles, ni el calentamiento atmosférico. En aquel momento, Louis Creed quería morir. Y, de pronto, apareció ante sus ojos una escena extraña: Gage, con unas orejas de Mickey Mouse, riendo y dando la mano a un gran Goofy en la avenida principal de Disney World. Lo vio con perfecta claridad.

Uno de los caballetes estaba en el suelo y el otro había quedado apoyado en el estrado desde el que los ministros pronunciaban la oración fúnebre. Tumbado sobre las flores, y llorando también, estaba Goldman. Goteaba el agua de los floreros. Las flores, algunas aplastadas, exhalaban su agobiante olor con más fuerza todavía.

Rachel gritaba y gritaba.

Louis no podía reaccionar a sus gritos. La imagen de Gage con las orejas de Mickey Mouse se borraba, pero, antes de que se esfumara del todo, Louis oyó una voz que anunciaba que aquella noche habría fuegos artificiales. Se quedó sentado, con la cara entre las manos, deseando que nadie le viera, que nadie viera sus lágrimas, su pena, su remordimiento, su vergüenza y, sobre todo, aquel cobarde deseo de morir para escapar de aquella angustia.

El director de la funeraria y Dory Goldman se llevaron a Rachel, que seguía gritando. Después, en otra sala (que, según supuso Louis, estaba reservada para los que no podían dominar el dolor: algo así como un «Salón del Histerismo»), enmudeció por completo. Fue el propio Louis, aún aturdido pero ya más sereno, quien le administró el calmante, después de hacer salir a todo el mundo.

Cuando llegaron a casa, él la acompañó al dormitorio y le puso otra inyección. Luego, la tapó con la manta y se quedó mirando su cara pálida y desencajada.

–Rachel, lo lamento –dijo–. Daría todo lo que tengo para hacer que esto no hubiera ocurrido.

–Está bien –dijo ella con una voz extraña y átona y se puso de lado, dándole la espalda.

Él sintió que le asomaba a los labios la consabida pregunta: «¿Estás bien?», pero la rechazó. En realidad, no era una pregunta; no era eso lo que él deseaba saber.

–¿Estás muy mal? –preguntó al fin.

–Bastante mal, Louis –dijo ella, y lanzó un sonido que quería ser una risa–. En realidad estoy jodida.

Parecía faltar algo, pero Louis no podía aportarlo. De pronto, sintió irritación hacia ella, hacia Steve Masterton, hacia Missy Dandridge y su marido, el de la nuez puntiaguda, y hacia toda la condenada pandilla. ¿Por qué tenía él que ser siempre el ángel tutelar? ¡A la mierda!

Apagó la luz y salió de la habitación. Luego, descubrió que tampoco a su hija podía darle mucho más.

Durante un momento de perplejidad, en la habitación casi a oscuras, la tomó por Gage. –Le asaltó la idea de que todo había sido una horrible pesadilla, como aquel sueño en el que Pascow le llevó al bosque, y su mente fatigada se aferró a ella. Las sombras contribuían a crear la ilusión–. Sólo había en la habitación el reflejo del televisor portátil que había traído Jud para distraerla durante las largas, largas horas.

Pero no era Gage, claro; era Ellie, que ahora no sólo apretaba en la mano la foto de ella y Gage en el trineo, sino que se había sentado en el silloncito de Gage que había sacado del cuarto de su hermano. Era un sillón plegable con el asiento y el respaldo de lona y el nombre de GAGE estampado en el respaldo. Rachel pidió cuatro de aquellos sillones por catálogo, con el nombre de cada uno de ellos.

Ellie casi no cabía en el sillón de Gage. El asiento se combaba como si fuera a romperse de un momento a otro. La niña sostenía la fotografía contra el pecho y tenía los ojos fijos en la pantalla del televisor en la que aparecía una película.

—Ellie, es hora de ir a la cama —dijo Louis apagando el aparato.

Ella se levantó con bastante dificultad y plegó el sillón. Al parecer, pensaba llevárselo a la cama.

Louis titubeó, deseando decir algo acerca del sillón, pero se limitó a preguntar:

—¿Quieres que te tape?

—Sí, gracias.

—¿No... no te gustaría dormir esta noche con mamá?

—No, gracias.

—¿Estás segura?

Ella sonrió ligeramente.

—Sí. Mamá se queda con toda la ropa.

Louis sonrió a su vez.

—Pues vamos.

Ellie no trató de meter el sillón en la cama, sino que lo puso junto a la cabecera. A Louis se le ocurrió entonces una analogía absurda: el consultorio del psiquiatra más pequeño del mundo.

Mientras se desnudaba, Ellie dejó la fotografía encima de la almohada, pero cuando se hubo puesto el pijama, la cogió, se la llevó al cuarto de baño, la dejó mientras se lavaba, se enjuagaba la boca y tomaba su tableta de flúor, y luego volvió a cogerla y se acostó con ella.

Louis se sentó en la cama y le dijo:

–Quiero que sepas, Ellie, que si seguimos queriéndonos podremos resistirlo.

Pronunciar cada una de estas palabras fue como empujar una carretilla cargada de balas de algodón mojadas, y la suma del esfuerzo le dejó exhausto.

–Voy a desearlo mucho y a rezar mucho a Dios para que Gage vuelva.

–Ellie...

–Dios puede llevárselo y puede devolvérnoslo. Él lo puede todo.

–Ellie, Dios no hace esas cosas –dijo Louis, violento, acordándose de *Church* encaramado en la tapa del inodoro, mirándolo con sus ojos terrosos mientras él se bañaba.

–Sí que las hace –dijo Ellie–. En clase de catecismo, la maestra nos habló de ese sujeto, Lázaro. Estaba muerto, y Jesús lo hizo vivir otra vez. Le dijo «Lázaro, sal fuera», y la maestra nos explicó que si sólo hubiera dicho «Sal fuera», probablemente hubieran salido todos los que estaban allí. Pero Jesús sólo quería a Lázaro.

De la boca de Louis salió entonces una frase absurda (pero el día había sido una sucesión de absurdos):

–Eso fue hace mucho tiempo, Ellie.

–Yo me ocuparé de tener sus cosas preparadas. Llevo su foto, me sentaré en su sillón...

–Ellie, ese sillón es pequeño para ti –dijo Louis oprimiendo la mano febril de la niña–. Lo romperás.

–Dios hará que no se rompa –dijo Ellie. Su voz sonaba serena, pero tenía unas grandes ojeras. Sólo de mirarla, a Louis se le partía el corazón, y tuvo que volver la cara. Quizá cuando se rompiera el sillón de Gage ella empezaría a comprender mejor lo ocurrido–. Llevaré siempre su foto y me sentaré en su sillón. Y también tomaré su desayuno. –Gage y Ellie tomaban distinta clase de cereales. Según Ellie, los de Gage sabían a gusano muerto y, si no había otros, prefería un huevo pasado por agua... o nada–. Y comeré pastillas de lima, aunque no me gusten, y leeré todos sus cuentos, y..., y..., bueno..., lo tendré todo listo por si...

Ahora estaba llorando. Louis no trató de consolarla; sólo le apartó el pelo de la frente. Lo que ella decía tenía su lógica. Mantener la línea abierta. Mantener las costumbres. Mantener a Gage en el presente, en la actualidad, no dejar que se alejara; ¿te acuerdas cuando Gage hacía esto..., o aquello...? Sí, qué risa..., qué fabuloso, Gage, qué chico. Cuando deja de doler, deja de importar. Y Louis pensó que tal vez ella comprendía lo fácil que sería dejar que Gage muriera.

–Ellie, no llores –dijo–. Ya verás cómo se te pasa. Esto no durará toda la vida.

Pero ella estuvo llorando toda la vida... quince minutos. Incluso siguió llorando después de dormirse. Pero al fin se tranquilizó y abajo, en la casa silenciosa, el reloj dio las diez.

«Manténlo vivo, Ellie, si eso es lo que deseas –pensó y le dio un beso–. Probablemente, los psiquiatras dirán que es malsano, pero yo estoy a favor. Porque sé que un día, tal vez muy pronto, tal vez este mismo viernes, te olvidarás la fotografía, y yo la encontraré en tu cama mientras tú vas en bicicleta por la explanada o estás en casa de Kathy McGown, haciendo vestidos para las muñecas con su maquinita de coser. Y Gage ya no estará contigo, y entonces Gage saldrá del presente y se convertirá en "algo que sucedió en 1984". Una tragedia del pasado.»

Louis salió de la habitación y se quedó un momento en lo alto de la escalera, sin acabar de decidirse a ir a la cama.

Sabía lo que en aquel momento necesitaba, y eso estaba abajo.

Louis Albert Creed se dispuso metódicamente a emborracharse. Abajo, en el sótano, había cinco cajas de cerveza Schlitz Light. Louis bebía cerveza, Jud bebía cerveza, Steve Masterton bebía cerveza, Massy Dandridge bebía una o dos cervezas de vez en cuando mientras vigilaba a los niños (a la niña, rectificó Louis mientras bajaba la escalera del sótano). Incluso la misma Miss Charlton, las contadas veces que había estado en la casa, prefería una cerveza (siempre que fuera ligera) a una copa de vino. De manera que un día, el invierno anterior, Rachel fue y compró nada menos que diez cajas de Schlitz Light aprovechando una oferta especial de la cervecería A. & P. «Así no tendrás que salir corriendo a Julio's de Orrington cada vez que tenemos visita —dijo—. Además, siempre estás con lo que dijo Robert Parker de que cualquier cerveza que esté en la nevera después de cerrar las tiendas es buena cerveza, ¿no? Conque bebe esto y piensa en todo el dinero que estás ahorrando.» El invierno anterior. Cuando las cosas estaban bien. «Cuando las cosas estaban bien.» Tiene gracia la facilidad y rapidez con que tu mente hace esa crucial distinción.

Louis subió una caja de cerveza y puso las latas en el frigorífico. Luego, tomó una lata, cerró la puerta del frigorífico y abrió la lata. *Church* salió lentamente de la despensa al oír la puerta y se quedó mirando a Louis interrogativamente. El animal no se acercó. Ya empezaban a ser demasiados puntapiés.

—No tengo nada para ti —dijo al gato—. Hoy ya has comido tu ración de Calo. Si quieres algo más, mata un pájaro.

Church le miraba fijamente sin moverse. Louis bebió la mitad de la cerveza y sintió que se le subía a la cabeza inmediatamente.

—Pero ni siquiera te los comes, ¿verdad? —preguntó Louis—. Te basta con matarlos.

Church pasó a la sala, al comprender que no había nada para él y, al cabo de un momento, Louis le siguió.

«¡Ajajá, vamos allá!», pensó otra vez distraídamente.

Louis se sentó en su butaca y miró a *Church*. El gato estaba echado en la alfombra, delante del televisor, vigilando a Louis; probablemente, preparado para salir corriendo si Louis se ponía agresivo y decidía soltar el pie.

Pero Louis levantó la cerveza.

–Por Gage –dijo–. Por mi hijo, que hubiera podido ser un gran artista, un nadador olímpico o el jodido presidente de Estados Unidos. ¿Qué dices tú, cretino?

Church le miraba con aquellos ojos apagados y extraños.

Louis bebió el resto de la cerveza a grandes tragos que lastimaban su dolorida garganta, se levantó y fue a buscar la segunda lata al frigorífico.

Cuando Louis llevaba ya tres cervezas, sintió que por primera vez en todo el día, empezaba a conseguir cierto equilibrio y, al terminar la primera media docena, pensó que incluso podría dormir, dentro de una hora aproximadamente. Cuando volvía del frigorífico con la octava o la novena (ya había perdido la cuenta y había dejado de andar derecho), su mirada tropezó con *Church* que estaba dormitando –o fingiendo dormitar– en la alfombra. La idea se le ocurrió de un modo tan natural que seguramente debía de llevar mucho tiempo en el fondo de su pensamiento esperando el momento propicio para aflorar a la superficie.

«¿Cuándo piensas hacerlo? ¿Cuándo enterrarás a Gage en Pet Sematary?»

Y, a renglón seguido:

«Lázaro, sal fuera.»

La voz de Ellie, aturdida y soñolienta:

«La maestra dijo que si sólo hubiera dicho "Sal fuera", seguramente habrían salido todos los que estaban en el cementerio.»

Louis sintió que le recorría todo el cuerpo un escalofrío tan violento que tuvo que asirse los brazos para no echarse a temblar. De pronto, recordó el primer día de colegio de Ellie. Gage se había dormido en sus rodillas mientras él y Rachel escuchaban el parloteo de la niña acerca de la canción del *Viejo MacDonald* y de Mrs. Berryman. «Déjame acostar al niño», le dijo él y, mientras subía la escalera con Gage en brazos, tuvo un horrible presentimiento. Ahora lo comprendía: en septiembre, una parte de su ser sabía que Gage moriría pronto. Una parte de su ser sabía que Oz el Ggande y Teggible andaba por allí. Era una tontería, un disparate, una simple superstición... y era la verdad. Él lo supo.

Louis se derramó un chorro de cerveza en la camisa y *Church* abrió los ojos recelosos, por si aquello era la señal de que iba a empezar la sesión de puntapiés.

Y Louis recordó también la pregunta que hizo a Jud y cómo se sobresaltó Jud, tirando dos botellas de cerveza. Una se rompió. «De esas cosas, ni se habla, Louis.»

Pero él quería hablar o, por lo menos, pensar en ellas. Pet Sematary. Y lo que había más allá de Pet Sematary. La idea ejercía una morbosa atracción. Existía una indiscutible analogía. *Church* fue muerto en la carretera; Gage fue muerto en la carretera. *Church* estaba aquí –diferente y hasta repulsivo– pero aquí estaba. Ellie, Gage y Rachel convivían con él sin problemas. Mataba pájaros, sí, y había destripado unos cuantos ratones; pero esas cosas las hacían los gatos. *Church* no se había convertido en un Frankengato. En muchos aspectos era el mismo de siempre.

«Tratas de convencerte a ti mismo –le susurró una voz–. No es el mismo. Es espectral. El cuervo, Louis, ¿te acuerdas del cuervo?»

–¡Santo Dios! –exclamó Louis con una voz temblorosa y desesperada que ni él mismo reconoció.

Dios, sí, claro. La invocación no podía ser más oportuna. Como en una novela de vampiros y fantasmas. Vamos ya, en el nombre de Dios, ¿qué es lo que estás pensando? Pensaba una horrenda blasfemia, algo que ni aun ahora acababa de creer. O, lo que era peor, se mentía a sí mismo. No era que tratara de convencerse, era que se engañaba deliberadamente.

«¿Y dónde está la verdad? Si tanto te interesa la verdad, ¿cuál es esa verdad?»

Para empezar, que *Church* ya no era un gato. Parecía un gato y actuaba como un gato, pero en realidad era sólo una pobre imitación. La gente no lo veía, pero lo notaba. Louis recordó una noche en que Miss Charlton estuvo en la casa, con ocasión de una pequeña cena que dieron los Creed poco antes de Navidad. A la hora del café, estaban sentados aquí, charlando, cuando *Church* saltó al regazo de la Charlton, que se lo sacudió de encima inmediatamente, con una mueca de repugnancia instintiva.

Fue un incidente sin importancia. Ni siquiera lo comentaron. Pero... ocurrió. La Charlton notó algo raro. Louis apuró la cerveza y fue en busca de otra. Si Gage volvía cambiado de aquel modo sería una obscenidad.

Destapó otra lata y bebió largamente. Ahora estaba borracho, francamente borracho, y al día siguiente tendría una cabeza como un bombo. *Cómo asistí al entierro de mi hijo con resaca*, por Louis Creed, autor de *Cómo se me escapó de los dedos en el momento crucial* y otras muchas obras.

Borracho. Completamente. Pero intuía que si se había emborrachado era para poder pensar en aquella descabellada idea con serenidad.

A pesar de todo, la idea resultaba morbosamente atractiva, hechicera. Sí, desde luego, por encima de todo, tenía hechizo.

Allí estaba Jud otra vez:

«Lo haces porque es algo que se apodera de ti. Lo haces porque ese cementerio es un lugar secreto, y tú quieres compartir el secreto... Te inventas razones..., parecen buenas razones..., pero en realidad lo haces porque quieres. O porque no tienes más remedio.»

La voz de Jud arrastrando las sílabas con su acento yanqui, la voz de Jud que le helaba la sangre y le ponía la carne de gallina y le erizaba los pelillos del cogote.

«Son cosas secretas, Louis... El fondo del corazón del hombre es más árido... como la tierra del viejo cementerio micmac. El hombre cultiva lo que puede..., y lo cuida.»

Louis empezó a repasar las otras cosas que Jud le había dicho acerca del cementerio micmac, a relacionar los datos, a sopesarlos. Procedía del mismo modo en que se preparaba para los exámenes finales.

El perro. *Spot.*

«Podía ver los sitios en los que se le había clavado el alambre de espino; allí no había pelo, y la carne estaba hendida.»

El toro. Otro expediente que acudía a la mente de Louis.

«Lester Morgan enterró allí arriba a su toro campeón. Un black angus que se llamaba *Hanratty*... Lester lo arrastró en un trineo... Le pegó un tiro dos semanas después. Aquel toro se volvió malo, malo de verdad. Pero, que yo sepa, es el único.»

«Se volvió malo.»

«El fondo del corazón del hombre es más árido.»

«Se volvió malo de verdad.»

«Que yo sepa, es el único.»

«Ante todo lo haces porque, una vez has estado allí, es como si el lugar fuera tuyo.»

«Tenía la carne hendida.

Hanratty, un nombre ridículo para un toro.

«El hombre cultiva lo que puede... y lo cuida.»

«Son mis ratas. Y son mis pájaros. Yo soy el responsable.»

«Es un lugar secreto, y te pertenece, y tú le perteneces.»

«Se volvió malo, pero, que yo sepa, es el único.»

¿Qué quieres buscar ahora, Louis, cuando empiece a soplar el viento de la noche y la luna ilumine el sendero del bosque? ¿Quieres volver a subir la escalera? Cuando, en las películas de terror, el héroe o la heroína suben esa escalera, todos los que están en el cine saben que es una estupidez, pero en la vida real ellos las suben también: fuman, no se abrochan el cinturón de seguridad, llevan a la familia a vivir al lado de una carretera por la que día y noche pasan camiones arriba y abajo. Conque Louis, ¿qué piensas hacer? ¿Vas a subir la escalera? ¿Quieres conservar a tu hijo o prefieres perder la razón?

«Ajajá, vamos allá.»

«Se volvió malo... Que yo sepa, el único... La carne estaba... El hombre... Te pertenece...»

Louis tiró el resto de la cerveza por el fregadero. De pronto, sintió ganas de vomitar. La habitación le daba vueltas vertiginosamente.

Sonó un golpe en la puerta.

Durante largo rato –por lo menos, a él le pareció largo–, Louis creyó que el golpe había sonado sólo dentro de su cabeza, que era una alucinación. Pero la llamada se repitió una y otra vez, paciente, implacable. Y, de pronto, Louis recordó el cuento de la mano del mono y sintió un terror helado. La sentía como una realidad física; era como una mano muerta que hubiera estado conservada en un frigorífico, una mano muerta que hubiera cobrado vida y se le hubiera metido debajo de la camisa para oprimirle el pecho a la altura del corazón. Era una imagen tonta y repugnante; pero la sensación no era una tontería. Oh, no.

Louis fue hacia la puerta, caminando sobre unos pies que no sentía y levantó el pestillo con dedos fláccidos. Mientras abría la puerta, pensaba: «Será Pascow. Con sus *shorts* colorados, y con más moho que un pan del mes pasado. Pascow con su cabeza monstruosa, que vuelve para avisarme: No subas ahí. ¿Cómo era la canción de los

Animals? *Baby please don't go, baby* PLEASE *don't go, you know I love you so, baby please don't go...*»[1]

La puerta se abrió, y sobre el fondo de aquella medianoche oscura y ventosa que precedía al día del entierro de su hijo, estaba Jud Crandall. Su fino pelo blanco se agitaba movido por el viento frío.

—Pensando en el diablo, te lo encuentras en la puerta —dijo Louis con voz ronca. Trató de reír. El tiempo parecía haber retrocedido. Era otra vez el día de Acción de Gracias. Ahora mismo meterían el rollizo cuerpo de *Winston Churchill*, el gato de Ellie, en una bolsa de basura de plástico verde y se pondrían en marcha. «Oh, no hagas preguntas; vamos a hacer una visita.»

—¿Puedo pasar, Louis? —preguntó Jud. Sacó un paquete de Chesterfield del bolsillo de la camisa y se metió uno en la boca.

—Es que ya es muy tarde —dijo Louis—. Y he bebido cantidad de cerveza.

—Ajá, y así huele —dijo Jud. Encendió una cerilla y el viento la apagó. Rascó otra haciendo pantalla con las manos, pero los dedos le temblaban y expusieron la llama al viento. Al ir a encender la tercera, miró a Louis y dijo—: No puedo encender esto. ¿Me dejas entrar o no, Louis?

Louis se hizo a un lado y Jud entró en la casa.

38

Se sentaron a la mesa de la cocina, con una cerveza cada uno. «La primera vez que bebemos aquí», pensó

---

1. No vayas, niña, no vayas, ya sabes cómo te quiero yo, no vayas, niña...

Louis ligeramente sorprendido. Ellie gritó en sueños y los dos se quedaron quietos como estatuas en un juego infantil. El grito no se repitió.

–Bien –dijo Louis–, ¿qué haces aquí a las cero horas quince minutos del día en que vamos a enterrar a mi hijo? Eres un amigo, Jud, pero esto es llevar las cosas demasiado lejos.

Jud bebió, se limpió los labios con la palma de la mano y miró fijamente a Louis. Había algo claro y concreto en aquella mirada y, al fin, Louis tuvo que desviar los ojos.

–Tú sabes por qué estoy aquí –dijo Jud–. Estás pensando cosas que no debes, Louis. Peor aún, estás haciendo planes.

–En lo único que pensaba era en irme a la cama –dijo Louis–. Mañana tengo un entierro.

–Yo tengo parte de culpa de esa pena que sientes esta noche –dijo Jud en voz baja–. Tal vez yo sea el responsable de que haya muerto tu hijo.

Louis le miró, asombrado.

–¿Qué? ¡No digas disparates, Jud!

–Estás pensando en llevarlo allá arriba –dijo Jud–. No niegues que lo has pensado, Louis.

Louis no respondió.

–¿Hasta dónde se extiende su maleficio? –dijo Jud–. ¿Puedes contestarme a eso? No. Ni yo mismo lo sé, y yo no me he movido de este rincón del mundo en toda mi vida. Sé cosas de los micmacs, y sé que ese sitio era para ellos un lugar sagrado... Pero no en el buen sentido. Me lo dijo Stanny B. También me lo dijo mi padre... después. Cuando *Spot* murió por segunda vez. Ahora los micmacs, el estado de Maine y el gobierno de Estados Unidos tienen un litigio para decidir quién es el dueño de esas tierras. ¿De quién son? Nadie lo sabe a ciencia cierta, Louis. Ya no. Las han reclamado varias personas en distintas épocas, pero ninguna reclamación prosperó.

Una de ellas fue Anson Ludlow, biznieto del fundador de esta ciudad. Tal vez la suya fue la reivindicación más fundada hecha por un hombre blanco, ya que el viejo Joseph Ludlow recibió la concesión del propio rey Jorge III cuando Maine no era más que una provincia de la colonia de la bahía de Massachusetts. Pero aun entonces hubiera tenido que pleitear de firme, porque otros Ludlow las reclamaban también, al igual que un tal Peter Dimmart, que afirmaba poder demostrar convincentemente que él era un Ludlow ilegítimo. Y el viejo Joseph Ludlow tenía muchas tierras pero muy poco dinero y en sus últimos tiempos, cuando tomaba unas copas de más, solía regalar doscientos o trescientos acres a quien se le antojaba.

—Pero, ¿no se hacían escrituras? —preguntó Louis, fascinado a pesar suyo.

—Oh, sí, nuestros abuelos se pintaban solos redactando escrituras de compraventa —dio Jud encendiendo otro cigarrillo con la colilla—. La concesión original de tu propiedad dice, más o menos, así —Jud entornó los ojos y recitó de memoria—: «Desde el viejo arce que está en lo alto del cerro de Quinceberry hasta la margen del arroyo Orrington, es la extensión que abarca el terreno de norte a sur.» —Jud sonrió sin humor—. Lo malo es que el arce cayó en 1882, digamos, y en 1900 estaba reducido a musgo, y que el arroyo Orrington se empantanó en los diez años transcurridos entre el final de la Gran Guerra y el hundimiento de la Bolsa. Y no quieras saber, el zafarrancho. Pero al viejo Anson acabó por no importarle, porque en 1921 lo mató un rayo, precisamente por donde está el cementerio.

Louis miraba fijamente a Jud. Jud tomó un sorbo de cerveza.

—Pero no importa. Hay muchos sitios en los que la cuestión de la propiedad está muy embarullada y no hay quien saque nada en limpio, sólo los abogados hacen su buen dinero. Eso lo sabía bien Dickens. Yo supongo que, al final, irán a parar a los indios. Pero, en realidad, eso no importa, Louis. Esta noche yo he venido a hablarte de Timmy Baterman y su padre.

–¿Quién es Timmy Baterman?

Timmy Baterman era uno de la veintena de muchachos de Ludlow que fueron a Europa a luchar contra Hitler. Se marchó en 1942 y en 1943 regresó dentro de una caja envuelta en una bandera. Había muerto en Italia. Bill Baterman, su padre, no salió de este pueblo en toda su vida. Cuando recibió el telegrama por poco se vuelve loco... pero luego se apaciguó. Él sabía lo del cementerio micmac, y había decidido lo que iba a hacer.

Había vuelto la tensión. Louis miró fijamente a Jud, tratando de descubrir un indicio de que estuviera mintiendo, pero no lo vio. De todos modos, era mucha casualidad que fuera a hablarle de aquello precisamente ahora.

–¿Por qué no me lo contaste aquella noche? –preguntó al fin–. Después... después de que lleváramos al gato. Cuando te pregunté si se había enterrado allí a alguna persona me dijiste que no.

–Porque entonces no hacía falta que lo supieras –dijo Jud–. Pero ahora es distinto.

Louis guardó silencio un buen rato.

–¿Y ése fue el único?

–El único al que conocí personalmente –dijo Jud gravemente–. ¿El único en intentarlo? Lo dudo, Louis. Lo dudo mucho. Yo soy como el predicador del *Eclesiastés*, que decía que no hay nada nuevo bajo el sol. Oh, a veces el barniz que ponen a las cosas cambia, pero eso es todo. Lo que se intenta una vez ya se intentó antes..., y antes..., y antes.

Se miró las manos cubiertas de manchas amarillentas. En la sala, el reloj dio suavemente las doce y media.

–Ahora me digo que un hombre de tu profesión tiene que estar acostumbrado a mirar los síntomas y deducir cuál es la enfermedad que hay tras ellos..., y decidí hablarte claro cuando Mortonson, el de la funeraria, me dijo que encargaste para la tumba recubrimiento de placas en lugar de bóveda sellada.

Louis se quedó mirando a Jud sin decir nada. Jud enrojeció pero no desvió la mirada.

Al cabo, Louis dijo:

–Al parecer, estuviste fisgando, Jud. Eso me duele.

–No creas que le pregunté qué habías comprado.

–Tal vez no directamente.

Pero Jud no contestó, y aunque se había sonrojado más aún –ahora tenía la cara casi color ciruela–, no bajó los ojos.

Finalmente, Louis suspiró. Se sentía indescriptiblemente cansado.

–Oh, a la mierda, y qué más da. Puede que tengas razón. Tal vez estaba en mi ánimo. Si así era, no me di cuenta. No pensaba en lo que estaba encargando; sólo pensaba en Gage.

–Ya sé que pensabas en Gage. Pero conocías la diferencia. Tu tío tenía una funeraria.

Sí; Louis conocía la diferencia. Una bóveda sellada era una pieza de construcción hecha para que durase mucho, mucho tiempo. Se echaba hormigón en un molde rectangular, reforzado con varillas de hierro y, una vez terminada la ceremonia del entierro, una grúa hacía descender una tapa de hormigón levemente curvada. La tapa se sellaba con una sustancia parecida al material que se usa para reparar los baches de las carreteras. El tío Carl había dicho a Louis que aquel sellador –marca registrada Ever Lock– se agarraba de tal modo, con el peso, que no había quien lo despegara.

El tío Carl, que gozaba como el primero contando historias (por lo menos, cuando estaba entre colegas, y Louis, que trabajó con él durante varios veranos, podía ser considerado como una especie de aprendiz de enterrador), relató a su sobrino una exhumación que tuvo que hacer por orden de la oficina del fiscal del condado de Cook. El tío Carl se trasladó a Groveland para dirigir personalmente la operación. Estas cosas podían ser bastante complicadas. La gente, cuando se hablaba de desenterrar a alguien, solía pensar en las películas de terror, con Boris Karloff en el papel del doctor Frankenstein y Dwight Frye en el de Igor, y se equivocaba. Abrir una bóveda sellada no era trabajo para dos hombres, a no ser que pudieran dedicar a ello seis semanas. Aquella exhumación parecía ir bien... al principio. Se abrió la tumba y la grúa asió la parte superior de la bóveda. Pero la tapa no se abrió, tal como todos esperaban, sino que empezó a subir toda la cámara. Las paredes laterales estaban ya un poco húmedas y descoloridas. El tío Carl gritó al operario que manejaba la grúa que diera marcha atrás. Él traería de la funeraria algo que ablandara el pegamento.

Pero el operario, o no le oyó, o decidió seguir adelante por su cuenta y riego, como un niño que jugara con una grúa de juguete a pescar regalos en una feria. El tío Carl dijo que aquel idiota estuvo a punto de no contarlo. Cuando ya asomaban de tierra las tres cuartas partes de la bóveda –el tío Carl y su ayudante oían gotear el agua de la base al fondo de la tumba (aquélla fue una semana muy lluviosa en la zona de Chicago)–, la grúa basculó e hincó el brazo en la tumba. El operario chocó contra el parabrisas y se rompió la nariz. Los festejos de aquel día costaron al condado de Cook unos tres mil dólares: dos mil más que el coste medio de estas alegres actividades. El tío Carl le relató el incidente a raíz de la elección del operario de la grúa para el cargo de presidente de la asociación local de conductores de carretas, acaecida seis años después.

Las cubiertas de placas eran más sencillas. Consistían en una simple cubeta de hormigón abierta por arriba, que se introducía en la tumba la mañana del entierro. Después de la ceremonia, se depositaba el féretro en su interior. Luego, los sepultureros colocaban la tapa que solía estar dividida en dos piezas. Estas piezas se bajaban verticalmente, una a cada extremo de la tumba, hasta que descansaban como extraños soportes de libros. En el extremo de cada pieza había una anilla de hierro por la que los sepultureros pasaban una cadena y hacían descender las piezas lentamente para cerrar la cubeta. Cada pieza pesaría unos treinta o treinta y cinco kilos..., cuarenta, a lo sumo. Y no se utilizaba sellador.

Era relativamente fácil para un hombre solo levantar aquellas placas; eso era lo que Jud quería decir.

Era relativamente fácil para un hombre desenterrar el cuerpo de su hijo para enterrarlo en otro lugar.

«Ssssh... ssssh. De estas cosas no se habla. Son secretos.»

–Sí, por supuesto que conozco la diferencia entre una bóveda sellada y una cubierta de placas –dijo Louis–. Pero yo no pensaba... Yo no pensaba lo que tú piensas que pensaba.

–Louis...

–Es tarde –dijo Louis–. Es tarde, estoy borracho y me ahoga la pena. Si te parece que tienes que contarme eso, pues cuéntamelo y acabemos.

«Debí empezar con martinis –pensó–. Así hubiera estado roque cuando él llamó a la puerta.»

–De acuerdo, Louis. Y gracias.

–Adelante.

Jud se quedó pensativo unos momentos y empezó a hablar.

39

–Por aquel entonces, durante la guerra, el tren todavía paraba en Orrington, y Bill Baterman tenía un coche fúnebre en la estación, esperando al mercancías que traía el cuerpo de su hijo Timmy. El féretro fue descargado por cuatro obreros del ferrocarril. Yo era uno de ellos. En el tren viajaba un soldado de la Sección de Tumbas y Registros, la versión militar de una empresa de pompas fúnebres, Louis, pero ni asomó la cabeza. Estaba borracho en un vagón en el que aún quedaban otros doce ataúdes.

»Pusimos a Timmy en un furgón Cadillac, de los que por aquel entonces aún se llamaban «rápidos», porque en aquel tiempo la principal preocupación era poner al muerto bajo tierra antes de que oliera mal. Allí estaba Bill Baterman, con la cara impenetrable y..., no sé..., seca, diría yo. No tenía ni una lágrima. Huey Garber conducía el tren, y dijo que el tipo del ejército llevaba una ruta especial. Dijo Huey que a Limestone, en Presque Isle, había llegado un montón de ataúdes en avión y desde allí los ataúdes y su acompañante habían emprendido el viaje hacia el sur.

»El tipo del ejército, se acerca a Huey, saca un quinto de whisky de dentro del blusón del uniforme y le dice con acento sureño: «Señor maquinista, hoy llevará usted un tren fantasma, ¿no lo sabía?»

»Huey le dice que no.

»«Pues así es. Por lo menos, así llamamos en Alabama a un tren fúnebre. Porque yo soy de allí, ¿sabe?» Y Huey dice que el tío saca una lista del bolsillo y la mira: «Empezaremos dejando dos de estos ataúdes en Houlton, luego tengo uno para Passadumkeag, dos para Bangor, uno para Derry, uno para Ludlow, etcétera. Me siento como un maldito lechero. ¿No quiere un trago?»

»Huey rehúsa el trago, diciendo que la Bangor y Aroostook es muy quisquillosa con los maquinistas a los que les huele el aliento, y el militar no se lo toma a mal, como tampoco Huey le reprocha al otro su borrachera. Hasta se dan la mano.

»Y emprendieron el viaje, dejando ataúdes con la bandera a cada dos o tres estaciones. Había unos dieciocho o veinte en total. Dijo Huey que tenían que llegar hasta Boston, y en todas las estaciones había familias que lloraban, en todas menos en Ludlow... En Ludlow estaba Bill Baterman que, según él, parecía que estuviera muerto por dentro y sólo esperara que el alma empezara a olerle mal. Huey me contó después que cuando acabó el viaje fue a despertar al del ejército y juntos recorrieron quince o veinte bares, y Huey agarró la borrachera más grande de su vida, y después fue a ver a una puta, algo que no había hecho nunca, y luego despertó con una gonorrea fenomenal, y dijo que si eso era un tren fantasma, no quería volver a llevar trenes fantasma en lo que le restara de vida.

»El cadáver de Timmy fue depositado en la funeraria Greenspant (que estaba frente a la lavandería Franklin) y dos días después era enterrado en el cementerio de Pleasantview con todos los honores militares.

»Verás, Louis, Mrs. Baterman había muerto diez años antes, al tratar de traer al mundo a su segundo hijo, y eso tuvo mucho que ver con lo que ocurrió después. Otro hijo hubiera sido un consuelo, ¿no crees? Otro hijo hubiera hecho comprender al viejo Bill que otros compartían su dolor y le hubiera ayudado a sobreponerse. Creo que en eso tú eres más afortunado, porque tienes a tu hija y a tu esposa, y las dos están bien.

»Según la carta que Bill recibió del teniente que mandaba el destacamento de su chico, Timmy murió el 15 de julio de 1943, en el avance hacia Roma. Su cadáver fue embarcado dos días después y llegó a Limestone el diecinueve. Lo cargaron en el tren fantasma de Huey Garber al día siguiente. La mayoría de los soldados que murieron en Europa fueron enterrados en Europa, pero los chicos que volvieron a casa en aquel tren eran casos especiales: Timmy murió al tratar de capturar un nido de ametralladoras y le concedieron la Estrella de Plata a título póstumo.

»Timmy fue enterrado el 22 de julio, aunque no podría jurarlo. Pues bien, cuatro o cinco días después, Marjorie Washburn, que entonces era la encargada de repartir el correo, vio a Timmy por la carretera, camino del establo de York. Bueno, Margie por poco se sale de la carretera con el coche, y se comprende. La mujer volvió directamente a la oficina de correos, dejó la cartera con todo el correo todavía dentro encima de la mesa de George Anderson y dijo que se iba a su casa, a meterse en la cama.

»«¿Qué te pasa, Margie? ¿Estás enferma? –le pregunta George–. Estás más blanca que un ala de gaviota.»

»«Acabo de llevarme el mayor susto de mi vida, y no quiero decir ni una palabra más –responde ella–. Y no se lo diré a Brian, ni a mi madre, ni a nadie. Cuando suba al cielo, si Jesús me pregunta, tal vez a Él se lo cuente. Pero no estoy segura.» Y se marchó.

»Todo el mundo sabía que Timmy había muerto. Salió su esquela en el *Daily News* de Bangor y en el *American* de Ellsworth hacía apenas una semana, con fotografía y todo, y la mitad de la ciudad asistió al funeral. Y ahora Margie acababa de verle, andando por la carretera, rondando por la carretera, como dijo al fin a George Anderson, pero se lo dijo al cabo de veinte años, cuando ella se estaba muriendo, y George me dijo que parecía que estaba deseando decir a alguien lo que había visto aquel día. Dijo George que le dio la impresión de que aquello la obsesionaba, ¿sabes?

»Dijo Margie que estaba muy pálido y que llevaba unos viejos pantalones de algodón y una camisa de franela descolorida, a pesar de que aquel día debían de estar casi a cuarenta a la sombra. Dijo Margie que tenía el pelo de punta en la coronilla, como si llevara más de un mes sin peinarse. «Sus ojos eran como dos pasas clavadas en una masa de pan. Aquel día vi a un fantasma, George. Por eso me asusté. Yo nunca lo hubiera imaginado, pero ya ves.»

»Bueno, se corrió la voz. Pronto otros vieron a Timmy. Mrs. Stratton... en fin, la llamábamos «señora» pero por lo que nosotros sabíamos tanto podía ser soltera, como divorciada, como abandonada. Tenía una casita de dos habitaciones en el cruce de la carretera de Pedersen con la de Hancock, y un montón de discos de jazz, y a veces, si podías distraer un billetito de diez dólares, te daba una fiestecita. Bueno, ella lo vio desde el porche de su casa, y dijo que él fue hasta el borde de la carretera y allí se paró.

»Dijo ella que Timmy se quedó allí, con los brazos colgando y la barbilla un poco adelantada, como el boxeador que está a punto de caer en la lona. Y que a ella el corazón le iba a cien, y que se quedó plantada en el porche, sin poderse mover del susto. Luego, él giró en redondo, y era como ver a un borracho tratando de dar la media vuelta, sacando una pierna y girando el otro pie. Estuvo a punto de caerse. Y ella dijo que entonces la miró y ella sintió que la fuerza se le iba de las manos y soltó el cesto de la colada, y toda la ropa quedó tirada por el suelo y llena de hollín. Dijo la mujer que los ojos de Timmy eran como dos canicas, mates, apagados, Louis. Al verla... sonrió y dijo ella que le habló. Le preguntó si aún tenía los discos, y añadió que le gustaría celebrar una fiestecita con ella, tal vez aquella misma noche. Y Mrs. Stratton se metió en su casa y no salió en una semana, aunque, para entonces, todo había terminado.

»Mucha gente vio a Timmy Baterman. La mayoría ya han muerto, uno de ellos, Mrs. Stratton, y otros se fueron a vivir a otro sitio, pero aún quedaban unos cuantos carcamales como yo que podrían contarte el caso, si se lo pides bien.

»Le vieron paseando arriba y abajo de la carretera de Pedersen, delante de la casa de su padre, un kilómetro y medio hacia el este y otro kilómetro y medio hacia el oeste. Arriba y abajo, arriba y abajo todo el día y, seguramente, toda la noche. Con la camisa fuera, la cara descolorida, el pelo revuelto, a veces, con la bragueta desabrochada, y aquella expresión en la cara... aquella expresión.

Jud hizo una pausa para encender un cigarrillo, y Louis intervino entonces por primera vez para preguntar:

—¿Le viste tú?

Jud apagó la cerilla agitándola y miró a Louis a través del humo azulado. Y, a pesar de que el relato no podía ser más disparatado, su mirada era sincera.

—Sí; le vi. Bueno, se han hecho películas y se han contado historias, que no sé si serán ciertas, acerca de los zombies de Haití. En las películas no hacen más que caminar como autómatas con la mirada extraviada, muy despacio y bastante patosos. Eso era Timmy Baterman, Louis, un zombie de película. Pero no exactamente. Había algo más. Por el fondo de sus ojos pasaba algo, algo que a veces veías y a veces, no. Algo en el fondo de sus ojos, Louis. Pero no creo que pueda llamarlo pensamiento. No sé cómo llamarlo.

»Había cierta malicia, eso por un lado. Como cuando dijo a Mrs. Stratton que quería celebrar una fiestecita. Allí dentro había algo, pero no creo que fuera pensamiento, y no creo que tuviera mucho, quizá nada, que ver con Timmy Baterman. Era más bien como... una señal de radio que le llegara de otro sitio. Al mirarle, pensabas: «Como me toque, grito.» Eso.

»Arriba y abajo, arriba y abajo de la carretera; así estaba siempre. Un día, al volver del trabajo... sería hacia el treinta de julio... encontré aquí a George Anderson, el cartero, sentado en mi porche de atrás, bebiendo té helado con Hannibal Benson, que entonces era el secretario municipal, y Alan Purinton, el jefe de bomberos. Norma también estaba, pero ella no decía ni una palabra.

»George no hacía más que frotarse el muñón de la pierna derecha, la que perdió trabajando para el ferrocarril, que con el calor y la humedad le daba muchas molestias. Pero aquí estaba, aunque le doliera.

»«Esto ya pasa de la raya –me dice George–. La encargada del reparto no quiere acercarse por Pedersen, pero hay más. Lo peor es que ahora hay jaleo con el gobierno, y eso puede traer cola.»

»«¿Jaleo? –pregunté yo–. ¿Qué jaleo?»

»«Dice Hannibal que le han llamado del Departamento de Guerra. Era un tal teniente Kinsman que se dedica a investigar denuncias y separar lo que son simples inocentadas de los delitos. Cuatro o cinco personas han escrito anónimos al Departamento de Guerra y el tal teniente Kinsman empieza a estar escamado. Si no fuera más que una carta, no le hubieran hecho caso. Si fueran varias cartas escritas por una misma persona, hubieran avisado a la policía del estado de que podía haber un psicópata que odiara a la familia Baterman de Ludlow. Pero las cartas estaban escritas por personas diferentes. Dijo que eso se veía por la letra, aunque no estuvieran firmadas, y todas decían lo mismo: que si Timmy Baterman está muerto nadie lo diría al verle pasear por la carretera de Pedersen a cara descubierta.»

»«Como esto continúe, el tal Kinsman nos va a enviar a alguien o se nos va a presentar aquí en persona –concluyó Hannibal–. Esa gente quiere saber si Timmy está muerto, o ha desertado, o qué ha pasado, porque no les hace ninguna gracia pensar que sus archivos estén hechos un lío. Y también querrán saber quién estaba en el ataúd de Timmy Baterman, si no era Timmy Baterman.»

»Ya ves qué fregado, Louis. Estuvimos allí sentados más de una hora, tomando té helado y hablando del caso. Norma preguntó si queríamos bocadillos, pero le dijimos que no. Y es que lo de Timmy Baterman nos tenía a mal traer. Era como encontrar a una mujer con tres tetas... que sabes que no puede ser, pero, ¿qué puede hacer uno?

»Estuvimos hablando y hablando y por fin decidimos que había que ir a casa de los Baterman. Nunca olvidaré aquella noche, aunque llegue a vivir otros tantos años como los que tengo ahora. Hacía calor, un calor infernal, y el sol era como un barreño de sangre que cayera por detrás de las nubes. Ninguno de nosotros tenía muchas ganas de ir, pero no había más remedio. Norma lo comprendió antes que nosotros. Se me llevó adentro con un pretexto y me dijo: «Que no te convenzan de dejarlo para otro día, Judson. Hay que ocuparse de ello cuanto antes. Es una abominación.»

Jud miró a Louis sin pestañear.

—Así lo llamó ella, Louis. Ésa fue la palabra que usó. Abominación. Y luego me dijo al oído: «Si ocurre algo, Jud, tú sal corriendo. No te preocupes de los demás; cada cual tendrá que ocuparse de sí mismo. Acuérdate de lo que te digo y, si ocurre algo, tú ahueca.»

»Fuimos en el coche de Hannibal Benson; el muy canalla siempre tenía cupones de gasolina, no sé cómo se las ingeniaba. No hablábamos mucho, pero fumábamos como chimeneas. Estábamos asustados, Louis, asustados de verdad. El único que abrió la boca fue Alan Purinton, que dijo a George: «Bill Baterman ha estado trajinando por los bosques que hay al norte de la carretera 15, de eso estoy seguro.» Nadie le contestó, pero recuerdo que George dijo que sí con la cabeza.

»Bueno, cuando llegamos, Alan llamó a la puerta, pero nadie contestó, así que dimos la vuelta a la casa y allí los vimos a los dos: Bill Baterman, sentado en el porche de atrás, con una jarra de cerveza, y Timmy, de pie en el fondo del jardín, mirando cómo se ponía aquel sol de sangre. Tenía la cara color naranja, como si le hubieran desollado vivo. Y Bill... parecía que el diablo le hubiera pillado después de sus siete años de vacas gordas. El cuerpo le bailaba dentro de las ropas. Por lo menos había perdido veinte kilos. Los ojos se le habían hundido en las cuencas y parecían dos animalitos dentro de su cueva... Y la boca le temblaba tic-tic-tic hacia la izquierda.

Jud hizo una pausa, reflexionó y luego asintió casi imperceptiblemente:

–Louis, parecía un condenado.

»Timmy volvió la cara y nos sonrió. Sólo de verle sonreír te daban ganas de gritar. Luego, siguió contemplando la puesta de sol. Billy dijo: «No os oí llamar, chicos», lo cual era una mentira descarada, pues Alan había aporreado la puerta con tal fuerza que hubiera podido despertar a un..., a un sordo.

»Como ninguno parecía decidirse a hablar, yo dije: «Billy, dicen que tu chico murió en Italia.»

»«Eso fue un error», me contestó mirándome a los ojos.

»«¿Sí?», digo yo.

»«¿Es que no le ves ahí delante?», dice él.

»«Entonces, ¿quién crees tú que estaba en el ataúd que enterraste en Pleasantview», le pregunta Alan Purinton.

»«Maldito si lo sé –dice Billy–. Y maldito si me importa.» Va a sacar un cigarrillo y se le caen todos al suelo y, al recogerlos, rompe dos.

»«Probablemente, tendrá que haber una exhumación –dice Hannibal–. Eso tú ya lo sabes, ¿no? Me han llamado del Departamento de Guerra, Bill. Quieren saber si con el nombre de Timmy enterraron a otro.»

»«Bueno, ¿y eso qué me importa a mí? –dice Bill en voz alta–. Eso no me interesa. Yo tengo a mi hijo. Timmy volvió a casa el otro día. Había perdido la memoria por una explosión y está un poco raro, pero se pondrá bien.»

»«Basta de pamplinas, Billy –le digo. De repente, me puse furioso con él–. Cuando desentierren ese ataúd, lo encontrarán vacío, a no ser que cuando sacaste al chico te tomaras la molestia de llenarlo de piedras, y no lo creo. Ya sé lo que ha pasado, y aquí Hannibal, y George, y Alan lo saben, y tú lo sabes. Has estado trajinando por esos bosques, Bill, y has causado muchos problemas, tanto para ti como para esta ciudad.»

»«Ya sabéis dónde está la puerta, chicos –dice él–. No tengo por qué daros explicaciones ni justificarme ante vosotros. Cuando recibí aquel telegrama fue como si se me fuera la vida. La sentí que se me iba del cuerpo como cuando uno se orina piernas abajo. Bueno, ahora ya tengo otra vez a mi chico. Ellos no debieron quitármelo. Un muchacho de diecisiete años. Era lo único que me quedaba, y lo que hice fue perfectamente legal. Conque, a la mierda el ejército, a la mierda el Departamento de Guerra, y a la mierda Estados Unidos de América. Y a la mierda vosotros, chicos. Ahora ha vuelto y se pondrá bien. Es todo lo que tengo que decir. Ya podéis iros por donde habéis venido.»

»Y la boca le hacía tic-tic-tic y tenía la frente empapada en sudor. Entonces me di cuenta de que se había vuelto loco. A mí también me hubiera vuelto loco el vivir con... con aquello.

Louis estaba mareado. Demasiada cerveza en tan poco tiempo. Pronto tendría que echarla. El peso que sentía en el estómago le decía que no tardaría mucho.

–Bueno, no podíamos hacer nada más. Cuando nos íbamos, Hannibal dijo: «Bill, que Dios te ayude.»

»Y Bill contestó: «Dios nunca me ha ayudado. Yo me he ayudado a mí mismo.»

»Fue entonces cuando Timmy se acercó a nosotros. Hasta andaba mal, Louis. Andaba como un viejo. Levantaba un pie, lo bajaba y luego lo arrastraba un poco, entonces levantaba el otro. Era como ver andar a un cangrejo. Y llevaba los brazos colgando. Cuando se acercó, vimos que tenía unas marcas rojas que le cruzaban la cara en diagonal como granos o quemaduras. Seguramente, las señales de la ametralladora alemana. Casi debió de volarle la cabeza.

»Y olía a tumba. Era un olor a podrido, como si todo lo que tenía dentro estuviera corrompiéndose. Vi que Alan Purinton se tapaba la nariz con la mano. El olor era espantoso. Casi esperaba uno verle andar los gusanos entre el pelo...

–Calla –dijo Louis con voz ronca–. Ya he oído suficiente.

–No –dijo Jud–; todavía no. –Hablaba con voz grave y cansada–. Todavía no. No puedo explicarte el horror. Nadie que no estuviera allí podría hacerse una idea de lo que era. Estaba muerto, Louis. Pero, al mismo tiempo, vivía. Y... y... sabía muchas cosas.

–¿Muchas cosas? –Louis inclinó el cuerpo hacia adelante.

–Ajá. Se quedó mirando a Alan durante mucho rato, como si sonriera..., bueno, por lo menos enseñando los dientes..., y en una voz muy baja que apenas te llegaba, como si tuviera tierra en las cuerdas vocales, dijo: «Purinton, tu mujer se acuesta con el dueño de la tienda donde trabaja. ¿Qué te parece? Y da gritos de gusto. ¿Qué dices a esto?»

»Alan dio un respingo. Se veía que aquello le había herido de verdad. Ahora está en un asilo de Gardner, o estaba... Debe de andar cerca de los noventa. Entonces tenía alrededor de cuarenta, y la gente murmuraba de su segunda mujer. Era una prima lejana que había venido a vivir con Alan y su primera mujer poco antes de la guerra. Luego, Lucy murió, y al año y medio Alan se casó con la chica. Laurine, se llamaba. Cuando se casaron no tendría arriba de veinticuatro años. Pero había dado que hablar. Los hombres decían que era una muchacha un poco libre y despreocupada. Pero las mujeres decían que era una golfa. Y quizá el propio Alan hubiera tenido sus dudas, pero entonces gritó: «¡Cállate! ¡Cállate o te parto la boca, seas lo que seas!»

»«Sssh, Timmy —dice Bill, con peor aspecto que nunca, como si estuviera a punto de vomitar, o desmayarse, o las dos cosas—. Sssh, Timmy.»

»Pero Timmy no le hizo caso. Entonces mira a George Anderson y le dice: «Ese nieto del que estás tan orgulloso, sólo espera que te mueras, viejo. Lo único que quiere es el dinero, el dinero que él cree que guardas en la caja del Banco de Bangor. Por eso está tan cariñoso contigo. Pero a espaldas tuyas se burla de ti, lo mismo que su hermana. Viejo patapalo, así te llaman» —dijo Timmy, y, Louis, entonces le cambió la voz. Se hizo burlona y sonaba como si el que hablase fuera el nieto de George.

»«Viejo patapalo —dijo Timmy—, y cómo rabiarán y se cagarán en ti cuando descubran que eres más pobre que las ratas, porque lo perdiste todo en 1938. ¡Cómo se cagarán, George!»

»Entonces George dio un paso atrás y se le dobló la pierna y se cayó de espaldas en el porche de Bill, tirándole la jarra de cerveza, y estaba tan blanco como tu camiseta, Louis.

»Bill lo levantó como buenamente pudo, mientras gritaba a su hijo: «¡Basta, Timmy! ¡Basta!» Pero Timmy no le hacía caso. Dijo algo malo de Hannibal y también de mí, y entonces estaba... frenético. Sí, estaba rabioso y daba gritos. Y nosotros empezamos a andar hacia atrás y luego a correr, arrastrando a George al que se le habían torcido las correas de la pierna y la tenía vuelta del revés, con el zapato hacia atrás.

»La última vez que vi a Timmy Baterman estaba en el jardín de atrás, al lado del tendedero, con la cara roja a la luz del último sol de la tarde, y aquellas señales, y el pelo erizado y lleno de polvo..., y se reía y chillaba una y otra vez: «¡El patapalo! ¡Y el cornudo! ¡Y el putañero! ¡Adiós, señores! ¡Adiós! ¡Adiós!» Y se reía, pero en realidad lo que hacía era chillar... Algo dentro de él... chillaba y chillaba.

Jud se detuvo, jadeando.

—Jud —dijo Louis—, lo que Timmy Baterman dijo de ti, ¿era verdad?

—Era verdad —murmuró Jud—. ¡Caray! Era verdad. De vez en cuando, yo iba a un prostíbulo de Bangor. No es cosa que no hayan hecho muchos hombres, aunque supongo que tampoco faltan los que no se apartan del camino recto. De vez en cuando, me entraba el deseo, o quizá el impulso, de hacerlo con una desconocida. O de pagar para que me hicieran lo que uno no se atreve a pedirle a la esposa. Al hombre también le gusta cultivar su jardín, Louis. No era tan terrible lo que hacía, y no he vuelto desde hace ocho o nueve años. Y Norma no me hubiera abandonado, de haberse enterado. Pero algo hubiera muerto dentro de ella. Algo dulce y precioso.

Jud tenía los ojos irritados, hinchados y legañosos. «Las lágrimas de los viejos son muy poco hermosas», pensó Louis. Pero cuando Jud buscó a tientas la mano de Louis, éste se la estrechó firmemente.

—Sólo nos dijo lo malo —continuó al cabo de un momento—. Sólo lo malo. Bien sabe Dios que hay muchas cosas malas en la vida de todo hombre. Dos o tres días después, la esposa de Alan Purinton se fue de Ludlow para siempre, y los que la vieron antes de que subiera al tren decían que llevaba dos buenos cardenales y el trasero forrado de algodón. Alan no quiso decir ni una palabra del asunto. George murió en 1950, y si dejó algo a sus nietos, yo no me enteré. Hannibal fue cesado del cargo por algo parecido a aquello de lo que Timmy Baterman le había acusado, no te diré lo que era exactamente, porque no viene al caso, pero algo así como apropiación indebida de fondos del municipio. Incluso se habló de procesarlo por estafa, pero no llegaron a hacerlo. Bastante castigo fue la pérdida del cargo, con lo que a él le gustaba darse importancia.

»Pero, en todos aquellos hombres, también había cosas buenas. Y eso es lo que la gente suele olvidar. Fue Hannibal el que abrió la suscripción para el Hospital General del Este, poco antes de la guerra. Alan Purinton era uno de los hombres más desinteresados y generosos que he conocido. Y el viejo George Anderson no quería más que seguir siendo toda la vida el jefe de correos.

»Y aquel ser sólo hablaba de lo malo. Nos recordaba lo malo porque él era malo... y porque veía en nosotros a sus enemigos. El Timmy Baterman que se fue a la guerra era un muchacho corriente, Louis, tal vez un poco aburrido, pero bueno. La cosa que vimos aquel atardecer, a la luz roja del sol... era un monstruo. Tal vez fuera un zombie o un *dybuk* o un demonio. Quizá no haya nombre para una cosa así, pero los micmacs habrían sabido lo que era, tuviera nombre o no.

–¿Qué era? –preguntó Louis, embotado.

–Algo que había sido tocado por el *wendigo* –dijo Jud con voz átona. Aspiró profundamente, retuvo el aire un momento, lo soltó y miró el reloj–. Es muy tarde, Louis. He hablado nueve veces más de lo que pensaba.

–Lo dudo –dijo Louis–. Has estado muy elocuente. Cuenta cómo terminó.

–Dos noches después, hubo un incendio –dijo Jud–. La casa de los Baterman ardió hasta los cimientos. Alan Purinton dijo que no había la menor duda de que el fuego fue provocado. La casa había sido inundada de fuel de la calefacción. Estuvo oliendo tres días.

–Y ardieron los dos.

–Ajá. Ardieron los dos. Pero ya estaban muertos antes de arder. Timmy tenía dos balas en el pecho, disparadas con una vieja pistola Colt de Bill Baterman. La pistola estaba en la mano de Bill. Al parecer, él mató a su hijo, lo echó en la cama, esparció el fuel, luego se sentó en su butaca al lado de la radio, encendió una cerilla y se metió en la boca el cañón de la Colt.

–¡Dios! –murmuró Louis.

–Estaban carbonizados, pero el forense del condado dijo que a él le parecía que Timmy Baterman llevaba muerto dos o tres semanas.

Silencio y el tictac del reloj.

Jud se puso en pie.

–No exageraba cuando dije que tal vez yo había matado a tu hijo, Louis, o había colaborado. Los micmacs conocían ese lugar, pero eso no quiere decir necesariamente que ellos hicieran de él lo que es. Los micmacs no estuvieron allí siempre. Llegaron del Canadá, quizá de Rusia, o quizá de Asia hace miles de años. Se quedaron aquí, en Maine, mil o tal vez dos mil años; es difícil determinarlo, porque no dejaron una huella profunda de su paso. Y se fueron..., como nos iremos nosotros un día, aunque nuestra huella, para bien o para mal, habrá calado más que la de ellos. Pero sea quien sea el que esté aquí, Louis, ese lugar seguirá existiendo. No es como si alguien lo poseyera y pudiera llevarse su secreto al marcharse. Es un lugar maldito y corrompido, y yo no debí llevarte allí para que enterraras a ese gato. Ahora lo sé. Tiene un maleficio y tú harás bien en guardarte de él si sabes lo que os conviene a ti y a tu familia. Yo no fui lo bastante fuerte como para combatirlo. Tú salvaste la vida a Norma y yo quería hacer algo por ti, y ese sitio se aprovechó de mis buenas intenciones para sus malos propósitos. Ese poder... creo que tiene fases, como la luna. Ya había sido fuerte, y me parece que ahora ha vuelto a aumentar. Temo que se haya servido de mí para atacarte a través de tu hijo. ¿Comprendes lo que te quiero decir? –Sus ojos suplicaban.

–Imagino que quieres decir que ese lugar sabía que Gage iba a morir –dijo Louis.

–No; quiero decir que ese lugar *hizo morir* a Gage porque yo te revelé su poder. Quiero decir que, con mis buenas intenciones, yo asesiné a tu hijo, Louis.

–No lo creo –dijo Louis al fin con voz insegura. No lo creía. No quería, no podía creerlo.

Oprimió fuertemente la mano de Jud.

–Mañana enterramos a Gage. En Bangor. Y en Bangor se quedará. No pienso volver a Pet Sematary ni al otro sitio.

–¡Promételo! –dijo Jud roncamente–. ¡Promételo!

–Te lo prometo –dijo Louis.

Pero en el fondo de su mente subsistía una especulación, como un leve destello que no acababa de apagarse.

40

Pero no ocurrió ninguna de estas cosas.

Todo ello –el atronador camión de la Orinco, los dedos que rozaron la chaqueta de Gage, Rachel disponiéndose a ir al velatorio en bata, Ellie llevando a todas partes la foto de Gage y colocando su silloncito al lado de la cama, las lágrimas de Steve Masterton, la pelea de Irwin Goldman, la horrible historia de Timmy Baterman que la había contado Jud Crandall–, todo existió sólo en el cerebro de Louis Creed durante los pocos segundos que estuvo persiguiendo a su hijo que reía a carcajadas, al borde de la carretera. Detrás de él, Rachel volvió a gritar –«¡Gage, ven aquí, NO CORRAS!»–, pero Louis no malgastó el aliento. Iba a faltarle muy poco, muy poco. Bueno, una de aquellas cosas sí pasó: por la carretera Louis oía zumbar un camión y dentro de su cabeza se conectó un circuito de memoria y oyó a Jud Crandall decir a Rachel el día en que llegaron a Ludlow: «Tenga mucho cuidado con esa carretera, Mrs. Creed. Es peligrosa para los niños y los animalitos.»

Ahora Gage corría por la suave pendiente del jardín que bajaba hasta el borde de la carretera, moviendo vigorosamente sus piernas rollizas, y no tenía más remedio que caerse; pero no, seguía avanzando y el camión ya se oía muy cerca, con aquel ronquido grave que Louis oía a veces desde la cama al quedarse dormido. Entonces era un sonido reconfortante, pero ahora le aterrorizaba.

«¡Oh, Dios mío, Jesús mío, haz que pueda alcanzarle antes de que llegue a la carretera!»

Louis dio un impulso final a su carrera y saltó hacia adelante paralelo al suelo, como un jugador de rugby placando al adversario; debajo de él, su sombra se deslizó sobre la hierba, y entonces recordó la cometa, el buitre que proyectaba su sombra por todo el campo de Mrs. Vinton, y en el instante que Gage salía a la carretera, los dedos de Louis rozaron la espalda de la chaqueta... y la agarraron.

Tiró de Gage hacia atrás al tiempo que aterrizaba sobre la franja de seguridad de la carretera. Dio con la cara en el áspero bordillo y empezó a sangrarle la nariz. Pero donde más le dolió fue en los testículos –«Ohhh, de haber sabido que tendría que jugar a rugby me habría puesto las defensas»–, pero ni el golpazo de la nariz ni el dolor de las bolas ensombrecieron el alivio que le invadió al oír el grito de indignación de Gage al caer de culo sobre el bordillo y rebotar con la cabeza en el borde del césped. Un segundo después sus berridos quedaban ahogados por el estrépito del camión y el casi mayestático trompetazo del claxon.

Louis consiguió ponerse en pie a pesar del brasero que sentía en el bajo vientre, con su hijo en brazos. Al momento Rachel llegó a su lado. Venía llorando y gritaba: «¡No te vayas nunca a la carretera, Gage! ¡Nunca, nunca, nunca! ¡La carretera es muy mala! ¡Muy mala!» Y Gage quedó tan atónito por el lacrimoso sermón que dejó de llorar y miró a su madre con ojos redondos.

–Louis, te sangra la nariz –dijo ella a Louis, y le abrazó con tal fuerza que le dejó casi sin respiración.

–Pues no es eso lo peor –dijo él–. Me parece que he quedado estéril, Rachel. ¡Oh, y cómo duele!

Y ella se echó a reír histéricamente. Durante un momento, Louis sintió miedo al pensar: «Si Gage llega a morirse, ella se hubiera vuelto loca.»

Pero Gage no murió; todo aquello no fueron sino fugaces imaginaciones que cruzaron por su mente mientras Louis le ganaba por pies a la muerte sobre el césped verde, una soleada tarde de mayo.

Gage fue a la escuela primaria, y a los siete años empezó a ir a los campamentos de verano, donde demostró unas extraordinarias y sorprendentes aptitudes para la natación, al tiempo que daba a sus padres una poco grata sorpresa, al dejar bien patente que era capaz de soportar un mes de separación sin trauma psíquico apreciable. A los diez años, ya pasaba los veranos completos en el campamento de Agawam, en Raymond, y a los once conquistó dos cintas azules y una roja en los campeonatos de natación de los Cuatro Campamentos que cerraron el programa de actividades del verano. Era un muchacho alto, pero seguía siendo el mismo Gage, que miraba al mundo con ojos alegres y un poco sorprendidos... Y el mundo para Gage nunca tuvo frutos amargos ni podridos.

Era matrícula de honor en la secundaria y miembro del equipo de natación de San Juan Bautista, la escuela parroquial a la que se empeñó en ir, porque la piscina era espléndida. Rachel se llevó un disgusto, pero Louis no se sintió especialmente sorprendido cuando, a los diecisiete años, Gage les comunicó su intención de convertirse al catolicismo. Rachel estaba convencida de que la culpa era de la muchacha con la que Gage salía; y ya le veía casado («Si esa pécora con la medallita de san Cristóbal no está tratando de atraparlo como sea, me como tus calzoncillos, Louis», decía), abandonando los estudios universitarios y sus ilusiones por la Olimpíada y rodeado de nueve o diez pequeños católicos antes de cumplir los cuarenta. Para entonces (por lo menos, según Rachel) sería un camionero barrigudo, fumador de cigarros y bebedor de cerveza que, entre padrenuestros y avemarías, haría oposiciones al infarto.

Louis sospechaba que los motivos de su hijo eran sinceros, y, aunque Gage se convirtió (aquel día Louis mandó a su suegro una socarrona postal que decía: «Quizá aún llegues a tener un nieto jesuita. Tu afectísimo yerno, Louis»), no se casó con la muchacha (que no era tal pécora, sino bastante agradable) con la que estuvo saliendo durante el último año de secundaria.

Luego, fue a John Hopkins, formó parte del equipo olímpico de natación, y una tarde larga y radiante, dieciséis años después de que Louis compitiera con un camión de la Orinco por la vida de su hijo, él y Rachel –que tenía todo el pelo gris, aunque se tapaba las canas con champú colorante– vieron con orgullo cómo su hijo conquistaba una medalla de oro para Estados Unidos. Cuando las cámaras de la NBC se acercaron para captar un primer plano de Gage, con la cabeza erguida, reluciente y chorreando y los ojos serenos puestos en la bandera mientras sonaba el himno nacional, con la cinta al cuello y el oro sobre la suave piel de su pecho, Louis lloró. Lloraron los dos, él y Rachel.

–Esto es soberbio –dijo él, volviéndose hacia su esposa para abrazarla, emocionado. Pero ella le miraba con horror, y su rostro envejecía a ojos vistas, como macerado por días, meses y años de dolor. Los sones del himno se apagaron y cuando Louis volvió a mirar al televisor vio a otro muchacho, un muchacho negro, con la cabeza llena de apretados rizos en los que aún brillaban las gotas de agua.

«Esto es soberbio.»

«Pero, ¿y mi hijo?»

«¡Ay, Dios mío, su gorra está llena de sangre!»

Louis despertó abrazado a la almohada. Eran las siete de la mañana de un día lluvioso y fresco. Los latidos del corazón le retumbaban en la cabeza monstruosamente. El dolor apretaba y cedía, apretaba y cedía. Eructó un ácido con sabor a cerveza pasada y se le revolvió el estómago. Había llorado en sueños, la almohada estaba húmeda. Porque, mientras soñaba, una parte de él sabía la verdad y lloraba.

Se levantó y fue al baño dando traspiés. El corazón le galopaba. La fuerte resaca le impedía pensar con claridad. Llegó al retrete justo a tiempo y vomitó un torrente de cerveza de la víspera.

Se quedó arrodillado, con los ojos cerrados, hasta que se sintió con fuerzas para ponerse en pie. Buscó a tientas el tirador y descargó el depósito. Luego, se acercó al espejo, para ver si tenía los ojos muy irritados; pero el espejo estaba cubierto por un paño. Entonces se acordó. Rachel, dejándose llevar por costumbres de un pasado que decía no recordar, había tapado todos los espejos de la casa, y se descalzaba antes de entrar.

Nada de equipo olímpico de natación, pensó Louis,

volviendo a la cama y sentándose en el borde del colchón. El sabor agrio de la cerveza le recubría toda la boca y la garganta, y se juró a sí mismo (no era la primera vez, ni sería la última) que nunca más probaría aquel veneno. Ni equipo olímpico de natación, ni matrícula en los exámenes, ni novia católica, ni conversión, ni campamento de verano, ni nada. Las zapatillas, arrancadas de los pies; la chaqueta, vuelta del revés; su cuerpo, robusto y sano, destrozado. La gorra estaba llena de sangre.

Ahora, sentado en la cama, atontado por la resaca, mientras la lluvia resbalaba perezosamente por los cristales de la ventana, Louis sintió que la pena le acometía de frente, como una tétrica matrona gris de la Sala Nueve del purgatorio. Le embistió y se apoderó de él, le redujo, le despojó de las defensas que aún le quedaban, y él escondió la cara entre las manos y lloró balanceando el cuerpo y pensando que haría cualquier cosa con tal de tener una segunda oportunidad. Cualquier cosa.

41

Gage fue enterrado a las dos de la tarde. Ya había dejado de llover. Unas nubes desgarradas pasaban sobre el cementerio y la mayoría de los asistentes llegaron con paraguas al brazo, proporcionados por la funeraria.

A petición de Rachel, el director de la funeraria, que celebró la breve ceremonia del entierro, exenta de sectarismo, leyó el pasaje de san Mateo que empieza: «Dejad que los niños se acerquen a mí.» Louis, que estaba a un lado de la tumba, contemplaba a su suegro, situado frente a él. Goldman sostuvo su mirada un momento y bajó los ojos. Hoy no le quedaban ganas de pelea. Las bolsas que tenía debajo de los ojos parecían sacas de correo y en torno a su bonete de seda negra el viento alborotaba unos pelillos blancos y finos como hilos de telaraña. Con su barba entrecana sombreándole las mejillas estaba más judío que nunca. A Louis le daba la impresión del hombre que no sabe exactamente dónde está. Por más que se esforzaba, Louis no podía sentir piedad.

El pequeño ataúd blanco de Gage –era de suponer que con el cerrojo reparado– descansaba sobre unas guías cromadas colocadas encima de las placas de recubrimiento. Los bordes de la fosa estaban alfombrados de césped sintético de un verde tan chillón que dañaba la vista. Sobre esta superficie artificial e incongruentemente alegre, se habían colocado varias canastillas de flores. Louis miraba por encima del hombro del director de la funeraria. Había allí una pequeña elevación cubierta de tumbas, parcelas familiares y un monumento románico con el nombre de PHIPPS grabado en él. Justo por encima del tejado inclinado de PHIPPS se veía una franja amarilla. Louis se preguntó qué sería. Siguió mirándola después de que el director dijera: «Inclinemos la cabeza para orar un momento.» Louis tardó varios minutos, pero lo consiguió. Era una pala mecánica. Estaba aparcada al otro lado de la elevación, para que los asistentes al entierro no la vieran. Y, una vez terminada la ceremonia, Oz aplastaría el cigarrillo con el tacón de su teggible bota, echaría la colilla en el recipiente que llevara encima (los sepultureros que eran sorprendidos arrojando colillas al suelo solían ser despedidos sumariamente: causaba mala impresión; muchos de los clientes habían muerto de cáncer de pulmón), subiría a su máquina, la pondría en marcha, y privaría a su hijo de la luz del sol para siempre... o por lo menos hasta el día de la resurrección.

Resurrección..., ah, toda una palabra

(que tú deberías olvidar cuanto antes, y bien lo sabes).

Cuando el director de la funeraria dijo «Amén», Louis tomó del brazo a Rachel y se la llevó de allí. Ella murmuró una protesta –quería quedarse un poco más, Louis, por favor–, pero Louis se mantuvo firme. Fueron hacia los coches. Vio que el director de la funeraria recogía los paraguas con el nombre de la empresa grabado discretamente en el puño y los pasaba a su ayudante, que los metía en un paragüero, colocado sobre el húmedo césped. La imagen era totalmente surrealista. Louis sostenía el brazo de Rachel con la mano derecha y la enguantada mano de Ellie con la izquierda. Ellie llevaba el vestido que estrenara para asistir al funeral de Norma Crandall.

Jud se acercó cuando Louis abría la puerta del coche para que subieran sus dos mujeres. También Jud parecía haber pasado mala noche.

–¿Estás bien, Louis?

Louis asintió.

Jud se inclinó hacia el interior del coche.

–¿Cómo estás, Rachel?

–Estoy bien, Jud –susurró ella.

Jud le tocó suavemente un hombro y miró a Ellie.

–¿Y tú qué dices, cariño?

–Muy bien –dijo Ellie con una horrenda sonrisa de tiburón que debía demostrar lo bien que se sentía.

–¿Qué foto es ésa?

Por un momento, Louis pensó que ella se resistiría a enseñar la fotografía, pero la niña, con timidez y tristeza, la pasó a Jud. Él sostuvo la cartulina entre sus gruesos dedos, achatados y toscos, dedos que parecían apropiados para manejar las transmisiones de las grandes locomotoras o enganchar y desenganchar vagones. Pero aquellos dedos habían extraído un aguijón del cuello de Gage con la fácil habilidad de un mago..., o de un cirujano.

–Ajá. ¡Qué bien! –dijo Jud–. Tú paseándole en trineo. Apuesto a que le gustaba, ¿verdad, Ellie?

Ellie asintió, llorando.

Rachel fue a decir algo, pero Louis le oprimió el brazo; «Espera un momento».

—Yo le paseaba mucho –dijo Ellie, sin dejar de llorar–, y él se reía. Luego entrábamos en casa y mamá nos preparaba leche con cacao y decía: «Guardar las botas» y Gage cargaba con todo gritando: «¡Botas! ¡Botas!», tan fuerte que te dolían los oídos. ¿Te acuerdas, mamá?

Rachel asintió.

—Sí, apuesto a que lo pasabais muy bien –dijo Jud devolviendo la foto a la niña–. Pero aunque ahora esté muerto, tú podrás conservar siempre su recuerdo, Ellie.

—Es lo que pienso hacer –dijo ella, enjugándose las lágrimas–. Yo quería mucho a Gage, Mr. Crandall.

—Eso ya lo sé, cariño. –Jud se inclinó para darle un beso y, al retirarse, miró con dureza a Louis y Rachel. Ella sostuvo su mirada, desconcertada y un poco dolida, sin comprender. Pero Louis comprendía perfectamente: «¿Qué estáis haciendo por ella? –preguntaban los ojos de Jud–. Vuestro hijo ha muerto, pero vuestra hija, no. ¿Qué hacéis por ella?»

Louis volvió la cara hacia otro lado. No podía hacer nada, todavía no. Tendría que consolarse sola. Su hijo ocupaba sus pensamientos.

42

Por la noche llegó una nueva remesa de nubes, empujada por un fuerte viento del oeste. Louis se puso la cazadora, subió la cremallera y descolgó las llaves del Civic de su gancho de la pared.

—¿Adónde vas, Lou? –preguntó Rachel sin mucho interés. Después de la cena, empezó a llorar otra vez y, aunque era un llanto suave, parecía no poder parar, por lo que Louis la obligó a tomar otro Valium. Ahora estaba sentada, con el periódico delante, abierto por la página del crucigrama apenas empezado. En la otra habitación, Ellie miraba en silencio «La casa de la pradera» con la fotografía de Gage en las rodillas.

–A tomar una pizza.

–¿No comiste lo suficiente?

–Es que no tenía hambre –respondió él, diciendo la verdad. Y añadió mintiendo–: Ahora la tengo.

Aquella tarde, de tres a seis, en la casa de Ludlow había tenido lugar el último rito fúnebre por Gage. Era el rito de la comida. Steve Masterton y su esposa se presentaron con una cacerola de hamburguesas con fideos. Miss Charlton les llevó quiche. «Se guardará hasta que la necesitéis, si no se la terminan ahora –dijo a Rachel–. La quiche se puede calentar fácilmente.» Los Danniker, de más arriba de la carretera, llevaron un jamón cocido. Los Goldman –ninguno dirigió la palabra a Louis, ni siquiera se acercó a él, lo cual no le causó ningún disgusto– se presentaron con un surtido de fiambres y queso. Jud también llevó queso, una rueda de su marca favorita, Mr. Rat. Missy Dandridge llevó un pastel de lima y Surrendra Hardu, manzanas. Por lo visto, el rito de la comida saltaba por encima de las barreras de la religión.

La reunión fue sosegada, pero no apagada. Se bebió menos que en una reunión corriente, pero se bebió. Después de unas cuantas cervezas (la noche antes juró no volver a probar el brebaje, pero a la fría luz de la tarde la noche antes se le antojaba increíblemente lejana) Louis pensó en referir varias anécdotas fúnebres que le oyera al tío Carl: como la de que, en los entierros sicilianos, las solteras solían cortar un trocito del sudario para dormir con él debajo de la almohada, porque creían que eso les daría suerte en el amor. O que en los funerales irlandeses se celebraban bodas de mentirijillas, y que al difunto se le ataban los dedos gordos de los pies porque, según una vieja creencia celta, ello impedía que el espíritu del muerto echara a andar. El tío Carl decía que la costumbre de atar las etiquetas de identificación al dedo gordo del cadáver se inició en Nueva York y, puesto que, en un principio, casi todos los que trabajaban en los depósitos eran irlandeses, él estaba convencido de que la cosa tenía su origen en aquella superstición. Luego, al mirarles la cara, pensó que tal vez los presentes lo tomaran a mal, y optó por callarse.

Rachel se desmoronó una sola vez, y allí estaba su madre para consolarla. Rachel lloró sobre el hombro de Dory Goldman con un abandono que le era imposible hallar junto a Louis quizá porque, a sus ojos, los dos tenían parte de culpa de la muerte de Gage, o porque Louis, extraviado en sus propias cábalas, no la estimulaba a buscar desahogo junto a él. Lo cierto era que Rachel acudía a su madre en busca de consuelo, y Dory se lo procuraba de buen grado, y mezclaba sus lágrimas con las de su hija. Irwin Goldman, de pie detrás de ellas, con la mano en el hombro de Rachel, miraba a Louis con aire de triunfo.

Ellie circulaba con una bandeja de canapés y pequeños emparedados atravesados por mondadientes. Debajo del brazo sostenía la fotografía de Gage.

Louis recibía los pésames con un movimiento de cabeza y unas palabras de gratitud. Y si su mirada parecía ausente y sus modales, un poco fríos, la gente lo atribuía a que estaba pensando en el pasado, en el accidente, en que ya no volvería a ver a Gage. Nadie (ni siquiera Jud) habría sospechado que Louis había empezado a pensar en la estrategia del robo de tumbas..., aunque de un modo puramente académico, por supuesto. No es que él se propusiera hacer nada. Era sólo una forma de distraerse.

Él no se proponía hacer nada.

Louis paró en la tienda de Orrington Corner, compró dos paquetes de seis cervezas frescas y llamó a la pizzería Napoli, para encargar una de pimientos y champiñones.

–¿Quiere dejar su nombre, señor?

«Ozz, el Ggande y Teggible», pensó Louis.

–Lou Creed.

–Muy bien, Lou. Ahora estamos con mucho trabajo y quizá tardemos unos tres cuartos de hora, ¿le va bien?

–Desde luego –dijo Louis colgando. Cuando volvió a subir al Civic y dio la vuelta a la llave de contacto, se le ocurrió que, entre las veinte pizzerías que había en la zona de Bangor, había ido a elegir la que estaba más cerca de Pleasantview, donde estaba enterrado Gage. «¿Y qué? –se preguntó, inquieto–. Hacen muy buenas pizzas, nada de pasta congelada. La amasan a la vista del público, tiran la masa al aire y la atrapan al vuelo, y Gage se reía...»

Cortó el pensamiento.

Pasó por delante del Napoli y continuó hasta Pleasantview. Sin duda, antes de salir de casa sabía ya que lo haría. ¿Y qué mal había en ello? Ninguno.

Aparcó el coche al otro lado de la calle y cruzó la calzada en dirección a la verja de hierro forjado que brillaba a la última luz del día. Arriba, en un arco, letras de forja formaban la palabra PLEASANTVIEW. El cementerio, muy bien arreglado en forma de paisaje natural, abarcaba varias colinas de suave perfil; había largas avenidas arboladas (ah, pero en aquellos últimos minutos de luz de día, las sombras de aquellos árboles eran tan negras y amenazadoras como las aguas de una charca) y unos cuantos sauces llorones aislados. El lugar no era intranquilo. La autopista estaba cerca y el viento fresco traía el zumbido constante del tráfico. El resplandor que se divisaba en el cielo era el aeropuerto internacional de Bangor.

Louis alargó el brazo hacia la puerta, pensando: «Estará cerrada.» Pero no lo estaba. Quizá aún era temprano, y, si la cerraban, sería para proteger el lugar de borrachos, vándalos y parejitas adolescentes. Los días de los dickensianos Hombres de la Resurrección[1]

(*otra vez la palabra esa*)

habían terminado. La puerta de la derecha cedió con un leve gemido, y, después de lanzar una mirada por encima del hombro, para asegurarse de que no le habían seguido, Louis entró, cerró la puerta tras sí y escuchó el chasquido del cerrojo.

Una vez dentro de aquel modesto suburbio de muertos, Louis miró en derredor.

«Un lugar distinguido y particular –pensó–; si bien, creo que no hay quien se abrace en este lar.» ¿De quién era? ¿De Andrew Marvel? ¿Y por qué la memoria del hombre almacenaba todo este fárrago de cosas inútiles?

Entonces oyó dentro de su cabeza la voz de Jud, preocupada y... ¿asustada? Sí. Asustada.

Louis, ¿qué haces aquí? Estás contemplando un camino que no debes recorrer.

Louis ahogó la voz. Si torturaba a alguien era sólo a sí mismo. Nadie tenía por qué enterarse de que él había estado allí al anochecer.

Se encaminó hacia la tumba de Gage por un sinuoso sendero. Enseguida se encontró en una avenida bordeada de árboles que agitaban sus hojas nuevas con misterioso susurro sobre su cabeza. El corazón le palpitaba con fuerza. Las tumbas y monumentos estaban dispuestos en hileras. Por allí estaría la caseta del guarda y en ella habría un plano de las tres o cuatro hectáreas de Pleasantview racionalemente cuadriculadas, y en cada cuadrante se indicarían las tumbas ocupadas y las parce-

---

1.   Ladrones de cadáveres que surtían a los estudiantes de medicina.

las vacantes. Terrenos en venta. Apartamentos de una sola pieza. Dormitorios.

«No se parece en nada a Pet Sematary», pensó y la idea le hizo detenerse, sorprendido. No; no se parecía. Pet Sematary daba la impresión de un orden que surgía, casi inconscientemente, del caos, con aquellos toscos círculos concéntricos, aquellas estelas y cruces rudimentarias, de madera o cartón. Como si los niños que habían enterrado allí a sus animales hubiera creado el esquema a través de su subconsciente colectivo, como si...

Durante un momento, Louis vio en Pet Sematary una especie de reclamo..., una muestra, como en la ferias, donde sacan a la calle al comedor de fuego para que veas su número gratis, porque el empresario sabe que no ibas a soltar tu dinero a ciegas...

Esas tumbas, esas tumbas en círculos casi druídicos.

Las tumbas de Pet Sematary reproducían el más antiguo de los símbolos religiosos: los círculos concéntricos indican una espiral que conduce no a un punto, sino al infinito: el orden que surge del caos o el caos, del orden, según lo enfoques. Este símbolo lo grababan los egipcios en las tumbas de sus faraones y los fenicios, en los túmulos de sus reyes muertos en combate, se descubrió en las paredes de las cuevas de la antigua Micenas, los reyes de Stonehenge lo utilizaron como un reloj para sincronizar el universo, aparecía en la Biblia judeocristiana en el remolino desde el que Dios habló a Job.

La espiral era la más antigua señal de poder del mundo, el símbolo más antiguo con el que el hombre representa el tortuoso puente que podría existir entre el mundo y el Abismo.

Al fin Louis llegó a la tumba de Gage. La pala mecánica ya no estaba. El césped sintético había sido retirado, enrollado sin duda por un obrero que silbaba pensando en la cerveza que al salir se tomaría en el Fairmount, y almacenado en algún cobertizo. Donde descansaba Gage había un bien recortado rectángulo de unos noventa centímetros por un metro y medio de tierra recién removida. Todavía no habían puesto la lápida.

Louis se arrodilló. El viento le alborotaba el pelo. El cielo estaba ya casi oscuro. Seguían desfilando las nubes.

«Nadie me ha enfocado con una linterna preguntándome qué hago aquí. No me ha ladrado ningún perro guardián. La verja estaba abierta. La época de los ladrones de cadáveres ya pasó. Si viniera con un pico y una pala...»

Reaccionó con una sacudida. Estaba muy equivocado si imaginaba que Pleasantview permanecía sin vigilancia durante la noche. ¿Y si el guarda lo descubría hundido hasta la cintura en la tumba de su hijo? Podía no salir en los periódicos, aunque tal vez sí saliera. Quizá le acusaran de algún delito. ¿Qué delito? ¿Robo de tumbas? No era probable. Seguramente, atentado a la propiedad y vandalismo. Pero, aunque no lo publicara el periódico, se correría la voz y la gente hablaría. Y es que sería sabrosa la historia. Conocido médico de la localidad, descubierto al desenterrar a su hijo de dos años, muerto recientemente en trágico accidente de circulación. Perdería el empleo. Aunque no lo perdiera, Rachel sufriría con los comentarios, y tal vez Ellie tuviera que soportar las burlas de sus compañeros de clase. Tal vez se le infligiera la humillación de tener que someterse a una prueba de equilibrio mental a cambio de retirar los cargos.

«¡Pero yo podría devolver la vida a Gage! ¡Gage viviría!»

¿Realmente lo creía así?

La verdad era que sí. Él se había repetido a sí mismo una y otra vez, antes y después de la muerte de Gage, que *Church* no llegó a estar muerto, sino sólo conmocionado y que, al despertar, había salido del hoyo escarbando y vuelto a casa. Un cuento con ribetes de terror.

Las tribulaciones de un pobre gato. El caso del hombre que, por distracción, enterró vivo a su gato debajo de un *cairn* de piedras. El fidelísimo animal excava un túnel y vuelve a casa. Precioso. Pero mentira. *Church* estaba muerto. El cementerio de los micmacs le había devuelto la vida.

Louis, sentado junto a la tumba de Gage, trató de coordinar todos los datos conocidos, de la forma más racional y lógica que aquella negra trama permitiera.

Para empezar: Timmy Baterman. En primer lugar, ¿creía Louis aquella historia? En segundo lugar, ¿suponía alguna diferencia?

A pesar de su aparente artificiosidad, la creía casi en su totalidad. Era innegable que si existía un lugar como el cementerio micmac (y existía) y la gente conocía su existencia (como la conocían antiguos vecinos de Ludlow), más tarde o más temprano, alguien tenía que hacer el experimento. Por lo que Louis sabía de la naturaleza humana, lo increíble sería que se hubieran limitado a los animales.

Muy bien. ¿Creía él que Timmy Baterman había sido transformado en una especie de demonio omnisciente?

Esto ya era más difícil de responder, puesto que él no quería creerlo, y ya había visto los resultados de aquellas predisposiciones mentales.

No; no quería creer que Timmy Baterman fuera un demonio; pero no podía, de ninguna manera, no podía consentir que sus deseos empañaran su raciocinio.

Louis pensó entonces en *Hanratty*, el toro. Según Jud, *Hanratty* se volvió malo. Lo mismo le sucedió a Timmy Baterman. Después, *Hanratty* fue liquidado por el mismo hombre que realizó la hazaña de subir al toro en un trineo hasta el cementerio micmac. Timmy Baterman fue liquidado por su padre.

Pero el que *Hanratty* se volviera malo, ¿significaba

que todos los animales se volvían malos? No. *Hanratty* era la excepción. Ahí estaban los otros: *Spot*, el perro de Jud, el loro de aquella mujer, el propio *Church*. Todos cambiaban, y el cambio era notable en todos los casos; pero, concretamente en el de *Spot*, no fue tan grande como para hacer desistir a Jud de recomendar el proceso de... de...

(resurrección)

Sí, de resurrección a un amigo, al cabo de los años. Desde luego, después pareció arrepentirse y trató de justificarse aduciendo razones confusas.

¿Cómo no iba a aprovechar él aquella ocasión única e increíble sólo por lo que sabía de Timmy Baterman? Una golondrina no hace verano.

«Estás falseando las pruebas con el propósito de poder extraer la conclusión que deseas –protestaba su razón–. Por lo menos, admite la verdad sobre *Church*. Aun descontando los pájaros y los ratones, ¿cómo está el gato? Liado... es la única palabra. Aquel día que lanzamos la cometa... ¿Te acuerdas cómo estaba Gage aquel día? ¡Qué vivo y qué despierto! ¡Cómo reaccionaba a todo! ¿No sería mejor recordarlo así? ¿Pretendes resucitar a un zombie de película barata? ¿O quizá algo tan prosaico como un niño retrasado? ¿Un niño que comería con los dedos, miraría con aire ausente la pantalla del televisor y no sabría escribir ni su nombre? ¿Qué dijo Jud de su perro? "Era como lavar un trozo de carne." ¿Eso es lo que quieres? ¿Un trozo de carne que respira? Y, aunque tú te dieras por satisfecho con eso, ¿cómo le explicas a tu mujer el regreso de tu hijo de entre los muertos? ¿Y a tu hija? ¿Y a Steve Masterton? ¿Y a la gente? ¿Qué pasaría si, al entrar en la avenida del jardín, Missy Dandridge viera a Gage montando en bicicleta? ¿No te parece ya oír sus gritos, Louis? ¿No ves cómo se araña la cara con las uñas? ¿Y qué les dirías a los periodistas? ¿Qué dirías a los de la tele cuando fueran a filmar a tu hijo resucitado?»

¿Tenía alguna importancia todo eso, o era sólo la voz de la cobardía? ¿Creía no poder hacer frente a la situación? ¿Creía que Rachel recibiría a su hijo muerto más que con lágrimas de alegría?

Sí; existía la posibilidad de que Gage volviera..., bueno..., disminuido. Pero ¿alteraría eso la calidad de su amor? Los padres amaban a sus hijos hidrocéfalos, mongólicos o autistas. Amaban a los que nacían ciegos, a los siameses, a los que nacían con las vísceras monstruosamente mutadas. Los padres solicitaban clemencia a los jueces en favor de los hijos que violaban, asesinaban y torturaban a inocentes.

¿Se creía incapaz de amar a Gage, aunque Gage tuviera que llevar pañales hasta los ocho años? ¿Aunque no pudiera controlar el intestino hasta los doce? ¿O aunque no lo controlara nunca? ¿Podía él descartar a su hijo como si fuera... una especie de aborto divino, si existía otra posibilidad?

«Pero, Louis, por el amor de Dios, tú no vives en el vacío. La gente dirá...»

Desechó el pensamiento con ruda impaciencia. Entre todas las cosas a no considerar ahora, la opinión ajena era, sin duda, la primera.

Louis miró la tierra que cubría la tumba de Gage y sintió que le invadía el horror. Sus dedos, maquinalmente, sin que él se diera cuenta, habían dibujado unos círculos concéntricos: él había dibujado una espiral de círculos.

Borró el dibujo con las dos manos. Luego, salió de Pleasantview precipitadamente, sintiéndose un intruso y temiendo ser detenido e interrogado.

Llegó con retraso a recoger la pizza y, aunque la habían dejado encima de uno de los hornos, estaba casi fría, y grasienta, y tan sabrosa como el barro. Louis tomó un bocado y arrojó el resto por la ventanilla, con caja y todo, cuando volvía a Ludlow. Él no era sucio por naturaleza, pero no quería que Rachel viera una pizza casi entera en el cubo de la basura. Podía sospechar que no había ido a Bangor por la pizza.

Ahora Louis empezó a pensar en el factor tiempo y en las circunstancias.

El tiempo. El tiempo podía tener importancia extrema, incluso crucial. Timmy Baterman llevaba muerto bastantes días cuando su padre, por fin, tuvo ocasión de subirlo al cementerio micmac... «Timmy fue enterrado, si mal no recuerdo, el veintidós de julio. Y cuatro o cinco días después, la tal Marjorie Washburn lo vio caminando por la carretera.»

Está bien, digamos que Bill Baterman lo hizo cuatro días después del entierro oficial de su hijo. No; si había error, prefería pecar de conservador. Tres días. Pongamos que Timmy Baterman regresó de entre los muertos el veinticinco de julio. En total, seis días desde la muerte del muchacho hasta su regreso. Eso, por lo menos. Tal vez fueran hasta diez días. Desde lo de Gage habían pasado cuatro. Ya había dejado pasar mucho tiempo, pero todavía podía mejorar el mínimo que le calculaba a Bill Baterman. Eso sí...

... si podía crear unas circunstancias similares a las que permitieron la resurrección de *Church*. Porque *Church* murió en un momento muy oportuno, ¿verdad? Su familia estaba fuera. No se enteró nadie más que él y Jud.

La última pieza del rompecabezas acababa de encajar con un leve chasquido.

–¿Quieres que nosotras... *qué*? –preguntó Rachel mirándole atónita.

Eran las diez y cuarto. Ellie se había ido a la cama. Rachel tomó otro Valium después de retirar los detritus de la reunión (la «merienda fúnebre»; no había otro modo de llamar a lo que habían hecho) y se había quedado apática... Pero aquello la hizo reaccionar.

–Que os vayáis a Chicago con tus padres –repitió Louis impacientemente–. Ellos se marchan mañana. Si les avisas ahora y después llamas a Delta quizá podáis ir en el mismo avión.

–Louis, ¿te has vuelto loco? Después de la pelea que tuviste con mi padre...

Louis se oyó a sí mismo hablar con un desparpajo insólito. Le producía una viva excitación. Se sentía como el defensa que recibe la pelota inopinadamente y consigue anotar después de una carrera de setenta metros, regateando a los adversarios y escabulléndose de posibles placajes con una facilidad delirante e irrepetible. Él nunca fue buen embustero y no había preparado detalladamente la escena, pero ahora brotaba de su boca todo un rosario de mentiras plausibles, medias verdades e inspiradas justificaciones.

–Esa pelea es una de las razones por las que quiero que tú y Ellie os vayáis con ellos. Creo que es el momento de hacer las paces, Rachel. Así lo comprendí... lo sentí... en la funeraria. Cuando empezó la pelea, yo trataba de conseguir la reconciliación.

–Pero este viaje... no me parece buena idea, Louis. Nosotras te necesitamos. Y tú nos necesitas a nosotras. –Le miró dudosa–. Por lo menos, eso espero. Y ninguna de las dos está en condiciones...

–... ninguna de las dos está en condiciones de quedarse en esta casa –dijo Louis con vehemencia. Se sentía como si tuviera fiebre–. Me alegro de que me necesites, y yo también os necesito a ti y a Ellie. Pero, en estos momentos, no os conviene estar aquí, cariño. Gage se halla en todas partes, en cada rincón de la casa. Es muy doloroso para nosotros, pero es aún peor para Ellie.

Louis la vio parpadear y comprendió que la había conmovido. Sintió un poco de vergüenza por aquella táctica desleal. Todos los libros que había leído sobre el tema de la muerte decían que el primer impulso de la persona que acaba de perder a un ser querido es el de alejarse del lugar de la tragedia. Ahora bien, sucumbir a este impulso puede resultar pernicioso, ya que permite al individuo evadirse de la realidad, lo que procura un falso consuelo. Los libros decían que era preferible que uno se quedara donde está, batallando con la pena en su propio terreno, reducirla a un recuerdo. Pero Louis no se atrevía a hacer el experimento con la familia en casa. Tenía que librarse de ellas, por lo menos momentáneamente.

–Lo sé –dijo ella–. Es algo que... te ataca por todas partes. Mientras estabas en Bangor, decidí pasar el aspirador para... distraerme y, al retirar el sofá, encontré cuatro cochecitos Matchbox debajo, como esperándole... para que... para que jugara con ellos... –Su voz, que ya no era muy segura, acabó de fallarle y se le saltaron las lágrimas–. Y entonces fue cuando tomé el segundo Valium, porque empecé a llorar otra vez, como estoy llorando ahora... Oh, esto es peor que un maldito melodrama de la tele... Abrázame, Louis, por favor.

Louis la abrazó, y bien; pero se sentía como un traidor. No hacía más que pensar en la manera de sacar partido de aquellas lágrimas. «Un buen elemento. ¡Ajajá, vamos allá!»

–¿Hasta cuándo? –sollozó ella–. ¿Se acabará algún día este dolor? Si pudiéramos recobrarlo, Louis, juro que lo vigilaría mejor. Eso no ocurriría, y el que ese camión fuera tan deprisa no nos absuelve. Yo no pensaba que pudiera haber una pena tan grande, que te ataca una vez, y otra. Y duele tanto, Louis, porque no descansas ni mientras duermes, porque entonces lo sueñas. Lo veo una vez y otra correr hacia la carretera, y le grito...

–Ssssh –hizo él–. Ssh... Rachel.

Ella alzó su cara congestionada.

–Es que él no estaba haciendo nada malo. Era un juego... Ese camión llegó en mal momento... Y antes llamó Missy Dandridge, cuando yo estaba llorando..., y dijo que en el *American* de Ellsworth pone que el del camión trató de suicidarse.

–¿Qué?

–Quería colgarse en su garaje. Dice el periódico que está traumatizado y con depresión...

–Lástima que no le dejaran –dijo Louis, furioso, pero su voz sonaba lejana incluso a sus propios oídos, y tuvo un escalofrío. «El lugar tiene un maleficio, Louis... Antes tuvo mucho poder y creo que vuelve a tenerlo.» Mi hijo ha muerto y él está en la calle, con una fianza de mil dólares, y seguirá sintiéndose suicida y deprimido hasta que un juez le retire el permiso durante noventa días y le imponga una multa ridícula.

–Dice Missy que su mujer se ha ido de casa llevándose a los niños –dijo Rachel con voz mortecina–. Eso no lo leyó en el periódico, sino que lo supo por el conocido de uno que vive en Ellsworth. El del camión no estaba borracho. Ni drogado. Ni tenía multas por exceso de velocidad. Dijo que cuando llegó a Ludlow sintió el impulso de pisar a fondo el acelerador. Que ni siquiera sabe por qué. Es lo que se comenta por ahí.

Sintió el impulso de pisar a fondo el acelerador.

«Ese lugar tiene poder...»

Louis ahuyentó aquellos pensamientos. Asiendo suavemente por el antebrazo a su esposa, dijo:

–Llama a tus padres. Ahora mismo. Tú y Ellie no podéis quedaros en esta casa ni un día más. Ni un día más.

–Pero no nos iremos sin ti –dijo ella–. Louis, yo quiero... Yo necesito que sigamos juntos.

–Yo me reuniré con vosotros dentro de tres días..., cuatro a lo sumo. –Si todo salía bien, Rachel y Ellie podían estar otra vez en casa al cabo de cuarenta y ocho horas–. Tengo que buscar a un suplente, por lo menos para unas horas al día. Me corresponden unos días de permiso, pero no quiero dejar solo a Surrendra. Jud puede echarle una ojeada a la casa mientras estemos fuera, pero cortaré la electricidad y guardaré la comida en el congelador de los Dandridge.

–El colegio de Ellie...

–Al cuerno el colegio. Además, dentro de tres semanas terminan las clases. Se harán cargo, después de lo que ha pasado. Le darán una dispensa. Todo se arreglará...

–¿Louis?

Él se interrumpió.

–¿Qué?

–¿Qué me escondes?

–¿Esconder? –La miró de frente, con ojos diáfanos–. No sé a qué te refieres.

–¿No?

–No.

–Déjalo, es igual. Ahora mismo los llamo..., si eso es lo que deseas realmente.

–Lo es –dijo él. Y las palabras resonaron en su cerebro como un aldabonazo.

–Quizá sea preferible... para Ellie. –Rachel le miró con sus ojos ribeteados de rojo, ligeramente vidriosos todavía por el Valium–. Pareces tener fiebre, Louis. Como si hubieras contraído una enfermedad.

Rachel se fue al teléfono y marcó el número del motel donde paraban sus padres, antes de que Louis pudiera responder.

Los Goldman recibieron la noticia con alborozo. La idea de recibir a Louis dentro de tres o cuatro días ya no les parecía tan grata; pero, desde luego, no tenían por qué preocuparse. Louis no tenía la menor intención de ir a Chicago. Él sospechaba que lo difícil sería encontrar pasajes tan tarde. Pero tuvieron suerte. Aún quedaban asientos en el vuelo de Delta de Bangor a Cincinnati y, tras una rápida comprobación, aparecieron dos anulaciones en un vuelo de Cincinnati a Chicago. Por lo tanto, Rachel y Ellie irían con los Goldman sólo hasta Cincinnati, pero llegarían a Chicago menos de una hora después.

«Casi parece cosa de magia», pensó Louis al colgar el auricular, y la voz de Jud respondió con prontitud: «Ya ha tenido poder antes de ahora, y estoy asustado...»

«Vete al cuerno –dijo ásperamente la voz de Louis–. Durante estos diez meses últimos he aprendido a aceptar muchas cosas extrañas: si antes llegas a decirme aunque sólo fuera la mitad, mi cerebro no hubiera soportado la tensión. Pero ¿pretendes que crea que el sortilegio de ese trozo de tierra afecta a las reservas de los pasajes aéreos? Eso ya no.»

–Tendré que hacer el equipaje –dijo Rachel. Miraba los datos de los vuelos que Louis había anotado en el bloc.

–Lleva sólo la maleta grande –dijo Louis.

Ella le miró con sorpresa.

–¿Para las dos? Bromeas, Louis.

–Bueno, y un par de bolsas de mano. Pero no te canses metiendo ropa para tres semanas. –Y pensaba: «Especialmente puesto que tal vez estés de regreso en Ludlow muy pronto»–. Toma lo necesario para una semana o diez días. Con el talonario y las tarjetas puedes comprar lo que te haga falta.

–Pero no tenemos tanto dinero... –empezó a decir ella, titubeando. Ahora parecía dudar de todo, desconcertada, confusa. Él no había olvidado la extraña e incongruente alusión que Rachel hiciera al remolque cuya compra él comentara de pasada hacía dos años.

–Tenemos dinero –dijo él.

–Claro... Podríamos usar el fondo para la bolsa de estudios de Gage, si hiciera falta, aunque se tardaría un par de días en cancelar la cuenta de ahorro y por lo menos una semana en vender los bonos del Tesoro...

Empezó a temblarle el mentón otra vez. Louis la abrazó. Tiene razón. Te ataca y ataca sin darte respiro.

–No, Rachel. No llores.

Pero, naturalmente, ella lloró. Tenía que llorar.

Mientras Rachel estaba arriba, haciendo el equipaje, sonó el teléfono. Louis se lanzó a contestar, pensando que sería de la oficina de reservas de Delta para decir que había sido un error y no quedaban pasajes. «Debí figurarme que algo iba a fallar. Había sido demasiado fácil.»

Pero no era reservas de Delta. Era Irwin Goldman.

–Avisaré a Rachel –dijo Louis.

–No. –Durante un momento no se oyó nada. Silencio.

«Debe de estar buscando el insulto.»

Cuando Goldman volvió a hablar, su voz sonaba tensa. Parecía tener que vencer una gran resistencia interior para pronunciar las palabras.

–Es contigo con quien deseo hablar. Dory quería que te llamara para pedirte disculpas por mi..., por mi conducta. Y yo... Creo que yo también deseo disculparme.

«¡Caramba, Irwin! ¡Pero qué nobleza! ¡Ay, que me mojo los pantalones!»

–No tienes que disculparte –dijo Louis con voz seca y mecánica.

–Lo que hice es inexcusable –dijo Goldman. Ahora ya no empujaba las palabras una a una, sino que las escupía como si le ahogaran–. Tu propuesta de que Rachel y Ellie vengan con nosotros me ha hecho ver lo generoso de tu actitud... y lo mezquino que yo he sido.

Había algo muy familiar en la expresión, algo alarmantemente familiar...

Entonces descubrió lo que era y apretó los labios como si acabara de morder un jugoso limón. Eso mismo hacía Rachel –aunque sin darse cuenta, él lo hubiera jurado– cuando había conseguido lo que quería. «Perdona que me haya puesto tan antipática, Louis», una vez se había salido con la suya, gracias a la antipatía. Ahora su suegro, con una voz parecida, aunque desprovista del encanto de la de Rachel, y con idéntico tono de contrición, le decía: «Perdona que me haya portado como un cerdo, Louis.»

El viejo recuperaba a su hija y a su nieta. Ellas volvían a casa del abuelito. Por cortesía de Delta y United abandonaban Maine para regresar al que era su hogar, allí donde Irwin Goldman quería que estuvieran. Ahora podía mostrarse magnánimo. El viejo Irwin había ganado. «Así que vamos a olvidar que te insulté mientras velabas el cadáver de tu hijo, Louis, y que te di puntapiés mientras estabas en el suelo, y que derribé el ataúd e hice que se abriera para que pudieras ver –o imaginar que veías– una imagen fugaz de su mano. Vamos a olvidarlo todo. Agua pasada.»

«Aunque parezca terrible, Irwin, cabrito, desearía que te murieses ahora mismo, si eso no me estropeara los planes.»

–Está bien, Irwin –dijo con suavidad–. Fue... un día de prueba para todos.

–No está bien –insistió, y Louis, aun a pesar suyo, se dio cuenta de que, en aquel momento, Goldman no sólo trataba de mostrarse diplomático, no sólo pedía disculpas por haber sido un cerdo ahora que había ganado, sino que realmente estaba casi llorando y había en su voz temblorosa y en su lenta entonación un acento de angustia.

–Fue un día atroz para todos nosotros, gracias a mí. Gracias a un viejo testarudo y estúpido. Lastimé a mi hija cuando necesitaba mi ayuda... Te lastimé a ti, y tal vez también tú la necesitaras. Y que ahora hagas esto... que te portes así después de lo que hice, me hace sentir como una basura, Louis. Aunque me parece que así es como debo sentirme.

«¡Oh, que pare ya, que pare antes de que me ponga a gritar y lo eche todo a rodar!»

–Probablemente, Rachel te habrá contado ya, Louis, que teníamos otra hija...

–Zelda. Sí, me habló de Zelda.

–Aquello fue duro –dijo Goldman con su voz temblona–, duro para todos y quizá más aún para Rachel... Sí; ella estaba allí cuando Zelda murió... pero también fue duro para Dory y para mí. Dory estuvo a punto de sufrir una depresión...

«¿Y qué crees que tuvo Rachel? –hubiera gritado Louis–. ¿Crees que una niña no puede tener una depresión? Veinte años después, aún da un brinco cuando se menciona a la muerte. Y ahora esto, esa horrible desgracia. Es un milagro que ahora mismo no esté en el hospital, llena de tubos. Conque no me vengas ahora con si fue duro para ti y tu mujer, cerdo.»

–Desde que murió Zelda, nosotros, nosotros nos hemos volcado con Rachel... Siempre tratando de protegerla... y de compensarla. Compensarla por los problemas que tuvo con... con la espalda, durante años. Compensarla por no haber estado con ella.

Sí; el viejo estaba llorando de verdad. ¿Por qué tenía que llorar? Ahora a Louis le resultaba más difícil aferrarse a su odio puro y simple. Más difícil; pero no imposible. Evocó deliberadamente la imagen de Goldman sacando el exuberante talonario del bolsillo interior del esmoquin... Pero de pronto, en el fondo, vio a Zelda Goldman, un espectro atormentado en una cama hedionda, con el rencor y la desesperación pintados en su cara grasienta y las manos como garras. El fantasma de los Goldman. Oz el Ggande y Teggible.

–Basta, Irwin, te lo suplico. Basta. No empeoremos las cosas, ¿quieres?

–Ahora veo que eres una buena persona y que te había juzgado mal, Louis. Oh, ya sé lo que estás pensando. Tan estúpido no soy. Estúpido, sí, pero no tanto. Tú piensas que te digo todo esto porque ahora ya puedo, oh, sí, ahora ya tiene lo que quería, y una vez quiso comprarme; pero..., pero, Louis, yo te juro...

–Basta –dijo Louis suavemente–. No puedo..., no puedo resistir más. –Ahora también a él le temblaba la voz–. ¿De acuerdo?

–De acuerdo –dijo Goldman suspirando. Louis pensó que era un suspiro de alivio–. Pero deja que te diga una vez más que lo siento. No tienes que aceptar mis disculpas, pero te he llamado para decirte esto, Louis, lo siento.

–Está bien –dijo Louis. Cerró los ojos. Le martilleaban las sienes–. Gracias, Irwin. Acepto tus disculpas.

–Gracias a ti –dijo Goldman–. Y gracias por dejarlas venir. Tal vez a las dos les convenga. Nos veremos en el aeropuerto.

–Conforme –dijo Louis, y de pronto se le ocurrió una idea, una idea atractiva y descabellada por su misma sensatez. Olvidaría el pasado... y dejaría a Gage en su tumba de Pleasantview. En lugar de tratar de abrir una puerta que se había cerrado, daría dos vueltas a la cerradura y tiraría la llave. Haría precisamente lo que había dicho a su mujer que iba a hacer: cerrar la casa y tomar un avión para Chicago. Podrían pasar allí todo el verano él, su mujer y su bondadosa hija. Irían al zoológico, al planetárium y a remar al lago. Llevaría a Ellie a la azotea de la torre Sears para mostrarle la gran llanura del Medio Oeste, aquel enorme tablero, fértil y apacible. Luego, a mediados de agosto, regresarían a esta casa, ahora tan triste y sombría y tal vez sería como volver a empezar. Tal vez entonces pudieran empezar a tejer con hilo nuevo. Lo que ahora había en el telar de los Creed era un paño horrendo, manchado de sangre coagulada.

Pero ¿no sería eso como asesinar a su hijo? ¿Como matarlo otra vez?

En su interior, una voz trataba de decirle que no; pero él la hizo callar bruscamente.

–Irwin, tengo que colgar. Quiero ir a ver si Rachel necesita algo y procurar que se acueste cuanto antes.

–Está bien. Adiós, Louis. Y una vez más...

«Como me diga otra vez que lo siente, grito.»

–Adiós, Irwin –dijo, y colgó el teléfono.

Rachel estaba en medio de un gran despliegue de prendas de vestir: blusas encima de la cama, sujetadores colgados del respaldo de las butacas, perchas de pantalones en el picaporte, zapatos alineados como soldaditos debajo de la ventana... Rachel parecía trabajar despacio, pero a conciencia. Louis advirtió que iba a necesitar por lo menos tres maletas (o tal vez cuatro) y comprendió también que de nada serviría discutir, por lo que, en lugar de protestar, optó por ayudarla.

–Louis –dijo ella cuando hubieron cerrado la última maleta (él tuvo que sentarse encima para que Rachel pudiera accionar los cierres)–, ¿seguro que no tienes nada que decirme?

–¡Por el amor de Dios! ¿Qué pasa ahora?

–No sé lo que pasa –respondió Rachel suavemente–. Por eso pregunto.

–¿Qué crees que voy a hacer? ¿Irme a un burdel? ¿Unirme al circo? ¿Qué?

–No lo sé. Pero hay algo que no está bien. Es como si trataras de librarte de nosotras.

–¡Rachel, eso es ridículo! –Su vehemencia estaba provocada por la irritación. Incluso en aquellos momentos de angustia, le reventaba que ella pudiera leer en él con tanta facilidad.

Rachel sonrió débilmente.

–Nunca has sabido mentir, Lou.

Él fue a protestar, pero ella le atajó:

–Ellie soñó que habías muerto –dijo–. Anoche. Se despertó llorando, entré en su cuarto y me quedé con ella un par de horas. Dijo que te había visto sentado a la mesa de la cocina, con los ojos abiertos, pero ella sabía que estabas muerto, y que oía gritar a Steve Masterton.

Louis la miró horrorizado.

–Rachel, su hermano acaba de morir. Es normal que sueñe que otros miembros de su familia...

–Sí, eso pensé yo. Pero su manera de contarlo..., los detalles..., me pareció que tenía carácter de profecía. –Rió débilmente–. O quizá es que tenía que soñar contigo.

–Seguramente –dijo Louis.

A pesar de que habló en tono racional, se le había puesto la piel de gallina y sentía rígidas las raíces del pelo.

«Me pareció que tenía carácter de profecía.»

–Vamos a la cama –dijo Rachel con sencillez–. Todas las noches, desde que murió Gage, en cuanto cierro los ojos, allí está Zelda. Dice que viene a buscarme y que esta vez me atrapará. Que me atraparán entre ella y Gage, por haberles dejado morir.

–Rachel, eso es...

–Sí, lo sé; sólo un sueño. Normal. Pero ven a la cama conmigo y trata de alejar esos sueños, si puedes, Louis.

Estaban los dos en el lado de Louis, a oscuras.

–Rachel, ¿aún estás despierta?

–Sí.

–Quiero preguntarte una cosa.

–Venga.

Louis titubeó. No quería causarle aún más dolor, pero necesitaba saberlo.

–¿Recuerdas el susto que nos dio cuando tenía nueve meses? –preguntó al fin.

–Sí, lo recuerdo. ¿Por qué?

Cuando Gage tenía nueve meses, Louis se sentía profundamente preocupado por la medida craneal de su hijo, que se apartaba de la escala de Berterier, en la que se indican los límites normales de desarrollo de la cabeza del niño, mes por mes. A los cuatro meses, el cráneo de Gage empezó a acercarse al límite superior de la curva y lo rebasó. No tenía dificultad en mantener la cabeza erguida –ello hubiera sido un síntoma fatal–, pero, a pesar de todo, Louis lo llevó a George Tardiff, que estaba considerado el mejor neurólogo de todo el Medio Oeste. Rachel quiso saber qué ocurría y Louis le dijo la verdad: temía que Gage pudiera ser hidrocéfalo. Rachel se puso muy pálida, pero conservó la calma.

–A mí me parece completamente normal –dijo.

–Y a mí también –asintió Louis–. Pero no quiero cerrar los ojos, nena.

–No; no debes. No debemos.

Tardiff midió el cráneo de Gage y frunció el entrecejo. Tardiff acercó dos dedos a la cara de Gage. Gage volvió la cara. Tardiff sonrió. Louis respiró un poco más desahogadamente. Tardiff dio a Gage una pelota. Gage la sostuvo un momento y la dejó caer. Tardiff recuperó la pelota y la hizo botar observando los ojos de Gage. Los ojos de Gage seguían la pelota.

–Yo diría que existe un cincuenta por ciento de probabilidades de que el niño sea hidrocéfalo –dijo después Tardiff a Louis en su despacho–. O quizá las probabilidades sean ligeramente mayores. Pero, de todos modos, sería muy leve. Parece muy despierto. Y, actualmente, con la cirugía derivativa, puede resolverse fácilmente el problema, si hay problema.

–Una derivativa es cirugía craneal –dijo Louis.

–Cirugía menor.

Louis había estudiado el proceso cuando empezó a preocuparle el tamaño de la cabeza de Gage, y aquella operación, que tenía por objeto drenar el exceso de fluido del cráneo del paciente, no le parecía tan menor. Pero mantuvo la boca cerrada, mientras se decía que aún gracias que existía tal operación.

–Por supuesto –prosiguió Tardiff–, existe la posibilidad de que vuestro hijo tenga, simplemente, una cabeza muy grande para un crío de nueve meses. Creo que lo mejor será empezar por hacer una exploración. ¿No te parece?

Louis se mostró de acuerdo.

Gage pasó una noche en el hospital de las Hermanas de la Caridad, donde fue sometido a anestesia general y se le introdujo la cabeza en un aparato que parecía un gigantesco secador de ropa. Rachel y Louis esperaban en el vestíbulo de la planta baja y Ellie estaba en casa de los abuelos viendo películas de *Barrio Sésamo* en sesión continua en el nuevo vídeo del abuelo. Para Louis, aquéllas fueron unas horas terribles, durante las cuales pasó revista a una serie de posibles desgracias, a cuál peor. Muerte durante la anestesia, muerte durante la operación, leve subnormalidad a consecuencia de hidrocefalia, subnormalidad profunda por ídem, epilepsia, ceguera... Oh, existía una gran variedad de posibilidades. «Para pormenores, consulte con su médico», pensaba Louis.

Tardiff salió a eso de las cinco. Llevaba en la mano tres cigarros. Puso uno en la boca de Louis, otro en la de Rachel (demasiado atónita para protestar) y otro en la suya propia.

–El crío no tiene nada.

–Enciende esto –dijo Rachel riendo y llorando a la vez–. Voy a fumármelo aunque eche la primera papilla.

Con una gran sonrisa, Tardiff encendió los cigarros.

«Dios lo reservaba para la carretera 15, doctor Tardiff», pensó Louis ahora.

–Rachel, si hubiera sido hidrocefálico y la operación no hubiera dado buen resultado... ¿le hubieras querido lo mismo?

–¡Qué pregunta, Louis!

–Contesta, ¿podrías haberle querido?

–Sí, naturalmente. Yo hubiera querido a Gage a pesar de todo.

–¿Aunque hubiera sido un deficiente?

–Sí.

–¿Habrías querido enviarle a una institución?

–No; creo que no –dijo ella lentamente–. Claro que, con lo que ahora ganas, hubiéramos podido pagarlo... Quiero decir un centro realmente bueno... Pero me parece que habría preferido tenerlo con nosotros. ¿Por qué me lo preguntas, Louis?

–No sé, ha sido al acordarme de Zelda –dijo él, asombrado de su aplomo–. Me preguntaba si hubieras podido soportar otra vez todo aquello.

–No hubiera sido lo mismo –dijo ella, divertida–. Gage era... bueno, Gage era Gage. Era nuestro hijo. Eso lo hubiera cambiado todo. Hubiera sido duro, sí, pero... ¿Y tú? ¿Lo habrías mandado a una institución? ¿A un lugar como Pineland?

–No.

–Vamos a dormir.

–Buena idea. –Ahora me parece que podré dormir. Quiero dejar atrás este día.

–Lo mismo digo.

Mucho después, Rachel dijo con voz soñolienta:

–Tenías razón, Louis..., no son más que sueños y figuraciones.

–Claro –dijo él, dándole un beso en el lóbulo de la oreja–. Duerme.

«Me pareció que tenía carácter de profecía.»

Él tardó mucho rato en dormirse. Aún estaba despierto cuando asomó por la ventana el hueso curvado de la luna.

43

El día siguiente amaneció encapotado y bochornoso, y Louis sudaba copiosamente después de entregar las maletas y retirar los pasajes de Ellie y Rachel de la computadora. El tener algo que hacer era un alivio, y sólo sintió una sorda congoja al pensar en la última vez que embarcó a su familia en un avión para Chicago en vísperas del día de Acción de Gracias, el primer y último vuelo de Gage.

Ellie parecía distante y rara. Durante aquella mañana, Louis había sorprendido varias veces una peculiar expresión de especulación en el rostro de su hija.

«Complejo de conspirador despertando recelos gratuitos», se reprendió.

Ellie no hizo comentario cuando le dijeron que todos se iban a Chicago, ella y mamá delante, quizá para todo el verano, y siguió tomando su desayuno (cereal al cacao). Después, subió a su habitación a ponerse el vestido y los zapatos que Rachel le había preparado. Había llevado consigo al aeropuerto la fotografía de Gage y ella en el trineo, y estaba muy quieta en uno de los sillones de armazón de plástico del vestíbulo inferior mientras Louis guardaba cola para retirar los pasajes y el altavoz anunciaba con estridencia llegadas y salidas.

Los Goldman llegaron cuarenta minutos antes de la hora de salida. Irwin Goldman, muy atildado (y aparentemente fresco) con americana de lana casimir, a pesar de las temperaturas de veintitantos grados, se acercó al mostrador de Avis para devolver el coche, mientras Dory Goldman se sentaba junto a Rachel y Ellie.

Louis e Irwin Goldman se reunieron con las mujeres casi al mismo tiempo. Louis temió que su suegro escenificara la segunda parte del melodrama *hijo mío, hijo mío*; pero no fue así. Goldman se limitó a tenderle una mano fláccida murmurando un «hola» bastante apagado. La rápida mirada de confusión que lanzó a su yerno confirmó la sospecha con la que Louis había despertado aquella mañana, a saber: que, la víspera, el hombre debía de estar borracho.

Subieron en la escalera mecánica al vestíbulo de embarque y se sentaron sin hablar apenas. Dory Goldman manoseaba nerviosamente una novela de Erica Jong, pero sin abrirla y de vez en cuando miraba con aire de preocupación la foto que sostenía Ellie.

Louis preguntó a su hija si le acompañaba al quiosco a comprar algo que leer en el avión.

Ellie había vuelto a mirarle inquisitivamente. A Louis no le gustaba aquella mirada. Le ponía nervioso.

—¿Te portarás bien en casa de los abuelos? —le preguntó mientras cruzaban el vestíbulo.

—Sí. Papi, ¿me descubrirá el inspector? Dice Andy Pasioca que a los que no van a la escuela los busca la policía.

—No te preocupes por el inspector. Yo hablaré con la escuela y en otoño podrás volver sin ningún problema.

—Ojalá me encuentre bien en otoño —dijo Ellie—. Tengo que empezar el primer grado. Hasta ahora sólo he ido al parvulario. No sé qué hacen los chicos en primer grado. Deberes, seguramente.

—Ya verás cómo estás bien.

—Papi, ¿aún estás mosqueado con el abuelo?

Él la miró con la boca abierta.

—¿Qué te hace pensar que yo estoy..., que el abuelo no me es simpático?

Ella se encogió de hombros, como si el tema no tuviera un interés especial.

—Cuando hablas de él, pareces mosqueado.

353

–Ellie, eso es una ordinariez.

–Perdón.

La niña le lanzó otra de sus miradas enigmáticas y se acercó a las estanterías de libros infantiles –Mercer Meyer, y Maurice Sendak, y Richard Scarry, y Beatriz Potter, y el sempiterno Doctor Seuss. «¿Cómo se dan cuenta los niños? ¿O es que lo intuyen? ¿Cuánto sabe Ellie? ¿Cómo le afecta? Ellie, ¿qué hay detrás de esa carita descolorida? Mosqueado con él... ¡Dios!»

–¿Me compras estos dos, papi? –Le enseñaba un «Doctor Seuss» y otro libro que Louis no había visto desde su propia infancia: la historia del negrito Sambo y cómo los tigres se hicieron un buen día con sus ropas.

«Cielos, y yo que creía que ese libro estaba considerado pernicioso», pensó Louis, perplejo.

–Sí, hija –dijo Louis y se quedaron aguardando turno en la caja–. Tu abuelo y yo nos llevamos muy bien –dijo, acordándose del cuento que le contó su madre, de que cuando una mujer quería realmente un niño, lo «encontraba». Se acordó de las necias promesas que se había hecho a sí mismo de no mentir nunca a sus hijos. Desde hacía unos días, llevaba camino de convertirse en un buen embustero, pero ahora no quería pensar en eso.

–Oh –dijo Ellie tan sólo.

Aquel silencio le inquietaba. Por decir algo, preguntó:

–¿Crees que vas a pasarlo bien en Chicago?

–No.

–¿No? Y eso, ¿por qué?

Ellie le miró con aquella expresión de zozobra.

–Tengo miedo.

–¿Miedo? –Louis le puso la mano en la cabeza–. ¿De qué, cielo? No tendrás miedo del avión, ¿verdad?

–No –dijo Ellie–; no sé de qué. Papi, soñé que estábamos en el entierro de Gage y que abrían la caja, y estaba vacía. Luego, soñé que estaba en casa, y miré la cuna de Gage, y también estaba vacía. Pero había barro.

«Lázaro, sal fuera.»

Entonces, por primera vez en muchos meses, Louis recordó conscientemente el sueño que tuvo a raíz de la muerte de Pascow: el sueño y el despertar, con los pies llenos de barro y las sábanas sucias de tierra y agujas de pino.

Sintió que se le erizaba el vello de la nuca.

–Bah, sueños –dijo a Ellie con una voz que sonaba perfectamente normal, por lo menos, en sus oídos–. Ya pasarán.

–Me gustaría que vinieras con nosotras –dijo Ellie–. O que nosotras nos quedáramos aquí. ¿No podríamos quedarnos, papi? Anda... Yo no quiero ir a casa de los abuelos. Yo sólo quiero volver al colegio. ¿Vale?

–Será poco tiempo, Ellie. Tengo... –Tragó saliva–. Tengo unas cosas que hacer, y después me reuniré con vosotras. Entonces decidiremos lo que haremos.

Louis esperaba protestas, incluso tal vez una rabieta a lo Ellie. Y lo hubiera preferido; por lo menos, era algo conocido, y no aquella mirada que le desconcertaba. Pero Ellie permaneció pálida y callada. Hubiera podido preguntarle algo más, pero no se atrevía. Ya le había dicho más de lo que él hubiera querido escuchar.

Poco después de que Louis y Ellie volvieran al vestíbulo de embarque, anunciaron por el altavoz la salida de su avión. Sacaron las tarjetas de embarque y los cuatro se pusieron en la cola. Louis abrazó a su mujer y la besó con fuerza. Rachel se apretó contra él un momento y luego se soltó, para que Louis pudiera despedirse de Ellie. Louis tomó en brazos a su hija y le dio un beso en la mejilla. La niña le miró muy seria con sus ojos de sibila:

–Tienes los labios fríos –dijo–. ¿Eso, por qué, papi?

–No lo sé –respondió Louis, aún más inquieto que antes. La dejó en el suelo–. Que seas buena, tesoro.

–Yo no quiero ir –dijo Ellie otra vez, pero tan bajito que sólo Louis pudo oírla entre el murmullo de los pasajeros que iban a embarcar–. Tampoco quiero que vaya mami.

–Vamos, Ellie. Estarás muy bien.

–Yo estaré bien, pero, ¿y tú, papi? ¿Y tú, papi?

La cola empezaba a avanzar. Los pasajeros caminaban por el corredor hacia el 727. Rachel tiró de la mano de Ellie y, durante unos momentos, la niña se resistió, provocando un pequeño atasco, con los ojos fijos en su padre, y Louis no pudo menos que recordar la impaciencia que Ellie demostrara en el viaje anterior y sus gritos de «¡Vamos, vamos, vamos!»

–Papi...

–Anda, Ellie, vete.

Rachel miró a Ellie y advirtió por primera vez su carita desencajada.

–¿Ellie? –dijo con extrañeza y, según Louis, con miedo–. Ellie, que no dejas pasar.

Ellie tenía los labios blancos y temblorosos. Al fin, consintió en seguir a su madre. Cuando se volvió a mirarle por última vez, Louis vio franco terror en su cara. Él agitó la mano con fingida animación.

Ellie no le devolvió el saludo.

44

Cuando Louis abandonó el edificio de la terminal del aeropuerto internacional de Bangor, un manto helado pareció caer sobre su mente. Entonces comprendió que estaba decidido a llevar a cabo su plan. Su cerebro, que había sido lo bastante capaz como para permitirle seguir la carrera a base de becas y de lo que ganaba su mujer sirviendo café y pastas en el turno de 5 a 11 de la mañana, seis días a la semana, se había hecho cargo del problema y se disponía a resolverlo desglosándolo en etapas, como si se tratase de un examen: el más difícil que se le había planteado en su vida. Y era un examen que él pensaba superar con la nota máxima, cien sobre cien.

Louis se fue a Brewer, la pequeña ciudad situada en la margen opuesta del río Penobscot. Encontró un hueco para aparcar frente a la ferretería Watson.

−¿Qué desea? −preguntó el dependiente.

−Una linterna grande, de las cuadradas, y algo con que hacer una caperuza.

El dependiente era flaco y bajito; y tenía la frente ancha y los ojos muy vivos. Sonrió, pero de un modo poco agradable.

−¿De caza, amigo?

−¿Cómo dice?

−Que si va a cazar gamos esta noche con la linterna.

−Nada de eso −respondió Louis, muy serio−. No tengo licencia de caza.

El dependiente parpadeó y luego optó por tomarlo a risa.

−O, dicho de otro modo, que me ocupe de mis propios asuntos, ¿eh? Bueno, no tengo caperuzas para esas linternas grandes, pero puede ponerles un trozo de fieltro con una ranura. Así la luz no será más que una raya.

−Magnífico −dijo Louis−. Gracias.

−No hay de qué darlas. ¿Alguna cosa más?

−Pues sí −dijo Louis−. Necesito un pico, una pala y un azadón. La pala, de mango corto y el azadón, de mango largo. Tres metros de cuerda gruesa. Un par de guantes de jardinería. Y una lona impermeabilizada, de tres por tres.

−Todo eso lo tenemos −dijo el dependiente.

−He de limpiar una fosa séptica −dijo Louis−. Por lo

visto, estoy infringiendo las ordenanzas de la zona. Y tengo unos vecinos muy curiosos. No sé si me servirá de algo cubrir la linterna, pero tengo que probar. Podría caerme una buena multa.

–Oh-oh –dijo el dependiente–. Pues no se olvide de añadir a la lista una pinza de la ropa para la nariz.

Louis rió el chiste. Sus compras ascendieron a 58,60 dólares. Pagó en efectivo.

A medida que aumentaba el precio de la gasolina, los Creed usaban cada vez menos el coche grande tipo furgoneta. Además, tenía el cojinete de una rueda en mal estado y Louis había ido aplazando la reparación, en parte por no desembolsar los doscientos dólares y en parte por pereza. Ahora le hubiera convenido usar el viejo mastodonte, pero no podía arriesgarse a tener una avería. El Civic tenía el maletero muy pequeño, y Louis no quería volver a Ludlow con un pico y una pala a la vista. Jud Crandall tenía un buen par de ojos y una cabeza despejada. Enseguida adivinaría sus propósitos.

Entonces se le ocurrió que no tenía por qué regresar a Ludlow. Louis volvió a Bangor por el puente Chamberlain y se instaló en el motel Howard Johnson, en la carretera de Odlin, cerca del aeropuerto y del cementerio Pleasantview donde estaba enterrado su hijo. Se inscribió con el nombre de Dee Dee Ramone y pagó en efectivo.

Louis se echó en la cama y trató de dormir, diciéndose que agradecería aquel descanso. En palabras de un novelista del siglo pasado, le aguardaba una noche de ímprobo trabajo: el trabajo de toda una vida.

Pero su cerebro no quería reposo.

Louis estaba echado en la cama de un motel cualquiera, bajo un cuadro vulgar de barcas pintorescas amarradas a un muelle pintoresco de un puerto pintoresco de Nueva Inglaterra. Estaba vestido, pero sin los zapatos y con las manos en la nuca. En la mesita de noche había dejado la cartera, el dinero suelto y las llaves. Aquella sensación de frialdad persistía; se sentía totalmente desconectado de su familia, de su entorno habitual y hasta de su trabajo. El motel hubiera podido estar en cualquier lugar: en San Diego, en Duluth, en Bangkok o en Charlotte Amalie. Se hallaba en una especie de tierra de nadie y, de vez en cuando, cruzaba por su mente un pensamiento asombroso: antes de volver a ver aquellas caras y lugares conocidos, habría visto a su hijo.

Repasaba su plan una y otra vez. Lo examinaba desde todos los ángulos, buscando posibles fallos y puntos débiles. Y se daba cuenta de que estaba avanzando por una estrecha pasarela tendida sobre el abismo de la locura. Le envolvía un aire de locura que ponía en sus oídos un aleteo de aves nocturnas de grandes ojos dorados: iba a precipitarse en la locura.

Resonaron en su pensamiento, como en un sueño, los versos de Tom Rush: *O death your hands are clammy / I feel them on my knees / you came and took my mother / won't you come back after me?* [1]

La locura. Locura alrededor, muy cerca, acechando.

Louis caminaba por el filo de la razón, repasando los detalles del plan.

Hoy, alrededor de las once de la noche, excavaría la tumba de su hijo, levantaría con la cuerda las cubiertas de hormigón, sacaría el cuerpo de su hijo del ataúd, lo envolvería en un trozo de lona y lo pondría en el maletero del Civic. Cerraría el ataúd y rellenaría la fosa. Volvería a Ludlow, sacaría el cuerpo de Gage del maletero y… daría un paseo. Eso, daría un paseo.

Si Gage regresaba, cabían dos posibilidades: una,

1.   Oh muerte, tienes las manos viscosas / las siento en las rodillas / tú te llevaste a mi madre. / ¿No quieres llevarme a mí?

Gage seguía siendo Gage, quizá atontado, torpe, incluso retrasado (sólo en lo más recóndito de su mente Louis se permitía esperar que Gage volviera perfecto, tal como era; pero incluso eso era posible, ¿no?), pero su hijo a pesar de todo, el hijo de Rachel, el hermano de Ellie.

La otra posibilidad: que de los bosques surgiera una especie de monstruo. Había aceptado ya tantas cosas que no le chocaba la idea de los monstruos, demonios y espíritus malignos del otro mundo que se apoderaban de un cuerpo resucitado que había sido abandonado por su alma primitiva.

En cualquier caso, él y su hijo estarían solos. Y él...

«Haré un diagnóstico.»

Sí. Eso haría.

«Haré un diagnóstico, no sólo de su cuerpo, sino también de su espíritu. Tendré que descontar el efecto del accidente en sí, que él quizá recuerde. A la vista del ejemplo de *Church*, estoy dispuesto a esperar una cierta subnormalidad, quizá leve o quizá profunda. Según lo que observe durante un período de veinticuatro a setenta y dos horas, juzgaré la posibilidad de reintegración de Gage en la familia. Y si la deficiencia es muy grande –o si vuelve como al parecer volvió Timmy Baterman, convertido en un engendro del mal– lo mataré.»

Entonces descubrió que había llegado aún más lejos en su planteamiento de una y otra posibilidad.

Como médico, se consideraba capaz de matar a Gage, si Gage era sólo el envoltorio de otro ser. No se dejaría disuadir por súplicas ni artimañas. Lo mataría como se mata a una rata que lleva la peste bubónica. Y sin caer en el melodrama. Un comprimido diluido, o dos, o tres. O una inyección, si fuera necesario. En el maletín tenía morfina. A la noche siguiente, volvería a llevar el cuerpo sin vida a Pleasantview y lo enterraría de nuevo, confiando en que la suerte le acompañara la segunda vez («aunque no sabes si te acompañará la primera», se recordó). Desde luego, sería más fácil, y también más seguro, enterrar a Gage en Pet Sematary la segunda vez; pero no quería llevar allí a Gage. Por muchas razones. Cualquier niño, al ir a enterrar a su mascota dentro de cinco, diez o veinte años, podía tropezar con los restos. Ésta era una razón; pero la más importante era más simple: Pet Sematary estaba... demasiado cerca.

Una vez hubiera vuelto a enterrar a Gage, tomaría el avión y se reuniría con su familia en Chicago. Ni Rachel ni Ellie tendrían por qué enterarse de su frustrado experimento.

Luego, sintiendo el hilo de la otra posibilidad –la que ansiaba con toda su alma poder realizar–, una vez terminado el período de observación, él y Gage abandonarían la casa. Se irían de noche. Él llevaría consigo ciertos papeles, y nunca más volvería a Ludlow. Él y Gage se alojarían en un motel, tal vez el mismo en el que ahora estaba.

A la mañana siguiente, él retiraría los fondos de todas las cuentas y los convertiría en cheques de viaje de American Express («no salgas de casa sin ellos con tu hijo resucitado», pensó ahogando la risa) y dinero en efectivo. Él y Gage tomarían un avión para cualquier sitio: probablemente, Florida. Desde allí llamaría a Rachel para decirle dónde estaba y pedirle que se reuniera con él llevando a Ellie, pero sin decir a sus padres adónde iba. Louis creía poder persuadirla. «No hagas preguntas, Rachel. Pero ven. Ven ahora mismo. No esperes ni un minuto.»

Le daría las señas. Seguramente, un motel. Rachel y Ellie llegarían en un coche de alquiler. Él les abriría la puerta y tendría a Gage cogido de la mano. Tal vez Gage llevara un bañador.

Y después...

Ah, no se atrevía a ir más allá. Era preferible volver

a repasar el plan desde el principio. Suponía que tendrían que construirse nuevas identidades, para que Irwin Goldman no pudiera localizarlos utilizando su exuberante talonario. Estas cosas podían arreglarse.

Recordaba vagamente que, el día en que llegó a la casa de Ludlow, nervioso, cansado y bastante preocupado, de buena gana se hubiera marchado a Orlando para trabajar de socorrista en Disney World. Quizá no fuera tan descabellada la idea, después de todo.

Se vio vestido de blanco reanimando a una mujer embarazada que había cometido la imprudencia de subir a las montañas rusas y se había desmayado. «Apártense, por favor. Apártense. Dejen que circule el aire», decía él, y la mujer abría los ojos y le sonreía con agradecimiento.

Mientras su imaginación tejía esta halagüeña fantasía, Louis se quedó dormido. Él dormía cuando su hija, en un avión que sobrevolaba las cataratas del Niágara, despertó de una pesadilla en la que todo eran manos retorcidas y ojos estúpidos y crueles; él dormía mientras Rachel, angustiada, trataba de calmarla; él dormía mientras la azafata corría por el pasillo para averiguar qué ocurría; él dormía mientras Ellie gritaba una y otra vez: «¡Es Gage! ¡Mami, es Gage! ¡Es Gage! ¡Gage está vivo! ¡Gage tiene un cuchillo del maletín de papá! ¡Que no me toque! ¡Que no toque a papá!»

Él dormía cuando su hija, ya más calmada, se apretaba contra el pecho de su madre, tiritando, con los ojos muy abiertos y secos y Dory Goldman pensaba qué espantoso ha sido esto para Eileen, y cómo me recuerda a Rachel después de la muerte de Zelda. Louis se despertó a las cinco y cuarto, cuando empezaba a palidecer la luz de la tarde.

«Tengo un trabajo ímprobo», pensó estúpidamente, y se levantó.

45

Cuando a las tres y diez de la tarde, horario de la zona central, el vuelo United Airlines 419 descargaba a los pasajeros en el aeropuerto O'Hare de Chicago, Ellie Creed se encontraba en un estado de incipiente histerismo y Rachel estaba muy asustada. Desde el día en que llevó a los niños a McDonald y Gage estuvo a punto de ahogarse con las patatas fritas, nunca había deseado tanto que Louis estuviera con ella.

Si rozabas a Ellie en un hombro, ella daba un brinco y te miraba con unos ojos como platos, y tiritaba de pies a cabeza sin parar. Era como si estuviera llena de electricidad. Si mala fue la pesadilla del avión, esto... Rachel no sabía qué hacer.

Al entrar en la terminal, Ellie dio un traspié y cayó de bruces. En lugar de levantarse, se quedó tendida en la moqueta, mientras la gente la sorteaba (o la miraba con esa expresión de condescendiente simpatía y despego del que va de paso y no tiene tiempo que perder), hasta que Rachel la tomó en brazos.

–Ellie, ¿qué tienes?

Pero Ellie no respondió. Cruzaron el vestíbulo hacia las cintas transportadoras de los equipajes, donde Rachel vio a sus padres esperándolas.

–Nos han dicho que no nos acercásemos a la puerta –dijo Dory–. De modo que pensamos... ¿Rachel? ¿Cómo está Eileen?

–Regular.

–¿Hay lavabo de señoras, mami? Voy a vomitar.

–Oh, Dios mío –dijo Rachel con desesperación y la llevó de la mano hacia el aseo que estaba al otro lado del vestíbulo.

–¿Quieres que vaya con vosotras, Rachel? –preguntó Dory.

–No. Recoge las maletas, ya las conoces. Estamos bien.

Afortunadamente, el aseo de señoras estaba desierto. Rachel llevó a la niña hacia una de las puertas, mientras buscaba una moneda en el bolso, y entonces vio que –gracias a Dios– tres de los retretes tenían roto el cerrojo. En una de las puertas alguien había escrito con lápiz de labios: SIR JOHN CRAPPER ERA UN CERDO MACHISTA.

Rachel abrió rápidamente la puerta. Ellie se quejaba con la mano en el vientre. Tuvo dos arcadas, pero no vomitó. Eran espasmos de agotamiento nervioso.

Cuando Ellie dijo encontrarse un poco mejor, Rachel la llevó a los lavabos y le refrescó la cara. Ellie estaba lastimosamente blanca y tenía profundas ojeras.

–Ellie, ¿es que no vas a decirme qué te pasa?

–No sé lo que me pasa. Pero desde que papá me habló de este viaje sé que algo va mal. Porque él no estaba normal.

«Louis, ¿qué tratas de ocultar? Había algo raro, lo noté. Hasta Ellie se dio cuenta.»

Rachel advirtió entonces que también ella había estado nerviosa todo el día, como si esperase una desgracia. Así se sentía siempre dos o tres días antes de la regla, tensa y en vilo, a punto de reír o de llorar, o de sufrir una jaqueca que la embestía como un tren expreso y a las tres horas se le había pasado.

–¿Qué dices? –preguntó mirando a su hija en el espejo–. ¿Por qué no había de estar normal papá, cariño?

–No sé –dijo Ellie–. Fue el sueño. Soñé con Gage. O con *Church*. No me acuerdo. No sé.

–Ellie, ¿qué soñaste?

–Soñé que estaba en Pet Sematary. Me llevó Pascow y me dijo que papá iría y que pasaría algo terrible.

–¿Pascow? –Rachel sintió una punzada de terror, aguda pero imprecisa. ¿Qué nombre era aquél y por qué le resultaba familiar? Creía haberlo oído antes, pero no podía recordar dónde–. ¿Soñaste que alguien llamado Paxcow te llevaba al Cementerio de las Mascotas?

–Sí; así dijo que se llamaba. Y… –De pronto, sus ojos se dilataron.

–¿Recuerdas algo más?

–Dijo que había sido enviado para avisar, pero que no podía intervenir. Dijo que estaba…, no sé…, que estaba cerca de papá porque se encontraban juntos cuando su alma se des… des… ¡No recuerdo! –gimió.

–Cariño, soñaste con Pet Sematary porque aún estás pensando siempre en Gage. Y estoy segura de que a papá no le pasa nada. ¿Ya estás mejor?

–No –susurró Ellie–. Mami, estoy asustada. ¿Tú no?

–Humm-humm –hizo Rachel sacudiendo levemente la cabeza y sonriendo. Pero lo estaba, estaba asustada. Y el nombre de Paxcow la obsesionaba. Estaba segura de haberlo oído meses o tal vez años atrás, en relación con algo horrible, y no podía librarse de aquella zozobra.

Percibía algo…, algo amenazador que estallaría de un momento a otro. Algo terrible que era preciso rehuir. Pero ¿el qué? ¿El qué?

–Estoy segura de que no pasa nada –dijo a Ellie–. ¿Quieres que volvamos con los abuelos?

–Bueno –dijo Ellie, apática.

Entró en el tocador una mujer puertorriqueña que llevaba de la mano a un niño pequeño al que estaba regañando. Los pantaloncitos bermudas estaban mojados a la altura de las ingles, y Rachel se acordó de Gage con una angustia que casi la paralizó. Aquella impresión le hizo el efecto de una dosis de novocaína, aplacándole los nervios.

–Vamos –dijo a la niña–. Llamaremos a papá desde la casa del abuelo.

–Llevaba *shorts* –dijo Ellie de pronto, mirando al niño.

–¿Quién, cariño?

–Paxcow. En mi sueño, llevaba *shorts* rojos.

Esto iluminó fugazmente el nombre, y Rachel volvió a sentir aquel miedo que le hacía temblar las rodillas..., pero pasó enseguida.

No pudieron acercarse a la cinta transportadora de los equipajes. Rachel apenas alcanzaba a distinguir la copa del sombrero de su padre, con la plumita. Se volvió y descubrió a Dory Goldman que les guardaba dos sillas junto a la pared y les hacía señas con la mano. Rachel llevó a Ellie hasta allí.

–¿Estás mejor, cariño? –preguntó Dory.

–Un poquito –dijo Ellie–. Mami...

La niña miró a su madre y se quedó en suspenso. Rachel estaba muy erguida en la silla, con una mano delante de la boca y la cara blanca. Ya lo tenía. Había brotado de pronto, con un golpe sordo. Pues claro; debió darse cuenta inmediatamente, pero trató de desentenderse. Claro.

–¿Mami?

Rachel se volvió lentamente hacia su hija, y Ellie oyó cómo le crujían los tendones de la nuca. Rachel apartó la mano de la boca.

–¿Te dijo el hombre del sueño cuál era su nombre de pila?

–Mamá, ¿estás b...?

–¿Te dijo su nombre de pila?

Dory miraba a su hija y a su nieta como si las dos se hubieran vuelto locas.

–Sí, pero no me acuerdo... ¡Mami, me haces daaaño!

Rachel bajó la mirada y vio que su mano asía el antebrazo de Ellie como unas tenazas.

–¿No sería Victor?

Ellie aspiró bruscamente.

–¡Sí, Victor! ¡Dijo que se llamaba Victor! ¿Tú también soñaste con él?

–Pero no es Paxcow –dijo Rachel–. Es Pascow.

–¡Eso, Pascow!

–¿Qué pasa, Rachel? –preguntó Dory. Tomó la mano libre de Rachel e hizo una mueca al notarla helada–. ¿Y qué tiene Eileen?

–No es Eileen –dijo Rachel–, sino Louis. A Louis le pasa algo malo. O le va a pasar. Quédate con Ellie, mamá. Tengo que llamar a casa.

Se levantó y cruzó el vestíbulo en dirección a los teléfonos, mientras buscaba un cuarto de dólar en el bolso. Pidió la conferencia con cobro revertido, pero nadie aceptó la llamada. No contestaban.

–¿Volverá a llamar? –preguntó la telefonista.

–Sí –dijo Rachel, y colgó.

Se quedó mirando fijamente el teléfono.

«Dijo que había sido enviado para avisar, pero que no podía intervenir. Dijo que estaba... cerca de papá porque se encontraban juntos cuando su alma se des... des... ¡No me acuerdo!»

–Se desencarnó –susurró Rachel, clavando las uñas en el bolso–. ¡Oh, Dios mío! ¿Será ésta la palabra?

Trató de pensar con coherencia. ¿Había algo, además de su dolor natural por la muerte de Gage y de aquel precipitado viaje que era como una huida? ¿Qué sabía Ellie del muchacho que murió el día en que Louis empezó a trabajar en la universidad?

«Nada –respondía su mente, inexorable–. Tú se lo ocultaste, como le ocultabas todo lo relacionado con la muerte, incluso la posibilidad de que se muriese el gato. ¿O es que ya no te acuerdas de aquella estúpida disputa que tuvimos en la cocina? Se lo ocultaste, porque tenías miedo, como lo tienes ahora. Se llamaba Pascow, Victor Pascow. ¿Y cómo están ahora las cosas? ¿Es una situación desesperada? ¿Qué está pasando aquí?»

Las manos le temblaban de tal modo que no consiguió meter la moneda en la ranura hasta el segundo intento. Ahora llamaba a la enfermería de la universidad. La Charlton aceptó la llamada, un poco intrigada. No; no había visto a Louis, y le hubiera sorprendido verle hoy por allí. Dicho esto, volvió a dar el pésame a Rachel, que le dio las gracias y le pidió que hiciera el favor de decirle a Louis que la llamara a casa de sus padres, si lo veía. Sí; él tenía el número, dijo en respuesta a la pregunta de la enfermera, pues no quería decirle (aunque la otra ya debía de saberlo, pues Rachel tenía la impresión de que a la Charlton no se le escapaba una) que la casa de sus padres estaba a medio continente de distancia.

Rachel colgó el teléfono, sofocada y temblorosa.

«Debió de oír el nombre de Pascow en cualquier sitio, eso es. Tampoco se puede criar a una criatura en una jaula de cristal, como… un hámster, o qué sé yo. Oiría la noticia por la radio. O se lo dirían en la escuela, y se le quedó el nombre en la memoria. Incluso esa palabra que ella desconocía, esa especie de trabalenguas, "desencarnado" o lo que fuere, ¿qué tiene de particular? No demuestra nada, sino que el subconsciente es ni más ni menos que ese papel matamoscas pegajoso con el que la gente lo compara.»

Recordó que un profesor de psicología les dijo una vez en la universidad que, en las debidas condiciones, la memoria puede darte los nombres de todas las personas que te han presentado, todos los platos que has comido y el tiempo que ha hecho cada día de tu vida. Para ilustrar esta increíble afirmación, el profesor les dijo que la mente humana era un ordenador con un número de *chips* impresionante: nada de 16K, 32K, ni 64K, sino, tal vez, mil millones K, es decir, un billón. ¿Y cuánta información podía almacenar cada uno de estos *chips* orgánicos? Eso nadie lo sabía. Pero eran tantos, les dijo, que no era preciso borrarlos para poder volver a usarlos. En realidad, la mente tenía que desconectar algunos para proteger al individuo de la demencia informática. «Uno podría ser incapaz de recordar dónde había puesto los calcetines si en las dos o tres células adyacentes de memoria estuviera almacenada toda la *Enciclopedia Británica*», les dijo el profesor.

La clase rió, como era su obligación.

«Pero esto no es una clase de psicología, bien iluminada por los tubos fluorescentes, con una pizarra llena de tranquilizadoras definiciones y un dicharachero profesor auxiliar que improvisa para matar los últimos quince minutos. Aquí hay algo espantoso, y tú lo sabes, lo notas. No sé si tendrá algo que ver con Pascow, con Gage o con *Church*, pero seguro que tiene que ver con Louis. ¿Qué…? ¿Será…?»

Se le ocurrió una idea que la dejó helada. Volvió a descolgar el auricular y recuperó su moneda. ¿Estaría pensando Louis en el suicidio? ¿Sería por eso por lo que las había echado de casa? ¿Tenía Ellie dotes paranormales? ¿Había recibido una revelación psíquica?

Esta vez hizo la llamada con cobro revertido a Jud Crandall. El teléfono sonó cinco veces… seis… siete. Iba a colgar cuando la voz de Jud dijo, jadeante:

–Diga…

–¡Jud! Jud, soy…

–Un momento, por favor, señora –dijo la telefonista–. ¿Acepta una llamada a cobro revertido de Mrs. Creed?

–Ajá.

–Perdón, señor, ¿eso es sí o no?

–Yo diría que bueno.

Hubo una pausa, mientras la telefonista descifraba la frase.

–Gracias. Hable, señora.

–Jud, ¿has visto a Louis hoy?

–¿Hoy? No puedo decir que le haya visto, Rachel. Pero por la mañana me fui a Brewer, a comprar comestibles y por la tarde he estado trabajando en el jardín de atrás. ¿Por qué?

–Oh, probablemente no es nada, pero Ellie tuvo una pesadilla en el avión, y pensé que la tranquilizaría si…

–¿En el avión? –La voz de Jud pareció cobrar un tono más agudo–. ¿Dónde estás, Rachel?

–En Chicago. Ellie y yo hemos venido a pasar una temporada con mis padres.

–¿Louis no ha ido con vosotras?

–Él vendrá este fin de semana –dijo Rachel–. Y ahora ya requería un esfuerzo mantener firme la voz. Había algo en el tono de Jud que no le gustaba.

–¿Fue idea suya lo del viaje?

–Sí… Jud, ¿pasa algo? Pasa algo malo, ¿verdad? Y tú sabes qué es.

–Tal vez deberías contarme el sueño de la niña –dijo Jud después de una larga pausa–. Me gustaría que me lo contaras.

46

Después de hablar con Rachel, Jud se puso una chaqueta ligera –el sol se había nublado y se había levantado viento– y cruzó la carretera en dirección a la casa de Louis, no sin antes mirar con precaución a derecha e izquierda, por si venía algún camión. Los camiones tenían la culpa de todo. Los condenados camiones.

Pero no era eso.

Sentía como si Pet Sematary y lo que había más allá tirase de él. Pero si antes de aquella llamada era como un atractivo arrullo, una voz que prometía consuelo y un cierto poder, ahora su mensaje era más sordo y tenebroso: algo hosco y amenazador. «No te mezcles en esto, tú.»

Pero él no podía mantenerse al margen; era responsable de muchas cosas.

Jud vio que el Honda Civic de Louis no estaba en el garaje. Allí no había más que el Ford grande, cubierto de polvo, como si hiciera mucho tiempo que no se usara. Probó la puerta trasera de la casa y la encontró abierta.

–¿Louis? –llamó, seguro de que Louis no podía contestar, pero deseoso de romper el silencio de aquella casa. Oh, eso de hacerse viejo empezaba a ser una lata, tenía los brazos y las piernas torpes y pesados, no podía estar ni dos horas trabajando en el jardín sin que la espalda le martirizara, y si era la cadera, a veces le parecía que un berbiquí se la estaba taladrando.

Jud empezó a recorrer la casa metódicamente, buscando las señales que tenía que buscar: «El atracador más viejo del mundo», pensó sin mucho humor, mientras registraba. No encontró ninguna de las huellas que le hubieran alarmado realmente: ni cajas de juguetes que a última hora no se hubieran entregado a beneficencia, ni ropa de niño disimulada detrás de una puerta, en un rincón del armario, ni debajo de una cama... ni, lo que hubiera sido peor, la cuna montada de nuevo en la habitación de Gage. Absolutamente ninguna de las señales que él buscaba. No obstante, se notaba en la casa un desagradable vacío que de un momento a otro tuviera que llenarse de... en fin, de algo.

«Quizá no estaría de más que me diera una vuelta por el cementerio de Pleasantview. A lo mejor allí hay novedades. Podría tropezarme con Louis Creed e invitarle a cenar o algo así.»

Pero el peligro no estaba en el cementerio de Bangor, sino allí, en aquella casa, y detrás de ella.

Jud salió y volvió a cruzar la carretera. Ya en su casa, sacó del frigorífico un paquete de seis cervezas y lo llevó a la sala. Se sentó delante del mirador orientado a casa de los Creed, abrió una cerveza y encendió un cigarrillo. Mientras caía la tarde, el pensamiento de Jud empezó a discurrir hacia atrás, como solía hacer durante los últimos dos o tres años, describiendo órbitas cada vez más amplias. De haber sabido lo que pensara Rachel Creed hacía poco rato, hubiera podido decirle que tal vez tenía razón aquel profesor de psicología, pero que cuando envejecías, esa función de bloqueo de la memoria se deterioraba, lo mismo que todos los órganos de tu cuerpo, y empezabas a recordar caras, lugares y hechos con una nitidez impresionante. Recuerdos que habían adquirido el tono sepia de las viejas fotografías, reavivaban sus colores, las voces se despojaban de la sordina que les había puesto el tiempo y recobraban su sonoridad original. Y Jud hubiera podido decir a aquel profesor que esto no era demencia informática. Esto se llamaba senilidad.

Jud volvía a ver a *Hanratty*, el toro de Lester Morgan, con los ojos ribeteados de rojo, embestir contra todo lo que se le ponía por delante. Incluso embestía a los árboles, cuando el viento movía las hojas. Antes de que Lester se diera por vencido, todos los árboles del pastizal vallado de *Hanratty* mostraban las señales de aquel furor ciego, y el animal tenía los cuernos astillados y la cabeza ensangrentada. Cuando mató al toro, Lester estaba aterrorizado: lo mismo que ahora Jud.

El anciano bebía cerveza y fumaba. Estaba anocheciendo. No encendió la luz. Poco a poco, su cigarrillo se convirtió en un punto incandescente. Bebía, fumaba y vigilaba la entrada de coches de casa de los Creed. Cuando Louis regresara de dondequiera que estuviera, él entraría a charlar un rato, para asegurarse de que no tramaba nada malo.

Y seguía sintiendo el suave tirón de lo que quiera que fuera el maléfico poder que habitaba aquella tierra diabólica donde se habían construido los *cairns*.

«No te mezcles en esto, tú. No te mezcles, o vas a sentirlo.» La voz era como un jirón de niebla que surgiera de un sepulcro abierto.

Esforzándose por hacer oídos sordos a la voz, Jud fumaba y bebía. Y esperaba.

47

Mientras Jud Crandall, sentado en su mecedora, acechaba el regreso de Louis desde el mirador y mientras Rachel y Ellie viajaban por la autopista hacia la casa de los Goldman (Rachel, mordiéndose las uñas, sin poder sustraerse a la angustia y Ellie, pálida como una muerta), Louis consumía una copiosa e insípida cena en el comedor del Howard Johnson.

La comida era abundante y sosa: exactamente lo que le pedía el cuerpo. Ya había oscurecido. Los faros de los automóviles parecían dedos que palparan las sombras. Louis engullía la comida. Un bistec. Una patata al horno. Una fuente de judías de un verde chillón y artificial. Un trozo de tarta de manzana con un copete de helado a medio derretir. Louis estaba en una mesa de un rincón, observando a los que entraban y salían, mientras se preguntaba si vería a algún conocido. En el fondo, casi lo deseaba. Le harían preguntas –«¿Y Rachel? ¿Qué haces aquí? ¿Cómo estás?»– y quizá las preguntas traerían complicaciones, y quizá eran complicaciones lo que él estaba deseando. Una escapatoria.

Y, efectivamente, cuando Louis terminaba su tarta de manzana y la segunda taza de café, entró una pareja conocida, Rob Grinnell, un médico de Bangor y Barbara, su bonita esposa. Él deseaba que le vieran, sentado a aquella mesa individual del rincón, pero la camarera los llevó a los divanes del otro lado del comedor, y Louis los perdió de vista y sólo de vez en cuando divisaba fugazmente el pelo prematuramente gris de Grinnell.

La camarera le trajo la cuenta y Louis la firmó, anotó el número de su habitación debajo de la firma y salió por la puerta lateral.

Fuera soplaba un fuerte vendaval con un rugido constante que hacía zumbar de modo extraño los cables de la electricidad. No había estrellas y se intuía en las alturas un desfile de nubes a gran velocidad. Louis se quedó unos momentos plantado en la acera, con las manos en los bolsillos y la cara al viento. Luego, dio media vuelta, subió a su habitación y conectó el televisor. Aún era temprano para hacer algo en serio, y no se sabía lo que podía traer aquel viento. Ponía nervioso.

Louis vio cuatro horas de televisión, ocho telefilmes de un tirón. Hacía mucho tiempo que no pasaba tanto rato delante del televisor. Le pareció que todas las protagonistas eran lo que él y sus amigos de la escuela secundaria llamaban «calientabraguetas».

En Chicago, Dory Goldman exclamaba: «¿Que quieres volver? ¿Por qué, hijita? ¡Si acabas de llegar!»

En Ludlow, Jud Crandall, sentado en su mirador, fumando y bebiendo cerveza, repasaba su álbum de recuerdos mientras esperaba el regreso de Louis. Más tarde o más temprano, Louis tenía que volver a casa, lo mismo que la perra *Lassie* de aquella vieja película. Había otros caminos que conducían a Pet Sematary y al otro sitio, pero Louis no los conocía. Si intentaba algo, partiría de la puerta de su casa.

Ajeno a estos hechos que eran como proyectiles de marcha lenta y que, en buena balística, apuntaban no donde él estaba sino donde estaría, Louis contemplaba la pantalla del televisor en color. No había visto ninguna de aquellas series, pero había oído hablar de ellas: una familia negra, una familia blanca, un niño que era más listo que las acaudaladas personas mayores con las que vivía, una mujer soltera, una mujer casada, una mujer divorciada. Luego, las tres jóvenes detectives privados que hacían todas sus pesquisas con atuendos playeros. Se lo tragó todo, en su habitación del motel, lanzando de vez en cuando una mirada a la borrascosa noche.

Cuando empezaron las noticias de las once, Louis apagó el televisor y salió a hacer lo que tenía decidido tal vez desde el momento en que vio la gorra de béisbol de Gage llena de sangre en medio de la carretera. Ahora volvía a sentir aquella frialdad aún más intensamente, pero debajo había algo: un rescoldo de ansia, o de pasión, o de sensualidad. No importaba. Aquello le protegía del frío y le armaba contra el viento. Al arrancar el motor del Honda, Louis pensó que tal vez Jud tuviera razón cuando decía que aquel lugar tenía una fuerza creciente, porque ahora la sentía a su alrededor, guiándole (o empujándole), y se preguntó:

«¿Podría detenerme? ¿Podría detenerme aunque quisiera?»

48

–¿Que quieres… qué? –preguntó Dory otra vez–. Rachel, estás trastornada. Una noche de descanso y…

Rachel sólo movió la cabeza. No podía explicar a su madre por qué tenía que regresar. La decisión se alzó en ella del mismo modo que se levanta el viento: la hierba empieza a temblar, la brisa es cada vez más fuerte, se turba la calma, luego ya silban las ráfagas en los aleros y al poco tiembla toda la casa, y entonces te das cuenta de que es un verdadero huracán y que, como siga aumentando su fuerza, van a empezar a caer cosas.

Eran las seis de la tarde en Chicago. En Bangor, Louis empezaba su copiosa y anodina cena. Rachel y Ellie apenas probaron bocado. Cada vez que Rachel levantaba los ojos del plato se tropezaba con la mirada de su hija que le preguntaba qué pensaba hacer para ayudar a papá, qué pensaba hacer.

Estaba alerta por si sonaba el teléfono, por si Jud llamaba para decirle que Louis había vuelto y sonó una vez –ella dio un brinco y Ellie estuvo a punto de tirar el vaso de leche–, pero era una señora del club de bridge de Dory, que preguntaba si habían tenido buen viaje.

Estaban tomando café cuando Rachel soltó la servilleta bruscamente y dijo:

–Papá..., mamá..., lo siento, pero tengo que volver a casa. Si encuentro plaza en un avión, me iré esta misma noche.

Sus padres la miraron con la boca abierta, pero Ellie cerró los ojos con una expresión de alivio propia de una persona mayor. Hubiera resultado cómica, de no ser por la palidez y crispación de su cara.

Ellos no comprendían, y Rachel no podía explicárselo, como tampoco hubiera podido explicar por qué esos soplos de aire que apenas alcanzan a mover la hierba pueden aumentar de fuerza hasta ser capaces de derribar una casa. Ella no creía que Ellie hubiera oído por la radio la noticia de la muerte de Victor Pascow y almacenado la información en el subconsciente.

–Rachel, cariño... –Su madre hablaba melosamente, como el que se dirige a una persona que sufre un histerismo pasajero pero peligroso–. Esto no es más que una secuela de la muerte de tu hijo. Tú y Ellie estáis muy afectadas, y es natural. Pero podrías derrumbarte si...

Rachel no le contestó. Se fue al teléfono del vestíbulo, buscó el número de Delta en las Páginas Amarillas y marcó mientras Dory, a su lado, decía que debían pensarlo y hablar más despacio, tal vez hacer una lista... Y Ellie, detrás de su abuela, la miraba con su carita de angustia, y ahora con una leve esperanza que animaba a Rachel.

–Delta Airlines –contestó una voz jovial–. Al aparato, Kim. ¿En qué puedo servirle?

–Me urge llegar a Bangor. ¿Podría hacer el viaje esta misma noche? Se trata… se trata de una emergencia. ¿Haría el favor de comprobar si hay enlaces?

–Lo miraré, señora –dijo la voz, dubitativamente–. Pero hay muy poco margen.

–Lo sé, pero le agradeceré que lo compruebe –dijo Rachel con la voz un poco ronca–. Aunque sea en lista de espera, cualquier cosa.

–Está bien, señora. No se retire, por favor. –La línea quedó en silencio.

Rachel cerró los ojos y, al momento, notó que en su brazo se posaba una mano fría. Al abrir los ojos, vio a Ellie a su lado. Irwin y Dory se mantenían a distancia, hablando en voz baja y mirándolas. «Así se mira a los que cree uno que están locos», pensó Rachel con cansancio. Esbozó una sonrisa para Ellie.

–No les hagas caso, mami –dijo la niña en voz baja.

–Descuida, hermana mayor –dijo Rachel. E hizo una mueca de dolor. Así la llamaban desde que nació Gage. Pero ya no era hermana mayor de nadie.

–Gracias –dijo Ellie.

–Es muy importante, ¿verdad?

Ellie asintió.

–Mi vida, yo te creo. Pero me ayudaría mucho que me dijeras algo más. ¿Es sólo el sueño?

–No –respondió Ellie–. Ahora… es todo. Es algo que me corre por todo el cuerpo. ¿No lo notas, mami? Es como…

–Como un viento.

Ellie suspiró entrecortadamente.

–Pero ¿no sabes lo que es? ¿No recuerdas nada más de ese sueño?

Ellie cerró los ojos tratando de recordar y movió la cabeza lentamente.

–Papá. *Church*. Y Gage. ¡Pero no sé por qué están juntos!

Rachel la abrazó fuertemente.

–No pasará nada –dijo, pero la opresión del pecho no se le aliviaba.

–Oiga señora… –dijo el empleado de la oficina de reserva de pasajes.

–Diga… –Rachel oprimió con más fuerza el teléfono y a su hija.

–Me parece que podré ponerla en Bangor, señora. Pero llegará muy tarde.

–Eso no importa –dijo Rachel.

–¿Tiene un lápiz a mano? Es complicado.

–Sí; ya puede empezar –dijo Rachel, sacando un cabo de lápiz del cajón y disponiéndose a tomar nota en el dorso de un sobre.

Rachel escuchó atentamente y lo anotó todo. Cuando el empleado acabó de hablar, ella sonrió un poco y formó una O con el índice y el pulgar, para dar a entender a Ellie que todo saldría bien. Probablemente saldría bien, rectificó. Algunos de los transbordos parecían muy justos…, especialmente, el de Boston.

–Haga todas las reservas, por favor –dijo Rachel–. Y gracias.

El empleado anotó el nombre y número de la tarjeta de crédito de Rachel y ella colgó por fin, extenuada, pero más tranquila. Miró a su padre.

–¿Me acompañas al aeropuerto, papá?

–Quizá debería decir que no –dijo Goldman–. Me parece que tendría que impedirte que cometieras esta locura.

–¡Pobre de ti! –gritó Ellie–. No es una locura. ¡No!

Goldman parpadeó y dio un paso atrás ante aquella explosión de ferocidad.

–Acompáñala, Irwin –dijo Dory pausadamente–. Yo también empiezo a estar nerviosa. Me sentiré mejor cuando sepa que Louis está bien.

Goldman miró a su mujer un momento y luego se volvió hacia Rachel.

–De acuerdo –dijo–. Te llevaré al aeropuerto si eso es lo que quieres. Y hasta estoy dispuesto a acompañarte a Ludlow.

–Gracias, papá –dijo Rachel moviendo la cabeza–. Pero me han dado el último asiento que quedaba en cada avión. Es como si Dios me los hubiera guardado.

Irwin Goldman suspiró. En aquel momento, parecía muy viejo y Rachel hasta le encontró cierto parecido con Jud Crandall.

–Aún tienes tiempo de preparar un maletín de mano –dijo–. Si conduzco como cuando tu madre y yo nos casamos, podemos estar en el aeropuerto dentro de cuarenta minutos. Déjale tu neceser, Dory.

–Mami –dijo Ellie. Rachel la miró. La niña tenía la cara brillante de sudor.

–¿Qué, mi vida?

–Ten cuidado, mami –dijo Ellie–. Ten mucho cuidado.

49

Los árboles no eran más que sombras que desfilaban sobre el fondo de las nubes iluminadas por las luces del cercano aeropuerto. Louis aparcó el Honda en Mason Street, que discurría a lo largo del lado sur del cementerio. El viento era tan fuerte que casi le arrancó la puerta de la mano y Louis tuvo que empujar con fuerza para cerrarla. El viento le azotó el faldón de la chaqueta cuando él se inclinó para abrir el maletero del Honda y sacar las herramientas que había envuelto en un trozo de lona.

Antes de cruzar hacia la reja de hierro forjado que

circundaba el cementerio, Louis se paró en el bordillo, en una zona de sombra entre dos farolas, mirando a derecha e izquierda, por si se acercaba algún coche. Si podía evitarlo, no quería ser visto, aunque el otro no se fijase en él. A su lado, gemían las ramas de un viejo olmo, sacudidas por el viento.

Dios, y qué asustado estaba. Aquello no era un trabajo ímprobo. Era un trabajo demencial.

No había tráfico. En Mason Street las farolas estaban alineadas en perfecta formación proyectando círculos de luz sobre la acera en la que, durante el día, a las horas de salida de la escuela primaria Fairmount, los chicos iban en bicicleta y las niñas saltaban a la comba o jugaban a la rayuela, sin reparar en el cementerio, salvo quizá en vísperas de Todos los Santos, en que el recinto adquiría un tétrico encanto. Algunos se acercaban a colgar un esqueleto de papel en la alta reja de hierro, mientras repetían entre risas ahogadas los viejos chistes de siempre: «Es el sitio más popular de la ciudad; la gente se muere por entrar. ¿Por qué está feo reír en el cementerio? Porque hay un silencio sepulcral.»

–Gage –murmuró Louis. Gage estaba allí dentro, detrás de la reja de hierro, injustamente prisionero, bajo una capa de tierra oscura, y eso no era un chiste.

«Te sacaré de ahí, Gage –pensó–. Te sacaré, muchacho, o moriré en el intento.»

Louis cruzó la calle con el pesado fardo en los brazos, subió a la otra acera, volvió a mirar a uno y otro lado y arrojó el fardo por encima de la reja. Se oyó un leve tintineo cuando el paquete cayó al otro lado. Louis se frotó las manos para sacudir el polvo y echó a andar, después de tomar un punto de referencia. De todos modos, aunque se desorientara, no tenía más que seguir la cerca por la parte de dentro hasta situarse frente al Civic y daría con el sitio.

Pero ¿estaría abierta la verja a aquella hora?

Siguió por Mason Street hasta la señal de stop. El viento le empujaba haciéndole apretar el paso. Sombras bailaban y se entrelazaban en la calzada.

Dobló por Pleasant Street, siempre siguiendo la reja. Los faros de un coche se acercaban y Louis se detuvo, disimulándose detrás de un olmo. No era un coche de la policía, sino una camioneta que subía hacia Hammond Street y, seguramente, hacia la autopista. Cuando hubo pasado, Louis siguió andando.

«La verja estará abierta, desde luego. Tiene que estar abierta.»

Llegó a la verja, que tenía traza de catedral esbelta y grácil, entre las sombras que el viento hacía danzar. Louis extendió el brazo y empujó.

Cerrada.

«Pues claro, estúpido, ¿imaginabas que iban a dejar abierta la verja de un cementerio situado dentro de los límites municipales de una ciudad americana, después de las once de la noche? La gente ya no es tan confiada, amigo. Ya no. ¿Y qué haces ahora?»

Ahora tendría que escalar, confiando en que en el vecindario nadie apartaría los ojos del show de Johnny Carson para mirar por la ventana y ver a este torpe grandullón trepar por las barras de hierro.

«¿Oiga, policía? Acabo de ver a un tipo torpe y grandullón escalar la verja del cementerio de Pleasantview. Al parecer, se moría por entrar. Asunto de vida o muerte. No, no bromeo. Estoy mortalmente serio. Me parece que deberían ustedes investigar.»

Louis continuó por Pleasant Street y torció nuevamente a la derecha. El viento enfriaba y evaporaba las gotas de sudor de su frente y sus sienes. Su sombra se alargaba y acortaba a la luz de las farolas. A su lado, impertérrita, la alta reja. Louis se detuvo, obligándose a sí mismo a mirarla realmente.

«¿Tú piensas saltar eso? Vamos, no me hagas reír.»

Louis Creed era un hombre alto, de casi un metro noventa, pero aquella reja tenía por lo menos tres metros de alto y cada uno de sus barrotes estaba rematado por una decorativa punta de lanza. Bueno, decorativa a no ser que al ir a pasar la pierna por encima resbalaras y te clavaras una de aquellas puntas en los testículos. Y allí te quedarías, ensartado como un cerdo en el asador, dando voces hasta que alguien llamara a la policía y te sacaran y llevaran al hospital.

Seguía sudando y tenía la camisa pegada a la espalda. No se oía más que el lejano rumor del tráfico de última hora en Hammond Street.

Tenía que haber un modo de entrar.

Tenía que haber un modo.

«Vamos, Louis, tienes que aceptar la evidencia. Puede que estés loco, pero no tanto. Aunque consiguieras subir a pulso hasta ahí arriba, tendrías que ser un consumado gimnasta para salvar esas puntas sin quedarte clavado. Y, aun suponiendo que consiguieras entrar, ¿cómo ibas a salir con Gage en brazos?»

Siguió andando. Tenía una ligera idea de que estaba dando la vuelta completa al cementerio, pero sin hacer nada constructivo.

«Bueno, lo que voy a hacer es lo siguiente: esta noche regresaré a Ludlow y volveré mañana, al anochecer. Entraré por la puerta antes de que cierren y me quedaré escondido hasta la medianoche o más tarde. En otras palabras, mañana haré lo que hubiera podido hacer hoy, de haber sido más listo.»

«Buena idea, oh gran maestro Louis… y mientras, ¿qué pasa con el fardo de herramientas que eché por encima de la cerca? Pico, pala, linterna… no falta más que un letrero que diga: EQUIPO PARA ROBAR TUMBAS.

«Cayó entre los arbustos, ¿quién quieres que lo encuentre, por el amor de Dios?»

Eso sería lo más sensato. Pero ¿era sensata aquella

empresa en la que se había embarcado? Además, su corazón le decía categóricamente que al día siguiente no volvería. Si no lo hacía esta noche no lo haría nunca. Ya nunca podría volver a mentalizarse con este frenesí de locura. Éste era el momento, el único momento que tenía.

Por este lado había menos casas –al otro lado de la calle, se divisaba algún que otro cuadrado de luz amarillenta y en uno de ellos, el parpadeo grisáceo de un televisor en blanco y negro–, y, al mirar entre los barrotes, observó que aquí las tumbas eran más viejas, las lápidas estaban erosionadas y, algunas, inclinadas hacia adelante o hacia atrás, por efecto de muchas heladas y deshielos. Había otra señal de stop delante de él y al torcer otra vez hacia la derecha estaría en una calle que discurría en dirección más o menos paralela a Mason Street, su punto de partida. Y, cuando hubiera dado la vuelta completa, ¿qué haría? ¿Cobrar doscientos dólares y empezar desde la primera casilla? ¿Darse por vencido?

Unos faros doblaron la esquina y Louis se paró detrás de otro árbol, a esperar que pasara el coche. Éste avanzaba muy despacio y, a los pocos segundos, el haz blanco de un faro surgió de la ventanilla lateral y recorrió la reja. Louis sintió una dolorosa opresión en el pecho. Era un coche de la policía que patrullaba alrededor del cementerio.

Louis se apretó contra el tronco. Sintió en la mejilla la áspera corteza. Confiaba que el tronco fuera lo bastante grueso como para ocultarle. El haz luminoso se acercaba. Louis bajó la cabeza, hurtando la cara a la luz, que, al llegar al árbol desapareció un momento para surgir de nuevo a la derecha de Louis. Él se desplazó ligeramente, para mantenerse fuera del campo visual del coche. Por un momento, distinguió las luces azules del techo del vehículo. Ahora se encenderían las bombillas rojas del freno, se abrirían las puertas y el foco retrocedería para señalarle como un gran dedo blanco. «¡Eh, usted! ¡El del árbol! Salga donde podamos verle, y con las manos vacías. ¡Fuera, YA!»

El coche-patrulla siguió su marcha. Al llegar a la esquina, hizo pausadamente la señal con el intermitente y torció hacia la izquierda. Louis se apoyó en el árbol, con la boca seca y agria. Seguramente, pasarían junto al Honda, pero no importaba. En Mason Street se podía aparcar desde las seis de la tarde hasta las siete de la mañana. Había otros muchos coches. Sus dueños debían de habitar los bloques de apartamentos diseminados por el otro lado de la calle.

Louis se quedó mirando la copa del árbol tras el que se había escondido.

Mismamente encima de su cabeza estaba la horquilla. Sería fácil...

Sin darse tiempo para pensarlo, se izó hasta la horquilla, apoyándose en el tronco con las suelas de sus zapatillas y haciendo caer fragmentos de corteza. Afianzó una rodilla y al momento estaba de pie sobre la horquilla del árbol. Si el coche-patrulla volvía en aquel momento, el foco iluminaría a un extraño pájaro posado en el olmo. Tenía que moverse deprisa.

Subió a otra rama que se extendía por encima de la reja. Sentía la absurda sensación de tener otra vez doce años. El árbol no estaba quieto, sino que se balanceaba suave, casi sosegadamente, a impulsos del viento. Louis calculó distancias y, adelantándose al miedo, se colgó de la rama con las manos. La rama era tal vez un poco más gruesa que la muñeca de un hombre robusto. Colgado de las manos, con las zapatillas bailando a casi dos metros y medio del suelo, Louis fue avanzando hacia la reja. La rama se vencía, pero no parecía que fuera a romperse. Con el rabillo del ojo, Louis distinguía su sombra sobre la acera, como la silueta de un mono contrahecho. El viento le helaba las empapadas axilas y empezó a tiritar a pesar de que el sudor le resbalaba por la cara y el cuello. A cada uno de sus movimientos, la rama caía y bailaba. A medida que él se separaba del tronco el balanceo de la rama se hacía más pronunciado. Le dolían las palmas de las manos y las muñecas y empezó a temer que la rama se le escurriera entre los dedos sudorosos.

Por fin llegó a la reja. Sus zapatillas quedaban a un palmo por debajo de las puntas. Vistas desde aquí, aquellas puntas parecían más agudas todavía. Pero, agudas o no, allí peligraba algo más que los testículos. Si se caía encima de aquellas lanzas, su propio peso haría que se le clavaran hasta los pulmones. En su próxima ronda, los policías encontrarían una lúgubre colgadura en la reja de Pleasantview.

Respirando deprisa, sin llegar a jadear, Louis buscó las puntas de la reja con los pies, para descansar un momento. Así estuvo unos instantes, con los pies danzando en el aire, buscando apoyo y sin encontrarlo.

Le enfocó una luz que aumentaba de intensidad.

«¡Mierda, un coche! ¡Ahora viene un coche!»

Trató de deslizar las manos hacia adelante, pero las palmas le resbalaron y se deshizo el nudo de sus dedos.

Aún buscando un punto de apoyo, volvió la cabeza hacia la izquierda y miró por debajo del tenso brazo. Era un coche, pero pasó rápidamente calle arriba, sin frenar en el cruce. Menos mal. Si llega a…

Las manos le resbalaron otra vez. Sintió que le caían en la cabeza trozos de corteza.

Uno de sus pies encontró apoyo, pero la otra pernera del pantalón se había enganchado en una punta. Y, ¡mierda!, no iba a poder resistir mucho rato. Louis agitó con fuerza la pierna. La rama se inclinó. Volvieron a resbalarle las manos. Se oyó un desgarrón de tela y Louis se encontró de pie sobre dos puntas de lanza que se le clavaban en las suelas de las zapatillas. Muy pronto, la presión se hizo dolorosa, pero Louis se mantuvo sobre ellas, por lo menos unos momentos. Era mayor el alivio de las manos y los brazos que el dolor de los pies.

«Vaya aspecto que debo de tener», pensó Louis con un ligero y triste humorismo. Sosteniéndose en la rama con la mano izquierda, se frotó la palma de la derecha en la tela de la chaqueta. Luego repitió la operación cambiando de mano.

Permaneció un momento más sobre las puntas de los barrotes y deslizó las manos a lo largo de la rama que en aquel punto era más delgada y le permitía entrelazar cómodamente los dedos. Balanceó el cuerpo hacia adelante como Tarzán, abandonando el apoyo de los pies. La rama se dobló de un modo alarmante con un crujido de mal agüero. Louis se soltó, saltando a ciegas.

Cayó mal. Se golpeó una rodilla con una lápida y sintió que un dolor insoportable le subía por el muslo. Rodó sobre la hierba abrazado a la rodilla y un rictus de angustia en los labios, temiendo haberse destrozado la rótula. Luego, el dolor fue mitigándose y Louis comprobó que podía doblar la articulación. Todo iría bien si seguía moviéndose y no dejaba que se le agarrotara. Por lo menos, así lo esperaba él.

Se puso de pie y echó a andar siguiendo la cerca en dirección a Mason Street, donde había tirado el equipo. Al principio cojeaba, pero poco a poco el dolor fue remitiendo y quedó en una molestia sorda. Tenía aspirina en el botiquín del Honda y hubiera debido traerlo consigo. Pero ya era tarde. Se mantenía alerta por si venía algún coche y, al advertir que uno se acercaba, se apartó de la reja.

Cuando llegó a la parte de Mason Street, que podía estar más concurrida, se matuvo lejos de la reja hasta que estuvo frente al Civic. Ya iba a aproximarse a la cerca para sacar el fardo de los arbustos cuando oyó pisadas en la acera y una risa grave de mujer. Se sentó detrás de una lápida grande –el dolor de la rodilla no le dejaba ponerse en cuclillas– y vio que, por el otro lado de Mason Street, pasaba una pareja. Iban enlazados por el talle y, en su forma de caminar pasando de una zona de luz a la siguiente había algo que hizo pensar a Louis en una vieja serie de televisión. Ya lo tenía: *La hora de Jimmy Durante.* ¿Qué harían aquellos dos si él se levantaba ahora, como una sombra en la silenciosa ciudad de los muertos y les gritaba, con voz campanuda: «Buenas noches, Mrs. Calabash, donde quiera que esté»?

La pareja se detuvo mismamente detrás del Civic y se abrazó. Louis, al mirarlos, sintió una extraña perplejidad y desprecio hacia sí mismo. Allí estaba él, agazapado detrás de una sepultura, como un macabro vampiro de historieta barata, espiando a una pareja de enamorados. «¿Tan fina es la línea divisoria? –se preguntó, y ese pensamiento también le sonaba familiar–. ¿Tan fácil es pasar al otro lado? Te subes a un árbol, te deslizas por una rama, saltas a un cementerio, miras a una pareja…, abres una tumba? ¿Así de fácil? ¿Es esto la locura? Tardé ocho años en hacerme médico y un solo paso me ha bastado para convertirme en ladrón de cadáveres, en lo que muchos llamarían un necrofílico.»

Se oprimió los labios con los puños, para impedir que se le escapara un gemido, mientras trataba de encontrar aquella frialdad interior, aquella ecuanimidad. Allí estaba, y Louis se arrebujó en ella con fruición.

Cuando la pareja se alejó, Louis los miró con impaciencia. Se pararon delante de uno de los edificios de apartamentos. El hombre sacó una llave y entraron. La calle volvió a quedar en silencio. No se oía más que el constante rumor del viento que agitaba las ramas de los árboles y le revolvía el sudoroso pelo sobre la frente.

Louis corrió hacia la reja, doblando el cuerpo y buscó el fardo de lona. Allí estaba. Sintió en los dedos el roce de la áspera tela. Lo levantó y oyó el leve tintineo de las herramientas. Salió a la ancha avenida de grava que conducía a la verja y se detuvo para orientarse. Tenía que caminar en línea recta y, al llegar a la bifurcación, torcer hacia la izquierda. Muy sencillo.

Caminaba por el borde de la avenida, amparándose en la sombra de los olmos, por si había un vigilante nocturno y andaba por allí. En realidad, Louis no esperaba problemas a este respecto. Al fin y al cabo, era un cementerio de ciudad pequeña; aunque sería mejor no arriesgarse.

Torció hacia la izquierda. Ya estaba cerca de la tumba de Gage. De pronto, consternado, se dio cuenta de que no podía recordar la cara de su hijo. Se detuvo, mirando fijamente las hileras de lápidas y las sombrías fachadas de los panteones, mientras trataba de evocar la fisonomía del niño. Acudían a su memoria rasgos sueltos: su pelo rubio, todavía fino como la seda, sus ojos un poco oblicuos, sus pequeños dientes, la diminuta cicatriz del mentón, de cuando se cayó por las escaleras de atrás de la casa de Chicago. Louis veía estas cosas, pero no podía reunirlas en un todo coherente. Veía a Gage correr hacia la carretera, hacia su cita con el camión de la Orinco, pero el niño estaba de espaldas. Trató de representarse a Gage dormido en su cuna la noche del día en que lanzaron la cometa, pero en su cerebro todo era oscuridad.

«Gage, ¿dónde estás?»

«¿No se te ha ocurrido pensar, Louis, que tal vez no vayas a hacer a tu hijo ningún favor? Tal vez sea feliz donde ahora está, tal vez estés equivocado y todas esas cosas no sean pamplinas. Tal vez se halle con los ángeles o esté, sencillamente, dormido. Y, si duerme, ¿acaso sabes lo que vas a despertar?»

«Oh, Gage, ¿dónde estás? Quiero que vuelvas a casa.»

Pero ¿era él dueño de sus actos? ¿Por qué no podía recordar la cara de Gage y por qué obraba en contra de todas las advertencias: la de Jud, las del sueño de Pascow, las de su propio corazón inquieto?

Recordó las estelas de Pet Sematary, aquellos toscos círculos que iban cerrándose en espiral en torno al Misterio, y volvió a sentir aquella serena frialdad. ¿Qué hacía allí parado, tratando de rememorar la cara de Gage?

Muy pronto podría verla.

Allí estaba ya la lápida. Sólo tenía grabado el nombre, GAGE WILLIAM CREED, y las dos fechas. Alguien había estado allí aquel mismo día; había flores frescas. ¿Quién? ¿Missy Dandridge?

El corazón le latía con fuerza, pero despacio. Bien, ya estaba allí. Si iba a hacerlo, sería mejor poner manos a la obra. No podía perder tiempo. La noche tenía que acabar, y llegaría el día.

Louis recapacitó por última vez y descubrió que sí, que estaba decidido a seguir adelante. Asintió casi imperceptiblemente y metió la mano en el bolsillo para sacar el cuchillo. Había ceñido el paquete con cinta adhesiva que ahora cortó. Desenrolló la lona al pie de la tumba y dispuso los útiles del mismo modo que hubiera ordenado el instrumental antes de suturar una herida o hacer una pequeña intervención.

La linterna con la lente cubierta con un fieltro, tal como le sugiriera el dependiente. El fieltro también estaba sujeto con cinta adhesiva. Con ayuda de una moneda de un centavo, había cortado un círculo en el centro con el escalpelo. El pico de mango corto que seguramente no necesitaría; sólo lo trajo por precaución, ya que no tendría que levantar una bóveda sellada ni encontraría rocas en una tumba tan reciente. La pala, el azadón, la cuerda y los guantes. Se puso los guantes, agarró el azadón y empezó.

La tierra estaba blanda y se removía fácilmente. El contorno de la tumba estaba bien definido y la tierra que extraía era más esponjosa que la de los bordes. Casi automáticamente, Louis comparó la facilidad de esta excavación con el esfuerzo que le costaría hincar el pico en el suelo árido y rocoso del lugar en el que, si todo iba bien, aquella misma noche enterraría a su hijo. Allí arriba tendría que bregar. Luego, trató de no seguir pensando. Era un engorro.

Amontonaba la tierra a la izquierda de la tumba, moviéndose con un ritmo regular que se hacía más difícil de mantener a medida que descendía el nivel. Louis bajó al hoyo, aspirando el olor a tierra húmeda que le trajo el recuerdo de los veranos en los que trabajaba con el tío Carl.

«Cavador», pensó, haciendo un alto para secarse el sudor de la frente. El tío Carl le dijo que ése era el mote que se ponía en América a todos los sepultureros. Los amigos te llamaban *Cavador*.

Reanudó el trabajo.

Sólo paró otra vez, para mirar el reloj. Las doce y veinte. Le parecía que el tiempo se le escurría entre los dedos como un objeto bien engrasado.

Cuarenta minutos después, el azadón tropezó con la cubierta y Louis se mordió el labio superior hasta hacerse sangre. Iluminó el fondo del hoyo con la linterna. Entre la tierra asomaba una franja grisácea en diagonal. Louis fue apartando la tierra con precaución, para no hacer ruido; nada más escandaloso que una pala raspando sobre una losa de cemento en plena noche.

Cuando hubo quitado la tierra, Louis subió en busca de la cuerda que pasó por las anillas de una de las cubiertas. Volvió a salir del hoyo, extendió la lona, se echó en ella y agarró los extremos de la cuerda.

«Louis, adelante. Tu última oportunidad.»

«Tienes razón; es mi última oportunidad y no pienso desperdiciarla.»

Louis dio un par de vueltas con la cuerda alrededor de las manos y tiró. La placa de cemento se alzó fácilmente con un sonido áspero y quedó vertical sobre un cuadro de oscuridad.

Louis sacó la cuerda de las anillas y la arrojó a un lado. Para la otra placa no la necesitaría. Podría ponerse de pie sobre los bordes laterales del cajón y levantarla con las manos.

Volvió a bajar a la tumba, moviéndose con precaución, para que la placa que ya había quitado no le cayera en los pies o se rompiera, pues era bastante delgada la condenada. Resbalaron unos guijarros que golpearon con un sonido hueco en la tapa del ataúd de Gage.

Louis se agachó y tiró de la otra placa. Al agarrarla sintió en la mano una cosa fría y blanda. Cuando hubo dejado la placa apoyada verticalmente en el borde de la cubeta, se miró la mano y vio una gruesa lombriz de tierra que se retorcía débilmente. Ahogando un grito de repugnancia, Louis restregó la mano en la pared de tierra de la tumba.

Luego, enfocó el fondo con la linterna.

Allí estaba el ataúd que él viera por última vez descansando sobre unos travesaños metálicos y aquel horrible césped artificial, al lado de la tumba, durante la ceremonia del entierro. Allí estaba la caja de depósito en la que él debía enterrar todas las ilusiones que había cifrado en su hijo. Sintió un furor candente, la antítesis de su frialdad de antes. ¡Qué estupidez! La respuesta era: ¡No!

Louis buscó a tientas el azadón, lo levantó sobre el hombro y lo descargó sobre la cerradura del ataúd una vez, dos, tres, cuatro. Enseñaba los dientes con una mueca de rabia.

«¡Ahora mismo te saco, Gage! ¡Ya verás tú si no!»

La cerradura había saltado al primer golpe, y probablemente no hacían falta más, pero él siguió golpeando porque lo que quería era no sólo abrir el ataúd, sino romperlo, lastimarlo. Pero entonces volvió a él, más pronto de lo que hubiera podido recobrarla en otras circunstancias, una cierta dosis de cordura, y se detuvo con el azadón en alto.

La hoja de la herramienta estaba doblada y rayada. Louis la tiró y salió de la tumba casi gateando. Le flaqueaban las piernas. Sentía náuseas y su furor se había evaporado tan repentinamente como se encendiera. Ahora volvía a sentir la frialdad. Nunca había experimentado aquella sensación de soledad y aislamiento de todo. Era como un astronauta que, durante un paseo espacial, se hubiera desligado de la cápsula y flotara en una inmensa negrura, con los minutos contados. «¿Sentiría esto Bill Baterman?», pensó.

Estaba tendido de espaldas en el suelo, esperando recobrar las fuerzas para continuar. Cuando dejaron de temblarle las piernas, se sentó y se deslizó al interior del hoyo. Enfocó la cerradura con la linterna y vio que no sólo estaba rota, sino deshecha. Había golpeado con furia ciega, pero cada golpe dio en el blanco con exactitud matemática, como si alguien le hubiera guiado la mano. La madera estaba astillada.

Louis se puso la linterna debajo del brazo y se agachó extendiendo las manos como el trapecista que se dispone a hacer un salto arriesgado.

Allí estaba la ranura de la tapa y en ella introdujo los dedos. Se detuvo un momento –casi no podría llamársele vacilación– y abrió el ataúd de su hijo.

50

Rachel Creed casi llegó a tiempo al avión de Boston a Portland. Casi. El avión de Chicago despegó a la hora (lo cual era una especie de milagro), aterrizó en La Guardia sin demora (otro milagro) y salió de Nueva

York con sólo cinco minutos de retraso, para llegar a la terminal de Boston quince minutos después de la hora prevista, a las 11.12 de la noche. Le quedaban quince minutos de margen.

Aún hubiera podido enlazar, pero el autobús que conecta las terminales en el aeropuerto Logan no acababa de llegar. Rachel esperaba, con un principio de pánico, apoyando el peso del cuerpo ora en un pie ora en el otro, como si tuviera necesidad de ir al baño y cambiándose de hombro el bolso de viaje que le había prestado su madre.

Al ver que eran las 11.25 y el autobús no aparecía, Rachel echó a correr. No llevaba tacones altos, pero aun así se torció un tobillo y se detuvo para descalzarse. Ahora corría sólo con las medias. Cruzó por delante de Allegheny y de Eastern Airlines, respirando con dificultad y con una punzada en el costado.

El aire le quemaba la garganta y el dolor del costado se agudizaba. Ahora estaba delante de la terminal internacional y al lado se veía ya el signo triangular de Delta. Entró en tromba, casi se le cayó un zapato, lo recuperó en el aire. Eran las 11.37.

Uno de los dos empleados de servicio la miró.

–Vuelo 104 –jadeó ella–. A Portland. ¿Se ha ido ya?

El empleado consultó el monitor que tenía a su espalda.

–Ahí dice que sigue en la pista –dijo–. Pero hace ya cinco minutos que dieron el último aviso. Llamaré para que la esperen. ¿Alguna maleta que comprobar?

–No –susurró Rachel, apartando de la frente un mechón de pelo sudoroso–. El corazón le galopaba.

–Entonces pase sin esperar a que yo llame. Llamaré, pero le recomiendo que corra. ¡Deprisa!

Rachel corrió, aunque no muy deprisa: ya no podía. Pero hizo un último esfuerzo. La escalera mecánica no funcionaba por la noche y tuvo que subir andando. Al llegar al control de seguridad, casi arrojó el bolso de viaje a la sorprendida agente y se quedó esperando que se lo devolviera la cinta transportadora, apretando los puños. Apenas salió el bolso de la cámara de rayos X, lo agarró por la correa y salió corriendo. El bolso describió un arco y le rebotó en la cadera.

Mientras corría, miró uno de los tablones de Salidas: VUELO 104 PORTLAND SALIDA 11.25 PUERTA 31 EMBARCANDO.

La Puerta 31 estaba al otro extremo de la sala –y en el mismo instante en que Rachel ponía la mirada en el tablón, la palabra EMBARCANDO, en letras fijas, fue sustituida por DESPEGANDO que se encendía y apagaba con rápida intermitencia.

Lanzó un grito de desolación, y una mujer negra que sostenía en brazos a su hijo para que bebiera en la fuente, se volvió a mirarla con extrañeza. Rachel llegó a la puerta en el momento en que el empleado retiraba los rótulos en los que se leía: VUELO 104 BOSTON-PORTLAND 11.25.

–¿Ya se ha ido? –preguntó con incredulidad–. ¿Se ha *ido*?

El empleado la miró compasivamente.

–Salió a la pista a las 11.40. Lo siento, señora. Por si le sirve de consuelo, le diré que lo ha intentado usted con mucho estilo. –El empleado señaló por el ventanal. Rachel vio un gran 727 con el anagrama de Delta, iluminado como un árbol de Navidad, que rodaba por la pista de despegue.

–¿Es que no le han avisado de que venía yo? –exclamó Rachel.

–Cuando llamaron de abajo, el 104 ya había entrado en la pista de rodadura. Si lo hubiera hecho volver, habría tenido que ponerse a la cola de los que esperan para entrar en la pista 30, y el piloto me hubiera sacado los hígados. Y el centenar de pasajeros, no digamos. Lo siento mucho. Sólo que hubiera llegado cuatro minutos antes...

Rachel se alejó, sin escuchar más. A mitad de camino del control de seguridad, notó que se le iba la cabeza. Entró tambaleándose en otra zona de embarque, y se sentó a esperar que se le pasara el mareo. Luego, se puso los zapatos, después de despegar una colilla de Lark de la destrozada media. «Tengo los pies sucios y maldito si me importa», pensó con desconsuelo.

Se dirigió a la terminal.

El guardia de seguridad la miró con simpatía.

—¿Lo perdió?

—Lo perdí.

—¿Adónde quería ir?

—A Portland. Y de allí a Bangor.

—¿Por qué no alquila un coche? Si es que realmente tiene necesidad de llegar. Normalmente, yo le aconsejaría que buscara un hotel cerca del aeropuerto, pero si alguna vez he visto a una persona con prisa por llegar, esa persona es usted.

—Yo soy esa persona —dijo Rachel. Lo pensó un momento—. Sí, es una solución. Si hay coches, claro.

El guardia rió.

—¡Y no ha de haberlos! En Logan sólo se acaban los coches cuando el aeropuerto está cerrado por la niebla. Lo cual ocurre con mucha frecuencia.

Rachel apenas le oía. Estaba haciendo cálculos mentales.

No podría llegar a Portland a tiempo de tomar el avión para Bangor, eso por supuesto, aunque se lanzara por la autopista a una velocidad suicida. Pero podía hacer el resto del viaje por carretera. ¿Cuánto tardaría? Eso dependía de la distancia. Cuatrocientos kilómetros, ésa era la cifra que le parecía haber oído. Quizá a Jud. Serían por lo menos las doce y cuarto cuando se pusiera en camino o, probablemente, las doce y media. Era todo autopista. Podía hacer una media de cien sin riesgo de que la detuvieran por exceso de velocidad. Tal vez un poco más.

Podría hacerlo en cuatro horas, incluida una parada para ir al lavabo. Y aunque ahora el sueño le parecía una quimera, ella conocía sus limitaciones y sabía que tendría que parar otra vez para tomar un café bien cargado. Aun así, podía estar en Ludlow antes del amanecer.

Mientras lo meditaba, se dirigió hacia la escalera. Las agencias de alquiler de coches tenían las oficinas en la planta inferior.

—Buena suerte, guapa —dijo el guardia de seguridad—. Y tenga cuidado.

—Gracias —dijo Rachel. Pensó que ya se merecía un poco de suerte.

51

El olor le hizo retroceder con una violenta náusea. Se asió al borde de la tumba, respirando profundamente, y cuando ya creía tener controlado el estómago, toda la insípida y copiosa cena le subió a la garganta en un borbollón caliente. Vomitó al otro lado del hoyo y luego apoyó la cabeza en el suelo, jadeando. Por fin se le paró el mareo. Apretando los dientes, enfocó con la linterna el ataúd abierto.

Se apoderó de él un horror demencial: ese sentimiento que se reserva para las peores pesadillas, esas que apenas recuerdas al despertar.

La cabeza de Gage no estaba.

Louis temblaba de tal modo que tenía que sostener la linterna con las dos manos, del mismo modo que los aspirantes a policía sostienen el arma durante las prácticas de tiro. Aun así, la luz bailaba violentamente y Louis tardó varios segundos en dirigir hacia el fondo de la tumba el haz luminoso, fino como un lápiz.

«Es imposible –se decía–. Eso que crees haber visto es imposible.»

Louis paseó lentamente la luz por los setenta centímetros escasos del cuerpo de Gage, empezando por los zapatos nuevos, el pantalón largo, la americana (ay, Dios, las americanas no son para los niños de dos años), el cuello desabrochado y...

Louis ahogó una exclamación y al momento volvió a él toda la rabia y la desesperación provocadas por la muerte de Gage, sofocando todos sus temores de lo sobrenatural y lo paranormal y la certeza de que había penetrado en el mundo de los locos.

Se llevó la mano al bolsillo de atrás del pantalón y sacó el pañuelo. Sosteniendo la linterna con una mano volvió a inclinarse hacia el interior de la tumba casi hasta perder el equilibrio. Si una de las placas llega a caerse en aquel momento, seguramente le hubiera desnucado. Con el pañuelo, limpió cuidadosamente el moho que cubría la cara de Gage, un moho tan oscuro que le hizo pensar durante un momento que Gage se había quedado sin cabeza.

Era un moho húmedo, una especie de espuma. Debió figurárselo; había llovido y las placas que recubrían la tumba no eran herméticas. Louis miró a uno y otro lado del ataúd y vio que debajo había un charco de agua. Una vez retirado el moho, Louis pudo ver a su hijo. El amortajador, aun a sabiendas de que tras un accidente tan espantoso, el ataúd tendría que estar cerrado durante el velatorio, hizo todo lo que pudo. Siempre lo hacen. Gage parecía un muñeco mal hecho, con la cabeza deforme y los ojos hundidos. Una cosa blanca le asomaba por la boca y, en un principio, Louis pensó que podría tratarse de pasta. Quizá habían abusado del líquido de embalsamar. Si normalmente era difícil calcular la dosis, con un niño resultaba imposible acertar y unas veces ponían poco y otras, demasiado.

Luego vio que sólo era algodón. Alargó el brazo y se lo extrajo de la boca. Los labios de Gage, extrañamente blandos, oscuros y gruesos, se cerraron con un *plip* leve pero perfectamente audible. Louis tiró el algodón al charco de agua, donde se quedó brillando de un modo repulsivo. Ahora Gage tenía una mejilla hundida, como un viejo.

–Gage –susurró Louis–, ahora mismo te saco, ¿eh?

Louis hacía votos para que nadie se acercara por allí, algún guardián haciendo la ronda de las doce y media, por ejemplo. Pero ahora ya no se trataba de si le pillaban o no; si alguien le enfocaba con la linterna mientras estaba realizando su macabra tarea, le partiría la cabeza al intruso con el azadón.

Pasó los brazos por debajo del cuerpo de Gage que era como una masa blanda y sin huesos y Louis sintió de pronto la terrible certidumbre de que cuando lo levantara se le desharía entre las manos. Y él se quedaría de pie sobre las placas de hormigón que recubrían los costados de la tumba, con los trozos de Gage en las manos, chillando. Y así lo encontrarían.

«¡Anda ya, gallina, ¿qué estás esperando?!»

Respirando un aire húmedo y fétido, Louis asió a Gage por debajo de los brazos y lo levantó, sujetándolo como tantas veces al sacarlo de la bañera después del baño de la noche. El cuello de Gage se dobló hacia atrás y la cabeza le cayó hasta media espalda, Louis vio el círculo de puntos que le habían dado para unir la cabeza al tronco.

Jadeando y luchando contra los espasmos que le levantaban en el estómago el olor y la flaccidez del destrozado cuerpo de su hijo, Louis consiguió sacar a Gage del ataúd. Luego, se sentó en el borde de la tumba, con los pies colgando, apretando contra el pecho el cuerpo de su hijo, con la cara lívida, los ojos como dos huecos negros y en la boca un rictus de horror, piedad y tristeza.

–Gage –dijo, empezando a mecer al niño. El pelo de Gage le rozaba la muñeca, inerte como alambre–. Gage, todo saldrá bien, te lo juro. Gage, todo saldrá bien, esto acabará, esto es sólo por esta noche, Gage, te quiero mucho, papá te quiere, Gage.

Louis mecía a su hijo.

A la una y cuarto, Louis se dispuso a salir del cementerio. La peor parte fue manejar el cuerpo. Era entonces cuando su mente, aquella especie de astronomía interior, parecía flotar en el vacío a mayor distancia. Pero ahora, mientras descansaba, con la espalda dolorida y agarrotada, creía posible terminar el trabajo.

Puso el cuerpo de Gage en la lona y lo envolvió, atándolo con largas tiras de cinta adhesiva. Luego, cortó la cuerda en dos trozos que anudó a los extremos. Podía pasar por un rollo de alfombra, simplemente. Cerró el ataúd, pero, pensándolo mejor, volvió a abrirlo y puso dentro el azadón. Pleasantview podía quedarse con él como recuerdo; pero no con su hijo. Cerró nuevamente el ataúd y colocó una de las placas de cemento. Pensó en dejar caer la otra, pero temió que se rompiera con el golpe. Después de reflexionar un momento, pasó la cuerda por la anilla y bajó la placa con suavidad. Luego, empezó a rellenar el hoyo con la pala. No había tierra suficiente para dejarlo a ras. Nunca la había. Tal vez alguien notara el desnivel. O tal vez no. O tal vez, si lo notaban, no le darían importancia. Ahora no podía preocuparse por eso: aún quedaba mucho por hacer. Trabajo ímprobo. Y estaba muy cansado.

«Ajajá, vamos allá.»

–Eso es –murmuró Louis.

Se levantó otra vez el viento, que aulló momentáneamente entre los árboles y le hizo mirar en torno con inquietud. Puso al lado del fardo la pala, el pico que aún no había utilizado, los guantes y la linterna. Le tentó la idea de utilizar la luz, pero desistió. Dejó el cuerpo y las herramientas y volvió sobre sus pasos. Al cabo de cinco minutos, llegó a la reja. Al otro lado de la casa estaba el Civic, bien aparcado junto al bordillo. Muy cerca, pero muy lejos.

Louis se quedó unos segundos mirando el coche y reanudó la marcha en otra dirección.

Se alejó de la verja siguiendo la cerca hasta el punto en que ésta dejaba Mason Street, formando ángulo recto. Allí había una zanja de desagüe. Louis miró en su interior. Lo que vio le hizo estremecerse. Era una masa de flores putrefactas, capas y más capas, arrastradas por muchas estaciones de lluvias y nieves.

«Oh, Cristo.»

«No; Cristo, no. Aquellas ofrendas habían sido hechas para propiciar a un dios que era anterior al Dios cristiano. Los hombres le han dado nombres distintos, según la época; pero creo que la hermana de Rachel acertó al llamarle Oz el Ggande y Teggible, el dios de las cosas muertas que quedan en la tierra, el dios de las flores putrefactas que se amontonan en las zanjas, el dios del Misterio.»

Louis miraba la zanja como hipnotizado. Al fin, apartó la mirada con un leve respingo, el respingo del que vuelve en sí o sale de un trance a la cuenta de diez.

Siguió andando. No tardó en encontrar lo que buscaba, algo que debió de quedar grabado en su subconsciente el día del entierro de Gage.

Allí, en la oscuridad, se adivinaba la mole de la cripta del cementerio.

Durante el invierno, cuando ni siquiera las palas mecánicas podían abrir fosas en la tierra helada, allí se guardaban los féretros. También se utilizaba cuando había aglomeración: almacén frigorífico para personas.

De vez en cuando, eso lo sabía Louis muy bien, se producía una acumulación de lo que el tío Carl llamaba «fiambre»; en una colectividad determinada, había épocas en las cuales, sin que nadie supiera el porqué, se moría un montón de gente.

–Al final queda compensado –decía el tío Carl–. Si en el mes de mayo no hay ni una sola muerte en dos semanas, Lou, es seguro que en noviembre tendré diez entierros en dos semanas. Aunque casi nunca es en noviembre y, menos aún, en Navidad, a pesar de que muchos creen que en esa época muere más gente. Eso de la depresión navideña son pamplinas. No tienes más que preguntar a cualquier empresario de pompas fúnebres. La mayoría de la gente es feliz en Navidad, y tiene ganas de vivir. Y vive. Generalmente, es en febrero cuando hay agobio. La gripe se lleva a los viejos, y luego están las pulmonías, claro; pero eso no es todo. Hay personas que han estado un año o año y medio peleando con un cáncer como fieras, y llega el cochino febrero y es como si se hartaran de todo y el cáncer se los echa al saco. El 31 de enero parece que van a mejor y ya se creen salvados, y el 24 de febrero están bajo tierra. En febrero hay ataques al corazón, en febrero hay embolias, en febrero hay fallos de riñón. Es un mes malo. En febrero la gente se harta. Los del ramo estamos acostumbrados. Pero lo mismo puede ocurrir, sin más ni más, en junio o en octubre. En agosto, nunca. Agosto es mes de poco trabajo. A no ser, desde luego, que estalle una tubería de gas o que un autocar se caiga desde un puente. En general, en agosto nunca se llena el depósito del cementerio. Pero ha habido febreros en los que hemos tenido que amontonar los féretros en tres pisos y rezado a todos los santos para que llegara el deshielo y pudiéramos plantar algunos, para no tener que alquilar un apartamento.

El tío Carl se echó a reír y Louis, sintiéndose importante por estar enterado de un secreto que ni los profesores de la facultad conocían, se rió también.

La puerta doble de la cripta estaba empotrada en un montículo cubierto de hierba, tan natural y atractivo como un pecho femenino. La cima del montículo (que Louis sospechaba era artificial: su contorno era excesivamente simétrico) quedaba aproximadamente medio metro por debajo de las decorativas lanzas de la reja que, en lugar de ascender con la elevación del terreno, mantenían la horizontal por su parte superior.

Louis echó un vistazo alrededor y subió a lo alto del montículo. Al otro lado había una explanada vacía, de casi una hectárea. No…, no totalmente vacía. Se veía una nave cubierta. «Probablemente, pertenece al cementerio», pensó Louis. Allí debían de guardar la máquina para mover la tierra.

Las luces de la calle brillaban a través de las ramas de una hilera de árboles –grandes olmos y arces– que se agitaban al viento. Los árboles ocultaban el solar a la vista de la calle. No se advertía más movimiento que el de las ramas.

Louis bajó arrastrando las posaderas, para evitar una posible caída que hubiera podido acabar con su rodilla, y volvió a la tumba de su hijo. Estuvo a punto de tropezar con el fardo de lona. Comprendió que tendría que hacer dos viajes, uno con el cuerpo y otro con las herramientas. Se agachó haciendo una mueca de dolor al doblar la espalda y levantó el rígido paquete. Notó en el interior el balanceo del cuerpo, mientras trataba de bloquear la parte de su mente que le susurraba sin cesar que se había vuelto loco.

Llevó el cuerpo al montículo que albergaba la cripta del cementerio de Pleasantview, con sus dos puertas correderas de acero (aquellas puertas le daban aspecto de garaje para dos coches). Entonces vio lo que tendría que hacer para subir la pronunciada pendiente con aquellos veinte kilos de peso, ahora que ya no podía utilizar la cuerda. Retrocedió unos pasos para tomar carrerilla e, inclinando el cuerpo, se lanzó hacia la cima. Casi lo consiguió, pero poco antes de llegar arriba, resbaló en la hierba húmeda. Mientras empezaba a caer hacia atrás, lanzó el envoltorio lo más lejos posible. El paquete cayó casi en la cumbre. Louis volvió a subir, esta vez ayudándose con las manos, volvió a mirar alrededor y apoyó el fardo contra la reja. Luego, volvió a buscar el resto.

Subió de nuevo al montículo, se puso los guantes y dejó la linterna, el pico y la pala al lado del paquete. Luego, se sentó a descansar, de espaldas a la reja, con las manos en las rodillas. El reloj digital que Rachel le regalara en Navidad marcaba las 2.01.

Louis se concedió cinco minutos de respiro, luego agarró la pala y la echó por encima de la reja. La oyó caer en la hierba con un golpe seco. Trató de meter la linterna en el bolsillo del pantalón, pero no cabía. La deslizó por entre los barrotes y la oyó rodar por la pendiente, mientras pensaba que ojalá no se rompiera si chocaba contra una piedra. Debía haber traído una mochila.

Luego, sacó el rollo de cinta adhesiva del bolsillo de la chaqueta y sujetó la parte metálica del pico al fardo de lona, comprimiéndolo bien con varias vueltas de cinta hasta agotarla y guardó el carrete vacío en el bolsillo. Levantó el paquete por encima de la cerca (su espalda lanzó un ¡ay! de protesta; seguramente le esperaba una semana de martirio) y lo dejó caer. Cerró los ojos al oír el golpe sordo.

Pasó un pie por encima de las puntas de lanza, se asió a los barrotes con las dos manos, pasó el otro pie y se deslizó por el terraplén, hundiendo las puntas de las zapatillas en la tierra.

Al llegar abajo, se puso a buscar entre la hierba. Enseguida encontró la pala. A pesar de que la luz de las farolas estaba amortiguada por los árboles, se reflejaba débilmente en el metal. Pasó unos segundos de zozobra mientras buscaba la linterna. ¿Adónde habría ido a parar, con aquella hierba? Se puso de rodillas y palpó el terreno con las manos, mientras el corazón le retumbaba con fuerza en los oídos.

Por fin la distinguió, una mancha negra a un metro y medio del lugar en el que pensaba encontrarla: lo mismo que el montículo que disimulaba la cripta del cementerio, se delató por la simetría de su forma. La recogió, puso una mano sobre el fieltro que cubría la lente y oprimió la tetina de goma que protegía el interruptor. La palma de la mano se iluminó y él volvió a pulsar el interruptor para apagar la bombilla. Funcionaba.

Con el cuchillo cortó la cinta que sujetaba el pico al fardo y llevó las herramientas hasta los árboles. Se situó detrás del más corpulento y miró a uno y otro lado de Mason Street. La calle estaba desierta. Sólo se veía luz en una ventana: un rectángulo amarillento en un piso alto. Alguien que padecía insomnio, o algún enfermo.

Andando deprisa, pero sin correr, Louis salió a la acera. Después de la oscuridad del cementerio, la luz de las farolas le hacían sentirse muy al descubierto. A pocos metros del segundo cementerio de Bangor y con un pico, una pala y una linterna en los brazos, si alguien le veía ahora, sacaría conclusiones.

Cruzó la calle rápidamente. Allí estaba el Civic, a menos de cincuenta metros, pero a Louis le parecían cinco kilómetros. Estaba sudando, con el oído atento a cualquier sonido: el motor de un coche, las pisadas de otra persona, el roce de una ventana al deslizarse por las guías.

Llegó junto al Honda, dejó el pico y la pala apoyados en el costado del coche y buscó las llaves. No estaban en ninguno de los bolsillos. Ahora sudaba más copiosamente, se le disparó otra vez el corazón y apretaba los dientes para contener el pánico.

Las había perdido, seguramente, cuando se soltó de la rama, se golpeó la rodilla con la lápida y rodó por el suelo. Las llaves estaban entre la hierba, y si le costó trabajo encontrar la linterna, ¿cómo esperaba dar con las llaves? Todo el plan por los suelos. Un momento de mala suerte y todo perdido.

«Espera, espera un segundo, maldita sea. Vuelve a buscar en los bolsillos. Aquí están las monedas sueltas. Y si las monedas no se cayeron, tampoco pudieron caerse las llaves.»

«Esta vez se registró los bolsillos más minuciosamente», sacó las monedas y hasta volvió los bolsillos del revés.

Las llaves no estaban.

Louis se apoyó en el coche sin saber qué hacer. Tendría que volver, seguramente. Dejar a su hijo donde estaba, y escalar otra vez la cerca llevando la linterna, para pasar el resto de la noche buscando inútilmente…

De pronto, en su cansado cerebro se hizo la luz.

Se agachó y miró al interior del coche. Las llaves estaban puestas en el contacto.

Louis emitió un gruñido, dio rápidamente la vuelta al coche, abrió con brusquedad la puerta del lado del conductor y tiró de las llaves. En aquel momento, le pareció oír la voz autoritaria de Karl Malden, en uno de sus severos y paternales personajes, con su nariz de patata y su arcaico sombrero flexible de ala inclinada: «Cierra el coche y coge las llaves. No contribuyas a que se descarríe un buen muchacho.»

Abrió la puerta trasera del Civic, metió el pico, la pala y la linterna. Ya se había alejado del coche unos diez o doce metros cuando se acordó de las llaves. Esta vez las había dejado puestas en la cerradura de la puerta trasera.

«¡Estúpido! –se increpó–. Si has de ser tan condenadamente estúpido, será mejor que te olvides del asunto.»

Louis retrocedió y sacó las llaves.

Ya tenía a Gage en brazos e iba a salir a Mason Street cuando empezó a ladrar un perro por los alrededores. No; no era ladrar, sino aullar, y llenaba toda la calle con su voz desgarrada. *¡Aggg-ROOUUU! ¡AgggRUUUUUU!*

Se quedó detrás de un árbol, preguntándose qué iría a ocurrir ahora, qué podía hacer él ahora. Esperaba ver encenderse luces por todas partes.

En realidad, una luz se encendió en la fachada lateral que quedaba frente al lugar en el que se escondía Louis. Y una voz ronca gritó:

–¡Cállate, *Fred*!

¡Aggg-ROOOOOO!, respondió *Fred*.

–¡Haz que se calle el perro, Scanlon, o llamo a la policía! –gritó alguien desde el lado de la calle en que estaba Louis, que se sobresaltó al advertir lo engañosa que era la ilusión de soledad y vacío. Había gente alrededor de él, cientos de ojos, y aquel perro estaba atentando contra el sueño, su único aliado. «Maldito seas *Fred* –pensó–. ¡Maldito!»

Fred inició otro agudo. Lanzó el *agggg*, pero antes de que pudiera hacer más que empezar un rotundo *ROOOO*, se oyó un golpe seco, seguido de una serie de gemidos.

Se hizo el silencio y se oyó un leve portazo. La luz lateral de la casa de *Fred* siguió encendida un momento y luego se apagó.

De buena gana, Louis se hubiera quedado un rato más escondido en la sombra; sin duda, lo mejor sería esperar a que se apaciguara el vecindario, pero se le acababa el tiempo.

–Vámonos –dijo, y salió a la acera.

Cruzó la calle con su fardo en brazos y volvió al Civic sin ver a nadie. *Fred* no dio señales de vida. Sosteniendo el paquete con una mano, Louis sacó las llaves y abrió el maletero.

Gage no cabía.

Louis probó de colocarlo en sentido vertical, horizontal y diagonal. El maletero del Civic era pequeño. Hubiera podido doblarlo y aplastarlo –a Gage no le habría importado–, pero Louis era incapaz.

«Vamos, vamos, vamos, hay que marcharse de aquí, no puedes seguir tentando a la suerte.»

Pero seguía allí plantado, con el fardo que contenía el cadáver de su hijo en los brazos, sin saber qué hacer. Entonces oyó acercarse un coche y, sin pensar, abrió la portezuela del lado del pasajero y dejó el fardo en el asiento, doblándolo por donde imaginaba que estarían las rodillas y las caderas.

Cerró la puerta, corrió hacia la parte de atrás y bajó la tapa del maletero. El otro coche pasó por la calle transversal y Louis pudo oír una algarada de voces de borrachos. Se sentó al volante, puso el motor en marcha y cuando iba a encender las luces de cruce, le asaltó un pensamiento horrible. ¿Y si había puesto a Gage de espaldas, con las articulaciones dobladas al revés y sus hundidos ojos vueltos hacia la luneta trasera en lugar de encarados hacia el parabrisas?

«¿Y qué importa eso? –le dijo su mente con la irritabilidad nacida del agotamiento–. ¿Es que no te das cuenta de que eso no tiene la menor importancia?»

«La tiene. Sí, la tiene. ¡Ahí dentro está Gage y no un montón de toallas!»

Extendió el brazo y empezó a palpar la lona, buscando el contorno de su contenido. Parecía un ciego que tratara de adivinar qué era el objeto que tenía en la mano. Por fin encontró una protuberancia que no podía ser más que la nariz de Gage, apuntando la dirección correcta.

Sólo entonces se decidió a poner en marcha el Civic y emprender el viaje de veinticinco minutos hasta Ludlow.

52

A la una de la madrugada, el teléfono de Jud Crandall empezó a sonar con estridencia en la casa vacía, haciéndole despertar sobresaltado. Se había quedado traspuesto y estaba soñando, soñaba que tenía veintitrés años y estaba sentado en un banco del depósito de enganche de la B & A con George Chapin y René Michaud, pasándose la botella de whisky ilegal incautado y sellado, mientras fuera aullaba con fuerza el noroeste, reduciendo al silencio todo lo que se moviera, incluido el material rodante del Ferrocarril B & A. Estaban sentados delante de la salamandra, contemplando cómo las brasas del carbón se consumían detrás de la mica, proyectando sobre el suelo un fulgor tembloroso, y contándose las historias que los hombres guardan dentro durante años, del mismo modo que los niños guardan debajo de la cama sus tesoros, reservándolas para las noches como aquélla. Eran historias tenebrosas con un punto de fuego dentro, como los tizones de la salamandra, que se avivaba con el viento. Él tenía veintitrés años y Norma estaba viva, pero que muy viva (aunque ahora estaría en la cama, seguro; no le esperaría con una noche como aquélla), y René Michaud estaba contando el caso de un buhonero judío de Bucksport que...

Fue entonces cuando empezó a sonar el teléfono y Jud se irguió bruscamente en su mecedora haciendo una mueca por el dolor de la nuca y sintiendo un sabor amargo en la boca y una pesadez en el cuerpo, como si todos aquellos años transcurridos desde los veintitrés hasta los ochenta y tres, sesenta en total, le hubieran caído encima de golpe, como una piedra. Y, a renglón seguido, pensó: «Te has dormido, chico. Ésa no es manera de llevar este ferrocarril…» Esta noche, no.

Jud se levantó con la espalda rígida y cruzó la sala hacia el teléfono.

Era Rachel.

—Diga…

—Jud, ¿ha vuelto ya?

—No —dijo Jud—. ¿Dónde estás, Rachel? Tu voz suena más cerca.

—Estoy más cerca —dijo Rachel. Pero, aunque parecía, efectivamente, que estaba más cerca, se oía un zumbido lejano en el hilo. Era el viento, en algún lugar, entre esta casa y dondequiera que ella estuviera. Esta noche soplaba con fuerza. Aquel sonido siempre hacía pensar a Jud en voces muertas que suspiraran a coro o tal vez cantaran algo que la distancia no dejaba oír—. Estoy en el área de servicio de Biddeford, en la autopista de Maine.

—¡Biddeford!

—No podía quedarme en Chicago. Estaba empezando a afectarme a mí también lo que siente Ellie, sea lo que fuere. Y tú lo sientes también, te lo noto en la voz.

—Ajá. —Jud sacó un Chesterfield del paquete y se lo puso entre los labios. Encendió una cerilla de madera y vio parpadear la llama en su mano que temblaba. Y a él no le temblaban las manos; por lo menos, hasta que empezó la pesadilla. Fuera arreciaba el viento. Era como si tomara la casa con la mano y la sacudiera.

«Ese poder está creciendo. Lo noto.»

Sentía un leve terror en sus viejos huesos. Era como filigrana de vidrio, fina y frágil.

—¡Por favor, Jud, dime qué ocurre!

Jud comprendía que ella tenía derecho a saberlo, que necesitaba saberlo. Y que él acabaría por contárselo. Al fin le contaría toda la historia, cómo había ido forjándose la cadena, eslabón a eslabón. El infarto de Norma, la muerte del gato, la pregunta de Louis. («¿Se ha enterrado allí a alguna persona?»), la muerte de Gage... y a saber qué otro eslabón estaría forjando Louis en aquel momento. Se lo diría, sí. Pero no por teléfono.

–Rachel, ¿cómo es que estás en la autopista y no en un avión?

Ella le explicó que no había podido enlazar en Boston.

–Alquilé un coche Avis, pero no voy a poder cumplir el horario que había previsto. Me equivoqué de carretera al salir de Logan y hasta ahora no he entrado en Maine. No podré llegar hasta el amanecer. Pero, Jud..., por favor. Por favor, dime lo que pasa. Estoy muy asustada y ni siquiera sé por qué.

–Rachel, escúchame. Ahora te vas a Portland y duermes allí, ¿me has oído? Busca un motel y procura...

–Jud, no puedo hacer...

–... procura dormir. No te inquietes. Puede que aquí ocurra algo esta noche, y puede que no. Si ocurre, y si es lo que yo imagino, no creo que desearas estar aquí. Yo podré arreglarlo, o así lo creo. Y tengo que arreglarlo porque es culpa mía. Pero, si no pasa nada, tú llegas aquí por la tarde y todo perfecto. Imagino que Louis se alegrará de verte.

–Esta noche no podría dormir, Jud.

–Sí –dijo él, pensando que lo mismo había creído él, y, probablemente, lo mismo pensó Pedro la noche que prendieron a Jesús. Dormir durante la guardia–. Sí que puedes. Rachel, si te quedas dormida al volante de ese condenado coche de alquiler y te sales de la carretera y te matas, ¿qué será de Louis? ¿Y de Ellie?

–Dime lo que pasa. Jud, si me lo dices, tal vez te haga caso. Pero tengo que saberlo.

–Cuando llegues a Ludlow, quiero que vengas directamente a mi casa –dijo Jud–. Antes que a la tuya y te diré todo lo que sé, Rachel. Yo estoy esperando a Louis.

–Dímelo.

–No, señora. Por teléfono, no. No quiero, Rachel. No puedo. Ahora haz lo que te he dicho. Vete a Portland y descansa.

Se hizo una pausa, mientras ella reflexionaba.

–Está bien –dijo al fin–. Reconozco que me costaba un poco mantener los ojos abiertos. Puede que tengas razón. Dime sólo una cosa, Jud. Dime si es muy grave.

–Puedo solventarlo –dijo Jud con calma–. Las cosas no se pondrán peor de lo que están.

En la carretera aparecieron los faros de un coche que se acercaba lentamente. Jud se levantó a medias, para mirar y volvió a sentarse cuando el coche aceleró y se perdió de vista.

–Bien –dijo ella–. Supongo. El resto del viaje se me antojaba una pesadilla.

–Olvídate de la pesadilla y descansa. Aquí no ocurrirá nada.

–¿Prometes que me lo contarás?

–Sí. Mañana, mientras nos tomamos una cerveza.

–Adiós –dijo Rachel–. Hasta mañana.

–Hasta mañana, Rachel.

Antes de que ella pudiera decir más, Jud colgó el auricular.

Jud creía tener píldoras de cafeína en el botiquín, pero no las encontró. Volvió a llevar el resto de la cerveza al frigorífico –no sin cierto pesar– y se preparó un café. Llevó el café a la sala y volvió a sentarse en el mirador, a vigilar entre sorbo y sorbo.

El café –y la conversación con Rachel– le mantuvo

despierto y alerta durante tres cuartos de hora. Pero después volvía a dar cabezadas.

«No te duermas durante la guardia, viejo. Tú dejaste que esa cosa se apoderase de ti; tú lo liaste todo, y ahora tienes que arreglarlo. De modo que nada de dormirse durante la guardia.»

Encendió otro cigarrillo, inhaló profundamente y tosió, con su ronca tos de viejo. Dejó el cigarrillo en la muesca del cenicero y se frotó los ojos con las dos manos. Por la carretera pasó zumbando un diez toneladas, hendiendo la noche borrascosa con los faros.

Ya volvía a dormirse, pero se irguió bruscamente y empezó a darse cachetes con la palma y con el dorso de la mano hasta que le zumbaron los oídos. Ahora penetró en su corazón el terror, visitante sigiloso de aquel secreto.

«Quiere hacerme dormir… quiere hipnotizarme… lo que sea. No le conviene que esté despierto. Porque ya no puede tardar en volver. Sí, lo noto. Y eso trata de deshacerse de mí.»

—No —dijo ásperamente en voz alta—. No lo conseguirás. ¿Me has oído? Voy a acabar con esto. Demasiado lejos hemos ido ya.

El viento silbaba en el alero y los árboles del otro lado de la carretera agitaban sus hojas con movimiento hipnotizador. Jud retrocedió nuevamente con el pensamiento hasta aquella noche pasada con sus compañeros frente a la estufa de carbón de la nave de enganche de Brewer que estaba en el sitio que ahora ocupaban los Muebles Evart. Estuvieron hablando toda la noche, él y George, y René Michaud, y ahora sólo quedaba él. René murió aplastado entre dos vagones de mercancías una noche de tormenta de marzo de 1939 y George Chapin murió de un ataque al corazón ahora hacía un año. Él era el único que quedaba de tanta gente, y los viejos se vuelven estúpidos. A veces la estupidez se disfraza de amabilidad, otras veces, de vanidad: afán de revelar viejos secretos, de transmitir mensajes, de trasvasar las cosas a un nuevo recipiente, de...

«Y el buhonero judío entra y dice: "Tengo una cosa que no habéis visto nunca. Unas postales. Parece que lleven puesto el bañador, pero si frotas con un paño húmedo... –Jud dobló el cuello y su mentón se posó suavemente en el pecho– ...se quedan como vinieron al mundo. Luego se secan y ya están vestidas otra vez. Y tengo más..."»

René sigue hablando en la nave de enganche, sonriendo, con el cuerpo inclinado hacia adelante. Jud sostiene la botella, siente la botella en la mano y sus dedos se cierran en el aire.

En el cenicero iba creciendo la ceniza del cigarrillo hasta que éste se consumió, pero conservando perfectamente su forma cilíndrica.

Jud dormía.

Y cuando fuera brillaron las luces del freno y el Honda Civic de Louis enfiló la avenida del jardín unos cuarenta minutos después y entró en el garaje, Jud no oyó nada, ni se movió, ni despertó, como tampoco Pedro, cuando llegaron los romanos, a prender a un vagabundo llamado Jesús.

53

Louis encontró un rollo nuevo de cinta adhesiva en un cajón de la cocina, y en un rincón del garaje, al lado de los neumáticos de invierno, había varios metros de cuerda. Con la cinta adhesiva, unió el pico y la pala en un hato compacto y con la cuerda se fabricó una tosca bandolera.

Las herramientas, en bandolera, y Gage, en brazos.

Se echó la bandolera a la espalda y sacó el fardo del Civic. Gage pesaba mucho más que *Church*. Tal vez fuera arrastrándose cuando llegara con su chico al cementerio micmac, y aún tendría que cavar la fosa, partiéndose los brazos en aquella tierra pedregosa y dura.

Louis Creed salió del garaje, después de apagar la luz con el codo y se detuvo un momento al borde del escalón de cemento. Delante de él, divisaba el sendero que conducía a Pet Sematary. Se veía bien, a pesar de la oscuridad; la hierba rala que lo cubría brillaba con una leve luminiscencia.

El viento le revolvía el pelo con sus dedos, y durante un momento pasó por él aquel viejo temor a la oscuridad que a veces le acometía, de niño, y se sintió débil, pequeño y aterrorizado. ¿Iba a meterse en el bosque, con un cadáver en brazos, entre los árboles agitados por el viento, en medio de aquella oscuridad? ¿Y esta vez solo?

«No lo pienses más. Adelante.»

Louis empezó a andar.

Cuando, veinte minutos después, llegó a Pet Sematary, los brazos y las piernas le temblaban de agotamiento y se dejó caer, jadeando, con el fardo en las rodillas. Descansó allí otros veinte minutos, casi adormilado. Ya no tenía miedo; al parecer, se lo había quitado el cansancio.

Al fin se puso en pie, sin creer que pudiera trepar por los troncos, pero decidido a intentarlo. Su carga parecía pesar ahora cien kilos en lugar de veinte.

Pero entonces volvió a ocurrir lo mismo de la otra vez; era como recordar vívidamente un sueño. No; recordarlo, no; revivirlo. Al poner el pie en el primer tronco, volvió a invadirle aquella extraña sensación que era casi euforia. El cansancio no desapareció, pero se hizo tolerable: en realidad, secundario.

«Tú sígueme. Sígueme sin mirar abajo, Louis. No vaciles ni mires abajo. Yo conozco el camino, pero hay que pasar deprisa y con seguridad.»

Deprisa y con seguridad; así extrajo Jud el aguijón.

«Yo conozco el camino.»

Pero no había más que un camino, pensó Louis. O te dejaba pasar o no te dejaba. Otra vez ya trató de trepar por los troncos él solo y no pudo. Ahora subía pisando con firmeza y rapidez, como la noche en que Jud le guiaba.

Arriba, arriba sin mirar abajo, con su hijo en brazos, envuelto en un sudario de lona. Arriba, hasta que el viento volvía a revolverle el pelo, haciéndole rayas y remolinos.

Se detuvo un momento en lo alto y empezó a bajar, como por una escalera. El pico y la pala tintineaban ligeramente a su espalda. En menos de un minuto llegó al suelo, alfombrado de agujas de pino. A su espalda, más alto que la reja del cementerio, se alzaba el montón de troncos.

Avanzó por el sendero con su hijo en brazos, oyendo el gemido del viento entre los árboles. Aquel sonido ya no le inspiraba terror. El trabajo de la noche casi estaba hecho.

54

Rachel Creed dejó atrás el letrero que decía: SALIDA 8, PORTLAND WESTBROOK, puso el intermitente y condujo el Chevette de la Avis hacia la rampa de salida. Distinguía claramente el rótulo verde de un Holiday Inn recortándose sobre el cielo nocturno. Una cama, descanso. Poner fin a aquella tensión dolorosa e inexplicable. Y poner fin también –momentáneamente al menos– a su aflicción por la pérdida de su hijo. Ella comparaba aquella pena a lo que se siente después de una extracción dentaria múltiple. Al principio, el dolor está dormido, pero notas su presencia; está agazapado como un gato, dispuesto a saltar sobre ti. Y cuando se te pasa el efecto de la novocaína, ah, amigo, no quedas defraudado, desde luego.

«Él dijo que había sido enviado a avisar…, pero que no podía intervenir. Dijo que estaba cerca de papá, porque se encontraban juntos cuando su alma fue desencarnada.»

«Jud sabe algo, pero no quiere decírmelo. Ocurre algo, sí, pero…, ¿qué?»

«¿Suicidio? ¿Louis, suicidarse? No; no lo creo. Pero estaba mintiendo, se le notaba en los ojos… Oh, mierda, lo tenía escrito en la cara, así como si quisiera que me diera cuenta… y le disuadiera…, porque una parte de él tenía miedo, mucho miedo… ¿Miedo, Louis? ¡Él nunca tiene miedo!»

Rachel dio un brusco golpe de volante hacia la izquierda y el Chevette respondió con todo el brío de los coches pequeños entre un chirrido de neumáticos. Rachel pensó que iba a volcar. Pero no fue así y, segundos después, volvía a circular hacia el norte. Atrás quedaban la Salida 8 y el rótulo invitador del Holiday Inn. Apareció un nuevo indicador. Las letras fosforescentes parpadeaban en la oscuridad. PRÓXIMA SALIDA CARRETERA 12 CUMBERLAND CUMBERLAND CENTRO JERUSALEM'S LOT FALMOUTH FALMOUTH EXTRARRADIO. «Jerusalem's Lot –pensó Rachel distraídamente–, qué nombre tan raro. No sé por qué, no resulta agradable… Ven a dormir a Jerusalem.»

Pero esta noche no dormiría. A pesar de la recomendación de Jud, estaba decidida a seguir viaje. Jud sabía lo que ocurriría y le había prometido solucionarlo; pero el hombre tenía ochenta y tantos años y hacía tres meses que había perdido a su mujer. Ella no confiaba en Jud. Nunca debió consentir que Louis la sacara de casa de aquel modo, pero la muerte de Gage le había debilitado la voluntad. Y Ellie, con la foto de Gage, siempre en la mano y su carita de angustia... era la cara de una criatura que acaba de escapar de un tornado o de un repentino bombardeo bajo un cielo claro y azul. Hubo momentos, durante aquellas largas horas de insomnio, en los que deseó odiar a Louis por aquel dolor que había engendrado en ella y por no brindarle el consuelo que necesitaba (ni permitir que ella le consolara a él), pero no podía. Aún le quería demasiado. Y estaba tan pálido... en vilo.

La aguja del indicador de velocidad del Chevette rozaba los noventa kilómetros. Un kilómetro y medio cada minuto. Dentro de dos horas y cuarto, en Ludlow... Quizá aún llegara antes del amanecer.

A tientas, buscó la radio, la conectó y encontró una emisora de Portland que transmitía un programa de rock. Aumentó el volumen y se puso a tararear la canción, para mantenerse despierta. Al cabo de media hora, la emisora empezó a oscilar y Rachel volvió a sintonizar una estación de Augusta, bajó el cristal de la ventanilla para que entrase el viento de la noche.

Aquella noche que parecía no tener fin.

55

Louis había recuperado su sueño y su sueño le mantenía como en un trance; una y otra vez, se miraba los brazos para cerciorarse de que llevaba un cuerpo envuelto en una lona y no un saco de plástico verde. Ahora se daba cuenta de que cuando despertó por la mañana después de que Jud le acompañara a enterrar al gato, él casi no recordaba lo que habían hecho. Pero ahora volvía a descubrir lo vívidas que fueron aquellas sensaciones, lo despiertos que tenía los sentidos, cómo parecían fundirse con los bosques, estableciendo con ellos una especie de contacto telepático.

Louis subía y bajaba por el camino, recordando los sitios en los que parecía tan ancho como la carretera 15 y aquellos otros puntos en los que se estrechaba de tal modo que Louis tenía que andar de costado para que los extremos del paquete no se engancharan en los matorrales, o los lugares por los que la senda serpenteaba entre árboles tan altos como catedrales. Olía a resina y bajo sus pies crujían las agujas de pino, pero tan levemente que la sensación era más del tacto que del oído.

El descenso se hizo más pronunciado y constante. Al poco rato, uno de sus pies se hundió en el lodo..., el pantano. Arenas movedizas, según Jud. Louis bajó la mirada y distinguió un agua estancada, macizos de juncos y unas plantas bajas y feas con unas hojas enormes, casi tropicales. Aquella otra noche parecía haber más luz, era más intensa la fosforescencia.

«Este trecho que viene ahora es como los troncos; tienes que andar con paso firme y seguro. Sígueme y no mires abajo.»

«Sí, está bien... Y, a propósito, ¿habías visto plantas como éstas en Maine? ¿En Maine o en cualquier otra parte? ¿Qué diablo pueden ser?»

«No te preocupes Louis. Ahora..., vamos allá.»

Louis siguió andando, mientras buscaba con la mirada entre la acuática vegetación la primera elevación de tierra firme para asentar el pie y, una vez la encontró, siguió adelante sin preocuparse más. Y sus pies parecían encontrar automáticamente los pequeños promontorios.

«La fe es aceptar la gravedad como un postulado», pensó. Eso no se lo habían dicho en clase de teología ni de filosofía. La frase la pronunció su profesor de física de la escuela secundaria en vísperas de un fin de curso... y Louis no la había olvidado.

Louis aceptaba que el cementerio micmac tenía el poder de resucitar a los muertos y entró en el Pequeño Dios Pantano con su hijo en brazos, sin mirar abajo ni atrás. En aquellos parajes había ahora más ruidos que a finales del otoño. Los pájaros cantaban constantemente en los juncos; era un coro estridente que a Louis le pareció extraño y repelente. De vez en cuando, una rana regurgitaba sordamente. Cuando Louis había avanzado unos veinte pasos por el pantano, una sombra se lanzó en picado sobre él y le pasó rozando la cabeza... Un murciélago, quizá.

La niebla empezó a rizar sus bucles a ras de tierra y fue cubriéndole los zapatos, las piernas y al fin envolvió todo su cuerpo en su blancura incandescente. A Louis le pareció que la luminosidad se hacía más intensa, era un fulgor palpitante, como el latido de un extraño corazón. Él nunca había percibido en la naturaleza aquella fuerza casi palpable de ser real... posiblemente sensitivo. El pantano vibraba, pero no con sonido de música. Si alguien le hubiera pedido que definiera la naturaleza de aquella vida, él no habría sabido qué decir. Pero era sugestiva y poderosa. Dentro de ella, Louis se sentía muy pequeño y mortal.

Entonces se oyó un sonido, otra cosa que Louis recordó de la otra vez: una risa chillona que terminó en sollozo. Luego, se hizo el silencio y volvió la risa, alcanzando un agudo demencial que a Louis le heló la sangre. La niebla rebullía blandamente en torno suyo. Se apagó la risa y sólo quedó el rugido del viento, un viento que se oía, pero no se sentía. Naturalmente que no; aquello era una hondonada, un repliegue geológico. De haber

419

penetrado hasta allí, el viento habría hecho jirones aquella niebla…, y Louis no estaba seguro de desear ver lo que había debajo.

«Tal vez te parezca oír sonidos de voces, pero son los somormujos del lado de Prospect. El eco llega muy lejos. Es curioso.»

–Los somormujos –dijo Louis, y apenas reconoció su propia voz, por lo cascada y horripilante que sonó. Pero parecía divertido. ¡Santo Dios, divertido!

Vaciló un momento y siguió adelante. Como para hacerle purgar su vacilación, su pie resbaló y se hundió en el lodo, y a punto estuvo de perder el zapato al retirarlo de aquella sustancia viscosa que lo aprisionaba.

La voz –si voz era– volvió a oírse, ahora por la izquierda. Al cabo de un momento, sonó detrás de él… mismamente detrás de él, como si, de haber vuelto la cabeza, hubiera podido ver una cosa ensangrentada a menos de un palmo de su espalda, toda dientes y ojos… pero ahora Louis no aminoró el paso, sino que siguió andando y mirando adelante.

De pronto, la niebla perdió su fulgor y Louis advirtió que ante él flotaba en el aire una cara, sardónica y burlona. Los ojos, oblicuos como los de los viejos grabados chinos, eran de un gris amarillento, hundidos y brillantes. La boca estaba abierta en un rictus con las comisuras de los labios dobladas hacia abajo y el labio inferior vuelto hacia fuera, enseñando unos dientes manchados de negro y roídos. Pero lo que más extrañaba a Louis eran las orejas, que no eran tales orejas, sino cuernos y no cuernos del diablo, sino de carnero.

Aquella horrible cara flotante parecía hablar y reír. La boca se movía, pero el labio inferior seguía doblado, sin recobrar la forma natural. En él latían venas negras. Las aletas de la nariz tremolaban, como respirando y expulsaban un vapor blanco.

Al acercarse Louis, la cara sacó la lengua. Era larga

y puntiaguda, color amarillo sucio. Estaba cubierta de escamas y, mientras Louis la miraba, una de aquellas escamas se levantó como una tapa de alcantarilla, y asomó un gusano blanco. La punta de la lengua tremoló perezosamente en el aire, a la altura de donde hubiera debido estar la nuez... La cosa se reía.

Louis oprimía a Gage con fuerza, como para protegerle y sus pies vacilaron y empezaron a resbalar en los montículos de hierba donde no tenían buen asidero.

«Podrías ver la aurora boreal, lo que los marineros llaman el fuego de San Telmo. Dibuja formas extrañas, pero no es nada. Si ves alguna cosa que te molesta, no tienes más que mirar para otro lado.»

La voz de Jud le dio cierto aplomo. Louis empezó a avanzar nuevamente con decisión, al principio vacilando y después con equilibrio. No miró para otro lado, pero advirtió que la cara –si era una cara y no un capricho de su imaginación y de la niebla– parecía mantenerse siempre a la misma distancia. Y segundos o tal vez minutos después su contorno se desdibujaba y diluía.

«Pero no era la aurora boreal.»

No, desde luego. Este sitio estaba lleno de espíritus, plagado de ellos. En cualquier momento podías ver delante de ti algo que podía volverte loco furioso. No quería pensar. No hacía falta pensar. No hacía falta...

Algo se acercaba.

Louis se paró y se quedó escuchando el ruido... un ruido que se acercaba inexorablemente. Se le abrió la boca al fallarle los tendones que le sujetaban el mentón.

Aquel sonido no se parecía a nada de lo que él había oído nunca: un sonido vivo, grande. Cerca de allí, y aproximándose, había algo que hacía oscilar las ramas. Se oía el crujido de los matorrales al romperse bajo unos pies inimaginables. La viscosa tierra que había bajo los pies de Louis empezó a tremolar con una vibración sorda, Louis se dio cuenta de que estaba gimiendo («oh, Dios mío, Dios mío, ¿qué es lo que se acerca ahora a través de la niebla?») y oprimiendo a Gage contra su pecho. Se dio cuenta de que los pájaros y las ramas habían enmudecido, se dio cuenta de que el aire húmedo tenía un olor nauseabundo a guiso de cerdo corrompido.

Lo que fuera era enorme.

El rostro perplejo y aterrado de Louis se alzaba y alzaba como el de quien sigue la trayectoria de un cohete al ser disparado. La cosa venía hacia él haciendo temblar la tierra con sus pisadas, y muy cerca de allí se oyó el crujido de un tronco –no ya una rama sino todo un tronco– al troncharse.

Louis vio algo.

Durante un momento, la niebla se oscureció adquiriendo una tonalidad gris pizarra, pero aquella silueta difusa como una marca al agua, tenía más de veinte metros de alto. No era sombra ni fantasma inmaterial; Louis sentía moverse el aire a su paso, temblar el suelo, chasquear el barro bajo sus pies monumentales.

Creyó ver un momento, muy arriba, dos chispas anaranjadas. Chispas como ojos.

Entonces el sonido empezó a alejarse y un pájaro gritó tímidamente: sólo uno. Otro le respondió. Un tercero intervino en la conversación. Un cuarto hizo de ello una reunión de junta. El quinto y el sexto lo convirtieron en asamblea de pájaros. Los sonidos del avance de la cosa (lento pero no errático, y tal vez eso fuera lo peor, esa sensación de avance consciente) se alejaban hacia el norte. Se iban… se iban… fuera.

Por fin Louis empezó otra vez a moverse. Tenía los hombros y la espalda baldados. Estaba bañado en sudor de los pies a la cabeza. Los primeros mosquitos de la temporada, jóvenes y hambrientos, dieron con él y se sentaron a darse el lote.

«El *wendigo*, santo Dios, era el *wendigo*, la criatura

que vaga por las tierras del norte, la criatura que, si te toca, te convierte en caníbal. Era él. El *wendigo* acaba de pasar a menos de sesenta metros de mí.»

Basta de estupideces, se dijo, había que imitar a Jud y evitar el pensar en lo que pudiera ser lo que se veía más allá de Pet Sematary: eran los somormujos, la aurora boreal, los socios del club PEN de los Yankees de Nueva York. Que fuera cualquier cosa, menos las criaturas que saltan y reptan y serpentean en el submundo. Que hubiera Dios, que hubiera mañanas de domingo, que hubiera risueños ministros episcopales de deslumbrante sobrepelliz…, pero que no hubiera estos espeluznantes horrores en la cara oscura del universo.

Louis siguió andando con su hijo, y el suelo volvió a endurecerse bajo sus pies. Segundos después encontró un árbol caído: su contorno se dibujaba en la bruma como un gran plumero verde gris tirado por la doncella de un gigante.

El tronco estaba partido, y la rotura era reciente; la pulpa amarillo pálido aún goteaba una savia que Louis notó caliente al apoyarse para pasar al otro lado…, y en el otro lado había una depresión del terreno de la que tuvo que salir casi a rastras y, aunque había matas de enebro y de laurel aplastadas contra el suelo, Louis no quería pensar que aquello fuera la huella de un pie. Una vez hubo salido de ella, habría podido volverse a mirar, para comprobar si tenía tal configuración, pero prefirió no hacerlo. Y siguió adelante, con la piel fría, la boca caliente y seca y el corazón alborotado.

Pronto dejó de oír bajo sus pies el chasquido del barro. Ahora sonaba el crujido leve de las agujas de pino y, después, roca. Ya casi había llegado.

El terreno se elevaba rápidamente. Algo le golpeó la espinilla, algo que no era una simple roca. Louis alargó un brazo con movimiento torpe (la articulación del codo, que se le había dormido, le dio un trallazo) y palpó el obstáculo.

«Escaleras. Talladas en la roca. Tú sígueme. Cuando lleguemos arriba, fin de la excursión.»

Y Louis empezó a subir, y le volvió la euforia que, una vez más, disipó el cansancio... de forma momentánea. Contaba mentalmente los escalones mientras subía hacia el frío, entrando en aquel río incesante de viento, ahora más fuerte, que le agitaba las ropas y hacía sonar la lona que envolvía a Gage con detonaciones secas como las de una vela desplegada.

Levantó una vez la cabeza y vio un gran revoltijo de estrellas. No consiguió reconocer ninguna constelación y bajó la mirada, inquieto. A su lado estaba la pared rocosa, astillada, con estrías, quebradiza, insinuando aquí la forma de un barco, allí, la de un tejón, más allá, un rostro ceñudo, de ojos hundidos. Sólo los escalones que habían sido tallados en la roca eran lisos.

Louis llegó a lo alto de la escalera y se quedó quieto, con la cabeza baja, oscilando, respirando con fatiga, como si sollozara. Sus pulmones eran como vejigas perforadas y le parecía tener una astilla clavada en el costado.

El viento le bailaba entre el pelo y le rugía en los oídos como un dragón.

Esta noche era más clara. ¿Estaba nublado la otra vez, o sería que él no quiso mirar? Ya no importaba. Pero ahora veía y lo que vio le hizo sentir otro escalofrío.

Era igual que el Cementerio de Animales.

«Pero eso ya lo sabías tú –se decía al contemplar los montones de piedras que un día fueron *cairns*–. Lo sabías, o hubieras tenido que saberlo: no exactamente círculos concéntricos, sino una espiral...»

Sí, encima de aquella mesa de roca, de cara a la fría luz de las estrellas y a los oscuros espacios interestelares, había una espiral gigantesca, formada por Manos Varias, como habrían dicho los antiguos. Pero no se veían *cairns*; todas las piedras estaban desparramadas; habían rodado cuando lo que estaba enterrado debajo volvió a la vida... y salió arañándolas. Sin embargo, las piedras habían quedado de manera que la forma de la espiral permanecía visible.

«¿Alguien habrá visto esto desde el aire? –pensó Louis distraídamente, recordando los dibujos trazados en el desierto por algunas tribus de indígenas de América del Sur–. ¿Y qué habrá pensado el que lo haya visto?»

Se arrodilló y dejó el cuerpo de Gage en el suelo, con un gemido de alivio.

Por fin, su mente empezó a discurrir con más claridad. Sacó el cuchillo y cortó la cinta que ataba el pico y la pala. Las herramientas cayeron al suelo con ruido metálico. Louis se tendió de espaldas, con los brazos y las piernas extendidos y contempló las estrellas inexpresivamente.

«¿Qué era esa cosa del bosque? Louis, Louis, ¿de verdad piensas que puede tener un buen desenlace una obra que tenga a semejante personaje en el reparto?»

Pero ya era tarde para volverse atrás, y él lo sabía.

«Además –argumentó–, aún puede salir bien; no hay ganancia sin riesgo, y, quizá, ni riesgo sin amor. Siempre puedo recurrir a mi maletín, no el que está abajo, sino el que guardo en el estante de arriba de nuestro cuarto de baño, el que envié a Jud a buscar la noche en que Norma tuvo el infarto. Allí hay ampollas, y si ocurriera algo, algo malo... nadie lo sabría más que yo.»

Sus pensamientos se diluyeron en una oración mental apenas articulada, un sordo murmullo, mientras sus manos buscaban el pico... Y, todavía de rodillas, Louis empezó a hincarlo en la tierra. A cada golpe, se doblaba sobre el mango de la herramienta, como un antiguo romano que se echara sobre su espada para suicidarse.

Pero poco a poco, el hoyo iba tomando forma y profundidad. Arrancaba las piedras con la mano y, la mayoría, las arrojaba al montón de la tierra removida. Pero algunas las reservaba.

Para el *cairn*.

56

Rachel se daba cachetes hasta sentir alfilerazos en las mejillas, y, a pesar de todo, se le cerraban los ojos. Una vez despertó de golpe (estaba en Pittsfield y tenía toda la autopista para ella sola) y, durante una fracción de segundo, le pareció que docenas de ojos plateados y crueles la miraban parpadeando con avidez.

Luego, los ojos se convirtieron en las señales reflectantes de los pilares de la barrera. El Chevette se había desviado al arcén.

Rachel hizo girar el volante hacia la izquierda y, entre el chirrido de los neumáticos, le pareció oír un ligero roce metálico, producido tal vez por el parachoques delantero al rozar uno de los pilares. El corazón le dio un vuelco y empezó a latirle con tal fuerza que ante sus ojos aparecieron unas motas que se dilataban y contraían al compás de su percusión. Sin embargo, al momento, a pesar del susto y de que Robert Gordon estaba vociferando *Red Hot* por la radio, Rachel empezó a dormitar otra vez.

Tuvo entonces un pensamiento disparatado. Sin duda era el cansancio, no podía ser otra cosa, pero empezaba a sospechar que algo trataba de impedirle que llegara a Ludlow aquella noche.

—Es un disparate —murmuró, sobre un fondo de rock and roll. Trató de reír, pero no podía. No podía. Porque la idea persistía, y, en plena noche, tenía una tétrica verosimilitud. Empezaba a sentirse como un muñeco de dibujos animados sujeto en la banda elástica de un gigantesco tiragomas. El infeliz tiene cada vez más dificultad para avanzar hasta que, al fin, la resistencia de la goma iguala la potencia del corredor... y la inercia acumulada... ¿Qué...? Física elemental... Una fuerza que trataba de retenerla... «tú no te metas...», y todo cuerpo en reposo tiende a permanecer en reposo... «El cuerpo de Gage, por ejemplo...», pero cuando se pone en movimiento...

Esta vez el chirrido de los neumáticos fue más estridente y el roce, más fuerte. El Chevette arremetía contra los cables de la valla, se oía el siseo de la pintura al saltar, dejando al descubierto el metal de la carrocería que rechinaba. Durante un momento, el volante no respondió, y Rachel pisó el freno a fondo, sollozando. Esta vez se había dormido del todo, ya no había sido dar una cabezada sino que se había quedado dormida, y hasta soñaba, a cien kilómetros por hora, y de no ser por la valla..., o si llega a haber el puntal de un paso elevado...

Estacionó el coche en el arcén y lloró con la cara entre las manos, perpleja y asustada.

«Algo trata de mantenerme apartada de él.»

Cuando le pareció que había recobrado el control de sus movimientos, reanudó la marcha. La dirección parecía estar bien, aunque suponía que tendría problemas con Avis cuando al día siguiente devolviera el coche en el Aeropuerto Internacional de Bangor.

«Eso ahora no importa. Hay que ir por partes. Ahora lo más urgente es tomar café.»

Rachel tomó por la salida de Pittsfield. A un kilómetro y medio llegó a una zona brillantemente iluminada con luces de sodio en la que se oía el castañeteo uniforme de los motores Diesel. Paró, mandó llenar el depósito («Vaya trompazo le han dado», comentó el mozo del surtidor casi con admiración) y entró en la cafetería que olía a tocino frito, huevos y…, afortunadamente, café del bueno.

Rachel se bebió tres tazas, una tras otra, como si fuera medicina: solo y con mucho azúcar. En el mostrador y alrededor de las mesas había camioneros que gastaban bromas a las camareras, pero ellas, a la luz de los tubos fluorescentes y a aquellas horas de la madrugada, tenían aspecto de enfermeras cansadas y con malas noticias.

Después de pagar, Rachel salió y se fue en busca del Chevette. El coche no se ponía en marcha. Al dar la vuelta a la llave, se oía un chasquido seco de la batería, y nada más.

Rachel, lentamente y sin fuerza, se puso a golpear el volante con los puños. Algo quería detenerla. No era normal que un coche, nuevo como aquél, con menos de ocho mil kilómetros, se quedara sin batería. Pero así era y allí estaba ella, atascada en Pittsfield, casi a ochenta kilómetros de su casa.

Al oír el zumbido sosegado y uniforme de los grandes camiones, tuvo de pronto la certeza atroz de que entre ellos estaba el que había matado a su hijo…, pero ése no rugía, sino que se reía entre dientes.

Rachel bajó la cabeza y se echó a llorar.

57

Louis tropezó y cayó de bruces. Al principio, pensó que ya no podría levantarse –no tenía fuerzas para eso– y que se quedaría allí tendido escuchando el coro de los pájaros del Pequeño Dios Pantano que quedaba a su espalda y sintiendo el coro de dolores de su magullado cuerpo. Se quedaría allí hasta que se durmiera. O se muriera. Esto último, lo más seguro.

Recordaba haber colocado el fardo de lona en el hoyo que había abierto y haberlo rellenado de tierra con sus propias manos. Y creía recordar que había amontonado las piedras formando una figura ancha en la base y que terminaba en punta...

Después ya casi no recordaba nada. Habría bajado la escalera, eso por supuesto, o no estaría aquí, en..., ¿dónde estaba? Al mirar en torno, creyó reconocer un grupo de abetos corpulentos que estaban ya cerca del montón de troncos. ¿Habría atravesado el Pequeño Dios Pantano sin darse cuenta? Posiblemente.

«Ya me he alejado bastante. Me quedaré a dormir aquí.»

Pero la falsa seguridad que pretendía infundir este pensamiento le dio fuerzas para ponerse en pie y seguir andando. Porque, si se quedaba allí, la cosa podría dar con él... La cosa podía estar buscándole por el bosque en aquel preciso momento.

Se frotó la cara con la palma de la mano y la retiró manchada de sangre. Miró la sangre con estúpida perplejidad. Había tenido una hemorragia nasal. «¿A quién cuernos le importa eso?», murmuró con voz ronca, mientras, apáticamente, buscaba a tientas el pico y la pala.

Diez minutos después, estaba ante el montón de troncos. Louis trepó por él dando traspiés, aunque no se cayó hasta que casi había llegado abajo. Fue al mirar donde ponía el pie cuando se partió una rama («no mires abajo», le había dicho Jud), otra rama se enderezó bruscamente lanzándole el pie hacia fuera y Louis cayó de lado quedando sin respiración.

«Es la segunda vez en una noche que me caigo en un cementerio... y que me ahorquen si no es para hartarse.»

Volvió a buscar el pico y la pala y esta vez tardó algún tiempo en dar con ellos. Se quedó mirando el entorno, a la luz de las estrellas. Cerca de él estaba la tumba de SMUCKY. Era obediente, pensó Louis fatigosamente. Y la de TRIXIE, ATROPEYADO EN LA CARRETERA. Seguía soplando el viento y se oía el leve tintineo de un trozo de metal –tal vez, en tiempos, una lata de Del Monte, recortada laboriosamente por el afligido dueño de un animal con las tenazas del padre, aplastada con el martillo y clavada a un palo– y aquello le hizo volver a sentir el miedo. Aunque ahora, embotado por el cansancio, ya no lo experimentaba con aquella intensidad como una sacudida candente sino amortiguado, como una pulsación profunda y angustiosa. Ya estaba hecho. Y aquel tintineo machacón que se oía en la oscuridad le hizo darse plena cuenta de ello.

Cruzó el Cementerio de Animales, por el lado de la tumba de MARTHA NUESTRA CONEJITA, muerta el 1 de MARZO de 1965 y del GEN. PATTON; sorteó el deteriorado cartón que señalaba la última morada de POLYNESIA. Aquí sonaba con más fuerza el tintineo y Louis se detuvo mirando al suelo. Sobre una tabla clavada en el suelo que se había torcido ligeramente, se veía un rectángulo de hojalata, en el que a la luz de las estrellas, Louis leyó: RINCO NUESTRO HÁMSTER 1964-1965. Era aquel trozo de hojalata lo que golpeaba insistentemente la tabla situada cerca del arco de la entrada de Pet Sematary. Louis se agachó para enderezar la tabla…, y quedó paralizado, con un hormigueo en el cuero cabelludo.

Por allí detrás se movía algo. Algo se movía al otro lado de los troncos.

Era un ruido sigiloso: el crujido furtivo de las agujas de pino, el chasquido de una rama, el susurro de los arbustos. Sonidos que casi quedaban ahogados por el rumor del viento entre los pinos.

–¿Gage? –gritó Louis con voz ronca.

Al advertir lo que estaba haciendo –llamando a su hijo muerto, en plena noche– se le erizó el pelo. Empezó a tiritar incontenibleme nte, como si padeciera unas fiebres mortíferas.

–¿Gage?

Los sonidos se habían apagado.

«Todavía no; aún es pronto. No me preguntes cómo lo sé, pero lo sé. No puede ser Gage. Es... otra cosa.»

Entonces recordó lo que le dijo Ellie: «Él gritó: "Lázaro, sal fuera." Porque, si no llega a llamarle por su nombre, se habrían levantado todos los que estaban en aquel cementerio.»

Ahora volvían a oírse ruidos al otro lado de los troncos. Al otro lado de la barrera. Casi –no del todo– sofocados por el viento. Como si algo ciego le persiguiera, movido por instintos primarios. Su cerebro, hipersensibilizado, imaginaba horribles criaturas: un topo gigante, un enorme murciélago aleteando a ras del suelo.

Louis salió de Pet Sematary andando hacia atrás, sin volver la espalda a los troncos –aquel pálido fulgor, lívido desgarro de la oscuridad– hasta que estuvo un buen trecho dentro del camino. Allí apretó el paso y unos cuatrocientos metros antes de salir a la explanada de su casa, aún tuvo fuerzas para echar a correr.

Louis lanzó el pico y la pala descuidadamente al interior del garaje y se quedó unos momentos en la puerta, mirando en la dirección por la que había venido, y, luego, al cielo. Eran las cuatro y cuarto y ya no podía tardar en amanecer. La luz debía de haber recorrido ya las tres cuartas partes del Atlántico; pero aquí, en Ludlow, aún imperaba la noche. El viento no amainaba.

Entró en el garaje, avanzó a tientas a lo largo de la pared y abrió la puerta trasera. Cruzó la cocina sin encender la luz y se metió en el pequeño cuarto de baño contiguo al comedor. Allí encendió la luz y lo primero que vio fue a *Church* enroscado encima del depósito y mirándole con aquellos ojos terrosos, entre amarillos y verdes.

–*Church*, creí que alguien te había sacado.

El gato le miraba desde lo alto del depósito. Sí; alguien había sacado a *Church*. Él había sacado a *Church*, lo recordaba perfectamente. Como recordaba haber mandado arreglar el cristal de la ventana del sótano y pensado entonces que ya estaba resuelto el problema. Pero, ¿a quién pretendía engañar con eso? Cuando *Church* quería entrar, *Church* entraba. Porque ahora *Church* era diferente.

Eso no importaba. Con esta abulia y este agotamiento, nada parecía importar. Ahora se sentía infrahumano como uno de esos estúpidos zombies de película de George Romero, o alguien salido del poema de los hombres vacíos de T. S. Eliot. «Hubiera tenido que ser un par de ásperas garras que corrieran por el Pequeño Dios Pantano y el cementerio micmac», pensó riendo entre dientes.

–Una cabeza llena de serrín, *Church* –dijo con aquella voz destemplada mientras se desabrochaba la camisa–. Ése soy yo. Puedes estar seguro.

Tenía un hermoso cardenal sobre las costillas del lado izquierdo y la rodilla que chocara contra la lápida estaba hinchándose como un globo y mostraba un feo tono morado. Louis supuso que en cuanto dejara de doblarla, la articulación le quedaría tiesa, como si la hubieran metido en cemento. Parecía una de esas lesiones que recuerdas durante el resto de tu vida, sobre todo cuando amenaza lluvia.

Alargó el brazo para acariciar a *Church*, pues necesitaba un poco de consuelo; pero el gato saltó al suelo tambaleándose con aquel aire de borracho que nada tenía de felino, lanzando a Louis una amarilla mirada de indiferencia al salir.

En el botiquín había linimento. Louis bajó la tapa de

la taza del aseo, se sentó y se untó la rodilla. Luego, con mano torpe, se dio una friega en los riñones.

Luego, fue a la sala, encendió la luz del vestíbulo y se quedó unos momentos al pie de la escalera, mirando en torno con expresión estúpida. ¡Qué extraño se le antojaba todo! Allí mismo estaba él la víspera de Navidad, cuando dio el zafiro a Rachel. Lo llevaba en el bolsillo de la bata. Aquélla era la butaca en la que trató de explicar a Ellie lo que era la muerte cuando Norma Crandall tuvo la embolia. Explicación que ahora él mismo no había podido aceptar. En aquel rincón estaba el árbol de Navidad, el pavo de papel charol recortado por Ellie –el que a Louis le parecía una especie de cuervo futurista– estaba pegado con cinta adhesiva a esa ventana y, mucho antes, en aquella sala no había más que una colección de cajas de la agencia de transportes que contenían los enseres de la familia, acarreados a través de medio continente. Ahora recordaba haber pensado que, embalados de aquel modo, sus efectos parecían insignificantes, un pequeño baluarte entre su familia y la frialdad del mundo exterior, donde no se conocía su nombre ni sus costumbres.

Qué lejano parecía todo… Y cómo deseaba ahora no haber oído hablar nunca de la Universidad de Maine, ni de Ludlow, ni de Jud y Norma Crandall, ni nada.

Subió la escalera. En el cuarto de baño, arrimó el taburete al armario, se subió a él y bajó el maletín negro que guardaba en lo alto. Se lo llevó al dormitorio, se sentó y empezó a revolver en su interior. Sí; había jeringuillas y, entre los rollos de vendas, esparadrapos, pinzas, tijeras y bolsas estériles de material quirúrgico, había varias ampollas de sustancia muy mortífera.

Por si hacía falta.

Louis cerró el maletín y lo dejó al lado de la cama. Apagó la luz del techo y se tendió en la cama con las manos en la nuca. Aquel descanso era una delicia. Se puso a pensar otra vez en Disney World. Se vio a sí mismo con un sencillo uniforme blanco, conduciendo una furgoneta blanca, con el emblema de las orejas de *Mickey* en la portezuela. Exteriormente, nada debía indicar que se trataba de una ambulancia, o la parroquia podría alarmarse.

Gage iba sentado a su lado, con la piel muy bronceada y el blanco de los ojos azulado, rebosando salud. Ahí mismo, a la izquierda, estaba *Goofy* estrechando la mano a un niño que le miraba, atónito. Más allá, *Pluto* posaba entre dos sonrientes abuelitas con pantalones mientras una tercera manejaba la cámara, y una niña, luciendo su mejor vestido, gritaba: «¡Te quiero, *Tigger*; te quiero, *Tigger*!»

Louis y su hijo hacían la ronda. Él y su hijo eran los centinelas de aquel país de fantasía, por el que patrullaban incansablemente en su furgoneta blanca, con los distintivos rojos perfectamente disimulados para no llamar la atención. Ellos no buscaban problemas, pero estaban dispuestos a afrontarlos, si se presentaban. Porque, incluso en un lugar dedicado a tan inocentes diversiones, acechaba la desgracia. Ese caballero sonriente que estaba comprando un rollo de película para la cámara en Main Street podía caer al suelo con las manos en el pecho al sufrir un ataque al corazón, o la señora embarazada que bajaba las escaleras de una carroza podía empezar a tener dolores de parto, o esa jovencita tan linda como una portada de Norman Rockwell podía sufrir un ataque de epilepsia y empezar a golpear el asfalto con las zapatillas cuando, de pronto, en su cerebro se cruzaran las señales. Insolaciones, colapsos, embolias y, tal vez, en uno de aquellos bochornosos atardeceres de Orlando, incluso un rayo del cielo. Y, si no, el mismo Oz, el Ggande y Teggible, el que podía verse pasear por los alrededores de la estación del monorraíl del Reino de la Magia o volar a lomos de *Dumbo*, con su mirada estúpida y abúlica. Louis y Gage ya se habían acostumbrado a su presencia, era un personaje más del parque de atracciones, como *Goofy*, o *Mickey*, o *Tigger* o el eminente señor *Donald*. Pero con él nadie quería retratarse, ni presentarle a los niños. Louis y Gage le conocían; le habían conocido en Nueva Inglaterra tiempo atrás. Estaba siempre alerta, esperando ahogarte con una canica, asfixiarte con una bolsa del aspirador, electrocutarte con el primer enchufe. La muerte podía estar en una bolsa de cacahuetes, en un trozo de carne que se te atravesara, en el siguiente paquete de cigarrillos. Siempre te andaba rondando, de guardia en todas las estaciones de control entre lo mortal y lo eterno. Agujas infectadas, insectos venenosos, cables mal aislados, incendios forestales. Patines que lanzaban a intrépidos chiquillos a cruces muy transitados. Cada vez que te metes en la bañera para darte una ducha, Oz te acompaña: ducha para dos. Cada vez que subes a un avión, Oz lleva tu misma tarjeta de embarque. Está en el agua que bebes y en la comida que comes. «¿Quién anda ahí?», gritas en la oscuridad cuando estás solo y asustado, y es él quien te responde: Tranquilo, soy yo. Eh, ¿cómo va eso? Tienes un cáncer en el vientre, qué lata, chico, sí que lo siento. ¡Cólera! ¡Septicemia! ¡Leucemia! ¡Arteriosclerosis! ¡Trombosis coronaria! ¡Encefalitis! ¡Osteomielitis! ¡Ajajá, vamos allá! Un chorizo en un portal, con una navaja en la mano. Una llamada telefónica a medianoche. Sangre que hierve con ácido de la batería en una rampa de salida de una autopista de Carolina del Norte. Puñados de píldoras: anda, traga. Ese tono azulado de las uñas que sigue a la muerte por asfixia; en su último esfuerzo por aferrarse a la vida, el cerebro absorbe todo el oxígeno que queda en el cuerpo, incluso el de las células vivas que están debajo de las uñas. Hola, chicos, me llamo Oz el Ggande y Teggible, pero podéis llamarme Oz a secas. Al fin y al cabo, somos viejos amigos.

Pasaba por aquí y he entrado un momento para traerte este pequeño infarto, este derrame cerebral, etcétera; lo siento, no puedo quedarme, tengo un parto con hemorragia y, luego, inhalación de humo tóxico en Omaha.

Y la vocecita sigue gritando: «¡Te quiero, *Tigger*, te quiero! ¡Creo en ti, *Tigger*! ¡Siempre te querré y creeré en ti, y seguiré siendo niña, y el único Oz que habitará en mi corazón será ese simpático impostor de Nebraska! Te quiero…»

Vamos patrullando, mi hijo y yo…, porque lo que importa no es el sexo ni la guerra, sino la noble y terrible batalla sin esperanza contra Oz, el Ggande y Teggible. Él y yo patrullamos en nuestra furgoneta blanca bajo el cielo radiante de Florida. Y el faro rojo está tapado, pero sigue allí por si lo necesitamos…, y nadie tiene por qué saberlo, porque el corazón del hombre es más árido; el hombre cultiva aquello que puede, y *lo cuida*.

Con estos embarullados pensamientos, Louis Creed iba resbalando hacia el sueño y desconectando clavijas con el mundo real, línea a línea, hasta que su mente quedó en blanco y el agotamiento lo arrastró a la inconsciencia.

Poco antes de que las primeras señales del amanecer asomaran en el cielo por el este, se oyeron pisadas en la escalera. Eran lentas y torpes, pero decididas. Una sombra se deslizó entre las sombras del pasillo. Con ella venía un olor… un hedor. Louis, aún en aquel sueño profundo, gruñó y se volvió de espaldas a aquel olor. Se oía una respiración lenta y regular.

La figura permaneció inmóvil unos momentos frente a la puerta del dormitorio principal. Luego, entró. Louis tenía la cara hundida en la almohada. Unas manos blancas se acercaron al maletín que estaba junto a la cama, y se oyó el chasquido del cierre.

Un ligero tintineo al ser revuelto su contenido.

Las manos exploraban, apartando medicamentos, ampollas y jeringuillas sin el menor interés. Luego, encontraron algo y lo levantaron. A la luz del amanecer brilló un reflejo plateado.

La figura salió de la habitación.

TERCERA PARTE

OZ EL GGANDE Y TEGGIBLE

Jesús se estremeció y, lleno de dolor, se acercó al sepulcro. Éste era una cueva con una piedra puesta en la entrada. Dijo Jesús:

«Quitad la piedra.»

Marta dijo:

«Señor, ya huele, pues está de cuatro días.»

Y, cuando hubo rezado, Jesús dijo con voz fuerte:

«¡Lázaro, sal fuera!» Y salió el muerto atado de pies y manos con vendas y envuelta la cara en un sudario.

Jesús les dijo:

«Desatadle para que ande.»

Evangelio de san Juan (paráfrasis)

–Ahora acabo de recordarlo –dijo ella histérica–. ¿Por qué no lo pensé antes? ¿Por qué no lo pensaste *tú*?

–¿Pensar? ¿En qué? –preguntó él.

–En los otros dos deseos –repuso ella con rapidez–. Sólo hemos gastado uno.

–¿Y aún no tienes bastante? –preguntó él, furioso.

–No –exclamó ella en tono triunfal–; pediremos otro más. Anda, date prisa, baja y tráela, y pide que nuestro hijo vuelva a la vida.

W. W. Jacobs, *The Monkey's Paw*

58

Jud Crandall se despertó con una sacudida tan fuerte que estuvo a punto de caer de la mecedora. No tenía idea de cuánto rato había dormido; lo mismo podían ser tres minutos que tres horas. Miró el reloj y vio que eran las cinco y cinco. Tuvo la sensación de que todo lo que había en la habitación se había movido y le dolía la espalda de arriba abajo, de dormir sentado.

«¡Buena la has hecho, viejo estúpido!»

Pero él sabía que no era eso; en el fondo, él sabía que no era eso. No había sido él. Él no se había dormido durante la guardia, sino que le habían dormido.

Esto le asustaba, pero otra cosa le asustaba todavía más: ¿Qué fue lo que le despertó? Tenía la impresión de haber oído algo, un sonido como…

Contuvo el aliento y se quedó escuchando. El corazón le retumbaba en los oídos.

Ahora se oía algo; no era el mismo sonido que le despertó, pero era algo. El leve crujido de los goznes de una puerta.

Jud conocía cada uno de los sonidos de la casa: sabía qué tablas del suelo crujían, qué peldaño de la escalera chirriaba y en qué punto del canalón del tejado bramaba el viento cuando se ponía a soplar de firme, como la noche anterior. Y enseguida supo qué puerta acababa de crujir. Era la pesada puerta de entrada, la que comunicaba el porche con el vestíbulo. Y, con este indicio, pudo deducir cuál era el sonido que le había despertado: el producido por la lenta expansión del muelle de la puerta mosquitera del porche.

–¿Louis? –llamó, aunque sin confiar. El que entraba no era Louis, sino alguien enviado a castigar a un viejo por su orgullo y su vanidad.

Unos pasos se acercaban lentamente a la sala.

–¿Louis? –intentó decir otra vez, pero sólo le salió un graznido, porque ahora empezaba a oler lo que había entrado en la casa en la hora última de la noche. Era un olor infecto, a agua corrompida.

Jud distinguía en la penumbra el contorno de los objetos –la vitrina de Norma, el aparador, la cómoda– pero no los detalles. Trató de ponerse en pie con unas piernas que no sentía, mientras su cerebro le gritaba que necesitaba más tiempo, que ya era demasiado viejo para enfrentarse con aquello otra vez sin más tiempo. Aún recordaba el horror de cuando lo de Timmy Baterman, y Jud era joven entonces.

Se abrió la puerta oscilante y entraron unas sombras, una más concreta que las otras.

Dios, qué olor.

Arrastrar de pies en la oscuridad.

–¿Gage? –Jud consiguió por fin ponerse en pie. Por el rabillo del ojo, vio el cilindro de ceniza del cigarrillo en el cenicero de latón–. Gage, ¿eres tú...?

Sonó un maullido espeluznante y a Jud le pareció que los huesos se le convertían en hielo. Aquello no era el hijo de Louis que regresaba de la tumba sino un repulsivo demonio...

No; tampoco.

Era *Church* que estaba agazapado en la puerta del pasillo. Los ojos del gato relucían como dos bombillas sucias. Luego, Jud volvió la mirada hacia el otro lado y distinguió la figura que había entrado con el gato.

Jud empezó a retroceder, tratando de coordinar ideas, tratando de seguir razonando, a pesar de aquel olor. Y qué frío hacía ahora. Aquello había traído el frío consigo.

Jud se tambaleó –el gato se le enredaba entre las piernas haciéndole vacilar. Estaba ronroneando. Jud lo apartó de un puntapié. El animal le enseñó los dientes y lanzó un bufido.

«¡Piensa, piensa, viejo estúpido! Tal vez aún no sea tarde… Tal vez no sea tarde, a pesar de todo… ha vuelto, pero puede morir otra vez… Si tú pudieras… si pudieras pensar…»

Retrocedía hacia la cocina, y entonces recordó el cajón de utensilios que había al lado del fregadero. Guardaba una media luna en aquel cajón.

Sus delgados tobillos tropezaron con la puerta oscilante de la cocina. Jud la abrió. La cosa que había entrado en la casa seguía escondida entre las sombras, pero Jud la oía respirar. Y veía oscilar una mano blanca: había algo en aquella mano, pero él no distinguía el qué. La puerta volvió a cerrarse cuando él entró en la cocina y, por fin, Jud se volvió de espaldas a ella y corrió hacia el cajón de utensilios. Lo abrió y su mano encontró el gastado mango de madera de la media luna. Lo asió con fuerza y se volvió hacia la puerta, y hasta dio unos pasos hacia ella. Había recobrado parte de su valor.

«Recuerda que no es un niño. Puede que grite o intente algún truco cuando vea que le has descubierto, y hasta llore. Pero tú no te dejes engañar. Bastantes veces te han engañado ya, viejo. Es tu última oportunidad.»

La puerta oscilante volvió a abrirse, pero de momento sólo entró el gato. Jud lo miró y enseguida volvió a levantar la vista.

La cocina estaba orientada al este y por las ventanas entraba la primera luz del amanecer, débil y grisácea. No era mucha, pero suficiente. Demasiada.

Entró Gage Creed, con el traje del entierro. Tenía musgo en las solapas y los hombros y en la pechera de la camisa. Su pelo rubio tenía costras de barro. Tenía un ojo vuelto hacia la pared con terrible concentración. El otro estaba fijo en Jud.

Gage le sonreía ampliamente.

–Hola, Jud –dijo Gage con una voz fina e infantil, pero perfectamente inteligible–. He venido a mandar al infierno tu cochina alma. Una vez me jodiste. ¿Creías que no vendría a tomarme el desquite?

Jud levantó el cuchillo.

Adelante, sácala ya, quienquiera que seas, y veremos quién jode a quién.

–Norma ha muerto, y no tienes a nadie que te llore –dijo Gage–. Pero ella era una puta barata. Se acostaba con todos tus amigos, Jud, y dejaba que se la metieran por el culo. Era como más le gustaba. Ahora está en el infierno, con artritis y todo. Yo la vi allí, Jud. Yo la vi.

La figura avanzó dos pasos, dejando unas huellas de barro en el gastado linóleo. Traía una mano tendida y la otra escondida a la espalda.

–Escucha, Jud –susurró. Y abrió la boca, enseñando sus blancos dientes de leche. Y, a pesar de que los labios no se movían, salió la voz de Norma.

–¡Me reía de ti! ¡Todos nos reíamos de ti! Nos reíiiiiiamos…

–¡Basta! –El cuchillo le temblaba en la mano.

–Lo hacíamos en tu cama, Herk y yo lo hicimos y lo hice con George y con todos. Yo sabía lo de tus putas, pero tú no sospechabas que te habías casado con una. ¡Cómo nos reíamos, Jud! Follábamos todos juntos y nos reíiiiiiamos de…

–¡BASTA! –gritó Jud abalanzándose sobre la pequeña

444

figura del traje de amortajar sucio, y fue entonces cuando el gato salió de la oscuridad, de debajo del banco donde estaba escondido. Bufaba con las orejas aplastadas contra el cráneo, y derribó a Jud limpiamente. El cuchillo le salió disparado de la mano y resbaló rodando por el gastado linóleo. El asa tropezó con la pata de la mesa y se deslizó debajo del frigorífico.

Jud comprendió que le habían engañado otra vez, y su único consuelo fue que ésta sería la última. El gato estaba encima de sus piernas, con la boca abierta, los ojos llameantes y silbando como una tetera. Y Gage se le vino encima, con una negra sonrisa de alegría, los ojos rasgados y ribeteados de rojo. Entonces sacó la mano que llevaba a la espalda, y Jud vio que aquella mano sostenía un bisturí sacado del maletín de Louis.

—¡Ay, Jesús! —exclamó Jud, levantando la mano derecha para protegerse del golpe. Y entonces se produjo una ilusión óptica, sin duda se había vuelto loco, porque parecía que el bisturí estaba en uno u otro lado de su mano a la vez. Entonces algo caliente empezó a gotearle en la cara, y Jud comprendió.

—¡Voy a follar contigo, viejo! —gritaba el engendro echándole a la cara su aliento nauseabundo—. Voy a follar contigo, a follar contigo... ¡Cuanto quiera!

Jud se debatió y agarró a Gage por la muñeca, pero se quedó con la piel en la mano.

El bisturí fue retirado violentamente, dejándole una herida vertical.

—¡CUANTO... QUIERA!

El bisturí cayó sobre Jud otra vez.

Y otra.

Y otra.

445

59

–A ver, señora, pruebe otra vez –dijo el camionero, inclinado sobre el motor del coche alquilado por Rachel.

Ella hizo girar la llave y el Chevette rugió con brío. El hombre cerró el capó y se acercó a la ventanilla, limpiándose los dedos con un gran pañuelo azul. Tenía una cara tosca y simpática y llevaba una gorra de visera en la coronilla.

–Muchísimas gracias –dijo Rachel, casi llorando–. Yo no habría sabido qué hacer.

–Eso podía arreglarlo un niño –respondió el camionero–. Pero es curioso. Nunca había visto ese fallo en un coche tan nuevo.

–¿Qué tenía?

–Pues un cable de la batería suelto. Nadie habrá estado hurgando en el coche, ¿verdad?

–No –dijo Rachel, y volvió a pensar en aquella sensación de estar prendida en la banda elástica del tiragomas más grande del mundo.

–Habrá sido la vibración; pero ya no tendrá más problemas con los cables. Se los he apretado bien.

–¿Aceptaría dinero? –preguntó Rachel tímidamente.

El camionero soltó una carcajada.

–No, señora; nosotros somos los caballeros andantes de la carretera, ¿recuerda?

–Muchas gracias –sonrió ella.

–No tiene de qué darlas. –El hombre le dedicó una amplia sonrisa que era como un incongruente rayo de sol a aquella hora de la madrugada.

Rachel sonrió a su vez y cruzó con precaución el aparcamiento en dirección a la carretera de acceso a la autopista. Miró a derecha e izquierda antes de salir y, cinco minutos después, estaba otra vez circulando por la autopista, en dirección al norte. El café la había despejado más de lo que creía. Se sentía completamente despierta, sin asomo de modorra y con unos ojos como platos. Volvió a experimentar aquella ligera desazón, aquella absurda sensación de que alguien la manipulaba. Aquel cable que se soltó del terminal sin más ni más...

Sólo para retrasarla lo suficiente para...

Se echó a reír nerviosamente. Lo suficiente, ¿para qué?

«Para que sucediera lo irrevocable.»

Qué estupidez. Era ridículo. No obstante, Rachel dio más gas al coche.

A las cinco, mientras Jud trataba de esquivar un bisturí robado del maletín de su buen amigo, el doctor Louis Creed, y mientras su hija despertaba erguida en la cama, chillando bajo los efectos de una pesadilla que, por fortuna para ella, no podría recordar después, Rachel salió de la autopista por el desvío de Hammond Street que discurría cerca del cementerio donde un azadón era lo único que estaba enterrado en el ataúd de su hijo, y cruzó el puente de Bangor-Brewer. A las cinco y cuarto, estaba en la carretera 15, rumbo a Ludlow.

Iría directamente a casa de Jud. Por lo menos, cumpliría aquella parte de su promesa. El Civic no estaba en la avenida del jardín, de todos modos. Claro que podía estar en el garaje. Pero la casa parecía abandonada. No había indicio alguno de que Louis hubiera vuelto.

Rachel aparcó detrás de la furgoneta de Jud y se apeó del Chevette mirando en derredor con precaución. El rocío centelleaba en la hierba a la luz diáfana de la mañana. Cantó un pájaro, pero enmudeció enseguida. En las contadas ocasiones en que, desde la adolescencia, había estado levantada a aquella hora del amanecer sin motivo justificado, Rachel siempre experimentó una sensación de soledad y exaltación a la vez: un sentimiento paradójico de continuidad y renovación. Pero, esta mañana, no sentía nada tan limpio y puro. Sólo aquella vaga inquietud que no podía atribuir por completo a las últimas y terribles veinticuatro horas y a su reciente desgracia.

Subió las escaleras del porche y abrió la puerta mosquitera, y se dispuso a tocar el timbre. Recordaba que le encantó aquel timbre la primera vez que fue con Louis a casa de los Crandell; lo hacías girar hacia la derecha y emitía un sonido fuerte pero armonioso, anacrónico pero encantador.

Acercó la mano al timbre, pero entonces miró al suelo del porche y frunció el entrecejo. Había barro en la alfombra. Eran huellas de pisadas que venían desde la puerta mosquitera hasta allí. Huellas pequeñas. Al parecer, de pisadas de niño. Pero ella había viajado toda la noche y sabía que no había llovido. Viento, pero lluvia no.

Se quedó mirando las huellas mucho rato –en realidad, demasiado– y descubrió que tenía que hacer un esfuerzo para acercar la mano al timbre. Lo asió… y luego retiró la mano.

«Lo que ocurre es que me resisto a tocar el timbre con este silencio. Probablemente, él se habrá acostado a pesar de todo y tal vez le dé un susto…»

Pero no era eso lo que ella temía. Estaba nerviosa y un poco asustada desde que se dio cuenta de que era incapaz de mantenerse despierta; pero este miedo de ahora era distinto y se lo provocaban aquellas pisadas. «Unas pisadas que eran del tamaño…»

Su cerebro trató de bloquear el pensamiento, pero estaba cansado y torpe.

«… de los pies de Gage.»

«Oh, basta, ¿es que no puedes dejar eso?»

Alargó el brazo e hizo girar la palanca del timbre.

El sonido era aún más fuerte de lo que ella recordaba, y menos musical: un grito áspero y sofocado en el silencio. Rachel saltó hacia atrás, lanzando una risita en la que no había ni asomo de humor. Se quedó esperando oír los pasos de Jud, pero no había pasos. Silencio y más silencio, y Rachel ya empezaba a preguntarse si tendría valor para hacer girar nuevamente la manivela cuando detrás de la puerta se oyó un sonido, un sonido totalmente inesperado.

¡Uaou...! ¡Uaou...! ¡Uaou...!

–¿*Church*? –preguntó Rachel, sorprendida y desconcertada. Arrimó los ojos al cristal, pero, naturalmente, no se veía nada. El cristal de la puerta estaba cubierto por un visillo blanco, obra de Norma. Pero ¿estás ahí, *Church*?

¡Uaou!

Rachel empujó la puerta. Estaba abierta. *Church* se hallaba sentado en el vestíbulo, con la cola recogida alrededor de las patas. Tenía unas estrías de algo oscuro en el pelo. Barro, pensó Rachel, y entonces vio que las gotitas de líquido prendidas en el bigote eran rojas.

El gato empezó a lamerse una pata, sin dejar de mirar a Rachel.

–¡Jud...! –llamó ella, realmente alarmada, desde el umbral.

La casa no le dio respuesta. Sólo silencio.

Rachel trató de pensar, pero, de pronto, su cerebro había empezado a llenarse de imágenes de su hermana Zelda, que le impedían coordinar ideas. Cómo se le retorcían las manos. Cómo se golpeaba la cabeza contra la pared cuando se enfadaba; el papel estaba roto y el yeso, agrietado. Pero ahora no era el momento de pensar en Zelda. ¿Y si le había ocurrido algo a Jud? Quizá se había caído. Era un anciano.

«Tienes que pensar en eso, no en los sueños que tenías de niña, de que abrías el armario y Zelda se te echaba encima, sonriendo tétricamente con la cara negra, de que estabas en la bañera y veías sus ojos que te miraban

449

por el desagüe, de que la encontrabas en el sótano agachada al lado de la caldera, de que...»

Church abrió la boca, enseñando sus afilados dientes y gritó *¡Uaou!* otra vez.

«Tenía razón Louis, no debimos operarle. Ese animal no ha vuelto a ser el mismo. Pero Louis dijo que le quitaría sus instintos agresivos. Aunque en eso se equivocó. *Church* sigue cazando. Y hasta...»

¡Uaou!, hizo nuevamente el animal. Luego, dio media vuelta y subió rápidamente la escalera.

–¿Jud? –gritó Rachel–. ¿Estás ahí?

¡Uaou!, gritó el gato desde lo alto de la escalera, como para confirmárselo. Luego, desapareció por el pasillo.

«¿Y cómo habrá entrado? ¿Le abriría Jud? ¿Por qué?»

Rachel hacía oscilar el cuerpo sobre sus pies, indecisa. Lo peor era que todo aquello parecía..., parecía preparado, como si alguien quisiera que ella estuviera allí y...

Y entonces se oyó un quejido en el piso de arriba, un quejido bajo y dolorido: era la voz de Jud, sin duda. «Se ha caído en el cuarto de baño, o ha tropezado con algo y se ha roto una pierna o la cadera. Los viejos tienen los huesos frágiles, y tú qué estás haciendo aquí, mujer, moviendo el cuerpo como si tuvieras ganas de ir al lavabo. Eso que el gato tenía en el pelo era sangre. ¡Jud se ha hecho daño y tú te quedas ahí plantada! ¿Qué te pasa?»

–¡Jud!

Volvió a oírse el quejido y ella subió la escalera corriendo.

Rachel nunca había estado en el piso de arriba. La única ventana del pasillo estaba orientada a poniente y entraba todavía muy poca luz. El pasillo discurría junto al hueco de la escalera hacia la parte trasera de la casa, y la barandilla de cerezo relucía levemente con fina elegancia. En la pared había un grabado de la Acrópolis y...

(es Zelda, que durante todos estos años ha estado

persiguiéndote y ahora abrirá una puerta y allí estará, jorobada y oliendo a meados y a muerte, es Zelda que ha llegado su hora y por fin te tiene en su poder)

… la voz volvió a quejarse levemente, detrás de la segunda puerta de la derecha.

Rachel se dirigió hacia la puerta. Sus tacones repicaban en el suelo de madera. Le parecía que entraba en otra dimensión, pero no era una dimensión de tiempo ni de espacio, sino de tamaño. Estaba encogiéndose. El cuadro de la Acrópolis estaba cada vez más alto, y aquel picaporte de cristal tallado le quedaba casi a la altura de los ojos. Su mano se acercó a él… pero, antes de que pudiera tocarlo, la puerta se abrió bruscamente.

Zelda estaba allí.

Su cuerpo estaba tan atrozmente contrahecho que parecía el de una enana de menos de setenta centímetros y, por una razón inexplicable, llevaba el mismo traje con el que habían enterrado a Gage. Pero era Zelda, desde luego, que la miraba con una alegría malsana en su cara lívida; Zelda que gritaba: «Por fin he venido a buscarte, Rachel, y voy a retorcerte la espalda y nunca más te levantarás de la cama, NUNCA MÁS TE LEVANTARÁS DE LA CAMA…»

Church estaba subido a sus hombros, y entonces la cara de Zelda se transformó, y Rachel, muda de horror, vio que no era Zelda –¡qué estúpida equivocación!–, sino Gage. Y su cara no estaba lívida, sino sucia, manchada de sangre. Y terriblemente hinchada, como si hubiera sido destrozada y luego recompuesta por unas manos rudas e indiferentes.

Ella gritó su nombre y abrió los brazos. Él corrió hacia ella con una mano en la espalda, como si escondiera un ramo de flores que hubiera recogido en el prado de un vecino.

–¡Te traigo una cosa, mami! –gritaba–. ¡Te traigo una cosa, mami! ¡Te traigo una cosa! ¡Te traigo una cosa!

60

Cuando Louis Creed se despertó, el sol le daba de lleno en los ojos. Trató de incorporarse e hizo una mueca al sentir como un trallazo en la espalda. Era un dolor insoportable. Dejó caer la cabeza en la almohada y se miró. Estaba vestido. Joder.

Se quedó inmóvil un buen rato, disponiéndose a luchar contra la rigidez que le atenazaba todos los músculos, y se sentó en la cama.

–Oh, mierda –murmuró. Durante unos segundos, la habitación osciló ante sus ojos suave pero perceptiblemente. La espalda le latía como una muela podrida y cuando movía la cabeza le parecía que los músculos del cuello habían sido sustituidos por hojas de sierra. Pero lo peor era la rodilla. El linimento no le había hecho nada. Debió ponerse una inyección de cortisona. La hinchazón le tensaba la tela del pantalón. Allí dentro parecía haber un globo.

–Pues vaya si me lo casqué –murmuró–. ¡Ay, ay, ay… ! ¡Qué bárbaro!

Dobló la rodilla muy despacio, para sentarse en el borde de la cama. Tenía los labios blancos de tanto apretarlos. Luego empezó a flexionarla un poco, dejando hablar al dolor, tratando de deducir de él la gravedad de la lesión, si podría…

«¡Gage! ¿Ha vuelto Gage?»

Esto le hizo ponerse en pie a pesar del dolor. Cruzó el dormitorio renqueando, salió al pasillo y entró en la habitación de Gage. Miró en torno ansiosamente, con el nombre de su hijo en los labios. Pero la habitación estaba vacía. Luego, se asomó a la habitación de Ellie, también vacía, y a la de los huéspedes. Esta última, que daba a la carretera, también estaba vacía; pero…

Había un coche desconocido parado enfrente, detrás de la camioneta de Jud.

–¿Y qué?

Pues que un coche desconocido sólo podía acarrear problemas. Eso.

Louis apartó los visillos y miró el coche con atención. Era pequeño, un Chevette azul. Y, enroscado en el techo, dormido al parecer, estaba *Church*.

Lo contempló largamente antes de soltar el visillo. Jud tenía visita, simplemente. ¿Y qué? Además, quizá aún era temprano para preocuparse por lo que fuera a ocurrir con Gage. *Church* no volvió hasta casi la una, y ahora sólo eran las nueve. Las nueve de una hermosa mañana de mayo. Bajaría a la cocina, haría café, sacaría la esterilla eléctrica y se la pondría en la rodilla, y...

«¿...y qué hace *Church* encima de ese coche?»

–Oh, anda ya... –dijo en voz alta y se fue por el pasillo, cojeando. Los gatos duermen en cualquier sitio, por algo son gatos.

«Salvo que *Church* ya no cruzaba la carretera para nada, ¿recuerdas?»

–Olvídalo ya –murmuró, y se paró a mitad de la escalera (que bajaba casi de lado). Estaba hablando solo y eso era mal síntoma. Eso significaba...

¿Qué era lo que vio en el bosque la noche pasada?

El pensamiento le acometió bruscamente, haciéndole apretar los labios lo mismo que el dolor de la rodilla cuando fue a saltar de la cama. Aquello lo había soñado. El sueño de Disney World parecía fundirse sin solución de continuidad con un sueño de aquella aparición. Había soñado que aquello le tocaba, echando a perder para siempre todos sus sueños hermosos y corrompiendo todas sus buenas intenciones. Era el *wendigo*, que le había convertido no ya en caníbal, sino en padre de caníbales. En el sueño, él estaba en el Cementerio de Animales, pero no estaba solo, sino con Bill y Timmy Baterman. Y con Jud, que tenía cara de muerto y llevaba a su perro *Spot* atado con un trozo de cuerda de tender la ropa. Allí estaba Lester Morgan, con su toro *Hanratty* sujeto a una cadena de remolcar coches. *Hanratty* estaba tendido de lado y les miraba con un furor estúpido de drogado. Y también estaba Rachel, que por lo visto se había derramado el frasco de catsup o la mermelada de grosella en el vestido, porque lo tenía manchado de rojo.

Y, detrás del montón de troncos, alzándose con estatura titánica, con la piel amarilla y cuarteada como la de un reptil, unos ojos como faros antiniebla con caperuza y aquellas orejas que no eran orejas sino grandes cuernos de carnero, estaba el *wendigo*, un animal con aspecto de lagarto nacido de mujer, que los señalaba con un dedo cartilaginoso, de uña puntiaguda, y ellos alzaban la cara para mirarle…

–Déjalo ya –susurró, y se estremeció al oír su propia voz. Ahora iría a la cocina y se prepararía un desayuno, como si aquél fuera un día cualquiera. Un buen desayuno de soltero, lleno de reconfortante colesterol. Un par de huevos fritos y bocadillos de fiambre con una rodaja de cebolla tierna cada uno. Olía a sudor, a tierra y a inmundicias, pero la ducha la reservaba para después; por el momento, no se sentía con ánimo de desnudarse, incluso tal vez tuviera que sacar el bisturí para cortar el pantalón y liberar su maltrecha rodilla. Era una lástima tratar así un instrumental tan bueno; pero en la casa no había cuchillo que cortara la gruesa lona del pantalón vaquero y las tijeras de labor de Rachel, mucho menos.

Pero lo primero, el desayuno.

Cruzó la sala dando un rodeo por la puerta principal para mirar el pequeño coche azul parado delante de la casa de Jud. Estaba cubierto de rocío, lo cual indicaba que llevaba allí un buen rato. *Church* seguía en el techo, pero ya no dormía, sino que parecía mirar fijamente a Louis con sus feos ojos amarillentos.

454

Louis se retiró de la puerta apresuradamente, como si le hubieran pillado fisgando.

Entró en la cocina, sacó una sartén, la puso en el fogón, tomó dos huevos de la nevera. La cocina estaba limpia, clara, luminosa. Louis trató de silbar –un silbido ambientaría la mañana–, pero no pudo. Las cosas parecían estar bien, pero no estaban bien. Sentía la casa terriblemente vacía, y el trabajo de la noche anterior le pesaba en los huesos. Las cosas estaban mal, muy mal; percibía una sombra que se cernía sobre él y sintió miedo.

Entró cojeando en el cuarto de baño y se tomó un par de aspirinas con un vaso de zumo de naranja. Cuando volvía a la cocina, sonó el teléfono.

No contestó enseguida, sino que lo miró sintiéndose lento y estúpido, como un cretino que jugara a algo sin saber las reglas.

«No contestes, no se te ocurra contestar, porque te van a dar la mala noticia, ahí está el final de la correa que te arrastra hacia el otro lado de la esquina, donde está lo oscuro, y estoy seguro de que no tienes ganas de ver lo que hay allí, Louis, seguro que no, de manera que no contestes y sal corriendo, el coche está en el garaje, sube a él y lárgate, pero no contestes al teléfono…»

Louis cruzó la habitación y levantó el auricular, apoyando una mano en la secadora, como tantas otras veces. Era Irwin Goldman, y en el momento en que Irwin decía hola, Louis vio las pisadas que cruzaban el suelo de la cocina –huellas de barro de unos pies pequeños– y sintió que el corazón se le paralizaba y que los ojos se le salían de las órbitas, y pensó que si en aquel momento se hubiera mirado al espejo habría visto una cara sacada de un grabado de un manicomio del siglo XVII. Eran las pisadas de Gage. Gage había estado allí, había estado allí durante la noche. Pero ¿dónde estaba ahora?

–Aquí Irwin, Louis… ¿Louis…? Oiga…

–Hola, Irwin –dijo él, sabiendo ya lo que iba a decir

Irwin. Ahora se explicaba la presencia del coche azul. Ahora se lo explicaba todo. La correa…, la correa que le arrastraba hacia la oscuridad… Ahora avanzaba deprisa, una mano delante de otra. Ah, si pudiera soltarse antes de ver lo que había al final… Pero era su correa. Él se la había buscado.

–Creí que nos habían cortado –dijo Goldman.

–Es que el teléfono me resbaló de la mano. –Louis tenía la voz serena.

–¿Rachel llegó bien?

–Oh, sí –respondió Louis, pensando en el coche azul, en cuyo techo dormía *Church*, aquel coche azul, tan quieto, mientras seguía con la mirada las marcas de barro del suelo.

–Tengo que hablar con ella –dijo Goldman–. Cuanto antes. Se trata de Ellie.

–¿Ellie? ¿Qué tiene Ellie?

–Creo que es con Rachel…

–Rachel no está aquí en este momento –dijo Louis ásperamente–. Fue a la tienda, a buscar leche y pan. ¿Qué le pasa a Ellie? ¡Vamos, Irwin!

–Hemos tenido que llevarla al hospital –dijo Goldman a regañadientes–. Tuvo una serie de pesadillas. Estaba histérica y no reaccionaba. Estaba…

–¿La han sedado?

–¿Cómo?

–Que si le dieron un sedante –dijo Louis, irritado.

–Oh, sí, sí. Le dieron una píldora y volvió a dormirse.

–¿Dijo algo? ¿Qué fue lo que la asustó? –Los nudillos de la mano que sostenía el teléfono estaban blancos.

En el otro extremo del hilo se hizo el silencio, un silencio largo. Esta vez Louis no apremió a Irwin, por más que lo deseaba.

–Eso fue lo que asustó a Dory –dijo Irwin al fin–. Ellie dijo muchas cosas antes de ponerse… Antes de que el llanto le impidiera hablar. La misma Dory estaba…, ya sabes.

–¿Qué dijo?

–Dijo que Oz el Grande y Terrible había matado a su madre. Pero no lo dijo así. Dijo… dijo «Oz el Ggande y Teggible» que era como lo decía nuestra otra hija. Nuestra hija Zelda. Louis, yo preferiría preguntarle esto a Rachel, pero, dime, ¿qué sabe Eileen de Zelda y de la forma en que murió?

Louis tenía los ojos cerrados. El mundo parecía oscilar ligeramente bajo sus pies, y la voz de Goldman parecía llegarle a través de una espesa niebla.

Tal vez oigas sonidos como de voces, pero no son más que los somormujos del lado de Prospect. El eco llega lejos.

–Louis, ¿estás ahí?

–¿Se pondrá bien? –preguntó Louis. Su propia voz sonaba lejana–. ¿Han hecho un diagnóstico?

–Un trauma psíquico provocado por la muerte de su hermano –dijo Goldman–. La ha visto mi propio médico, Lathrop. Es muy bueno. Dijo que tenía un grado de fiebre y que cuando despertara esta tarde quizá no se acordara de nada. Pero a mí me parece que Rachel debería volver. Louis, estoy asustado. Y tú también debes venir.

Louis no respondió. El ojo de Dios mira al gorrión, o eso decía el buen rey Jaime. Pero Louis, un ser muy inferior, miraba las huellas de barro.

–Gage ha muerto, Louis –decía Goldman–. Comprendo que aceptar eso tiene que ser muy duro, tanto para Rachel como para ti. Pero vuestra hija está viva y os necesita.

«Sí, lo acepto. Puede que seas un cabrito estúpido, Irwin, pero tal vez aquella pesadilla que viviste con tus hijas un día de abril de 1965 te dio cierta comprensión. Ella me necesita, pero yo no puedo ir porque mucho me temo que tengo las manos manchadas de la sangre de su madre.

Louis se miraba las manos. Miraba la tierra que tenía debajo de las uñas que se parecían mucho a la tierra de aquellas pisadas que había en el suelo de la cocina.

–Tienes razón –dijo–. Saldremos para allá en cuanto podamos. Quizá lleguemos esta misma noche. Gracias por todo.

–Hemos hecho lo que hemos podido –dijo Goldman–. Quizá es que somos muy viejos. Quizá, Louis, es que siempre lo fuimos.

–¿Dijo Ellie algo más? –preguntó Louis.

La respuesta de Goldman fue como el tañido de una campana que tocara a muerto contra la pared de su corazón.

–Muchas cosas, pero lo único que entendí fue: «Dice Pascow que ya es tarde.»

Louis colgó el auricular y se fue hacia el fogón, como si pretendiera seguir preparando el desayuno o recoger las cosas, no sabía exactamente, pero hacia la mitad del trayecto sintió un vahído, se le nubló la vista y se desmayó. Aquello era desmayarse, porque parecía que perdía el conocimiento. Caía y caía hacia las profundidades, entre nubes, dando vueltas y vueltas, hizo un *looping*, un par de péndulos, un deslizamiento Immelmann... Luego cayó sobre la rodilla mala y el fogonazo de dolor que estalló en su cabeza le hizo volver en sí con un alarido. Se quedó unos instantes sin poder moverse, con lágrimas en los ojos.

Luego consiguió ponerse en pie y se quedó balanceándose. Pero volvía a tener la cabeza clara. Por lo menos, eso ya era algo, ¿no?

Sintió por última vez el impulso de huir, más imperioso que nunca. Hasta llegó a palpar con la mano el reconfortante bulto de las llaves del coche. Subiría al Civic y se iría a Chicago. Allí recogería a Ellie. Claro que Godman ya sabría que algo andaba mal, que algo estaba terriblemente mal; pero, a pesar de todo, se la llevaría… Si era necesario, la raptaría.

Luego, dejó caer la mano. Lo que sofocó el impulso no fue ni una sensación de futilidad, ni un sentimiento de culpabilidad, ni la desesperación, ni el profundo cansancio. Fueron aquellas marcas de barro en el suelo de la cocina. Mentalmente, las vio recorrer todo el país –primero, hasta Illinois, después, hasta Florida– y por todo el mundo si era preciso. Lo que tú adquieres te pertenece y lo que te pertenece acaba siempre por volver a ti.

Un día abriría una puerta y allí estaría Gage, una parodia demencial de su antiguo ser, con una sonrisa siniestra y sus claros ojos azules, turbios y malévolos. O Ellie abriría la puerta del baño para darse su ducha matinal y encontraría a Gage en la bañera, con el cuerpo lleno de bultos y costurones, limpio pero apestando a tumba.

Oh, sí; ese día llegaría, indudablemente.

–¿Cómo he podido ser tan estúpido? –preguntó hablando solo otra vez, y sin que le importara–. ¿Cómo…?

«Pena, Louis, no estupidez. Existe una diferencia…, pequeña pero vital. La batería de ese cementerio indio subsiste. Y su poder aumenta, dijo Jud, y tenía razón, desde luego, y ahora tú formas parte de su poder. Porque se ha cebado en tu dolor… Más aún, se ha duplicado, se ha triplicado, se ha multiplicado hasta el infinito. Pero no sólo se alimenta de dolor. También ha devorado tu razón. Y la brecha fue la falta de conformidad, algo muy corriente. Te ha costado a tu mujer y te ha costado también a tu mejor amigo, además de tu hijo. Ni más ni menos. Cuando te descuidas y tardas más de la cuenta en ahuyentar lo que viene a llamar a tu puerta en plena noche, lo que te encuentras es esto: la oscuridad total.»

«Ahora debería suicidarme –pensó–, y seguramente estará en el programa, ¿no? Tengo el equipo en el maletín. Todo ha estado muy bien traído desde el principio. El cementerio indio, el *wendigo*, lo que sea, obligó al gato a salir a la carretera, y tal vez obligó también a Gage, y trajo a casa a Rachel, pero, eso sí, cada cosa en su momento. Sin duda está previsto que me suicide… y las ganas no me faltan.»

«Pero antes hay que dejar las cosas bien arregladas, ¿no?»

Tenía que ocuparse de Gage. Gage andaba por ahí. En algún sitio.

Siguió las huellas por el comedor, la sala y la escalera. Allí estaban borrosas porque él las pisó al bajar, sin darse cuenta. Entraban en el dormitorio. «Ha estado aquí –pensó Louis, sorprendido–. Aquí mismo.» Y entonces vio el maletín abierto.

Su contenido, que él mantenía siempre minuciosamente ordenado, estaba revuelto. Pero Louis no tardó en descubrir que faltaba el bisturí, y se cubrió la cara con las manos, y se quedó un rato sentado en la cama, gimiendo de desesperación.

Luego, volvió a abrir el maletín y se puso a buscar.

Otra vez abajo.

El chasquido de la puerta de la despensa al abrirse. El de un armario que se abría y se cerraba. El zumbido del abrelatas eléctrico. Por último, la puerta del garaje. Y la casa quedó vacía al sol de mayo, tan vacía como aquel día de agosto del año anterior, en que esperaba a sus nuevos ocupantes… Como esperaría a otros en el futuro. Tal vez, una pareja de recién casados sin hijos (pero con ilusiones y proyectos). Una pareja joven y brillante que bebería vino Mondavi y cerveza Löwenbräu. Él podría ser el jefe del departamento de créditos del Banco del Nordeste y ella, diplomada en higiene

dental o con tres años de práctica de ayudante del opto-
metrista. Él cortaría leña para la chimenea y ella llevaría
pantalón de pana con peto y recogería hierbas de otoño
en el campo de Mrs. Vinton, para hacer un centro de
mesa, con el pelo peinado con cola de caballo, una nota
luminosa bajo el cielo gris, totalmente ajena al buitre
invisible que planeaba en las alturas. Los nuevos dueños
de la casa se felicitarían de su falta de superstición y su
sensatez al haberse quedado con la casa a pesar de su
historia. Dirían a sus amistades que había sido una ganga
y harían chistes acerca del fantasma del desván, y todos
tomarían otra Löwenbräu y otra copa de Mondavi y
quizá jugaran al chaquete o a las cartas.

Y quizá tuvieran perro.

61

Louis se paró en el bordillo para que pasara un camión Orinco cargado de fertilizante, que venía zumbando, y cruzó la carretera en dirección a la casa de Jud,
arrastrando su sombra que apuntaba al oeste. Llevaba en
la mano una lata abierta de Calo, alimento para gatos.

Church, al verle acercarse, se irguió con mirada alerta.

–Hola, *Church* –dijo Louis contemplando la silenciosa casa–. ¿Quieres tomar un bocadito?

Puso la lata encima del maletero del Chevette y se
quedó mirando cómo *Church* saltaba rápidamente del
techo del coche y empezaba a comer. Entonces Louis
metió la mano en el bolsillo de la chaqueta. *Church* volvió la cabeza, tensando los músculos, como si le hubiera leído el pensamiento. Louis sonrió y se alejó del coche. *Church* volvió a comer, y Louis sacó una jeringuilla
del bolsillo, rompió la bolsa de papel y la llenó con 75

miligramos de morfina. Volvió a guardar la ampolla multidosis en el bolsillo y se acercó a *Church* que una vez más le miró con recelo. Louis sonrió al gato y dijo:

–Come, come, *Church*. Así, muy bien... Ajajá, vamos allá. –Acarició el lomo del animal, sintió cómo éste se arqueaba y cuando *Church* volvió a comer, Louis le agarró por las hediondas ancas y hundió toda la aguja en el muslo.

Church pareció electrizarse. Se debatía, bufaba y arañaba. Pero Louis no le soltó hasta que hubo vaciado la jeringuilla. Entonces *Church* saltó al suelo silbando como una tetera y mirándole con furia y rencor en sus ojos turbios. Aún tenía la aguja clavada y la jeringuilla colgando que luego se desprendió y se rompió. No importaba. Louis tenía más.

El gato se fue hacia la carretera, luego dio media vuelta y regresó a la casa, como si recordase algo. A mitad de camino, empezó a tambalearse como un borracho. Llegó hasta la escalera, subió el primer peldaño y cayó, quedando tendido de lado en la senda de cemento, respirando débilmente.

Louis miró al interior del Chevette. Por si necesitaba confirmación de lo que le anunciaba aquella piedra que tenía en lugar de corazón, allí estaba el bolso de Rachel, el pañuelo del cuello y un fajo de pasajes de avión que asomaban de una carpeta de Delta Airlines.

Cuando Louis se volvió otra vez hacia el porche, el costado de *Church* había dejado de temblar. *Church* había muerto. Otra vez.

Pasando por encima de él, Louis subió las escaleras del porche.

–¿Gage?

El recibidor estaba fresco. Fresco y oscuro. La palabra cayó en el silencio como una piedra en un pozo profundo. Louis arrojó otra.

–¿Gage?

Nada. No se oía ni el tictac del reloj de la sala. Nadie le había dado cuerda aquella mañana.

Pero había huellas de barro en el suelo.

Louis entró en la sala. Olía a tabaco frío y rancio. Vio la mecedora de Jud delante del mirador. Estaba ladeada, como si se hubiera levantado bruscamente. Había un cenicero en el alféizar de la ventana, con un perfecto cilindro de ceniza.

«Jud estuvo aquí sentado vigilando. ¿Vigilando el qué? Vigilando la carretera, desde luego, para verme llegar. Pero no me vio. Lo cierto es que no me vio.»

Louis vio las cuatro latas de cerveza bien alineadas. No eran suficiente para hacerle dormir, pero tal vez se levantó para ir al cuarto de baño. De todos modos, demasiada casualidad.

Las huellas se acercaban al sillón. Mezcladas con las huellas humanas, se veían otras, más borrosas, de patas. Como si *Church* hubiera pisado el barro que iban dejando los pequeños zapatos de Gage. Luego, las huellas se dirigían hacia la puerta oscilante de la cocina.

Con el corazón desbocado, Louis siguió el rastro.

Al abrir la puerta, vio los pies de Jud, su viejo mono verde, la camisa de franela a cuadros. El anciano estaba tendido con las piernas abiertas en un gran charco de sangre que empezaba a secarse.

Louis se tapó los ojos con los puños, como si quisiera destrozarse la vista. Pero no podía; veía unos ojos, los ojos de Jud, abiertos, acusándole, tal vez acusándose a sí mismo, por haber provocado todo aquello.

«Pero ¿fue él quien empezó? –se preguntó Louis–. ¿Fue él realmente?»

A Jud se lo dijo Stanny B., y a Stanny B. se lo dijo su padre, y al padre de Stanny B. se lo dijo su padre, el último traficante en pieles que negociaba con los indios, un francés de las tierras del norte, de la época en que Franklin Pierce era presidente.

–Oh, Jud, lo siento –susurró Louis.

Los ojos de Jud le miraban inexpresivamente.

–Lo siento mucho –repitió Louis.

Sus pies parecían moverse automáticamente, y su pensamiento volvió de pronto al día de Acción de Gracias, al pavo que Norma preparó para la comida que los tres celebraron alegremente, los dos hombres, con cerveza y ella, con un vasito de vino blanco, sobre el mantel blanco que ella sacó del cajón de abajo, como él lo sacó ahora; sólo que ella lo puso en la mesa, fijándolo con bonitos candelabros de peltre, mientras que él...

Louis vio inflarse la tela sobre el cuerpo de Jud, cubriendo piadosamente la cara muerta. Casi inmediatamente, pequeños pétalos escarlata aparecieron en aquel campo blanquísimo.

–Lo siento –dijo por tercera vez–. Lo s...

Entonces algo se movió en el piso de arriba, se oyó un roce y la palabra se le quedó en los labios. Fue un ruido leve y sigiloso, pero deliberado. Oh, sí, estaba seguro. Un sonido producido para que él lo oyera.

Sus manos querían temblar, pero él no lo permitió. Se acercó a la mesa de la cocina, cubierta con su mantel de hule a cuadros, y metió la mano en el bolsillo. Sacó otras tres jeringuillas Becton-Dickinson, rasgó los envoltorios y las dejó cuidadosamente alineadas. Luego las llenó de morfina suficiente para matar a un caballo –o al toro *Hanratty*, si era necesario– y volvió a guardarlas en el bolsillo.

Salió de la cocina, cruzó la sala y, desde el pie de la escalera, llamó:

–¿Gage?

De las sombras del piso de arriba brotó una risa apagada, una risa fría y sin alegría que puso un hormigueo en la espalda de Louis.

Empezó a subir la escalera.

Fue una ascensión muy larga. Igual de larga (y horriblemente corta) debía de parecer la escalera del cadalso al condenado que la subía con las manos atadas a la espalda, sabiendo que cuando no pudiera seguir silbando se mearía.

Por fin llegó arriba y se paró mirando la pared, con una mano en el bolsillo. ¿Cuánto rato estuvo así? No lo sabía. Ahora notaba cómo empezaba a resquebrajarse su razón. Era una sensación casi física. Era interesante. Imaginaba que así podría sentirse un árbol (suponiendo que los árboles sintieran) cargado de una gran masa de hielo, poco antes de ser tronchado por el vendaval. Resultaba interesante... y hasta divertido.

—Gage, ¿quieres ir a Florida conmigo? —gritó al fin.

Otra vez la risa.

Louis se volvió y se encontró con el cuadro de su mujer —a la que un día él llevara una rosa entre los dientes— tendida en medio del pasillo, muerta. Tenía las piernas abiertas, al igual que Jud y la espalda y la cabeza apoyadas contra la pared. Parecía una mujer que se hubiera quedado dormida mientras leía en la cama.

Louis se acercó a ella.

«Hola, amor mío —pensó—, has vuelto a casa.»

La sangre había salpicado el papel de la pared de garabatos estúpidos. La habían apuñalado una docena de veces, o tal vez dos. Su bisturí había hecho el trabajo.

De pronto, la vio, la *vio* realmente, y Louis Creed se puso a gritar.

Sus gritos resonaban en las paredes de aquella casa, en la que ahora sólo la muerte vivía y andaba. Con los ojos desorbitados, la cara lívida, el pelo erizado, Louis gritaba. Los sonidos que salían de su garganta congestionada eran como las campanas del infierno, unos gritos terribles que marcaban la pérdida no del amor, sino de la razón. De pronto, en su cerebro irrumpieron a un tiempo todas aquellas imágenes horrendas. Victor Pascow agonizando en la moqueta de la enfermería,

Church con fragmentos de plástico verde en los bigotes, la gorra de Gage, llena de sangre en mitad de la carretera y, lo peor de todo, aquella cosa que viera cerca del pantano, la cosa que arrancara un árbol a su paso, la criatura de los ojos amarillos, el *wendigo*, el espíritu de las tierras del norte cuyo contacto despierta apetitos inconfesables.

A Rachel no la habían matado simplemente.

Se habían ensañado con ella.

(*¡CLIC!*)

El *clic* sonó dentro de su cabeza. Era el chasquido de un relé al fundirse definitivamente, el sonido del rayo al caer, el sonido de una puerta al abrirse.

Louis levantó la vista, aturdido, con el grito temblándole aún en la garganta, y allí estaba Gage por fin, con la boca ensangrentada y los labios abiertos en una sonrisa diabólica. En una mano sostenía el bisturí de Louis.

Cuando fue a clavárselo, Louis retrocedió instintivamente, el bisturí le pasó rozando la cara y Gage perdió el equilibrio. «Es tan torpe como *Church*», pensó Louis, acabando de derribarlo con una zancadilla. Gage cayó de bruces y, antes de que pudiera levantarse, Louis ya estaba sentado sobre él, oprimiendo con una rodilla la mano que sostenía el bisturí.

—No —jadeó la criatura, debajo de él, contrayendo la cara en una mueca y con una estúpida mirada de rencor en sus ojos mezquinos—. No, no, no…

Louis sacó una de las jeringuillas. Tenía que obrar con rapidez. Aquella cosa era resbaladiza como un pez engrasado, y no soltaba el bisturí, por más que le apretara la muñeca. Y su cara se transformaba a ojos vistas. Era la cara de Jud, con la fijeza de la muerte; era la cara destrozada de Victor Pascow, poniendo los ojos en blanco; era la propia cara de Louis como reflejada en un espejo, atrozmente pálida y marcada por la locura. Por fin, se transformó en la cara de la criatura del bosque, con su frente estrecha, los ojos amarillos, la lengua larga, puntiaguda y bífida, sonriendo sardónicamente y resoplando.

–No, no, no-no-no.

La cosa dio una fuerte sacudida y la jeringuilla rodó por el suelo del pasillo. Louis sacó otra y la clavó en los riñones de Gage.

La cosa gritó, forcejeando hasta casi derribarle. Louis, con un gruñido, sacó la tercera jeringuilla, la clavó en el brazo de Gage y vació todo su contenido. Luego, se levantó y retrocedió por el pasillo. Gage se puso en pie lentamente y empezó a ir hacia él, tambaleándose. Dio cinco pasos y el bisturí se le cayó de la mano y quedó clavado en la madera, temblando. Diez pasos más, y empezó a apagarse aquella extraña luz amarilla de sus ojos. Otros dos, y cayó de rodillas.

Entonces Gage le miró y, durante un momento, Louis vio a su hijo –su verdadero hijo– con la cara triste y dolorida.

–¡Papá! –gritó, y cayó de cara.

Louis permaneció un momento a la expectativa y se acercó a Gage con precaución, esperando algún truco. Pero no hubo truco, ni salto repentino al cuello con las manos agarrotadas. Louis le palpó la garganta con dedos expertos hasta encontrar el pulso. Hacía de médico por última vez en su vida. Estuvo controlando el pulso hasta que se extinguió.

Entonces Louis se levantó y se fue a un rincón del pasillo. Se sentó en el suelo, hecho una bola, apretándose contra el rincón más y más. Descubrió que abultaba todavía menos si se metía el pulgar en la boca, y así lo hizo.

Allí se quedó durante más de dos horas… y entonces, poco a poco, empezó a perfilarse ante él una idea tenebrosa, pero, eso sí, perfectamente plausible. Se sacó el

pulgar de la boca con un sonoro chasquido, y Louis...
(ajajá, vamos allá)
... se puso otra vez en movimiento.

Sacó una sábana de la cama del dormitorio en el que se escondiera Gage y la llevó al pasillo. Envolvió con ella el cuerpo de su mujer, cariñosamente, con sumo cuidado. Estaba tarareando pero no se daba cuenta.

Encontró gasolina en el garaje de Jud. Diez litros en un bidón rojo, al lado de la segadora. Más que suficiente. Empezó por la cocina, donde estaba Jud, debajo del mantel de Acción de Gracias. Lo empapó bien. Luego, con el bidón boca abajo, pasó a la sala y roció la alfombra, el sofá, el revistero, las butacas, salió al recibidor y fue al dormitorio de atrás. El olor a gasolina era fuerte y dulzón.

Las cerillas de Jud estaban al lado del sillón desde que él montara su infructuosa guardia, encima de los cigarrillos. Louis las tomó. En el umbral de la puerta principal, encendió una cerilla y la lanzó por encima del hombro antes de salir. La ignición fue inmediata y brutal. Sintió en la nuca un fuerte calor y cerró la puerta con todo cuidado. Se quedó unos instantes en el porche, viendo danzar las llamas anaranjadas detrás de los visillos de Norma. Luego, cruzó el porche, recordando las cervezas que él y Jud habían tomado allí hacía un millón de años y escuchando el rugido de las llamas.

Y se marchó.

62

Steve Masterton dobló la curva que quedaba frente a la casa de Louis y enseguida vio el humo. Pero no salía de casa de Louis, sino de enfrente, donde vivía el vejestorio.

Venía porque estaba preocupado por Louis, muy preocupado. Miss Charlton le había hablado de la llamada de Rachel, y él empezó a hacer cábalas acerca de lo que pudiera estar planeando Louis.

Era una preocupación vaga, pero persistente. No estaría tranquilo hasta cerciorarse de que todo estaba bien... Todo lo bien que cabía esperar, dadas las circunstancias.

El tiempo primaveral había vaciado la enfermería como por arte de magia, y Surrendra le dijo que podía marcharse, que él se encargaría de lo que se presentara. Y Steve había montado en su Honda que tuvo hibernando en el garaje hasta el fin de semana anterior, y puesto rumbo a Ludlow. Tal vez apretaba la moto un poco más de lo estrictamente necesario, pero la inquietud no le abandonaba; era algo que le roía el estómago. Y luego estaba la absurda sensación de que iba a llegar tarde. Era estúpido, desde luego, pero no conseguía dominar un hormigueo parecido al que sintió el otoño anterior, cuando ocurrió lo de Pascow: era casi como un chasco. Steve no era hombre religioso, ni mucho menos (en la universidad fue socio de la Sociedad Atea durante dos semestres y si se borró fue porque el tutor le dijo –confidencialmente, desde luego– que ello podía mermar sus posibilidades de conseguir una beca), pero reconocía que estaba tan sujeto como cualquier otro mortal a esas condiciones biológicas o biorrítmicas que podían interpretarse como presentimientos, y de algún modo la muerte de Pascow pareció marcar la pauta para todo el año. Que no había sido bueno precisamente. Dos parientes de Surrendra habían sido encarcelados en su país por cuestiones políticas, y Surrendra le había dicho que seguramente uno de ellos –un tío al que quería mucho– ya habría muerto. Surrendra lloraba al decírselo, y las lágrimas de aquel indio, de ordinario tan jovial, impresionaron profundamente a Steve. Y la madre de Miss Charlton había sufrido una mastectomía radical, y la enérgica enfermera-jefe no se sentía muy optimista respecto a las posibilidades de su madre de no sufrir una recaída. El propio Steve había asistido a cuatro entierros desde la muerte de Pascow; una cuñada, muerta en accidente de carretera; un primo, electrocutado al intentar subir a un poste de la electricidad por una apuesta; un abuelo, y el chico de Louis, desde luego.

Steve apreciaba sinceramente a Louis y quería asegurarse de que estaba bien. Últimamente había pasado un infierno. Al ver el humo, lo primero que pensó fue: otra cosa que agradecer a Victor Pascow que, al morir parecía haber desencadenado una racha de mala suerte para aquella pobre gente. Pero esto era una estupidez, y la casa de Louis era la prueba: estaba perfectamente tranquila y pulcra, una muestra de la grácil arquitectura de Nueva Inglaterra, bañada por el sol de la mañana.

Varias personas corrían hacia la casa del vejestorio y, al entrar en el sendero asfaltado del jardín de Louis, Steve vio a un individuo cruzar el porche y acercarse a la puerta principal de la casa para retroceder inmediatamente. Y con muy buen acuerdo, ya que al momento el cristal central de la puerta estalló y las llamas salieron violentamente por el hueco. Si el muy imbécil llega a abrir la puerta la llamarada le hubiera dejado asado.

Steve desmontó y desplegó el caballete de la Honda, olvidándose de Louis por el momento. El antiguo misterio del fuego le atraía. Habían acudido una media docena de personas. Salvo el héroe frustrado, que seguía en el jardín de los Crandall, todos se mantenían a distancia prudencial. Ahora estallaron las ventanas del porche. Las astillas de cristal volaban por los aires. El héroe frustrado hundió la cabeza entre los hombros y salió corriendo. Las llamas recorrían la pared interior del porche como manos que tantearan levantando burbujas en la pintura blanca. Uno de los sillones de roten se incendió.

Entre el crepitar del fuego, se oía gritar al héroe frustrado con una especie de optimismo chillón y absurdo:

—¡Arderá hasta los cimientos! ¡Seguro, arderá hasta los cimientos! Como Jud esté dentro, va listo. Mil veces le he avisado de la creosota de la chimenea…

Steve abrió la boca para gritarles si habían llamado a los bomberos, pero en aquel momento empezó a oír el aullido lejano de las sirenas. Muchas sirenas. Habían llamado a los bomberos, pero el héroe frustrado tenía razón: la casa iba a arder hasta los cimientos. Las llamas salían ya por media docena de ventanas, y el alero frontal tenía una membrana de fuego casi transparente sobre sus brillantes tejas verdes.

Entonces Steve se acordó de Louis y se volvió hacia la casa; por más que, de haber estado allí, Louis se habría unido a los demás.

En aquel momento, Steve captó algo de refilón.

Más allá del sendero de coches del jardín de Louis había una gran extensión de terreno que ascendía suavemente por una ladera. Aquel mes de mayo, la hierba estaba ya muy alta, pero Steve veía un camino tan recortado como un campo de golf que serpenteaba por la ladera, elevándose hacia los bosques que, espesos y verdes, empezaban en la misma línea del horizonte. Y allí, donde el verde pálido de la hierba lindaba con la oscura franja del bosque, Steve divisó algo que se movía. Fue como un destello blanco que desapareció enseguida; pero él habría jurado que había visto a un hombre cargado con una cosa blanca.

«Era Louis –le dijo su mente con irracional certeza–. Era Louis y procura darte prisa en alcanzarle, porque ha ocurrido algo muy malo y pronto ocurrirá algo peor, como tú no lo impidas.»

Steve se quedó indeciso en el sendero asfaltado, haciendo oscilar el cuerpo de uno a otro pie.

«Steve, chico, estás cagado de miedo, ¿no?»

Lo estaba, sí. Cagado de miedo, y sin motivo. Pero sentía también una cierta…, una cierta…

(atracción)

… sí, una cierta atracción que partía de aquel sendero que subía por la ladera y que sin duda continuaba por el bosque. Porque el camino tenía que llevar a algún sitio, ¿no? Por supuesto. Todos los caminos llevan a algún sitio.

«Louis. No te olvides de Louis, cretino. Tú has venido a ver a Louis, ¿recuerdas?, y no a explorar los bosques.»

–¿Qué tienes ahí, Randy? –preguntó el héroe frustrado. Su voz, chillona y optimista, se oía con claridad.

La respuesta de Randy quedó casi, aunque no del todo, sofocada por las sirenas de los bomberos que se acercaban.

–Un gato muerto.

–¿Quemado?

–No se le ve quemado –respondió Randy–. Sólo muerto.

Y el pensamiento de Steve, implacable, insistía en lo mismo, como si la conversación que acababan de mantener al otro lado de la calle aquellos dos hombres, tuviera algo que ver con lo que él había visto, o creído ver. Ése era Louis.

Entonces se puso en movimiento, empezó a trotar por el camino hacia el bosque, dejando el fuego a su espalda. Sudaba copiosamente cuando llegó al linde del bosque, y agradeció la sombra de los árboles. Se respiraba el olor dulce del pino, olor a corteza y a savia.

Una vez en el bosque, echó a correr, sin saber por qué corría ni por qué el pulso le latía a ritmo acelerado. El aire le silbaba en los pulmones. Aún pudo avistar el tren cuando empezó la cuesta abajo –el camino estaba admirablemente limpio–, pero cuando llegó al arco de entrada del Cementerio de Animales iba apenas a paso de marcha. Sentía un pinchazo candente en el costado derecho, cerca de la axila.

Sus ojos apenas repararon en los círculos de tumbas: las planchas de hojalata, las placas de madera, las losas de pizarra. Su mirada estaba fija en una asombrosa visión que tenía lugar al otro lado de la explanada circular. Su mirada estaba fija en Louis, que trepaba por un montón de troncos, desafiando la ley de la gravedad. Subía por los empinados troncos paso a paso, mirando hacia delante, como hipnotizado o sonámbulo. En brazos llevaba la cosa blanca que Steve viera por el rabillo del ojo. A esta distancia, su forma era inconfundible; aquello era un cuerpo humano. Asomaba un pie, calzado con zapato negro de medio tacón. Y Steve tuvo súbitamente la espantosa certeza de que Louis llevaba el cuerpo de Rachel.

Louis tenía todo el pelo blanco.

–¡Louis! –gritó Steve.

Louis no se detuvo ni vaciló. Llegó a lo alto de los troncos y empezó a descender por el otro lado.

«Se va a caer –pensó Steve incoherentemente–. Hasta ahora ha tenido suerte, pero dentro de nada se caerá, y mientras no se rompa más que una pierna...»

Pero Louis no se cayó. Llegó al suelo y Steve lo perdió de vista hasta que reapareció un trecho más allá, andando en dirección al bosque.

–¡Louis! –volvió a gritar Steve.

Esta vez Louis se detuvo y miró atrás.

Steve quedó mudo de asombro. No era sólo el pelo blanco, también la cara de Louis parecía la de un viejo muy viejo.

Al principio, Louis no pareció reconocerle. Después, poco a poco, como si alguien estuviera maniobrando un reostato en su cerebro, su expresión se animó y sus labios se movieron espasmódicamente. Steve tardó algún tiempo en darse cuenta de que Louis trataba de sonreír.

–Steve –dijo con voz roca e insegura–. Hola, Steve. Voy a enterrarla. Tendré que hacerlo con las manos. Tal vez me lleve hasta la noche. Ahí arriba es muy duro el suelo. Supongo que no querrías ayudarme, ¿verdad?

Steve abrió la boca, pero no le salían las palabras. A pesar de la sorpresa, a pesar del horror, él deseaba *ayudar* a Louis. Allí, en aquel bosque, le parecía correcto, lo más..., lo más natural.

–Louis –consiguió decir al fin con la voz rota–, ¿qué ha pasado? Dios del cielo, ¿qué ha pasado? ¿Ha sido...? ¿Ha sido en el incendio?

–Para Gage esperé demasiado –dijo Louis–. Algo entró en él porque esperé demasiado. Pero con Rachel será distinto, Steve. Estoy convencido.

Se tambaleaba ligeramente, y Steve comprendió que Louis se había vuelto loco. Lo comprendió con toda claridad. Louis estaba loco y espantosamente cansado. Pero, para su confuso cerebro, sólo esto último parecía importar.

–Me vendría bien una ayuda –dijo Louis.

–Aunque quisiera ayudarte, Louis, no podría trepar por ese montón de troncos.

–Oh, sí –dijo Louis–. Sí que podrías. No tienes más que pisar fuerte y no mirar abajo. Éste es el secreto, Steve.

Entonces giró sobre sus talones y siguió andando, y aunque Steve le llamaba, Louis se metió en el bosque sin volver la cabeza. Durante varios segundos, Steve distinguió el parpadeo de la sábana blanca entre los árboles, y luego desapareció.

Steve corrió hacia los troncos y empezó a subir sin pensar en nada, al principio buscando asidero con las manos, tratando de pasar el obstáculo a gatas, pero luego se puso de pie y al hacerlo se sintió invadido de una euforia que le incitaba a la temeridad; era como respirar oxígeno puro. Creía poder conseguirlo, y lo consiguió. Con paso firme y rápido, llegó hasta la cima y se detuvo, oscilando sobre sus pies. Ahora veía a Louis avanzar por el sendero del bosque.

Louis se volvió a mirar a Steve. Llevaba en brazos a su esposa, envuelta en una sábana ensangrentada.

—Tal vez oigas sonidos —dijo Louis—, sonidos como de voces. Pero no son más que los somormujos, del lado de Prospect. El eco llega muy lejos. Es muy curioso.

—Louis...

Pero Louis ya volvía a caminar.

Steve estuvo a punto de seguirle. Le faltó muy poco.

«Yo podría ayudarle, si es eso lo que quiere... y deseo ayudarle, sí. Es la pura verdad, porque aquí hay algo raro y me gustaría descubrirlo. Parece algo muy..., muy importante. Parece como un secreto. Como un misterio.»

Entonces una rama se partió bajo sus pies, con un estampido seco, como un tiro. Aquello le hizo volver en sí y darse cuenta de dónde estaba y de lo que hacía. Aterrorizado, dio media vuelta torpemente buscando el equilibrio con los brazos extendidos, y en la cara la mueca de horror del sonámbulo que despierta en el alero de un rascacielos.

«Ella ha muerto, y yo diría que la ha matado Louis. Louis se ha vuelto loco, loco de atar, pero...»

Pero allí había algo peor que la locura, algo mucho, mucho peor. Era como si en aquellos bosques hubiera un imán y él sintiera su magnetismo en una parte de su cerebro. Y le atraía hacia el lugar al que Louis llevaba a Rachel.

Ven, recorre el sendero... recorre el sendero para ver

adónde va. Aquí tenemos mucho que enseñarte, Steve-rino, cosas que ignoran los de la Sociedad Atea de Lake Forest.

Y entonces, quizá porque, sencillamente, ya tenía suficiente para un día y de pronto perdió todo interés en él, el lugar dejó de ejercer atracción sobre su cerebro. Steve dio dos pasos de borracho al ir a bajar de los troncos. Se rompieron más ramas con una ronca crepitación y su pie izquierdo se hundió en aquella maraña de madera muerta. Unas afiladas astillas le arrancaron la zapatilla y le arañaron cuando él retiró el pie bruscamente y cayó de cara sobre el suelo del Cementerio de Animales rozando un trozo de madera de una caja de naranjas que hubiera podido clavársele en el vientre.

Steve se puso en pie, aturdido, preguntándose qué le había pasado, y si le había pasado algo, ya empezaba a parecer un sueño.

Y entonces, en los bosques del otro lado del montón de troncos, unos bosques tan espesos que en ellos la luz era empañada y verde hasta en los días más radiantes, resonó una carcajada grave. El sonido era enorme. Steve no pudo ni siquiera tratar de imaginar la clase de criatura capaz de producirlo.

Steve corría con un pie descalzo, tratando de gritar, pero sin conseguirlo. Aún corría cuando llegó a casa de Louis y aún trataba de gritar cuando puso en marcha la moto y salió a la carretera 15. Estuvo a punto de chocar con un coche-bomba que llegaba de Brewer. En el interior de su casco Bell, su cabello estaba de punta.

Cuando Steve llegó a su apartamento de Oronco, ya no recordaba con precisión haber estado en Ludlow. Llamó a la enfermería para decir que estaba enfermo, tomó una píldora y se acostó.

Steve Masterton no volvió a acordarse de aquel día… salvo en sueños, esos sueños profundos que se tienen de madrugada, en los que sentía que algo enorme pasaba por su lado, algo que iba a tocarle y que después, en el último segundo, retiraba su mano inhumana.

Algo con unos grandes ojos amarillos que brillaban como faros antiniebla.

A veces Steve se despertaba gritando, con los ojos desorbitados y pensaba: «Te parece que gritas, pero son los somormujos, del lado de Prospect. El eco llega muy lejos. Es curioso.»

Pero él no sabía, no podía recordar lo que significaba este pensamiento. Al año siguiente, encontró un empleo en San Luis, a miles de kilómetros.

Desde la última vez que vio a Louis Creed hasta el día de su marcha hacia el Medio Oeste, Steve no volvió a la ciudad de Ludlow.

EPÍLOGO

La policía fue a media tarde. Estuvieron haciendo preguntas, pero no expresaron sospechas. Las cenizas estaban calientes y aún no se habían removido. Louis contestó a las preguntas. Ellos parecieron satisfechos. Hablaron fuera y él llevaba sombrero. Fue una suerte. De haber visto su pelo blanco tal vez hubieran hecho más preguntas. Y eso habría sido malo. Él llevaba sus guantes de jardinería, y eso también fue una suerte. Tenía las manos destrozadas.

Aquella noche, estuvo haciendo solitarios hasta mucho después de las doce.

Precisamente empezaba uno cuando oyó abrirse la puerta de atrás.

«Lo que adquieres tuyo es, y más tarde o más temprano vuelve a ti», pensó Louis Creed.

No volvió la cabeza, sino que siguió mirando las cartas mientras se acercaban aquellos pasos lentos que crujían. Salió la reina de espadas. Él puso la mano encima.

Los pasos se detuvieron detrás de él.

Una mano helada se posó en el hombro de Louis. La voz de Rachel sonó cascada.

—Amor mío —dijo.

Febrero, 1979 - diciembre, 1982.